JÖRG KASTNER
DER ADLER DES GERMANICUS

HISTORISCHER ROMAN

BASTEI LÜBBE TASCHENBUCH
Band 13 838

1. Auflage: Januar 1997
2. Auflage: November 1997
Dritte Auflage: Dezember 2000

Vollständige Taschenbuchausgabe

Bastei Lübbe Taschenbücher ist ein Imprint der
Verlagsgruppe Lübbe

Originalausgabe
© 1997 by
Verlagsgruppe Lübbe GmbH & Co. KG,
Bergisch Gladbach
Lektorat: Dr. Edgar Bracht
Titelillustrationen: Archiv für Kunst und Geschichte
Umschlaggestaltung: Karl Kochlowski, Köln
Satz: KCS GmbH, Buchholz/Hamburg
Druck und Verarbeitung:
Elsnerdruck, Berlin
Printed in Germany

ISBN 3-404-13838-4

Sie finden uns im Internet unter
http://www.luebbe.de

Der Preis dieses Bandes versteht sich einschließlich der gesetzlichen Mehrwertsteuer

DAS BUCH

Nach Augustus' Tod (14 n. Chr.) tritt Tiberius die Herrschaft in Rom an. Den Oberbefehl am Rhein übernimmt Germanicus, der die schmähliche Niederlage seines Vorgängers Varus gegen die Germanen rächen will. Der Rachefeldzug führt ihn zunächst zu den Marsern, unter denen seine Legionäre ein grausames Massaker anrichten. Armin, der Cherusker, und der germanische Gaufürst Thorag wollen den Marsern beistehen, haben aber mit Fehden unter den eigenen Stämmen zu kämpfen. Als sie endlich glauben, Germanicus eingekreist zu haben, greift der römische Feldherr zu einer List, mit der die beiden Germanen nie gerechnet hätten.

DER AUTOR

Jörg Kastner wurde 1962 in Minden an der Weser geboren, wuchs an der Porta Westfalica auf und lebt heute nach seinem Studium der Rechtswissenschaften als freier Schriftsteller in Hannover. Er schrieb Spannungsromane und ein Sachbuch über Karl May, bevor er den Plan einer groß angelegten Germanen-Saga faßte. Schon mit seinem ersten historischen Roman *Thorag oder Die Rückkehr des Germanen* (Bastei-Lübbe 13717) erregte er auf dem deutschen Buchmarkt ungewöhnliches Aufsehen. Seither gilt Jörg Kastner als einer jener wenigen deutschen Autoren, die sich auf detailgetreue und aufwendige Recherche ebenso verstehen wie auf unwiderstehlich spannendes Erzählen.

BASTEI LÜBBE JÖRG KASTNER IM TASCHENBUCH-PROGRAMM:

13 717 Thorag oder die Rückkehr der Germanen
13 838 Der Adler des Germanikus
13 922 Marbod oder die Zwietracht der Germanen
14 138 Anno 1074
14 176 Die Flügel des Poseidon
14 405 Widukinds Wölfe

*Für meine Schwiegereltern,
Ursula und Horst,
die mich glücklicherweise
nicht zur Raubehe zwangen.*

Zu jener Zeit war nur noch der Krieg gegen die Germanen zu führen, eher um die Schande zu tilgen, die der Verlust des Heeres unter Quintilius Varus gebracht hatte, als aus dem Verlangen nach einer Vorschiebung der Reichsgrenze oder in der Aussicht auf einen würdigen Lohn.

Tacitus

Inhalt

Vorspiel – Der Sterbende von Nola   11

Erster Teil – Schicksalsfäden   27
   1 Auf der Adlerburg   29
   2 Der Fluch der Seherin   36
   3 Im Dunklen Tal   56
   4 Die Meuterer kommen!   70
   5 Das Geheimnis der Wolfsschlucht   91
   6 Die Ruhe vor dem Sturm   99
   7 Am Abgrund   108

Erstes Zwischenspiel – Der Zauderer von Rhodos   127

Zweiter Teil – Schicksalsgefährten   139
   8 Verräter und Lügner   141
   9 Ein trügerischer Frieden   157
  10 Bräute und ihre Väter   173
  11 Der Kopf des Senators   184
  12 Die Wodansprobe   209
  13 Ein kurzer Wahnsinn   228
  14 Der Blutadler   238

Zweites Zwischenspiel – Der Reisende von Ostia   247

Dritter Teil – Schicksalsschläge   255
  15 Die Nächte der Tamfana   257
  16 Die Nacht des Todes   271
  17 Der Gefangene der Eisenburg   291
  18 Folgt dem Adler!   309
  19 Das Land der Frostriesen   325
  20 Trojanische Pferde   346
  21 Auja und Thusnelda   361
  22 Böse Träume   377

23 Zu den Waffen!   392
24 Die Drachensümpfe   400
25 Die Langen Brücken   409
26 Der Adler der Rache   431

Nachspiel – Der Triumphator von Rom   445

Anhang   455
  Nachwort des Autors   457
  Die Personen   458
  Glossar   461
  Zeittafel   473

VORSPIEL

Der Sterbende von Nola

›*Er* liegt im Sterben. Komm zurück mein Sohn, rasch!‹

Diese Worte trieben den Reitertrupp an, Soldaten, Diener und den großen, kräftigen Mann an der Spitze, der längst jenseits seiner besten Jahre stand. Trotzdem zeigte er am wenigsten Erschöpfung von allen. Leicht nach vorn gebeugt saß er auf dem makellosen Schimmel und achtete nicht auf die Schaumflocken, die der Wind vom Maul des Tieres riß und gegen die Begleiter des Anführers wirbelte. Die großen, tiefen Augen unter seiner breiten Stirn blickten in die Ferne, jenseits des aus einer Hügelkette bestehenden Horizonts, als könnten sie erkennen, ob noch Leben in dem Mann war, der dort in Nola in dem Haus seiner Geburt auf dem Sterbebett lag. Es war wichtig, daß er bei Eintreffen des Reitertrupps noch lebte, für den Mann auf dem Schimmel und für die ganze Welt. Denn davon konnte es abhängen, wer das Weltreich beherrschte, das die Söhne der Wölfin errichtet hatten.

Der Reiter eines Rappen spornte sein erschöpftes Tier an und drängte es an die Seite des Schimmels. Auch der Rappe spuckte Schaum, kleine, weiße Flecken auf seinem glänzenden schwarzen Fell. Der drahtige Mann in der Uniform eines Dekurios beugte sich zu dem Anführer und rief, den gleichmäßigen Donner des vielfachen Hufschlages übertönend: »Menschen und Tiere sind erschöpft, Herr. Meine Männer sagen mir, nach zwei oder drei Meilen stoßen wir auf einen kleinen Ort, an dem wir rasten können.«

Der markante Kopf des Anführers ruckte herum. Der Blick, den die Augen in dem von Ausschlag entstellten Gesicht dem anderen zuwarfen, erschreckte den Dekurio mehr, als es das unerwartete Auftauchen einer feindlichen Übermacht im Schlachtgetümmel getan hätte. Es war ein düsterer, störrischer, rechthaberischer Blick, der ganz dem Wesen des Mannes entsprach.

Man sagte Tiberius nach, er könne sehr empfindlich auf Beleidigungen seiner Person reagieren. Und man sagte auch, er könne sich sehr schnell beleidigt fühlen. Vielleicht lag das an den vielen Enttäuschungen und Rückschlägen, die das Leben dem Stiefsohn des Augustus bereitet hatte.

»Ich sitze ebensolange im Sattel wie alle anderen«, sagte Tiberius nach nur wenige Augenblicke dauerndem, dem Dekurio aber wie eine Ewigkeit erscheinendem Schweigen. »Und ich fühle mich keineswegs erschöpft.«

So ruhig vorgetragen, klang es wie eine fast belanglose Mitteilung. Aber der Dekurio hörte den Vorwurf und vielleicht sogar eine Drohung heraus. Zögernd blickte er sich zu seinen Soldaten und den wenigen Dienern um, die Tiberius zu diesem Eilritt mitgenommen hatte. Fast aller Augen hingen an dem Reiteroffizier, mit einem flehenden Schimmer in den ansonsten vor Anstrengung und Müdigkeit matten Blicken.

Der Dekurio verstand nur zu gut, daß die Männer nicht von demselben Schwung erfüllt waren wie ihr Anführer. Für sie gab es nur wenig zu gewinnen, für Tiberius dagegen alles. Aber würde auch der Mitregent des Augustus das verstehen? Und wenn er es verstand, kümmerte es ihn überhaupt, der als verschlossen und den Menschen wenig zugetan galt?

Der Dekurio suchte noch fieberhaft nach den passenden Worten für eine Erwiderung, als ihm der Zufall in Gestalt eines erschöpften Pferdes zu Hilfe kam. Es war ein massiger Brauner, dessen kräftiges Äußeres eine Ausdauer vortäuschte, die nicht vorhanden war. Fast handgroße Schaumflocken flogen aus seinem Maul als Reaktion auf die heftigen Tritte, mit denen sein Reiter immer wieder die Sporen in den schon blutigen Pferdeleib trieb. Der Braune hatte sein Letztes gegeben, und seine Vorderläufe knickten ein. Der Reiter wurde aus dem Sattel katapultiert und schlug ungelenk auf dem unebenen, harten Boden auf, über den der Trupp galoppierte, seitdem er die Straße zur Abkürzung des Weges verlassen hatte.

Der gestürzte Reiter rollte zweimal um seine Achse. Kaum lag er still, da traf ihn das nächste Verhängnis: Sein stürzendes Pferd fiel mit vollem Gewicht auf ihn und begrub ihn unter sich. Aus dem erschrockenen Aufschrei des Soldaten wurde ein schmerzerfülltes Geheul. Das steigerte die Panik des Pferdes, das sich augenscheinlich an den Vorderläufen verletzt hatte. Es stand nicht auf, sondern wälzte sich unter lautem Schnauben hin und her, auf dem Boden und auf seinem Reiter. Tiberius, der Dekurio und die übrigen, die ihre Pferde angehalten hatten, hörten das Knacken der berstenden Knochen im Leib des Verunglückten.

»Unternehmt endlich etwas!« durchschnitt Tiberius' Stimme in ungewöhnlich scharfer Weise den allgemeinen Lärm. Das blatternarbige Gesicht war dabei auf den eingeknickten Braunen und seinen unglücklichen Reiter gerichtet, aber der Dekurio fühlte sich persönlich angesprochen.

Er trieb seinen Rappen zur Unglücksstelle, beugte sich vor, griff in das Zaumzeug des Braunen und schaffte es unter gewaltiger Anstrengung, das Tier von dem jetzt nur noch leise wimmernden Soldaten wegzuzerren. Fast schien es, als wolle sich das Pferd bei dem Reiter für seine blutigen Flanken rächen, so störrisch stellte es sich an. Als es endlich auf die Beine kam, geschah das nur für die Zeit eines Augenaufschlags. Dann knickten die Vorderläufe wieder ein, der Braune wieherte laut auf und wälzte sich erneut am Boden hin und her.

Doch sein Reiter war frei. Er lag auf der Seite und sah mit starrem Blick auf das panisch schreiende Pferd. Ein beständiges rotes Rinnsal floß aus einem Mundwinkel des Gestürzten und bildete eine kleine Pfütze unter seinem Gesicht. Man hätte ihn für tot halten können, hätte sich der Brustkasten mit dem Schuppenpanzer nicht kaum merklich gehoben und gesenkt. Ein Teil der Kameraden stieg aus den Sätteln und kümmerte sich um den Mann.

»Und?« fragte Tiberius, der das Geschehen mit einer Ungeduld verfolgte, die nicht recht zu einem Mann paßte, der sein ganzes Leben mit Warten verbracht hatte.

»Rufus lebt, edler Tiberius«, antwortete einer der Soldaten. »Aber seine Verletzungen sind sehr schwer.«

»Wie schwer?«

»Das kann ich nicht sagen. Sie sind innerlich. Er braucht einen Arzt.« Der Soldat zögerte und blickte furchtsam in die Runde, bevor er fortfuhr: »Und Rufus benötigt Ruhe.«

»Ruhe?« schnaubte Tiberius verächtlich. »Er hätte besser aufpassen sollen! Es ist seine eigene Schuld, daß sein Pferd ...«

Seine Stimme wurde leiser und brach ganz ab, als der versteinerte, ablehnende Ausdruck in den Gesichtern der Soldaten immer deutlicher wurde. Tiberius mochte starrsinnig sein, aber er war nicht dumm. Er sah ein, daß er es übertrieb, wenn er von seinen Männern erst das Letzte verlangte und dann noch darüber spottete, daß sie Opfer ihrer oder ihrer Tiere Erschöpfung wurden. Noch war nicht sicher, wer die Nachfolge des Sterbenden von Nola antrat, noch kam es auf jeden Mann an, der sich im Zweifelsfall hinter den Mitregenten des Augustus stellte.

»Baut eine Trage aus Geäst und Gras!« befahl er nach kurzem Nachdenken, jetzt mit der kühlen Stimme des durch viele Feldzüge erfahrenen Feldherrn. »Darauf bringen wir ihn ins nächste Dorf. Dort werden wir übernachten.«

Erleichterung zeichnete sich auf den Gesichtern ab, als sich die Männer an die Arbeit begaben. Sie waren froh für ihren Kameraden und auch froh für sich selbst, weil die Anstrengungen dieses langen Tages bald ein Ende haben würden. Wie jeden Tag, seit Livias Eilbote ihren Sohn kurz vor Brundisium erreicht hatte, war Tiberius mit seinem Trupp schon bei Sonnenaufgang aufgebrochen. Die Mittagspause war nur kurz gewesen, dann ging es weiter unter den sengenden Strahlen der heißen Augustsonne, die an einem wolkenlosen Himmel über Kampanien leuchtete. Zusätzlich zur Anstrengung des langen Tages saugte die Sonne die Kraft aus den Leibern von Männern und Pferden.

Auch Tiberius spürte das jetzt, als der verletzte Soldat auf die behelfsmäßige Trage gelegt worden war und der Trupp im langsamen Schritt zu dem Dorf zog, das der Dekurio bezeichnet hatte. Das Pferd des Verunglückten blieb tot zurück. Die Soldaten hatten die Halsschlagader aufgeschnitten und das Tier ausbluten lassen.

Tiberius fragte sich, ob sich das Schicksal gegen ihn verschworen hatte. Warum nur war er nach Brundisium aufgebrochen, während Augustus krank daniederlag? Gewiß, die Schiffsreise von Brundisium, die Tiberius ins Illyricum führen sollte, hatte einen guten Grund: die Durchführung des Zensus. Aber es war kein eiliger Anlaß. Und doch hatte Tiberius nicht auf seine Mutter gehört und hatte den kränkelnden Stiefvater verlassen. Die langen Jahre des Wartens hatten die Hoffnung, einmal die Nachfolge des Princeps anzutreten, gering werden lassen. Manchmal erschien Tiberius diese Hoffnung so sinnlos wie seine nie erlöschende Sehnsucht nach der geliebten Vipsania. Augustus kränkelte, seit Tiberius ihn kannte, doch allen Todesvoraussagen zum

Trotz hatte sich der alte Imperator so zäh erwiesen wie das Leder, aus denen hohe Offiziere ihre Panzer schneiden ließen. Auch beim Sterben schien er seinen griechischen Wahlspruch zu befolgen: ›*Speude bradeos.*‹*

Daran hatte Tiberius gedacht, als er sich auf den Weg nach Brundisium begab. Warum Zeit mit dem Warten auf einen Tod vertrödeln, der ungewiß war? Zwar war Augustus alt, schon weit über Siebzig, aber nichts sprach dagegen, daß er auch noch weit über Achtzig wurde. Und so hatten auch die eindringlichen Reden seiner Mutter Tiberius nicht zurückhalten können. Zum Abschied hatte sie ihm zugezischt: »Dann reise wenigstens so langsam wie möglich!«

Er hatte nur kaum merklich genickt und innerlich über Livia gelacht, die ihrem Gatten folgte und auch schon Alterswunderlichkeiten zeigte. Doch ihre Ahnungen schienen nicht getrogen zu haben, und Tiberius' Lachen erstarb, als ihr Kurier ihm die Nachricht brachte: ›*Er* liegt im Sterben. Komm zurück mein Sohn, rasch!‹

Er.

Augustus, der Erhabene.

Der Princeps. Der Imperator. Der Pontifex Maximus. Der Pater Patriae.

Der Mann mit den vielen Titeln und den vielen Verehrern. Der Nachfolger des berühmten Julius Cäsar. Der Beherrscher des Römischen Reiches.

Und seine Nachfolge sollte Tiberius antreten? Lange Zeit hatte es nicht so ausgesehen, als hätte der Stiefsohn des Herrschers eine begründete Aussicht auf diese Ehre. Es war offensichtlich, daß Augustus ihn nicht mochte, dafür aber Tiberius' Bruder Drusus um so mehr. Doch Drusus war gestorben wie die meisten anderen, denen Augustus sein Reich übergeben konnte. Deshalb durfte Tiberius vor zwölf Jahren von Rhodos zurückkehren, das offiziell ein selbstgewähltes Refugium, in Wahrheit aber eine milde Art der Verbannung gewesen war. Deshalb adoptierte Augustus den Stiefsohn vor zehn Jahren und erhob ihn zum Mitregenten. Deshalb verstärkte Augustus erst im letzten Jahr die Stellung des Tiberius, indem er dem Adoptivsohn das Prokonsu-

---

* Eile mit Weile.

lat übertrug und die bereits übertragene tribunizische Gewalt um zehn Jahre verlängerte.

Ja, Tiberius' Stellung als Nachfolger des Augustus schien gefestigt. Aber das konnte sich schnell ändern, wenn der Herrscher starb und Tiberius weit fort von ihm und Rom weilte. Dann würde ein anderer die Gelegenheit ergreifen. Germanicus vielleicht? Zum Glück war Tiberius' Neffe, den er auf Geheiß des Augustus adoptiert hatte, noch viel weiter entfernt und vertrat die Sache Roms in Gallien und Germanien. Doch die Ungewißheit blieb, und sie trieb Tiberius zu diesem Gewaltritt an.

Die Sonne stand niedrig und hatte eine rötliche Farbe angenommen, als die Reiter endlich das kleine Dorf erreichten. Sie waren sehr langsam geritten, um den Verletzten zu schonen, vergeblich. Der gestürzte Reiter war innerlich verblutet, und nur sein Leichnam erreichte das Dorf. Tiberius aß kaum etwas an diesem Abend und versank in dumpfes Schweigen. Für ihn war es ein böses Omen, um so mehr, als ihm in den Träumen des unruhigen Schlafes sein Bruder Drusus, sein leibhaftiger Vater Tiberius und die geliebte Vipsania erschienen – sämtlich Tote. Vipsania, Tiberius' erste Frau, lebte zwar noch, aber für ihn war sie so gut wie tot, seit er sich auf Befehl des Augustus von ihr scheiden lassen mußte, um dessen herumhurende Tochter Julia zu heiraten.

Am Morgen stand Tiberius nicht mit dem ersten zaghaften Rot des Himmels auf. Die Vorzeichen ließen alles sinnlos erscheinen. Er war sich sicher, daß Augustus tot war und ein anderer bereits die Nachfolge an sich gerissen hatte. Was sonst sollten der Tod des Reiters und die seltsamen Träume bedeuten? Wahrscheinlich feierte man schon in ganz Italia den neuen Herrscher, nur bis in dieses abgelegene Dorf war die Kunde noch nicht gedrungen.

Der Dekurio, der gestern noch um Rast für seine Männer gebeten hatte, trat heute in das Zimmer seines Herrn und ermahnte ihn zum Aufstehen. »Bald geht die Sonne über den samnischen Bergen auf, Caesar, wir sollten uns beeilen!«

In Tiberius' Gedanken wurde die Stimme des Offiziers zu der von Livia: ›*Er* liegt im Sterben. Komm zurück mein Sohn, rasch!‹

Seine Mutter hätte kein Verständnis für sein Zaudern gehabt. Sie hätte alles getan, um die Macht in ihren Händen und denen ihrer Familie zu halten. Was gab es auch zu verlieren für Tiberius, der auf die Sechzig zuging und sein halbes Leben damit verbracht hatte, ein unsicherer Thronfolger zu sein?

Tiberius gab sich einen Ruck und wälzte sich aus dem Bett. Nach einem kurzen, kargen Frühstück saß er wieder im Sattel. Den Toten ließ er im Dorf zurück. Die Mitnahme des Leichnams hätte den Ritt zu sehr verlangsamt. Außerdem wollte er kein schlechtes Omen mit sich führen. Er konnte sich das Spottgeschrei der Menge vorstellen, wenn er mit einem Leichnam in Nola eintraf: ›Seht her, Tiberius will sichergehen. Für den Fall, daß sein Vater noch lebt, bringt er einen eigenen Toten mit!‹

Aber lebte Augustus noch?

Antwort versprachen die Dächer von Nola, die um die siebte Stunde im flirrenden Sonnenlicht auftauchten. Noch einmal trieben die Reiter ihre Tiere an und hielten im verschärften Galopp auf die alte Kolonie zu, auf die zwischen Capua und Nuceria an der Via Popilia gelegene Vaterstadt des Augustus, die dem Herrscher stets eine Stütze seiner Macht gewesen war. Bezeugte der Herrscher der Stadt seine Dankbarkeit, indem er in ihr sein Leben aushauchte?

Waren die Menschen, die in Massen die Straßen verstopften, aus Sorge um das Leben ihres Herrschers erschienen, oder um den toten Imperator zu betrauern?

Das Raunen der Menge lieferte keine Antwort, nur Gerüchte, Vermutungen und Gegenfragen: Augustus ist tot. Augustus geht es schon wieder viel besser, er ist unterwegs nach Rom. Augustus ist erst kürzlich hier und dort gesehen worden oder schon seit Tagen nicht mehr. Kann Augustus überhaupt sterben, ist er denn nicht ein Gott?

Mit lauten Worten und manchmal auch starken Hieben bahnten sich die Reiter einen Weg durch die Menge, bis ihnen die Prätorianer zu Hilfe kamen, die das Landhaus des Augustus bewachten. Ihr Sperriegel schottete das erregte Volk ab und ließ die Reiter aufatmen. Als ein Zenturio vor Tiberius Aufstellung nahm, wartete dieser Gruß und Meldung nicht ab, sondern fragte nach dem Befinden des Augustus.

»Man sagt, der Erhabene sei ganz gut bei Kräften«, antwortete der Prätorianer zu Tiberius' großer Erleichterung. »Die edle Livia Drusilla wird dir sicher genauer Auskunft geben können, Caesar. Sie befahl, dich sogleich zu ihr zu bringen.«

Sie befahl!

Für einen Augenblick stutzte Tiberius, als er diese Wendung vernahm. Das klang fast, als hätte sie die Macht ihres Mannes übernommen, als sei dieser doch gestorben.

Tiberius stieg aus dem Sattel und beruhigte sich mit dem Gedanken, daß seine Mutter ihrem zweiten Mann schon immer mehr gewesen war als eine bloße Bettwärmerin. Sie war die Gefährtin an seiner Seite, die ihm Kraft gab und Rat, die ihn in den Orient und nach Gallien begleitete, die von ihm großen Dank und viele Auszeichnungen erhielt – wie das Alexandrinische Münzrecht, das Bildnisrecht und die Sacrosanctitas – und die ihm später, als ihr Körper verwelkte und sein welker Körper nach straffem, warmem Fleisch verlangte, mit eigener Hand immer jüngere und jüngere Mädchen zuführte. Vielleicht tat Livia das nicht ohne Widerwillen, doch sie überwand sich, alles zu unternehmen, was ihr half, ihren Einfluß auf Augustus zu behalten. Da schien es nur natürlich, daß sie jetzt, da er schwer erkrankt war, den Prätorianern Befehle erteilte.

Um die achte Stunde betrat Tiberius das große, weiß leuchtende Haus. Schon im Vestibulum traf er auf eine Unzahl von Menschen: Dienerschaft, Soldaten, Ärzte, aus Rom herbeigeeilte Freunde des Kranken und solche, die sich dafür ausgaben. Viele stürmten auf den Neuankömmling zu, um ihn ihres Mitgefühls für den Vater und gleichzeitig ihrer unverbrüchlichen Freundschaft zu dem Sohn zu versichern.

Tiberius' erster Gedanke, über eine erfreulich große Zahl von Freunden zu verfügen, verflog schnell und machte der Erkenntnis Platz, daß die meisten von ihnen es sich nur nicht mit dem möglichen neuen Herrscher verderben wollten, daß sie aber kaum bereit wären, für ihn etwas, vielleicht sogar ihr Leben zu wagen.

Seine Antwort war meistens nur ein knappes Nicken. Das genügte, seine Wortkargheit war bekannt. Er kämpfte sich zu einem griechischen Freigelassenen durch, einem engen Vertrauten des Augustus und noch mehr der Livia. »Wo ist mein Vater, Hippias, wo meine Mutter?«

»Livia ist bei dem Erhabenen und sorgt dafür, daß er ordentlich ißt. Er liegt in dem Zimmer, in dem ...« Der Grieche brach mitten im Satz ab, und sein sonst bronzefarbenes Gesicht war plötzlich blaß.

»Was ist?« schnarrte Tiberius, ungeduldig und auch ein wenig erschrocken. »In welchem Zimmer sind sie?«

»Ich ... ich führe dich hin«, stammelte Hippias in einer unsicheren Art, die gar nicht zu ihm paßte.

Tiberius folgte ihm durch das Peristylium, ohne einen Blick an die Wasserspiele oder den hellblau im Sonnenlicht schimmernden Teich mit den graziösen Schwänen zu verschwenden. Statt dessen fragte er noch einmal: »Hippias, was ist mit dem Zimmer, in dem mein Vater liegt?«

Hippias blieb nicht stehen und sah Tiberius nicht an, als er antwortete: »Es ist das Zimmer, in dem der Vater deines Vaters sein Leben aushauchte.«

Kurz dachte Tiberius an Gaius Octavius, dessen ruhmreiche Taten seinem Sohn einen glanzvollen Weg vorgezeichnet hatten. Der Vater des Augustus hatte die letzten der von Spartacus und Catilina zur Rebellion aufgestachelten Sklaven überwältigt, die Provinz Mazedonien mit sicherer Hand verwaltet und in einer großen Schlacht die Bresser und Thrakier besiegt. Doch als er aus Mazedonien zurückgekehrt war, hatte er kaum Zeit gefunden, seinen Ruhm zu genießen. Der Tod war mit ihm heimgekehrt und hatte ihn in Nola ereilt, hier in diesem Haus, in ...

»In diesem Zimmer?« vergewisserte sich Tiberius ungläubig. »Warum?«

»Ich weiß es nicht. Vielleicht ...«

Wieder sprach der Freigelassene einen Satz nicht zu Ende. Aber das war auch nicht nötig. In Gedanken beendete Tiberius ihn: *Vielleicht war es eines Vorahnung des Augustus.*

Vor dem besagten Cubiculum, dem Sterbezimmer des Gaius Octavius – und des Augustus? – hielten zwei Prätorianer mit eiserner Miene Wache. Als Tiberius zwischen ihnen hindurchgehen wollte, verschränkten sie die Pilen vor seinem Kopf. Er zuckte zurück und starrte die Soldaten entgeistert an.

Hippias wurde noch blasser und rief: »Seid ihr von allen Göttern verlassen, daß ihr nicht den Sohn des Augustus erkennt?«

»Wir erkennen Tiberius Julius Caesar, Sohn des Erhabenen«, erwiderte einer der Prätorianer, ohne sein Pilum zurückzunehmen.

»Warum verwehrt ihr ihm dann den Eintritt?« wunderte sich der Grieche.

»Die edle Livia hat befohlen, daß niemand ohne ihre Erlaubnis das Zimmer betreten darf. ›Wirklich niemand?‹ wollte der Zenturio wissen. ›Wirklich niemand‹, lautete die Antwort.«

»Aber das gilt doch nicht für den Sohn und Mitregenten des Augustus!« empörte sich der Freigelassene.

»Uns sind keine Ausnahmen bekannt«, blieb der Prätorianer unnachgiebig.

»Dann, zum Jupiter, meldet den Sohn des Erhabenen an!« verlangte Hippias.

In diesem Augenblick wurde die Tür geöffnet, und eine leise, aber deutlich vernehmbare Frauenstimme fragte: »Was ist das für ein Geschrei? Ihr weckt noch meinen Mann, der gerade gegessen und sich zu einem erholsamen Schlaf niedergelegt hat.«

Eine dunkelhäutige Sklavin schlüpfte an der Sprecherin vorbei nach draußen, in den Händen eine Silberschale und einen goldenen Löffel. Der Geruch von Honig und Pfeffer begleitete sie. Die Schale war zu drei Vierteln geleert und enthielt die Reste einer Honigsuppe.

Als Livia Drusilla ihren Sohn erkannte, hellte sich ihre strenge Miene auf, und die steile Falte, die sich in der Mitte der Stirn direkt über der Nase gebildet hatte, glättete sich. »Endlich bist du da, mein Sohn!« Die einstmals schöne, jetzt alte und vom ereignisreichen Leben gezeichnete Frau in der schlichten Stola gab den Eingang frei und bedeutete Tiberius mit einladender Geste, das Cubiculum zu betreten. Als dieser der Aufforderung nachgekommen war, verschloß Livia die Tür wieder, nicht ohne vorher die Prätorianer scharf zu ermahnen: »Sorgt für Ruhe! Und denkt an meinen Befehl, niemanden hereinzulassen!« Ein wenig leiser und weniger streng fügte sie hinzu: »Der Erhabene braucht viel Ruhe.«

Livia begrüßte Tiberius mit einer seltenen mütterlichen Umarmung. Dabei umhüllte sie ihn mit der eindringlichen Süßlichkeit kampanischer Rosen, ein Parfüm, das Augustus sehr schätzte, vielleicht als Erinnerung an die Gefilde seines Vaterhauses.

Während Tiberius in den Armen der Frau lag, die ihn vor fünfeinhalb Jahrzehnten geboren hatte, streiften seine Augen durch das Zimmer, das für die Ruhestatt des Imperators äußerst bescheiden wirkte. Zu dem geringen Luxus zählten die Mosaike an den Wänden und auf dem Fußboden, die Szenen des kampanischen Landlebens zeigten. Tiberius verschwendete daran nur einen flüchtigen Blick und starrte dann auf das stabile Bett, das mit dem Kopfende an einer Wand stand. Er mußte die mit den Jahren schwach gewordenen Augen zusammenkneifen, um den Mann zu erkennen, der dort ruhig auf der linken Seite lag und mit dem angewinkelten Arm aussah wie ein schlafendes Kind. Die schweren Fenstervorhänge aus dunkelblauem Samt waren zugezogen, um dem Augustus den Schlaf zu erleichtern, und nur die bescheidene Flamme einer silbernen Öllampe, die in einer vom Bett weit entfernten Ecke auf einem dünnen, vierfüßigen Ständer saß, erhellte den Raum.

Livia löste sich von ihrem Sohn. Ihre eben noch von mütterlicher Zuneigung erfüllten Züge drückten jetzt Verärgerung aus. »Warum hast du nicht auf mich gehört und bist bei deinem Vater geblieben?«

Das war mehr Vorwurf als Frage und löste bei Tiberius Trotz aus. Leise, damit der Schlafende es nicht hörte, sagte er: »Mein Vater ist tot, schon seit fast fünfzig Jahren!«

Auch das war ein Vorwurf, gerichtet an seine Mutter, die sich von ihrem Gatten Tiberius Claudius Nero getrennt hatte, um sich in die Arme des Augustus zu werfen. Fünf Jahre nach der Hochzeit von Augustus und Livia war ihr erster Mann gestorben, manche sagten, an gebrochenem Herzen. Der nach seinem Vater benannte Sohn Tiberius war damals erst neun Jahre alt gewesen, und die Erinnerung an seinen leiblichen Vater war verblaßt. Nicht aber der Schmerz, den Tiberius bei der Trennung von seinem richtigen Vater verspürt hatte und später bei der Trennung von Vipsania.

Livias faltiges Gesicht verhärtete sich, und die rissigen Lippen öffneten sich zu einer Erwiderung. Aber Tiberius ließ seine Mutter einfach stehen und ging an ihr vorbei auf das Bett zu.

Etwas verunsicherte ihn: Seitdem er das Cubiculum betreten hatte, hatte der Schlafende sich nicht bewegt. Weder hörte Tiberius seinen Atem, noch konnte er ein Heben und Senken der Decke feststellen, unter der Augustus lag. Als er die gesunde Rötung der eingefallenen Wangen feststellte, beruhigte sich Tiberius wieder.

Gleichzeitig wunderte er sich über den strengen süßlichen Duft, der seine Nase kitzelte, obwohl doch Livia nicht mehr neben ihm stand. Der Geruch hatte sich verändert, Rosenduft war das nicht mehr. Sofort waren Unruhe und Angst wieder da, und ein Gedanke beherrschte Tiberius: *War es der Leichengeruch?*

Zögernd streckte der große Mann die kräftige Rechte aus, bis sie dicht vor dem Gesicht des Stiefvaters schwebte, ganz nah an Mund und Nase, aber nicht der leiseste Atemhauch streifte seine Hand. Er berührte die Wange des alten Mannes, doch der Schlafende rührte sich nicht. Als Tiberius die Hand zurückzog, waren die Fingerspitzen gerötet, und die eben noch gesunde Rötung auf der rechten Wange des Augustus wies nun einen verwischten Streifen auf.

Livia trat neben den Sohn und sagte leise: »Du hast keinen Vater mehr, weder den einen noch den anderen.«

Tiberius starrte auf seine geröteten Finger und fragte verwirrt: »Was …?«

»Es ist Fucus.« Livia tippte an eine ihrer runzligen Wangen. »Ich selbst benutze es, um die Welkheit des Alters mit dem Anschein der Jugendlichkeit zu übertünchen. *Omnia vanitas?*«* Sie seufzte und schritt zu einem hölzernen, mit filigranen Schnitzereien verzierten Wandschrein, dem sie ein Bronzekästchen entnahm. Damit kehrte sie zum Bett zurück, wo sie es öffnete und auf den Boden stellte. Der Schminkkasten enthielt mehrere Dosen und Pinsel sowie einen Spiegel, der in die Innenseite des Deckels eingelassen war. Livia wählte eine Bronzedose mit rotem Deckel, nahm sie aus der Halterung und schraubte den Deckel auf. Sie tauchte einen der schlanken Pinsel mit der Spitze vorsichtig in die Dose und strich eine neue Schicht Fucus auf das Gesicht ihres Gatten. Dann verschloß sie den Bronzekasten wieder und brachte ihn zurück in den Schrein. »Falls doch unversehens jemand hereinkommt, soll er nicht das Gesicht eines Toten sehen.«

Allmählich begriff Tiberius, und er sagte stockend zu seiner Mutter: »Du spielst hier eine schauerliche Komödie. Warum?«

»Um Vater und Sohn ein letztes Gespräch zu ermöglichen.« Sie blickte den Toten an. »Er soll dir selbst in der Stunde seines Todes die Nachfolge übertragen. Das wird dich besser legitimieren als alles andere.«

---

* Ist nicht alles eitel?

»Aber das Testament …«

»Das Testament ernennt dich zu seinem Nachfolger, das stimmt.« Livia nickte schwer und verzog ihr Gesicht. »Aber danach kommt auch schon Germanicus und dann erst dein Sohn Drusus.«

»Du scheinst sein Vermächtnis gut zu kennen«, sagte Tiberius verwundert und blickte auf den Toten. »Liegt das Testament des Augustus nicht versiegelt in Rom, im Tempel der Vesta?«

»Da liegt es, und da liegt es gut.« Livia tippte mit dem Zeigefinger gegen ihre Stirn. »Den Inhalt kann ich hier lesen.«

»Wie …?«

»Wer Jahrzehnte mit dem Pontifex Maximus verheiratet ist und nicht weiß, was im Tempel der Vesta vor sich geht, muß dümmer sein als der dümmste Esel.« Livia lächelte. »Ich für meinen Teil zog es vor, eine enge und gute Beziehung zur Vestalis Maxima zu pflegen, der ich eine umfassende Kenntnis von Augustus' Vermächtnis verdanke. Außerdem hat er selbst mir das meiste erzählt. Er redete viel in letzter Zeit und wußte nicht immer, was er sagte. Als er in der Nacht starb, waren seine letzten Worte die Frage, ob er die Komödie gut gespielt habe.« Sie machte mit beiden Händen eine Bewegung, die das Cubiculum zu umfassen schien. »Ich denke, unsere kleine Komödie hier ist auch nicht schlecht.«

»So lange ist er schon tot«, murmelte Tiberius und dachte an den toten Reiter und die Traumerscheinungen der vergangenen Nacht. »Aber das Essen, das die Sklavin ihm gebracht hat?«

Livia ging wieder zu dem Schrein, öffnete eine andere Klappe, nahm eine Keramikschale an ihren beiden Henkeln heraus und trug sie zu ihrem Sohn. Der Rosenduft der Mutter wurde von dem anderen Geruch verdrängt. Die weiße Schale enthielt die Honigsuppe, die angeblich den Imperator gestärkt hatte. »Ein Lebender muß essen«, erklärte Livia und brachte die Schale zurück an ihren Platz.

»Und wenn die Sklavin redet?«

»Ich habe noch niemanden reden hören, dem man die Zunge herausgerissen hat. Außerdem ist sie verläßlich. Sie weiß, daß alles andere ihren Tod bedeutet.« Wieder zeichnete sich ein Lächeln auf Livias Gesicht ab. »Wer will es sich schon mit der Augusta verderben?«

»Mit … der … Augusta …?« wiederholte Tiberius und sprach dabei noch viel langsamer als sonst. Was hatte Livias Bemerkung zu bedeuten?

»Es ist ein Teil des Vermächtnisses. Ich werde in die Julische Familie aufgenommen und erhalte den Titel der Julia Augusta. Du weißt, was das bedeutet?« Als der Sohn die Mutter nur stumm anblickte, fuhr sie fort. »Ich werde deine Mitregentin sein, Tiberius. Gemeinsam werden wir die Geschicke des Reiches lenken, wie er es getan hat.« Ihre Augen ruhten auf dem Toten.

Tiberius schwieg noch immer, dafür sprachen seine Gedanken beredt. Auf einmal wußte er, weshalb seiner Mutter soviel daran gelegen war, daß er die Nachfolge des Augustus antrat und nicht ihr Enkel Germanicus. Dieser besaß seinen eigenen Willen und wurde, da er ein Enkel des Marcus Antonius war, immer wieder als der Mann gehandelt, der die Republik wiederherstellen würde. Daran konnte niemandem gelegen sein, der das Reich im Sinne des Augustus regieren wollte. Zweifellos glaubte Livia, mit ihrem Sohn viel leichteres Spiel zu haben als mit Germanicus.

Als hätte sie seine Gedanken erraten, sagte die Mutter: »Wir haben Glück, daß Germanicus in Gallien weilt, um den Zensus durchzuführen. Bis die Kunde vom Tod des Augustus zu ihm dringt, wird Rom schon einen neuen Augustus haben – dich!«

»Und wenn mein Neffe sich damit nicht zufriedengibt?«

»Er hat eine Aufgabe in Gallien. Die Germanen rechts des Rhenus sind noch immer aufsässig, wie du weißt. Seit dieser Arminius vor fünf Jahren die Legionen des Varus vernichtet hat, ist dort keine Ruhe eingekehrt. Und bis es soweit ist, wird es noch einige Zeit dauern. Ich war es übrigens, die Augustus geraten hat, Germanicus nicht nur zum Generalstatthalter in Gallien, sondern auch zum Oberbefehlshaber am Rhein zu machen.«

»Aber was ist, wenn ihm der Titel des Augustus wichtiger ist?«

»Du vergißt deinen Bruder Drusus, seinen Vater. Seit Drusus' Tod in Germanien ist sein Sohn Germanicus geradezu versessen darauf, das Werk des Vaters fortzuführen und das Gebiet rechts des Rhenus zu befrieden. Außerdem können wir ihm das Gefühl geben, daß wir ihn nicht vergessen haben, indem wir ihm das prokonsularische Imperium übertragen.«

»Er soll die Regierungsgewalt in den Provinzen erhalten?«

»Warum nicht? Du hast sie auch erhalten, als Augustus noch

herrschte. Und du weißt doch, die wahre Macht geht von Rom aus.«

Mutter und Sohn berieten noch lange über ihre Vorgehensweise zur Festigung der Macht, bevor es dämmerte und sie das Cubiculum verließen, um den Tod des Augustus zu verkünden sowie seinen noch einmal ausdrücklich geäußerten Wunsch, sein Adoptivsohn Tiberius Claudius Nero, der seit der Adoption Tiberius Julius Caesar genannt wurde, solle seine Nachfolge antreten. Bis dahin kreiste ihr Gespräch immer wieder um den einzigen Mann, der ihrer jetzt gemeinsam ausgeübten Macht wirklich gefährlich werden konnte: Gaius Julius Caesar Germanicus.

ERSTER TEIL

SCHICKSALSFÄDEN

Kapitel 1

Auf der Adlerburg

Die Ansiedlung auf der steilen Bergkuppe machte einen friedlichen Eindruck. Armin, der junge Herzog der Cherusker, und sein Weib Thusnelda schritten zwischen Häusern und Hütten hindurch, wurden immer wieder von Männern und Frauen, die von ihrer Arbeit aufsahen, freundlich gegrüßt und grüßten zurück. Nur selten warf ein Cherusker, der die Sitte der Raubehe weniger billigte als die anderen, ihnen einen düsteren Blick nach.

Die Menschen auf der Adlerburg schienen ganz damit beschäftigt, den Rest des Sommers auszunutzen, um sich auf den Winter vorzubereiten. Wände und Dächer der meist langen Häuser wurden mit Rohr, Stroh, Lehm und Pferdemist ausgebessert, um den kalten Winterstürmen zu trotzen. In den Webhütten standen die Frauen an den Webstühlen und bedienten sie mit dem Geschick langjähriger Erfahrung. Aus den Häusern der Handwerker, die sich im Schutze der Adlerburg zusammengefunden hatten, drangen die alltäglichen Arbeitsgeräusche, das Hämmern der Schmiede, das Sägen der Tischler, das Sirren der Töpferdrehscheiben.

In früheren Zeiten, als Armin noch ein Kind und sein Vater Segimar Herrscher auf der Burg gewesen war, hatte man von hier oben in die Täler blicken können, wo die Menschen auf Feldern arbeiteten, die durch harte Rodung den Wäldern abgetrotzt worden waren. Jetzt behinderten hölzerne Palisaden und Erdwälle, die sich in einem fünffachen Ring um die Burg zogen, diesen Blick. Ganz unten waren Sklaven, zum großen Teil kriegsgefangene Römer und Angehörige ihrer Hilfsvölker, damit beschäftigt, einen sechsten Ring anzulegen. Einen Erdwall, auf dem sie dicke Steinbrocken aufschichteten. Und das geschah nicht zu friedlichen Zwecken.

Es war harte Arbeit, denn die Steine mußten aus weit entfernten Brüchen herangeschafft werden. Fast täglich starben Sklaven unter der Last. Armin empfand kein Mitleid mit ihnen. In seinen Augen waren sie selbst schuld an ihrem Los. Die Römer waren ins Land der Cherusker und der verbündeten Stämme eingedrungen, nicht umgekehrt. Auch wenn Armin vor jetzt fünf Wintern den erfolgreichen Angriff auf Quintilius Varus und seine Legionen angestiftet und angeführt hatte, so fühlte er sich doch im Recht. Durch ihre Unersättlichkeit, die sich in immer neuen Vormärschen und immer neuen Steuern niederschlug, hatten die Römer den Krieg herausgefordert.

Mit der Vernichtung von Varus' Heer war dieser Krieg nicht zu Ende gewesen. Augustus hatte seinen Adoptivsohn Tiberius an den Rhein geschickt, der die Vorstöße abwehrte, die Armin zusammen mit den Marsern und den Brukterern unternahm. Leider waren die germanischen Stämme uneins, so daß Armin nicht annähernd so viele Krieger zur Verfügung standen, wie er gebraucht hätte, um die Römer vom Rhein zu vertreiben.

Auch die Markomannen unter ihrem halsstarrigen Kuning Marbod hatten sich entgegen seiner Hoffnung nicht dazu bewegen lassen, den Kampf gegen die Römer aufzunehmen. Armin hatte Varus' Kopf zu Marbod geschickt, um dem Markomannenherrscher zu zeigen, wie man mit den Eindringlingen umgehen mußte. Aber Marbod sandte den Kopf weiter nach Rom, um Augustus seine Wohlgesonnenheit zu versichern. Marbod hatte sein Volk so fest in der Hand, daß es auf seinen Kuning hörte und sich aus den Kämpfen heraushielt.

Armin seufzte. Wenn er selbst doch mit ähnlich fester Hand über die Cherusker und die anderen germanischen Stämme gebieten könnte!

Aber er schaffte es ja nicht einmal, innerhalb seines eigenen Stammes Einigkeit herzustellen. Der Mann, zu dem er und Thusnelda jetzt unterwegs waren, war dafür das beste Beispiel. Das Haus der ›Gäste‹, wie Armin die Männer nannte – ›Gefangene‹ oder ›Geiseln‹ wären passendere Ausdrücke gewesen –, lag am Nordhang. Eine Gänseschar, lässig behütet von zwei hellblonden Kindern, schnatterte vor dem Eingang. Als einer der bewaffneten Wächter den Herzog kommen sah, brüllte er die Kinder an, sie sollten endlich die Viecher wegschaffen. Grinsend trieben die beiden Jungen die Gänse ein Stück weiter.

»Ob wir diesmal Erfolg haben?« fragte Thusnelda unsicher und drückte den Arm des hünenhaften Mannes an ihrer Seite. Sie war eine große, stattliche Frau mit einem starken Willen, weshalb ihr Name, der in der Sprache der Nordvölker ›Riesenkampf‹ bedeutet, mehr als passend war. Doch Armin überragte sie fast um Haupteslänge.

»Wenn wir ihn mit dieser Nachricht nicht umstimmen, dann weiß ich auch keinen Weg. Lange genug haben wir darauf gewartet.«

Thusnelda zog die hellen Brauen über ihrer langen, leicht gebogenen Nase zusammen. »Hast du etwa nur darauf gewartet, um ihn umzustimmen?« Sie blickte dabei zum Eingang des Gästehauses.

»Nein, natürlich nicht«, erwiderte Armin schnell. »Hätten wir nicht unseren hochstehenden Gast, meine Freude wäre nicht geringer gewesen.«

»Das hoffe ich doch!«

Armin grinste und trat vor Thusnelda ins Haus. Hier drin roch es nach Menschen und Tieren. Die sogenannten Gäste mußten sich selbst verpflegen und um das Vieh im rückwärtigen Teil des Gebäudes kümmern. Natürlich hatten sie dazu Sklaven mitbringen dürfen und auch ein paar hübsche Sklavinnen, um sich in den kalten Nächten an ihnen zu wärmen. Armin war kein Unmensch.

Durch die schmalen Windaugen und den Eingang drang nur spärliches Licht herein, aber der Cheruskerherzog gewöhnte sich schnell daran. Er entdeckte Segestes und seine Handvoll Vertrauter an einer großen Tafel, wo sie Bier und Met tranken und sich lautstark unterhielten. Als sie den Besucher erblickten, erstarb das Gespräch augenblicklich. Die Augen der Männer, die sich schon seit über einem Jahr zwangsweise hier aufhielten, funkelten ihren ›Gastgeber‹ feindselig an. Armin konnte sie verstehen, aber auch hier gab er ihnen die alleinige Schuld.

Segestes war ein unverbesserlicher Römling, zumindest aber ein Feind Armins. Seitdem Armin ihn bei der Wahl des Herzogs ausgestochen hatte, schien sein weitläufiger Verwandter nur noch Haß auf ihn zu empfinden. Segestes hatte sogar versucht, Varus vor Armin zu warnen. Das war ebenso vergeblich gewesen wie Segestes' Bemühen, seine Tochter Thusnelda von Armin fernzuhalten. Der junge Herzog hatte sich das Mädchen mit Gewalt geholt. Und dann war er ähnlich entschlossen mit ihrem Vater verfahren, als dieser sich mit dem neuen römischen Oberbefehlshaber Julius Caesar Germanicus gegen den unliebsamen Schwiegersohn verbünden wollte.

»Sieh an, ein Höflichkeitsbesuch«, sagte der Fürst Segestes mit einem gekünstelten, meckernden Lachen und strich eine Strähne seines langen, schon sehr dünn gewordenen Blondhaares aus dem scharfgeschnittenen Gesicht. »Der Mann, der mein Sohn werden wollte, und die Frau, die meine Tochter gewesen ist. Was führt euch her? Wollt ihr euren *Gast* einmal mehr verhöhnen?«

Thusneldas Gesicht, dem trotz der Ähnlichkeit mit dem Vater die Schärfe fehlte, verfinsterte sich, als sie die Bitterkeit in Segestes' Worten bemerkte. »Ich habe dich niemals verhöhnt, Vater, das bildest du dir ein.«

»Nenn mich nicht Vater, schon das allein ist blanker Hohn!« Die geballte Faust des gefangenen Fürsten ließ die auf zwei hölzernen Böcken ruhende Tischplatte erbeben. Zwei tönerne Trinkbecher stürzten um. Bier ergoß sich über das Holz und dann auch über den Estrich unter dem Tisch. »Eine Tochter gehorcht ihrem Vater, aber sie hält ihn nicht gefangen!«

Armin trat an den Tisch und sagte laut, doch ohne Erregung: »Wir sind nicht gekommen, um mit dir zu streiten, Segestes. Wir wollen mit dir sprechen.«

»Worüber?«

»Über deine Freilassung.«

»Das haben wir schon oft. Hast du deine Bedingungen geändert, *Herzog*?«

»Nein.«

»Dann halte ich jedes weitere Wort für verschwendet«, beschied Segestes und führte seinen silbernen Metbecher zum Mund.

»Die Bedingungen haben sich nicht verändert, aber die Umstände«, sagte Armin. »Wir sollten uns allein darüber unterhalten, nur du, Thusnelda und ich.«

Segestes blickte die Vertrauten an, die sein Schicksal teilten. »Meine Männer können alles hören.«

»Auch die Schalke?« fragte Armin.

»Meinetwegen auch die.«

Armin sah in die Runde und sagte laut: »Dann sollen alle vernehmen, daß du demnächst Großvater wirst.«

Verdutzt blickte Segestes erst Armin und dann Thusnelda an. Die Augen des gefangenen Fürsten verengten sich zu Schlitzen und saugten sich an dem leuchtend blauen Kleid seiner Tochter fest. Nein, nicht an dem Kleid, sondern an dem Leib darunter. Ausgeprägte weibliche Formen zeichneten sich durch den Stoff ab, aber nicht das, wonach der Gaufürst suchte.

»Ist das eine Falle?« fragte er vorsichtig.

»Nein, Vater.« Thusnelda trat vor und legte eine Hand auf seine Schulter. Er bemerkte es mit finsterem Blick, schüttelte die Hand aber nicht ab. Die junge Frau fuhr fort: »Ich schwöre bei meinem Leben, daß es die Wahrheit ist.«

»Seit wann weißt du es?«

»Erst seit vorgestern.«

»Warum kamst du dann nicht schon vorgestern zu mir?«

Thusnelda holte tief Luft, bevor sie antwortete: »Weil ich mir erst klar darüber werden mußte, ob du mich sehen willst, die du als Tochter verleugnest. Aber würdest du auch deinen Enkelsohn verleugnen?«

Der Mißmut in Segestes' Zügen wich der Überraschung. »Woher willst du wissen, daß es ein Junge wird? Ist es dazu nicht noch ein bißchen früh?«

Thusnelda warf Armin einen kurzen Blick zu. »Wir haben die Runen befragt. Ihre Antwort war eindeutig.«

»Auch die Runen haben sich schon geirrt«, brummte Segestes.

»Ich fühle, daß es ein Sohn wird!«

»Keine Falle?« vergewisserte sich der Fürst des Stiergaues noch einmal.

Thusnelda blickte dem Vater tief in die Augen. »Bei meinem Leben und dem meines Kindes, nein.«

Armin fügte hinzu: »Du hast mein Wort als Edeling, Segestes.«

Der gefangene Fürst brütete eine ganze Weile mit gesenktem Haupt vor sich hin und sagte dann: »Ich komme frei, wenn ich in die Hochzeit einwillige, richtig?«

»Richtig«, bestätigte Armin. »Und wenn du den Römern abschwörst und mir Gefolgschaft gelobst.«

Diese Worte warfen Schatten auf Segestes' Gesicht. Schnell zwang sich der Gefangene zu einem Lächeln und sagte: »Das sind deine Bedingungen, Armin. Nun höre die meinen!«

»Deine?« Armins Stimme klang schrill. »Was willst du für Bedingungen stellen, Segestes. Du bist mein ...« Thusneldas mahnender Blick traf den Herzog, und er verschluckte das letzte Wort.

»Dein Gefangener?« meinte Segestes mit lauerndem Blick. »Das wolltest du doch wohl sagen, Armin.«

»Mein Gast«, brachte der Herzog mit rauher Stimme hervor. »Du bist mein Gast, Segestes.«

»Und der Mann, den du um die Hand der Tochter bittest«, sagte Segestes. »Ist es nicht so?«

»Ja, so ist es.« Armin klang jetzt wieder völlig gelassen.

»Dann laß hören, welchen Brautpreis du dem Brautvater übergeben willst«, forderte Segestes. »Und bedenke, daß du keine gewöhnliche Braut begehrst, sondern eine Frau von ebenso edler Abstammung wie du selbst.«

Womit du dich selbst mir gleichstellst, alter Fuchs! dachte Armin, behielt diesen Gedanken aber für sich. Laut sprach er: »Ich biete dir hundert Rosse und hundert Rinder nach deiner Wahl, Segestes.«

»Das ist ein guter Preis.« Segestes nickte zufrieden. »Also gut, ich werde mir zweihundert Rosse und zweihundert Rinder aus deinen Ställen aussuchen.«

»Nicht zweihundert, sondern hundert!«

»Du vergißt das Sühnegeld, Armin«, sagte Segestes mit einem hinterhältigen Lächeln. »Du hast Thusnelda geraubt, sie dadurch meiner Munt entzogen und die Ehre der ganzen Sippe verletzt. Du weißt, daß dies nur durch das Vergießen von Blut oder durch einen Sühnepreis gutzumachen ist. Der Sühnepreis darf nicht geringer ausfallen als der Brautpreis. Alles andere wäre eine Beleidigung der Stiersippe.«

Und ist eine dir willkommene Mehrung deines Reichtums, dachte Armin, behielt aber auch diesen Gedanken für sich und bewahrte seine äußere Ruhe. Segestes schien geneigt, der Verbindung zwischen Armin und Thusnelda und, was noch wichtiger war, der Bündnistreue zu Armin zuzustimmen. Trotz seiner Jugend war Armin klug und beherrscht genug, diesen Erfolg nicht durch eine unbedachte Äußerung zu gefährden. Thusneldas erschrockener Blick, als er ihren Vater einen Gefangenen nennen wollte, war ihm eine Warnung gewesen.

»Einverstanden«, überwand Armin sich, ohne zu zeigen, wie schwer es ihm fiel. »Zweihundert Pferde und zweihundert Rinder, was dich gewiß zum reichsten Fürsten der Cherusker macht.«

Segestes erwiderte Armins Blick, ohne eine Regung zu zeigen. Betont langsam sagte er: »Und dich zum mächtigsten, Armin.«

»So sei es«, sagte der junge Herzog und streckte die rechte Hand aus. Als Segestes sie ergriff, war das Verlöbnis beschlossen. Alles weitere sollte am Abend bei der Biersitzung besprochen werden. So hieß das große Gelage, bei dem nach altem Brauch die Verlobung bekanntgemacht werden sollte.

Armin sah zufrieden aus, als er mit Thusnelda das Gästehaus verließ.

»Die zweihundert Rosse und die zweihundert Rinder scheinen dich nicht zu schmerzen«, bemerkte seine Braut.

»Die Freude darüber, daß dein Vater endlich eingewilligt hat, überwiegt den Schmerz. Wenn Segestes auf meiner Seite steht, werden auch die anderen Gaufürsten folgen. Und wenn die Cherusker sich einig sind, werden sich noch mehr andere Stämme uns anschließen. Vielleicht sogar das Volk der Markomannen.«

Thusnelda war etwas traurig darüber, daß Armin Segestes' Einwilligung in eine Heirat nur aus dieser Sicht betrachtete. Aber was wollte sie verlangen? Sie liebte einen ehrgeizigen Fürsten, keinen einfachen Bauern. Und sie lebten schon so lange zusammen, daß das Ehebündnis nur nach außen wichtig war, nicht aber für Armin und Thusnelda. Das Kind, das in ihrem Bauch heranwuchs, war dafür das beste Zeugnis.

»Von welchen Gaufürsten sprichst du?« fragte Thusnelda.

»Besonders von meinem Onkel Inguiomar. Er hat zwar damals gegen Varus mitgekämpft, wenn auch nicht bei der Schlacht gegen die drei Legionen, aber ich weiß nicht recht, wo er wirklich steht. In allen Kämpfen hat er sich sehr zurückhaltend gezeigt.«

»Und was ist mit dem Fürsten der Donarsöhne?«

»Thorag?«

Thusnelda nickte.

»Das ist eine gute Frage«, sagte Armin. »Seit dem Sieg über Armin habe ich ihn nicht mehr gesprochen. Wenn wir uns auf den Stammesthingen sahen, ging er mir aus dem Weg. Er will nicht mehr an meiner Seite kämpfen, hindert seine Leute aber nicht daran, es zu tun. Wenn ich ihn umstimmen könnte, wäre das sehr günstig für meine ... unsere Pläne.«

»Hast du nicht mit Thorag die Blutsbrüderschaft geschlossen?«

»Das haben wir.«

»Und trotzdem hat er sich von dir abgewandt?«

»Er hat mir nicht verziehen, daß ich ihm die Wahrheit über den Eberfürsten Onsaker verheimlichte. Aber hätte ich Thorag gesagt, daß Onsaker der Mörder seines eigenen Sohnes und des Vaters seiner Schwiegertochter war, so wäre das Bündnis gegen Varus am Zwist zwischen Eberkriegern und Donarsöhnen zerbrochen.«

»Vielleicht ist unsere Hochzeit eine gute Gelegenheit, dich mit Thorag zu versöhnen.«

»Er ist anderen Einladungen nicht gefolgt«, knurrte Armin. »Weshalb sollte er es diesmal tun?«

»Es ist Brauch, das Ehebündnis mit dem Hammer des Donnergottes zu bekräftigen. Thorag ist doch ein Abkömmling Donars. Wenn wir ihn bitten, unseren Bund im Namen des Donnergottes zu segnen, kann er es kaum verwehren.«

Armin blieb unvermittelt stehen und strahlte über das ganze Gesicht. Er umfaßte Thusneldas Schultern und sagte: »Erst mit dir an meiner Seite bin ich ein weiser Fürst. Daß ich nicht darauf gekommen bin! Ich werde sofort eine Gesandtschaft zu Thorag schicken. Natürlich auch zu den übrigen Gaufürsten und zu den Fürsten der Nachbarstämme. Unsere Hochzeit wird vielleicht zum wichtigsten Ereignis seit dem Sieg über Varus!«

Dann ließ Armin seine Gefährtin einfach stehen und eilte davon, um seine Sendboten zusammenzurufen.

Thusnelda blickte ihm lächelnd nach und seufzte: »Männer!«

Kapitel 2

Der Fluch der Seherin

Die Adler flogen zwischen zerklüfteten Bergen und riesigen Wäldern dahin. Einem Unkundigen mochte diese unwirtliche Gegend undurchdringlich erscheinen, und doch wälzte sich der mächtige Heerwurm aus Menschen, Tieren, Wagen und Waffen immer weiter voran, tiefer in das fremde Land hinein, sicher geleitet von den drei goldenen Adlern des Jupiter mit den Nummern XVII, XVIII und IXX. Der Boden erbebte unter den Hufschlägen der Reiterei und den Stiefelschritten der Legionäre. Tausende und Abertausende von römischen Soldaten drangen in das Land namens Germanien ein, um den blonden Barbaren die Macht und Unbesiegbarkeit Roms zu demonstrieren.

Bis sich auf einmal die riesigen Bäume teilten und den Blick auf eine Gestalt freigaben, die kaum weniger groß und mächtig erschien. Weiß war das bis auf den Boden reichende Gewand der Gestalt, und weiß war ihr langes Haar, das im plötzlich aufbrausenden Sturmwind wehte. Der Himmel verdüsterte sich, als sich die Sonne hinter großen, schwarzen Wolken verbarg. Die plötzliche Finsternis, von der die römische Armee umhüllt wurde, riß auf in Zacken greller Helligkeit. Den Blitzen folgte Donner, lauter noch als der Marschtritt der Legionen, die jetzt erschrocken anhielten. Auch die goldenen Adler flogen nicht länger voran, sondern schwebten still über den Soldaten. Tausende von Augen waren auf die seltsame weiße Gestalt gerichtet, die dem Sturmwind trotzte und unbeweglich vor den Römern stand. Auf diese Gestalt und auf die des römischen Feldherrn, der in seiner glänzenden Rüstung an der Spitze der Truppen geritten war und jetzt Mühe hatte, sein erschrockenes Pferd im Zaum zu halten.

Als der Feldherr sah, daß die weiße Gestalt und das unerwartete Unwetter den Mut seiner Soldaten schwächten und ihre Angst stärkten, stieß er dem Pferd die Hacken in die Flanken. Ganz allein ritt er den Hügel hinauf, auf dem das weiße Wesen so unbeweglich stand wie eine Marmorstatue auf dem Forum in Rom. Er wußte nicht zu sagen, ob er sein Pferd zurückriß oder ob es von selbst stehenblieb, als die Gestalt in gebieterischer Geste beide Arme ausbreitete. Eine Geste, die sämtliche drei Legionen mitsamt den Hilfstruppen zu umfassen schien. Gleichzeitig wurde die Dunkelheit von dem gewaltigsten Blitz gespalten, den der Feldherr jemals gesehen hatte. Er beleuchtete das Antlitz der unheimlichen Kreatur.

Es war das Gesicht einer Frau. Ein seltsames Gesicht, das unendlich alt und erfahren aussah und doch keine einzige Falte zeigte. Obwohl die Frau keine bedrohliche Miene machte, wirkte sie auf den Feldherrn furchteinflößend. Hitze trieb Schweiß auf seine Stirn, und Kälte jagte Schauer über seinen Rücken.

Die weiße Frau streckte den rechten Arm in Richtung des Feldherrn aus. Sie zeigte auf ihn, auf seine Soldaten und auf das ferne Land, aus dem sie kamen. Als sie zu sprechen begann, klang ihre Stimme wie der Hall des unablässigen Donners: »Wohin wollt ihr, unersättliche Söhne Roms? Die Götter dulden nicht, daß eure Augen dies schauen. Kehrt um! Das Ende eurer Taten und eures Lebens ist gekommen.«

Der Feldherr wollte nicht weichen, mochte die riesige Frauengestalt auch noch so furchteinflößend sein. Aber er konnte nicht anders. Sein Pferd war nicht mehr zu halten und stürmte in wilder Jagd den Abhang hinunter, den ebenfalls fliehenden Soldaten nach.

Doch das Verhängnis war schneller als die Beine der vom Fluch der Riesin in Panik versetzten Legionäre. In Gestalt einer unübersehbaren Zahl von Wölfen kam es aus dem Unterholz, und das Geheul der blutgierigen Tiere übertönte sogar noch den Donner. Es waren riesige Wölfe, in der Größe den uralten Bäumen und der Frau in Weiß angemessen. Und sie waren von unüberwindlicher Kraft, als sie die Soldaten ansprangen. Ein Legionär nach dem anderen stürzte zu Boden und starb, von den Fängen der Tiere zerfleischt.

Ein ganzes Rudel fiel den Feldherrn an, dessen Schwert immer wieder Fell und Fleisch der Tiere durchbohrte. Ihm fiel auf, daß es sehr dunkle Tiere waren, fast schwarz, wie geschaffen, um mit der Finsternis zu verschmelzen.

Während er sich bemühte, die Wölfe von sich abzuwehren, zerfleischten sie sein Pferd. Es knickte ein, und der Reiter verlor den Halt. Der Feldherr stürzte zu Boden, und das Pferd fiel auf sein Bein. Er hörte das Splittern seiner zerbrechenden Knochen, dann erst folgte der Schmerz.

Die Wölfe nutzten seine Lähmung, um über ihn herzufallen, in so großer Zahl, daß sie ihn ganz unter sich begruben, so wie sie auch die goldenen Adler zu Fall gebracht und begraben hatten. Seltsam, obwohl er nicht mehr sah als das dunkle Fell der Tiere, ihre glühenden Augen und die scharfen Zähne in den aufgerissenen Mäulern, wußte der Feldherr, daß es genau dreißig Tiere waren, gegen die er kämpfte. Obgleich es aussichtslos war, bot er alle ihm verbliebene Kraft auf, um die mordlüsterne Meute von sich, von seiner Kehle fernzuhalten.

Der Feldherr warf sich wild herum und versuchte, die dreißig schweren Körper von sich abzuschütteln. Aber dann bemerkte er, daß er nur gegen einen einzigen Gegner kämpfte. Und es war nicht mal ein Gegner. Im schwachen Licht einer Öllampe erkannte er die besorgten Züge seiner Frau, die sanft über sein schweißnasses Haar strich und beruhigend auf ihn einredete.

»Ist ja schon gut, Gaius«, sagte Agrippina leise. »Es ist alles gut, es war nur ein böser Traum.«

Gaius Julius Caesar Germanicus lag in zerwühlten Laken und benötigte eine Weile, um sich zu vergegenwärtigen, daß er nicht mit seinen Legionen in einer verlorenen Schlacht stand, sondern daß er im Ruhezelt lag. Nacht hatte sich über die Wälder Germaniens gesenkt, einmal noch, bevor Germanicus endlich Caecinas Sommerlager erreichen würde.

Die Nacht hatte, wie so viele Nächte zuvor, den Traum gebracht, der Germanicus nicht in Frieden lassen wollte. Den Traum, der ihn antrieb. Den Traum, der seinen Körper, seine Tunika und die Laken seines Bettes mit Schweiß getränkt hatte. Germanicus haßte diesen Traum, weil er in ihm eine Angst verspürte, die er sich am hellen Tag draußen auf dem Schlachtfeld niemals leisten durfte.

Aber jetzt konnte er beruhigt sein. Er war aus dem schrecklichen Traum erwacht, und Agrippina war bei ihm. Er mußte so laut geschrien haben, daß sie im Nebenraum des großen Zeltes aufgewacht war. Sie beugte sich so dicht über ihn, daß ihr Lavendelduft ihn einhüllte, daß ihre braunen Locken sein Gesicht kitzelten und daß er durch den Stoff ihrer Gewänder den Druck ihrer großen, festen Brüste spürte.

»Agrippina!« In diesem Seufzer schwang seine Erleichterung über das Erwachen aus dem Alptraum ebenso mit wie das Glück, das ihn jedesmal überfiel, wenn er seine schöne, begehrenswerte Frau in den Armen hielt. »Ich bin so froh, dich zu sehen und nicht diese ...«

Er brach ab, seine ebenmäßigen Züge verhärteten sich, und sein Blick ging durch Agrippina hindurch. Vor seinem geistigen Auge sah er wieder die furchteinflößende weiße Riesin, deren gebieterische Geste die römischen Legionen zurückwies und gleichzeitig in den Untergang schickte.

Agrippina setzte sich auf den Bettrand und nahm ihren Mann

in die Arme. Sie drückte das Gesicht des mächtigen Feldherrn gegen ihre Brust, wie es eine Mutter mit ihrem kleinen Kind tat.

»Hast du wieder von deinem Vater geträumt, Gaius?«

»Ja«, antwortete er mit brüchiger Stimme und dachte an seinen Vater Nero Claudius Drusus, von dem er den Ehrennamen ›Germanicus‹ geerbt hatte. Drusus Maior, wie sein Vater auch zur Unterscheidung von Tiberius' Sohn Drusus Minor genannt wurde, war der jüngere Bruder des Mannes gewesen, den der kürzlich verstorbene Augustus zu seinem Nachfolger bestimmt hatte.

Germanicus hatte den Vater nur noch in schwacher Erinnerung. Er war gestorben, als der Sohn erst sechs Jahre alt war, fern von Rom in den Wäldern Germaniens. Er war von seinem strauchelnden Pferd gefallen, das auf seinen Schenkel stürzte und ihm die Knochen brach. Dreißig Tage später war er an den Folgen der Verletzung in den Armen des zu ihm geeilten Bruders gestorben.

Tiberius hatte den Leichnam nach Rom zurückgebracht, wo der Tote mit Ehrungen überhäuft worden war. Ein Nachklang dieser Ehrungen war der Name ›Germanicus‹, den jetzt sein Sohn trug. Gern hätte er darauf verzichtet, wäre es ihm nur vergönnt gewesen, dem Vater in seinen schwersten Stunden beizustehen. Aber Tiberius hatte damals, vor dreiundzwanzig Jahren, seine Bruderpflicht erfüllt, und das würde Germanicus dem Onkel und Adoptivvater niemals vergessen.

»Denk nicht weiter an den Traum«, sagte Agrippina sanft. »Er hat nichts zu bedeuten, es ist Vergangenheit.«

»Nein, nicht nur! Ich träumte vom Tod meines Vaters und gleichzeitig von der Niederlage des Quintilius Varus. Es war sein Heer, das der weißen Frau begegnete.«

»Woher willst du das wissen?«

»Die Adler der drei von Arminius und seinen Aufständischen vernichteten Legionen schwebten über den Soldaten. Ich sah die Nummern der Legionen, deren Wiederaufstellung Augustus für alle Zeit verboten hat: XVII, XVIII und IXX.«

»Aber auch das ist Vergangenheit, Gaius. Alles ist lange vorbei. Das Schicksal, das deinem Vater und Quintilius Varus widerfuhr, ist nicht dein Schicksal!«

»Vielleicht doch«, erwiderte Germanicus schleppend. »Ich hatte diesen Traum schon oft, doch diesmal war etwas anders.«

Er machte eine Pause, schluckte und preßte die Lippen zusammen, als scheue er sich auszusprechen, was ihn belastete. Agrippina drückte ihn noch fester an sich und bewegte seinen Oberkörper leicht hin und her, wie sie es bei ihren Kindern tat, um sie in den Schlaf zu wiegen.

»Es war das Gesicht«, fuhr Germanicus stockend fort.

»Das Gesicht der riesenhaften Frau?« Während sie das sagte, fragte Agrippina sich, was an der Erzählung dran war, Drusus sei einer übermenschlich großen Frau begegnet, die ihm den Weitermarsch verwehrt und ihm den nahen Tod prophezeit habe. Eigentlich hielt sie es für eine Legende. Aber weshalb träumte Gaius immer wieder von der germanischen Riesin?

»Nein, ihr Gesicht war wie immer, unnahbar, allwissend, unbewegt und doch furchteinflößend. Ich meine das Gesicht des Feldherrn.«

»Das deines Vaters?«

Germanicus schüttelte den Kopf. »Diesmal war es nicht das schemenhafte Antlitz des Drusus.«

»Sondern das des Quintilius Varus?«

»Nein ...« Wieder zögerte er, räusperte sich, um seiner Stimme die Brüchigkeit zu nehmen und sagte endlich: »Es war *mein* Gesicht. Ich war der Anführer der Legionen, die von der Riesin verflucht und in den Tod geschickt wurden!«

Er hob den Kopf und sah seine Frau an, auf ihren Trost wartend. Sie schwieg für eine kleine Weile, um sich darüber klar zu werden, welche Bedeutung Germanicus seinem Traum beimaß.

»Es war kein Hinweis auf deinen Tod, Gaius!« Sie sagte es mit sanfter, beruhigender Stimme und doch mit der ihr eigenen Bestimmtheit, die ihr manchmal den Vorwurf einbrachte, nicht nur leidenschaftlich, sondern auch herrschsüchtig zu sein. »Es war nur der Ausdruck deiner verwirrten Sinne. Erst Augustus' Tod und jetzt die Meuterei deiner Legionen, das hat dich mitgenommen.«

»Wir beide sind von edlem Blut, Agrippina. Ich bin ein Großneffe des Augustus und du seine Enkelin. Du weißt, daß es heißt, die Träume von Menschen, die den Göttern nahestehen, sind nicht ohne Bedeutung, sondern von den Göttern gesandt.«

»Nicht alle Träume sind von den Göttern gesandt«, versuchte Agrippina die Bedenken ihres Mannes zu zerstreuen. »Außerdem, wenn du deine Träume den Göttern zuschreibst, muß das auch für meine Träume gelten. Auch ich habe einen Traum, der immer wiederkehrt. Es ist der Traum, daß ich an der Seite des Mannes sitze, der über Rom herrscht.«

Germanicus stieß seine Frau in einer plötzlichen Gefühlsaufwallung von sich und richtete seinen Oberkörper auf. Seine eben noch trüben Augen blickten zornig. »Hör auf!« fuhr er Agrippina an. »Du weißt, daß ich solche Reden nicht mag. Augustus hat Tiberius zu seinem Nachfolger bestimmt.«

»Aber viele sind der Meinung, du wärst ein besserer Herrscher. Wäre das Glück statt auf der Seite des Augustus auf der von Marcus Antonius gewesen, dann wärst vielleicht du, der Enkel des Antonius, jetzt der Beherrscher der Welt. So denken nicht nur viele in Rom, sondern auch deine Soldaten hier. Glaube mir, Gaius, nicht nur der Unmut über den schlechten Sold und die Länge ihres Dienstes hat sie zur Meuterei veranlaßt, sondern vor allem die Unzufriedenheit mit dem neuen Princeps.«

»Es ist, wie es ist«, entgegnete Germanicus trotzig. »Niemals werde ich dem Bruder meines Vaters in den Rücken fallen, dem Mann, der in der Stunde des Todes an Drusus' Seite stand.«

»Vielleicht bezieht sich mein Traum auf eine fernere Zeit, auf die nach Tiberius.«

Nach seinem Tod, wollte Agrippina erst sagen, besann sich aber eines Besseren. Sie durfte ihren erregten Mann nicht noch mehr erzürnen.

»Ja«, seufzte Germanicus. »Vielleicht bin nicht ich der Mann an deiner Seite, sondern einer unserer Söhne.«

Seltsam, daran hatte Agrippina noch gar nicht gedacht. So oft der Traum ihr den Schlaf versüßte, das Gesicht des Mannes, der über das Römische Reich herrschte, hatte sie noch nie gesehen. Sie versuchte sich vorzustellen, wie ihre Söhne als erwachsene Männer aussehen würden. Nero Caesar, der jetzt acht, und Drusus Caesar, der sechs Jahre alt war.

Und der kleine Gaius Julius Caesar, der erst vor gut zwei Jahren auf die Welt gekommen war und den seine Eltern mit nach Gallien genommen hatten. Der aufgeweckte kleine Junge war schnell zum Liebling der Legionäre geworden, die ihm ein Paar winziger Soldatenstiefel anfertigten, auf denen er durchs Lager stakste. Caligula, Stiefelchen, nannten sie ihn in ihrer rauhen

Herzlichkeit, und seine Eltern benutzten den Namen auch schon. Sich frühzeitig die Zuneigung der Armee zu sichern war nicht der schlechteste Weg, eines Tages Princeps zu werden. Würde der kleine Caligula eines Tages über Rom herrschen und mit ihm seine Mutter Agrippina, so wie jetzt Livia zusammen mit ihrem Sohn Tiberius regierte?

Bis dahin würde es ein langer Weg werden. Vielleicht konnte Agrippina schon eher ihren Wunsch befriedigen, die mächtigste Frau der Welt zu sein und den Titel ›Augusta‹ zu tragen, den jetzt Livia innehatte. Sie mußte nur ihren störrischen Mann dazu bringen, sich nicht mehr als Neffe und Adoptivsohn des Tiberius zu sehen, sondern als Enkel des noch immer von vielen Römern verehrten Marcus Antonius.

Wie Gaius Julius Caesar Germanicus jetzt vor ihr lag, erschöpft, verschwitzt und mit am Kopf klebenden Haaren, wirkte er allerdings überhaupt nicht wie ein Herrscher.

Die Nächte wurden schon kühl um diese Jahreszeit. In diesem Zustand konnte Gaius sich leicht erkälten. Mit den geübten Handgriffen einer erfahrenen Mutter streifte sie seine Tunika ab und begann damit, ihn vom Kopf abwärts abzutrocknen. Dabei benutzte sie ein Stück der aus dicker Schafswolle bestehenden Tunika, die sie sich zum Schutz gegen die nächtliche Kälte übergezogen hatte. Als Haar, Gesicht und Oberkörper trocken waren, kniete sie sich hin, und die Hand mit dem Wollzipfel fuhr über die Oberschenkel, die im Gegensatz zu Germanicus' sonst eher kräftigem Körperbau ein wenig dünn wirkten.

Plötzlich hielt Agrippina inne und starrte auf das Glied ihres Mannes, das, erregt durch ihre Berührungen, anschwoll und sich ihr entgegenreckte. Sie hob den Kopf und fand Germanicus' Augen im fiebrigen Glanz der erwachenden Begierde.

Die Enkelin des Augustus war schon immer von rascher Auffassungsgabe gewesen und beschloß, den Zustand ihres Mannes auszunutzen, um alle etwaige Verstimmung zu vertreiben, die ihr vorheriges Drängen nach der Macht bei ihm ausgelöst haben mochte. Agrippina ließ ihre Tunika los und umfaßte mit festem Griff die Wurzel des angeschwollenen Priapus, den sie mit ihren Lippen umschloß. Ein Beben ging durch den Unterleib des Mannes und dann durch seinen ganzen Körper. Sein Atem wurde lauter und schneller. Geschickt steigerten Hände, Zunge und Lippen der Frau die Lust des Mannes, der sein Bett unter leisem Stöhnen noch mehr zerwühlte.

Auch Agrippina fühlte ihre Erregung wachsen und dachte gleichzeitig mit einem Anflug von Belustigung an die Wachen vor dem Zelt. Wenn Germanicus noch lauter wurde, würde ihren Ohren nicht entgehen, was in der Unterkunft ihres Imperators vor sich ging. Und wenn schon, es war nicht das erste Mal. Zwar schliefen Germanicus und Agrippina in getrennten Abteilungen des Zeltes, aber nur, weil der Imperator den späten Abend oft nutzte, um im Schein der Öllampen an seinen Dichtungen und wissenschaftlichen Schriften zu arbeiten. Trotz der getrennten Betten verging kaum eine Nacht, in der sie nicht zusammen eines ihrer Lager in Unordnung brachten.

So wie jetzt, als Agrippina ihre Tunika abgestreift hatte und sich zu ihrem Gemahl legte. Ihr einziges Kleidungsstück war nun die Brustbinde, die sie trug, um Form und Festigkeit ihrer von Germanicus so geliebten Brüste zu erhalten. Zwar war Agrippina erst dreißig Jahre alt, aber sie hatte schon sechs Söhnen ihre Milch gegeben, von denen aber nur noch drei lebten.

Germanicus' Hände griffen gierig nach dem Leinentuch und zogen es soweit herunter, bis es unter den Brüsten saß, die dadurch noch fester wirkten. Agrippina hockte sich rittlings auf den Gatten, der ihre großen, warmen Fleischkugeln mit solcher Inbrunst massierte und knetete, daß es schon weh tat.

»Du willst auf mir reiten?« keuchte Germanicus.

»Auf dir und auf deinem spitzen Schwert, o mein Imperator!«

»Das kannst du haben.« Der Mann lächelte und bohrte sein hart gewordenes Fleisch in das warme, feuchte Dreieck zwischen ihren Schenkeln.

Germanicus hörte erst auf, mit Agrippinas Brüsten zu spielen, als sich sein ganzer Körper ruckartig versteifte und er sich in ihren Schoß ergoß. Auch Agrippina genoß den Höhepunkt ihrer Lust, dann sackte ihr erschöpfter Körper auf den des Mannes.

Eine ganze Weile lagen sie so auf dem Bett, und einer genoß die Wärme des anderen. Schließlich bewegte Germanicus sich und zog die Decke über ihre Leiber. »Damit wir beide uns in der unnatürlichen Kälte dieses Landes nicht den Tod holen«, erklärte er.

Agrippina richtete ihren Oberkörper ein wenig auf, hob ihren Kopf, bis sie ihrem Mann in die Augen sah, und sagte: »Wir drei!«

Germanicus grinste. »Glaubst du, unser Ritt eben war so erfolgreich?«

»Nicht dieser Ritt, sondern einer, der schon einige Zeit zurückliegt.«

Das Grinsen verschwand, und Germanicus zog überrascht die Augenbrauen hoch. »Soll ... soll das heißen, du erwartest ein Kind?«

Jetzt war es Agrippina, die grinste. »Eine andere Deutung meiner Worte scheint mir schwer möglich, o mein Gebieter.«

Sie hatte eine spöttische Erwiderung ihres Mannes erwartet, aber seine Züge blieben ernst, als er sagte: »Vielleicht war es unser neues Kind, von dem du träumtest, der Princeps, an dessen Seite du dich sahst.«

»Ja, vielleicht«, stimmte sie zu und fragte sich, warum sie noch nicht darauf gekommen war.

»Oder wird es ein Mädchen?« fragte Germanicus.

»Das wissen bis jetzt nur die Götter.«

Sie liebten sich noch zweimal in dieser Nacht, so wild und leidenschaftlich, wie es nach fast zehn Jahren Ehe nicht selbstverständlich war. Die Freude über das neue Kind hatte bei Germanicus die Sorgen über den Alptraum verdrängt.

Das allmorgendliche Opfer für die Penaten und die Laren und für den Genius, das Mann und Frau mit Teilen ihres Frühstücks an einem Altar darbrachten, fiel diesmal besonders reichlich aus, um die Haus- und Familiengötter dem in Agrippinas Leib heranwachsenden Kind gewogen zu stimmen. Aus demselben Grund beteten Germanicus und Agrippina an diesem Morgen auch zur Juno, der Beschützerin der weiblichen Fruchtbarkeit und der Neugeborenen.

Dann trat Germanicus vor das Zelt, um seinen Offizieren die nötigen Anweisungen für den heutigen Tag zu geben. Es würde ein anstrengender und gefährlicher Tag werden. Die Nachrichten von der Meuterei der germanischen Legionen waren höchst besorgniserregend, andernfalls hätte Germanicus kaum die Steuerschätzung in Gallien unterbrochen, um im Eilmarsch an den Rhenus zurückzukehren. Jetzt stand er mit seiner Leibwache dicht vor dem Sommerlager der Legionen I, V, XX und XXI. Ihr

Befehlshaber war Aulus Caecina Severus, ein verdienter Veteran, der als Legat von Moesien die pannonischen Aufständischen bekämpft und einen Einfall der Daker und Sarmaten zurückgeschlagen hatte. Wenn Caecina nicht mit den meuternden Truppen fertig wurde, mußte die Lage wirklich brisant sein.

Kaum war der Imperator ins Freie getreten und hatte die frische, würzige Morgenluft eingeatmet, als er nicht weit von seinem Zelt entfernt Unruhe unter den Soldaten bemerkte. Ein Gedanke traf ihn wie ein Schlag vor den Kopf: Hatte die Meuterei etwa schon seine Leibwache ergriffen? Es waren zwar ausgewählte, gutbezahlte Elitesoldaten, Prätorianer, wie es dem Adoptivenkel des Augustus zustand, aber Zeiten wie diese nagten an jeder Sicherheit.

Wenn es Meuterei war, durfte er jetzt kein Zaudern zeigen. Er unterdrückte den Drang, an die linke Hüfte zu greifen und das Schwert aus der verzierten Scheide zu ziehen. Nur nichts überstürzen, einen kühlen Kopf bewahren! Er ging mit gemessenen Schritten auf den Aufruhr zu und kniff die Augen zusammen, um gegen die noch tief stehende Morgensonne zu erkennen, was sich im Lager abspielte. Schließlich entdeckte er eine zerlumpt aussehende Gestalt zwischen seinen Soldaten, eine Frau offenbar.

»Was ist los?« schnarrte Germanicus im gebieterischen Feldherrnton und sorgte damit augenblicklich für Ruhe.

Die Soldaten hörten mit dem Gerangel auf. Zwischen ihnen stand eine nicht mehr junge Frau, eine Germanin, wie der Imperator an ihrer schlichten Kleidung, ihren Gesichtszügen und ihren hellen, schon ergrauenden Haaren erriet. Obwohl sie vollkommen gerade stand, hielt sie einen langen, knotigen Stock in der Hand.

Ein Zenturio löste sich aus der Gruppe, trat vor Germanicus und schlug zum Gruß mit der Faust gegen seinen im Sonnenlicht blitzenden Brustpanzer. »Salve, Imperator.«

»Was tut sich hier, Zenturio?« fragte Germanicus, anstatt den Gruß zu erwidern. »Was ist das für eine Frau?«

»Eine Einheimische«, antwortete der Zenturio. »Beim Abbrechen der Palisaden muß sie sich irgendwie ins Lager geschlichen haben. Wir haben sie in der Nähe deines Zeltes aufgegriffen, Caesar Germanicus.«

Die Frau reckte das faltige Gesicht vor und sagte mit kreidiger, unangenehm durchdringender Stimme: »Du bist Germanicus, unser römischer Herr. Zu dir wollte ich.«

Für eine gewöhnliche Frau, die sie aufgrund ihres Aussehens nur sein konnte, beherrschte sie die lateinische Sprache sehr gut, wenn auch mit einem starken Akzent. Vergeblich versuchte Germanicus, anhand dieses Akzents den Stamm zu erraten, dem die Frau angehörte. Er fragte sie danach.

»Das habe ich längst vergessen«, antwortete sie zu seiner Überraschung. »Ich streife schon zu lange durch das Land, und nirgends bin ich heimisch.«

»Und weshalb hast du mich gesucht?«

»Du bist als großzügig bekannt, Gebieter, und ich bin nur eine arme Frau.«

»Eine Bettlerin also«, knurrte der Zenturio unwillig. »Immerhin besser als eine Meuchlerin. Oder willst du dich jetzt nur herausreden, Vettel?«

»Ich will niemandem etwas Böses. Ich will nur dem Germanicus meine Dienste anbieten in der Hoffnung, ihn mir gewogen zu machen.«

»Was für Dienste?« fragte Germanicus, der nicht wußte, was er von der Sache halten sollte.

War die zerlumpte, abgerissene Frau wirklich nur eine Bettlerin? Oder hatte der Zenturio recht: Hatten Meuterer die Frau ausgeschickt, ihn umzubringen? Vielleicht sollte sie ausspionieren, welche Pläne der Imperator verfolgte. Dann würde sie wenig Erfolg haben. Er wußte selbst noch nicht, was er tun würde, wenn er den Meuterern gegenüberstand.

»Die Götter sind gnädig zu mir und lassen mich in die Zukunft der Menschen sehen«, sagte die Frau.

»Eine Seherin also«, sagte der Zenturio spöttisch und ließ ein abfälliges Lachen hören. »Bei Jupiter, von dieser Sorte haben wir Römer selbst mehr als genug. Such dir einen anderen Dummen aus, dem du deine Lügengeschichten erzählen kannst, Weib. Uns verschone damit und verschwinde endlich!« Er packte die Frau an den Schultern, um sie zu entfernen.

Eine helle, gebieterische Stimme hielt ihn zurück: »Nein, laß sie los, Zenturio!«

Germanicus wandte den Kopf zur Seite und sah Agrippina, die neben ihn getreten war. Daß Agrippina seinem Zenturio einen Befehl erteilte, erregte weder seine Verwunderung noch seinen Widerspruch. Die Enkelin des Augustus konnte ihr Blut nicht verleugnen und benahm sich nicht nur wie die Frau des Imperators, sondern wie seine Stellvertreterin.

Ihre Dienerinnen hatten sie für den Tag zurechtgemacht, und es konnte kaum einen größeren Unterschied geben als den zwischen der traurigen Gestalt der Germanin und Agrippinas strahlender Schönheit. Ihr anmutiges Gesicht benötigte nur wenig Schminke, hauptsächlich etwas Antimonpuder, das ihre Augen größer erscheinen ließ und ihnen einen geheimnisvollen Glanz verlieh. Ihre Stola war von einfacher Eleganz, eng genug, um die weiblichen Rundungen ihres Körpers nicht zu verbergen. Das feingoldene Haarnetz fing die Strahlen der Sonne auf und ließ Agrippinas Haupt bei jeder Bewegung funkeln wie das einer Göttin. Eine breite Goldkette, netzartig mit Knoten versehen, wiederholte das Muster des Haarnetzes. Mit kostbaren Steinen besetzte Ringe schmückten die schlanken Finger.

»Was willst du mit dieser Frau, Agrippina?« fragte der Imperator verwirrt.

»Vielleicht ist es kein Zufall, daß sie ausgerechnet an diesem Morgen aufgetaucht ist.« Als Agrippina den noch immer fragenden Blick ihres Gemahls bemerkte, fügte sie hinzu: »Nach dieser Nacht mit deinem Traum und nach dem besonderen Opfer heute morgen wollen die Götter uns vielleicht mehr über unser Schicksal eröffnen.«

»Ausgerechnet durch eine schäbige Germanin?« fragte Germanicus mißtrauisch.

»Können wir uns anmaßen, die Ratschlüsse der Götter nachzuvollziehen? Ich jedenfalls finde es sonderbar, daß die Frau gerade heute zu uns kommt.«

Germanicus seufzte ergeben. Er wußte, daß er Agrippina schlecht eine Idee ausreden konnte, die sich einmal in ihrem Kopf festgesetzt hatte. Und außerdem regte sich Neugier in ihm.

»Zenturio, durchsucht die Frau nach Waffen!« befahl er.

Das geschah und brachte als Ergebnis eine rostige Sichel mit einem durch Schnitzereien verzierten Griff zum Vorschein.

»Also doch eine Meuchelmörderin!« sagte der Zenturio.

»Ich brauche die Sichel zum Schneiden der heiligen Kräuter«, verteidigte sich die Frau.

»Mag sein«, sagte Germanicus und befahl dem Zenturio, ihr die Sichel zurückzugeben. »Es wäre jedenfalls eine kümmerliche Waffe für einen Mord. Und diese Frau sieht auch nicht so aus, als könne sie es mit meiner Garde aufnehmen.« Er wandte sich an die Seherin. »Dann zeig uns deine Künste!«

Die Frau drehte sich in alle Richtungen und besah sich in Ruhe das bereits halb abgebrochene Lager. Überall arbeiteten die Soldaten, rissen die spitzen Holzpflöcke aus den Verteidigunswällen, bauten Zelte ab und legten die Planen zusammen, trieben Ochsen und Pferde zu den Wagen und nahmen sie ins Joch. Es war eine große Lichtung, ringsum von dichtem Wald umgeben. Die wenigen Bäume, die gestern noch auf der Lichtung gestanden hatten, waren den Äxten der Soldaten zum Opfer gefallen. Ihr Holz war zum Befestigen des Lagers oder zum Verfeuern benutzt worden. Nur am Südrand der Lichtung war ein Baum stehengeblieben, der eigentlich keiner mehr war. Von der einst mächtigen Esche war nur der hohle Stamm übrig, der Rest war vermutlich einem Sturm oder Blitzschlag zum Opfer gefallen.

»Die alte Esche wird uns Auskunft geben«, sagte die Germanin und deutete mit der Sichel auf den verwitterten Stamm. »Wodan, der mächtige Gott, hing neun Nächte und neun Tage an der Weltesche, um die Weisheit zu erlangen. Er wird uns helfen, ein wenig Weisheit zu erheischen.«

»Gut«, sagte Germanicus ungeduldig. »Fangen wir an!«

Die Seherin hob ihre Sichel. »Erst muß ich die heiligen Kräuter schneiden.«

»Beeil dich!« verlangte der Imperator. »Wenn das Lager abgebrochen ist, verlassen wir diesen Ort. Wir haben heute noch Wichtiges vor.«

»Ist das Schicksal nicht wichtig?« keifte die Frau und ging zum Rand des Lagers, um im Wald ihre Kräuter zu schneiden.

Germanicus wollte zu Agrippina eine abfällige Bemerkung über die Seherin machen. Das Ganze war seiner Meinung nach nur Zeitverschwendung. Aber er kam nicht dazu, weil das Gelächter seiner Soldaten ihn ablenkte.

Der kleine Caligula stapfte in seinen winzigen und für ihn dennoch etwas zu großen Stiefelchen auf die Eltern zu, gefolgt von der zeternden Amme, der er ausgerissen war. Als die Amme, eine dickliche griechische Sklavin, ihn packen wollte, ließ der kleine Junge sich auf alle viere fallen und krabbelte zwischen ihren Beinen hindurch. Mit lauten Rufen äußerten die Soldaten ihren Beifall und ihre Sympathie für den jüngsten Sohn ihres Imperators. Bei dem Versuch, den Jungen doch noch an den Stiefeln zu fassen, verlor die Amme das Gleichgewicht und fiel in den Schmutz. Das Gelächter der Soldaten schwoll an und wollte nicht mehr aufhören.

»Schon gut, Eurykleia, ich kümmere mich um den kleinen Gaius«, sagte Agrippina und schnappte sich ihren Sohn mit einem geschickten Griff.

Als habe er nur darauf gewartet, in den Armen der Mutter zu liegen, machte Caligula ein seliges Gesicht und zeigte sich vom lauten Schimpfen der Amme unberührt.

Die Soldaten drängten sich um Vater, Mutter und Sohn und beglückwünschten die Eltern zu ihrem Sprößling. »Ganz der Vater«, sagte ein knorriger Optio. »So wie er seine Amme an der Nase herumführt, wird er es später mit den Feinden Roms machen.«

Hoffentlich! dachte Agrippina. *Wenn er sich weiterhin so geschickt anstellt, könnte es ihm gelingen, nicht nur seine Amme, sondern alle – auch die Römer – an der Nase herumzuführen und sich zu ihrem Herrscher aufzuschwingen.*

Die Beschäftigung mit dem kleinen Gaius ließ die Zeit schnell vergehen. Als die Seherin mit dem Arm voller Kräuter zurückkehrte und auf die abgestorbene Esche zuhielt, mußte Caligula wohl oder übel zurück zur Amme. Jetzt verlor sein kleines Gesicht den seligen Ausdruck. Er schrie und heulte und stieß Verwünschungen aus, die für sein Alter erstaunlich waren und erkennen ließen, daß das Lagerleben unter lauter rauhen Soldaten nicht folgenlos blieb.

Germanicus winkte den Zenturio heran, der die Germanin gefaßt hatte. »Wie heißt du?«

»Ventidius«, antwortete der breitschultrige Prätorianer.

»Du warst vorhin sehr aufmerksam, Ventidius, das werde ich dir nicht vergessen. Wäre die Frau wirklich gefährlich gewesen, hätte ich dir und deinen Männern wohl das Leben zu verdanken. Und vor uns liegen noch einige Gefahren. Du wirst in Zukunft in meiner Nähe bleiben. Paß jetzt auf, daß wir nicht gestört werden!«

»Zu Befehl, Imperator.«

Germanicus und Agrippina folgten der Seherin, die vor der alten Esche kniete und die von ihr gesammelten Kräuter in eine Aushöhlung des dreifach mannsbreiten Stammes stopfte. Als die Römer näher kamen, erhob sie sich und hielt ihnen zwei Holzstöcke entgegen. »Nimm das, Imperator, und entzünde damit die heiligen Kräuter!«

»Wie?« fragte Germanicus, ohne ihr die ausgestreckten Stöcke aus der Hand zu nehmen.

»Wie schon! Du mußt die Hölzer aneinander reiben, bis sie sich entzünden und ihre Flammen auf die Kräuter übergreifen.«

»Das ist überflüssig«, sagte Germanicus. »Wir brauchen nur eine Fackel aus dem Lager kommen zu lassen.«

»Nein, keine Fackel! Wer die Wahrheit über sein Schicksal wissen will, muß die heiligen Kräuter mit wildem Feuer entzünden.«

»Mit ... wildem Feuer?« wiederholte Germanicus ungläubig.

Die Seherin nickte und streckte die Hand mit den Stöcken so weit aus, bis sich die Hölzer dicht vor dem Gesicht des Feldherrn befanden.

»Nimm sie schon, Gaius!« drängte Agrippina.

Also nahm er die Hölzer, kniete sich mit einem unwilligen Knurren vor den Baum und begann damit, die zwischen die Kräuter gesteckten Hölzer aneinander zu reiben.

»Ich werde Wodan, den Hüter der Weisheit anrufen«, erklärte die Germanin. »Und die drei Nornen, die am Fuß der Weltesche hocken und die Schicksalsfäden spinnen.« Sie verfiel in einen leiernden Singsang, den Germanicus und Agrippina schon deshalb nicht verstanden, weil die Seherin jetzt germanisch sprach.

Zwar herrschten die Römer über das germanische Gebiet links des Rhenus und versuchten auch, die Region rechts des Flusses bis zur Albis unter ihre Kontrolle zu bringen, aber es fiel ihnen nicht ein, die Landessprache zu lernen. Wer von den Germanen höherer Abstammung mit den Römern verhandelte und mit ihnen Bündnisse schloß oder wer mit ihnen Geschäfte machte, hatte ihre Sprache zu lernen, wie es die Seherin getan hatte. So war es nicht nur in Germanien, sondern fast überall dort, wo die Römer hinkamen. Eine Ausnahme hatten sie nur mit den Griechen gemacht, die eine Kultur besaßen, die von den Römern bewundert wurde.

Während Germanicus noch darüber nachsann, was die Worte der Seherin bedeuten mochten, schlugen plötzlich Flammen auf und leckten heiß nach seinen Händen. Erschrocken ließ er die Feuerstöcke los und riß, als er die Hände rasch aus der Höhlung zog, einen Handrücken am zersplitterten Holz der Esche auf. Er hatte nicht mit einem so schnellen Erfolg seiner Bemühungen gerechnet.

»Wodan hat uns erhört«, verkündete die Seherin auf lateinisch. »Sein Auge ruht auf den Schicksalsfäden. Was begehrt ihr zu wissen, Römer?«

»Ich erwarte ein Kind«, sagte Agrippina schnell. Ihre Augen hingen gebannt an dem auflodernden Feuer im Stamm der Esche, und auf ihren Wangen tanzten rote Flecken, Zeichen ihrer Erregung. »Wird es ... wird es eines Tages über Rom herrschen?«

Die Seherin zeigte auf das Feuer. »Um die Antwort zu erfahren, blase kräftig in die Flammen.«

Agrippina ging in die Knie und befolgte die Anweisung. Kurz danach drang dunkelgrauer Rauch aus der obersten Öffnung des hohlen Baumstammes.

Die Seherin legte den Kopf in den Nacken und beobachtete den Rauch, während ihre dünnen Lippen kaum hörbar murmelten. Dann wurde ihre Stimme lauter, und sie sagte auf lateinisch: »Die Schicksalsgöttinnen beantworten deine Frage mit Ja, Gemahlin des Imperators. Deine Tochter wird dereinst die mächtigste Frau der Welt sein.«

Beim ersten Satz der Seherin überschwemmte eine Welle des Glücks Agrippina. Doch beim zweiten Satz wurde der Mund der Römerin plötzlich trocken. Mehrmals setzte die völlig verwirrte Frau zum Sprechen an, bis sie schließlich mit rauher Stimme krächzte: »Meine Tochter? Bist du sicher, daß es eine Tochter wird?«

»Ich kann nur sagen, was ich sehe. Und was ich sah, habe ich gesagt.«

Vergebens versuchte Agrippina, einen Sinn in die Worte der Seherin zu bringen. Wie konnte eine Frau Rom beherrschen? Sollte Agrippina die Mutter einer neuen, einer römischen Kleopatra werden? Der Gedanke erschien ihr bei näherem Nachdenken nicht ganz so fernliegend, war der Vater des Kindes doch ein Enkel des Marcus Antonius.

»Die heiligen Kräuter verbrennen, das Feuer verlöscht, der Rauch wird dünner.« Die Stimme der Germanin durchdrang die sich überstürzenden Gedanken der Römerin. »Wenn ihr noch eine Frage an das Schicksal habt, dann stellt sie rasch!«

Agrippina blickte auf und sah den grauen Rauch, der eben noch als dicke Säule in den Morgenhimmel gestiegen war und jetzt nur noch wie ein dünnes Band wirkte.

»Ja, ich habe noch eine Frage«, sagte die Römerin. »Welches Los hat das Schicksal meinem Gatten zugedacht?«

Sie wollte wieder in die Flammen blasen, aber die Seherin sagte: »Nicht du, sondern dein Gemahl muß das Schicksal befragen.«

Also blies Germanicus ins Feuer und fragte sich zum wiederholten Mal, ob er und Agrippina sich hier lächerlich machten. Gewiß, ein Römer lebte mit dem Spruch der Orakel. Als oberster Feldherr der Truppen am Rhenus befragte Germanicus selbst die Götter vor jedem Feldzug, ob sie ihm und seinen Soldaten ihren Segen gaben. Doch er befragte nicht die germanischen Gottheiten.

Der Rauch wurde wieder etwas dicker, und der Römer glaubte, die Form eines Vogels mit nach oben ausgestreckten Flügeln zu erkennen.

»Alle Schwierigkeiten, die jetzt vor dem Imperator liegen, wird er überwinden, wenn der Adler sich über seinem Haupt erhebt«, verkündete die Seherin.

Plötzlich, obwohl kein Windhauch zu spüren war, loderten die Flammen noch einmal hoch, und aus dem oberen Baumende quoll eine dicke, schwarze Rauchwolke, die das vogelartige Gebilde umschloß und verschluckte. Die Rauchwolke schwebte über der Esche und schien gar nicht daran zu denken, sich aufzulösen.

Das bisher unbewegte Gesicht der Seherin verriet Überraschung und dann Erschrecken. Ihre Lippen zitterten, und wieder murmelte sie etwas Unverständliches. Speichel troff aus einem ihrer Mundwinkel.

»Was ist?« fragte Agrippina, ebenfalls erschrocken. »Was siehst du, Weib?«

»Der Adler hilft dem Imperator, aber er weist ihm auch den Weg ins Verderben«, murmelte die Seherin mit fast tonloser Stimme, die Augen unverwandt auf die Wolke gerichtet.

Die löste sich allmählich auf, in eine winzig kleine und zwei große Stücke. Das kleine Stück war fast augenblicklich nicht mehr zu sehen. Die beiden großen schwebten gemeinsam über dem Wald, trennten sich dann und wurden von einem plötzlichen Windstoß erfaßt, der sie bis zur Unkenntlichkeit zerfetzte. Gleichzeitig erlosch das Feuer.

»Was hat das jetzt zu bedeuten?« unterbrach Agrippina das unverständliche Gemurmel der Germanin. »Sprich doch schon!«

»Wodan hat mir das Schicksal dreier Männer gezeigt, das die Nornen miteinander verwoben haben. Der Imperator ist einer von ihnen, aber ich weiß nicht, welcher. Drei Männer, die fast zur selben Zeit Väter werden, doch einer davon wird es nicht. Den anderen beiden ist ein gleicher Tod bestimmt, und sie sterben zur gleichen Zeit.«

»Wer stirbt?« schrie Germanicus, stürzte auf die Germanin zu, packte sie an den knochigen Schultern und schüttelte sie, bis sie zu Boden stürzte.

Alle nach außen zur Schau gestellte Gelassenheit war von ihm abgefallen, als er an den Traum der letzten Nacht dachte. An die Adler des Varus und den Tod der Soldaten durch die riesigen Wölfe. An den Tod des Feldherrn mit dem Gesicht des Germanicus. An den Fluch der geheimnisvollen Germanin. War es diese Seherin, die er im Traum geschaut hatte? War es dieselbe Frau, die schon den Fluch über seinen Vater gesprochen hatte?

In den Augen der Germanin, bisher trüb und bar jeder Regung, war kurzzeitig ein unheimliches Glitzern zu sehen, das ihre wahren Gefühle für die Römer zu verraten schien. Aber schnell senkte sich wieder der Schleier der Gleichgültigkeit über Augen und Gesicht, und die neben den dicken Baumwurzeln liegende Frau sprach: »Ich kann nicht mehr sagen. Wodan hat das heilige Feuer verlöschen lassen, und die Nornen halten das Schicksal der Menschen wieder geheim.«

»Aber ich will wissen, wer stirbt!« brüllte der Imperator. »Bin ich unter den Toten?«

»Ich konnte nicht viel erkennen, aber es ist gut möglich, Herr. Der Adler, dem du folgst, führt dich ins Verderben.«

Germanicus ballte die Hände zu Fäusten, bis die Nägel schmerzhaft ins Fleisch schnitten. »Du hast doch gesagt, wenn ich dem Adler folge, werde ich alle Schwierigkeiten überwinden! Wie kann das gleichzeitig mein Untergang sein?«

»Die Fäden des Schicksals sind auf vielfältige Weise miteinander verknüpft«, orakelte die Seherin. Sie stützte sich auf ihren langen Stab, stand ächzend auf und streckte eine knochige Hand aus. »Mehr kann ich nicht für Euch tun. Gebt mir meinen Lohn!«

»Deinen Lohn?« schnaubte Germanicus. »Ich werde dich auspeitschen lassen für deine frechen Lügen, das wird dein Lohn sein!«

»Ich bestimme nicht das Schicksal, ich schaue es nur.«

Von der lauten Stimme ihres Feldherrn angelockt, näherten sich Ventidius und seine Männer der alten Esche. Schnell trat Agrippina zu der Seherin, drückte ihr etwas in die Hand und sagte: »Geh jetzt, es ist besser!«

Kurz blickte die Germanin auf den Gegenstand in ihrer Hand, bevor sie sich wortlos umdrehte und auf den Waldrand zustapfte. Bald verschmolz ihre Gestalt mit den Bäumen.

Als die Soldaten die hohle Esche erreichten, fragte Ventidius: »Was ist geschehen? Sollen wir die Vettel zurückholen?«

Nach kurzem Überlegen schüttelte Germanicus den Kopf: »Nein, laßt sie laufen. Sie ist eine arme Irre, die in den Wäldern umkommen wird, wenn sie nicht auf sich achtgibt. Sorg dafür, daß wir bald aufbrechen können, Zenturio! An diesem Ort hält mich nichts mehr.«

Lieber würde Germanicus endlich den Meuterern gegenüberstehen, als sich noch einmal mit einer schrulligen Seherin einzulassen. Er gestand es sich nicht ein, aber ihre Worte hatten ihm Furcht eingeflößt.

Als die Soldaten sich entfernt hatten, wandte er sich an seine Frau: »Was hast du ihr gegeben?«

»Einen Saphirring aus Elektron.« Sie blickte auf ihre ringgeschmückten Hände mit den kostbaren Steinen. Smaragdgrün, saphirblau und granitrot funkelte es im Sonnenlicht. »Ich habe noch genug davon.«

»Trotzdem war es bei weitem zuviel! Diese Kräuterhexe hat uns ausgenommen. Ich hätte sie wirklich auspeitschen lassen sollen.«

»Ich bin froh, daß sie verschwunden ist.«

»Warum?« fragte Germanicus. »Schenkst du ihren Worten etwa Glauben?«

»Ich weiß nicht recht«, erwiderte Agrippina und strich dabei sanft über ihren Leib.

»Ach, du denkst an die Herrscherin, die angeblich in dir heranwächst?« Germanicus brach in ein schepperndes, etwas zu lautes Lachen aus. »Ich weiß nicht, was das Schicksal Rom nach Tiberius bestimmt hat. Aber eins weiß ich ganz sicher: Bis eine Frau Rom regiert, wird noch mehr Wasser den Tiber hinunterfließen, als es in allen Meeren der Welt gibt.«

»Meinst du?« erwiderte Agrippina schnippisch. »Und was ist mit Livia, die jetzt als Julia Augusta verehrt wird? Als Augustus noch lebte, hatte sie schon ein gehöriges Wort mitzureden. Von deinem verschrobenen Onkel Tiberius wird sie sich kaum mundtot machen lassen. Da muß erst ein richtiger Mann Princeps werden!«

Germanicus wollte nicht schon wieder mit Agrippina über seinen Herrschaftsanspruch diskutieren und knurrte unwirsch: »Lassen wir das! Wir müssen uns auf den Abmarsch vorbereiten. Ich habe jetzt keine Zeit, mir um die wirren Reden der Germanin Gedanken zu machen. Vier meuternde Legionen erwarten mich.«

Und doch dachte er bei dem Marsch durch die fremden Wälder fast unentwegt an die Prophezeiung der Seherin, die erst wie eine glückliche Offenbarung geklungen hatte, dann aber wie ein Fluch.

Kapitel 3

Im Dunklen Tal

Im Dunklen Tal wurde es niemals richtig hell, mochte Dagr, der Sohn der Nacht, seinen goldenen Wagen auch mit Inbrunst über den Himmel ziehen, mochte die Jungfrau Sunna auch noch so sehr leuchten. Daher rührte der Name der langgestreckten, in mehreren Windungen dem Verlauf eines kleinen Flusses folgenden Schlucht. Die hochaufragenden, schroffen Felswände standen so eng beieinander, daß der größte Teil von Sunnas Strahlen abgefangen wurde. Und was doch durchdrang, blieb im dichten Blattwerk der Bäume hängen, die das Dunkle Tal auf seiner ganzen Länge durchzogen. Es gab nur wenige Lichtungen am Fluß.

Trotz des klaren Wassers, das einer nahen Quelle entsprang, hatte sich niemand bereitgefunden, hier zu siedeln. Auch wenn der Wald gerodet wurde, würde es aufgrund der hohen Felswände wohl an Licht mangeln. Aber es gab noch einen anderen Grund: Die Cherusker erzählten sich Schauergeschichten über dieses abgelegene Tal, das am Rande des Donargaues lag. Wiedergänger, deren Seelen weder Eingang nach Walhall noch ins Reich der Hel gefunden hatten, sollten sich hier umtreiben. Aus diesem Grund vermieden die meisten Menschen, selbst erfahrene Krieger, das Betreten des Dunklen Tals. Und wer es doch wagte, der schwor danach häufig, das Wehklagen der Wiedergänger mit eigenen Ohren gehört zu haben.

Auch jetzt hörten die Reiter, die am nördlichen Eingang zur Schlucht innehielten, ein leises, jammerndes Raunen. Sie waren Krieger des Donargaues, die als besonders tapfer galten. Daher waren sie bemüht, sich ihre Furcht nicht anmerken zu lassen. Doch die versteinerten Gesichter und die Zurückhaltung, die sie ihren Pferden auferlegten, sprachen für sich. Plötzlich schwoll das Raunen zu einem lauten Heulen an, und die Reiter zügelten ihre Pferde.

Ihr hünenhafter Anführer, der einen großen Rappen ritt, drehte sich zu den anderen um und fragte: »Was ist, Donarsöhne? Wollt ihr nicht den Roten zur Strecke bringen, der unsere Höfe schon seit vielen Wochen heimsucht, der unser Vieh reißt und jetzt auch Odomars Weib getötet hat?«

»Ja!« rief der Bauer Odomar, ein grobschlächtiger Mann mit verwittertem Gesicht. »Worauf warten wir? Jedes Zögern vergrößert den Vorsprung des Roten. Machen wir, daß wir ihm das Fell abziehen. Es soll dem gehören, dessen Frame sich zuerst in das Fleisch des Untiers bohrt!«

Er reckte die Lanze in die Luft, trieb den bauchigen Schimmel an und schloß zu seinem Fürsten auf, gefolgt von seinen Söhnen Raimar und Komar. Ihre verbissenen Gesichter verrieten die Entschlossenheit und den Haß, der sie jede Furcht vor dem Dunklen Tal vergessen ließ. Sie hatten einen guten Grund für ihren Haß auf den Roten: Er hatte Odomars Weib Esta und seine Tochter Guda ermordet.

Erst hatte der Rote sich nur an die Tiere auf den einsamen Gehöften gehalten, hatte Rinder, Schafe, Ziegen, Schweine und Gänse gerissen und einem Imker fast sämtliche Bienenstöcke zerstört. Heute hatte die Bestie ihre schlimmste Tat begangen, als sie Esta und Guda, die am Bach nahe ihres Hofes die Kleider wuschen, überfiel. Die auf den Feldern arbeitenden Männer hörten die Schreie der Frauen, waren aber zu weit entfernt, um ihnen beizustehen. Als Odomar, sein älterer Sohn Raimar und sein jüngerer Sohn Komar den Ort des Überfalls erreichten, fanden sie die Frauen sterbend vor, entsetzlich zugerichtet von dem bösartigen Bären, von dem man noch nicht mehr gesehen hatte als einmal kurz das Fell des flüchtenden Räubers. Es sollte rötlich schimmern, und so nannten die Donarsöhne das Tier den Roten.

Odomar und seine Söhne ritten zu ihrem Gaufürsten, um sich Verstärkung bei der Verfolgung des Mörders zu sichern. Die Cherusker hielten sich nicht damit auf, eine große Treibjagd zusammenzustellen, sondern folgten dem Mörder mit einem kleinen Trupp berittener Krieger, um dem flüchtenden Bären keinen zu großen Vorsprung zu gönnen. Der Rote war als gerissen bekannt, tauchte aus dem Nichts auf und verschwand ebenso rasch wieder. Vermutlich war er ein erfahrener, alter Einzelgänger. Doch der junge Fürst der Donarsöhne hatte beim Donnergott geschworen, daß Esta und Guda die letzten Opfer des Untiers sein sollten.

Als Odomar und seine Söhne sich um den Fürsten scharten, ließ Thorag einen auffordernden Blick über die anderen Männer gleiten. Drei weitere Reiter, ein schon älterer und zwei noch sehr junge, lösten sich aus der Gruppe, um zu ihrem Fürsten aufzuschließen.

Der ältere Mann, ein massiger Bauer mit ergrautem Haar und Schnauzbart, war Thidrik, der früher im Ebergau gelebt und jetzt bei den Donarsöhnen eine neue Heimat gefunden hatte. Die beiden Jungmänner, Tebbe und Eibe, waren die Söhne des Schreiners Holte, der in der Ansiedlung des Gaufürsten gewohnt hatte und bei einem Überfall der Eberkrieger getötet worden war, damals, vor der großen Schlacht gegen die Legionen des Varus.

Tebbe und Eibe führten das Handwerk des Vaters fort. In allen anderen Dingen, die ein junger Mann lernen mußte, hatten sie gleich zwei Lehrmeister gefunden, Thidrik und Thorag. Seit vor drei Jahren Wiete, Holtes Witwe, gestorben war, war die Bindung der beiden Jungen an Thorag und Thidrik noch stärker geworden. Es war fast, als hätten Holtes Söhne zwei neue Väter bekommen.

Thorag sah dies gern. Thidrik half es vielleicht, über den Tod seines Sohnes Hasko hinwegzukommen, den Thorag bei der Verteidigung des eigenen Lebens hatte töten müssen. Und Thorag selbst lernte durch die Ersatzvaterschaft viel, was er bei der Erziehung seines leiblichen Sohnes gebrauchen konnte. Noch war Ragnar, der seinen Namen nach Thorags jung gestorbenem Bruder erhalten hatte, so klein, daß seine Erziehung Sache der Mutter war. Doch Thorag fieberte schon dem Tag entgegen, an dem er beginnen würde, aus Ragnar einen Krieger und zukünftigen Gaufürsten zu machen.

Alle anderen Krieger folgten dem Beispiel von Odomar, Raimar, Komar, Thidrik, Tebbe und Eibe. Die neunzehnköpfige Schar ritt im scharfen Galopp in die enge Schlucht ein. Hier gab es nur einen Weg, sie konnten die Spur des Roten nicht verfehlen. Die hoch über den Cheruskern aufragenden Steilwände warfen das Hufgetrommel laut und mehrfach zurück. Würde der Rote es hören und gewarnt sein?

Das Dunkle Tal verbreiterte sich ein wenig, rechts und links des Flusses erstreckte sich dichter Wald. Die Spur des Bären, die bisher am rechten Flußufer entlanggeführt hatte, verlor sich plötzlich, als habe sich der Rote in Luft aufgelöst. Die Verfolger hielten an und blickten sich verwundert um.

»Vielleicht ist er in den Wald gelaufen«, überlegte der junge Eibe laut.

»Dann müßte seine Fährte in den Wald führen, dürfte aber nicht einfach aufhören«, belehrte Tebbe seinen Bruder.

Thorag war abgestiegen und hatte sich neben die letzten Spuren des Räubers gekniet. Es war eine große Fährte. Selbst die Abdrücke der vorderen Tatzen, die stets etwas kleiner als die der hinteren ausfielen, waren größer als bei den meisten Bären die Hintertatzen.

»Der Rote muß sehr groß und stark sein«, stellte der Gaufürst fest.

»Und sehr gerissen«, fügte Thidrik an. »Er hat uns ganz schön vorgeführt, indem er spurlos verschwunden ist.«

»Nicht ganz spurlos.« Thorag kauerte noch über dem Ende

der Fährte. »Hier sind die Tatzenabdrücke ein wenig dem Fluß zugewandt. Und wenn man genau hinsieht, entdeckt man auf den Steinen ein paar dunkle Flecke. Wasserspritzer, die noch nicht ganz getrocknet sind, da Sunnas Kraft nicht bis hierher reicht.«

»Du meinst ...«

»Ja, Thidrik«, sagte Thorag, als er sich erhob und wieder auf den Rappen stieg. »Der Rote hat hier zum Sprung in den Fluß angesetzt, um seine Fährte zu verwischen.«

»Der klügste Bär, den ich kenne«, brummte Thidrik. »Und damit der gefährlichste.«

Du hast nicht gegen Ater, den Schwarzen, gekämpft! dachte Thorag und erinnerte sich an den wütenden Bären, dem er vor vielen Wintern in der Ubierstadt gegenübergestanden hatte. Aber Thidrik hatte wohl recht: Der Rote schien kaum weniger gefährlich als der riesenhafte, schwarze Bär in der Arena.

»Der Rote kann den Fluß auf jedem der beiden Ufer verlassen haben«, verkündete Thorag. »Nur den Uferbereich, den wir abgeritten haben, können wir ausschließen. Wir teilen uns deshalb in drei Gruppen.« Er sandte zwei Trupps weiter ins Dunkle Tal hinein, jeweils sechs Mann auf einer Seite des Ufers. »Ich selbst reite mit Odomar und seinen Söhnen sowie mit Thidrik, Tebbe und Eibe wieder zurück, allerdings auf dem anderen Ufer.«

Argast, Thorags Kriegerführer, blickte den Gaufürsten ungläubig an. »Meinst du etwa, der Rote ist den Fluß wieder hinaufgegangen und hat sich heimlich in unseren Rücken geschlichen?«

»Wäre ich er, ich hätte so gehandelt«, antwortete Thorag. »Also los, ehe sein Vorsprung zu groß wird!«

Die Männer trieben ihre Pferde an, der Gaufürst und seine Gefährten durch das hochspritzende Wasser des schmalen Flusses. Thorag hatte seine Begleiter mit Bedacht gewählt. Odomar und seine Söhne waren so aufgewühlt, daß sie sich leicht zu unüberlegten, gefährlichen Taten hinreißen ließen. Er wollte sie deshalb im Blick behalten. Thidrik und die beiden Schreinersöhne bildeten ein gutes Gegengewicht: Männer, auf die der Abkömmling des Donnergottes sich verlassen konnte.

Als sie am anderen Ufer aus dem Wasser kamen, ritten sie

langsam und suchten, weit nach vorn gebeugt, nach der Fährte des Bären. Bald verschwanden die übrigen Männer, sämtlich Angehörige von Thorags kleiner Kriegergefolgschaft, aus ihrem Blickfeld, und der Hufschlag ihrer Pferde war nur noch ein unscharfes Echo.

Leise bemerkte Eibe zu seinem Bruder: »Vielleicht hätten wir doch mehr Männer mitnehmen sollen. Wenn der Rote tatsächlich so stark ist, sind wir nur wenige.«

Tebbe zog die Brauen zusammen und legte seine jugendlich glatte Stirn in Falten. »Hast du etwa Angst? Thorag allein hat in der Ubierstadt einen riesigen Bären getötet, der noch dazu von den Römern zur Raserei aufgestachelt war.«

»Ich habe keine Angst!« erwiderte Eibe trotzig und spähte wieder nach der Fährte des Roten.

Sie ritten noch langsamer, als sie steinigen, von einigen Moosflächen gesäumten Boden erreichten, der Spuren nur schwer erkennen ließ.

Plötzlich hielt Thorag den Rappen an und deutete nach unten: »Hier sind wieder Flecke wie von nicht ganz getrocknetem Wasser. Vielleicht hat der Rote hier den Fluß verlassen. Die Bäume stehen nah am Ufer, und er konnte schnell zwischen ihnen verschwinden.«

»Es kann genausogut ein anderes Tier gewesen sein«, meinte Thidrik.

»Vergewissern wir uns«, erwiderte Thorag und rutschte vom Pferderücken. »Sucht nach weiteren Spuren!«

Auch seine Begleiter stiegen ab, um den Boden zu untersuchen. Eibe wurde auf einer großen Moosfläche fündig. Hier hatte sich ein Abdruck eingegraben, der auf den ersten Blick fast menschlich wirkte, ein Mittelding zwischen einer Hand und einem Fuß. Aber der von Eibe entdeckte Abdruck war viel zu groß für einen Menschen, und beim genaueren Hinsehen erkannte man die Spuren von fünf langen Krallen.

»Der Rote!« stieß Odomar erregt hervor, und sein fleischiges Gesicht verwandelte sich in eine haßerfüllte Maske. »Er ist es, ich erkenne die Spur. Holen wir uns den verwünschten Mörder!«

Er saß als erster auf dem Pferd und trieb es in Richtung des Waldes, der Bärenfährte folgend. Dort tauchte er ein ins Halbdunkel zwischen Eichen, Birken, Kiefern und Tannen. Die anderen hatten noch nicht zu ihm aufgeschlossen, als er den Schimmel unter einer großen Eiche anhielt. Eigentlich waren es zwei Eichen, die so eng beieinander standen, daß ihre Stämme im Laufe der Zeit zusammengewachsen waren. Und weil nach oben hin nicht genügend Platz für das Astwerk zweier so mächtiger Bäume war, breitete es sich nach allen Seiten aus. Das dichte Dach aus Geäst und Laub sorgte für fast völlige Dunkelheit. Thorag konnte den Bauern nur undeutlich sehen.

»Was ist, Odomar?« rief der Gaufürst. »Was hast du entdeckt?«

»Nichts, leider. Ganz im Gegenteil, die Fährte des Roten verschwindet hier erneut, und diesmal ist kein Fluß in der Nähe.«

Thorag hielt seinen Rappen zu noch größerer Eile an und gewann einen Vorsprung vor den anderen. Die Fährte konnte hier nicht einfach aufhören! Der Gaufürst witterte eine Falle des verschlagenen Raubtieres.

Als er die Doppeleiche fast erreicht hatte, bemerkte er kürzlich gefallenes Laub. Ein Opfer des Windes? Dann sah Thorag frische Kratzer am Stamm der Eiche, jeweils fünf in nebeneinander verlaufenden Linien. Die Spuren scharfer Krallen!

Sein warnender Ruf kam zu spät. Äste brachen, Zweige knackten, Laub rieselte herab – und ein riesiger, rötlicher Körper stürzte aus dem Geäst, genau auf Odomar zu, riß Reiter und Pferd zu Boden. Der Bauer schrie auf, und der Schimmel wieherte, beides wohl mehr vor Schreck als vor Schmerz. Mit einer Gewandtheit, die man ihm angesichts seiner gewaltigen Körpermasse nicht zugetraut hätte, kam der Rote auf die Beine und erwischte den am Boden liegenden Odomar mit einem Prankenhieb.

Dann war Thorag endlich heran und hob die Frame. In diesem Augenblick sprang Odomars gestürzter Schimmel hoch und stellte sich dem Rappen des Gaufürsten in den Weg. Thorags Pferd scheute und erhob sich mit protestierendem Schnauben auf die Hinterläufe. Der Cherusker konnte seinen Framenstoß nicht anbringen. Der Versuch, sein Pferd zu beruhigen, nahm ihn ganz in Anspruch.

Der Rote erwischte Odomar mit einem weiteren Prankenhieb und wandte sich mit ohrenbetäubendem Heulen dem Gaufürsten zu. Das versetzte den Rappen vollends in Panik. Wieder stieg er mit den Vorderläufen hoch und drehte sich dabei, so daß er seinen Reiter gegen das tiefhängende Astwerk der Eiche drückte. Der Cherusker wurde von starken Ästen aus dem Sattel gefegt und fiel zu Boden. Im Fallen sah er noch, wie beide Pferde die Flucht ergriffen.

Thorag stürzte hart auf die dicken Wurzeln der Eiche, die aus dem Erdreich traten. Er mißachtete den aufwallenden Schmerz und sprang auf. Zum Glück hatte er bei seinem Sturz die Frame festgehalten. Der Bär überragte den hünenhaften Cherusker um mehr als zwei Kopflängen. Auf seinen Hinterbeinen kam das Untier auf den Mann zu, die krallenbewehrten Vorderpranken drohend erhoben, das Maul mit den starken Zähnen zu einem erneuten, wütenden Heulen aufgerissen.

Der Rote mußte damit rechnen, daß der Mensch angesichts dieser riesenhaften Bestie zurückwich, wie es wohl alle Wesen taten, die von ihr bedroht wurden. So dachte Thorag und stürmte vor. Wie erwartet, war der Rote darüber verwirrt und wußte kurze Zeit nicht, was er tun sollte. Diese Zeit genügte dem Cheruskerfürsten, um die schlanke Eisenspitze der Frame in das aufgerissene Maul des Bären zu stoßen. Der Rote ließ sich auf alle viere fallen und riß dabei Thorag die Frame aus den Händen. Der Lanzenschaft zerbrach, aber die Spitze mit den Widerhaken blieb im Gaumen des Raubtieres stecken, das sein Maul nicht mehr schließen konnte.

Als der Bär sich fallen ließ, mußte auch der Cherusker dieses Manöver vollziehen, wollte er nicht von der schweren Masse aus Fleisch, Knochen und Muskeln erdrückt werden. Trotz des Schwertes an seiner Hüfte und des Schildes an seinem linken Arm rollte sich der erfahrene Krieger geschickt ab und sprang ein Stück vom Roten entfernt wieder auf die Füße.

Der Bär rieb seine Schnauze an der Eiche, um die störende, schmerzende Eisenspitze irgendwie abzustreifen. Als sich kein Erfolg einstellte, stürmte er auf den Gegner zu und schrie ihm dabei Wut und Pein entgegen.

Flucht hatte keinen Sinn. Kein Mensch besaß die Schnelligkeit eines ausgewachsenen Bären. Aber Thorag wollte auch gar nicht fliehen. Die beiden toten Frauen und der reglose, zumindest schwer verwundete Odomar waren genug Menschenopfer, die der Donargau dem Roten erbracht hatte.

Thorag schleuderte dem Roten den runden Schild entgegen und traf die Schnauze des Untieres. Den Augenblick der Verwirrung nutzte der Cherusker aus, um an die Seite des Bären zu springen und sein zweischneidiges Schwert tief in die fellbedeckte Brust zu bohren, dort, wo Thorag das Herz vermutete.

Bevor der Donarsohn die Klinge wieder herausziehen konnte, entriß der sich heftig drehende Bär ihm den hölzernen Schwertgriff. Der Rote ließ seine Pranken fliegen, und nur ein schneller Sprung zurück rettete den Cherusker vor den Krallen. Der Gaufürst zog den Dolch aus der Scheide, die einzige Waffe, die ihm geblieben war. Langsam kam der Rote im schwankenden Gang der Bären auf den Gegner zu. Das Tier schien zu spüren, daß der Mensch ihm nicht mehr viel entgegenzusetzen hatte. Thorag umfaßte fest den Dolchgriff und überlegte krampfhaft, wie er sich mit dieser bescheidenen Waffe am besten verteidigen konnte.

Doch soweit kam es nicht. Lautes Hufgetrappel erscholl, dann die Schreie von Männern, das Wiehern von Pferden. Thidrik, die jungen Schreiner und Odomars Söhne galoppierten heran, umkreisten den Roten und verwandelten seine Angriffslust in Verwirrung. Während der mächtige Kopf des Bären unschlüssig hin und her pendelte und versuchte, einen der Reiter zu erfassen, stießen diese bereits mit ihren Framen zu. Immer wieder bohrten sich die eisernen Spitzen in den Roten.

Erst steigerte der Schmerz noch seine Raserei, aber schnell erlahmten seine Kräfte, und sein immer reichlicher strömendes Blut tränkte den Waldboden. Die Bewegungen des Bären wurden langsamer und seine Prankenhiebe ungenauer. Nur einmal streiften die Krallen Komars Braunen und rissen ein Stück Fleisch aus der Flanke. Aber der Rote hatte schon nicht mehr die Kraft, um nachzusetzen und den Reiter zu Fall zu bringen.

Der erfahrene Thidrik trieb mit angelegter Frame seinen kräftigen Rappschecken auf das Untier zu. Die Lanze fuhr tief in das Fleisch des Bären, dicht neben der Stelle, wo Thorags Schwert sich in den Roten gefressen hatte. Das brachte die Bestie zu Fall. Ein paar weitere Framenstöße, und der Rote hauchte sein Leben aus.

Thorag streifte das Tier nur mit kurzem Blick, als er zu Odomar trat. Der Bauer rührte sich noch immer nicht, sondern lag in seltsam verrenkter Haltung reglos dort, wo er erst vom Pferd gefallen und dann von den Prankenhieben des Roten getroffen worden war. Als Thorag sich über ihn beugte, sprengten auch schon die Söhne des Bauern herbei und stiegen von den Pferden.

»Wie geht es Vater?« fragte der dünne, aufgeschossene Raimar. »Wie schwer ist er verwundet?«

Vorsichtig, ganz sacht bewegte Thorag den kantigen Kopf des reglosen Bauern. Er ließ sich zu leicht bewegen, in alle Richtungen. Dann beantwortete der Gaufürst Raimars Frage: »Odomar ist nicht verwundet, sondern schon auf dem Weg nach Walhall. Er ist einen wahrhaft ehrenvollen Tod gestorben. Der Prankenhieb des Roten hat sein Genick gebrochen. Du, Raimar, als der ältere Sohn, bist jetzt Herr auf Odomars Hof. Sieh zu, daß du dir ein Weib nimmst, und Komar auch, damit wieder Leben einzieht unter eurem Dach.«

Raimar nickte nur knapp. Sein Gesicht war bleich, aber bar jeder Regung. In Komars Augen glitzerten Tränen über den dreifachen Tod, der seine Familie heute heimgesucht hatte.

Thorag fühlte sich auf einmal müde und erschöpft, seine Glieder schmerzten. Er sammelte seine Waffen ein und blickte Tebbe entgegen, der den Rappen des Gaufürsten brachte.

Der junge Schreiner hielt seinen Fuchs vor Thorag an und reichte dem Fürsten die Zügel des Rappen. »Die Römerpferde sind zwar größer als unsere, Thorag, aber nicht unbedingt mutiger.«

Thorag hörte den übermütigen Spott der Jugend aus diesen Worten. Seit er vor vielen Jahren an Armins Seite für Rom gefochten hatte, war er an die großen Pferde und auch an die vierknaufigen Sättel der Römer gewöhnt. Für einen Mann mit seiner gewaltigen Körpergröße waren die kleinen einheimischen Reittiere denkbar ungeeignet.

Der Fürst nahm die Zügel entgegen und sagte mit leichtem Lächeln: »Halt keine klugen Reden, junger Schreiner. Sorg lieber dafür, daß Argast und die anderen nicht länger nach einem Feind suchen, der schon tot ist!«

Tebbe wollte das Signalhorn zur Hand nehmen, das an seinem Gürtel hing, hielt dann aber inne und lauschte. Auch Thorag hörte jetzt das rasch näher kommende Hufgetrappel.

»Scheint so, als hätte Argast selbst bemerkt, daß er in die falsche Richtung geritten ist«, meinte Tebbe.

»Nein«, widersprach Thorag. »Die Reiter kommen von Norden.«

Da preschten sie auch schon heran, sieben Reiter, Fremde.

»Aufsitzen!« rief Thorag seinen Männern zu und schwang sich auf den Rappen. »Haltet euch zurück, aber die Waffen bereit!«

Die Fremden waren keine Donarsöhne, jedoch Cherusker, wie die Hirschverzierungen ihrer Kleidung und Waffen zeigten. Und sie schienen nicht von niederer Stellung zu sein. Die bunten Umhänge, die feingearbeiteten Goldfibeln, die glänzenden Lederstiefel und die edlen Pferde verrieten das.

Auf einigen Schilden war der Schmuck gleich: ein Hirschkopf mit prächtigem Geweih. Die Hirschsippe – Armins Sippe! Alte Erinnerungen an den Waffenbruder wurden in Thorag wach.

Die Fremden hielten ihre Pferde wenige Schritte vor den Donarsöhnen an. Ihr Anführer, ein nur mittelgroßer, aber dafür sehr kräftig gebauter Mann mit knochigem Gesicht und einer Stirn, die sich wulstartig über die Augen wölbte, ritt ein kleines Stück vor und hob grüßend die Hand.

»Sei gegrüßt, Thorag, Gaufürst der Donarsöhne. Auf deinem Hof habe ich erfahren, daß du zur Bärenjagd geritten bist, und bin dir gefolgt. Die Götter sind mit dir, wie ich sehe. Der Donnergott hat seinem Abkömmling eine gute Jagd geschenkt.«

Thorag wies auf Raimar und Komar. »Diese jungen Männer aus meinem Gau werden die Jagd kaum für gut halten. Sie haben ihren Vater an den Bären verloren, der zuvor ihre Mutter und ihre Schwester zerfleischte.«

Der Fremde machte ein betrübtes Gesicht und sagte: »Ich heiße Guntram und überbringe dir eine Einladung unseres Herzogs Armin. Er bittet dich, Gast zu sein bei seiner Hochzeit mit Thusnelda, der Tochter des Fürsten Segestes.«

Erst war Thorag überrascht, dann lächelte er. »Ist es Armin also doch gelungen, Segestes herumzukriegen?«

Obwohl Thorag Seite an Seite mit Armin erst für und dann gegen die Römer gekämpft hatte und obwohl die beiden Fürsten Blutsbrüderschaft geschlossen hatten, hielt der Donarsohn seit dem Sieg über Varus keinen Kontakt mehr zum Herzog der Cherusker. Er konnte Armin nicht vergeben, daß er Thorag für seine Zwecke benutzt und ihm die Wahrheit über Onsaker, den Fürsten der Ebersippe, verschwiegen hatte. Außerdem mißfiel Thorag Armins Machthunger. Auf den Thingen gingen unter den Edelingen der Cherusker immer wieder Gerüchte um, Armin wolle sich nach Marbods Vorbild zum Kuning aufschwingen. Thorag wußte nicht, ob Armins Ehrgeiz so weit reichte. Er ging dem Herzog auf den Thingen aus dem Weg und wies alle Einladungen Armins zurück. Jetzt auch.

Thorags Ablehnung warf einen Schatten auf Guntrams Gesicht. Armins Bote zog die Augen derart zu Schlitzen, daß sie unter der vorspringenden Stirn kaum noch zu sehen waren. »Du mußt kommen, Fürst! Armin hat es befohlen!«

»Befohlen?« fragte Thorag spitz und legte den Kopf schief.

»Nicht dir, Fürst, sondern mir«, sagte Guntram schnell. »Der Herzog sagt, der Abkömmling des Donnergottes muß die Vermählung unbedingt mit Miölnir segnen.«

»So ist das also.« Thorag grinste. »Armin lädt nicht den Freund und Waffenbruder ein, sondern den Abkömmling Donars.«

»Beide!« stieß Guntram hervor und holte etwas aus einem Lederbeutel an seinem Gürtel. »Armin schickt dir das, um dir zu zeigen, wie wichtig deine Anwesenheit für ihn ist.«

Es war ein Dolch mit Hirschhorngriff und Eisenklinge, den Thorag gut kannte. Der Griff war auf jeder Seite mit der Schnitzerei eines Hirsches verziert und die Klinge durch ein mit Gold eingelegtes Hirschgeweih. Es war Armins Dolch.

»Armin schickt dir seinen Dolch als Beweis seiner Zuneigung. Er hat ihn noch nie aus der Hand gegeben, was dir die Dringlichkeit der Einladung verdeutlichen mag, Fürst Thorag.«

»Läßt Armin mir das ausrichten?«

»Das waren genau seine Worte.« Guntram nickte heftig und hielt Thorag den Dolch hin. »Hier, Thorag, nimm Armins Pfand seiner Zuneigung entgegen.«

Thorag beugte sich weit zu dem Boten hinüber, nahm den Dolch des Herzogs und zog die scharfe Klinge mit einer schnellen Bewegung durch Guntrams Kehle. Blut spritzte. Guntrams entsetzter Aufschrei erstarb in einem gurgelnden Laut. Er wollte noch nach dem Schwert greifen, rutschte aber vom Pferd und blieb auf dem Boden liegen.

»Donarsöhne, macht sie nieder!« brüllte Thorag, ritt auf den nächsten Fremden zu und durchbohrte ihm mit der schnell gezogenen Spatha die Brust.

Noch fünf Feinde gegen sechs Donarsöhne. Das Verhältnis gefiel Thorag schon besser als sieben gegen sechs.

Und schon kreuzte der Fürst, während um ihn herum der Kampf Reiter gegen Reiter entbrannte, die Klinge mit einem triefäugigen Mann. Der Fremde fing jeden von Thorags Schlägen ab und wehrte sich, bis der Donarsohn seinen Rappen dazu brachte, das kleinere Pferd des Triefäugigen umzuwerfen. Thorags Gegner purzelte zu Boden und wurde, als er wieder auf die Beine kam, ein Opfer von Thorags Spatha.

Soviel zum Verhältnis von unseren Pferden zu denen der Römer! dachte Thorag und blickte sich um.

Thidrik durchbohrte gerade einen Mann mit seiner Frame. Holtes Söhne griffen einen Gegner von zwei Seiten an und schlugen ihn zu Boden. Nur Raimar und Komar hatten einen schweren Stand gegen ihre Widersacher. Thorag ritt zu Raimar und hieb dessen Gegner vom Pferd. In den Schrei des Getroffenen mischte sich ein anderer Schrei. Der langgezogene und plötzlich ersterbende Todesschrei eines Menschen.

»Komar!« rief Odomars ältester Sohn und sah fassungslos, wie sein Bruder mit durchbohrter Brust niedersank.

Der Mann, der ihn getötet hatte, der letzte noch auf dem Pferd sitzende Feind, wollte fliehen, aber Thidrik schnitt ihm den Weg ab. Der Fremde riß sein Pferd herum, war aber nicht schnell genug. Schon war Thorag neben ihm und traf seinen Schädel mit stumpfer Klinge. Der Getroffene sackte auf seinem Falben zusammen und rutschte betäubt zu Boden.

Raimar sprengte zu ihm und schrie: »Jetzt wirst du büßen für Komars Tod!«

Der Jungmann, der heute seine ganze Familie verloren hatte, richtete noch im Galopp die Spitze seiner Frame auf den Gestürzten.

»Nein!« rief Thorag. »Ich will ihn lebend!«

Raimar hörte nicht auf seinen Fürsten, ritt einfach weiter. Thorag lenkte seinen Rappen zwischen den Fremden und Raimar. Aber noch bevor der Gaufürst das Manöver vollendet hatte, wurde Raimar im vollen Galopp vom Pferd geworfen. Eine geschleuderte Streitaxt hatte seinen Schädel gespalten.

An diesem einen Tag war Odomars ganze Familie ausgelöscht worden.

Rings um Thorags zusammengeschmolzenen Trupp tauchten fremde Reiter zwischen den Bäumen auf, bis an die Zähne bewaffnet und den Donarsöhnen augenscheinlich nicht freundlich gesonnen. Der Kampflärm hatte den Fremden ermöglicht, sich unbemerkt zu nähern. Schon war jeder der vier überlebenden Donarsöhne von sieben, acht Reitern umringt.

Gegenwehr war zwecklos. Das erkannte Thorag sofort und untersagte Thidrik, Tebbe und Eibe den Widerstand. Die vier Männer ließen sich entwaffnen.

Ein hagerer Mann lenkte seinen Braunen zu Thorag und bedachte den Donarsohn mit einem wölfischen Grinsen, das sein häßliches, von Pockennarben entstelltes Gesicht noch widerwärtiger machte. »Nicht nur deine Jagd war erfolgreich, Donarsohn, auch meine. Endlich ist der Tag der Abrechnung gekommen.« Und Germar spuckte Thorag mitten ins Gesicht.

Im Kopf des Donarsohnes überschlugen sich die Gedanken. Er war in eine Falle der Eberkrieger geraten! Schon vor Jahren hatten sie ihm Rache angedroht, sich dann aber zurückgehalten.

Nach Onsakers Tod war sein Vetter Gerolf, dessen jüngerer Bruder Germar war, neuer Gaufürst der Eberleute geworden. Die Brüder haßten Thorag für das, was er ihrem Verwandten angetan hatte. Als Thorag seine große Liebe Auja, die Witwe von Onsakers totem Sohn Asker, zu seinem Weib genommen hatte, hatte Thorag den Brüdern sogar eine Entschädigung dafür gezahlt, daß er Auja aus der Munt des Eberfürsten entführt hatte: dreißig Pferde und vierzig Rinder. Er hatte sich nicht dazu verpflichtet gefühlt und hätte auf dem Thing vielleicht eine Entscheidung gegen die Ebersippe herbeigeführt, aber er wollte endlich Frieden haben zwischen den Nachbarsippen, zwischen Donarsöhnen und Eberleuten.

Und nun dies! Die Eberkrieger stellten Thorag eine Falle und benutzten dazu sogar Armins Dolch. Wie paßte das alles zusammen?

Germar hielt den reichverzierten Dolch des Herzogs in der Rechten, betrachtete ihn wohlwollend und sagte grinsend zu Thorag: »Unsere Falle war gut vorbereitet, nicht wahr? Eigentlich sollte Guntram dich zum Ausgang der Schlucht locken. Dort wollten wir dich mit unserer Übermacht einkesseln. Aber eine innere Stimme riet mir, Guntram besser zu folgen. Ich wußte, daß du gerissen bist, Donarsohn. Wie hast du die Falle gerochen?«

»Der Dolch hat euch verraten.«

»Wieso? Es ist wirklich Armins Waffe!«

»Ich weiß. Armin sandte sie mir schon einmal als Erkennungszeichen, damals, als wir uns zum Kampf gegen Varus sammelten. Deshalb konnte es nicht sein, was Guntram mir erzählte, daß Armin nämlich den Dolch noch nie aus der Hand gegeben habe.«

»Guntram hatte schon immer einen Hang zu Übertreibungen. Diesmal hat es ihn den Kopf gekostet.« Germar warf nur einen kurzen Blick auf die Leiche des Waffengefährten. »Macht nichts. Wichtig ist nur, daß wir dich haben, Thorag!«

»Warum? Was soll das alles? Wie kommt ihr an Armins Dolch?«

»Du sollst alles erfahren, wenn wir bei Gerolf sind – bevor du stirbst.«

Germar wandte sich von Thorag ab und gab seinen Männern den Befehl, die Gefangenen zu fesseln. Dann ritten sie zum Nordausgang der Schlucht und nahmen die Leichen der gefallenen Eberkrieger mit. Ebenso den toten Bären, der eine gute Mahlzeit für die Siegesfeier versprach. Die drei toten Feinde aber, Odomar und seine Söhne, ließen sie einfach in ihrem Blut liegen.

Als die engen Steilwände am Ausgang des Dunklen Tals vor ihnen auftauchten, sagte der neben Thorag reitende Thidrik grimmig: »Ich hätte nicht im Traum daran gedacht, daß unsere Jagd auf den Roten so endet. Jetzt können uns nur noch die Götter helfen!«

»Ja«, seufzte Thorag und senkte seine Stimme. »Die Götter – und Argast!«

Kapitel 4

Die Meuterer kommen!

Die Nächte waren schon kalt in den germanischen Wäldern, aber die Sonne besaß noch Kraft genug, tagsüber vergessen zu lassen, daß sich der Sommer seinem Ende zuneigte. Da der Himmel fast wolkenlos war und sich wie ein blaues Tuch über die hohen Wipfel der Bäume spannte, brachten die Sonnenstrahlen die träge

Marschkolonne des Gaius Julius Caesar Germanicus ins Schwitzen.

Hin und wieder stolperten Prätorianer und stürzten zu Boden. Ihre Kameraden streckten helfende Hände aus, wenn sie nicht so erschöpft waren, daß sie einfach mit stieren Blicken an den Gestürzten vorbeimarschierten.

Immer öfter hörte man die Flüche darüber, daß der Imperator untersagt hatte, die Schilde auf die Karren zu laden. Die schweren Gebilde aus Holz, Leinen und Leder, die mittels zweier über die linke Schulter und die Brust gezogener Gurte an den Rücken der Männer hingen, drohten die Krieger bei jedem Schritt mit Macht zu Boden zu ziehen.

Marscherleichterung gab es nur bei der Durchquerung sicheren Gebietes. Aufgrund der Meuterei und der unmittelbaren Nähe des Sommerlagers der zum unteren Kommando gehörenden Legionen sah Germanicus diese Wälder nicht als sicher an. Jedenfalls nicht sicher für den Imperator, der unterwegs war, um die Meuterei niederzuschlagen.

Und dies war sein fester Entschluß, trotz aller Überredungsversuche Agrippinas, er solle die Stimmung der germanischen Legionen ausnutzen, sich selbst zum Herrscher küren zu lassen. Aber das hieße, Tiberius zu stürzen. Nein, der Sohn des Drusus Germanicus würde sich nicht gegen des Vaters Bruder stellen!

Um die Mittagszeit, als die Sonne am höchsten stand und ihre Kraft am stärksten war, hatte die Eintönigkeit des Marsches die Männer in Teilnahmslosigkeit verfallen lassen. Mit halb und manchmal sogar ganz geschlossenen Augenlidern trotteten sie dahin. Einige beherrschten die alte Soldatenfertigkeit, beim Marschieren zu schlafen, und vertrauten darauf, von ihren Kameraden am Ausscheren aus der Kolonne gehindert zu werden. Die Garde des Imperators wirkte wie ein ermatteter Tausendfüßler, der sich mit seltsamer Geräuschentfaltung vorwärtsbewegte, einem Gemisch aus dem Keuchen der Soldaten, dem Scheppern der Waffen und des Marschgepäcks und den schweren Schritten der eisennägelbeschlagenen Stiefel. Hinzu kam das Knarren der Wagen, das Brüllen der Zugochsen und -pferde, die Flüche der Wagenlenker und Gespannführer sowie das gleichmäßige Hufgeklapper der Reiterei.

Die Männer zuckten zusammen, als plötzlich Schreie aus

unsichtbaren Kehlen ertönten: »Die Meuterer! Gebt acht! Die Meuterer kommen!«

Noch ehe die Marschierenden reagieren konnten, brach auch schon ein Reitertrupp aus dem Unterholz. Germanicus hatte sein Schwert gezogen und sich im Sattel umgewandt, um seine Männer zum Kampf zu rufen, da stellte er erleichtert fest, daß es sich bei dem kleinen Trupp um seine eigenen Späher handelte.

»Was ist los?« rief der Imperator ihnen entgegen. »Wo sind die Meuterer?«

Ein Optio zügelte seinen Grauen vor Germanicus, ersparte sich die Umständlichkeit eines Grußes und antwortete: »Sie haben das Sommerlager verlassen und die Hügel erklommen, auf die wir zumarschieren. Es sieht aus wie eine Falle. Wir haben den Hinterhalt bemerkt, Fortuna sei Dank. Aber die Meuterer haben uns auch gesehen. Sie liefen mit lautem Geschrei die Hügel herunter.«

»Wie viele sind es?«

»Die genaue Zahl kann ich nicht sagen, Imperator. Uns blieb nicht genügend Zeit, sie festzustellen. Aber es sind sicher Tausende.« Der Optio blickte sich zu seinen Männern um, und sie nickten. »Viele Tausende!«

Germanicus wußte sofort, daß er einen Kampf unter allen Umständen vermeiden mußte. Ihm standen zwar zwei Prätorianerkohorten zur Verfügung, womit er unter Einbeziehung der Troß- und Reitknechte auf mehr als zweieinhalbtausend Mann kam, aber es war eine lächerlich geringe Zahl angesichts vier meuternder Legionen, selbst wenn sich in diesem Augenblick nur ein Teil der Meuterer auf den Imperator und sein Gefolge zubewegte.

Während er noch überlegte, brach erneut Unruhe aus. Verantwortlich dafür war ein einzelner Reiter, der aus einem Wald galoppierte und geradewegs zu dem sich an der Spitze seiner Männer aufhaltenden Imperator ritt. Er trug die Uniform eines Präfekten, sah für einen solchen Rang aber ziemlich abgerissen aus. Umhang und Helm fehlten, und das Haar hing wirr in die Stirn des pferdegesichtigen Mannes. Als er näher kam, bemerkte Germanicus zahlreiche Tannennadeln und kleine Zweige, die sich in Haar und Kleidung des Mannes wie auch im Fell des Pferdes verfangen hatten. Offenbar war der Lagerpräfekt der Legion I in großer Hast geritten.

Ja, es war Gnaeus Equus Foedus, den Germanicus nicht besonders schätzte. Er war eigentlich zu jung, zu unerfahren und wohl auch geistig zu unbeweglich für das Amt des Lagerpräfekten. Aber nach der Varus-Katastrophe hatte am Rhenus ein Mangel an Offizieren geherrscht, dem Foedus seinen schnellen Aufstieg verdankte.

Schaum stand vor dem Maul des Braunen, den der Präfekt vor dem Imperator zügelte. Foedus wollte seinen Befehlshaber grüßen, war aber so außer Atem, daß er nur ein hilfloses Gestammel herausbrachte.

»Spar dir die Formalitäten, Foedus«, sagte Germanicus, dem klar war, daß es sich nicht um einen Höflichkeitsbesuch handelte. »Sag mir lieber, was dich in diesen Zustand versetzt hat.«

»Die Meuterer ...«, keuchte der Präfekt. »Ich ... bin ihnen entkommen!«

Anscheinend hatte Germanicus den Lagerpräfekten unterschätzt. Aber die Antwort genügte dem Imperator nicht, und er fragte: »Entkommen, was heißt das?«

»Die Meuterer haben alle hohen Offiziere und Zenturionen entweder festgesetzt oder verjagt. Einige wurden schwer mißhandelt.«

»Und Aulus Caecina Severus, mein Legat?«

»Er steht unter besonderer Bewachung, Imperator. Es war ihm unmöglich, aus dem Lager zu entweichen. Ich selbst habe es nur unter größter Lebensgefahr geschafft und komme, um dich zu warnen.«

»Wovor?«

»Vor den Meuterern natürlich, Caesar. Sie sind schon unterwegs, dich ebenfalls festzunehmen. Sie wollen dich zwingen, ihre Forderungen anzuerkennen.«

»Was fordern sie?«

»So ziemlich alles«, schnaubte Foedus abfällig und blähte dabei seine ohnehin schon dicke Nase auf. »Höheren Sold und kürzere Dienstzeiten natürlich. Sie wollen neue Zenturionen, weil sie mit den alten nicht zufrieden sind. Stell dir das einmal vor, Imperator: Soldaten, die sich die Männer selbst auswählen, von denen sie ihre Befehle erhalten! Wenn wir dem nachgeben, können wir ...«

»Was noch, Foedus?« unterbrach Germanicus den anderen.

Der Präfekt zuckte mit den Schultern. »Alles mögliche, Imperator. Einen neuen Herrscher, eine neue Ordnung, ein neues Gemeinwesen.« Er drehte den Kopf zu den Bäumen, zwischen denen er vorhin aufgetaucht war, suchte nach den Meuterern und atmete auf, als er keine entdeckte. »Es kann nicht mehr lange dauern, bis sie hier sind. Kehr schnell um, Caesar!«

»Deswegen bin ich nicht gekommen«, sagte Germanicus mit fester Stimme.

Foedus blickte auf die zum Stillstand gekommene Marschkolonne und fragte ungläubig: »Du ... willst dich zum Kampf stellen?«

»Auch das nicht. Ich werde den Männern entgegenreiten und mit ihnen reden. Soldaten sind schnell im Kämpfen und Töten, aber langsam im Denken. Das muß ich ausnutzen und ihnen zu sagen versuchen, was sie denken sollen.«

Besorgt blickte Germanicus zu dem großen Reisewagen, in dem er Agrippina und Caligula wußte. Kurz dachte er daran, wenigstens sie beide zurückzusenden. Aber nein, auch das wäre ein Zeichen von Angst gewesen.

»Wir sollten zumindest eine Verteidigungsstellung aufbauen«, schlug Foedus vor. »Für den Notfall.«

»Ein Imperator versteckt sich und die Seinen nicht vor den eigenen Legionen«, erwiderte Germanicus trotzig. »Die Männer sollen die Helme aufsetzen, die Schilde aus den Hüllen und die Waffen zur Hand nehmen. Ansonsten bleiben sie in Marschformation. Gib den Befehl weiter, Foedus!«

Germanicus ignorierte den Blick aus den trüben Augen des Lagerpräfekten, in dem sich Erschrecken und Unverständnis mischten. Der Imperator trieb seinen Fliegenschimmel an und ritt zu der großen Carruca Dormitoria in der Mitte des Zuges. Agrippina war neben den Fahrer auf den Bock geklettert und blickte ihrem Mann neugierig entgegen.

Germanicus unterrichtete sie kurz über die Lage und sagte: »Ich reite mit Foedus und einem kleinen Trupp den Meuterern entgegen. Mit Waffen können wir sie nicht besiegen, nur mit Worten.«

Angst zeigte sich auf dem ebenmäßigen Gesicht der Frau. »Und was ist, wenn sie nicht auf Worte hören?«

»Bete zu allen Göttern, die du kennst, daß sie es tun!«

»Ich werde mitkommen«, entschied Agrippina und wollte vom Bock steigen.

Germanicus beugte sich zu ihr hinüber und hielt sie zurück. »Bleib! Ich weiß nicht, wie die Legionäre reagieren, wenn sie meine Frau an meiner Seite sehen. Vergiß nicht, ihnen ist die Ehe während der Zeit ihres Dienstes untersagt.«

Mitgefühl stieg in Agrippina auf, als sie an die armen Burschen dachte, die fünfundzwanzig Jahre lang auf eine Frau verzichten mußten. Jedenfalls auf eine Ehefrau. Geliebte in den Dörfern und Städten rings um die Lager hatten wohl so gut wie alle Legionäre. Bei diesem Gedanken nahm ihr Mitgefühl ab. Es verschwand ganz, als ihr wieder bewußt wurde, daß *die armen Burschen* ihr, Germanicus und Caligula vielleicht bald den Garaus machen würden.

»Caligula!« entfuhr es ihr, und rasch verschwand sie im geschlossenen Innenraum des Reisewagens.

Verwundert wartete Germanicus, bis sie wieder zum Vorschein kam, den kleinen Gaius mit seinen Soldatenstiefelchen in ihren Armen.

»Nimm Gaius mit!« sagte Agrippina und streckte ihrem Mann den Sohn entgegen.

»Warum?« Germanicus starrte seine Frau an wie eine Irre.

»Weil deine Soldaten rein vernarrt in den kleinen Gaius sind, ihren Caligula!«

Jetzt verstand der Imperator. Trotzdem zögerte er, den Jungen aus den Händen der Mutter zu nehmen. »Weißt du, welcher Gefahr wir unseren Sohn damit aussetzen, Agrippina?«

»Ist die Gefahr bei dir so viel größer als bei mir, Gaius? Werden die Meuterer mich verschonen, wenn sie es bei dir nicht tun?«

»Du bist zu gescheit für mich.« Germanicus lächelte und nahm den kleinen Sohn vorsichtig mit beiden Händen an. Er setzte ihn vor sich zwischen die beiden vorderen Sattelknäufe, damit er einen festen Halt hatte. »Ich hoffe, wir sehen uns bald wieder!«

Agrippina nickte nur und sah ihrem davonreitenden Mann nach.

Germanicus nahm eine kleine Bedeckung von elf Reitern mit. Zusammen mit Foedus waren es dreizehn Männer, die sich den Meuterern im langsamen Galopp näherten. Dreizehn Männer und ein kleines Kind.

Als die düstere Phalanx von riesigen Tannen sie verschluckte, fragte Germanicus den neben ihm reitenden Lagerpräfekten: »Wie ist es überhaupt zu dieser Meuterei gekommen?«

Foedus bedachte seinen Imperator mit einem langen, Unsicherheit verratenden Blick. »Wenn ich offen sprechen soll ...«

»Natürlich sollst du das!«

»Ich denke, der Tod unseres geliebten Augustus, Sohn des göttlichen Caesar, ist schuld daran. Die Staatstrauer und die damit verbundenen Tage der Untätigkeit haben den Legionären Gelegenheit gegeben, sich allerlei dumme und überflüssige Gedanken zu machen. Soldaten müssen ackern, bis der Schweiß fließt. Aber unsere Männer hatten zuviel Gelegenheit, sich bei den Händlern, Gauklern und Huren vor den Lagern herumzutreiben. Jetzt halten sie sich selbst für eine Art Handwerker oder gar für Edelleute, die nur dann zur Waffe greifen und sich dem Krieg stellen, wenn es ihnen paßt. Keiner denkt daran, daß es nicht die Bestimmung eines Kriegers ist, sein Leben mit Freß- und Saufgelagen zu verbringen.«

Germanicus nickte und seufzte: »Zu starke Verbindungen mit Zivilisten versauen den besten Soldaten, das ist wahr. Aber warum haben Caecina, du und die anderen hohen Offiziere zugelassen, daß es so weit kam? Und was ist mit den Zenturionen? Haben sie nicht bemerkt, was in ihren Männern vorging?«

»Erst waren es nur die üblichen Raufereien unter den jungen Rekruten, zwielichtiges Gesindel aus den Vorstädten Roms, das erst noch zurechtgestutzt werden muß. So dachten wir und die anderen Offiziere jedenfalls. Aber dann griff der Aufruhr um sich wie ein Steppenbrand, und plötzlich standen wir Offiziere ganz allein da, bedroht und gefangen von unseren eigenen Soldaten. Viele Zenturionen wurden unter Schimpf und Schande davongejagt.«

»Wahrscheinlich besonders die, die ihren Stock zu oft auf den Rücken ihrer Männer tanzen ließen.«

»Ohne Zucht keine Ordnung, Imperator.«

Germanicus machte ein säuerliches Gesicht und dachte daran, daß viele Zenturionen ihr Züchtigungsrecht mißbrauchten, um ihre Streitlust auszuleben. Einige hatten es jetzt heimbezahlt bekommen. Das sagte er dem Präfekten.

»Du würdest anders reden, hättest du gesehen, wie sich die

Meuterer aufgeführt haben, Caesar Germanicus. Wie die wilden Bestien in der Arena! Mit gezückten Schwertern stürzten sie sich auf die Zenturionen, warfen sie zu Boden und prügelten wie von Sinnen auf sie ein. Doch sie zählten ihre Hiebe genau, immer sechzig für einen Zenturio, ebenso viele wie es Zenturionen in einer Legion gibt.«

»Eine grausame Rechnung«, befand Germanicus.

»Ja, aber es kam noch schlimmer. Die Meuterer schleiften ihre zerschundenen, blutenden Opfer durchs Lager, bis sie bewußtlos waren, warfen sie dann einfach vor die Tore oder sogar in den Rhenus.«

Germanicus schüttelte energisch den Kopf. Seine Miene verriet Erschrecken und Wut. »Wie konnte mein Legat all dies nur zulassen? Er, der seit fast vierzig Jahren im Dienste Roms steht!«

»Caecina ...« Foedus räusperte sich. »Nun, ich muß sagen, wie es war, Imperator. Caecina Severus hatte der Mut verlassen angesichts der tobenden Menge. Ein Zenturio namens Septimius floh zu ihm und bat ihn um seinen Schutz. Doch als die Meuterer Septimius herausforderten, gab Caecina nach und ...«

Foedus brach erneut ab und starrte betreten an seinem Imperator vorbei auf die Bäume.

Germanicus war sich nicht sicher, was in dem Lagerpräfekten vorging. Hatten ihn die Ereignisse wirklich mitgenommen und vielleicht sogar mit Scham erfüllt, Scham über die Rolle der Offiziere und besonders die von Aulus Caecina Severus? Oder wollte er die Gunst der Stunde nutzen und den Legaten in ein möglichst schlechtes Licht rücken, um an seine Stelle zu treten?

»Warum redest du nicht weiter?« fragte Germanicus. »Was geschah mit Septimius?«

»Die Meuterer ermordeten ihn.«

Das war in der Tat ein schwerer Vorwurf gegen Caecina. Germanicus kannte den erfahrenen Offizier als wackeren, niemals wankenden Recken. Konnte solch ein Mann die Nerven verlieren? Oder waren ihm die Hände gebunden gewesen, weil er keine Unterstützung fand, nicht einmal bei seinen Offizieren? Der Imperator wollte kein Urteil fällen, ehe er sich nicht mit eigenen Augen ein Bild von der Lage gemacht und selbst mit seinem Legaten gesprochen hatte. Deshalb beschloß er, dieses Thema nicht weiter mit Foedus zu erörtern.

»Ich entnehme deinem Bericht, Foedus, daß keine hohen Offiziere zu den Meuterern übergelaufen sind.«

»Weder hohe Offiziere noch Zenturionen, Caesar.«

»Das ist gut. Vier meuternde Legionen sind eine Vielzahl unberechenbarer Männer. Gefährliche Männer. Doch brandgefährlich wären sie, würden sie von jemandem befehligt, der etwas davon versteht.«

»Du meinst jemanden, der die Stimmung der Truppe ausnutzt, um die Männer für seine Pläne einzuspannen, vielleicht einen potentiellen Herrscher?«

»Zum Beispiel«, antwortete Germanicus ausweichend, während er an seine Frau Agrippina und an seinen Onkel Tiberius dachte. »Sind die Rädelsführer bekannt?«

»Die Meuterei brach bei den Legionen XXI und V aus, griff dann erst auf die Legionen I und XX über und später auf die des oberen Kommandos. Auch die Veteranen verstoßen eifrig gegen alle Disziplin, weil ihnen ihre weitere Verpflichtung nach Ablauf der Regeldienstzeit nicht gefällt. Aber einzelne Personen, die sich besonders hervorgetan haben, sind mir nicht bekannt.«

»Wölfe fühlen sich am stärksten, wenn sie im Rudel heulen. Und diese Wölfe auf zwei Beinen besonders ...«

Mit offenem Mund hielt Germanicus inne und starrte auf das beeindruckende, beängstigende Schauspiel vor ihm. Der kleine Reitertrupp hatte offenes Gelände erreicht und jetzt freien Blick auf die Hügelkette – und auf die Meuterer. Sie strömten von allen Seiten heran.

Sie waren Legionäre, und sie waren bewaffnet, und doch erinnerte ihr Vormarsch in nichts an die geordneten Schlachtformationen römischer Legionen. Ohne erkennbare Führung hatten sie sich in große und kleine Gruppen aufgeteilt, ganz nach Belieben. Die meisten waren zu Fuß, aber es gab auch Reitertrupps. Niemand trug die korrekte Uniform. Fast alle hatten auf den Helm verzichtet, ebenso auf den Schild und viele auch auf den Körperpanzer, trugen einfach nur ihre Tunika. Aber Pilen, Schwerter und Dolche zählte Germanicus reichlich. Trotz der lockeren Ordnung und Kleidung hatten die Meuterer das Sommerlager nicht mit friedlichen Gedanken verlassen. Späher hatten ihnen vermutlich das Nahen ihres Imperators gemeldet, und die Aufsässigen kamen, ihn auf ihre Art zu begrüßen.

Germanicus und seine Begleiter hatten unwillkürlich ihre Pferde angehalten, um sich einen besseren Überblick zu verschaffen. Foedus lenkte seinen Braunen dicht an die Seite des Feldherrn und sagte: »Da siehst du das Unheil, Caesar. Noch ist es Zeit umzukehren. Wenn die Meuterer uns erreichen, kann niemand für dein Leben bürgen.« Der Lagerpräfekt warf einen bedeutsamen Blick auf den kleinen Caligula, der unruhig im Sattel vor seinem Vater hin und her rutschte, und fügte hinzu: »Und auch nicht für das Leben deines Sohnes!«

»Nur die Götter können dafür bürgen«, erwiderte Germanicus und hieb seinem Fliegenschimmel die Fersen in die Flanken.

Ohne auf seine Bedeckung zu warten, galoppierte der Imperator auf die Reihen der Meuterer zu. Foedus und die anderen trieben ihre Tiere ebenfalls zum Galopp an, nachdem sie ihre Überraschung überwunden hatten, schafften es aber nicht, den Vorsprung des Schimmels aufzuholen.

Germanicus drückte seinen Sohn mit einer Hand fest an sich, damit er bei dem scharfen Galopp nicht vom Pferd fiel, und sagte: »Bete, daß die Götter tatsächlich für unser Leben bürgen, kleiner Gaius! Wenn nicht, behält die Seherin recht, und zwei Männer werden sterben.« Er sah das Kind vor sich zärtlich an. »Ein großer und einer, der es dann nie werden wird.«

Die Meuterergruppen in der Nähe hielten überrascht an und starrten dem heranfliegenden Pferd entgegen. Einige der berittenen Meuterer sprengten auf den Imperator zu. Hatten sie ihn erkannt? Germanicus kümmerte sich nicht darum, ritt einfach weiter, immer weiter, den nächsten Hügel hinauf. Die Reiter, die ihn einkreisen wollten, kamen zu spät. Ihnen blieb nur die Rolle einer unfreiwilligen Eskorte.

Erst als der Fliegenschimmel die Hügelkuppe fast erreicht hatte, mußte der Imperator das Tier zügeln. Er war jetzt von Soldaten umringt, und mit jedem Augenblick wurden es mehr. Bald richteten sich Hunderte von Augenpaaren auf ihn und den kleinen Jungen. Verwunderte Blicke und feindselige, aber nicht nur. Germanicus fand auch Reue und die Zuneigung, die der Enkel des Marcus Antonius und in besonders eigenartiger Weise der kleine Gaius bei den Legionären genossen. Darauf baute der Imperator. Diese Zuneigung war in der jetzigen Lage sein einziges Pfand, er mußte sorgsam damit umgehen. Er mußte den

Männern zeigen, daß er ihr Herr war, nicht ihr Feind und auch kein Bittsteller.

»Soldaten Roms«, erhob er seine Stimme laut über das Gemurmel der Umstehenden, das Klirren der unentschlossen gehaltenen Waffen, das Schnauben der Rösser und das Knarren des Sattelleders. »Legionäre, Veteranen, Krieger der Auxilien. Ich bin froh, wieder bei euch zu sein. Ich hörte von eurer Unzufriedenheit und wußte sofort, daß mein Platz bei meinen tapferen Legionen ist. Deshalb kehrte ich eiligst aus Gallien zurück, und deshalb ritt ich mit meinem Sohn Gaius, den ihr Caligula nennt, voraus, euch zu begrüßen.«

Caligula!

Der Name pflanzte sich durch die Reihen fort. Die weiter hinten stehenden Meuterer hatten den kleinen Jungen noch nicht gesehen und waren überrascht über seine Anwesenheit. Freudig überrascht, daß das Stiefelchen, der Liebling der Soldaten, unter ihnen war. Das konnte nur ein gutes Zeichen sein.

Germanicus spürte die freundliche Stimmung und fuhr rasch fort: »Aber hier ist ein unwirtlicher Ort für eine Begrüßung. Folgt mir darum in das Lager!«

Er ließ den Schimmel langsam voranschreiten und bahnte sich einen Weg durch die aufklaffende Menschenmauer. Ein Druck mit den Schenkeln, und das Pferd begann zu traben. Einige Soldaten murrten noch, warfen Germanicus wütende Blicke zu, wurden jedoch von den anderen beschwichtigt. Das Wunder geschah, die Männer schlossen sich ihm an. Die dem Imperator entgegengeströmt waren, um ihn abzufangen, ihm ihre Bedingungen zu diktieren, ihn vielleicht gar festzunehmen oder Schlimmeres mit ihm anzustellen, ließen sich von ihm willig zurück ins Lager führen.

Die Männer, die ihm jetzt in großen Scharen nachströmten, mochten Meuterer sein, aber das waren sie erst seit kurzer Zeit. Seit vielen Jahren jedoch waren sie daran gewöhnt, ihrem Imperator zu gehorchen und ihm zu folgen. Diese Gewohnheit legte man nicht so schnell ab, darauf hatte Germanicus gesetzt.

Er atmete erleichtert durch, als er auf der anderen Seite der Hügelkuppe hinabritt. Er hatte seine Autorität erhalten, sein Leben und das des Sohnes. Aber er wußte auch, daß der weitaus schwierigste Teil noch vor ihm lag. Die Angehörigen dieser vier

Legionen hatten den süßen Wein des Nichtstuns und der Ungebundenheit genossen. Sie würden nicht ohne Widerstand tagein, tagaus wieder das brackige Wasser des Kriegsdienstes trinken.

Germanicus wagte nicht, sich nach seiner Bedeckung und Foedus umzublicken. Man hätte es ihm als Unsicherheit oder gar Angst auslegen können. Also blickte er starr nach vorn und versuchte, stolz und gleichmütig auszusehen.

Als Caligula, dem die ganze Aktion offenbar langweilig wurde, leise zu plärren begann, strich der Vater ihm beruhigend über das Köpfchen, bis der Kleine zufrieden gluckste.

»So ist es gut, kleiner Gaius«, sagte Germanicus im beruhigenden Tonfall und blickte lächelnd seinen Sohn an. »Du mußt fröhlich sein und lachen, wenn wir gleich in das Lager reiten. Du freust dich doch auf das Lager und die vielen Soldaten dort, nicht wahr?«

Caligula kicherte, brachte ein »Ja« heraus und grinste über das ganze kleine Gesicht, als wolle er auf diese Art seine Antwort bekräftigen.

»Fein.« Der Vater lächelte. »Dann zeig es den Soldaten, wenn wir im Lager sind. Sei fröhlich und lächle die Männer an. Sie sind unsere Freunde.«

Hoffentlich! fügte er in Gedanken hinzu, als er das riesige, sich scheinbar über die ganze Ebene erstreckende Sommerlager erblickte.

Gräben, Erdwälle und hölzerne Palisaden, dahinter in langen, geraden Reihen die Zelte, hin und wieder durch große hölzerne Gebäude und Stallungen abgelöst. Aber innerhalb der Verschanzungen konnte Germanicus nicht die kleinste Spur eines geordneten Lagerlebens entdecken. Keine Soldaten beim Appell oder Exerzieren, keine Waffen- und Reitübungen der Rekruten. Niemand, der seine Zeit zum Reinigen und Ausbessern der Ausrüstung verwendete. Was scherte es die Meuterer, wenn sich die Eisenringe ihrer Kettenhemden lösten oder die vom Marschieren krummgetretenen Nägel aus ihren Stiefeln brachen!

Vergeblich suchten die Augen des Imperators nach Offizieren, die Ordnung in das würdelose Chaos brachten. Er hörte ausgelassene Musik statt militärischer Signale, dazu Gelächter und Gesang. Er hörte es aus dem Lager und aus den Ansiedlungen vor den Wällen und Gräben, die aus zerschlissenen Zelten und windschiefen Hütten bestanden. Hier hausten die Händler und Gaukler, die Huren und die Geliebten der Soldaten mitsamt ihren Kindern.

Diese mit einfachsten Mitteln errichteten beweglichen Städte folgten den Legionen wie im Sommer die Stechmücken den Menschen mit süßem Blut. Sie wurden geduldet, weil sie den Soldaten die nötige Zerstreuung verschafften. Oft waren sie aber auch lästig wie die besagten Mücken, wenn die Zerstreuung wichtiger wurde als der Dienst. Und in Zeiten wie diesen, da der Gehorsam dem Geist der Meuterei gewichen war, waren sie ebenso gefährlich wie die Mücken, deren Stiche Krankheiten übertrugen. An diesen Städten der Ausschweifungen infizierten sich die Soldaten mit Faulheit, Disziplinlosigkeit, Aufsässigkeit und Ungehorsam.

Germanicus ließ sich seinen Widerwillen nicht anmerken und ritt mit unbewegter Miene durch eine dieser Ansiedlungen auf die Porta Prätoria zu, das große Haupttor des Lagers. Ein anderer Weg kam für den Adoptivsohn des neuen Herrschers nicht in Betracht.

Die Ankunft des Imperators rief Soldaten, Sklaven und andere Schaulustige herbei. Sie bildeten ein Spalier, daß kaum der Ehrbezeugung entsprach, um so mehr der Neugier. Viele Männer hielten Weinbecher oder ganze Weinschläuche in den Händen, und einige taumelten trunken, hielten sich nur noch mühsam aufrecht, gestützt auf Kameraden oder Huren. Letztere schienen jedes Schamgefühl verloren zu haben, sogar angesichts ihres Imperators und seines Sohnes. Mit teilweise oder gänzlich entblößten Leibern standen sie da, begehrenswerte junge wie vertrocknete alte, bemitleidenswert dürre und unnatürlich fette Weiber. Einige, vielleicht mit vom Wein gelösten Zungen, schämten sich nicht, dem Feldherrn eindeutige Angebote zu machen.

»Hast du deine Frau nicht mitgebracht, Caesar?« rief eine fast zahnlose Vettel mit nacktem Oberkörper, deren ausgezehrte Brüste wie leere Weinschläuche aussahen und mit nach unten zeigenden Warzen traurig über dem sich vorwölbenden Bauch lagen. »Dann komm zu mir, Süßer. Ich zeige dir mal, wie es das einfache Volk macht!« Sie brach in ein kreischendes Lachen aus und steckte die umstehenden Frauen und Männer an.

Eine fette, faßförmige Hure mit wahren Melonenbrüsten, die

aus dem Stoff ihrer schlampig angelegten Stola quollen, faßte unter die beiden Fleischberge und hielt sie dem Reiter entgegen. »Hier, Imperator, hast du so etwas bei den feinen Damen Roms schon mal gesehen? Bedien dich nur und bring deinen Sohn mit. An mir ist genug für euch beide dran!«

Neues Gelächter brandete auf. Germanicus war froh, als es hinter ihm verklang und er durch die Porta Prätoria ritt. Beiläufig registrierte er das Fehlen der Torwache, angesichts der Umstände hatte er nichts anderes erwartet. Dann richtete er seine ganze Aufmerksamkeit auf die Konfrontation mit den Meuterern. Sein forsches Auftreten draußen bei den Hügeln hatte eine solche verhindert, hier, innerhalb der Wälle, war sie unvermeidlich.

Schon scharten sich die Männer um ihn, unrasiert, verlottert, mit weingetränktem Atem und den Augen von Menschen, die, bar jeder leitenden und strafenden Hand, zu allem bereit waren.

Germanicus ließ sein Pferd scheinbar gewähren und im Kreis tänzeln. In Wahrheit wollte er sich einen Überblick verschaffen.

Hinter ihm waren die Meuterer und Menschen aus den Ansiedlungen ins Lager gekommen. Von Foedus und der Bedeckung war nichts zu sehen.

Dafür entdeckte er in den hinteren Reihen der ihn umgebenden Menschen die Uniformen von ein paar Zenturionen. Also waren nicht alle vertrieben worden. Das war einleuchtend, waren doch auch nicht alle bei der Mannschaft verhaßt, einige, wenn auch nicht viele, sogar recht beliebt. Und es waren wirklich nicht viele Zenturionen, die Germanicus jetzt erblickte, nur eine Handvoll. Lächerlich wenige im Vergleich zu den Meuterern. Die Führer der Zenturien konnten ihrem Feldherrn kaum helfen – falls sie es überhaupt wollten. Vielleicht machten sie sogar gemeinsame Sache mit den Meuterern, aus Überzeugung oder Zwang.

Die Zenturionen standen auf der Principia, dem großen Hauptplatz des Lagers, wo sich das Feldherrnzelt sowie die Unterkünfte der Legaten und Tribunen befanden. Dorthin versuchte sich Germanicus durchzuschlagen. Es war ein mühsames Unterfangen, sein Pferd durch die dichten Menschenreihen zu zwängen. Immer wieder riefen die meuternden Soldaten ihrem Feldherrn etwas zu, doch im allgemeinen Stimmengewirr hörte der Reiter nicht mehr als Bruchstücke verworrener Klagen.

Ein älterer Mann ergriff plötzlich die Hand des Imperators wie zum Kuß und sagte: »Steh uns bei, Caesar Germanicus, unser Imperator! Sorg dafür, daß es uns endlich besser geht. Ich bin ein alter Veteran und möchte mich endlich zur Ruhe setzen. Hier, fühle, wie wenig Zähne mir in den dreißig Jahren geblieben sind, in denen ich für Roms Größe im Felde stehe.« Dann steckte er die Hand des Feldherrn in seinen Mund, und Germanicus konnte nicht anders, als in der faulig riechenden Höhle mehr Lücken als Zähne zu fühlen. Als er den Veteran endlich hinter sich gelassen hatte, widerstand er der drängenden Versuchung, seine klebrigfeuchte, fäulnisstinkende Hand an seinem Umhang abzuwischen. Es wäre kein gutes Zeichen für die Soldaten gewesen.

Jäh mußte Germanicus den Schimmel zurückreißen, als sich ein anderer, ebenfalls älterer Soldat ihm in den Weg stellte. Wie die meisten, trug er keinen Panzer, nur seine Tunika. Selbst die streifte er jetzt ab und entblößte einen von Narben übersäten Leib und einen verwachsenen, buckligen Rücken. »Schau, Imperator, was die Legion aus mir gemacht hat!« geiferte der Veteran mit solcher Inbrunst, daß ihm Speichel aus dem Mund lief und am Kinn entlang zu Boden tropfte. »Sieh die Narben der Schwerthiebe und Speerwunden, aber zähle sie nicht, es sind zu viele. Betrachte meine Gestalt, die einst gerade war wie die jedes guten Jünglings, aber zu viele Lasten habe ich getragen auf endlosen Märschen. Ich habe Rom gedient, ohne mich zu schonen, und dies ist der Dank des Vaterlandes!« Dabei zeigte er auf seinen Höcker.

Germanicus murmelte ein paar mitleidige Worte, lenkte sein Pferd vorsichtig an dem Mann vorbei und erreichte endlich die Principia. Sein forschender Blick richtete sich auf das große Zelt seines Legaten. Es wurde von einer Schar bewaffneter Meuterer bewacht, die den wuchtigen, grauhaarigen Offizier aber nicht am Heraustreten hinderten.

Auch so war es angesichts der dichtgedrängten Menge für Aulus Caecina Severus unmöglich, zu seinem Imperator durchzukommen. Caecina preßte die fleischigen Lippen zusammen, und seine von zahlreichen Fältchen umsäumten Augen blickten Germanicus in einer Mischung aus Hoffnung und Betrübnis an. Und diese Betrübnis speiste sich gleichermaßen aus Wut und Scham.

Germanicus hob seinen Sohn aus dem Sattel und stellte ihn auf das Tribunal, die aus aufgeschütteter Erde und Holz errichtete Plattform für die Ansprachen des Feldherrn. Als der kleine Gaius für Augenblicke über den Köpfen der Menge schwebte, rief diese mehrmals den Kosenamen des Stiefelchens, und mit jedem Ruf wurden die Stimmen mehr und lauter.

Der Imperator stieg ebenfalls aus dem Sattel und erklomm die Bühne, nahm aber nicht auf dem ledergepolsterten Sitz Platz, von dem aus er üblicherweise die großen Appelle verfolgte. Aufrecht zu stehen angesichts dieser vieltausendköpfigen Masse aufgebrachter Soldaten erschien ihm als das einzig Richtige.

»*Milites* – Soldaten!« rief er über die Köpfe hinweg, nachdem er kurz überlegt hatte, ob er sie mit dem verbrüdernden, schmeichlerischen *Commilitones* – Kameraden oder, wie einst im Bürgerkrieg Julius Caesar, mit dem für Soldaten verächtlich klingenden *Quirites* – Bürger anreden sollte; aber ersteres hätten die Meuterer als ein Zeichen der Schwäche und letzteres als eine ihren Zorn noch mehr anheizende Beleidigung auffassen können. »Ihr seid in großer Schar gekommen, euren Imperator zu sehen, und das freut mich. Aber ihr steht so dicht zusammen, daß ich euch nicht unterscheiden kann. Formiert euch und tretet in Manipeln an!«

Gespannt beobachtete er die Soldaten. Wenn sie seinem Befehl folgten, war das ein großer, wichtiger Schritt bei dem Versuch, die Kontrolle über die Meuterer zu erlangen. Soldaten, die in militärischen Formationen vor ihrem Feldherrn standen, waren leichter zu beeinflussen als wilde, grölende Haufen. Aber es kam keine Bewegung in die Masse. Statt dessen wurden Rufe laut, daß man nicht zum Appell gekommen sei, sondern um Beschwerden vorzubringen und Forderungen zu stellen.

»Wie soll ich wissen, wer welche Beschwerden und Forderungen hat, wenn ich euch nicht unterscheiden kann?« erwiderte Germanicus. »Schließt euch wenigstens zu Kohorten zusammen und bringt eure Feldzeichen vor, damit ich weiß, mit wem ich es zu tun habe!«

Unter den Meuterern entstand eine Diskussion über diese Forderung. Als einige der Männer in Bewegung gerieten, rief der Imperator: »*Venite!*«

Der altgewohnte, tausendfach gehörte Befehl zum Antreten

brachte den Umschwung. Die meisten der Männer schlossen sich tatsächlich zu ihren Kohorten zusammen, viele hinter den Feldzeichen ihrer Manipel, womit der Imperator seine erste Forderung doch erreicht hatte. Und dann erhoben sich sogar drei der vier Legionsadler über der Menge. Ein warmes Gefühl durchströmte Germanicus bei diesem Anblick, und er dachte an den ersten Teil der Prophezeiung der germanischen Seherin: ›Alle Schwierigkeiten, die jetzt vor dem Imperator liegen, wird er überwinden, sobald der Adler sich über seinem Haupt erhebt.‹

Hatte die Seherin dies gemeint? Germanicus kamen Zweifel, standen die Träger der Legionsadler doch weit vom Tribunal entfernt, und die Adler erhoben sich keineswegs direkt über dem Feldherrn.

»Jetzt erkenne ich euch, Männer, sehe die Adler eurer Legionen und die Zeichen eurer Manipel«, begann Germanicus seine Ansprache, von der so viel abhing. »Ein Anblick, der mich so stolz macht, wie er es auch den vergöttlichten Augustus gemacht hätte, hätte er ihn vor seinem Dahinscheiden noch einmal sehen dürfen. Unter seiner Regentschaft hat Rom die Macht bewahrt und sogar noch ausgeweitet, deren Begründer Gaius Julius Caesar mir, wie ich mit Stolz und Glück sage, den Namen gab. Caesar und Augustus haben ihre Anstrengungen nicht umsonst unternommen. Andere werden sie fortsetzen, wie meines Vaters Bruder und mein jetziger Vater Tiberius Julius Caesar. Tiberius, Sohn der Livia und des Augustus, der als tapferer und begnadeter Feldherr den Aufstand im Illyricum niedergeschlagen und den ganzen Landstrich befriedet hat, der dafür mit Ehrungen überhäuft und mit dem Triumph bedacht wurde, der nach dem schmählichen Überfall auf die Legionen des Quintilius Varus nach Germanien kam, um euch anzuführen, um mit euch auf dem nackten Rasen zu sitzen und ohne Zeltdach über dem Kopf zu schlafen, der euch ruhmreich gegen die aufsässigen Germanen führte – er wird euch ein ebenso guter, umsichtiger und wohlmeinender Herrscher sein wie sein Vater Augustus.«

Erst hatten die Soldaten schweigend und gespannt zugehört. Sogar Zustimmung wurde laut, als Germanicus den ruhmreichen Julius Caesar und den großen Augustus lobte. Aber als die Rede auf Tiberius kam, mischten sich Ablehnung und Spott in die Rufe. Die Meuterer nannten ihn wegen seiner Jahre auf Rhodos einen Einsiedler und wegen Livias erster Ehe ein Kind zweier Väter. Auch die scharfe Handhabung der Kriegszucht hatten sie Tiberius nicht vergessen. Sie warfen ihm vor, die alten Züchtigungen und Ehrenstrafen wiedereingeführt zu haben. Ein Meuterer erzählte lauthals die alte Geschichte, wonach Tiberius sogar einen Legionslegaten schimpflich bestraft habe, nur weil der Legat einige Soldaten und einen Freigelassenen entgegen der Befehle auf die Jagd geschickt hatte.

Germanicus spürte den drohenden Umschwung der ihm eben noch freundlich erscheinenden Stimmung und wollte ihn aufhalten, indem er die Einmütigkeit Italias und die Treue Galliens zu Rom beschwor. »Nirgends im Reich findet man Zwietracht oder Unruhe – mit Ausnahme Germaniens. Hier ist nicht mehr viel zu spüren von dem unbedingten Gehorsam und der eisernen Disziplin, für die Roms Legionen überall gerühmt werden.« Er ließ seinen Blick ruhig und fest über die Versammlung gleiten und fuhr fort: »Statt dessen verjagt ihr eure Tribunen und Zenturionen, bringt Schande über sie und euch. Ist das die Art, wie römische Soldaten die Staatstrauer bezeugen, wie sie das Andenken des verstorbenen Princeps bewahren?«

Rufe wurden laut, Widerspruch, Ärger, Zorn. Tausende Stimmen schrien durcheinander und vereinigten sich zu einem Sturmwind, wie um den Imperator vom Tribunal zu wehen. War er zu weit gegangen in seinen Vorwürfen?

Ein stämmiger Mann mit einer schiefen, wohl mehrfach gebrochenen Nase trat vor und schrie: »Wir brauchen keine Tribunen und Zenturionen, die selbst die feinen Herren spielen und uns schikanieren! Uns lassen sie nur den vergossenen Schweiß, den Staub und dergleichen, während sie sich auf Gelagen amüsieren. Jetzt machen wir es umgekehrt!«

»Ja!« stimmte ihm ein anderer zu. »Ich kann auf einen Zenturio verzichten, dessen größtes Vergnügen es ist, seinen Rebstock auf meinem Rücken tanzen zu lassen.« Er entblößte seinen Oberkörper und zeigte seinen von Blutergüssen und roten Striemen bedeckten Rücken. »Schaut, drei Stöcke sind hier schon zerschlagen worden. Wurde ich als freier Bürger Roms dazu geboren?«

Auch andere entblößten sich, um Züchtigungsnarben und Kriegsverwundungen vorzuzeigen. Sie schrien ihre Anklagen hinaus, beschwerten sich über die Prügelwut der Zenturionen, über deren Schikanen und ihre mangelnde Muße, über zu harte Arbeit beim Schanzen und beim Beschaffen von Futter und Holz, über zu geringen Sold und zu hohe Zahlungen an die Zenturionen, um von den härtesten Strapazen verschont zu werden. Dann fingen die Veteranen an, sich über die viel zu lange Dienstzeit auszulassen. Sie wandten sich gegen das Gesetz, daß Legionäre auch nach ihrer Dienstzeit als Veteranen noch Jahre für den Kriegsdienst zur Verfügung stehen mußten. Und noch mehr dagegen, daß die Veteranenzeit über Gebühr ausgedehnt wurde.

»Das sind viele Forderungen«, verschaffte sich Germanicus unter Mühen erneut Gehör. »Manche mögen berechtigt sein, einige nicht im ganzen Umfang. Es braucht Zeit, das zu prüfen.«

»Germanicus, unser Feldherr, wird sich für uns einsetzen!« jubelte laut eine Stimme aus den hinteren Reihen. »Der Segen der Götter und das Glück des vergöttlichten Augustus seien mit ihm!«

Andere Stimmen schlossen sich dem an. Erst nahm Germanicus die Äußerungen zu seinen Gunsten mit Erleichterung und Freude auf, aber dann mehrten sich die Stimmen, die ihn mit Augustus gleichsetzten und forderten, er solle anstelle des Tiberius der neue Princeps werden. Schon stimmten die Massen Hochrufe auf den neuen Herrscher Germanicus an.

Dieser dachte daran, daß hier vier kampferfahrene und schlagkräftige Legionen standen. Vier weitere bildeten das obere Heer mit Hauptquartier in Mogontiacum. Außerdem lag je eine Legion bei Vindonissa, in Argentoratum und bei Noviomagus. Hinzu kamen die Flotte auf dem Rhenus und die verbündeten Stämme der Gallier und der Germanen. Eine überaus große Streitmacht, der Tiberius wohl kaum etwas entgegenzusetzen hatte, wenn sie geschlossen gegen Rom zog.

Wäre Agrippina an der Seite ihres Mannes gewesen, hätte sie ihm mit Sicherheit geraten, genau dies zu tun. Es war in zweifacher Hinsicht der einfachste Weg: Germanicus würde Herr über die Meuterer werden, indem er sich zu ihrem Anführer machte, und dadurch würde er wie von selbst zum Herrscher aufsteigen. Die germanischen Legionen würden gar nichts anderes zulassen.

Germanicus war froh, daß Agrippina jetzt nicht neben ihm stand und ihm ihren machthungrigen Rat ins Ohr flüsterte. Er wollte nicht Herrscher werden, nicht auf diese Art, nicht auf

Kosten seines Adoptivvaters. Zwar hatte Tiberius ihn nicht aus Zuneigung adoptiert, sondern nur auf Anordnung des Augustus, doch gleichwohl band das Germanicus an den neuen Princeps. Wie ihn seine Pflicht als Soldat, seine Treue, an Tiberius band. Und wäre all das nicht gewesen, so hätte sich Germanicus niemals gegen den Mann versündigen können, der seinem Vater Drusus in der Todesstunde beistand.

Nein, eine Meuterei war nicht der richtige Weg. ›Der Adler, dem du folgst, führt dich ins Verderben‹, hatte die Seherin gesagt. Vielleicht hatte sie die Legionsadler der Meuterer gemeint.

Germanicus nahm Caligula auf und sprang mit einem Satz vom Tribunal, mitten in die Menge.

»Wohin willst du, Princeps?« fragte ein Meuterer.

»Ich bin nicht euer Princeps und werde es bestimmt nicht auf die Weise, die ihr mir vorschlagt. Damit will ich nichts zu tun haben, und deshalb gehe ich jetzt!«

Die Männer murrten, stellten sich ihm in den Weg und richteten blanke Waffen gegen den Mann, den sie eben noch zu ihrem Herrscher erwählt hatten.

»Kehr um, Germanicus!« forderte eine rauhe Stimme. »Ersteige wieder das Tribunal und verkünde, daß du unser Princeps sein willst!«

»Niemals!« erwiderte Germanicus und zog sein Schwert. »Lieber sterbe ich, als meine Treue preiszugeben!«

Er setzte seinen Sohn, der das Geschehen mit großen Augen verfolgte, auf die Erde und hob das Schwert, als wolle er damit seine eigene Brust durchbohren. Sofort fielen ihn die Meuterer an, hielten seinen Waffenarm fest und beschworen ihn, seine Meinung zu ändern.

»Laßt ihn doch«, erscholl die Stimme des Mannes mit der schiefen Nase. »Wie können wir einfache Männer es wagen, den Enkel des Marcus Antonius von seinem Entschluß abzubringen!« Der Mann trat mit gezogenem Schwert vor Germanicus. »Hier, Imperator, nimm lieber mein Schwert zu deiner kühnen Tat. Es hat in vielen Schlachten das Blut der Feinde Roms getrunken und ist gewiß schärfer als dein Zierstück.« Der Meuterer hielt die Waffe so dicht vor das Gesicht des Feldherrn, daß die Klinge fast seine Nase berührte.

Ein älterer Mann sagte zu dem anderen Meuterer: »Nein,

Calusidius, du versündigst dich. Wir wollen einen neuen Princeps feiern und nicht einen toten Imperator betrauern!«

Dies fand allgemeine Zustimmung. Zögernd ließ Calusidius sein Schwert sinken. Der Mund unter der schiefen Nase war verzerrt, und die Augen flackerten unstet. Plötzlich hellte sich die finstere Miene auf, und der wuchtige Mann ergriff mit der Linken den kleinen Gaius, riß ihn hoch und drückte den heftig strampelnden Jungen an sich.

»Unser Imperator soll noch einmal in sich gehen«, verkündete Calusidius. »Und das Stiefelchen soll unser Pfand sein. Es bleibt bei uns, bis Germanicus eine Entscheidung getroffen hat. Und zwar eine, die uns gefällt!«

Eine heftige Diskussion setzte ein. Ein Teil der Meuterer befand Calusidius' Plan für gut, andere sahen es als Frevel an, den Sohn des Imperators als Geisel zu nehmen.

Unruhe entstand, als sich ein Mann zum Tribunal vorkämpfte. Ein großer, breitschultriger Zenturio, noch jung an Jahren. Er richtete sein Schwert gegen Calusidius und sagte: »Bevor Caligula auch nur ein Haar gekrümmt wird, werde ich sterben. Und dich nehme ich auf jeden Fall mit, Calusidius!« Der Blick des jungen Zenturios wanderte über die Gesichter der Umstehenden. »Was ist in euch gefahren, daß ihr euch an Caligula vergreift? War er nicht immer gern gesehen unter den Soldaten? Trägt er nicht Soldatenstiefel wie wir? Ist nicht das Schlachtenglück mit uns, seitdem er bei uns ist? Wollt ihr euch an den Göttern und an eurer Soldatenehre versündigen, indem ihr ihn als Geisel nehmt? Ich, Cassius Chaerea von der Legion XXI, werde nicht dulden, daß Caligula von fremder Hand getötet wird, niemals! Ich werde mit meinem Leben dafür einstehen und zumindest die XXI. Legion vor der Schande bewahren!«

Seine Entschlossenheit machte Eindruck auf die Meuterer. Niemand wollte, daß auf ihn und seine Einheit die Schande fiel, sich am Stiefelchen vergriffen zu haben. Die Männer zwangen Calusidius, seine Geisel auf den Boden zu setzen. Kaum stand der kleine Gaius wieder auf eigenen Füßen, blickte er zu dem Meuterer und verdrehte seine Nase, bis sie so schief wirkte wie die des Soldaten. Gelächter brandete auf und löste die Spannung.

Cassius Chaerea nutzte die Gelegenheit und sagte laut: »Der Tag ist heiß, und die Reise unseres Imperators war lang. Gönnt ihm und unserem Stiefelchen ein wenig Ruhe. Germanicus wird sich gründlich überlegen, was zu tun ist, und euch noch heute seine Entscheidung wissen lassen.«

Die Mehrheit der Meuterer stimmte dieser Lösung zu. Die Menschen bildeten eine Gasse für ihren Imperator.

»Wir stecken besser die Schwerter ein, Caesar«, raunte der Zenturio Germanicus zu und schob seine Klinge in die Scheide.

Der Feldherr tat es ihm nach, hob Caligula auf den Arm und schritt an der Seite des Zenturios durch die Gasse zu dem Zelt, vor dem Caecina stand. Das Gesicht des Legaten wirkte trotz tiefer Sonnenbräune seltsam wächsern und drückte die Befürchtung aus, die auch Germanicus hegte: Die Lage war noch nicht entspannt, die Bedrohung durch die Meuterer noch längst nicht abgewehrt.

Kapitel 5

Das Geheimnis der Wolfsschlucht

Wer den Cheruskerfürsten Thorag ansah, konnte leicht denken, er habe sich in sein Schicksal ergeben. Mit gefesselten Händen saß der große, breitschultrige Krieger auf seinem gemächlich dahintrottenden Rappen, umgeben von den waffenstarrenden Eberkriegern. Das lange Blondhaar fiel dem Gaufürsten unordentlich ins Gesicht, während seine blauen, sonst so klaren Augen trübe ins Nichts zu blicken schienen.

Hinter ihm ritten Thidrik, Tebbe und Eibe, ebenfalls gefesselt. Fast einen halben Tag war Germar schon mit seinen Gefangenen unterwegs, die Schatten wurden lang, und bald würde Sunna hinter den baumbestandenen Hügeln im Westen versinken, auf die der vierzig Mann starke Trupp zuhielt.

Thidrik, der die Haltung seines Fürsten mißverstand, brachte sein Tier Schritt für Schritt an die Seite von Thorags Rappen und sagte leise: »Wir dürfen nicht aufgeben. Argast muß längst entdeckt haben, was uns zugestoßen ist. Aber sein Trupp ist zu schwach, um es mit den Eberkriegern aufzunehmen. Vermutlich sammelt Argast erst eine größere Streitmacht.«

»Mag sein«, erwiderte Thorag. Er sprach ebenso leise wie Thidrik und sah den Bauern dabei nicht an, weil er die Eberkrieger nicht auf ihr Gespräch aufmerksam machen wollte. »Argast ist ein guter Krieger und wird das Richtige tun. Du irrst, Thidrik, wenn du mich für entmutigt hältst. Ich überlege nur die ganze Zeit, was Germar mit uns vorhat. Erst dachte ich, er bringt uns zu Gerolfs Hof. Aber dafür halten wir uns zu weit westlich, und bald wird es dunkel. Ich kenne dieses Gebiet nicht so gut, es gehört schon zum Ebergau. Hast du eine Vorstellung, wohin sie uns bringen?«

Thidrik hob den Kopf und ließ seinen Blick über das vorausliegende Gelände schweifen. »Ganz in der Nähe befindet sich die Wolfsschlucht. Sie hat von dieser Seite einen ähnlich schmalen Eingang wie die Felsenge, durch die wir heute ins Dunkle Tal geritten sind. Ein guter Lagerplatz, mit wenigen Männern leicht zu verteidigen.«

Thorag nickte. »Das könnte wirklich Germars Plan sein. Wenn es auch nicht erklärt, weshalb er uns nicht zu Gerolfs Hof bringt.«

»Vielleicht lagert Gerolf mit seiner Hauptstreitmacht in der Wolfsschlucht. Damit wäre er nah am Donargau, ein guter Ausgangspunkt für einen Überfall. Ich denke ...«

Weiter kam Thidrik nicht. Der an der Spitze des Trupps reitende Germar hatte seinen Braunen gewendet und sprengte auf die Gefangenen zu. Er riß sein Pferd erst im letzten Augenblick zurück und rammte gleichzeitig eine Faust in Thidriks Gesicht. Der Bauer flog vom Pferd.

Germar zog sein Schwert und bedrohte damit den am Boden liegenden Mann. »Was gibt es hier zu quatschen, Verräter? Meinst du, ich habe dich nicht erkannt? Du bist Thidrik aus dem Ebergau, der seinen Fürsten, meinen Vetter Onsaker, an die Donarsöhne verriet. Am liebsten würde ich meinem Bruder Gerolf deinen Kopf überreichen. Aber ich glaube, er möchte deinen Tod selbst erleben. Und es wird ein langsamer Tod sein!«

Als Thidrik mit blutender Nase wieder auf seinen Schecken gestiegen war, setzte der Trupp seinen Weg fort. Die Gefangenen schwiegen jetzt.

Bald zeigte sich, daß Thidrik richtig vermutet hatte. Nachdem die Reiter einen Tannenwald durchquert hatten, erhob sich vor ihnen eine seltsame Felsformation, der Eingang zur Wolfsschlucht. Unten klafften die Felsen ein gutes Stück auf, aber oben neigten sie sich so eng gegeneinander, daß es wie ein aufgerissenes Wolfsmaul aussah. Verstärkt wurde dieser Eindruck noch durch zwei spitze Felskegel, die sich wie Ohren in den dämmrigen Himmel erhoben.

Eine Handvoll bewaffneter Eberkrieger begrüßte die Ankommenden. Einige trugen Wurfspieße, die anderen Pfeil und Bogen. Thidrik hatte recht, dachte Thorag mißmutig: Zur Verteidigung des Schluchteingangs brauchte es nur wenige Männer. Falls Argast mit Verstärkung anrückte und einen offenen Angriff auf die Eberkrieger wagte, würde es ein Gemetzel geben.

Nach etwa zehn Pferdelängen verbreiterte sich der Eingang zu einer von schroffen Felswänden gesäumten Schlucht. Am Südrand hatte das Wasser, das von den Felsen herablief, einen kleinen See gebildet. Rund um ihn herum erhellten flackernde Lagerfeuer das Dämmerlicht. Es waren weniger Feuer, als Thorag erwartet hatte. In der Wolfsschlucht befand sich keinesfalls die Hauptmacht der Eberkrieger, sondern allenfalls hundert Mann.

Das machte die ganze Angelegenheit in Thorags Augen nur noch rätselhafter. Was hatte Germar und seine Mannen hierher verschlagen? Hätten sie einen anderen Weg genommen, hätten sie jetzt schon fast Gerolfs Gehöft erreicht. Welches Geheimnis umgab die Wolfsschlucht?

Der Gaufürst der Donarsöhne sollte es schon bald erfahren. Als die Reiter sich dem feuergesäumten See näherten, stellte Thorag fest, daß er und seine Begleiter nicht die einzigen Gefangenen der Eberkrieger waren. Etwa zehn Menschen lagen gefesselt im Schatten einiger Kiefern. Thorag konnte nicht erkennen, wer sie waren, aber ihre Anwesenheit erklärte einiges: Germar sammelte hier seine Gefangenen, dann erst wollte er sie zu seinem Bruder bringen.

Thorag und seine drei Gefährten wurden abseits der Lagerfeuer und der anderen Gefangenen zu einer kleinen Felsgruppe am Ostufer des Sees gebracht. Die Ebermänner stießen sie reichlich unsanft zu Boden und fesselten ihre Füße. Zwei Bewaffnete blieben als Wachen zurück. Die Pferde, auch die der Gefangenen, wurden in eine Koppel am Nordhang getrieben, wo man starke

Seile zwischen ein paar einzeln stehenden Buchen gespannt hatte.

Bei den Feuern wurde angesichts des toten Bären begeisterte Rufe laut, und bald briet das zerlegte Tier über den Flammen. Thorag und seinen Freunden wurde bewußt, daß sie schon lange nichts mehr gegessen hatten, doch man gab ihnen weder Fleisch noch Wasser. Als das Bärenfleisch gar war, kamen ein paar Eberkrieger vorbei, um den Wachen ihr Essen zu bringen. Dabei verspotteten sie die Gefangenen, spuckten sie an und hielten ihnen das duftende Fleisch unter die Nasen.

Als die Ebermänner unter lautem Spottgelächter wieder abgezogen waren, raunte Thidrik in einer Mischung aus Wut und Verachtung: »Ist das der langsame Tod, von dem Germar gesprochen hat? Will er uns verhungern und verdursten lassen?«

»Darüber mache ich mir keine Gedanken«, erwiderte Thorag. »Ich würde viel lieber wissen, wer die Gefangenen im Kiefernhain sind.«

»Vielleicht die wahren Boten Armins. Ich nehme an, die Eberkrieger haben sie überfallen und ihnen die Ausrüstung und das Messer des Herzogs abgenommen, um uns zu täuschen.«

»So könnte es sich abgespielt haben«, stimmte Thorag dem Freund zu. »Aber ich bin mir nicht sicher, ob die anderen Gefangenen wirklich Armins Boten sind. Ich glaube, ich habe auch Frauen im Kiefernhain gesehen.«

Thidrik brummte etwas, das so ähnlich klang wie: »Deine Augen sind jünger und besser als meine.«

Aus der Dämmerung wurde Finsternis, als Nott, die mit dunklen Schleiern umhüllte Riesentochter, mit ihrem schwarzen Wagen über den Himmel zog. Notts Gewänder lagen so dicht auf dem Land der Cherusker, daß der von Mani gezogene Mondwagen und Surturs von den Göttern eingefangener Feueratem, die Sterne, kaum Licht in die Wolfsschlucht warfen. Die Lagerfeuer am See brannten nieder, und Bäume und Felsen verschmolzen ebenso zu undeutlichen Umrissen wie die beiden Wächter, die Thorag und den Seinen den Rücken zuwandten und müde an einem großen Felsblock lehnten. Ihre Unterhaltung verstummte, und auch die Stimmen an den Lagerfeuern wurden leiser. Die meisten Eberkrieger schliefen mit gut gefüllten Bäuchen, zufrieden über das Mahl und die gelungene Menschenjagd.

Die gefangenen Donarsöhne aber bekamen kein Auge zu, wollten es auch gar nicht. Es stand zu erwarten, daß sie morgen auf Gerolfs Hof gebracht wurden. Dort, im Herzen des Ebergaues, war es noch viel schwieriger, den Feinden zu entkommen. Deshalb begann Thorag, sobald Dunkelheit und Ruhe eingekehrt waren, seine Handfesseln an einer Felskante zu scheuern. Thidrik, Tebbe und Eibe taten es ihm nach. Es war eine mühevolle Arbeit, da die Fesseln sehr stark waren und die Donarsöhne leise sein mußten, um nicht die Aufmerksamkeit der Wachtposten zu erregen. Sobald diese sich bewegten, hielten die Gefangenen inne und stellten sich schlafend. So verging die Zeit, aber keine Fessel fiel.

Als Schritte sich der Felsgruppe näherten, alarmierte das nicht nur die Gefangenen, sondern auch die Wächter. Die beiden Eberkrieger traten vor und hoben ihre Framen.

»Wer ist da?« rief einer von ihnen in die Nacht.

»Eure Ablösung«, lautete die Antwort. »Oder wollt ihr hier ausharren, bis Nott ihrem Sohn Dagr weicht?«

»Bei Wodan, nein!« meinte der Wächter. »Wir haben schon sehnsüchtig auf euch gewartet. Steht ihr euch jetzt die Beine in den Bauch, während mein Bruder und ich ...«

Die Stimme des Ebermannes erstarb in einem gurgelnden Laut. Die beiden Männer der Ablösung sprangen, als sie die Wächter erreichten, plötzlich vor und fielen über die Wachtposten her. Für Thorag und seine Schicksalsgefährten sah es aus wie das Ringen seltsamer Schattenwesen, Waldgeister oder Wiedergänger aus dem Reich zwischen der Welt der Lebenden und der Toten.

Es war ein kurzer Kampf. Zwei Schatten fielen, zwei andere traten auf die Gefangenen zu, beugten sich über sie und senkten ihre blanken Klingen auf Thorag und Thidrik hinab. Mit schnellen Schnitten durchtrennten sie die Fesseln, und der Fürst der Donarsöhne sah dankbar in Argasts schmales Gesicht. Argast und sein Begleiter, der breitschultrige Ayko, wandten sich den beiden Brüdern zu und befreiten auch sie von den Fesseln.

»Endlich«, seufzte Thidrik, als er seine schmerzenden Glieder rieb. »Ich hatte mich schon mit dem Gedanken vertraut gemacht, von Germar und Gerolf langsam zu Tode gemartert zu werden.«

»Wir folgten eurer Spur bis zur Wolfsschlucht und erreichten sie noch, bevor es ganz finster wurde«, sagte Argast. »Aber wir waren zu wenige, um sofort anzugreifen. Deshalb warteten wir den Schlaf der Ebermänner ab, bis wir die Wachen am Eingang der Schlucht überwältigten. Und dann warteten wir erneut, bis die Ablösung der Wächter sich aufmachte. Wir überfielen erst sie und dann eure Bewacher.«

»Das haben wir gesehen.« Thorag stand auf und legte eine Hand auf Argasts Schulter. »Es war gute Arbeit, Argast, und ich danke dir. Du bist listiger als ein Fuchs.«

»Aber auch der Fuchs ist verloren, wenn zu viele Hunde ihn jagen – oder zu viele Eber in diesem Fall.« Argast blickte über die Felsen hinweg zum See, wo zwischen den nur noch spärlich glimmenden Feuern die Ebermänner lagen. »Wir sollten schnell verschwinden, bevor man auf uns aufmerksam wird!«

»Nein«, widersprach Thorag und zeigte nach Nordwesten. »Dort im Kiefernhain liegen noch andere Gefangene. Wir werden sie befreien!«

»Warum?« fragte der Kriegerführer. »Kennen wir sie?«

»Nein.«

»Dann gehen sie uns auch nichts an.«

»Das ist zu einfach gedacht«, meinte Thorag. »Wenn sie die Feinde der Eberleute sind, liegt es nahe, daß sie unsere Freunde werden könnten. Außerdem erhoffe ich mir von ihnen Aufklärung über das Verhalten der Ebermänner.«

»Trotzdem ist es angesichts unserer geringen Zahl ein gefährliches Unterfangen«, beharrte Argast auf seiner Meinung.

»Ich weiß. Darum hört genau zu, was ihr tun sollt!« Und der junge Gaufürst erklärte seinen Männern den Schlachtplan.

Sie waren insgesamt acht Donarsöhne. Zu Argast und Ayko gesellten sich noch zwei weitere Krieger, die mit ihnen ins Tal gekommen waren. Die übrigen warteten am Eingang zur Wolfsschlucht. Thorag schlich mit Thidrik, Tebbe und Eibe zu den abgebrannten Feuern am See, wo die Ebermänner schliefen. Argast und seine Krieger hielten in ebenfalls geduckter Haltung auf den Kiefernhain zu und wurden bald von Notts Schleiern verdeckt.

Thorags kleiner Trupp war mit den Waffen der beiden überwältigten Wächter und ihrer Ablösung ausgestattet. Thorag hoffte, daß die von ihm eingeschlagene Richtung stimmte. Er hatte sich zwar gemerkt, zu welchem der Feuer Germar gegangen war, aber im Verlauf des Abends konnte der junge Eberfürst den Lagerplatz gewechselt haben. Dann allerdings wäre Thorags Vorhaben zum Scheitern verurteilt gewesen.

Doch Donar war mit seinem Abkömmling. Fast wäre Thorag über Germar gestolpert. Selbst im Schlaf sah das narbige Gesicht des hageren Ebermannes noch häßlich und boshaft aus. Germar lag auf gegerbten Fellen, hatte sich in eine dicke Wolldecke gewickelt und schnarchte unregelmäßig vor sich hin. Während Thorag sich über ihn beugte, sicherten seine Gefährten das Umfeld. Zum Glück schliefen alle Eberleute in der Nähe.

Nur Germar schreckte auf, weil er keine Luft mehr bekam. Schwer lag Thorags Linke auf seinem Gesicht und bedeckte Mund und Nase. Die Rechte hielt das Schwert und drückte die Spitze gegen Germars linke Brust.

»Nur einen Laut, Ebermann, und du bist so tot wie dein Vetter Onsaker! Und sei gewiß, daß ich nicht scherze. Wenn du verstanden hast, heb langsam die linke Hand.«

Nach kurzem Zögern hielt Germar die Linke zitternd hoch.

»Schön, aber vergiß es nicht«, knurrte Thorag und lockerte den Druck seiner Linken etwas, um Germar das Atmen zu erleichtern. »Du magst deine Männer durch einen Ruf warnen, aber bevor sie bei dir sind, bist du schon unterwegs nach Walhall!«

Germars weit aufgerissene Augen wanderten über Thorag, Thidrik, Tebbe und Eibe. Als er keine weiteren Donarsöhne entdeckte, zeigte sein Gesicht zugleich Erleichterung und Verwunderung.

»Was willst du erreichen, Thorag?« fragte er im Flüsterton.

»Ihr vier könnt nicht gegen meine Krieger bestehen!«

»Wir suchen nicht den Kampf, sondern unsere Freiheit.«

»Ich schenke sie euch! Ihr könnt gehen, ohne daß euch ein Haar gekrümmt wird.«

»Das hoffe ich sehr.« Thorag grinste hintergründig. »Doch müssen wir damit noch etwas warten. Und jetzt schweig!«

Er drückte die Schwertspitze etwas stärker gegen Germars Brust, um seinem Befehl Nachdruck zu verleihen. Der Ebermann stöhnte leise, mehr vor Schreck als vor Schmerz.

Alle warteten, nur Germar wußte nicht, worauf. Als Hufgetrappel und Schreie ertönten, erkannte er, daß das Warten ein Ende hatte. Die Eberkrieger erwachten, sprangen auf und griffen nach ihren Waffen. Diejenigen, die in der Nähe ihres Anführers geschlafen hatten, wollten gegen Thorag und seine drei Gefährten vorgehen.

»Laßt die Waffen fallen!« schrie der Donarfürst. »Wenn nicht, ist Germar des Todes!«

Ein paar Eberkrieger gehorchten, andere zögerten. Thorag drückte noch fester mit dem Schwert zu.

»Tut, was Thorag sagt!« kreischte Germar, und auch die anderen Waffen fielen zu Boden.

Ein paar Pferde stürmten vorbei, reiterlose Tiere. Dann kamen die Reiter: Argast, seine Krieger und die befreiten Gefangenen. Thorag war verblüfft, als er das bärtige Gesicht von Mallovend erkannte, dem Herzog der Marser, eines Nachbarstamms der Cherusker. Dann erblickte er auch Mallovends Söhne Vendar und Vendhard. Argast und Ayko, die vor Thorag anhielten, führten ein paar leere Pferde an den Zügeln mit sich, darunter den Rapphengst ihres Gaufürsten.

»Steh auf!« befahl Thorag dem Anführer der Eberkrieger. »Du kommst mit uns, als unser Pfand!«

Zornig sahen die Eberleute zu, wie ihr Anführer auf eins der Pferde stieg. Vorher nahm Thorag ihm die Waffen ab, auch Armins Dolch.

Die Donarsöhne stiegen ebenfalls auf die Pferde, und Thorag schrie: »Bleibt im Lager, Ebermänner! Wenn ihr uns folgt, ist das Germars Todesurteil!«

Und schon ritten Donarsöhne und Marser davon. Thorag hatte sich nicht getäuscht, auch drei Frauen waren dabei, zudem zwei Kinder.

Was machten die Marser im Land der Cherusker? Und wie waren sie in Germars Hände geraten? Die Fragen beschäftigten Thorag, aber ihre Beantwortung mußte warten, bis die Wolfsschlucht hinter ihnen lag.

An der wolfsköpfigen Felsformation trafen sie auf Argasts übrige Krieger, die durch den Lärm und die herangaloppierenden Pferde schon alarmiert waren. In knappen Worten klärte Argast sie über das Vorgefallene auf.

»Treibt so viele Pferde wie möglich aus der Schlucht!« befahl Thorag. »Ich bin mir nicht sicher, ob Germars Leben den Eberkriegern über alles geht.«

So geschah es. Aber es blieben genügend Pferde für einen starken Verfolgertrupp in der Wolfsschlucht zurück. Die reiterlosen Pferde liefen im Wald hinter dem Felsdurchlaß auseinander.

»Laßt sie!« rief Thorag. »Wir müssen sehen, daß wir hier wegkommen. Die Eberleute werden einige Zeit mit dem Einfangen der Pferde beschäftigt sein.«

»Wohin reiten wir?« fragte Mallovend.

»Zum Gau der Donarsöhne«, antwortete Thorag und trieb den Rappen an.

Donarsöhne und Marser ritten durch die Nacht, den gefangenen Germar in ihrer Mitte. Wodans wilde Schar hätte es nicht eiliger haben können.

Kapitel 6

Die Ruhe vor dem Sturm

Die Ruhe des zu Ende gehenden Tages, die über dem Sommerlager der vier Legionen vom unteren Rhenus lag, war nur eine scheinbare. Der laue Wind, der sanft an den Zelten zupfte, konnte sich nur zu schnell in einen Sturm verwandeln, der alles hinwegriß, besonders Menschenleben.

Das wußten die Männer und die Frau, die im Dienstzelt des Legaten Aulus Caecina Severus um den großen Tisch versammelt waren, und gerade deshalb zog sich ihre Beratung so lange hin. Jedes Argument warf mindestens zwei Gegenargumente auf. Alles wurde genauestens abgewogen, denn eine Fehlentscheidung konnte die Raserei der Meuterer erneut entfachen.

Einerseits war Germanicus froh, daß seine Leibgarde mit Agrippina im Lager eingetroffen war. Die Meuterer waren auf den Reisetrupp gestoßen. Agrippina war den Meuterern entgegengegangen und hatte sie aufgefordert – nicht gebeten! –, sie zu ihrem Gemahl zu bringen. Ihr Eintreffen im Lager hatte erst zu neuer Aufregung geführt. Dann aber ließen die Meuterer zu, daß Agrippina Germanicus aufsuchte und daß die Garde einen schützenden Wall um die Principia zog. Vielleicht waren die meuternden Legionäre und Veteranen von der Hitze des Tages ermattet. Vielleicht griffen sie aber auch nur deshalb nicht ein, weil sie wußten, daß die zweitausend Prätorianer den dreißigtausend Meuterern nicht länger als einen Augenblick standhalten konnten.

Andererseits mußte der Imperator sich jetzt nicht nur um sein Leben und das des kleinen Gaius sorgen, sondern auch noch um das seiner Frau und des Kindes, das in ihrem Leib heranreifte. Agrippina saß wie selbstverständlich am Beratungstisch und scheute sich nicht, den altgedienten Soldaten ihre Meinung zu sagen. Und die ging ganz eindeutig dahin, daß Germanicus sich an die Spitze der meuternden Legionen stellen und mit ihnen gegen Rom marschieren sollte.

»Nur so können wir das Unheil abwenden«, sagte die schöne Enkelin des Augustus zum wiederholten Mal. »Ich glaube, der Ausbruch der Meuterei gerade zu dieser Zeit ist ein Zeichen der Götter.« Sie blickte Germanicus eindringlich an. »Es ist ein Fingerzeig für dich, Gaius. Die Götter wollen, daß du der neue Princeps wirst!«

»Wenn sie das wollten, hätten sie Augustus dazu bringen können, mich als seinen Nachfolger einzusetzen.«

Die Worte, mit denen ihr Mann sie zum Gespött der Runde machte, trafen Agrippina hart. Ihre Lippen bebten, und nur mühsam enthielt sie sich einer geharnischten Erwiderung. Zumindest lachte keiner der Offiziere über die Bemerkung des Imperators. Die Lage war zu ernst.

Erbittert über Germanicus' ablehnende Haltung, wandte Agrippina den Blick ab und sah zu der Ecke, in der Caligula mit seiner Amme spielte. Der Sohn des Imperators übte sich gerade als Reiter, hockte auf dem breiten Rücken der Griechin und schlug der schwer atmenden Frau immer wieder die Hacken in die Seiten, damit sie noch schneller auf Händen und Knien kroch. Agrippina hatte Eurykleia angewiesen, alles zu tun, um den kleinen Gaius bei Laune zu halten. Es konnte leicht so kommen, daß der Liebling der Soldaten das einzige Mittel sein würde, die Meuterer vom Äußersten abzuhalten.

Die Zeltplane am Eingang teilte sich, und Cassius Chaerea trat ein. Er hatte das Zelt vor einer Stunde verlassen, um sich unter den Männern umzuhören. Er war einer der wenigen Zenturionen, die bei seinen Untergebenen mehr Freunde als Feinde besaß. Deshalb konnte er es wagen, sich unter die Meuterer zu mischen.

Stramm nahm er Aufstellung vor dem Klappstuhl, auf dem Germanicus saß, und erhob die rechte Faust, um sie grüßend gegen seinen Brustpanzer zu schlagen.

Der Imperator winkte müde ab. »Keine Umstände, Cassius. Die da draußen benehmen sich auch nicht so förmlich. Sag mir lieber, was es Neues gibt. Nichts Gutes, wie ich deiner ernsten Miene entnehme.«

»Leider hast du recht, Caesar. Viele der Meuterer sehen dich weniger als ihren Imperator denn als ihre Geisel an. Überall brodelt es, und neue Pläne werden geschmiedet.«

»Was für Pläne?«

»Man will eine Abordnung zum oberen Heer schicken, um die Legionen II, XIII, XIV und XVI zu veranlassen, sich mit unseren Truppen zu vereinen.«

Caecina reckte seinen kantigen Graukopf vor. »Zu welchem Zweck?«

»Die Legionen sollen gemeinsam gegen die Ubierstadt ziehen und sie plündern. Dann soll es weiter nach Westen gehen, und auch Gallien soll ausgeplündert werden.«

Diese Mitteilung des Zenturios brachte die Versammlung für kurze Zeit zum Schweigen.

Caecina schlug mit der Faust auf den Tisch und sprach aus, was alle dachten: »Das ist ungeheuerlich. Das ... das hat mit Ungehorsam schon nichts mehr zu tun, das ist ein offener Aufstand. Die römischen Legionen wenden sich gegen das eigene Land!«

Germanicus blieb ruhig, weil alles andere keinen Sinn hatte. Fast emotionslos sagte er: »Wir müssen es verhindern.« Dann brachte er sogar ein Lächeln zustande. »Setz dich zu uns, Zenturio, und stärke dich. Du siehst erschöpft aus.«

Cassius Chaerea ging zu einem freien Stuhl. Bevor er sich setzte, nahm er den glänzenden Eisenhelm mit dem roten Federbusch ab und stellte ihn vor sich auf den Tisch. Er langte nach einer Karaffe und füllte einen Silberbecher mit Acetum, dem Weinessig, den viele Legionäre für das beste Mittel gegen Durst hielten. Ein Offizier trank normalerweise besseren Wein, aber Cassius wollte sich nicht berauschen, sondern erfrischen. Nachdem er einen ordentlichen Schluck getrunken hatte, nahm er eine Hühnerkeule von einer Platte mit kaltem Fleisch und kaute lustlos darauf herum. Für seinen Geschmack war das Huhn zu salzig, der Koch hatte es zu lange im Liquamen gebadet. Vielleicht lag es auch nur daran, daß sein Magen zwar leer war, Cassius in der gegenwärtigen Lage aber nicht den geringsten Appetit verspürte. Trotzdem rissen seine Zähne immer neue Fleischstücke ab und zermalmten sie.

Er wirkte nicht wie ein hungriger Mann, sondern wie ein Soldat, der nur aß, um seine Kräfte zu erhalten. Wie ein Mann, der sich auch in gefährlicher Lage den Gegebenheiten anpaßte und das Erforderliche tat. Das ging Germanicus durch den Kopf, und er nahm sich vor, den Zenturio im Auge zu behalten – falls es dazu noch Gelegenheit gab.

»Verhindern!« schnaubte Caecina, der über die Worte des Imperators nachgedacht hatte. »Bis jetzt ist es uns nicht gelungen, die Meuterer an irgend etwas zu hindern!«

Germanicus bedachte seinen Legaten mit einem ernsten Blick. »Ich selbst hatte noch nicht viel Gelegenheit dazu.«

Die Offiziere am Tisch erstarrten. Caecina schluckte, und sein Gesicht rötete sich, als er den versteckten Vorwurf in diesen Worten erkannte. Seine Lippen bewegten sich, doch sein Protest blieb stumm. Offenbar fand er nicht die richtigen Worte, sein Versagen zu erklären. Der Lagerpräfekt Gnaeus Equus Foedus grinste und glaubte sich einen Schritt weiter auf dem Weg, Caecinas Platz einzunehmen.

Germanicus bereute die Bemerkung, die ihm in seiner Verärgerung über den Legaten herausgerutscht war. Der Imperator hatte wenig genug Offiziere zur Verfügung und war auf jeden angewiesen. Er konnte es sich nicht leisten, sie vor den Kopf zu stoßen.

Deshalb wechselte er das Thema und sagte: »Wir haben schon zu lange diskutiert. Die Soldaten da draußen könnten es uns als Schwäche auslegen. Macht also eure Vorschläge, was zu unternehmen ist!«

Caecina hatte sich etwas beruhigt und war erleichtert darüber, daß sein Versagen nicht weiter Gegenstand der Unterhaltung war. Er sagte: »Wenn die Meuterer tatsächlich nach Gallien ziehen, stehen wir zwischen zwei Fronten. Armin und seine aufständischen Germanen werden sich die Gelegenheit nicht entgehen lassen. Sie brennen schon lange darauf, unsere Städte und Festungen am Rhenus zu schleifen. Alle Anstrengungen, die du, Imperator, und dein Vater Tiberius in den letzten Jahren unternommen haben, wären vergebens gewesen.«

»Dann stimmst du also dafür, hart gegen die Meuterer vorzugehen?« erkundigte sich Germanicus.

Caecina nickte und antwortete mit rauher Stimme: »Was ich versäumte, kann nur deine Autorität wiedergutmachen, Caesar.«

»Ich bin anderer Meinung«, sagte Cassius Chaerea und zog damit alle Blicke auf sich. Ein einfacher Zenturio, der dem Legaten des Imperators widersprach, das gab es selten. »Gegen Einzelne ist die Strenge des Feldherrn ein gutes Zeichen, um zu verhindern, daß die Unruhe sich ausbreitet. Befindet sich aber das ganze Heer im Aufruhr, ist Verzeihung notwendig.«

»Damit würde der Imperator sich mit den Aufsässigen auf eine Stufe stellen!« bellte Caecina.

»Ihr beide habt recht und auch unrecht. Strenge ist gefährlich, und Zugeständnisse sind schändlich. Ob man den Männern da draußen alles oder nichts bewilligt, in beiden Fällen kann es übel ausgehen.« Germanicus seufzte schwer, er klang erschöpft. »In der gegenwärtigen Lage scheint es mir allerdings besser, dem jungen Zenturio Cassius zu folgen. Eine harte Hand wäre früher angebracht gewesen. Jetzt aber sind es zu viele Soldaten, die sich daran gewöhnt haben, nur noch sich selbst zu gehorchen. Wir müssen auf sie eingehen und sie dadurch auf unsere Seite bringen. Erst wenn ein großer Teil der Legionäre wieder treu zu Rom und zum Princeps steht, kann die Schande durch strenges Durchgreifen getilgt werden.«

Germanicus erklärte, was er zu tun gedachte, und ließ einen Schreiber holen. Der Imperator diktierte in schnellen, knappen Worten. Der Schreiber kam kaum nach und tauchte die zugespitzte Vogelfeder immer hastiger in das tönerne Tintenfaß, um sie dann wieder in geübten Bewegungen über das Pergament zu führen. Als er mit seiner Arbeit fertig war, las er das Geschriebene laut vor. Germanicus nickte einverständig, wenn auch nicht gerade zufrieden. Nicht alle waren seiner Meinung. Besonders die Gesichter von Caecina und Agrippina wirkten düster und mißmutig.

»Bringen wir es hinter uns!« Der Imperator stand auf, zupfte den Purpurmantel zurecht und nahm das Pergament aus den Händen des Schreibers.

Caecinas Stirn umwölkte sich. »Willst du die Erklärung etwa selbst verlesen, Caesar?«

»Die Männer erwarten es von mir.« Germanicus blickte in die Runde der Offiziere. »Folgt mir!« Als Cassius Chaerea aufstand und nach seinem Helm griff, sagte der Imperator: »Nein, du nicht, Cassius. Dir vertraue ich das Leben meiner Frau und meines Kindes an, für den Fall ...«

Germanicus brauchte nicht weiterzusprechen. Allen war klar, was er meinte.

»Ich verspreche, daß ich mit meinem Leben für das von Agrippina und für das von Caligula einstehen werde!«

»Ich habe nichts anderes von dir erwartet, Zenturio.«

Cassius blieb mit Agrippina, Caligula, Eurykleia und den anderen Dienern im Feldherrnzelt zurück, während Germanicus mit seinen Offizieren nach draußen trat. Gegen die stickige Luft im Zelt war die sanfte Brise, die ihnen auf der Principia entgegenschlug, richtig wohltuend. Sie milderte die Kraft der allmählich dem Horizont entgegensinkenden Sonne.

Die Meuterer hockten rund um den großen Platz in Gruppen zusammen, redeten und stritten, tranken Wein, warfen die Würfel oder befühlten die körperlichen Vorzüge der Lagerhuren. Ihr Verhalten wirkte auf Germanicus wie eine Entweihung all dessen, wofür Rom und seine Legionen standen. Er schluckte seinen Unmut hinunter. Was sich vor und in den Zelten abspielte, war jetzt das geringste Problem. Solange die Hände der Meuterer den Weinschlauch, den Würfelbecher oder die Brüste der Huren hielten, führten sie wenigstens nicht Gladius und Pilum gegen ihre Befehlshaber.

Caecina winkte den Trompetern der Garde, und ihr volltönendes Signal rief die Mannschaften auf dem Hauptplatz zusammen. Germanicus erstieg das Tribunal, die Offiziere blieben unten stehen. Der Imperator beobachtete, wie die Meuterer zusammenströmten und wie die Hände seiner das Tribunal schützenden Gardisten sich um die Pilen verkrampften. Er hoffte, daß kein Prätorianer in einer Überreaktion die Waffe gegen einen Meuterer führte. War erst einmal Blut geflossen, konnten alle guten Worte und Versprechungen das Unglück nicht mehr aufhalten.

Plötzlich war Germanicus heiß, und auch der schwache Wind konnte daran nichts ändern. Schweiß perlte auf seiner Stirn und klebte die Tunika unter dem Brustpanzer an seine Haut. Er war froh, daß er keinen Helm trug.

Die Trompetensignale verklangen, und unter den Meuterern kehrte einigermaßen Ruhe ein. Zwar erscholl immer mal wieder ein rauhes Lachen, ein spöttischer Ausruf oder ein weinseliger Vers, aber die meisten der Männer wollten die Worte ihres Imperators hören und ermahnten ihre Kameraden zur Ruhe.

Germanicus nutzte einen seltenen Augenblick fast vollkommener Stille und begann: »Soldaten, ich habe reiflich über eure Forderungen nachgedacht und bin zu der Überzeugung gelangt, daß sie berechtigt sind.«

Der Imperator verstummte, da jedes weitere Wort in dem aufbrandenden Jubel untergegangen wäre. Die Meuterer feierten den einen Satz wie einen Sieg und brachen in Hochrufe auf Germanicus aus.

»Zum größten Teil muß ich euch recht geben«, dämpfte der Mann auf dem Tribunal die große Freude etwas, als er endlich fortfahren konnte. »Deshalb verkünde ich folgendes im Namen von Tiberius Julius Caesar, unserem neuen Princeps.«

Viele Meuterer machten lange Gesichter, als sie begriffen, daß Germanicus mit dieser Wortwahl ausgeschlossen hatte, sich als neuer Princeps an ihre Spitze zu stellen.

Der Imperator hob den Papyrus und las laut vor: »Für die tapferen Soldaten und Veteranen der Legionen I, V, XX und XXI soll mit dem heutigen Tage folgendes gelten: Wer sechzehn Jahre Rom treu gedient hat, wird in den Stand des Veteranen überführt. Er wird von jeglichem Dienst befreit, ausgenommen den Kampf gegen die Feinde Roms. Mit dem Ablauf des zwanzigsten Dienstjahres endet seine Verpflichtung endgültig. Die zum Andenken an den vergöttlichten Augustus vermachten Gelder werden in doppelter Höhe ausbezahlt.«

Der letzte Teil der Erklärung sollte ein Signal guten Willens an die Meuterer sein, eine Art Wiedergutmachung für die harte Behandlung im alltäglichen Dienst, über die sie sich nicht ganz zu Unrecht beklagten.

Gespannt beobachtete Germanicus die Gesichter der Legionäre. In vielen zeichnete sich Zustimmung ab, aber dann trat ein stämmiger Mann mit schiefer Nase vor.

Calusidius!

Er blieb dicht vor den Prätorianern stehen, legte den Kopf in den Nacken und blickte seinem Imperator frech ins Gesicht. »Das sind schöne Worte, die wir eben gehört haben. Aber ich zweifle an ihnen. Wie kannst du, Imperator, etwas im Namen des Tiberius erklären, ohne mit ihm gesprochen zu haben?«

»Tiberius hat mich als seinen Sohn angenommen, er hat mich zum Generalstatthalter Galliens und zum Oberbefehlshaber der Truppen am Rhenus ernannt. Alles, was ich sage und tue, geschieht in seinem Namen!«

Germanicus kreuzte seinen Blick mit dem des Meuterers. Calusidius hatte tiefliegende, dunkle Augen, die Verschlagenheit und Boshaftigkeit auszudrücken schienen. Aber vielleicht rührte dieser Eindruck auch nur von der gebrochenen Nase, die das Gesicht des Legionärs kennzeichnete. Jedenfalls besaß der Meuterer Charakter genug, dem Blick seines Imperators standzuhalten.

Als er diesem Mann von Angesicht zu Angesicht gegenüberstand, wurde dem Feldherrn das Groteske seiner Situation voll bewußt. Er, Gaius Julius Caesar Germanicus, Enkel des Marcus Antonius und seit dem Tode des Augustus als Nachfolger des Tiberius der zweite Mann Roms, mußte sich hier mit einem einfachen Soldaten messen, mit einem Meuterer noch dazu, mußte sich vor ihm rechtfertigen wie ein Schüler vor dem Lehrer! Hätte Germanicus nicht auf der Erhöhung des Tribunals gestanden, wäre er sich vorgekommen wie ein gemeiner Mann, der mit diesem Calusidius auf einer Stufe stand. Und genauso wurde er von Calusidius behandelt. Nur mühsam unterdrückte der Imperator seinen Zorn.

Ein Grinsen huschte über Calusidius' Züge. »Wenn das stimmt, was du sagst, Imperator, dann ist dein Wort Gesetz.«

»Natürlich ist es das«, versetzte Germanicus, ohne zu verstehen, worauf der andere hinauswollte.

»Dann beweis es uns!«

»Wie?«

»Rede nicht nur, sondern handle, Imperator. Setze deine Erklärung sofort in die Tat um. Die Veteranen mit mehr als zwanzig Jahren Dienstzeit sollen auf der Stelle entlassen werden! Zahle uns das versprochene Geld hier und jetzt aus!«

Germanicus schluckte. Damit hatte er nicht gerechnet. Dieser einfache Soldat dort unten hatte ihn in die Falle gelockt wie einen unerfahrenen Schuljungen, der noch nie etwas von der Kunst der Rhetorik gehört hatte. Und jetzt, wo Calusidius' Forderungen vom vieltausendstimmigen Chor der Meuterer unterstützt wurden, blieb ihm nichts anders übrig, als auf sie einzugehen. Das rief noch größeren Jubel hervor.

Unter den lautesten Hochrufen, die Germanicus jemals vernommen hatte, ging er mit mühsam gewahrter Fassung zum Feldherrenzelt zurück. Am liebsten hätte er seinen Prätorianern befohlen, diesen Calusidius in Stücke zu hacken.

Im Zelt bestürmten die Offiziere ihn mit Fragen, Hinweisen und sogar Vorwürfen.

»Wie sollen wir in so kurzer Zeit die Veteranen entlassen, wie sie ersetzen?« fragte ein fast kahlköpfiger Tribun.

»Indem ihr die Nacht durcharbeitet!« fuhr Germanicus seine Offiziere an.

»Und wie sollen wir das versprochene Geld ausbezahlen? Die Kriegskasse hier im Sommerlager ist nicht gut genug gefüllt!«

Germanicus' Gesicht war hart wie Stein, als er die Umstehenden musterte. »Dann nehmt euer eigenes Geld! Ihr erhaltet hohen Sold und macht sicher auch sonst viel Beute auf den Feldzügen. Auch ich werde meine Privatkasse in die Kriegskasse entleeren.« Als er die entsetzten Blicke bemerkte, befürchtete Germanicus, er wäre zu weit gegangen. Er wollte es sich nicht mit den Offizieren verderben und fügte schnell hinzu: »Natürlich bekommt ihr alles von mir ersetzt.«

Ermattet ließ er sich auf einen Stuhl sinken. Agrippina trat zu ihm und trug ihren Sohn auf dem Arm. Caligula wollte auf den Schoß des Vaters.

Agrippina legte eine Hand auf den Unterarm ihres Mannes und streichelte ihn ganz sanft. Sie schien ihm nicht mehr gram zu sein. »Du hast deine Sache gut gemacht, Gaius. Die Soldaten werden dich dafür lieben, noch mehr als zuvor. Wann immer du sie benötigst, sie werden hinter dir stehen.«

Germanicus verstand, was sie meinte. Er lächelte nur, fühlte sich zu erschöpft zum Widerspruch. Er mußte neue Kräfte sammeln. Einstweilen hatte sich der Sturm zwar gelegt, aber die Ruhe war bestimmt nicht von Dauer. Da waren noch die vier Legionen des oberen Heeres, die ebenfalls aufbegehrten.

Caligula richtete sich auf dem Schoß des Vaters auf, hielt sich dabei an dessen Muskelpanzer fest und sah dem Vater ins Gesicht. »Sind die Soldaten böse auf dich?«

»Eher auf Onkel Tiberius«, antwortete Germanicus. »Aber ich hoffe, ich habe sie beruhigt. Ich habe ihnen einen besseren Dienst und Geld versprochen. Eine weise Entscheidung, findest du nicht, kleiner Gaius?«

Caligulas grimmiges Gesichtchen drückte Ablehnung aus. Der kleine Junge stampfte so fest mit dem stiefelbekleideten Fuß auf, daß es dem Vater zwischen den Beinen schmerzte. »Wenn die Soldaten böse sind, hätte ich ihnen bestimmt nichts versprochen.«

Interessiert blickte Germanicus den Sohn an. »Was hättest du getan?«

Ohne zu überlegen, antwortete Caligula: »Ich hätte sie getötet!«

Kapitel 7

Am Abgrund

Erst als Sunnas Strahlen den Himmel erhellten und Notts Schleier allmählich durchsichtig werden ließen, gönnten sich die Reiter eine Rast. Pferde und Reiter waren erschöpft, besonders die Frauen. Verfolger schienen nicht in der Nähe zu sein. Außerdem befanden sich die Flüchtenden bereits seit einiger Zeit auf dem Gebiet der Donarsöhne. Deshalb hielt Thorag es für vertretbar, auf einer kleinen Lichtung anzuhalten. Das Wasser eines Wildbaches versprach Erfrischung für Mensch und Tier. Aber der junge Gaufürst war vorsichtig und entsandte vier Reiter, die als Kundschafter die Gegend durchstreifen sollten.

Als die anderen abgestiegen waren, trat Mallovend auf Thorag zu. Der Herzog der Marser war einen Kopf kleiner als der hochgewachsene Cherusker, wirkte dafür aber kräftiger, obwohl Thorag auch sehr breite Schultern hatte. Mallovend hatte braunes, bis auf die Schultern fallendes Haar und einen etwas dunkleren Bart, der bis zur Brust reichte. Eine Hakennase krümmte sich über einem breiten Mund, dessen Lippen fast unter dem dichten Bartgestrüpp verschwanden. Der Marser machte den Eindruck eines wachen, zielstrebigen Mannes, und genauso hatte Thorag ihn auf den Thingen und damals beim Zug gegen Quintilius Varus kennengelernt.

»Ich danke dir, Sohn des Donnergottes«, sagte der Herzog mit einem Lächeln, das der Bart nur erahnen ließ. »Ohne dein Eingreifen wären wir noch immer Germars Gefangene und nicht er der unsere.« Mallovend warf einen finsteren Blick zu dem Ebermann, der von zwei Kriegern bewacht wurde. »Viele gute Männer meiner Kriegerschar wurden getötet, als Germar uns heimtückisch angriff.«

»Wie konnte das geschehen?« fragte Thorag.

»Germar, dieser verschlagene Hund, gab sich als Freund aus, der mit seinen Kriegern auf der Jagd ist. Wir hatten keinen Grund, seinen Worten zu mißtrauen, sind Cherusker und Marser doch Verbündete im Kampf gegen die Römer. Aber die Eberkrieger nutzten unsere Gutgläubigkeit aus und metzelten meine Krieger ohne Vorwarnung nieder. Nur meine Familie und mich verschonten sie.«

Mallovend stellte seine Familie vor. Seine Söhne Vendar und Vendhard kannte Thorag von den Stammesthingen. Vendhard hatte erst auf dem vorletzten Thing die Kriegerprobe abgelegt, Vendar dagegen sich bereits in der Schlacht gegen Varus bewährt. Er wurde von seiner Frau Wihadis und seinen beiden halbwüchsigen Kindern, einem Jungen und einem Mädchen, begleitet. Die drei anderen waren Mallovends Frau Menia, seine Tochter Amala sowie sein Vetter und Kriegerführer Eilard.

Thorag fiel auf, daß Amala, ein hübsches, schlankes Mädchen von etwa fünfzehn oder sechzehn Jahren, vollkommen teilnahmslos in der Nähe der Pferde hockte. Sie hatte den Rücken gegen den Stamm einer großen Birke gelehnt, und ihr von kastanienfarbenen Locken umspieltes Gesicht blickte starr geradeaus. Aber dort war nichts, nur Wald.

»Das wird Germar und seinem Bruder noch einigen Ärger einbringen«, sagte Thorag, nachdem er von dem Überfall auf seine Jagdgruppe berichtet hatte. »Aber eines muß man ihnen lassen, ihr Plan war gut.« Er zückte Armins Dolch. »Ich kenne diesen Dolch, er gehört Armin wirklich. Germars Männer haben sich als Boten ausgegeben, die mich zur Hochzeit von Armin und Thusnelda einladen sollten.« Der Donarsohn lachte rauh. »Ich hätte mir denken können, daß das nicht stimmt. Jetzt, wo Segestes sogar Armins Gefangener ist, würde er niemals in eine solche Hochzeit einwilligen.«

»Du irrst, Thorag, Segestes hat zugestimmt. Die Hochzeit findet statt. Was meinst du, weshalb ich mit meiner Familie durchs Cheruskerland reise? Armin hat uns zur Vermählung eingeladen!«

»So ist das also.« Thorag nickte. »Dann waren die Männer, denen Germar den Dolch und die Waffen der Hirschsippe abgenommen hat, wirklich Armins Hochzeitsboten.«

Mallovend strich über seinen Kinnbart und fragte ein wenig zögerlich: »Wirst du denn kommen, nach allem, was zwischen dir und Armin gewesen ist? Ich will nicht wissen, was ihr miteinander habt. Aber jeder weiß, daß du seit dem Sieg über Varus nicht mehr an Armins Seite geritten bist.«

Eilard, ein untersetzter Mann mit einer Feuernarbe auf der rechten Wange, war neben Mallovend getreten und sagte: »Manche sagen sogar über Thorag, er sei …«

Ein strenger Blick und eine knappe Handbewegung des Herzogs brachten den Kriegerführer zum Schweigen.

»Was sagt man?« erkundigte sich Thorag.

»Nichts.« Mallovend winkte ab. »Es ist nur Gerede.«

»Was für Gerede?« Der Cheruskerfürst richtete seinen Blick erst auf den Herzog der Marser, dann auf dessen Vetter.

Eilard öffnete endlich die spröden Lippen. In seinem rechten Oberkiefer fehlten die meisten Zähne, weshalb sein Gesicht schief und seine Aussprache undeutlich war. »Man wundert sich über deine Zurückhaltung, Thorag. Und man fragt sich, ob dir die große Schlacht gegen Varus den Mut genommen hat.«

»Wer fragt sich das?«

Mallovend trat einen Schritt vor und verzog sein Gesicht zu einem bemühten Lächeln. »Ich sagte doch, es ist nur Gerede. Wir sollten nichts darauf geben. Thorag, du hast heute nacht bewiesen, daß du ein ebenso mutiger wie listiger Krieger bist. Ich werde ewig in deiner Schuld stehen.«

Lärm lenkte die drei Männer ab: schneller Hufschlag und aufgeregtes Geschrei. Ein Pferd, ein kleiner Grauschimmel, setzte in weiten Sprüngen über die Lichtung und verschwand im Unterholz. Thorag sah den Reiter nur von hinten. Er hatte langes, braunes Lockenhaar und trug ein weites Gewand. Als er den leeren Platz unter der Birke bemerkte, ging ihm auf, daß es sich um eine Reiterin handelte.

»Amala!« rief Mallovend da auch schon den Namen seiner Tochter. »Wir müssen ihr nach!«

Er rannte zu den Pferden, gefolgt von Eilard und dann auch von Thorag.

»Was ist denn los?« fragte der Cherusker. »Wohin will deine Tochter, Mallovend?«

»Irgendwohin, wo sie ungestört ist, um ihr Leben der Tamfana zu opfern.«

Tamfana war eine Fruchtbarkeitsgöttin, die besonders von den Marsern verehrt wurde. Wenn der Sommer dem Winter wich, veranstalteten die Marser zum Dank für die Ernte ein großes Fest für Tamfana. Das wußte Thorag, doch sah er keinen Zusammenhang mit Amalas Flucht und sagte dies dem Herzog.

»Amala hat beim letzten Erntefest ihr Leben Tamfana geweiht. Beim Fest zum Ende dieses Sommers sollte sie in den Kreis der Priesterinnen aufgenommen werden. Die Priesterinnen der Tamfana müssen unberührt sein ...« Mallovends Stimme wurde brüchig, und sein Blick verdüsterte sich.

»Und?« fragte Thorag.

Eilard antwortete anstelle seines Vetters: »Als die Eberkrieger über uns herfielen, nahmen einige von ihnen die jungen Frauen in unserer Begleitung mit Gewalt, auch Vendars Weib Wihadis und Amala. Sie sind die einzigen beiden, die es überlebt haben.«

Sie stiegen auf die Pferde. Thorags Männer eilten herbei und wollten wissen, was die Aufregung zu bedeuten hatte.

»Wir müssen Amala finden!« antwortete der Gaufürst. »Sie will sich töten. Laßt drei Mann bei Germar. Der Rest kommt mit!«

Anfangs ritten die Männer im dichten Pulk und folgten Amalas Fährte. Doch dann, als die Bäume spärlicher wurden, verloren sich die Hufabdrücke auf ansteigendem, felsigem Gelände.

»Schwärmt aus und sucht Amalas Spur!« befahl Thorag, und die Reiter verteilten sich.

Tebbe ritt Seite an Seite mit seinem Bruder Eibe zwischen spitzen Felsen hindurch, die so dicht beieinanderstanden, daß es wirkte wie eine schmale Gasse zwischen einem steinernen Spalier. Doch dann teilte sich der Weg. Eibe ritt nach links und Tebbe nach rechts.

Der Pfad war jetzt steil und glatt, und Tebbe ließ den Fuchs langsamer gehen. Er mochte das Tier, das er schon lange ritt und Fauho genannt hatte, und war froh, es in dem aufregenden Geschehen in der Wolfsschlucht wiedergefunden zu haben. Jetzt wollte er es nicht erneut verlieren. Was brachte eine raschere Gangart, wenn Fauho sich das Bein brach und Tebbe sich das Genick! Außerdem war es wenig wahrscheinlich, daß Amala ausgerechnet diesen Weg genommen hatte.

Da, fast wäre es passiert!

An einer besonders glatten Stelle rutschte Fauhos rechter Vorderhuf ab. Das Tier strauchelte und wieherte erschrocken. Tebbe schwankte auf dem Fuchs hin und her, schlang seine Beine noch enger um den Leib des Tieres und konnte den Sturz auf das harte Felsgestein gerade noch verhindern.

Fauho stand still, scheinbar, doch Tebbe spürte das Zittern des kräften Leibes zwischen seinen Schenkeln. Der junge Cherusker gönnte seinem Pferd die Ruhepause und streichelte sanft den schmalen Kopf. Fauho wieherte erneut, diesmal aber vor Freude.

»Siehst du, mein Freund, nichts ist geschehen«, sagte Tebbe. »Wir haben noch einmal Glück gehabt.«

Die Bewegung von Fauhos Kopf wirkte wie das verständige Nicken eines Menschen und das abermalige Wiehern wie zustimmende Worte.

Plötzlich horchte Tebbe auf. Er hatte noch ein leises Wiehern gehört, als hätten Fauhos Laute ein Echo geworfen. Der Cherusker blickte sich um. Gewiß, manche der Felsen um ihn herum waren recht hoch, aber nicht so, daß hier ein Echo zu erwarten war. Dann hörte er das leise Wiehern wieder, und diesmal war Fauho ganz still gewesen.

»Es sieht so aus, als hätten wir Amala gefunden«, meinte Tebbe und stieg ab. »Komm, mein Freund!«

Er führte Fauho am Zügel, um den glatten Steilweg ungeschoren hinter sich zu bringen. Das war die richtige Entscheidung. Obwohl Tebbe vorgewarnt war, rutschte er zweimal aus. Als der Weg gangbarer wurde, stieg er wieder auf Fauhos Rücken und hielt das Pferd zu einem leichten Trab an. Eine schnellere Gangart war in dem unwegsamen Gelände nicht möglich.

Endlich erweiterte sich der tückische, mal zum Ausrutschen glatte, dann wieder von Steinen und Löchern zur Stolperfalle gemachte Weg zu einer Hochebene, auf der spärliches Gras und ein paar verkrüppelte Kiefern wuchsen. Tebbe entdeckte das Pferd, dessen Wiehern er gehört hatte. Amalas Grauschimmel stand zwischen zwei Kiefern und fraß eher lustlos das kümmerliche Gras.

Mallovends Tochter befand sich ein Stück entfernt und drehte Tebbe den Rücken zu. Ihr schönes Lockenhaar wehte im Wind. Was tat das Mädchen dort?

Tebbe legte eine Hand flach über die zusammengekniffenen Augen, da er direkt in die Strahlen des aufsteigenden Sonnenwagens sah. Jetzt erst bemerkte er, daß die Hochebene dort, wo die Marserin stand, aufzuhören schien, um sich erst ein Stück entfernt fortzusetzen. Ja, es war eine Felsspalte.

Und plötzlich wußte der Cherusker, was Amala dort wollte. Wie hatte Thorag doch gesagt: ›Wir müssen Amala finden! Sie will sich töten.‹

»Vorwärts, Fauho!« rief Tebbe, schlug dem Pferd die Hacken ins Fleisch und flog augenblicklich auf das Mädchen zu.

Der Lärm machte Amala auf den Reiter aufmerksam. Sie wandte den Kopf, und Tebbe blickte in große, schöne, unendlich traurige Augen. Selbst auf die Entfernung von etwa fünfzehn Pferdelängen glaubte er, einen goldenen Glanz in ihnen zu erkennen.

Amala drehte den Kopf wieder nach vorn und breitete die Arme aus, als wolle sie Sunna umschließen. Ein Windstoß bauschte das rote Wollkleid mit den halblangen Ärmeln auf. Es sah aus wie ein großer Vogel, der sich zum Flug bereitmachte. Langsam neigte sich Amala nach vorn, der Felsspalte entgegen.

»Neeeiiin!« schrie Tebbe, den keine fünf Pferdelängen mehr von dem Mädchen trennten. »Tu das nicht!«

Er hätte Fauho zurückreißen müssen, so nah war der Abgrund bereits. Aber der Gedanke an das, was Amala vorhatte, ließ Tebbe weitergaloppieren.

Sein Ruf hatte die Marserin kurz zögern lassen. Aber jetzt kippte ihr schlanker Körper nach vorn.

Auch der junge Cherusker beugte sich vor, so weit es ging. Mit der linken Hand hielt er sich am Zaumzeug fest, die rechte streckte er nach Amala aus.

Und er bekam den Wollstoff ihres Kleides zu fassen, einen der vom Wind aufgebauschten Ärmel. Daran zog er mit aller Kraft, bevor sich alles um ihn drehte.

Tebbe hatte plötzlich keinen festen Halt mehr. Seine Linke war vom Zaumzeug gerutscht, der Reiter selbst vom Pferderücken.

Dann kam der Aufschlag, hart auf felsigem Boden. Etwas drückte gegen ihn, weich und warm. Und ein weiches Tuch lag über seinem Gesicht.

Nein, kein Tuch, es war Amalas Haar. Tebbe hatte das Mädchen gerettet, hatte es zurückgerissen, als es schon fast in den Abgrund gestürzt war.

Doch um welchen Preis! Statt Amala hatte Fauho das tödliche Schicksal ereilt. Das Pferd hatte nicht mehr anhalten können, und als es den Halt unter den Füßen verlor, war Tebbe gestürzt – zum Glück auf den Boden und nicht in die Felsspalte.

Oder hatte Fauho angesichts des drohenden Verhängnisses seinen Reiter sogar abgeworfen? Zuzutrauen war es dem treuen Tier. Tebbe würde die Wahrheit niemals erfahren, selbst wenn er Fauhos Sprache verstanden hätte. Der Fuchs lag zerschmettert unten zwischen den Felsen.

Tebbe sah nur kurz zu ihm hinab und wandte sich dann wieder um, Tränen in den Augen.

Amala kauerte auf dem Boden und blickte zu ihrem Retter auf. Ihre Augen strahlten tatsächlich eine Art goldenen Schimmer aus, waren wie Bernstein, der Sunnas Strahlen widerspiegelte. Trotz der Trauer um Fauho hatte Tebbe das Gefühl, daß es nichts Schöneres geben konnte, als in diese Augen zu blicken. Ja, obwohl die junge Marserin für ihn eine Fremde war, wog das Glück über Amalas Rettung die Trauer auf!

»Es tut mir leid um dein Pferd«, sagte Amala. »Du scheinst es sehr gern gehabt zu haben.«

»Ja.«

Mehr brachte Tebbe nicht heraus, ein dicker Kloß hinderte ihn am Sprechen. Der Cherusker schluckte mehrmals.

Ein Schatten legte sich auf Amalas ovales, ebenmäßiges Gesicht. »Ich habe dich nicht gebeten, mir beizustehen, Cherusker. Ich habe es nicht einmal gewollt.«

»Aber ich habe es gewollt!«

»Warum?« fragte Amala erstaunt.

»Weil ... weil ein Mensch sein Leben nicht wegwerfen darf!«

»Gehört mein Leben nicht mir selbst?«

Tebbe hockte sich vor das Mädchen. »Hast du dir dein Leben selbst geschenkt? Hast du dich unter Schmerzen zur Welt gebracht? Hast du dich unter Sorgen gepflegt, wenn die grauen Geister der Krankheit dich heimsuchten? Hast du dir die Dinge beigebracht, die ein Mensch wissen muß? Bist du allein auf der Welt, macht sich niemand Gedanken um dich?«

Amala schwieg und blickte beschämt zu Boden. Tebbe hätte gern noch mehr gesagt, etwas, das ihren Kummer linderte und ihr neuen Mut gab. Aber ihm fehlten die Worte.

Der Cherusker ging zu den beiden verwachsenen Kiefern, zwischen denen der Grauschimmel noch immer unbeteiligt graste. Tebbe packte die Zügel und führte das Tier zu Amala. »Steig auf, Marserin! Wir müssen zurück. Deine und meine Leute suchen nach dir und sorgen sich.«

Als Amala auf das Pferd stieg, wirkten ihre Bewegungen langsam, entmutigt, wie die eines Menschen, dem jegliche Lebenskraft fehlte. Sie vermied es, Tebbe in die Augen zu sehen. Der Cherusker führte das Pferd den Weg zurück, den er gekommen war, schweigsam wie das Mädchen.

Irgendwann fragte Amala: »Warum tust du das alles für mich, Cherusker? Was liegt dir an meinem Leben?«

»Ich heiße Tebbe und bin der Sohn des Schreiners Holte.«

Als er nicht weitersprach, meinte das Mädchen: »Ist das die Antwort auf meine Frage?«

»Ja.«

Er schwieg erneut, begann dann aber zu erzählen. Von jenem Tag vor vielen Wintern, als er noch kein Krieger gewesen war, sondern ein Junge. Der Tag, an dem er mit seinem Vater und seinem Bruder in den Wald ging, um Bäume zu fällen, Holz für Holtes Arbeit zu beschaffen. Unvermittelt verwandelte sich der ruhige Wald in eine Hölle aus Hufgetrommel und Kriegsgeschrei, als schwarzbemalte Reiter heranstürmten. Holte schickte seine Söhne mit dem einzigen Pferd zurück zur Siedlung. Er selbst starb, um Tebbe und Eibe die Flucht zu ermöglichen.

Und Tebbe erzählte von Radulf, dem Schmied, der Tebbe ein zweiter Vater und sein Fürsprecher bei der Kriegerweihe gewesen war, und der auch von den Ebermännern getötet wurde. Und zwar in jener dreitägigen Schlacht gegen die Legionen des Varus, in der Tebbe das Töten lernte, als er erst römischen Soldaten und dann dem Eberfürsten Onsaker das Leben nahm.

Als Tebbe seine Erzählung beendet hatte, herrschte wieder Schweigen, bis Amala schließlich sagte: »Du sprichst vom Wert des Lebens und gleichzeitig davon, daß du andere Menschen getötet hast, sogar den Fürsten der Ebermänner, einen Cherusker!«

»Die Männer, die ich getötet habe, waren meine Feinde. Hätte ich sie nicht getötet, hätten sie mich oder meine Freunde umgebracht. Ihr Tod hatte einen Sinn für die Lebenden. Der Tod eines Menschen von eigener Hand dagegen ist sinnlos.«

Tebbe hätte gern gewußt, warum Amala sich hatte umbringen wollen. Aber er wagte nicht, diese Frage zu stellen, aus Angst, die Wunde in ihrer Seele noch zu vergrößern.

»Ich werde über deine Worte nachdenken, Tebbe.«

Das klang ernst und ehrlich, nicht bloß dahingesagt, und der Cherusker fühlte sich ein wenig erleichtert. Es war seltsam, obwohl er Amala kaum kannte, fühlte er mehr für sie, als er jemals für eine andere Frau gefühlt hatte, seine Mutter ausgenommen. Hing es damit zusammen, daß er ihr Leben gerettet hatte und daß sie beide dadurch verbunden waren? Oder damit, daß Amalas Anblick und ihre Stimme ein Glücksgefühl in ihm auslösten? Ihre Nähe erfüllte ihn mit Wärme und ließ ihn jene Geborgenheit empfinden, die er sonst nur als kleines Kind in den Armen der Mutter gekannt hatte.

Auf dem Weg zum Fuß des Hügels trafen sie Eibe, der in eine Sackgasse geritten und deshalb umgekehrt war. Tebbes jüngerer Bruder ritt los, um die Suchtrupps zurückzuholen.

Thorag traf als einer der letzten im Lager ein, obwohl er seinen Trupp zu höchster Eile angespornt hatte, nachdem Eibe ihm von Amalas Rettung durch Tebbe berichtet hatte. Die Suche nach der Tochter des Marserfürsten hatte viel Zeit in Anspruch genommen. Sunna stand schon über den Wipfeln der höchsten Bäume. Falls die Eberkrieger die Donarsöhne und Marser verfolgten, und davon ging Thorag aus, war der Vorsprung der Fliehenden arg zusammengeschrumpft.

Amala saß im Schatten einer Tanne, umsorgt von ihren Angehörigen. Mallovend, seine Söhne und sein Vetter traten dem jungen Gaufürsten entgegen, als er von seinem Rappen stieg.

»Du hast verläßliche Gefolgsleute, Thorag«, sagte Mallovend zufrieden und zeigte dabei auf Tebbe. »Der junge Cherusker hat sein Leben eingesetzt und das Leben seines Pferdes verloren, um Amala zu retten.«

»Ja, Fauho.« Thorag nickte, er wußte es von Eibe. »Es war ein gutes Tier, für Tebbe fast wie ein Freund.«

»Einen Freund kann man nicht ersetzen, das weiß ich«, meinte Mallovend. »Aber ich bin dem jungen Cherusker sehr dankbar. Er wird für die Rettung meiner Tochter fünf meiner besten Pferde erhalten. Er hat sich als wahrer Freund erwiesen, eine Ehre für deinen Stamm. Nicht so ein dreckiger Verräter wie dieser Ebermann, dessen Name es nicht wert ist, erwähnt zu werden!« Der Marser sah Germar an, und Mallovends Blick war wie Feuer, sein Gesicht und seine zitternde Stimme Ausdruck des Hasses und der Verachtung. »Er hätte meine Tochter fast in den Tod getrieben. Sein Anblick erinnert sie an ihre Schande. Ich werde sie davon befreien!«

Er trat auf Germar zu und zog sein Schwert, eine der Waffen, die sie den überwältigten Ebermännern abgenommen hatten. Der Edeling aus dem Ebergau hockte mit dem Rücken gegen einen Felsen gelehnt am Boden, seine Hände waren mit einem Lederriemen zusammengebunden. Als er Mallovends Absicht erkannte, trat Angst in seine kleinen Augen.

»Thorag!« schrie der Ebermann. »Du kannst nicht zulassen, daß der Marser mich tötet! Ich bin ein Cherusker wie du!«

Mallovend hob die Spatha, und die Klinge funkelte im Sonnenlicht über dem Gefangenen. »Du wirst jetzt schweigen, Feigling, für immer!«

Bevor der Marser zuschlagen konnte, sprang Thorag zu ihm und packte den Schwertarm. »Nicht, Mallovend!«

Der feurige Blick des Herzogs traf den Cherusker. »Mit welchem Recht hinderst du mich an der Rache für das, was dieser Hund meiner Tochter angetan hat?«

»Ich habe Germar überwältigt, Herzog. Er ist mein Gefangener, nicht deiner.«

Während Thorag sprach, bemerkte er, daß Vendar, Vendhard und Eilard näher traten. Ihre Mienen waren düster, und der Kriegerführer zog sogar sein Schwert. Als daraufhin die Cherusker einschreiten wollten, gab ihr Fürst ihnen einen Wink, sich zurückzuhalten. Thorag wollte eine Auseinandersetzung zwischen beiden Gruppen vermeiden.

»Wir sollten uns nicht streiten, Mallovend«, sagte er ruhig und blickte auf Germar nieder. »Dieser da ist es nicht wert. Außerdem haben wir nicht die Zeit dazu. Wir müssen sofort weiterreiten. Die Eberkrieger holen uns sonst ein.«

Mallovend schüttelte leicht den Kopf. »Ich verstehe dich nicht, Cherusker. Dieser Hund hat auch dich überfallen, ist auch dein Feind. Weshalb, bei Wodan, willst du sein Leben schonen?«

»Tote können nichts erzählen, ich möchte aber mehr über die Hintergründe des Überfalls erfahren. Außerdem besteht die Gefahr, daß Gerolf gegen meinen Gau vorrückt. Germar ist eine gute Geisel – solange er lebt!«

»Das sehe ich ein.« Mallovends Züge entspannten sich, und er steckte die Spatha zurück in die hölzerne Scheide. »Also gut, Germar gehört dir. Aber wenn du ihn nicht mehr brauchst, gebe ich dir gern zwanzig gute Pferde für ihn!«

»Wenn ich ihn nicht mehr benötige, sollst du ihn bekommen, Mallovend – umsonst. Auch nur ein Pferd für diesen da zu geben, wäre ein Beleidigung für jedes Tier.« Die Spitze von Thorags Lederstiefel fuhr hart in Germars Seite. »Steh auf, Ebermann, wir reiten!«

Sie nahmen nicht den direkten Weg zu Thorags Siedlung. Der Gaufürst führte die Gruppe auf verschlungenen Pfaden, die er schon seit Kindertagen kannte, durch das Land der Donarsöhne und hoffte, daß Germars Männer sich auf dem Gebiet des Nachbargaues nicht so gut auskannten. Drei von Argasts erfahrensten

Kriegern bildeten die Nachhut, deren Aufgabe es war, die Spuren zu verwischen.

Tebbe ritt wieder ein eigenes Pferd, Amalas Grauen. Mallovends Tochter saß zusammen mit ihrer Schwägerin Wihadis auf einem kräftigen Falben.

Sie trabten am Rande eines dichten Waldes durch einen Bach, um keine Spuren zu hinterlassen, als Tebbe, der sich schon eine ganze Weile in Thorags Nähe aufgehalten hatte, zu dem Gaufürsten aufschloß. Schweigend ritten die beiden Cherusker nebeneinander. Tebbe sah Thorag immer wieder an, wandte den Blick aber ab, sobald der Fürst ihn erwiderte.

»Habe ich ein Eitergeschwür im Gesicht?« erkundigte sich Thorag schließlich.

»Nein ... ich ...« Mehr als dieses Stammeln brachte Tebbe nicht heraus.

Thorag konnte ein Grinsen nicht mehr unterdrücken. »Geht es um Mallovends Tochter?«

Tebbe nickte und schien froh, daß der Edeling von selbst darauf zu sprechen kam. »Es geht mich vielleicht nichts an, Thorag, aber ich hätte gern gewußt, weshalb Amala das ... das eben getan hat.«

»Ich finde, daß es dich sehr wohl etwas angeht. Aber ich finde auch, Amala sollte es dir selbst sagen. Vielleicht findet sie den Mut dazu, gib ihr etwas Zeit.«

»Ja«, sagte Tebbe nur und ließ den Grauen wieder etwas zurückfallen.

Thidrik nutzte die Gelegenheit, um Tebbes Platz an Thorags Seite einzunehmen. »Wollte der Junge etwas Wichtiges, Thorag?«

»Das Wichtigste überhaupt für einen jungen Mann.«

Die Hand des Älteren fuhr über das stoppelige Kinn. »Du meinst doch nicht ... Tebbe und Amala?«

»Warum nicht?«

»Das kann ich dir sagen«, polterte Thidrik los. »Amala ist die Tochter des Marserherzogs, und Tebbe ist bloß ein einfacher Schreiner!«

»Ist er nicht für dich wie ein Sohn und auch für mich?«

»Ja, natürlich«, sagte Thidrik zögernd, ohne zu verstehen, worauf Thorag hinauswollte.

»Dann ist er der Sohn eines Gaufürsten, zumindest der Ziehsohn«, sagte Thorag.

»Aber vielleicht hat Mallovend andere Pläne mit seiner Tochter.«

»Arader hatte auch andere Pläne mit seiner Tochter, aber jetzt ist Auja mein Weib. Allerdings hoffe ich, daß Tebbe es einfacher haben wird als ich.«

Entweder hatten die Eberkrieger die Verfolgung freiwillig aufgegeben, oder sie hatten die Spur verloren. Jedenfalls wurde Thorags Trupp nicht behelligt.

Als Sunnas Wagen den höchsten Punkt seiner Himmelsreise lange hinter sich gelassen hatte, tauchte endlich die große Lichtung mit der palisadenumzäunten Siedlung auf. Alles war friedlich. Das große Osttor stand offen, und rings um die Siedlung arbeiteten die Menschen auf den Feldern. Erleichtert atmete Thorag auf. Insgeheim hatte er gefürchtet, das Dorf niedergebrannt vorzufinden, überfallen von Gerolf und den Ebermännern.

Vereinzelt liefen Männer und Frauen von den Feldern den Reitern entgegen, andere kamen aus der Siedlung. Sie waren begierig auf das Ergebnis der Jagd und staunten nicht wenig, dem Herzog der Marser und dem gefesselten Germar zu begegnen. Thorag gab sich nicht damit ab, Fragen zu beantworten, stellte vielmehr selbst welche, wollte wissen, ob Männer aus dem Ebergau gesichtet worden waren. Niemand hatte etwas Verdächtiges bemerkt. Thorag wußte nicht, ob dies ein gutes oder ein schlechtes Zeichen war.

Als sie in die Siedlung ritten, erblickte er Auja und Ragnar. Seine Gemahlin trat ihm mit dem kleinen Sohn an der Hand entgegen. Die Erleichterung über die gesunde Heimkehr ihres Mannes stand ihr im Gesicht geschrieben. Kurz erklärte Thorag ihr, was vorgefallen war. Die Frau des Gaufürsten eilte davon, um die Unterkunft und ein stärkendes Mahl für die Marser vorzubereiten.

Thorag ließ alle wehrfähigen Männer zusammenrufen und teilte sie zum Kriegsdienst ein. Er entstandte Boten zu den verstreuten Gehöften der Donarsöhne und Kundschafter, um den eigenen Gau zu sichern und den der Eberleute auszuspähen. Weitere Reiter brachten Botschaften Mallovends in die Gaue der

Marser, um den Nachbarstamm vor den Eberleuten zu warnen. Die übrigen Männer bereiteten die Verteidigung der Siedlung gegen einen Angriff der Eberleute vor.

Seit vielen Wintern hatte Frieden im Donargau geherrscht. Nur die Donarsöhne, die nach der Vernichtung der drei Legionen im Teutoburger Wald weiterhin mit Armin gegen die Römer zogen, hatten den Hauch des Krieges über das Land wehen lassen. Ihre Heimat, ihre Höfe, ihre Frauen und Kinder aber lebten in Sicherheit. Doch jetzt schien es so, als würden bald wieder die Feuer brennender Gehöfte, das klirrende Eisen der Waffen und Ströme vergossenen Blutes die Wälder und Hügel erfüllen.

Thorag sorgte dafür, daß alle Männer sich ausruhen konnten, die den Jagdzug mitgemacht hatten, aus dem unerwartet ein Kriegszug geworden war. Der junge Gaufürst selbst gönnte sich allerdings ebensowenig Ruhe wie sein Kriegerführer Argast oder Mallovend mit seinen Söhnen und seinem Vetter.

So blieb auch Tebbe in der Siedlung, aber er fand keine Muße, schon gar keinen Schlaf. Immer wieder sah er Amala vor sich, wie sie am Abgrund stand, vogelartig die Arme ausbreitete und sich dann vornüber neigte. Mit diesem Bild vor Augen ging er durch die aufgeregte Siedlung.

Immer neue Gruppen trafen ein. Manchmal nur bewaffnete Männer, die von den Höfen kamen, die weit von der Grenze des Ebergaues entfernt lagen. Befanden sich die Anwesen in der Nähe des Ebergaues, kamen die Menschen mit Sack und Pack. Männer, Frauen und Kinder. Frilinge, Halbfreie und Schalke. Viele brachten kleine Viehherden mit oder waren mit Vorratssäcken bepackt. Thorags Boten hatten allen, die in der Siedlung Schutz suchen wollten, eingeschärft, für ihre Verpflegung zu sorgen. Auch ein weniger vorausschauender Fürst als Thorag hätte mit einer Belagerung gerechnet.

Tebbe sah all diese Menschen, doch er beachtete sie kaum. Seine Augen suchten ein einziges Gesicht, oval und ebenmäßig, mit bernsteinfarbenen Augen. Sie fanden es in der Nähe der Palisaden. Amala hockte unter einer weitausladenden Eiche, die Arme um die Knie geschlungen und den Blick zum großen Tor gerichtet, durch das die Schutzsuchenden hereinströmten. Nach

Osten, wo Nott darauf wartete, ihre dunklen Schleier über das Land zu werfen. Sehnte sich Amala nach der Nacht, nach Dunkelheit und Vergessen?

Das fragte Tebbe sich, während er ein Stück entfernt stand und die junge Marserin beobachtete. Er hatte jetzt eine ungefähre Vorstellung von dem, was ihr widerfahren war. Solche Dinge sprachen sich herum, wenn auch nur als Gerüchte. Eine ganze Weile stand er da, während Sunnas Strahlen erloschen. Er wagte nicht, Amala anzusprechen und sie zu stören – bei was auch immer.

Als habe sie Augen im Hinterkopf, drehte Amala plötzlich ihr Gesicht zu Tebbe und rief: »Stehst du gern dort, Tebbe, ist das dein Lieblingsplatz? Ich finde es hier unter der Eiche viel gemütlicher. Willst du nicht zu mir kommen?«

Zögernd trat Tebbe näher und setzte sich neben Amala, als sie ihn dazu aufforderte.

»Du siehst sehr nachdenklich aus, bedrückt«, stellte die Marserin fest. »Trauerst du noch um Fauho?«

»Ich sollte es tun, muß aber gestehen, daß ich wenig an Fauho gedacht habe, dafür um so mehr an dich.«

»An mich?« Erstaunen lag in Amalas großen Augen. »Warum an mich?«

»Weil ich mich frage, ob du über das nachgedacht hast, was ich dir sagte.«

»Das habe ich. Aber eine Entscheidung zu finden ist sehr schwer. Bis vor kurzem wußte ich, daß ich mein Leben als Priesterin der Tamfana verbringen würde. Jetzt geht das nicht mehr, nachdem ...«

Als ihre Stimme stockte, sagte Tebbe: »Du brauchst darüber nicht zu reden. Ich weiß, was vorgefallen ist.«

»Du weißt es also.« Amala seufzte. »Kannst du mir auch sagen, was ich jetzt tun soll?«

»Was tun andere Frauen? Sie treten an die Seite eines Mannes, bereiten seine Mahlzeiten, sorgen für Haus und Hof und ziehen seine Kinder groß.«

»Ich glaube nicht, daß ein Mann mich will.«

»Warum nicht? Du bist ... wunderschön.« Als Tebbe das sagte, errötete er, aber da waren die Worte schon heraus.

»Danke, aber das meinte ich nicht. Ich denke, jeder freie Cherusker und jeder freie Marser will der einzige Mann seines Weibes sein ... und der erste. Ich dagegen ...«

»Du wurdest gezwungen!« Tebbe sprach heftig, voller Haß auf die Männer, die Amala das angetan hatten. Dann wurde er wieder ruhiger. »Du kannst nichts dafür, Amala. Wäre ich der Mann an deiner Seite, ich würde dir niemals einen Vorwurf daraus machen.«

Amalas Blick ruhte lange auf dem schlanken Jüngling, auf seinem schmalen, offenen Gesicht, das von rötlichblondem Haar umgeben war. »Du bist ein bemerkenswerter Mann, Tebbe.«

Er lächelte und schüttelte den Kopf. »Ich bin nur ein Schreiner.«

Sie saßen noch lange beisammen, und ihre Münder sprachen wenig, aber ihre Blicke, die kaum etwas als den anderen wahrnahmen, dafür um so mehr.

Thorag legte sich erst sehr spät schlafen, nachdem er sich vergewissert hatte, daß die Siedlung in bestmöglicher Weise auf einen nächtlichen Überfall vorbereitet war. Er war so aufgewühlt, daß er sich trotz aller Anstrengungen kein bißchen müde fühlte. Deshalb war er froh, als auch Auja noch wach war. In ihren weichen Armen würde er vielleicht Ruhe finden.

Sie drückten ihre Körper gegeneinander. Statt Beruhigung spürte Thorag plötzlich Erregung. Seine Hände wanderten tiefer und schoben Aujas Gewand hoch. Als der Mann sich auf die Frau legte, stießen ihre Hände ihn unerwartet zurück.

»Nicht so grob!« ermahnte Auja ihren Mann mit spielerischer Strenge. »In nächster Zeit solltest du ein wenig sanfter mit mir umgehen.«

»Weshalb?« fragte er ahnungslos.

»Aus dem Grund, aus dem du es auch tatest, bevor Ragnar zur Welt kam.«

Jetzt begriff Thorag. Auja sah im schwachen Licht des verlöschenden Herdfeuers die Freude auf seinem Gesicht.

»Wir bekommen noch einen Sohn!« jubelte der Gaufürst.

»Nein, eine Tochter.«

»Was? Woher weißt du das?«

»Eine Frau spürt das. Ein Junge verhält sich meistens ruhig, bevor er auf die Welt kommt, als sammle er seine Kräfte für später, für den Krieg.« Bei den letzten Worten klang Aujas Stimme düster. Heiterer fuhr sie fort: »Ich dagegen spüre viel von unserem Kind. Manchmal tut es schon sehr weh. Es wird bestimmt eine Tochter. Ist dir das nicht recht?«

»Doch! Wenn sie nach der Mutter gerät, beneide ich jetzt schon ihren späteren Gemahl.«

Jetzt war an Schlaf gar nicht mehr zu denken. Thorag und Auja sprachen über ihr zweites Kind, malten sich dessen späteres Leben aus und dachten über einen Namen nach. Sie einigten sich auf Gesa, um dadurch einer verstorbenen Schwester des Cheruskers zu gedenken.

»Nur der Zeitpunkt gefällt mir nicht«, sagte Thorag irgendwann. »Ich hätte mir gewünscht, Gesa lernte die Welt friedlich kennen und nicht gerade jetzt, wo die Eberkrieger wieder die Waffen gegen die Donarsöhne erheben.«

»Glaubst du wirklich, es gibt Krieg?« fragte Auja besorgt.

»Morgen, wenn die Kundschafter zurück sind, wissen wir mehr. Davon hängt ab, ob wir uns zum Krieg rüsten oder ob wir Armins Einladung folgen.«

Auja war überrascht. »Du willst Armins Einladung annehmen? Bis jetzt hast du immer abgelehnt, dich mit ihm zu treffen.«

»Als Fürst der Donarsöhne kann ich dem Herzog der Cherusker schlecht verweigern, seine Hochzeit mit Miölnir zu besiegeln. Außerdem hat Mallovend mich gebeten, ihn zu Armin zu geleiten. Falls wir zur Hochzeit gehen, heißt das noch nicht, daß ich wieder Armins Waffenbruder werde!«

»Armin schafft es immer wieder, die Fürsten und Krieger auf seine Seite zu ziehen.«

»Das muß er wohl, sonst wäre er ein schlechter Herzog. Aber deine Worte klangen mißmutig. Magst du Armin nicht?«

»Was du mir über ihn erzählt hast, klang nicht sehr vorteilhaft. Andererseits ...«

»Was?« fragte Thorag, als seine Frau nicht weitersprach.

»Ich habe immer damit gerechnet, daß du irgendwann wieder an Armins Seite stehst. Ihr habt zusammen für die Römer und dann gegen sie gekämpft. Sogar euer Blut habt ihr getauscht. Ich habe das Gefühl, die Nornen haben eure Schicksalsfäden enger miteinander verknüpft, als es uns recht sein kann.«

Thorag grübelte über Aujas Worte nach und fragte sich, wieviel Wahrheit in ihnen lag. Er hatte es lange Zeit vor sich selbst nicht zugegeben, doch wenn er ehrlich zu sich war, dachte er ähnlich.

Erst kurz vor Morgengrauen fand er ein wenig Schlaf. Es war ein Schlaf voller unruhiger Träume. Durch diese Träume zogen bewaffnete Horden schwarzbemalter Eberkrieger, wilde Bären und römische Legionen unter ihren glänzenden Adlern. Und immer wieder tauchte ein hünenhafter Krieger auf, der sich alldem in den Weg stellte. Mal hatte dieser Krieger die Züge von Thorag, mal die von Armin.

ERSTES ZWISCHENSPIEL

Der Zauderer von Rhodos

Wie stets, seit er das Erbe des Augustus angetreten hatte, betrat Tiberius Gaius Nero, den sie jetzt Tiberius Julius Caesar nannten, die Curia allein. Seine Sänftenträger und die kleine Leibwache blieben auf dem allmählich zum Leben erwachenden Forum zurück. Die Sonne ging gerade erst über Rom auf, was nach altem Brauch der Zeitpunkt war, an dem die Senatssitzung begann.

Tiberius hielt ebensoviel auf alte Bräuche wie auf Bescheidenheit, weniger aus Überzeugung als aufgrund der Überlegung, daß dies sein Ansehen bei Senat und Volk nur mehren konnte. Und solange Tiberius mehr der Nachfolger des Augustus war als der von allen anerkannte Herrscher, sah er sich auf die Mehrung seines Ansehens angewiesen.

Deshalb folgte er der überraschenden Einladung zu dieser außerordentlichen Senatssitzung, als sei er nicht der Princeps Senatus, sondern nur ein junges Senatsmitglied niederen Ranges. Und deshalb ließ er sein kleines Gefolge auf dem Vorplatz zurück, wo sich bald Menschen um es scharten, um im Gespräch mit den Männern des Herrschers vielleicht Neuigkeiten vom Palatin zu erfahren.

Tiberius kam zur rechten Zeit, aber nicht besonders früh. Die meisten Senatoren hatten sich schon in der Tagungshalle der Curia versammelt, standen oder saßen in diskutierenden Gruppen beisammen. Sie blickten zwar auf, als ihr neuer Herrscher zwischen den langen Reihen von steinernen Bänken hindurchtrat, aber kaum einer unterbrach sein Gespräch. Die Bescheidenheit und die ausgesuchte Höflichkeit, mit der Tiberius sich gegenüber den Senatsmitgliedern wie ein Gleichgestellter benahm, weckten Zuneigung. Tiberius grüßte im Vorübergehen den einen oder den anderen, blieb hier kurz stehen und verlor dort ein persönliches Wort, bis er sich am schmalen Ende der Halle auf den Sessel des Princeps Senatus setzte.

Nach ihm traten nur noch wenige Senatoren ein. Schließlich erhob sich Gnaeus Calpurnius Piso von seinem Platz ganz in der

Nähe des Herrschers. Neidisch bemerkte Tiberius, daß die Senatoren dem Mann, der nach dem Princeps Senatus das Haupt des Hauses war, mehr Aufmerksamkeit zollten als dem Princeps selbst. Die Gespräche verstummten, und sechshundert Augenpaare richteten sich gespannt auf Calpurnius Piso. Nicht nur ein Ausschuß, sondern der gesamte Senat war erschienen, was die Wichtigkeit dieser Sitzung verdeutlichte.

Calpurnius wandte sich dem Princeps zu, das Gesicht unbewegt, und deutete eine Verbeugung nur an. Nun drehte er sich erst der einen und dann der anderen Seite der langen Halle zu. Dabei breitete er die Arme aus, und das Licht der aufgehenden Sonne fing sich blitzend auf seinen Fingerringen, von denen der goldene Ring des Senators längst nicht der prächtigste war.

»Geschätzter Princeps, ehrenwerte Mitglieder des Hauses«, begann er in feierlichem Tonfall. »Ihr vergebt mir hoffentlich, daß ich anstelle unseres Princeps diese Sitzung eröffne. Aber es ist eine Zusammenkunft mit außerordentlichem Grund, und ich habe sie einberufen.«

Mit Calpurnius blickten nun auch die meisten anderen Senatsmitglieder Tiberius an. Calpurnius stand aufrecht vor seinem Herrscher und hielt Tiberius' Blick stand, ganz der stolze Abkömmling des alten Pisonischen Geschlechtes, dessen vornehmster Zweig die Calpurnier waren. Sie führten ihre Herkunft auf Calpus zurück, den Sohn des legendären Königs Numa.

Tiberius nickte und sagte leutselig: »Fahre fort, Calpurnius, wir alle sind schon gespannt, worum es geht.«

Das stimmte nicht ganz. Gerüchte machten in Rom schnell die Runde. Und Tiberius selbst besaß eine ganz klare Vorstellung von dem, was ihn hier erwartete.

»Du selbst, Princeps, bist der Anlaß der heutigen Zusammenkunft«, eröffnete Calpurnius und löste damit einige erstaunte Rufe unter den Versammelten aus; Tiberius blieb ruhig und saß wie versteinert in seinem Sessel. »Deine ruhige, abwägende Art, die Geschicke Roms zu lenken, ist allgemein bekannt. Nur unter starkem Drängen des Senats und des ganzen römischen Volkes hast du die Bürde auf dich genommen, die Nachfolge des Augustus anzutreten. Während andere solches leichtfertig versprochen und nur zögernd gehalten hätten, zögerst du mit dem Versprechen von Dingen, die du doch bereits leistest. Diese bescheidene Art ehrt dich und den Entschluß des Augustus, dich als seinen Erben und Nachfolger einzusetzen.«

Zustimmendes Germurmel erfüllte die Halle. Es kam von den Anhängern des Tiberius und von denen, die stets dem Herrschenden applaudierten.

Calpurnius Piso war ein erfahrener Redner, der mit dem ganzen Körper sprach. So unterstrich er auch jetzt durch ein paar Schritte und weitausholende Armbewegungen, die seine Toga in Falten warfen, die Bedeutung seiner Worte. Tiberius bewunderte diese sorgsam einstudierte Gestik, die vollkommen natürlich wirkte. Etwas, das dem steifen und verschlossenen Herrscher völlig abging.

»Jetzt aber ist ein Punkt erreicht, an dem Zögern und Zaudern die falsche Art ist«, fuhr Calpurnius Piso im düsteren Tonfall fort. »Die Kunde von Meutereien gelangte nach Rom. Im Germanien und im Illyricum nahmen die sonst treuen Legionäre den Tod des Augustus zum Anlaß, sich gegen ihre Offiziere und damit gegen Rom zu erheben.« Wieder eine kleine Drehung, und Calpurnius' Rechte schoß pfeilartig vor, der Zeigefinger deutete auf Tiberius. »Ja, auch gegen dich sind die Meutereien gerichtet, Princeps. Es heißt, die Meuterer würden keinen Herrscher anerkennen, der nicht von ihnen eingesetzt ist. Besonders die Legionen am Rhenus scheinen eine eigene Vorstellung davon zu haben, wem sie Treue schulden.«

Die Senatoren nutzten die Kunstpause des Redners, um sich untereinander auszutauschen. Jeder wußte, daß Calpurnius auf Germanicus anspielte, den viele – auch in Rom – lieber als neuen Herrscher gesehen hätten.

»Princeps, der Senat und das Volk von Rom fragen sich, weshalb du nicht längst zu den Meuterern aufgebrochen bist, um sie gefügig zu machen und sich ihrer Treue zu versichern. Nimm mir folgendes nicht übel, denn es sind nicht meine eigenen Worte, aber teils hinter vorgehaltener Hand und teils in offener Rede nennt man dich schon den Zauderer von Rhodos!«

Viele der Senatoren hielten den Atem an. Dieser Begriff kam einer offenen Beleidigung des Princeps gleich, ob Calpurnius ihn nun als Zitat ausgab oder nicht. Die Blicke flogen zwischen dem Redner und dem noch immer unbewegt sitzenden Princeps hin und her. Nur wer ganz nah bei Tiberius saß, konnte erkennen, wie dessen Lider erregt zuckten und die um die Sessellehnen gekrallten Hände zitterten.

Rhodos!

Schon die Erwähnung dieser Insel in Gegenwart des Princeps klang in manchen Ohren wie eine Beleidigung. Gewiß, Tiberius hatte sich freiwillig von seinen Ämtern zurückgezogen, um in der Einsamkeit von Rhodos in sich zu gehen und seine Redegewandtheit in der berühmten Rhetoren-Schule zu verbessern, die einst Apollonios von Alabanda und Apollonios Molon begründet hatten. Aber es war kein Geheimnis, daß Tiberius diesen Schritt aus Scham vollzogen hatte, weil seine Gattin Julia ihn schamlos betrog. Jede andere verheiratete Frau, die sich so an ihrem Gemahl verging, wäre nach den strengen Sittengesetzen des Augustus sofort bestraft worden. Aber des Augustus eigene Tochter? So war einige Zeit verstrichen, bis der Herrscher seine Tochter verbannt hatte, erst nach Pandateria, dann nach Rhegium. Dort fristete Julia noch immer ein karges Dasein, trotz der Bittgesuche um Erleichterung ihres Schicksals, die sie an Tiberius gesandt hatte. Sie sollte sehr krank sein, dem Tode nah. Aber Tiberius empfand kein Mitleid. Für ihn war sie schon in dem Augenblick gestorben, als er den Scheidungsbrief unterschrieben hatte.

Doch die Schande ihres Verhaltens lastete weiter auf ihm und war in der Öffentlichkeit mit dem Namen Rhodos verbunden. Als Tiberius sich, von Julia geschieden, wieder gefangen hatte und nach Rom zurückkehren wollte, um seine Angehörigen wiederzusehen, hatte Augustus ihm die Rückkehr verweigert. Der Herrscher verspottete den Sohn seiner Frau auch noch, indem er ihm mitteilen ließ, Tiberius möge sich über die Seinen, die er gar nicht schnell genug hätte verlassen können, nur keine Sorgen machen. So wurde aus der freiwilligen Flucht eine unfreiwillige Verbannung. Wenigstens ließ Augustus sich dazu herab, Tiberius nach außen hin die Schande des Verbannten zu ersparen, indem er dem Stiefsohn Titel und Rang eines Legaten verlieh, ohne ihm freilich die Befugnisse eines solchen einzuräumen.

Acht Jahre lebte Tiberius auf der Insel vor der Südwestküste Kleinasiens, bis seine Mutter Livia ihren Mann Augustus endlich erweichen konnte. Und Rhodos, vor dem Weggang aus Rom das Synonym für Ruhe und Frieden, wurde für Tiberius der Inbegriff der Demütigung.

Deshalb erwarteten die Senatoren, daß über Gnaeus Calpurnius Piso ein Strafgericht hereinbrechen würde, als Tiberius sich von seinem Sessel erhob. Einige, die Calpurnius nahestanden, scharrten unruhig mit den roten Senatorenschuhen, als bereiteten sie sich bereits auf die Flucht vor. Hatten Langmut und Bescheidenheit des Princeps jetzt ein Ende? Würde er sich hart und vielleicht sogar blutig an Calpurnius und all seinen Freunden rächen? Diese bangen Fragen standen deutlich in den sonst so würdevollen Gesichtern.

Um so überraschender traf alle der freundlich vorgetragene Beginn von Tiberius' Rede: »Du hast vollkommen recht, verehrter, weiser Gnaeus Calpurnius Piso, die Lage in den illyrischen und germanischen Gebieten ist höchst bedenklich. Um so dankbarer bin ich für die Gelegenheit, diese Frage hier im Senat erörtern zu dürfen, wo bekanntlich und nach alter Tradition die klügsten Köpfe Roms zu finden sind.«

Der laute Beifall entsprang nicht nur der Freude über diese Schmeichelei, sondern auch der Erleichterung darüber, daß Tiberius sich durch die Worte seines Vorredners offenbar nicht verletzt fühlte. Schon tuschelten die Senatoren über ein neues Thema: War der Langmut des Princeps so groß, oder war seine Stellung so schwach, daß Calpurnius Piso derart mit ihm umspringen konnte?

Calpurnius selbst saß scheinbar völlig ruhig auf seinem Platz und lauschte den Worten des Herrschers.

Tiberius fuhr fort: »Um dieser gefährlichen Lage zu begegnen, habe ich zwei vertrauenswürdige Männer zu meinen Vertretern im Illyricum und am Rhenus gemacht. Meinen leiblichen Sohn Drusus, den ich ins Illyricum entsandte, und meines Bruders Sohn Germanicus, der jetzt kraft Adoption mein Sohn ist, in Gallien und Germanien. Auf sie verlasse ich mich. Und auch euch gilt mein Vertrauen. Schließlich haben viele von euch Drusus das Geleit gegeben. Und eine Abordnung dieses Hauses unter der Führung von Munatius Plancus ist unterwegs zu Germanicus, um ihm die prokonsularische Gewalt zu übertragen.« Forschend wanderte sein Blick über die Bankreihen mit den weißgewandeten Gestalten. »Oder ist jemand unter euch, der dieses Vertrauen nicht teilt?«

Calpurnius erhob sich wieder und sagte: »Gestatte mir, Princeps, daß ich mich zum Anwalt derer mache, die dir gewiß nicht mißtrauen, vielleicht aber den einen oder anderen Einwand vorzubringen haben.«

»Rede!« forderte Tiberius den anderen auf.

»Niemand zweifelt am Mut und am Willen deiner Söhne, doch sind sie noch jung und gewiß nicht mit der Erfahrung ausgestattet, über die du verfügst, Tiberius Julius Caesar, und die du dir als Legat und Feldherr in Kantabrien, Armenien, Pannonien, Gallien und Germanien erworben hast. Würdest du dich selbst den Meuterern entgegenstellen, ein Mann mit deiner Erfahrung, schon allein deine Anwesenheit würde jeden Gedanken ans Aufbegehren verstummen lassen. Deine Autorität als oberste Instanz sowohl für Bestrafung als auch für Belohnung könnte alles regeln, was die Unerfahrenheit deiner Söhne vielleicht ungeklärt läßt.« Die Falten der weißen Toga weiteten sich, als Calpurnius die Arme zu den anderen Senatoren ausbreitete, während sich der erfahrene Redner um die eigene Achse drehte. »Sind nicht die meisten von euch der Meinung, die ich vertrete?«

Durch Calpurnius' offene Worte angestachelt, fanden sich plötzlich viele, die Einwände gegen das Verhalten ihre Princeps erhoben. Wenn sogar der altersschwache Augustus ins ferne Germanien gereist sei, könne man das von Tiberius, der in der Blüte seiner Jahre stehe, erst recht verlangen, lautete der Tenor all dieser Reden.

Schließlich ergriff Tiberius wieder das Wort: »Ich hatte recht, als ich die Klugheit eurer Köpfe lobte. Viel Weises hörte ich in den vergangenen Stunden. Darum seid weiterhin weise und ratet mir in ein paar schwierigen Fragen, die ich euch stellen will. Ihr sagt, ich soll zu den Meuterern gehen und den Aufstand ersticken, ehe er auf Rom übergreift. Aber kann es nicht sein, daß gerade meine Anwesenheit in Rom ein solches Übergreifen bisher verhindert hat und weiterhin verhindert? Und wenn ich die meuternden Legionen aufsuche, wohin soll ich mich wenden? Das Heer in Germanien ist stärker, das in Pannonien näher. Die Meuterer in Germanien könnten über Gallien herfallen und diese ganze Provinz mitreißen, die im Illyricum aber bedrohen unsere italische Heimat. Was ist die drängendere Gefahr? Und wenn ich mich zu einem Heer begebe, wie kann ich verhindern, daß das andere sich zurückgesetzt fühlt und noch stärker gegen mich und damit gegen Rom aufbegehrt? Die Entsendung meiner Söhne dagegen bevorzugt und benachteiligt niemanden. Wo ihre Jugend und Unerfahrenheit sie verstummen läßt, werden Drusus und Germanicus meinen Rat einholen. Ist das für sie oder für mich eine Schande? Oder ist das nicht eher ein Beweis meiner Autorität? Wenn meine Söhne auf Widerstand stoßen, kann ich ihnen beitreten, die Gefahr schwächen oder brechen. Wer aber sollte mir beitreten, wenn die Legionen dem Princeps die Achtung versagen? Diese Fragen beschäftigen mich, und ich finde keine Lösung. Vielleicht, so hoffe ich, gibt eure Klugheit mir die ersehnten Antworten.«

Tiberius' Rede machte großen Eindruck und ließ die Senatoren ganz vergessen, daß nach altem Brauch stets nur einer sprach und dieser zu allen. Sie plapperten so munter durcheinander wie die Menschen draußen auf dem Forum. Doch niemand fand eine befriedigende Lösung für die von Tiberius aufgezeigten Probleme.

Endlich erhob sich Calpurnius wieder, und allein sein Anblick ließ das Geplapper verstummen. »Großer Tiberius, du hast uns mit deinen Worten beschämt. Wir haben uns angemaßt, über dein Verhalten zu urteilen. Jetzt müssen wir erkennen, daß du weitergedacht hast als wir alle. Was wir dir als Zaudern und Zögern anlasteten, war in Wahrheit die beste Taktik, wie du uns verdeutlicht hast. Ich verneige mich vor dir.« Und Calpurnius beugte seine schlanke Gestalt vor Tiberius.

Nachdem der größte Kritiker des Princeps zum Fürsprecher des Herrschers geworden war, verstummten auch alle anderen tadelnden Stimmen. Ganz im Gegenteil, man war sich einig, daß Tiberius weise entschieden hatte, als er in Rom blieb. Und als schriftlichen Beschluß dieser Senatssitzung hielt man fest, daß der Senat dem Princeps die größte Achtung für sein Verhalten im Fall der meuternden Legionen ausspracht und ihn auch fürderhin in seiner Haltung zu unterstützen gedachte.

Als die Sonne, die den Beginn der Senatssitzung eingeleitet hatte, längst versunken und Rom ein Mosaik aus Schatten und künstlichen Lichtern war, betrat eine verhüllte Gestalt ein Haus auf dem Palatin. Es war das Haus des Herrschers, eher bescheiden als prunkvoll. Auch hierin folgte Tiberius dem Beispiel des Augustus.

Die Diener führten den Besucher in ein kleines, verschwiegenes Zimmer, das auch bei Tag keine Fenster kannte. Ein Kandelaber mit mehreren silbernen Öllampen sorgte für Licht. Im Schein der Lampen streifte der Besucher die Falten der Toga ab, die er wie eine Kapuze über seinen Kopf gezogen hatte.

»Endlich, Calpurnius, alter Freund«, sagte Tiberius erfreut, verließ seinen Platz hinter dem kleinen Schreibtisch, wo er einige Briefe gelesen hatte, und umarmte den Senator herzlich. »Den halben Tag lang warte ich auf die Gelegenheit, dir für dein Verhalten in der heutigen Sitzung zu danken.«

Gnaeus Calpurnius Piso zog die Stirn in Falten und wirkte sehr ernst. »Der Princeps zürnt mir nicht, daß ich ihn zum Rechenschaftsbericht vor den versammelten Senat bestellte?«

Auch Tiberius machte jetzt ein ernstes Gesicht. »Fürwahr, ein Frevel! Besonders der *Zauderer von Rhodos* wäre Grund genug, dich in die Verbannung zu schicken, Piso!«

Für kurze Zeit starrten sich die beiden Männer ernst und fast feindselig an, dann begannen beide wie auf Kommando zu lachen, laut und schallend.

Tiberius, der selten so aus sich herausging, mußte sich Tränen aus den Augen wischen, als er sagte: »Besser als wir zwei hätte niemand die Komödie spielen können, Calpurnius. Schade nur, daß du niemals öffentlich die Anerkennung beanspruchen kannst, der Schöpfer dieses Stückes zu sein!«

»Das ist nicht wichtig, Tiberius.« Calpurnius' Worte klangen jetzt nicht mehr ehrerbietig, wie im Senat, sondern sehr vertraulich. »Wichtig ist nur, daß du in Rom bleiben kannst, sogar mit offizieller Billigung des Senats.«

Tiberius nickte zufrieden. Der Tod des Augustus hatte die Anhänger der alten Republik wachgerüttelt. Sie wollten die Gunst der Stunde nutzen, um die Herrschaft des Princeps abzuschaffen. Und wenn Tiberius zu diesem Zeitpunkt, noch ungefestigt in Machtanspruch und Machtausübung, ins ferne Pannonien oder ins noch fernere Germanien reiste, hatten die Republikaner leichtes Spiel. Zwar war Livia, seine Mutter und Mitregentin, noch in Rom, doch ihr traute er ebensowenig wie seinem Adoptivsohn Germanicus, obwohl er vor dem Senat anders gesprochen hatte. Überhaupt gab es nur sehr wenige Menschen, denen Tiberius vertraute. Einer von ihnen war Calpurnius Piso.

Sein genialer Einfall war es gewesen, sich im Senat als Gegenspieler des Tiberius zu präsentieren, der vom Princeps Rechenschaft verlangte und ihn sogar beleidigte. Als Calpurnius dann plötzlich, wie geplant, umfiel und auf die Linie des Herrschers einschwenkte, folgten ihm alle anderen, wie er es vorausgesagt hatte.

Tiberius wies auf einen runden Silbertisch, der zwischen zwei dick gepolsterten Liegen stand und reichlich mit Karaffen und Schalen bedeckt war. In den Karaffen befanden sich Wein und Wasser, in den Schalen ausgesuchte Leckereien.

»Ich habe ein kleines Mahl auftragen lassen. So sind wir ungestört.«

Sie nahmen auf den bequemen Liegen Platz, und Tiberius goß aus einer Karaffe roten Wein in zwei nachenförmige Schalen, deren poliertes Silber glänzte. Er vertauschte die Karaffe mit einer anderen und fragte: »Möchtest du Wasser in den Wein?«

Calpurnius blickte in seine Trinkschale. »Nicht, wenn es guter Wein ist, Falerner gar.«

»Natürlich ist es ein ausgereifter Falerner«, erwiderte Tiberius, fast ein bißchen erbost, lächelte dann aber. »Für meine wahren Freunde, deren es leider nicht viele gibt, nur das wahrhaft Beste.« Er stellte die Karaffe wieder auf den Tisch. »Du hast recht, Calpurnius, den guten Falerner sollte man nicht verwässern. Gerade in der Stärke liegt sein Geschmack.«

»Ein guter Spruch.« Calpurnius grinste. »Als Weinhändler wärst du ebenso erfolgreich wie als Redner.« Er hob seine Weinschale und blickte den Herrscher an. »*Bene te!*«*

Auch Tiberius hob seine Schale und erwiderte: »*Bene tibi se vita!* – Das Leben meine es gut mit dir!« Beide nahmen einen kräftigen Schluck, und dann fuhr der Herrscher fort: »Dir hat meine Rede also gefallen? Kein Wunder, schließlich hast du sie geschrieben und dir die Mühe gemacht, sie mit mir einzuüben.«

»Wir haben sie an der Nase herumgeführt, alle sechshundert.« Calpurnius rülpste zufrieden und griff nach der Schale mit den

---

* Auf dein Wohl

Datteln, die mit Nüssen gefüllt und in Honig gebraten waren. Von herzhaftem Schmatzen unterbrochen, fuhr er fort: »In nächster Zeit wird es niemand wagen, den Princeps einen Zauderer zu nennen und ihn aufzufordern, nach Pannonien oder Germanien zu gehen.«

»In nächster Zeit?« wiederholte Tiberius, nachdem er einen mit Schweinefleisch umwickelten Trüffel zerkaut und hinuntergeschluckt hatte. »Ich denke, wir haben meinen Widersachern in dieser Beziehung auch für die Zukunft das Maul gestopft!« Seine Lippen öffneten sich, und die gelben Zähne zogen einen weiteren Trüffel von dem dünnen Holzspieß in seiner Rechten.

»Nein«, widersprach Calpurnius ernst. »Du siehst die Dinge zu rosig. Für einige Zeit herrscht Ruhe, aber dann werden wir uns etwas anderes einfallen lassen müssen.«

»Schade«, seufzte Tiberius, während er noch kaute. »Ich hatte gehofft, mein Auftritt heute habe bleibende Wirkung.«

»*Fallitur augurio spes bona saepe suo.*«*

Tiberius stach mit dem Trüffelspieß in die Luft, als führe er ein Schwert. »Vielleicht sollten wir die republikanischen Maulhelden auf andere Art mundtot machen – für immer, meine ich.«

Calpurnius schüttelte den Kopf. »So etwas solltest du dir erst erlauben, wenn du sicher im Sattel sitzt. Jetzt bist du noch von zu vielen abhängig, und mancher könnte Freunde unter denen haben, gegen die du vorgehen willst.«

»Dann alle auf einmal!« sagte Tiberius, von seiner Idee begeistert, und wieder durchbohrte die Holzspitze des Trüffelspießes einen imaginären Gegner.

Calpurnius erhob sich mit der Miene eines nachsichtigen Lehrers, der mehrere Anläufe unternehmen mußte, um seinem Schüler eine Lektion zu erteilen. Er ging zu dem silbernen Kandelaber, der mannshoch war und auf vier Füßen stand. Die Füße hatten die Form von Wolfspfoten, und die Henkel, mit denen die Lampen an den Kandelaber gehängt waren, liefen in kleinen, silbernen Wölfen aus. Die Hand des Senators schwebte vor einem dieser winzigen Wölfe und senkte sich plötzlich auf die Flamme der entsprechenden Lampe. Sie erlosch. Es roch nach verbranntem Fleisch, doch der schlanke Mann verzog keine Miene.

---

* Eine gute Hoffnung zerbricht oft an ihrer eigenen Erwartung.

»Einen einzelnen Gegner kann man schnell und meistens auch recht einfach zum Schweigen bringen – oder zum Erlöschen.« Bei der letzten Bemerkung lächelte der Senator verschlagen. Dann wies er mit der Hand auf den ganzen Kandelaber und rüttelte daran. Der Ständer wackelte, blieb aber auf den Wolfspfoten stehen. »Um alle Lichter auf einmal zu löschen, müßte ich den Kandelaber mit Gewalt umstürzen. Dann aber würde das Öl auslaufen und vielleicht Feuer fangen. Es könnte auch mich verbrennen.«

»Ich verstehe«, sagte Tiberius. »Dein Rat ist gut, mein Freund. Sorgen macht mir nur Germanicus.«

»Hältst du ihn nicht für loyal?«

»Ihn mehr als seine Frau. Sie ist so machtsüchtig, wie ihre Mutter lüstern und verworfen ist.« Tiberius sprach von seiner geschiedenen Frau Julia. Agrippina entstammte der Ehe Julias mit dem Feldherrn Agrippa. »Was ist, wenn mein Adoptivsohn sich von seiner Frau und den Meuterern überreden läßt, sich gegen mich zu stellen?«

»Wenn du das wirklich glauben würdest, so hättest du doch Germanicus schon längst abberufen, oder?«

»Wohl wahr«, gab Tiberius dem Freund recht. »Er rechnet mir die Treue zu Drusus, seinem Vater, hoch an. Aber auch wenn er die Meuterei niederwirft, kann er gefährlich für uns werden. Ein solcher Erfolg würde seine Macht und sein Ansehen steigern, und noch mehr Römer werden in ihm einen geeigneten Herrscher sehen.«

»*Du* hast Germanicus mit der Niederschlagung der Meuterei betraut, Tiberius, vergiß das nicht. Wenn dein Adoptivsohn Erfolg hat, werden wir es als *deinen* Erfolg hinstellen. Doch wenn er versagt, ist es *seine* Niederlage. Und wenn der Senat sich dagegen wehrt, muß er sich vorhalten lassen, daß die Senatsabordnung unter Munatius Plancus den Germanicus in seinem Amt bestätigt hat.«

»Ein guter Plan. Ich bin froh, daß du an meiner Seite stehst, Calpurnius.« Tiberius fühlte sich beruhigt und lächelte den Senator an. »*Sine amicitia vitam esse nullam!*«*

---

* Ohne Freundschaft hat das Leben keinen Wert!«

ZWEITER TEIL

SCHICKSALSGEFÄHRTEN

Kapitel 8

Verräter und Lügner

Der Hügel mit der Adlerburg, der sich hoch über die umliegenden Wälder erhob, wirkte durchaus angemessen für den Sitz des Cheruskerherzogs. Das dachte auch Mallovend, der sein Pferd zügelte, um den Ort in Ruhe zu betrachten. Als Thorag seinen Rappen neben Mallovends Tier zum Stehen brachte, nahm die ganze Reisegesellschaft dies als Zeichen zum Halt. Es waren über hundert Menschen, die den Hohlweg weiter nach hinten ausfüllten, als man von der Spitze aus sehen konnte. Thorag hatte einen starken Kriegertrupp mitgenommen, um nicht noch einmal in eine Falle der Eberkrieger zu geraten.

Hätten seine Kundschafter nicht günstige Nachrichten gebracht, hätte Thorag sich gar nicht auf den Weg gemacht, Armins Hochzeit hin oder her. Aber die Späher meldeten, daß Gerolf den Ebergau längst in Richtung Hirschgau verlassen hätte, um der Vermählung beizuwohnen.

Argast machte Thorag darauf aufmerksam, daß dies eine günstige Gelegenheit für einen Gegenschlag sei. Ohne ihre Anführer Gerolf und Germar würden sich die Eberleute bei einem Angriff auf ihr Gebiet wohl nur unzureichend wehren. Thorag lehnte dies aus mehreren Gründen ab. Erstens wollte er nicht gerade in der Zeit von Armins Hochzeit das Cheruskerland mit einem Gaukrieg überziehen. Zweitens bestand noch immer die Möglichkeit, daß Germar die Abwesenheit seines Bruders ausgenutzt und eigenmächtig gehandelt hatte. Er hatte zwar davon gesprochen, die Gefangenen zu Gerolf zu bringen, doch dies bedeutete nicht notwendig das Einverständnis des Eberfürsten. Germar schwieg sich darüber beharrlich aus. Sie hatten ihn mitgenommen, um Gerolf auf der Adlerburg mit seinem Bruder und dessen Verhalten zu konfrontieren. Darauf war Thorag schon sehr gespannt.

Argast auch. Er hatte bedauert, nicht mitkommen zu können, aber eingesehen, daß sein Platz während Thorags Abwesenheit im Gau der Donarsöhne war. Sollten sich die Eberleute zu einem

Überfall entschließen, würde Argast die Verteidigung leiten. Und nur die. Thorag hatte seinem Kriegerführer jeden Vergeltungsschlag auf das Gebiet der Eberleute untersagt.

»Die Adlerburg«, murmelte Mallovend fast andächtig. »Es sieht tatsächlich aus wie der Horst eines Adlers, der stolz über allem anderen thront. Hat die Siedlung daher ihren Namen?«

Thorag nickte und kniff die Augen zusammen. »Jetzt ähnelt sie tatsächlich eher einer Burg als einer Siedlung. Als ich vor vielen Wintern hier war, damals lebten Armins Vater Segimar und mein Vater Wisar noch, gab es längst nicht so viele und so starke Wälle.«

»Der Herzog der Cherusker ist ein umsichtiger Mann«, sagte Mallovend. »Er rechnet damit, daß die Römer eines Tages kommen, um sich für die Niederlage des Varus zu rächen.« Ein Grinsen verzog die bartüberwucherten Lippen des Marserherzogs. »Vielleicht rechnet Armin auch mit einem Überfall der eigenen Leute. Schließlich war Segestes sein Gefangener, mag er auch eingewilligt haben, sein Schwiegervater zu werden. Und wie Germars Verhalten zeigt, herrscht noch mehr Zwietracht unter den Cheruskern.«

Thorag gefielen Mallovends abfällige Worte nicht. Aber der Donarsohn konnte nichts dagegen sagen, die Wahrheit war auf der Seite des Marsers. Mürrisch trieb der Cherusker den Rappen an. Mallovend blieb an seiner Seite, und der ganze Zug setzte sich wieder in Bewegung.

Es wurde Zeit, daß sie die Adlerburg erreichten. Auja ging es nicht gut. Das Ungeborene in ihrem Leib machte ihr zu schaffen. Mit jedem Tag der Reise fühlte Auja sich unwohler, und Thorag bereute fast, sie mitgenommen zu haben. An den letzten beiden Tagen war schon das Reiten zuviel für Auja, weshalb sie mit dem kleinen Ragnar auf einem der Ochsenkarren saß, auf denen sich die Hochzeitsgaben befanden.

Die Gruppe der Donarsöhne mit ihren Gästen aus dem Marserland zog auf grünen Wiesen dahin, die zwischen einem sich sanft windenden Flüßchen und einem hauptsächlich aus Eichen und Buchen bestehenden Wald lagen. Das Gelände stieg kaum merklich an. Es waren die Ausläufer der Erhebung, auf der Armins Vorfahren, die Fürsten der Hirschsippe, ihre Burg gesetzt hatten.

Mallovend ließ sich erneut über die günstige Lage der Adlerburg aus, die leicht zu verteidigen und schwer zu erobern war. Beim Näherreiten sahen sie, daß unten an einer großen Steinmauer gebaut wurde.

»Da sind die Römer, die wir in der Schlacht gegen Varus gefangen haben, wenigstens zu etwas nütze!« lachte der Marserfürst.

Thorag hörte ihm nur mit halbem Ohr zu. Etwas anderes nahm seine Aufmerksamkeit in Anspruch. Etwas, das er nicht mehr hörte, seit kurzer Zeit. Die Geräusche des nahen Waldes waren auf einmal verstummt. Keine Wildkatze fauchte mehr, kein Hirsch röhrte, kein Ur brüllte und keine Krähe schrie. Selbst das heisere Knarren der Eichelhäher, das die Reisenden während der letzten Tage immer wieder gehört hatten, war vollkommen verstummt. Es war, als halte der Wald den Atem an.

Aber dann hörte der junge Gaufürst doch etwas: das Rascheln von Laub und das Knacken zerbrechender Zweige. Der Cherusker zog sein Schwert, drehte sich nach seinen Männern um und schrie: »Donarsöhne, macht euch fertig zum Kampf! Nehmt die Frauen und die Wagen in die Mitte!«

Während er das schrie, blickte Thorag unentwegt in Richtung Wald und verwünschte sich für seinen Leichtsinn. Während der ganzen Reise hatte er Späher ausgeschickt, um das vorausliegende Gelände zu erkunden. Normalerweise war das für Cherusker, die sich mitten im Cheruskerland aufhielten, eine überflüssige Maßnahme, aber der Überfall durch Germar hatte Thorag vorsichtig werden lassen. Heute hatte er diese Vorsicht erstmals außer acht gelassen. Die Nähe der Adlerburg wog ihn in Sicherheit. In trügerischer Sicherheit?

Thorags Männer packten Schwerter, Schilde und Framen. Die Ochsenkarren wurden am Flußufer zusammengefahren. Alles geschah in Windeseile.

Die allgemeine Aufregung ließ Mallovends Schimmel unruhig werden. Mühsam hielt er das Tier auf dem Platz und fragte: »Was ist los, Thorag? Was soll dieser Aufruhr?«

»Da!« sagte der Cherusker nur und zeigte zum Waldrand.

Überall tauchten bewaffnete Reiter auf und ritten langsam in einer Linie auf die Reisegruppe zu. Viele ihrer Schilde waren mit Hirschgeweihen verziert, dem Zeichen der Hirschsippe.

»Das sind doch Armins Männer!« meinte Mallovend.

»Das habe ich schon einmal geglaubt«, erwiderte Thorag. »Aber ein aufgemaltes Hirschgeweih macht noch keinen Hirschkrieger, wie mir Germars Männer gezeigt haben.«

»Bei Wodan, ich verstehe!« rief Mallovend und zog seine Spatha aus der Scheide.

Die fremden Reiter hielten an. Ein Einzelner löste sich aus der Gruppe und ritt den Donarsöhnen entgegen.

»Wartet hier!« sagte Thorag zu Mallovend und den anderen, bevor er den Rappen anspornte und mit gezogenem Schwert auf den einzelnen Reiter zuhielt.

Der hatte keine Waffe zur Hand genommen. Der runde Schild, dessen Schmuck ein aufgemalter Hirschkopf mit prächtigem Geweih war, hing lässig an seiner linken Seite.

Als Thorag den Mann erkannte, steckte er das Schwert zurück in die Scheide. Dann hielt er den Rappen vor dem Braunen des anderen an.

»Ich grüße dich, Thorag, Fürst der Donarsöhne«, sagte Ingwin lächelnd. »Schön, daß du dich entschlossen hast, dein Schwert nicht gegen mich zu führen.«

Thorag kannte Ingwin vom Zug gegen Varus. Damals war der Hirschkrieger noch Optio der cheruskischen Auxiliarreiterei gewesen, die zwar in römischen Diensten stand, aber in der Schlacht gegen die Römer focht.

Der Gaufürst zeigte auf die lange Reihe der berittenen Hirschkrieger. »Wer mit solcher Streitmacht plötzlich aus dem Wald hervorbricht, muß mit blanken Waffen rechnen, Ingwin.«

»Es ist unser Auftrag, die Adlerburg auf dieser Seite zu sichern. Das kannst du den Hirschleuten nicht verwehren, Thorag.«

»Das will ich auch nicht, wenn es nur richtige Hirschkrieger sind.«

Ingwin legte den Kopf schief. »Du sprichst in Rätseln, Fürst.«

Thorag nahm Armins Dolch aus einem Beutel an seinem Gürtel. »Erkennst du die Waffe?«

Der Hirschkrieger lächelte erneut. »Natürlich. Ich brachte sie dir damals, als du die Donarsöhne zum großen Kampf gegen die Römer geführt hast. Armins Dolch war sein Erkennungszeichen für dich. Nun hat er ihn dir gesandt, um dich als Ehrengast zu seiner Vermählung einzuladen.«

»Leider ist der Dolch in falsche Hände geraten«, sagte Thorag und erklärte dem Hirschmann in wenigen Worten, was sich ereignet hat.

Ingwins eben noch heiteres, Freude über das Wiedersehen ausdrückende Gesicht verfinsterte sich. »Das wirft einen bösen Schatten auf die Hochzeit.«

»Wir werden sehen.« Der Fürst der Donarsöhne steckte den Dolch wieder zurück in den Fellbeutel. »Ich werde mit Armin darüber sprechen und Gerolf zur Rede stellen. So lange solltest du über die Sache schweigen.«

»Das werde ich.«

»Ist der Weg zur Adlerburg sicher?«

Ingwin nickte. »Mehr Krieger, als Armin hier zur Bewachung seiner Hochzeitsgäste zusammengezogen hat, findest du nirgends, nicht einmal in Walhall.«

Als die Donarsöhne weiterzogen, fand Thorag diese Aussage bestätigt. Ingwin und seine Männer zogen sich wieder in den Schutz des Waldes zurück. Die Donarsöhne kamen an anderen Kriegertrupps vorbei, die das Gelände rund um die Adlerburg sicherten.

Die Burg selbst trug ihre Bezeichnung zu Recht, waren ihre Schutzwälle doch so stark ausgebaut worden, daß sie mehr einer Festung glich als einer Siedlung. Entgegen Thorags Erinnerung führte kein gerader Weg mehr zur Hügelkuppe hinauf. Die Donarsöhne mußten mehrere Tore und Fallbrücken hinter sich bringen und immer wieder an Wällen entlangreiten, von denen aus die Verteidiger möglichen Angreifern entgegentreten konnten. Zudem bildeten die Räume zwischen den Toren sackartige Verengungen, die nur wenige Angreifer zur gleichen Zeit hindurchließen, aber vielen Verteidigern die Möglichkeit gaben, einen Feind zu bekämpfen. Und als wäre das alles noch nicht genug, wurde rund um die Adlerburg fieberhaft an einer Verstärkung und Ausweitung der Verteidigungsanlage gearbeitet.

»So etwas habe ich noch nie gesehen«, staunte auch Thidrik, der in Thorags Nähe ritt. »Dagegen ist unsere Siedlung so leicht zu erobern wie eine einsame Waldhütte.«

»Unser Herzog hat eine Menge Feinde«, erwiderte Thorag.

»Viel Feind, viel Ehr«, meinte Mallovend und grinste. »Demnach ist Armin der ehrenwerteste Mann, den ich kenne.«

Das Eintreffen der großen Gesellschaft löste einige Aufregung auf der Adlerburg aus. Menschen strömten den Neuankömmlingen entgegen, Männer und Frauen aller Stände. Neue Gäste bedeuteten stets auch Neuigkeiten, und schnell waren die Donarsöhne von einem dichten Menschenring umgeben.

Nur mühsam teilte sich dieser Ring, um ein paar Männern Durchlaß zu gewähren. Selbst die Edelsten des Cheruskerstammes hatten einen schweren Stand gegen die menschliche Neugierde. Aber dann traten endlich einige Fürsten benachbarter Stämme sowie die Gaufürsten der Cherusker vor die Ankömmlinge. Letztere waren Armin, sein Onkel Inguiomar, der Brautvater Segestes, Balder, Bror und Gerolf.

Thorags Blick verharrte beim Fürsten der Ebersippe. Er war, wie sein Bruder Germar, von hagerer Gestalt, dafür aber sehnig und zäh. Dem Eberfürsten fehlte die schon beim ersten Anblick hervorstechende Häßlichkeit von Germars Gesicht. Gerolf konnte sogar richtig einnehmend wirken, wenn er lächelte. Doch Thorag hatte immer schon gefunden, daß es nicht das offene Lächeln eines freundlichen Menschen, sondern das verschlagene Grinsen eines listigen Fuchses war.

Vergeblich suchte Thorag jetzt in dem Fuchsgesicht nach einer überraschten Miene. Falls Gerolf nicht damit gerechnet hatte, Thorag und Mallovend auf der Adlerburg zu sehen, verbarg er das gut. Vielleicht hatten ihm aber auch schon Boten berichtet, daß Germars Überfall fehlgeschlagen war.

Armin trat vor und faßte Thorags Rechte mit beiden Händen. Der junge Herzog der Cherusker strahlte über sein ganzes Gesicht, ein Bild unschuldiger Freude, das für einen Augenblick Armins widersprüchlichen Charakter vergessen ließ. Thorag konnte sich einfach nicht vorstellen, daß die Freude über das Wiedersehen der einzige Grund für Armins Zufriedenheit war. Der Donarsohn wußte nur zu gut, daß hinter der Stirn des Hirschfürsten ständig die Gedanken arbeiteten, daß Armin Vor- und Nachteile seiner Handlungen abwog und Entscheidungen fällte. Ein Mann in seiner Stellung konnte sich gar nicht anders verhalten.

Seit dem Aufstand gegen Varus war Armins Leben ein ständiger Kampf, nicht nur gegen die Römer, sondern auch gegen Cherusker und Männer benachbarter Stämme, die sich gegen ihn stellten. Das hatte seine Spuren in Form tiefer Falten in dem bartlosen Gesicht des jungen Herzogs hinterlassen.

»Thorag, dein Kommen bereitet mir eine ganz besondere Freude!« sagte Armin laut und begrüßte dann Mallovend. Anschließend meinte der Hirschfürst mit gerunzelter Stirn: »Mallovends Gefolge ist sehr klein. Du, Thorag, kommst dagegen mit einer richtigen Streitmacht zu meiner Hochzeit. Gibt es dafür eine Erklärung?«

»Ja«, antwortete Thorag nur und gab Thidrik einen Wink.

Thidrik und der breitschultrige Ayko gingen zu einem der Ochsenkarren und holten unter der über den Wagen gespannten Tierhaut einen hageren Mann hervor, dessen Hände gefesselt waren. Ein Raunen ging durch die Menge, als sie in dem Gefangenen den Edeling Germar erkannte.

»Was soll das?« schnappte Gerolf mit verwirrtem Gesicht. »Was macht mein Bruder hier? Weshalb ist er gefangen?«

Thorag streifte den Gaufürst der Eberleute nur mit einem kurzen Blick, dann wandte er sich wieder Armin zu. »Die Fragen, die Gerolf stellt, will ich gern beantworten. Aber ich halte es für besser, das in einem kleinen Kreis zu tun.«

»Sieht ganz so aus«, sagte der Cheruskerherzog. »Meine Leute werden den Donarsöhnen ihre Unterkünfte zuweisen. Die Gaufürsten der Cherusker und die Führer der anderen Stämme mögen mir in mein Haus folgen.«

Das Gelände hier oben auf dem Hügel war groß, doch angesichts der vielen Gäste, die schon zur Hochzeit des Cheruskerherzogs eingetroffen waren, wurde es allmählich eng. Die Donarsöhne gehörten zu den letzten Gästen und mußten sich deshalb mit Unterkünften am entfernten Nordrand der Hochebene zufriedengeben. Obwohl mittels eilig errichteter Hütten und Schutzdächer viele zusätzliche Schlafgelegenheiten geschaffen worden waren, mußten einige Knechte und Mägde unter freiem Himmel nächtigen.

Tebbe kümmerte sich darum, daß die Marserfrauen ihrem Stand entsprechend untergebracht wurden. Daß er sich dabei in Amalas Nähe aufhalten konnte, störte weder sie noch ihn.

Armins großes Haus aus Stein und massivem Holz stand in der Mitte der Hochebene. Hier warteten Bedienstete schon mit dem Willkommenstrunk auf die neu eingetroffenen Gäste. Der

Cheruskerherzog schickte sie zurück in den Gesindetrakt. Jetzt gab es wichtigere Dinge zu erledigen. Nur ein bewaffneter Mann mit bronzener Hautfarbe und schwarzem Haar blieb im Raum und hielt sich in Armins Nähe auf. Thorag erkannte Armins pannonischen Sklaven und Leibwächter Pal.

Außer den cheruskischen Gaufürsten waren in dem großen Raum noch Thidrik und Ayko mit dem Gefangenen, Mallovend mit seinen Söhnen und seinem Kriegerführer, der Chattenherzog Arpo mit einigen Edelingen seines Stammes und hohe Fürsten der Sueben, Angrivarier und Brukterer. Alles Stämme, die an der Seite der Cherusker gegen die Legionen des Varus gekämpft hatten.

»Wenn niemand meinem Bruder die Fesseln abnimmt, werde ich es tun«, knurrte Gerolf, trat auf den Gefangenen zu und zückte seinen Dolch.

Ayko stellte sich ihm in den Weg, mit bloßen Händen, aber die Rechte befand sich nicht weit vom Schwertgriff entfernt.

Der Fürst des Ebergaues blieb stehen und blickte vorwurfsvoll den Donarfürsten an. »Pfeif deinen Wachhund zurück, Thorag! Oder soll ich meine Klinge erst an ihm versuchen?«

Thorag erwiderte ungerührt: »Dann müßte ich meine an dir versuchen, Gerolf.«

»Warum soll Germar gefesselt bleiben?« fragte Gerolf.

Thorag lächelte dünn. »Weil er mein Gefangener ist.«

»Mit welchem Recht? Wer hat ihn verurteilt?«

»Seine eigenen Taten!« Mallovend antwortete an Thorags Stelle. Er sprach mit tiefer, lauter Stimme. »Wenn wir schon von Klingen reden, laß dir eines gesagt sein, Eberfürst. Marserklingen wären längst rot vom Blut deines Bruders, hätte Thorag die Meinen und mich nicht mit dem Hinweis darauf zurückgehalten, daß Germar *sein* Gefangener ist.«

»Steck deinen Dolch wieder ein, Gerolf«, sagte Armin in einem ruhigen Tonfall. Es klang nicht wie ein Befehl, und doch lag eine Bestimmtheit in diesen Worten, die Gerolf fast augenblicklich gehorchen ließ. Armin sah den Fürst der Donarsöhne an. »Und du, Thorag, erkläre uns, weshalb du das Recht beanspruchst, Germar als deinen Gefangenen zu behandeln!«

»Dazu müßte ich einen Dolch hervorholen«, erwiderte Thorag mit gespielter Verlegenheit und sah dabei Gerolf an, als wolle er den Eberfürst um Erlaubnis bitten.

»Meinetwegen«, sagte Gerolf nur, ohne erkennen zu lassen, ob er wußte, von welchem Dolch der Donarsohn sprach.

Thorag holte Armins Dolch hervor, hielt ihn hoch und sagte: »Diesen Dolch sandte mir Germar.«

Armin schüttelte den Kopf so heftig, daß sein langes Haar wehte. »Nein, ich sandte ihn dir, um dich zu meiner Hochzeit einzuladen. Es ist mein Dolch!«

»Die Männer, die ihn mir brachten, gaben sich zwar als deine Boten aus, aber sie waren es nicht. Ich erkannte es, als ihr Anführer mir sagte, du hättest diesen Dolch noch nie aus der Hand gegeben.«

Armin verstand und nickte. »Erzähl weiter.«

Thorag folgte der Aufforderung und wurde hin und wieder von Mallovends ergänzenden Ausführungen unterbrochen. Armin und die anderen nicht eingeweihten Fürsten, darunter auch Gerolf, hörten mit ernsten Gesichtern zu. Als der Bericht beendet war, gab Thorag dem Cheruskerherzog seinen kostbaren Dolch zurück.

Gerolf baute sich mit wütendem Gesicht vor seinem Bruder auf und sagte erbost: »Ich bereue es, daß du Thorags Gefangener bist und nicht meiner, Germar. Am liebsten würde ich meine Klinge wieder ziehen – um sie dir ins Herz zu stoßen! Du hast große Schande über mich und die ganze Ebersippe gebracht. Wie konntest du bloß so etwas tun?«

»Das möchte ich auch gern erfahren«, knurrte Armin düster. »Ich habe nicht damit gerechnet, unter den Fürsten des Ebergaues einen Verräter vorzufinden.«

»Ich bin kein Verräter!« verteidigte sich Germar.

Armin trat auf ihn zu und fragte: »Wie erklärst du dann deinen heimtückischen Überfall auf Thorag und Mallovend?«

»Es war alles ganz anders. Thorag und Mallovend sind Lügner. Sie haben Gerolfs Abwesenheit ausgenutzt, um den Ebergau zu überfallen!«

»Willst du uns verspotten?« rief Mallovend und zog das Schwert aus der Scheide. »Deine Männer morden und schänden meine Leute, und jetzt muß ich mir noch deinen verlogenen Hohn anhören?«

Thorag legte beschwichtigend eine Hand auf Mallovends Waffenarm und sagte: »Wenn du so unschuldig bist, wie du behauptest, Germar, wie kam dann Armins Dolch in die Hände deiner Leute? Und wo sind die Boten der Hirschsippe, die Armin zu mir gesandt hat?«

»Davon weiß ich nichts. Ich habe diesen Dolch, der Armin gehören soll, zum erstenmal in deiner Hand gesehen, Donarsohn.«

»Hier gibt es nur einen Lügner, und das bist du, Germar!« fauchte Mallovend.

Als auch Vendar, Vendhard und Eilard ihre Schwerter ziehen wollten, sagte Armin schnell: »Waffengewalt ist nicht nötig. Ich denke, daß niemand hier an den Worten Thorags und Mallovends zweifelt, zumal sie viele Zeugen für die Richtigkeit ihrer Behauptungen beibringen können.«

»Zeugen, die zu ihren Leuten gehören«, wandte Gerolf ein. »Daß die zugunsten ihrer Fürsten aussagen, glaube ich gern. Germar könnte sicher ebenso viele Zeugen beibringen, die zu seinen Gunsten sprechen.«

Armin blickte den Eberfürst ungläubig an. »Soll das etwa heißen, du glaubst Germar?«

»Er ist mein Bruder! Warum sollte ich ihm weniger glauben als Fremden?«

»Welchen Grund zur Lüge sollten Thorag und Mallovend haben?« wollte Armin wissen.

»Welchen Grund zum Verrat sollte mein Bruder haben?«

»Was willst du, Gerolf?« Das Zittern der Stimme verriet Armins Zorn. »Daß wir Germar einfach freilassen?«

»Ich glaube nicht, daß Thorag und Mallovend damit einverstanden wären«, meinte Gerolf.

»Bestimmt nicht!« polterte der Marserherzog.

Thorag sagte nichts, aber sein verkniffenes Gesicht drückte Übereinstimmung mit Mallovend aus. Der Donarsohn überlegte, worauf Gerolf abzielte. Daß der Eberfürst einen bestimmten Plan verfolgte, hielt Thorag für sicher. Die Entrüstung, die Gerolf vorhin über Germars Verhalten an den Tag gelegt hatte, war nur vorgetäuscht gewesen, allerdings sehr gut; ein griechischer Schauspieler hätte es nicht besser machen können.

»Wodan, der weiseste unter den Göttern, soll entscheiden«, schlug Gerolf vor. »Er hing neun Nächte an der immergrünen Weltesche, vom Speer verwundet, um seine Weisheit zu erlangen. Auch Germar und Thorag mögen hängen wie er und die Wunden des Speers erhalten, bis einer sein Leben aushaucht. Wodans Weisheit wird uns erkennen lassen, wer die Wahrheit spricht und zur Belohnung weiterleben darf.«

Für Augenblicke, die zu einer kleinen Ewigkeit wurden, herrschte Schweigen in dem großen Raum. Einige der Männer hielten den Atem an und warteten gespannt, wie Thorag auf den Vorschlag reagieren würde.

Aber Armin war der erste, der sprach: »Eine Wodansprobe also.«

»Ja«, erwiderte der Fürst des Ebergaues. »Zwei Aussagen widersprechen sich, die Wodansprobe wird für Klarheit sorgen.«

»Aber Thorag ist ein Gaufürst und Mallovend der Herzog der Marser«, wandte Armin ein und blickte Gerolf ernst an. »Willst du ihr Wort nicht höher schätzen als das Germars?«

»Auch Germar ist ein Edeling, der Bruder eines Gaufürsten!« blieb Gerolf stur.

»Wodan wird erweisen, daß er vor allem ein Verräter und Lügner ist«, sagte Mallovend. »Soll die Wodansprobe doch stattfinden. Aber nicht Thorag wird sich ihr stellen, sondern ich, denn meine Leute wurden von Germars Kriegern gemordet!«

»Auch Donarsöhne wurden ihre Opfer«, sagte Thorag und dachte an Raimar und Komar, die Söhne des Bauern Odomar. »Außerdem vergißt Mallovend schon wieder, daß Germar *mein* Gefangener ist. Wenn ich meine Zustimmung zur Wodansprobe gebe, dann nur unter der Voraussetzung, daß ich neben Germar an der Esche hänge.«

»Und?« fragte Gerolf lauernd. »Gibst du deine Zustimmung, Thorag?«

»Ja.«

»Fein.« Gerolf lächelte. »Wann soll die Wodansprobe stattfinden?«

»Nach der Hochzeit«, entschied Thorag. »Ich will nicht, daß der Bund zwischen Armin und Thusnelda mit Blut beschmutzt wird.«

»Eine weise Entscheidung«, fand der alte Gaufürst Bror, der seinen Sohn Brokk im Kampf gegen Varus verloren hatte. Brokk war an Thorags Seite gefallen.

»Die Hochzeit findet morgen statt«, erklärte Armin. »Die Wodansprobe also am Tag darauf.«

»Einverstanden«, sagte Gerolf mit zufriedenem Lächeln. »Ich ersuche euch jetzt, Germar von seinen Fesseln zu befreien und ihn meiner Obhut zu unterstellen.«

»Seine Fesseln sollen meinetwegen fallen«, sagte Thorag. »Niemand soll behaupten, Germar sei bei der Wodansprobe nur unterlegen, weil er durch die lange Fesselung nicht mehr daran gewöhnt war, sich richtig zu bewegen. Aber er bleibt mein Gefangener!«

»Wird er gut behandelt?« fragte Gerolf. »Werden die Donarsöhne ihm ausreichend Wasser und Nahrung geben? Oder werden sie vielleicht dafür sorgen, daß er bei der Wodansprobe in schlechter Verfassung ist?«

»Ich werde Germar solange in meine Obhut nehmen«, erklärte Armin, und Thorag war einverstanden.

Endlich rief Armin die Bediensteten wieder herein, um den Met zum Begrüßungstrunk zu reichen. Das vergoldete Trinkhorn machte die Runde, und jeder der Fürsten ehrte die Götter und die anderen Fürsten, bevor er einen großen Schluck des mit Gewürzen versetzten Honigweins trank. Obwohl der Met gut war, schmeckte er den meisten schal. Die Auseinandersetzung um Germar hatte einen Schatten auf die Hochzeit geworfen.

Als Armins Gäste zu ihren Unterkünften gingen, sagte Thidrik: »Ich habe nicht das Recht, deine Entscheidungen anzuzweifeln, Thorag, aber ich an deiner Stelle hätte Germar bis zur Wodansprobe in meiner Obhut behalten.«

»Ich vertraue darauf, daß Armin gut auf ihn achtgibt«, erwiderte Thorag. »Teile trotzdem ein paar Wachen ein.«

»Wachen? Wen sollen wir bewachen?«

»Germars Bewacher.« Thorag grinste. »Vertrauen ist gut, aber offene Augen sind noch besser.«

Thorag und Auja wohnten in einem kleinen, aber sauberen Haus. Auja hatte sich von der anstrengenden Reise noch nicht erholt. Während der kleine Ragnar vor der Tür ein paar Ziegen herumscheuchte, lag seine Mutter drinnen. Sie öffnete die Augen, als ihr Gemahl eintrat. Thorag überlegte noch, ob er ihr sagen sollte, was sich ereignet hatte. Er wollte Auja nicht mehr zumuten als nötig.

Doch sie kannte ihn gut genug, spürte sofort, daß etwas

Unheilvolles geschehen war. »Was ist, Thorag? Worauf hast du dich eingelassen?«

Er setzte sich neben sie, strich sanft über ihr langes Blondhaar und erzählte von der Wodansprobe.

»Mußte das sein?« Auja seufzte. »Du weißt, daß du im Recht bist. Warum mußt du es noch beweisen – auf diese gefährliche Art?«

»Daß ich die Wahrheit kenne, genügt nicht. Alle hier auf der Adlerburg müssen davon überzeugt sein, daß Germar der Lügner ist.«

»Vielleicht war es ein Fehler, daß wir hergekommen sind. Du hast schon gewußt, warum du dich von Armin ferngehalten hast, Thorag.«

»Ich verstehe dich nicht, Auja. Armin kann doch nichts dafür!«

»Wirklich nicht?« Aujas rehbraune Augen blickten den Gemahl forschend an. »Dreht sich nicht stets alles um Armin, wenn er in der Nähe ist?«

Darüber dachte Thorag noch am Abend nach, als die ganze Hochebene von großen Lagerfeuern erhellt wurde. Über den Feuern briet das Fleisch, das Armin für das Festmahl gestiftet hatte. Wie der Herzog sagte, freute er sich so über Thorags Kommen, daß er diesen Abend dem Donnergott weihen wollte. Thorag konnte sich nicht richtig freuen. Aujas schlechter Zustand – sie lag noch immer danieder – und ihre düsteren Worte über Armin beschäftigten ihn.

Der Fürst der Donarsöhne war so tief in diese Gedanken versunken, daß er den großen Mann nicht bemerkte, der von hinten an ihn herantrat. Erst als sich die Hand auf Thorags Schulter legte, sprang er von der langen Tafel auf, die mit anderen unter freiem Himmel aufgestellt war, und fuhr herum, eine Spur zu schnell, so daß der Met über den Rand seines Trinkhorns schwappte.

»Was ist mit dir, Thorag?« fragte Armin. »Ich gebe dir zu Ehren ein Fest, und du machst ein Gesicht, als befändest du dich auf deiner eigenen Leichenfeier.«

Thorag zwang sich zu einem Lächeln. »Dazu ist es zwei Nächte zu früh.«

Jetzt wurde Armin plötzlich ernst. »Ja, die Sache mit der Wodansprobe gefällt mir auch nicht.«

»Heißt das etwa, du glaubst ...«

»Unsinn!« fuhr Armin ihm in die Rede. »Natürlich glaube ich dir und Mallovend. Leider kommt es bei der Wodansprobe nicht nur auf die Wahrheit an, sondern auch auf die Geschicklichkeit der beiden Männer, die an der Esche hängen. Ich habe mich umgehört und erfahren, daß die Edelinge von der Ebersippe in diesem Spiel schon erfahren sind. Jeder von ihnen soll schon mehr als einmal an der Esche gehangen haben. Und beide leben noch!«

»Vielleicht nicht mehr lange«, wandte Thorag ein. »Ich bin um einiges kräftiger als Germar.«

»Und auch schwerer, Thorag. Deshalb hat Gerolf die Wodansprobe vorgeschlagen. Wenn du an der Esche hängst, brauchst du mehr Geschicklichkeit als Kraft. Und das Gewicht deiner Muskeln kann dir schnell zum Verhängnis werden.«

Thorag leerte sein Horn und legte es achtlos auf das Holz der Tafel. »Du machst mir Mut, Armin.«

»Ich will dich nur zur Vorsicht mahnen. Jetzt, wo wir wieder beisammen sind, will ich dich nicht durch die Wodansprobe verlieren.«

»Ich bin gekommen, um deiner Hochzeit den Segen des Donnergottes zu spenden, nicht um an deiner Seite gegen die Römer zu kämpfen.«

»Schade«, sagte Armin traurig. »Nachdem ich Segestes endlich umgestimmt habe, hatte ich gehofft, auch dich auf meine Seite zu bringen, Thorag. Sämtliche Cheruskersippen vereint, das wäre ein gutes Beispiel für alle anderen Stämme, sich uns anzuschließen!«

Äußerlich blieb Thorag ruhig, doch in Gedanken lächelte er. Das war bezeichnend für Armin. Eben war er noch der besorgte Freund und jetzt, nur einen Atemzug später, schon wieder der taktierende Fürst. Bei ihm ging eins ins andere über. Fürst und Freund waren nicht zu trennen – falls er nicht sogar so sehr Fürst war, daß für Freundschaft kein Platz mehr blieb.

»Du hattest schon einmal viele Stämme hinter dir, Armin. Aber nach dem Sieg über Varus zerstreuten sie sich in alle Winde.«

»Sie waren trunken vom Sieg und satt von der Beute. So sind

unsere Landsleute. Es wird seine Zeit dauern, bis sie so disziplinierte Soldaten sind wie die Römer.«
»Und darauf arbeitest du hin?«
»Natürlich.«
»Du kämpfst gegen die Römer, willst aber, daß wir Cherusker so werden wie sie? Wozu dann der ganze Kampf, Armin? Warum unterwerfen wir uns ihnen nicht gleich? Das ist einfacher!«
»Du redest schon wie Segestes«, meinte Armin kopfschüttelnd.
»Willst du ein Vasall Roms werden? Ich bestimmt nicht. Ich kämpfe für meine Freiheit!«
»Für *deine* Freiheit? Oder für die unseres Volkes?«
»Eines bedeutet das andere. Ich verkörpere den Freiheitswillen der rechtsrheinischen Stämme. Auch Segestes hat das eingesehen.«
»Womit ich nicht gerechnet hatte«, gestand Thorag ein. »Hat die Gefangenschaft ihn mürbe gemacht?«
»Vielleicht das auch.« Armin sah plötzlich sehr zufrieden aus. »Außerdem möchte er seinem Enkelkind, sobald es auf der Welt ist, wohl lieber als freier Fürst gegenüberstehen, nicht als Gefangener seines Schwiegersohns.«
»So ist das also. Die Fruchtbarkeitsgötter hatten ein gutes Jahr. Auch Auja erwartet ein Mädchen.«
»Ein Mädchen?« Armin warf sich stolz in die Brust. »Ich kriege einen Sohn!«
»Du – oder Thusnelda?«
Die beiden Fürsten sahen sich an und lachten.
»Da wir gerade bei der Familie sind«, sagte Thorag. »Wo steckt eigentlich dein Bruder Isgar? Ich habe ihn noch nicht auf der Adlerburg gesehen.«
Thorag dachte nach und stellte fest, daß er Armins jüngerem Bruder seit der Rückkehr aus Pannonien, wo die Cherusker unter Tiberius für die Römer gekämpft hatten, nicht mehr begegnet war. Armin war nach dem Tod des Herzogs Segimar so schnell wie möglich ins Cheruskerland zurückgeeilt, begleitet von Thorag und anderen Edelingen. Isgar sollte mit der Kriegsbeute nachkommen, wurde dann aber an die Front zurückgerufen, als die Kämpfe in Pannonien wieder aufflackerten.
Armins Lachen erstarb von einem Augenblick auf den ande-

ren. »Isgar ist nicht hier und wird auch nicht kommen. Es gibt keinen Isgar mehr!«

»Ist er tot?«

»Für mich ist er das. Er selbst nennt sich jetzt nur noch Flavus, wie ihn die Römer wegen seines roten Haares getauft haben. Und wie die Römer will er sein. Er ist zufrieden damit, für sie in den Krieg zu ziehen.« Armins Züge verzerrten sich. »Dieser Frechling hat mich sogar wissen lassen, daß er mich – seinen Bruder – als Feind betrachtet, solange ich den Aufstand gegen Rom nicht aufgebe!«

»Was hast du geantwortet?«

»Daß ich bis ans Weltende sein Feind bleiben werde.« Armins Züge hellten sich wieder auf. »Laß uns nicht mehr von Is... von Flavus sprechen, sondern von uns. Wir haben uns viel zu erzählen. Ich habe dich vermißt, Thorag. Du warst mir immer ein guter, treuer Kamerad. Ich bin sicher, das Schicksal hat uns zu Gefährten bestimmt.«

Wenn das stimmt, dachte Thorag, *halten die Schicksalsgöttinnen allerhand Aufregungen für mich bereit.*

Noch zwei andere Fürsten trafen sich während der Feier zu einem vertrauten Gespräch, jedoch weitab des Trubels im Schatten einer großen Pferdekoppel. Sie achteten darauf, daß niemand sie sah und daß der Wind ihre Worte verschluckte, bevor sie an fremde Ohren dringen konnten.

»Germar hat versagt«, sagte Segestes vorwurfsvoll. »Thorag ist gekommen, um der Hochzeit den Segen Donars zu spenden. Und wahrscheinlich wird er sich mit Armin aussöhnen. Das macht den Hirschfürsten mächtiger als zuvor. Außerdem ist es uns nicht gelungen, einen Keil zwischen Armin und Mallovend zu treiben.«

»Meinst du, ich bedaure das nicht?« fragte Gerolf. »Niemand hätte Thorag lieber tot gesehen als ich. Ich habe nicht vergessen, was er meinem Vetter Onsaker angetan hat. Aber noch ist nicht alles verloren. Ich habe schon ein paar Wodansprüfungen überlebt, und Germar noch mehr.«

»Und was ist mit Mallovend?«

»Da fällt mir auch noch etwas ein«, sagte Gerolf und blickte sein Gegenüber fragend an. »Du hältst doch dein Wort, Segestes?«

»Was meinst du?«

»Daß du dich bei den Römern für mich verwendest!«

»Natürlich, das dürfte nicht schwer werden. Wer sich gegen Armin stellt, wird schon allein dadurch ein Freund der Römer.«

»Du wirst ihnen trotzdem einiges erklären müssen.« Gerolf grinste. »Zum Beispiel den Umstand, daß du deine Tochter Thusnelda dem Hirschfürsten zur Frau gibst.«

»Du weißt genau, daß ich anders nicht von dieser Festung komme!«

»Ich weiß das, aber wissen es auch die Römer? Morgen ist Hochzeit, und davon werden sie bestimmt erfahren, mag der Rhein auch weit sein.«

»Verfluchter Armin!« Segestes spuckte aus. »Hätte ich damals die Wahl zum Herzog gewonnen, oder hätte dieser Schwachkopf von Varus auf mich gehört statt auf ihn, wäre alles anders gekommen.«

»Hätte Tiu seinen rechten Arm nicht in den Rachen des Fenriswolfes gesteckt, hätte er fortan nicht das Schwert mit der Linken führen müssen«, meinte Gerolf schulterzuckend. »Du kannst nicht mehr ändern, was geschehen ist.«

»Doch«, sagte Segestes hart. »Mit deiner Hilfe und mit der Roms werde ich es ändern!«

Kapitel 9

Ein trügerischer Frieden

Allmählich begann Germanicus, das Leben wieder zu genießen. Die noch wärmenden Strahlen der sinkenden Sonne und die leichte, angenehme Brise, die das Wasser im Hafenbecken kaum merkbar kräuselte, wirkten entspannend und friedlich. Genau das, was er nach den Aufregungen der letzten Tage brauchte. Er beugte sich lässig über den reich gedeckten Tisch, griff nach einem mit kleinen Zwiebeln gefüllten Ei und begann herzhaft zu kauen, während die Ereignisse der jüngsten Zeit wie die Erinnerung an einen Alptraum an ihm vorüberzogen.

Fast wäre der Aufruhr in Caecinas Sommerlager erneut entflammt, als sich herausstellte, daß auch unter Einbeziehung des Privatvermögens der hohen Offiziere nicht genug Geld vorhanden war, um das von Germanicus verdoppelte Vermächtnis des Augustus an Ort und Stelle auszuzahlen. Sechshundert Sesterzen für jeden Legionär waren eine ordentliche Summe. Augustus hatte zwar sparsam gewirtschaftet, und das Geld, das er vererbte, lag in seiner Kasse, doch die befand sich in Rom. Die Legionen I und XX ließen sich auf das Winterquartier vertrösten und von Caecina zur Ubierstadt zurückführen. Aber die Legionen V und XXI rückten nicht eher nach Vetera ab, bevor ihnen jeder versprochene Sesterz ausgezahlt worden war. Germanicus hatte mit verkniffenem Gesicht zugesehen, wie sie abzogen, die Geldkassen zwischen den Fahnen und den Legionsadlern. Soldaten, die ihren Imperator erpreßt hatten. Es war entwürdigend für den Enkel des Marcus Antonius!

Nachdem das untere Heer besänftigt war, reiste Germanicus zum oberen, um auch dort für Ordnung zu sorgen. Hier wäre seine Mission fast am Starrsinn der Legion XIV gescheitert, während sich die drei anderen Einheiten ohne größere Schwierigkeiten dazu bringen ließen, den Eid auf den neuen Herrscher Tiberius zu schwören. Aber auch die Soldaten der XIV. Legion hatten sich schließlich gefügt, nachdem Germanicus ihnen die baldige Auszahlung des verdoppelten Vermächtnisses und die zeitige Entlassung der langgedienten Veteranen zugesichert hatte.

Jetzt hielt er sich in der Ubierstadt am Rhenus auf, dem Oppidum Ubiorum, für das sich wegen des vor wenigen Jahren eingerichteten Staatsaltares immer mehr die Bezeichnung Ara Ubiorum durchsetzte. Trotz der Ruhe, die bei den Meuterern scheinbar eingekehrt war, traute er dem Frieden nicht. Die große Empörung, die sogar einigen Zenturionen das Leben gekostet hatte, war eine auf den Legionen lastende Schande, die nur mit Blut abgewaschen werden konnte. Aber Germanicus befürchtete, daß ein hartes Durchgreifen zu neuem Aufruhr führte, daß Männer wie dieser Calusidius nur auf die Gelegenheit warteten, die anderen erneut aufzuhetzen. Und es war schwer bis unmöglich, alle Rädelsführer auf einmal zu beseitigen. Nein, solch ein reinigender Akt mußte von den Soldaten selbst ausgehen, um von ihnen akzeptiert zu werden.

»Was ist mit dir, Gaius? Warum guckst du so seltsam? Schmeckt das Ei nicht? Ist die Füllung verdorben? Soll ich mir den Koch einmal vornehmen?«

Dem Imperator wurde bewußt, daß er das Ei nur zur Hälfte gegessen hatte und die andere Hälfte noch in der Hand hielt. »Das ist es nicht, das Essen ist gut.« Er steckte den Rest in seinen Mund und zerkaute ihn mit Genuß.

»Was ist es dann?« Agrippina richtete sich soweit auf der Liege auf, daß sie mit dem rechten Arm über den Tisch reichen konnte. Sanft strich sie über sein lockiges Haar. »Was läßt dir den Kopf schwer werden, Gaius?«

Der Imperator genoß das Kribbeln auf seiner Kopfhaut, das ihre Berührung auslöste. Der Duft von Lavendel, der Agrippinas parfümierter Haut entströmte, weckte Erinnerungen an schöne, lustvolle Stunden. Die Seide ihres Kleides war so fein, daß sie die fraulichen Formen mehr freigab als verhüllte. Die begehrenswerten Rundungen von Agrippinas großen Brüsten drückten gegen den Stoff. Sie hatte ihre Brustbinde nicht angelegt, um besonders verführerisch zu wirken. Seit der Beilegung der Meuterei bemühte sie sich, Germanicus die Mißstimmigkeiten vergessen zu lassen, die zwischen ihnen aufgetreten waren.

»Ich habe an die letzten Tage gedacht«, antwortete Germanicus. »An das, was sich seit unserer Rückkehr aus Gallien ereignet hat.«

»Es ist vorbei, wir haben es überstanden. Die Legionen hören auf ihren Imperator. Die Seherin hat recht behalten.«

»Die Seherin?« Germanicus' Miene verdüsterte sich bei der Erinnerung an die Germanin, die unerwartet im Lager aufgetaucht war. »Wie meinst du das, Agrippina?«

»Die Frau hat vorausgesagt, daß du alle Schwierigkeiten überwindest, wenn der Adler sich über deinem Haupt erhebt. Nun, die Legionen folgten ihren Adlern zurück in die Winterquartiere.«

»Aber die Seherin hat auch gesagt, daß der Adler mich ins Verderben führt!«

»Der Adler, dem du folgst«, korrigierte Agrippina ihren Mann.

»Aber nicht du bist dem Adler gefolgt, sondern deine Soldaten. Damit hast du das Unglück von dir abgewendet.«

»Die Götter mögen es auch so sehen wie du!« wünschte Germanicus, klang dabei aber wenig überzeugt. Er griff nach dem rubinbesetzten Silberbecher und trank von dem Honigwein, einer köstlichen Mischung aus römischem Wein und germanischem Met.

»Du hast keinen Grund zur Besorgnis, Gaius. Schau dich nur um, die Götter schenken uns Ruhe und Frieden.«

Agrippina wies mit der Hand, die eben noch den Kopf des Gatten gestreichelt hatte, über die Terasse hinaus, wo unterhalb des Prätoriums der Rhenus im rötlichen Licht der Abendsonne unwirklich schimmerte, in einer dunklen Mischung aus Blau und Rot.

Im Hafen wurde fieberhaft gearbeitet. Vor Sonnenuntergang sollten noch alle heute eingelaufenen Kähne entladen und die Ladung entweder in den am Fluß stehenden Lagerhäusern verstaut oder mittels Trägern und Karren zu ihren Empfängern, ubischen Händlern, gebracht werden. Ein paar Kähne liefen sogar noch aus der Ubierstadt aus. Sie würden allerdings nicht bei Nacht fahren. Ihr Ziel waren die Umladehäfen ober- und unterhalb der Stadt. Die flachen Kähne dienten nur dazu, den in Stadtnähe liegenden Flußabschnitt mit seinen vielen Untiefen und rasch wechselnden Strömungsverhältnissen zu durchqueren. In den Umladehäfen wurde die abgehende Fracht auf größere Schiffe verladen, und von dort kamen die Kähne mit der Fracht ankommender Schiffe zurück.

Seitdem der Feldherr Agrippa die Ubier auf dem linken Ufer des Rhenus angesiedelt hatte, hatten sie ihr Geschick als Kaufleute bewiesen und ihre Stadt zum führenden Handelsplatz dieser Region gemacht. Da auch der römische Statthalter, zur Zeit Germanicus, hier residierte, nahm die Ubierstadt unbestreitbar eine Vorrangstellung unter den römischen Siedlungen am unteren Rhenus ein.

Der Blick des Imperators wanderte weiter über die weißen Villen mit den sauberen Gärten, in denen hohe Offiziere, römische Beamte und durch Handel zu Wohlstand gelangte Ubier lebten. In den Straßen, die nach römischem Vorbild gerade verliefen und sich rechtwinklig schnitten, herrschte die allabendliche Umtriebigkeit. Die Handwerker und Verkäufer schlossen ihre Läden und brachten die Waren ins Innere der Häuser. Arbeiter kehrten zu ihren Familien heim. Ubische Kaufleute flanierten und plauderten unter Laubengängen, unterwegs zum ausgiebigen Abendmahl bei einem Freund oder Handelspartner, eine von Rom übernommene Sitte.

Auch Germanicus tafelte abends für gewöhnlich in großer Gesellschaft, mit hohen Offizieren und Beamten oder auch mit den Vornehmsten der Stadt. Es gab immer etwas zu besprechen, und es war stets gut, sich umzuhören.

Nur heute nicht. Agrippina hatte darauf gedrängt, diesen Abend in trauter Zweisamkeit zu verbringen. Da das Wetter gut war, deckten die Diener auf der großen Terrasse an der Flußseite des Prätoriums und zogen sich zurück, als ihre Herrin verkündete, man wolle sich selbst bedienen. Jetzt lagen Mann und Frau am Tisch, waren unter sich, scherzten und lachten wie in alten Zeiten. Und dennoch, so recht vermochte Germanicus sich nicht zu entspannen.

»Du hast recht, Agrippina, alles ist friedlich«, sagte er schließlich. »Aber ich kann mich nicht gegen das Gefühl wehren, daß es ein trügerischer Frieden ist. Auch Quintilius Varus fühlte sich damals sicher, als er von Armins Horden überfallen wurde.«

»*Cum ratione insanire!*«* lachte Agrippina abfällig. »Das war Varus. Er wurde gewarnt, von diesem Segestes, glaube ich. Aber er hörte nicht auf den Cheruskerfürsten. Deshalb fielen ihm die untreuen Germanen in den Rücken.«

»Damals waren es nur untreue Germanen. Ich aber bin umgeben von treulosen römischen Legionären. Ist das kein Grund, beunruhigt zu sein?«

Wie zur Bestätigung seiner Worte, drang in diesem Augenblick Lärm vom Hafen herauf. Nicht die Rufe und Flüche der Schiffer und Stauleute, sondern aufgeregt neugierige Fragen und Jubelrufe.

»Was ist da unten los?« fragte Agrippina, die von der Furcht ihres Gemahls angesteckt worden war und jetzt auch unruhig wurde.

Germanicus erhob sich und trat an den Rand der Terrasse.

---

* Bei vollem Verstand närrisch!

»Ein Menschenauflauf, immer mehr Ubier strömen am Hafen zusammen«, berichtete er. »Aber ich kann nicht erkennen, worum es geht. Sieht ganz so aus, als sei jemand Wichtiges oder Interessantes mit einem der Kähne angekommen.«

Er drehte sich um und rief nach der Wache. Der breitschultrige Zenturio Ventidius hatte Ordonnanzdienst und trat auf den Balkon.

»Im Hafen strömen die Menschen zusammen«, sagte Germanicus. »Finde heraus, was da los ist und erstatte mir rasch Bericht.«

»Wie du befiehlst, Imperator.«

Ventidius hatte sich schon umgedreht, da sagte Germanicus: »Und alarmiere die Garde. Sie soll sich für alles bereithalten!«

Als Ventidius gegangen war, erhob sich auch Agrippina und trat neben ihren Mann. Besorgt fragte sie: »Weshalb läßt du die Garde alarmieren? Dort unten am Fluß sind bestimmt nur ein paar Reisende eingetroffen.«

»Das eben will ich mit Sicherheit herausfinden.«

»Du solltest nicht überall Feinde sehen, Gaius. Du bist der Statthalter hier, du hast die Macht über alle.« Aus Agrippinas Worten sprach tiefe Befriedigung über diese Tatsache.

Germanicus warf einen zweifelnden Blick zum Hafen, konnte aber noch immer nichts Genaues erkennen. »*Multos timere debet, quem multi timent.*«*

Schneller als erwartet, kehrte Ventidius zurück und meldete: »Die Garde versammelt sich zum Appell im Hof, Imperator.«

»Zum Appell?« Germanicus starrte den Soldaten entgeistert an. »Was faselst du da, Zenturio? Die Garde soll sich bereithalten, einen möglichen Aufruhr niederzuschlagen!«

»Verzeih, Herr, aber ein Aufruhr ist wohl nicht zu befürchten. Ich vergaß zu melden, daß die Ankömmlinge, die im Hafen so laut begrüßt wurden, Senatoren aus Rom sind. Der ehrenwerte Munatius Plancus führt die Abordnung an, die Tiberius Julius Caesar und der Senat zu dir entsandt haben, Imperator.«

»Eine Gesandtschaft des Senats?« fragte Germanicus, noch immer ungläubig. »Unter dem ehemaligen Konsul Munatius Plancus? Bist du dir da sicher, Ventidius?«

---

* Wen viele fürchten, der muß viele fürchten.

»Ja. Munatius Plancus hat einen Diener als Boten vorausgeschickt, um sich anzukündigen.«

»Der kann gelogen haben«, wandte Germanicus ein.

»Das hat er nicht, Imperator. Ich selbst habe Kundschafter zum Hafen geschickt, die den Bericht des Boten bestätigt haben.«

Germanicus nickte fahrig. »Danke, Ventidius. Bereite alles für den Empfang der hohen Herren vor!« Als der Zenturio gegangen war, blickte Germanicus seine Frau an. »Munatius Plancus ist ein angesehener, einflußreicher Mann. Seine Stimme hat im Senat fast ebensoviel Gewicht wie die des Princeps oder die des Gnaeus Calpurnius Piso. Eine Abordnung des Senats unter seiner Führung, was kann das bedeuten?«

»Vielleicht etwas ganz Besonderes!« seufzte Agrippina verheißungsvoll und blickte mit leuchtenden Augen zum Hafen hinunter. Doch die Gesandtschaft war bereits außerhalb des Sichtfeldes, das die Terrasse bot. Im Hafen herrschte wieder die übliche Geschäftigkeit.

»Was meinst du?« fragte Germanicus skeptisch. Agrippinas Gesichtsausdruck gefiel ihm nicht. Er las wieder die unstillbare Gier darin – die Gier nach Macht.

»Ein so wichtiger Mann wie Munatius Plancus macht die weite Reise von Rom hierher nur aus einem schwerwiegenden Grund. Vielleicht ist man im Senat endlich zu der Ansicht gelangt, daß Augustus den Falschen zu seinem Nachfolger bestimmt hat.«

»Du meinst ...« Germanicus blickte sich um und vergewisserte sich, daß niemand außer Agrippina ihn hören konnte. »Du meinst, der Senat will mir die Herrschaft über Rom antragen?«

Agrippina nickte und lächelte.

»Das glaube ich nicht!« sagte Germanicus kopfschüttelnd. »Ventidius hat gesagt, die Gesandtschaft kommt auch im Auftrag von Tiberius. Mein Onkel wird mir kaum freiwillig seine Nachfolge antragen, wo er erst wenige Wochen im Amt ist.«

»Die Abordnung kommt vielleicht gar nicht im Auftrag von Tiberius«, meinte Agrippina. »Es könnte eine Finte sein, damit der wahre Grund der Reise nicht offenbar wird.«

»*Pia desideria!* – Fromme Wünsche! Das sind die Väter deiner Gedanken, Agrippina.« Germanicus schüttelte erneut den Kopf. »Bei Licht betrachtet, dürften die Senatoren eher aus dem entgegengesetzten Anlaß gekommen sein.«

»Dich abzuberufen?« fragte Agrippina erschrocken, und ihr Gemahl nickte bitter. »Aber warum?«

»Da gibt es viele Gründe«, sagte Germanicus bedrückt. »Ich führe meine Truppen zwar gegen die aufständischen Germanen, aber einen vorzeigbaren Sieg habe ich nicht errungen. Armin entzieht sich meinem Zugriff immer wieder, obwohl er Schwierigkeiten im eigenen Stamm hat, wie uns die Kundschafter berichten. Der Sommer ist vorbei, und noch immer ist das Land auf der anderen Seite des Rhenus für einen Römer unsicheres Gebiet. Und dann die Meuterei …«

»Du hast die Meuterer besänftigt, Gaius!«

»Aber zu welchem Preis? Tiberius ist bestimmt nicht erbaut davon, daß ich das Vermächtnis des Augustus an die Soldaten eigenmächtig verdoppelt habe. Dann ist da noch die Sache mit Manius Ennius. Von Rechts wegen hätte ich ihn bestrafen müssen. Aber das wäre angesichts der augenblicklichen Stimmung in der Truppe das falsche Zeichen gewesen. Ennius ist einer der wenigen Offiziere, denen es gelungen ist, die Meuterei durch hartes Durchgreifen im Zaum zu halten.«

Manius Ennius, der Lagerpräfekt der im Land der Chauker liegenden Vexillariertruppe, hatte die ausbrechende Meuterei durch die Hinrichtung zweier Rädelsführer im Keim erstickt. Zwar mußte er dann vor den aufgebrachten Truppen fliehen, doch in einem tollkühnen Streich riß er das Vexillum an sich, setzte sich selbst an die Spitze der Männer und führte sie ins Winterquartier zurück. Seine Drohung, jeden als Fahnenflüchtigen zu behandeln, der aus Reih und Glied trat, hatte angesichts der beiden Hinrichtungen gewirkt. Eigentlich hatte Ennius sich in dieser angespannten Lage bewunderungswürdig verhalten. Dumm war nur, daß ihm als Lagerpräfekt gar nicht das Recht zustand, die beiden Rädelsführer zum Tode zu verurteilen. Germanicus als Oberbefehlshaber oder einer seiner Legaten hätte dieses Urteil fällen müssen. Aber Ennius hatte nicht darauf warten können, er mußte sofort ein Zeichen setzen. Germanicus verstand und billigte die Handlungsweise des Präfekten, weshalb er von einer Untersuchung des Vorfalles abgesehen hatte.

»Von diesen Dingen kann Tiberius noch keine Kunde erhalten haben«, sagte Agrippina, doch das Leuchten war aus ihren Augen verschwunden.

»Täusch dich nicht. Die Ohren des Herrschers sind überall, und seine Boten reisen schnell.« Germanicus straffte seine Gestalt. »Was auch immer Munatius Plancus von mir will, gleich werde ich es wissen. Ziehen wir uns um.« Er wies auf Agrippinas Brüste unter der dünnen Seide. »Sonst klagt er uns noch der öffentlichen Unsittlichkeit an.«

Der Scherz prallte an Agrippina ab. Mit zusammengepreßten Lippen fragte sie: »Was wirst du tun, wenn die Gesandtschaft tatsächlich kommt, um dich deines Amtes zu entheben? Das wirst du dir doch nicht bieten lassen – oder? Was immer du Tiberius zu schulden glaubst, dieser Preis wäre zu hoch!«

»Soll ich die Abordnung des Senats und des Princeps etwa verhaften lassen?«

Agrippina äußerte sich nicht dazu. Doch ihr finsterer Blick, als sie an Germanicus vorbei ins Haus ging, war Antwort genug.

»*Oculos ad dextram!*«* ertönte das Kommando auf der einen Seite des großen Vorhofes und gleichzeitig auf der anderen: »*Oculos vostros ad sinistram!*«** Die zweitausend Köpfe der beiden Prätorianerkohorten ruckten wie einer dem Oberbefehlshaber zu, der unter dem säulengetragenen Vorbau des Prätoriums erschien.

Nur die Reiter mußten ihre Köpfe nicht bewegen. Sie saßen auf ihren Pferden der Säulenhalle genau gegenüber. Ihr Kommando zur Ehrenbezeugung lautete: »*Pila sursum!*«*** Und die blitzenden Lanzenspitzen zeigten nach oben.

Die gesondert angetretenen Bläser ließen das Classicum ertönen, die feierliche Hymne, die nur dem Feldherrn zustand.

Die zwölf Liktoren, die dem Statthalter und Oberbefehlshaber nach alter Tradition mit über der linken Schulter gelegten Rutenbündeln vorausgeschritten waren, traten zur Seite, so daß Germanicus in die Augen der Soldaten blicken konnte. Seine Gardisten waren darauf eingeschworen, sein Leben und das seiner Familie zu schützen. Würden sie schon bald die Wächter seines Gefängnisses sein?

* Augen rechts!
** Die Augen links!
*** Die Speere hoch!

Germanicus ließ sich seine Zweifel nicht anmerken. Unbeweglich und mit straffem Körper stand er vor den Prätorianern und tat so, als lausche er andächtig dem anschwellenden Bläserklang. Er trug die golddurchwirkte Tunika des hohen Offiziers, darüber den silbernen, mit goldenem Zierat versehen Muskelpanzer und den Purpurumhang mit goldener Borte. Nach kurzem Zögern hatte er sich gegen die zivile Toga entschieden. Er wollte Eintracht mit seinen Soldaten demonstrieren, vor ihnen und auch vor den Senatoren. Falls letztere gekommen waren, ihm wegen der Meuterei Vorwürfe zu machen, sollten sie sofort sehen, daß Germanicus noch immer der Oberbefehlshaber war. Auf das Wehrgehänge mit dem Schwert hatte er allerdings verzichtet, sollte es doch ein friedlicher Empfang werden – hoffentlich!

Agrippina bewahrte ebenso Haltung wie ihr Gemahl. Stolz stand sie an seiner Seite und lächelte ein wenig maskenhaft. Das goldene Haarnetz schien nahtlos in die Goldfäden überzugehen, die ihre grüne, mit einem Purpurband gesäumte Stola durchzogen.

Kaum war der letzte Ton des Classicums verhallt, betrat die Gesandtschaft den großen Hof. Die vorangehenden Liktoren machten deutlich, daß die Senatoren im offiziellen Auftrag unterwegs waren. Germanicus glaubte immer weniger an Agrippinas Theorie, daß Munatius Plancus kam, um dem Enkel des Marcus Antonius das Principat anzutragen.

Hinter den sechs Liktoren betraten ebenso viele Senatoren den Hof, angeführt von Munatius Plancus. Sofort erkannte Germanicus die große, hagere Gestalt, die stets ein wenig nach vorn geneigt war. Der Senator sah aus wie eine sprungbereite Raubkatze. Oder wie ein Adler, der sich jeden Augenblick in die Lüfte schwingen würde, um sich auf seine Beute zu stürzen. Ja, das traf es besser. Die scharfen Züge, wie in Marmor gemeißelt, wirkten tatsächlich wie die eines Raubvogels. Zu einem guten Teil lag das wohl an der vorspringenden, gekrümmten Nase.

Vergeblich versuchte Germanicus, in dem Adlergesicht zu lesen. Durch keine Regung verriet Munatius Plancus den Grund seiner Mission. Kurz streifte sein kühler Blick den Statthalter und seine Gattin. Plancus wirkte zurückhaltend und förmlich. Er trug, wie die anderen Angehörigen der Gesandtschaft, keine bequeme Reisetracht, sondern die offizielle Kleidung der Senatoren: die weiße Toga, darunter die weiße Tunika mit dem breiten Purpurstreifen und die roten Schuhe, die mit schwarzen Riemen bis zur Hälfte den Schienbeines gebunden waren.

Germanicus gab Marcus Valerius, dem grauhaarigen Tribun seiner Prätorianer, einen kaum merklichen Wink, nur die kurze Bewegung des Zeigefingers. Wieder ertönten die Kommandos, und die in Reih und Glied angetretenen Gardisten wandten ihre Köpfe nun den Gesandten zu. Gleichzeitig hoben die Bläser zu einem Willkommensgruß an. Ein paar der Senatoren nickten leicht als Zeichen ihrer Zufriedenheit mit der Begrüßung. Munatius Plancus aber wirkte wie unter einem der plötzlichen germanischen Kälteeinbrüche zu Eis erstarrt.

Germanicus wollte sich von ihm nicht das Heft aus der Hand reißen lassen. Daher sprach er, kaum daß die Bläser ihre Instrumente abgesetzt, mit fester, über den ganzen Hof hallender Stimme: »*Patres Conscripti*, ich begrüße euch im Oppidum Ubiorum und freue mich ganz besonders, daß ich mit eurer geschätzten Gegenwart auch Nachricht von meinem Vater Tiberius Julius Caesar erhalte.«

Das fand allgemein Beifall bei den Senatoren. Sowohl die mit dem Ende der Ständekämpfe in Gebrauch gekommene Senatorenanrede ›Patres Conscripti‹, die verdeutlichte, das neben den Patriziern nun auch Plebejer ins Senatorenalbum geschrieben wurden, als auch die ehrfürchtige Nennung des Tiberius als Caesar und Vater des Germanicus zeigten den Gesandten den Respekt, den Germanicus vor dem Senat, vor dem Princeps und damit vor Rom empfand. Genau das hatte der Imperator beabsichtigt. Nur Munatius Plancus bewahrte seine steife Ausdruckslosigkeit.

Doch plötzlich stürzte sich der Adler auf sein Opfer. Dieses Gefühl hatte zumindest Germanicus, als die hagere Gestalt aus ihrer scheinbaren Totenstarre erwachte und zwei Schritte nach vorn trat, ihren stechenden Blick auf den Statthalter gerichtet. Der alte Adler streckte eine Klaue aus. Ein Sekretär löste sich aus dem Gefolge und nestelte dabei an einer Lederkapsel herum, die an seinem Gürtel hing. Endlich klappte der Deckel auf, und der Sekretär zog eine Papyrusrolle heraus, die er Plancus mit einem entschuldigenden Lächeln in die Hand drückte. In unterwürfiger Haltung kehrte der Sekretär in die hinteren Reihen zurück.

Als er den Papyrus sah, fühlte Germanicus eine Beklemmung in seiner Brust. Ein unsichtbarer Dämon schlang seine Arme um den Imperator und drückte immer fester zu. Das Gefühl verstärkte sich noch, als Plancus die Rolle über sich hielt und mit der seltsam knarrenden Stimme, an die Germanicus sich gut erinnerte, verkündete: »Seht her, dieses Siegel, das ich nun breche, ist unversehrt.«

Das war es. Auf dem getrockneten Ton prangte das Kürzel des Senats: SPQR. Als Plancus das Siegel zerbrach, war Germanicus, als schnüre der Dämon an seiner Seite ihm die Kehle zu. Der Imperator hatte das Gefühl, erst wieder atmen zu können, wenn er den Inhalt der Botschaft kannte.

Er spürte eine sanfte, warme Berührung an seiner Hand. Agrippina streichelte ihn beruhigend und flüsterte kaum hörbar: »Nur ruhig, Gaius, die Garde steht hinter dir!«

Er hoffte, daß er das nicht erproben mußte. Denn er war sich nicht sicher, ob er es fertigbrachte, sich gegen seinen Onkel und Adoptivvater zu stellen.

Plancus hatte den Papyrus entrollt und begann, laut den Inhalt zu verlesen: »Der Senat und das Volk von Rom entbieten Gaius Julius Caesar Germanicus, Generalstatthalter von Gallien und Imperator der gallischen und germanischen Legionen, ihren Gruß, wie auch Tiberius Julius Caesar seinen geschätzten Sohn grüßt.«

Geschätzt ja, dachte Germanicus bitter, aber nicht geliebt! Er konzentrierte sich wieder auf die knarrende Stimme des Senators. Aber es folgten nur Allgemeinplätze zum Tode des Augustus, die üblichen Formeln der Beileidsbekundung, die man Germanicus zum Dahinscheiden seines Großonkels aussprach – oder Großvaters, wenn man die Adoptionen des Tiberius durch Augustus und des Germanicus durch Tiberius berücksichtigte. Äußerlich ungerührt, ließ der Imperator den Sermon über sich ergehen, innerlich fühlte er sich wie ein kurz vor dem Ausbruch stehender Vulkan.

Und dann kam der Senator mit dem Adlergesicht endlich auf den Punkt: »Anläßlich des Todes des Augustus und seiner Nachfolge hat der Senat von Rom folgenden Beschluß gefaßt und zum Zeichen seiner Gültigkeit schriftlich niedergelegt: Mit dem Tage der Beschlußfassung erhält Gaius Julius Caesar Germanicus, durch Gesetz Sohn des Tiberius Julius Caesar, das prokonsularische Imperium übertragen.« Die Augen des Senators lösten sich von dem Papyrus und wanderten in die Runde, um zu sehen, wie die Nachricht aufgenommen wurde. Sein Blick wirkte jetzt gar nicht mehr stechend. Aber vielleicht verdankte Germanicus diesen Eindruck nur der Erleichterung, die den Dämon vertrieb. Im feierlichen Ton schloß Plancus mit der althergebrachten Formel: »*Senatus Populusque Romanus* – Senat und Volk von Rom.«

Agrippina drückte die Hand ihres Gemahls. Sie wirkte ebenfalls erleichtert und flüsterte: »*Amat victoria curam.*«*

Offenbar war sie nicht betrübt darüber, daß sich ihre Hoffnung, die Gesandtschaft würde Germanicus die Würde des Princeps antragen, nicht erfüllt hatte. Das prokonsularische Imperium war auch mehr als eine Entschädigung. Es bedeutete die Regierungsgewalt in allen Provinzen, und damit kam Germanicus gleich hinter dem Princeps.

Germanicus wälzte noch diese Gedanken, da spürte er den leichten Druck von Agrippinas Ellbogen in seiner Seite. Er verstand sofort und setzte zu einer Dankesrede an, die in der Einladung zu einem Festmahl mündete.

In feierlicher Prozession, angeführt von den Liktoren, gingen Germanicus, Agrippina und die Senatoren in den großen Speiseraum, der von kostbaren Mosaiken und Wandgemälden verziert wurde. Auch der Fußboden bestand aus einem riesigen Mosaik, das passenderweise ein Festmahl zeigte. Die Sonne war inzwischen untergegangen, und nur das Licht der zahlreichen Lampen aus Silber und Terrakotta beleuchtete den Saal. Germanicus steuerte den großen Tisch in der Mitte des Raumes an und bat Munatius Plancus sowie die beiden nach ihm höchsten Senatoren der Gesandtschaft, neben dem Imperator auf den Polsterliegen Platz zu nehmen. Agrippina spielte an einem Nebentisch die Gastgeberin für die drei übrigen Senatoren.

Die Sklaven, in der Mehrzahl hellhaarige Germanen, hatten kaum das Wasser aus den zierlichen Öfen in die Silberschalen gelassen und zum Reinigen der Hände gereicht, da platzte es schon aus Agrippina heraus: »Sagt, hohe Herren, ist sonst niemandem das prokonsularische Imperium verliehen worden?«

---

* Der Sieg liebt die Sorge.

Sie sprach so laut, daß es auch am Tisch des Germanicus zu vernehmen war.

Munatius Plancus, der gerade seine Hände mit einem weißen Tuch trocknete, zog die dichten Brauen hoch und wandte sich zum Nebentisch um. »Tiberius Gaius Caesar hat davon abgesehen, seinem Sohn Drusus ebenfalls das prokonsularische Imperium zu verleihen. Drusus weilte als designierter Konsul in Rom und hätte somit als einer der ersten über seine eigene Erhöhung abstimmen müssen. Diese Peinlichkeit hat der weise Princeps allen erspart, edle Agrippina.«

»Ja, sehr weise«, meinte Agrippina fröhlich und wandte sich in munterem Geplauder wieder den Senatoren an ihrem Tisch zu.

Sie tat, als hätte sie den Vorwurf überhört, der in Plancus' Worten gelegen hatte. Tiberius hatte eine Peinlichkeit vermieden, nicht so Agrippina, als sie kurz nach der Ernennung ihres Gatten zum prokonsularischen Imperator in offenkundiger Weise danach fragte, ob Tiberius ihm jemand an Rang gleichgestellt hatte.

Germanicus versuchte die Sache zu überspielen, indem er sich nach den Verhältnissen in Rom erkundigte, während der Wein und die Vorspeisen aufgetragen wurden.

»Die Lage in Rom ist sicher stabiler als die in einigen Provinzen«, erwiderte Plancus. »Was man aus Pannonien und aus Germanien hört, ist beunruhigend, auch für das Volk in Rom. Das Feuer des Aufruhrs kann schnell zum Flächenbrand werden. Tiberius hat Drusus nach Pannonien entsandt, den Brand zu löschen. Hier in Germanien sollst du derjenige sein, der den Flammen Einhalt gebietet, Imperator.«

»Das habe ich bereits getan«, sagte Germanicus und trank in betonter Lässigkeit einen Schluck Wein. »Als ich aus Gallien zurückkehrte, haben sich die meuternden Legionen zurück in ihre Winterquartiere führen lassen.«

»Zu einem hohen Preis, wie ich gehört habe.«

»Leider mußten ein paar Menschen, auch Offiziere, ihr Leben lassen.«

»Ich meine nicht nur das, Germanicus. Ich rede auch von der Entlassung der Veteranen und von der Verdoppelung des Geldes, das Augustus seinen Soldaten vermacht hat. Es stimmt doch wohl, was ich unterwegs gehört habe?« Als Germanicus nickte, sagte Plancus ernst: »Dazu warst du nicht berechtigt!«

»Zu der Entlassung der Veteranen schon. Ich habe sie nur den Männern versprochen, die schon zu lange, über das Ende ihrer Dienstzeit hinaus, bei der Fahne gehalten werden. Und was das versprochene Geld angeht, so werde ich selbst für mein Versprechen einstehen, falls Rom der Preis für die Ruhe unter seinen Soldaten zu hoch ist.«

Plancus wiegte den Raubvogelkopf hin und her, während er eine in Honig und Wein gekochte und mit Pfeffer bestreute Aprikose aß. »Ich werde die Zeit meines Aufenthalts hier nutzen, um mir ein Bild über den Zustand der Truppenmoral zu machen. Sollte ich statt Aufruhr und Gesetzlosigkeit unter den Soldaten Treue und Disziplin vorfinden, wird mein günstiger Bericht den Princeps und den Senat sicher geneigt stimmen, deine finanziellen Versprechungen an die Legionäre zu unterstützen.«

Sieh an, Tiberius schickt mir einen Spitzel! dachte Germanicus, lächelte den Senator dabei freundlich an und sagte: »Ich bin sicher, du wirst alles zu deiner Zufriedenheit vorfinden, edler Munatius Plancus.«

Der Abend verging mit ungezwungener Plauderei, mit musikalischen und akrobatischen Darbietungen, mit immer neuen Amphoren voller gutem Wein und immer neuen Platten, die sich unter köstlichen Speisen bogen. Den Senatoren schien es zu gefallen. Obwohl sie eine lange, anstrengende Reise hinter sich hatten, verabschiedeten sie sich spät. Germanicus starrte ihnen lange nach, als sie hinter ihren Liktoren zum nahe gelegenen Gästehaus gingen. Trotz der fröhlichen Stimmung, die den Abend beherrscht hatte, wurde er ein ungutes Gefühl nicht los.

Agrippina sprach ihn darauf an, nachdem sie ihm in sein Cubiculum gefolgt war. »Warum so düster, Gaius? Gewiß, sie haben dich nicht zum Princeps erhoben, aber als prokonsularischer Imperator bist du so dicht dran wie niemand sonst.«

»Ja, bis Tiberius bei nächster Gelegenheit Drusus ebenfalls diesen Titel verleiht.«

»Wer weiß, ob Drusus aus Pannonien zurückkehrt. Vielleicht hat er nicht so eine gute Hand mit den Meuterern wie du.«

Germanicus blickte Agrippina mit vor Entsetzen aufgerissenen Augen an. »Wünschst du Drusus den Tod? Er ist der Sohn meines Onkels und Adoptivvaters, durch Gesetz also mein Bruder!«

Agrippina sah ein, daß sie sich einen Schritt zu weit vorgewagt hatte. Ihrem Gemahl bedeuteten die Familie und die Treue zum Herrscher noch immer mehr als die Macht. Schnell sagte sie: »So habe ich es nicht gemeint, verzeih. Es ist spät, und wir alle sind müde.«

»Ja, wir sollten in unsere Betten gehen.«

Agrippina blickte ihn mit unendlicher Sanftheit an. »Ich möchte hierbleiben und mich nicht von meinen Dienerinnen, sondern von dir entkleiden lassen.«

Germanicus erfüllte ihr den Wunsch. Je mehr er sie aus ihren Gewändern wickelte und ihren prachtvollen Körper enthüllte, desto mehr wurde es auch sein Wunsch. Als sie fast nackt vor ihm stand und nur noch die Brüste von der stützenden Binde verhüllt wurden, konnte er nicht mehr an sich halten und warf Agrippina mit sanfter Gewalt aufs Bett. Schon vor dem Essen hatte er Muskelpanzer und Umhang abgelegt, so daß er jetzt nur noch aus der Tunika zu schlüpfen brauchte.

Dann versank er in Agrippinas Armen, in ihrem warmen, duftenden Fleisch. Die ganze Anspannung des Abends schien sich zu entladen, als er in seine Frau eindrang. Daß sie es genoß, bezeugten ihre lustvollen Schreie, die mit jedem seiner Stöße lauter wurden. Die Welt bestand für Germanicus nur noch in diesen Schreien, seinem eigenen Keuchen und der gemeinsamen Lust.

Deshalb bemerkte er die Männer zu spät, die ins Cubiculum eindrangen. Sie waren bewaffnet und ihre Gesichter entschlossen. An einigen Schwertern klebte Blut. Es waren nicht seine Prätorianer, sondern Veteranen und Legionäre. Ihr Anführer war ein stämmiger Mann, dessen grobes, abstoßendes Gesicht von einer schiefen Nase beherrscht wurde. Als Calusidius mit erhobenem Schwert ans Bett trat, drang ein gefährliches Glitzern aus der Tiefe seiner dunklen Augen.

»Noch einmal wirst du uns nicht betrügen, Imperator!« sagte Calusidius laut. »Du und deine Brut, ihr werdet keinen Tag mehr sehen, der euch dazu Gelegenheit gibt!«

Blut tropfte von der Schwertklinge aufs Bett. Es benetzte Kissen und Laken und auch die nackte Haut der beiden überraschten Liebenden.

Kapitel 10

Bräute und ihre Väter

»Wie sehe ich aus?« fragte Armin und drehte sich langsam im Kreis, wobei er seine Freunde mit freudigem Gesicht anblickte.

»Könntest du dich sehen, du würdest dich in dich selbst verlieben«, spottete Thorag.

»Das wäre mal etwas Neues«, meinte Armin. »Eine Braut, die auf ihren eigenen Bräutigam eifersüchtig ist. Geht doch mal zu der großen Bronzetruhe dort. Darin liegt ein großer Spiegel.«

Zwei von Armins Schalken befolgten die Aufforderung und holten einen Spiegel, der mit seinem silbernen Rahmen und dem darin eingefaßten Glas sehr prächtig wirkte. Noch prächtiger wäre die Wirkung ohne den Riß gewesen, der das Glas von oben nach unten durchzog.

Thorag erinnerte sich an den Spiegel, der einem pannonischen Fürsten gehört hatte, damals, als Armin und Thorag unter Tiberius gegen die aufständischen Pannonier kämpften. Die cheruskischen Auxiliartruppen hatten den Fürsten besiegt und sich an seinen Habseligkeiten schadlos gehalten. Armin hatte sich auf Anhieb in den Spiegel verliebt, trotz des Risses im Glas, der entstanden war, weil das Schmuckstück im Kampf heruntergefallen war. Aber Spiegel mit einer Glasbeschichtung waren so selten, daß selbst mancher römische Edelmann dafür tief in seine Börse gegriffen hätte. Die beiden Schalke hielten den Spiegel in verschiedenen Stellungen, so daß ihr Herr möglichst viel von seiner beeindruckenden Gestalt bewundern konnte. Hier und da zupfte er noch etwas an seiner Kleidung, obwohl da eigentlich nichts mehr zu verbessern war. Er gab einen prächtigen Bräutigam ab.

Sein Haar, sonst ein wenig dunkler als das Thorags, leuchtete heute noch heller als das des Donarfürsten, weil es mit einer Mixtur aus Hammeltalg, Holzaschenlauge und Kalk gebeizt war. Ein Schalk hatte durch ausgiebiges Bürsten dafür gesorgt, daß es in gleichmäßigen, glänzenden Wellen bis über die Schultern fiel. Das Haar lang und offen zu tragen war Erkennungszeichen und Stolz eines freien Cheruskers.

Armins kostbarer Umhang aus Hermelinpelz, den er nur bei ganz besonderen Anlässen trug, wurde über der rechten Schulter von einer Goldfibel in Gestalt eines Hirsches zusammengehalten. Kittel und Hose waren aus leuchtendem Stoff, der Kittel blau, die in fast kniehohen Rindslederstiefeln auslaufende Hose rot. Um den Kittel war ein breiter Gürtel geschlungen, dessen Leder rundum mit goldenen Einlegearbeiten, ebenfalls in Hirschform, verziert war. Die große Gürtelschließe war ein vergoldeter Hirschkopf mit ausladendem Geweih.

Am Gürtel hing das Wehrgehänge mit dem großen Schwert. Die lederbespannte Scheide war mit ineinander verschlungenen Goldfäden verziert, die sich erst bei näherem Hinsehen als Verästelungen eines Hirschgeweihes entpuppten. Und ein vergoldetes Hirschgeweih bildete auch den Schwertgriff. Vielleicht etwas unhandlich, dachte Thorag, aber Armin trug dieses Schwert nicht, wenn er in den Kampf zog, sondern nur bei zeremoniellen Anlässen.

Als Armin umständlich am Wehrgehänge zupfte, packte Thorag mit einem schnellen Griff die Hand des Herzogs. »Genug gezaudert«, schalt der Donarsohn mit breitem Grinsen. »Wie lange willst du deine Braut noch warten lassen? Wenn man dich beobachtet, sollte man nicht glauben, daß Thusnelda schon dein Kind im Leib trägt. Du benimmst dich, als hättest du Frauen bisher nur aus der Ferne gesehen.«

»Du hast gut reden, Thorag, du mußt ja nicht heiraten. Es ist ein Unterschied, ob man mit einer Frau zusammen ist oder ob man mit ihr den Bund für das ganze Leben schließt.«

»Da erzählst du mir etwas völlig Neues«, erwiderte Thorag, und alles brach in Gelächter aus, selbst die Schalke. »Ich bin nämlich erst seit ein paar Wintern verheiratet.«

Er dachte an die Hochzeit mit Auja, die im Vergleich zu der großen Feier heute sehr bescheiden gewesen war. Die Donarsöhne waren weitgehend unter sich geblieben. Auch seinen alten Waffengefährten Armin hatte Thorag nicht eingeladen. Damals war der Schmerz über das, was Thorag dem Herzog als Verrat anlastete, noch zu groß gewesen. Außerdem wollte Thorag nicht unnötig Zwietracht im Cheruskerland säen. Schließlich hatte der Donarfürst lange Zeit unter dem falschen Verdacht gestanden, Aujas Vater und ihren Gemahl ermordet zu haben.

Auch Armin grinste und sagte: »Du hast recht, Donarsohn. Als wir gegen Varus zogen, habe ich nicht so lange gezögert.« Er sah seine Schalke an. »Reicht mir den Schild!«

Die Schalke stellten sorgsam den Spiegel weg und reichten Armin den großen Rundschild, der eine an seine Gürtelschließe erinnernde Verzierung aufwies. Als Armin ihn mit der linken Hand ergriff, war er der prächtigste Cherusker, den Thorag jemals gesehen hatte. Zwar hatte auch der Donarsohn seine edelste Tracht angelegt, aber mit dem Herzog konnte und wollte er nicht wetteifern. Niemandem stand es zu, den Bräutigam an seinem Hochzeitstag zu übertreffen.

Als Armin vor die Tür seines Hauses trat, gefolgt von den Freunden, die ihm nach alter Sitte beim Ankleiden geholfen hatten, brach die draußen wartende Menge in Jubel aus. Er wurde übertönt vom Klang der paarweise geblasenen Luren, die das Nahen des Bräutigams ankündigten. Die Musikanten setzten sich an die Spitze des Zuges. Als die Luren verklungen waren, kamen die Goldhörner mit den eingravierten Runen an die Reihe. Ihr Klang sollte die Götter günstig stimmen. Die Hörner wurden immer wieder von Klappern und Rasseln unterbrochen, deren Aufgabe es war, böse Geister von der Hochzeit und dem Brautpaar fernzuhalten. Hinter den Musikanten gingen Armin und seine Freunde, dann die anderen Männer und Frauen edler Herkunft.

Auch Auja und Ragnar waren darunter. Obwohl ihre Schmerzen kaum nachgelassen hatten, bestand Auja darauf, an der Hochzeitsfeier teilzunehmen. »Ich habe die weite Reise doch nicht gemacht, um hier im Bett zu liegen«, hatte sie mit tapferem Lächeln gesagt und sich den Schmerz verbissen. Mit Sorge beobachtete Thorag jetzt, wie sie Ragnar, der keine Lust zum Laufen hatte, auf den Arm hob. Der fast vier Jahre alte Junge war viel zu schwer für Auja, jedenfalls in ihrem jetzigen Zustand. Am liebsten wäre der Donarfürst eingeschritten, aber damit hätte er den ganzen Festzug in Unordnung gebracht.

Der Zug endete vor dem Gästehaus, in dem Segestes mit seinem Gefolge untergebracht war. An diesem Tag war es auch das Heim Thusneldas, die hier ihr Brautkleid angelegt hatte. Wieder bliesen die Lurenspieler in ihre großen, geschwungenen Instrumente. Dann traten sie beiseite und machten Armin Platz, der mehrmals kräftig an die geschlossene Tür des Gästehauses klopfte. Ein Mann aus dem Gefolge des Segestes öffnete endlich und fragte förmlich nach Armins Begehr.

»Ich möchte Segestes sprechen, Fürst der Stiersippe und Vater von Thusnelda, meiner Braut.«

»So warte hier«, sagte der andere gemäß dem vorgeschriebenen Ritus und verschwand im Innern des Hauses. Nach der angemessenen Wartezeit kehrte er zurück mit der Mitteilung: »Tritt ein, Hirschfürst! Der Stierfürst ist bereit, dich zu empfangen.«

Allein betrat Armin das Gästehaus. Der Gedanke, daß der Herzog dort von Segestes und seinen Männern umgeben war, ließ einen plötzlichen Schauer über Thorags Rücken laufen.

»Was hast du, Donarsohn?« fragte der neben ihm stehende Mallovend.

»Gerade dachte ich daran, daß Segestes vor kurzem noch Armins Feind war.«

Der Marserherzog verstand rasch und schüttelte den Kopf. »Segestes würde es nicht wagen, Armin etwas anzutun. Nicht hier, nicht mitten in Armins Burg und vor den versammelten Fürsten.«

»Gäbe es eine bessere Gelegenheit, um öffentlich zu beweisen, daß der Stierfürst dem Hirschfürsten überlegen ist?«

Mallovend riß seine Augen auf, starrte in die Dunkelheit des Hauseingangs und dann wieder auf den Donarsohn. »Was du da sagst, Thorag, klingt so unglaublich, daß es schon wieder wahr sein könnte! Es würde Segestes' plötzlichen Meinungsumschwung erklären.«

»Ja«, knurrte Thorag und legte die Hand auf seinen Schwertgriff. »Und es erklärt auch, weshalb du, Armins wichtigster Verbündeter, und ich, sein Blutsbruder, gehindert werden sollten, an der Hochzeit teilzunehmen.«

Unter normalen Umständen hätte Thorag nicht gezögert, mit gezogenem Schwert ins Haus zu stürmen. Aber wenn seine Überlegung falsch war, machte er sich nicht nur lächerlich, sondern er machte das feierliche Hochzeitsritual zunichte. Armin würde ihm das kaum verzeihen.

Als mehrere Gestalten in der Tür auftauchten, ließ Thorag das Schwert wieder in die Scheide rutschen. Als erster trat der hünenhafte Stierfürst ans Licht des sich dem Ende zuneigenden Tages. Sein Gesicht war unbewegt wie das seiner Begleiter: sein Sohn Segimund, sein Bruder Segimer und dessen Sohn Sesithar. Thorag atmete erst auf, als er hinter den führenden Männern der Stiersippe das strahlende Brautpaar erblickte. Jetzt war der Donarsohn froh, daß er nicht eingegriffen hatte. Obwohl er sich weiterhin fragte, was die Überfälle auf Mallovend und ihn zu bedeuten hatten.

Auch Segestes hielt sich an den Ritus. Er verkündete, den Brautpreis empfangen zu haben, und entließ seine Tochter aus seiner Munt, um sie in Armins Munt zu übergeben. Sein Gesicht wirkte dabei verbissen, als müsse er sich zu jedem Wort zwingen. Für Segestes bedeutete es eine Schmach, hier vor den versammelten Edelingen zu stehen. Es war nicht nur das Eingeständnis seiner Unterlegenheit gegenüber Armin, dessen Gefangener der Stierfürst bis vor kurzem noch gewesen war, sondern es war auch schändlich, seine Tochter der Munt eines Mannes zu übergeben, der sie geraubt hatte und dessen Kind sie bereits in sich trug. Auch Segimund, Segimer und Sesithar zeigten ernste Mienen. Segestes schloß seine Ansprache mit der Aufforderung an das Brautpaar, die Ringe zu tauschen.

Bräutigam und Braut traten vor und ebenso Thorag. Denn er hatte das Ehrenamt übernommen, Armin den Ring für die Braut zu reichen, die den für Armin bestimmten Ring aus der Hand ihres Vaters empfing. Was für einen anderen Brautvater eine freudige, heilige Handlung gewesen wären, schien Segestes als weitere Erniedrigung zu empfinden, wie das Zucken seiner heruntergezogenen Mundwinkel verriet. Er sah aus, als hätte er sich am liebsten zwischen Braut und Bräutigam gestellt und sie für immer voneinander getrennt.

Nach dem Ringtausch führte Armin seine Braut unter dem erneuten Geschmetter von Hörnern und Luren zu seinem Haus. Gleich hinter dem Brautpaar gingen die vornehmsten Gäste, darunter Thorag, Mallovend, Segestes und Gerolf. Und Thorag fragte sich zum wiederholten Mal, ob die beiden letzteren mehr verband als die cheruskische Fürstenwürde.

Aus Armins Haus traten seine Mutter Adina und ihr Schwager Inguiomar, der Armins toten Vater Segimar vertrat. Adina hielt einen Brotfladen in der rechten und eine Bronzeschale mit kostbarem Salz in der linken Hand. Inguiomar als Stellvertreter des Bräutigamvaters trug das goldene Trinkhorn mit Met. Er begrüßte das Paar in dem Haus, das von nun an ihr gemeinsames sein würde, und wünschte ihnen für alle Tage ausreichend Brot und Wein. Das Brautpaar brach das Brot, bestreute es mit Salz, aß es und trank den Met.

Während dieser Zeremonie suchten Thorags Augen nach seiner Frau. Erleichtert stellte der Donarsohn fest, daß es Auja besserzugehen schien. Ragnar stand neben der Mutter, die gebannt das Geschehen verfolgte. Vielleicht erinnerte sie sich an ihre eigene Hochzeit mit Thorag, vielleicht bewunderte sie das festlich gekleidete Brautpaar.

Thusnelda war ebenso prachtvoll gekleidet wie Armin. Sie trug ein leuchtendblaues Kleid, das an der rechten Schulter durch eine Goldfibel in Stiergestalt gerafft und durch einen kostbaren Gürtel um die Hüfte gebauscht wurde. Dieser Gürtel bestand aus verzahnten Goldplättchen und stellte damit einen größeren Wert dar als das Vermögen manches freien Cheruskers. Wahrscheinlich konnte man das schon allein von den beiden größten Goldplättchen behaupten, den Gürtelschließen: der Kopf eines Stieres und der eines Hirsches, beide so eng beieinander wie jetzt Segestes und Armin. Goldene Armreifen und ein goldenes Diadem über dem glänzend gekämmten Haar vervollständigten den Schmuck. Letzteres, ein für die Cherusker und die angrenzenden Stämme sehr ungewöhnliches Schmuckstück, hielt Thorag für ein Beutestück Armins aus den Zügen gegen die Römer.

Das Brautpaar betrat das Haus, wo die Festtafel reichlich gedeckt war. Überall auf der Adlerburg, vornehmlich unter freiem Himmel, standen die Tafeln für Edelinge und andere Freie, für die Halbfreien und sogar für die Schalke, sofern die Angehörigen der beiden letzten Gruppen nicht zur Bewirtung der Gäste benötigt wurden.

Thorag wartete auf Auja, um mit mir zusammen hineinzugehen.

Aber sie schüttelte den Kopf, und ihr Lächeln sah gequält aus. »Geh nur allein, Thorag. Ich bringe Ragnar zu Bett und lege mich selbst ein wenig hin.«

»Ein wenig?« Thorag maß seine Frau mit prüfendem Blick und erkannte, daß er sich eben getäuscht hatte, als er glaubte, ihr ginge es besser. Es war sein Wunsch gewesen, aber nicht die Wirklichkeit. »Sei ehrlich, Auja, wie fühlst du dich?«

»Nicht so gut, wie ich es mir wünschte. Deshalb werde ich mich hinlegen. Aber versprich mir, daß du mich weckst, wenn auch du zu Bett gehst.«

»Warum?«

»Weil ich dich in der Nacht vor der Wodansprobe in meinen Armen halten will!«

Bevor Thorag noch etwas erwidern konnte, hatte sich Auja bereits mit Ragnar entfernt. Dann zog Mallovend den Donarsohn auch schon mit sich ins Haus. Dort stießen die Fürsten mit dem goldenen Horn, das von Hand zu Hand und von Mund zu Mund kreiste, auf das Wohl des Brautpaares und auf Wara, die Göttin der Wahrhaftigkeit, an. Wara, der kein Eidbruch verborgen blieb, sollte über die Einhaltung der zwischen Armin und Segestes getroffenen Ehevereinbarungen wachen.

Anschließend hatte Gerolf als Fürst der Ebersippe seinen großen Auftritt, und alle folgten ihm wieder vor das Haus, wo aus Steinplatten ein Opferaltar errichtet worden war. Gerolfs Männer schleppten einen prächtigen Eber als Verkörperung der Fruchtbarkeit herbei, der nicht so ruhig gewesen wäre, hätte man ihm nicht schon seit dem Vortag den betäubenden Haselwurzsaft ins Futter gemischt. Gleichwohl brauchte es fünf kräftige Männer, um das mit Stricken gebundene Tier auf dem Steinaltar zu halten. Gerolf rief Ing an, den Gott der Fruchtbarkeit, und bat ihn um Segnung der Ehe. Inguiomar, der Nachfahre Ings, trat zum Altar und sagte den Segensspruch auf. Dann zog Gerolf sein Schwert und stach den Eber ab. Andere Edelinge aus seiner Sippe besorgten den Rest, indem sie den Kopf des Ebers abschlugen und das Tier häuteten. Kopf und Fell wurden in einem großen Feuer verbrannt. Der Rauch sollte das Gebet des Eberfürsten zu Ing tragen. Was von dem Eber übrigblieb, wurde zerteilt und über den zahlreichen Feuern gebraten.

Das Brautpaar und die Fürsten gingen wieder ins Haus, wo alle unter Thorags Anleitung Donar als Herdgott und Schutzgott des Hauses anriefen. Dreimal umwandelten Armin und Thusnelda den Herd, auf dem ein frisches Feuer angezündet worden war. Sie luden Donar zu ihrem Hochzeitsmahl ein und übergaben den Brauthahn, der Donars Eigenschaft als Wettergott symbolisierte, dem Herdfeuer. Dann wurden Speiseopfer für viele andere Göttern dargebracht, besonders für die Nornen, die um ein günstiges Schicksal angerufen wurden.

Nachdem die Götter gesättigt waren, setzten sich die Menschen an die Tafel, tranken, aßen, sangen und lachten. Die Fürsten überreichten dem Brautpaar und den anderen Fürsten Geschenke. Musik, Tänze und Spiele begleiteten die Feier, bis Armin dem Fürsten der Donarsöhne durch Andeutungen zu verstehen gab, daß es Zeit für das Brautbett sei.

Thorag erhob sich und mußte mehrmals mit seiner Rede anfangen, bis das Gelächter und Gegröle verstummte. »Wir wollen den Bund zwischen Armin und Thusnelda nun unter Miölnirs Segen stellen. Danach kann Donar sich endlich zur Ruhe begeben – und das Brautpaar auch.«

Mit lautem Lachen zogen die Fürsten wieder vor das Haus zum Opferaltar. Thorags Männer brachten unter Thidriks Anleitung einen großen, weißen Bock, Donars heiliges Tier, das von Thorag geschlachtet wurde. Er fing das auslaufende Blut in einer Silberschale auf und besprengte damit die ausgestreckten Hände der Brautleute, während er laut sagte: »Donars Gunst sei immer mit euch, so wie sein Blut jetzt mit euch ist!«

Er wandte sich zu seinen Männern und fuhr fort: »Bringt mir den Hammer, die Braut zu weihen!« Thidrik überreichte ihm den großen, vergoldeten Hammer, den schon Thorags Vater für Weihehandlungen benutzt hatte. Thorag legte ihn in Thusneldas Schoß. »Den Miölnir lege ich der Braut in den Schoß und weihe in Donars Namen diesen Bund.«

Die Umstehenden skandierten den Namen des Donnergottes, damit er sich als Gott des Rechtes für den Bund zwischen Armin und Thusnelda verbürgte.

Thorag führte das Brautpaar und die Fürsten zurück ins Haus. Alle, die draußen blieben, wünschten dem Hochzeitspaar mit lauten Rufen viel Freude und Erfolg für das Brautbett.

»Erfolg, pah!« ertönte eine halblaute Stimme hinter Thorag. »Der hat sich doch längst eingestellt. Das Ganze ist nur eine Posse, eine Verhöhnung der Götter!«

Thorag wandte den Kopf nach hinten und blickte in die Gesichter von Segestes, Segimund, Segimer und Sesithar. Einer von ihnen mußte der Sprecher sein.

Auch Armin erstarrte und drehte sich um. In seinen Augen loderte es, als wolle er mit dem Feuer den unbekannten Sprecher verbrennen. War es Segestes? Jedenfalls blieb Armins zornerfüllter Blick auf dem Schwiegervater haften. Für einen langen Augenblick glaubte Thorag, daß Donar beschlossen hatte, den Ehebund keine Nacht lang halten zu lassen. Dann aber brachte Armin in seiner unnachahmlichen Art, die stets an die größeren Ziele dachte, das Feuer in seinen Augen zum Erlöschen, drehte sich wieder um und ging mit Thusnelda weiter, als sei nichts gewesen.

Vor dem Brautbett wurden die beiden noch einmal mit allen guten Wünschen überschüttet und dann allein gelassen. Die Fürsten verließen Armins Haus und feierten unter freiem Himmel weiter.

Thorag hatte gerade das beklemmende Gefühl verdrängt, das ihn bei dem Zwischenfall überfallen hatte, und wollte sich mit einem Horn voller Met in bessere Stimmung bringen, da traten Thidrik und Tebbe auf ihn zu. An ihren ernsten Gesichtern erkannte er, daß die beiden nicht gekommen waren, um mit ihrem Fürsten ausgelassen zu feiern.

»Tebbe möchte dich sprechen, Thorag«, sagte Thidrik.

»Warum tut er es dann nicht?« fragte Thorag und trank von dem Met, um sein Grinsen zu verbergen. Als Thidrik den Mund aufmachte, ahnte der Gaufürst schon, worum es sich handelte. Der heutige Abend hatte seine Wirkung auf Holtes ältesten Sohn nicht verfehlt.

»Weil es eine schwierige Angelegenheit ist«, antwortete Thidrik. »Deshalb suchen wir auch deinen Rat, Fürst.«

Thorag richtete seinen Blick erst auf den älteren Mann und dann auf den schlanken Jüngling neben ihm. »Heiraten ist immer eine schwierige Angelegenheit.« Er zeigte auf den nahen, blutbesudelten Opferaltar. »Man erkennt es schon daran, daß eine Menge Götter in die Sache verwickelt ist.«

Thidrik war überrascht. »Woher weißt du, worum es geht?«

»Weil ich Augen im Kopf habe«, lachte Thorag. »Und die haben gesehen, daß Tebbe nur noch Augen für Amala hat. Und jetzt braucht ihr jemanden, der mit Mallovend spricht, richtig?«

Tebbe nickte und schluckte schwer. »Amala ist einverstanden. Aber ... ihr Vater ist der Herzog der Marser, und ich bin nur ein einfacher Schreiner.«

Thorag erhob sich von der Holzbank und gab Thidrik das Methorn. »Ich werde mit Mallovend reden, von Fürst zu Fürst. Auch wenn das kaum andere Worte sind, als wären sie von Bauer zu Bauer oder von Schreiner zu Schreiner gesprochen.«

Von Tebbes dankbaren und hoffnungsvollen Blicken begleitet, suchte Thorag die Marser auf, die sich ganz in der Nähe um eine lange Tafel versammelt hatten. Auch die Frauen saßen hier, allerdings ein Stück entfernt. An Amalas Blicken, die an Thorag hingen, erkannte der Cherusker, daß die junge Marserin wußte oder ahnte, in welcher Mission er unterwegs war.

»Setz dich zu uns, Thorag«, rief der vom Met angeheiterte Mallovend leutselig. »Laß uns feiern. So eine Hochzeit ist doch eine schöne Sache.«

»Freut mich, daß du es so siehst«, meinte Thorag, als er sich neben den Marserherzog setzte. »Dann wirst du dich bestimmt freuen, bald wieder bei einer mitzumachen, und zwar als eine der Hauptpersonen.«

»Ich bin schon verheiratet«, lachte Mallovend und zeigte auf seine Frau.

»Du ja, aber deine Tochter nicht.«

»Amala? Aber wer ...« Plötzlich verschwand die Heiterkeit aus dem Gesicht des Herzogs. »Du willst dir doch nicht eine Zweitfrau zulegen? Nur weil Amala das Opfer dieser verfluchten Eberleute geworden ist, mußt du nicht glauben, sie sei zu verschenken!«

»Ich weiß, daß sie kostbar ist und sicher eine gute Frau. Sonst würde ich mich nicht dafür einsetzen, daß Tebbe sie heiratet.«

»Tebbe? Der Junge, der sie gerettet hat?« Mallovend schüttelte unwillig den Kopf. »Das ist doch nur ein einfacher Bauer, kein Edeling!«

»Kein Bauer, sondern ein Schreiner, und zwar ein sehr guter«, verbesserte Thorag. »Und da ich seines Vaters Stelle eingenommen habe, ist er durchaus ein Edeling. Der Brautpreis, den Tebbe entrichtet, wird entsprechend ausfallen, dafür verbürge ich mich.«

»Das geht alles ziemlich schnell«, murrte Mallovend. »Ich rechne diesem Tebbe hoch an, was er für Amala getan hat. Aber deshalb sollte er sich nicht anmaßen, alles zu verlangen. Überhaupt, er ist doch noch ein Junge, noch gar kein Mann und erfahrener Krieger.«

»Er hat mehr als einen Römer getötet, als er an meiner Seite gegen Varus kämpfte. Und er ist der Krieger, der Onsaker getötet hat.«

»Er ... Onsaker?« Mallovend nickte anerkennend. »Das wiederum spricht für den Jungen.«

»Du bist also einverstanden, Mallovend?«

Der Herzog stützte den Kopf in die Hände und überlegte. Als er wieder aufsah, sagte er: »Nein. Ich habe nichts gegen den Jungen, aber er ist einfach kein Mann für meine Amala.«

Alle Versuche Thorags, Mallovend umzustimmen, halfen nichts. Amala hatte die Entscheidung ihres Vaters mitbekommen und sah sehr betrübt aus, als Thorag die Marser verließ. Nachdem er Mallovends Worte Tebbe mitgeteilt hatte, war auch der Jüngling von Kummer erfüllt. Thorag verstand ihn nur zu gut. Er wußte noch, wie er sich gefühlt hatte, als er erfuhr, daß die geliebte Auja einen anderen geheiratet hatte.

»Mallovends Kopf war schwer vom Met«, sagte er zu Tebbe. »Ich werde es morgen noch einmal versuchen, wenn seine Gedanken klar sind. Bräute und ihre Väter haben eins gemeinsam: Beide muß man manchmal durch harte Arbeit überzeugen.«

»Und wenn das nicht hilft?« fragte Tebbe kleinlaut.

»Wenn man sie nicht überzeugen kann, muß man sie überreden.«

Mit diesem schwachen Trost ließ Thorag den verliebten Jungen zurück, um sich zur Ruhe zu begeben. Auja schlief fest, Ragnar in ihren Armen. Entgegen ihrem Wunsch weckte er seine Frau nicht. Bei den durchlittenen Schmerzen konnte möglichst viel Schlaf nur gut für sie sein.

Vorsichtig, um sie nicht doch aufzuwecken, legte sich Thorag neben sie. Sanft streichelte er über ihr Haar und ihren Körper, dann über den Kopf seines Sohnes. Lange lag er wach und dachte an die vergangenen Jahre, die Jahre mit Auja und Ragnar, die voller Glück gewesen waren.

Wenn Wodan morgen bei der Speerprobe aus irgendeinem nur den Göttern einleuchtenden Grund gegen Thorag entschied, obwohl die Wahrheit auf der Seite des Donarsohnes lag, war dieses Glück beendet. Germar oder Thorag, nur einer würde die Wodansprobe lebend überstehen.

Kapitel 11

Der Kopf des Senators

Ein weiterer roter Tropfen löste sich von Calusidius' Klinge, fiel auf Germanicus' Stirn und rann in sein Auge. Der nackte Mann im Bett kniff in einer unwillkürlichen Reaktion das Auge zu und verschmierte damit das Blut erst recht. Als er das Auge wieder öffnete, sah er den stämmigen Anführer der Meuterer durch einen blutroten Schleier.

Wie die meisten seiner Begleiter, etwa zehn waren ins Cubiculum des Imperators eingedrungen, trug Calusidius nur Teile seiner Uniform. Manche hatten den Panzer nicht angelegt, kaum einer den Helm aufgesetzt. Auch der Kopf des Anführers war unbedeckt, aber er trug seinen Kettenpanzer.

Tausend Überlegungen wollten Germanicus gleichzeitig durch den Kopf gehen und blockierten sich gegenseitig. Wieso die erneute Meuterei, nachdem er sich doch mit den Soldaten geeinigt und bedeutende Zugeständnisse gemacht hatte? Wo steckten die Prätorianer? Warum kamen sie ihrem Imperator nicht zu Hilfe? War das Blut an den Waffen der Meuterer die Antwort?

Die Fragen, die auf ihn einstürmten, beschäftigten ihn so stark, daß sie ihn an der wichtigsten Antwort hinderten: die Antwort auf die Frage, was er nun unternehmen sollte. Konnte er überhaupt etwas gegen die bewaffneten Eindringlinge tun, allein, nackt und waffenlos?

Wie erstarrt lag er in den zerwühlten Laken und blickte in das Gesicht dicht vor seinem, das haßverzerrte Antlitz des Calusidius. Das Licht der silbernen Öllampen verwandelte es in die Fratze eines Dämons.

Zwei Ereignisse rissen Germanicus aus seiner Erstarrung. Agrippinas Hände verkrampften sich ängstlich um den Arm ihres Mannes, so fest, daß die Nägel in sein Fleisch schnitten. Gleichzeitig warnte ihn das Aufblitzen in Calusidius' Augen. Germanicus kannte dieses plötzliche Aufflackern, hatte es in vielen Feldzügen in den Augen seiner Soldaten und denen der feindlichen Krieger gesehen. Es verriet den Entschluß zu töten.

Germanicus stieß Agrippina mit der linken Hand von sich weg, um sie vor dem niederfahrenden Schwert des Meuterers zu schützen. Sie rollte über das gesamte Bett und fiel auf der anderen Seite zu Boden.

Da schnellte Germanicus schon nach vorn, setzte seinen Oberkörper auf und riß mit der rechten Hand eins der dicken, weichen Kopfkissen hoch, das er dem Meuterer entgegenschleuderte. Dessen kurzzeitige Verwirrung genügte Germanicus, um ganz aus dem Bett zu springen.

Die Schwertklinge zerteilte das Kissen. Von einem Augenblick zum anderen war dieser Teil des Cubiculums von Hunderten winziger Federn erfüllt, die Germanicus die Sicht versperrten wie einer der gefürchteten germanischen Schneestürme.

Blitzschnell begriff der Imperator, daß Calusidius noch weniger sehen konnte als er selbst. Aber Germanicus wußte immerhin, wo der Meuterer stand; er sah dessen Umrisse. Der Imperator sprang vor, rammte den anderen und warf ihn gegen die Wand. Die beiden Männer rutschten zu Boden, und ein kleiner, dreibeiniger Holztisch ging unter ihrem Gewicht zu Bruch.

Germanicus löste sich von dem Gegner und rollte sich zur Seite. Seine linke Schulter schmerzte, die Folge einer Prellung. Er betastete die schmerzende Stelle und löste damit ein noch heftigeres Stechen aus.

Der Federsturm legte sich allmählich. Deutlich schälte sich die Gestalt des Meuterers heraus, der sich mit einem wütenden Grunzen erhob. Germanicus verwünschte sich, weil er sich so lange mit seiner schmerzenden Schulter aufgehalten hatte.

»Für einen Mann, der mehr ans Befehlen als ans Kämpfen gewöhnt ist, gar nicht schlecht«, grunzte Calusidius. »Jetzt kannst du zeigen, Imperator, ob du auch so gut sterben kannst, wie du kämpfst!«

Der Meuterer kam langsam auf den noch immer am Boden liegenden Imperator zu. Ein siegesgewisses Grinsen verzog den Mund unter der krummen Nase.

Fieberhaft tastete Germanicus den Boden nach einer Waffe ab – und fand etwas. Es war ein Bein des zerbrochenen Holztisches, kunstvoll geschnitzt und im oberen Bereich mit einem Pferdekopf versehen. Es schien schwer genug, um als Waffe zu dienen.

Germanicus tat, als wolle er rückwärts über den Boden rutschen, um vor dem Angreifer zu fliehen. Unter den umstehenden Männern, die das Geschehen gebannt verfolgten, brach Gelächter über diesen offensichtlich sinnlosen Fluchtversuch aus. Das Gelächter erstarb, als sie die Finte des Imperators erkannten. Dessen nackte Beine schlossen sich scherenartig um die Unterschenkel des nacheilenden Rädelsführers, was Calusidius aus dem Gleichgewicht und zu Fall brachte. Sein vom Kettenpanzer geschützter Oberkörper schlug mit einem Scheppern auf den weißen Mamorplatten auf.

In diesem Moment sprang Germanicus schon auf die Füße. Sein Blick streifte Agrippina, die sich hinter dem Bett aufgerichtet hatte und den Kampf mit ebenso starrem Blick verfolgte wie die Meuterer. Ihr letztes Kleidungsstück, die Brustbinde, war nach unten gerutscht. Sie schien sich nichts daraus zu machen, daß sie sich den Soldaten nackt darbot, oder sie hatte es einfach vergessen.

Der Imperator und seine Gemahlin vollkommen nackt vor den Augen gemeiner Soldaten, die gegen ihren Feldherrn meuterten! Germanicus und Agrippina von den Meuterern aus dem Bett gerissen wie ein junges Liebespaar, das sich zum heimlichen Vergnügen in einem finsteren Stall traf!

Die Scham darüber stachelte den Zorn des Imperators an. Mit einem wütenden Aufschrei stürzte er sich auf Calusidus und hieb mit dem Tischbein auf ihn ein. Der Meuterer schüttelte die Benommenheit über den unerwarteten Sturz schnell von sich ab und riß in einer Abwehrbewegung den Schwertarm hoch. Als das zweischneidige Eisen auf das geschnitzte Holz traf, zerbrach das Tischbein in der Mitte, die Waffe war wertlos geworden.

Germanicus schleuderte den nicht mehr zu gebrauchenden Rest gegen den Gegner und wich zurück. Das Holzstück prallte am Kettenpanzer des Meuterers ab. Calusidius sprang auf und hob erneut den Gladius, zum tödlichen Hieb, wie es schien. Denn Germanicus stand mit dem Rücken an der Wand, waffenlos, eingekreist von den anderen Meuterern.

Ein schriller Aufschrei fror die Szene ein, selbst der aufgebrachte Calusidius hielt mitten im Schlag inne. Die Eisenklinge schwebte über dem Haupt des Imperators. So wie Germanicus mußte Damokles sich gefühlt haben, als Dionysius das berühmte

Schwert an einem einzigen Pferdehaar über den Kopf seines Höflings hängen ließ. Germanicus' Mutter Antonia hatte ihrem Sohn die Geschichte öfter erzählt, immer dann, wenn der kleine Gaius Julius ihre mütterliche Strenge durch gezielte Schmeichelei zu unterlaufen versuchte. Kaum eine Geschichte hatte er als Kind besser gekannt, aber jetzt, wo ein Schwert über seinem eigenen Kopf hing, wußte er nicht einmal mehr, ob sich das Ereignis am Hofe des älteren oder des jüngeren Dionysius zugetragen hatte.

Agrippina hatte geschrien, aber nicht um ihren Mann. Ein paar weitere Meuterer hatten zwei Menschen ins Cubiculum geführt: Eurykleia mit dem kleinen Gaius, den sie in den Armen hielt. Die Kleider der Griechin waren zerfetzt, ihre Haut war an mehreren Stellen zerschunden, ihr Gesicht naß von Tränen. Caligula weinte nicht. Man konnte die weit aufgerissenen Augen in dem Kindergesicht als Ausdruck der Angst deuten, aber auch als bloßes Interesse an dem ungewöhnlichen Geschehen.

Einem der Meuterer hatte das offenbar nicht genügt, und er fuchtelte mit dem Schwert vor dem Sohn des Imperators herum. Als Agrippina das sah, schrie sie. Vielleicht hatte sie ihrem Sohn dadurch das Leben gerettet, mit Sicherheit aber ihrem Gemahl, wenn es auch nur ein Aufschub war.

Agrippina lief um das Bett herum, stolperte, raffte sich wieder auf und stieß den Meuterer beiseite, der mit erhobenem Schwert vor Eurykleia und Caligula stand. Die Mutter nahm ihren kleinen Sohn auf den Arm und drückte ihn eng, beschützend an ihre Brust.

»Was seid ihr für Bestien, daß ihr euch an einem wehrlosen Kind vergreift?« schrie Agrippina in die Runde. »Was hat Caligula euch getan, was Germanicus und ich?«

»Das wagst du zu fragen?« entgegnete Calusidius und musterte die nackte Frau mit dem abschätzigen Blick, mit dem ein Mann eine Hure bedachte, wenn er ihre Dienste nicht mehr benötigte.

Wieder wallte der Zorn auf die Meuterer allgemein und ganz besonders auf Calusidius in Germanicus auf. Doch das erhobene Schwert des Rädelsführers hielt ihn von einer unbedachten Handlung ab.

»Du und dein Mann Germanicus, ihr habt doch die hohen Herren aus Rom bewirtet«, fuhr Calusidius vorwurfsvoll fort.

»Ihr steckt mit ihnen unter einer Decke. Also seid nicht feige und verstellt euch nicht!«

Agrippina blickte Calusidius verwirrt an. Aber Germanicus begann zu verstehen, weshalb die Meuterer ins Prätorium eingedrungen waren.

»Was glaubt ihr denn, weshalb die Senatoren gekommen sind?« fragte er.

»Das ist doch wohl klar!« schnaubte Calusidius. »Dafür kann es nur einen Grund geben. Der Senat hat seine Gesandten geschickt, um uns für unsere Auflehnung zu bestrafen und die Zusagen zu widerrufen, die du uns gemacht hast, Imperator.«

»Wie kommst du darauf?«

»Man ... man hört es überall in den Lagern.« Calusidius stammelte, wurde zum erstenmal unsicher. Dann straffte er sich und fuhr lauter fort: »Daß Munatius Plancus die Gesandtschaft anführt, sagt doch alles. Plancus ist für seine Strenge und Unnachgiebigkeit bekannt.«

Das war verrückt! Bloße Latrinenparolen hatten die Meuterei erneut ausbrechen lassen und brachten den Imperator mitsamt seiner Familie in Todesgefahr. Hatten die Götter sich vom Enkel des Marcus Antonius abgewendet, daß sie so etwas zuließen?

»Du irrst dich, Calusidius, ihr alle irrt euch!« versuchte Germanicus die Meuterer zur Vernunft zu bringen. »Die Gesandtschaft hat mir das Beileid zum Tode des Augustus ausgesprochen, und sie hat mir das prokonsularische Imperium übertragen. Damit ist mein Wort wie das des Herrschers, und meine Zusagen sind, als hätte Tiberius Julius Caesar selbst sie gegeben. Ihr habt nichts zu befürchten, ich stehe zu meinem Wort!«

Calusidius schüttelte mißmutig seinen Kopf und blies, als er sprach, Germanicus zum wiederholten Mal den Geruch billigen Weines ins Gesicht. »Dein Gerede macht mich ganz wirr. Ich höre nicht mehr auf die Worte von euch hohen Herren. Ich glaube lieber, was ich mit eigenen Augen sehe. Ihr Patrizier steckt doch alle unter einer Decke. Ich werde jetzt deinen Schädel spalten, Germanicus, als Zeichen der Macht, die wir Soldaten haben. Deine Frau und dein Sohn werden unsere Geiseln sein. Dann wird Rom bestimmt nicht wagen, unsere Forderungen abzuschlagen!«

Und wieder sah der Imperator in den nahen Augen des Meuterers den Entschluß zu töten.

Sein Kopf war schwer vom reichlich genossenen Saft der süßen Trauben, und nur ganz langsam drangen die Geräusche des Aufruhrs durch die verworrenen Träume des weinseligen Schlafes. Schreie, schnelle Schritte und Waffengeklirr hielt Munatius Plancus lange Zeit für Bestandteile seiner Traumwelt.

Bis ihm zwei Dinge auffielen. Erstens lag er mit offenen Augen im Bett, sah die Umrisse des Cubiculums und hörte den Lärm noch immer.

Zweitens konnte er kaum noch träumen, wenn er sich ernsthaft über das Träumen Gedanken machte.

Der Senator streifte die purpurne Decke ab, stand auf und trat ans Fenster. Er zog die Läden zurück und sah durch das dicke Glas hinaus auf den Innenhof. Er lag friedlich im Licht der Gestirne, das auf Marmorstatuen und einen Springbrunnen fiel, der jetzt, mitten in der Nacht, nicht in Betrieb war. Also mußte der Lärm von der Vorderseite des Gästehauses kommen.

Er wollte nach seinem Kammerdiener rufen, da stürmte Herondas, sein griechischer Lieblingssklave, auch schon herein. Das schmale Gesicht des Griechen war von Panik gezeichnet.

»Herr, wir müssen fliehen, schnell!«

»Fliehen?« Munatius Plancus konnte sich keinen Grund für ein solches Verhalten vorstellen. »Weshalb, Herondas? Was bedeuten deine Wort und was dieser schreckliche Lärm?«

»Männer stürmen das Prätorium und machen alle Prätorianer nieder, die sich ihnen in den Weg stellen.«

»Etwa Germanen?«

»Nein, Römer. Sie sehen aus wie Legionäre, auch wenn ihre Kleidung zu wünschen übrig läßt.«

»Und warum müssen wir deiner Meinung nach fliehen?«

»Weil sie etwas gerufen haben, das mir gar nicht gefällt.«

»Was?« fragte der ungeduldige Senator scharf, als sein Diener zögerte weiterzusprechen.

Herondas schluckte und sagte: »Tod den Senatoren, Tod dem Munatius Plancus!«

Der ehemalige Konsul hatte schon zuviel erlebt, um darüber die Fassung zu verlieren. Ruhig sagte er: »Das ist tatsächlich ein Grund, sich Sorgen zu machen. Bring mir Tunika, Toga und Schuhe, damit ich mich ankleiden kann.«

Der Grieche starrte den Römer entgeistert an. »Aber dazu ist keine Zeit, Herr. Jeder Augenblick ist kostbar. Die Eindringlinge dürfen dich nicht zu fassen kriegen!«

»Vor allen Dingen dürfen sie mich nicht so sehen«, erwiderte Plancus und zupfte dabei an seiner ungegürteten, zerknitterten Tunika. Einfache Plebejer, Freigelassene oder Sklaven mochten in derselben Tunika schlafen und arbeiten, für einen alten Patrizier vom Stande eines Munatius Plancus schickte sich das nicht. »Im Schlafkleid beeindrucke ich die Meuterer bestimmt nicht so sehr, daß sie mein Leben schonen.«

»Meuterer?« echote Herondas.

»Eine andere Erklärung gibt es nicht«, sagte Plancus und dachte mit Bitterkeit an das, was Germanicus ihm über die Niederschlagung der Meuterei erzählt hatte. Der Imperator würde dem Gesandtschaftsführer einiges erklären müssen – falls dazu noch Gelegenheit war.

»Meuterer sind grausam«, meinte Herondas in einem Ton, als spreche er aus persönlicher Erfahrung. »Wenn sie dich finden, töten sie dich bestimmt, Herr!«

»Wenn sie mich töten, dann nicht im Bett. Also bring endlich meine Kleider!« rief Plancus ungehalten. »*Vita vigilia est!*«*

»*O tempora, o mores!*«** zitierte der belesene Grieche mit zerknirschtem Gesichtsausdruck Cicero und brachte seinem Herrn die verlangte Kleidung.

Als Plancus endlich angekleidet war, fragte Herondas scheinheilig: »Möchtest du, daß ich dir auch noch das Haar bürste, Herr?«

»Angesichts der außergewöhnlichen Lage, in der wir uns befinden, können wir wohl darauf verzichten.« Der Senator strich über seinen Schädel, auf dem das helle Haar nur noch sehr spärlich sproß. »Angesichts meiner schwindenden Haartracht auch. Sehen wir nach, was draußen los ist! Wo stecken mein Liktor, mein Sekretär und die übrigen Diener?«

Herondas machte ein säuerliches Gesicht. »Sie waren nicht mutiger als die anderen Senatoren, Herr.«

»Soll das heißen ...«

Der Sklave nickte und sprach, ehe sein Herr fertig war. »Ja, alle

---

* Leben heißt Wachsein!
** O Zeiten, o Sitten!

sind aus dem Bett gesprungen und geflohen. Wir beide dürften die einzigen sein, die noch im Gästehaus sind.«

»Du hättest auch fliehen können, Herondas. Warum bist du statt dessen zu mir gekommen?«

Herondas lächelte ein wenig gezwungen. »*In fide salus.*«*

»Gehen wir also«, entschied Plancus und verließ die Zimmerflucht, die man dem Gesandtschaftsführer zugeteilt hatte.

Herondas hielt ihn an der Schulter fest. »Verzeih, Herr, aber in dieser Richtung geht es auf den Innenhof.«

»Ich habe nicht vor, das Haus durch die Hintertür zu verlassen.«

»Aber das haben alle anderen auch getan. Vorn sind die Meuterer. Hörst du es nicht?«

Natürlich hörte Plancus den Kampfeslärm und die erregten Schreie. Aber der ehemalige Konsul war nicht bereit, sich treulosen Legionären zu beugen.

»Ich werde den Meuterern gegenübertreten, um herauszufinden, was mehr wiegt: der Ungeist des Aufruhrs oder die Treue zu Rom. Aber ich bin dir nicht böse, wenn du den anderen Weg wählst.«

»Da in der Treue das Heil liegt, komme ich mit dir«, brummte Herondas und klang wie ein Gladiator, der zum Kampf auf Leben und Tod in die Arena marschierte.

Als sie auf die Straße traten, die vom Eingang des Gästehauses zu dem des Prätoriums führte, bereute der Grieche seinen Entschluß. Überall wurde wild gekämpft, doch die Meuterer schienen in der Überzahl zu sein. Soweit man es im fahlen Licht der Gestirne erkennen konnte, waren sie sogar schon ins Prätorium eingedrungen.

Ein paar Prätorianer verteidigten mit mehr Mut als Erfolg das Gästehaus. Ihr Anführer war der breitschultrige Zenturio Ventidius. Er war im Schlaf überrascht worden und trug weder Helm noch Umhang oder Panzer, auch keinen Schild. Nur mit Tunika und Stiefeln bekleidet, führte er wie ein Besessener den Gladius und spornte seine zurückweichenden Männer immer wieder zum Durchhalten an.

Als er den Senator erblickte, der mit der purpurgestreiften

---

* In der Treue liegt das Heil.

Tunika, der weißen Toga und den roten Schuhen wie für einen offiziellen Auftritt hergerichtet war, lief der Offizier mit bestürztem Gesicht auf Plancus und Herondas zu. »Was tust du hier, edler Plancus? Flieh, solange noch Zeit dazu ist! Lange können wir die Meuterer nicht mehr aufhalten!«

»Ich werde nicht fliehen, Zenturio. Rom beugt sich nicht der Gesetzlosigkeit. Wenn ich zu den Soldaten spreche, werden sie es erkennen!«

Plancus trat vor und hob zu einer Ansprache an, doch seine Worte gingen im Kampflärm unter.

Ventidius starrte erst den Senator an und dann dessen Kammerdiener. »Ist dein Herr verrückt?«

»Nein, ein vornehmer Patrizier.«

In diesem Augenblick erkannten die Meuterer den Mann in der weißen Toga. Sie schrien seinen Namen und dann: »Tod den Senatoren! Tod dem Munatius Plancus!«

»Ich habe es ja gesagt«, seufzte Herondas.

Ventidius hörte es nicht mehr. Er war nach vorn gesprungen und konnte den Senator gerade noch zurückreißen, bevor dieser vom Pilum eines heranstürmenden Meuterers durchbohrt wurde. Der Stoß ging ins Leere. Der Meuterer geriet aus dem Gleichgewicht und fiel auf die Knie. Das Schwert des Zenturios traf seinen Hals und trennte den Kopf vom Rumpf.

Der Kopf rollte vor die Füße des Griechen, der die Fassung verlor und davonlaufen wollte. Aber er rannte mitten zwischen einen Trupp berittener Meuterer, der gerade zur Unterstützung der Gefährten heransprengte. Ein Schwerthieb brachte den Sklaven zu Fall, und die Hufe der Pferde stampften das Leben aus seinem Leib.

»Herondas!« schrie Plancus entsetzt, aber es war schon zu spät. Leise sagte der Senator: »Deine Treue, Sklave, war stärker als die der Männer hier, die sich Soldaten Roms nennen.«

Ein Prätorianer durchbohrte einen der berittenen Meuterer mit seinem Pilum. Als der Getroffene vom Pferd stürzte, schnappte Ventidius sich die Zügel und schwang sich in den Sattel. Er beugte sich zu dem Mann in der weißen Toga und hielt ihm die ausgestreckte Hand hin. »Schnell, Plancus, steig hinter mir auf! Es ist die letzte Gelegenheit, dem Tod zu entkommen.«

Plancus blickte den Zenturio traurig an. »Ist der Tod nicht besser als die Schande?« Trotzig fügte er hinzu: »*Aut vincere aut mori!*«*

»Wer einmal flieht, kann wieder siegen«, zitierte Ventidius einen Spruch, den er als junger Soldat von Kameraden gelernt hatte. »Wer tot ist, der bleibt ewig liegen!«

Plancus zeigte mit einer schwachen, matt wirkenden Bewegung zu den Meuterern. »Wie willst du über diesen Pöbelhaufen siegen, Zenturio?«

Ventidius antwortete mit verbissenem Gesicht: »Mit Feuer und Schwert!«

Langsam, fast so, als sei es ihm gleichgültig, ergriff Plancus die ausgestreckte Hand. Kaum saß er hinter dem Offizier auf dem Pferd, spornte Ventidius den Braunen auch schon an und galoppierte mitten zwischen den anderen Reitern hindurch. Als diese erkannten, was vor sich ging, hatten Ventidius und Plancus sie schon hinter sich gelassen.

Ventidius lenkte den Braunen durch dunkle Gassen, nicht durch die Hauptstraßen. Wenn er seine Männer und den Imperator schon im Stich ließ, um Munatius Plancus zu retten, sollte das Unternehmen von Erfolg gekrönt sein.

Aber der Hufschlag der Verfolger, der plötzlich in der Dunkelheit hinter den beiden Flüchtenden ertönte, verhieß das Gegenteil.

»Meint ihr, Rom beugt sich den Forderungen gemeiner Mörder?« Wieder war es Agrippina, deren Ruf den Gemahl vor dem Tod bewahrte. »Tiberius kann es sich niemals leisten, den Forderungen derjenigen nachzugeben, die seinen Sohn getötet haben!«

Zustimmendes Gemurmel machte sich unter den Meuterern im Cubiculum des Imperators breit. Ein grauhaariger Veteran nickte und brummte: »Die Frau hat recht. Tiberius wird uns eher alle umbringen, als daß er uns auch nur einen einzigen Sesterz zahlt, wenn wir Germanicus töten.«

»So ist es«, bestätigte Agrippina rasch und fragte: »Wie ist dein Name, Veteran?«

Die Augen des altgedienten Soldaten blickten skeptisch.

---

* Entweder siegen oder sterben!

»Warum willst du das wissen? Soll ich ganz oben auf der Liste derjenigen stehen, die vom strafenden Schwert der Vergeltung durchbohrt werden?«

»Nein, auf der Liste derjenigen, denen dafür zu danken ist, daß sie in diesem Aufruhr ihre Vernunft bewahrt haben.«

Der Veteran nagte überlegend an seiner Unterlippe, spie schließlich verächtlich aus und meinte: »Was soll's? Alle Menschen müssen sterben.« Er richtete sich auf und klopfte an seine gepanzerte Brust. »Jeder kann wissen, daß ich nicht zu Unrecht aufbegehre, habe ich doch Rom stets so gedient, wie es die Gesetze verlangen. Quintus Paelignus ist mein Name!«

Agrippina nickte ihm dankend zu und versenkte dabei ihren Blick in seinen. Zwar war er nur einer von vielen Meuterern. Aber einer, der nicht den Tod des Imperators wollte, war immerhin ein Anfang!

Calusidius durchschaute Agrippinas Spiel und geiferte: »Laß dich nicht von der Hexe einwickeln, Veteran! Merkst du nicht, daß sie uns zu entzweien versucht? Was ist das für ein Imperator, der sich hinter Frau und Kind versteckt, statt wie ein Mann zu kämpfen?«

»Wie soll Germanicus kämpfen, allein gegen viele und ohne Schwert?« entgegnete Agrippina spitz.

»Sie hat recht«, polterte Quintus Paelignus. »Du reißt den Mund weit auf, Calusidius, wenn dein Gegner wehrlos ist!«

»Soll ich's lieber bei dir versuchen, Alter?«

»Ich habe keine Angst«, erwiderte der Veteran kühl. »Aber ich habe auch nichts gegen dich.«

»Dann haben wir ein Problem«, der Rädelsführer grinste. »Der Mann, der das Schwert hält, hat nichts gegen mich. Und der Mann, der etwas gegen mich hat, hält kein Schwert!« Er lachte rauh, und ein Teil der Meuterer fiel darin ein.

»Das können wir ändern«, rief Paelignus in das Gelächter, trat neben Calusidius und hielt sein Schwert dem Imperator hin. »Nimm meinen Gladius, Caesar, er hat mir in vielen Schlachten gedient. Wenn du die Wahrheit gesagt hast, was den Beweggrund für das Erscheinen der Senatoren betrifft, werden die Götter dir beistehen. Falls nicht, wird auch mein Schwert dir nichts nützen.«

»Ja, so soll es sein!« rief ein Mann aus den hinteren Reihen.

»Ein Kampf Mann gegen Mann, und die Götter sollen entscheiden!«

Fast alle Meuterer im Cubiculum stimmten dem Rufer zu. Calusidius las in ihren Gesichtern, daß sie es ernst meinten. Der Schatten des Selbstzweifels, der sich kurzzeitig über sein Gesicht legte, verschwand schnell wieder.

»Meinetwegen«, brummte er und grinste breit. »Nimm das Schwert, Caesar, und stirb wie ein Mann!«

Zögernd streckte Germanicus die Rechte aus und packte, als Calusidius nicht einschritt, rasch zu. Der hölzerne Schwertgriff war warm von der Hand des Veteranen und feucht von seinem Schweiß. Offenbar war dieser Paelignus nicht so ruhig, wie er vorgab. Wegen der möglichen Ermordung des Imperators? Oder hatte er sich um das eigene Leben gesorgt, als der Zorn des Rädelsführers sich gegen ihn zu richten drohte? Selbst einem kampferfahrenen Veteranen mußte es unbehaglich sein, gegen einen Wüterich wie Calusidius zu fechten.

Der Kreis, den die Männer um die beiden Kontrahenten bildeten, weitete sich. Auch Paelignus zog sich zurück und sorgte dafür, daß Eurykleia und Agrippina mit Caligula sich aus dem Gefahrenbereich entfernten.

Calusidius nutzte den kurzen Blick, den Germanicus seiner Gemahlin zuwarf, für seinen Angriff aus. Der Imperator tauchte unter ihm weg, und das Schwert des Angreifers fuhr kreischend an der Wand entlang.

Der Vorteil des Calusidius, sein Panzerhemd, war in diesem Zweikampf auf Leben und Tod zugleich sein größter Nachteil. Der nackte Imperator konnte sich viel behender bewegen als der von dreißigtausend kleinen Eisenringen zwar geschützte, aber durch das Gewicht auch behinderte Meuterer. So sprang Germanicus von der Wand weg und stand hinter dem Gegner, als dieser sich erst mit einem unwilligen Grunzen umdrehte.

Germanicus schlug zu und wollte den ungeschützten Kopf treffen. Calusidius erkannte das und sprang zur Seite. Funkensprühend schrammte die Klinge des Imperators am Panzerhemd entlang.

Calusidius merkte, daß er Germanicus nicht unterschätzen durfte. Der Legionär begann seinen neuen Angriff, ganz der geübte Krieger, noch aus der Ausweichbewegung. Germanicus wollte nach hinten springen, stolperte aber über sein Bett und fiel darauf. Dicht neben ihm schlug das gegnerische Schwert ein und fuhr so tief in die Matratze, daß der weiche Schwanenflaum umherwirbelte wie zuvor die Federn der Kissenfüllung.

Der Meuterer stieß einen Fluch aus, als er den Gladius nicht so schnell aus der Matratze ziehen konnte, wie er es geglaubt hatte. Der Handschutz hatte sich in dem Stoff verfangen. Während Calusidius noch an seiner Waffe zerrte, warf Germanicus sich auf dem Bett herum und schlug mit aller Kraft zu.

Calusidius stieß einen gellenden Schrei aus und taumelte zurück. Mit aufgerissenen Augen sah er erst auf das Blut, das aus seinem rechten Arm schoß, und dann auf das Bett, wo seine abgeschlagene Hand den Schwertgriff noch umklammerte.

Nur kurz dachte Germanicus, der Kampf sei beendet. Aber auch Calusidius war ein Mann, der nicht unterschätzt werden durfte. Deshalb stieß sich der Imperator vom Bett ab, als die linke Hand des Meuterers an die linke Hüfte fuhr, um den Dolch aus der reich verzierten Eisenblechscheide zu ziehen.

Kaum hielt der unter dem Schock des eben Erlebten und des Blutverlustes wankende Rädelsführer die kurze Stichwaffe in der Hand, traf das Schwert des Imperators auch schon erneut sein Ziel. Die Hand mit dem Dolch fiel auf den Boden, und ein neuer Blutstrahl schoß aus Calusidius' linkem Armstumpf.

Germanicus durchfuhr in diesem Augenblick die Erkenntnis, daß sein Gegner noch immer nicht waffenlos war. Gewiß, niemals mehr würde der heftig taumelnde Mann ein Pilum, einen Gladius oder einen Pugio führen, aber die gefährlichste Waffe des Rädelsführers war seine Stimme. Mit ihrer Hilfe hatte er die anderen aufgewiegelt, hatte sie ins Prätorium geführt und fast dazu gebracht, die Ermordung des Imperators zu dulden.

Von dieser Erkenntnis getrieben, machte Germanicus dem unaufhörlichen Geschrei des sich wie betrunken um seine eigene Achse drehenden Meuterers ein Ende. Die zweischneidige Schwertklinge durchbohrte den Hals des Mannes. Der Imperator zog das blutige Eisen erst heraus, als Calusidius kraftlos zu Boden fiel. Binnen weniger Augenblicke schwamm sein Körper in einem kleinen, roten Meer.

»Germanicus hat gesiegt!« riefen immer wieder vereinzelte Stimmen, und viele davon schienen diesen Ausgang des Kampfes zu begrüßen. Der Tod des Rädelsführers hatte die Last von ihnen genommen, ihm folgen und sich selbst mit noch mehr Schuld beflecken zu müssen.

Germanicus suchte seine Frau. Agrippina stand zwischen den schreienden Männern und hielt den Sohn noch in den Armen. Unendlich erleichtert, lächelte sie ihrem Gemahl zu.

Caligula aber starrte wie verzaubert auf den Toten. Nicht Erschrecken stand in seinen Augen, sondern jenes Leuchten, das Germanicus im Blick des Gegners gesehen hatte und das auch in seinem eigenen Blick gelegen haben mußte, als er den Entschluß zu töten faßte. Seltsam nur, bei Caligula schien es kein kurzes Aufblitzen zu sein, sondern es hatte sich in seinem Antlitz verewigt. Germanicus zwang sich, nicht länger den Sohn anzublicken. Es war sicher nur eine Täuschung, zurückzuführen auf die überreizten Sinne des Imperators.

Der Sieger zeigte mit dem blutigen Schwert auf die Leiche des Besiegten und fragte laut: »Soldaten und Veteranen, glaubt ihr eurem Imperator jetzt?«

Quintus Paelignus trat vor. »Wir glauben dir, Imperator und werden uns in unsere Lager zurückziehen, sobald du den Veteranen ihr Vexillum ausgehändigt hast.«

»Das Vexillum?« Das Feldzeichen der Veteranen wurde im Prätorium aufbewahrt, solange die Truppe hier in der Ubierstadt im Winterquartier lag. »Was wollt ihr damit?«

»Calusidius hat versprochen, den Veteranen ihr Feldzeichen zu bringen, zum Zeichen, daß sie selbst über sich entscheiden. Dadurch hat er sie bewogen, sich den meuternden Legionären anzuschließen.«

»Ich verstehe. Ich werde dir das Vexillum übergeben, Quintus Paelignus. Du sollst es mir erst dann wieder überreichen, wenn alle Veteranen von meiner Aufrichtigkeit überzeugt sind.«

Paelignus nickte. »Ja, Caesar, so soll es geschehen.«

Das Hufgetrappel der Verfolger wurde lauter. Obwohl Ventidius den Braunen kreuz und quer durchs Handwerkerviertel scheuchte, gelang es ihm nicht, die Meuterer abzuhängen. Einmal glaubte er sogar einen heiseren Schrei zu hören: »Tod dem Munatius Plancus!«

An einer Weggabelung hielt der Zenturio das Tier an, drehte sich zu dem Senator um und sagte: »Gib mir deine Toga, Senator!«

»Warum?«

»Wir haben keine Zeit für lange Erklärungen. Tu es einfach!« Fast hätte der Zenturio ›Gehorche mir!‹ gesagt, doch im letzten Moment wurde er sich bewußt, daß er so zwar zu seinen Untergebenen, aber nicht zu einem mächtigen Patrizier sprechen konnte.

Umständlich wickelte Plancus sich, unterstützt von Ventidius, aus der weißen Toga. Der Zenturio packte das Gewand und warf es in die Gasse zur Rechten. Dann stieß er die Fersen in die Flanken des Braunen und lenkte das Tier nach links.

»Ich verstehe«, sagte Plancus anerkennend. »Ein Ablenkungsmanöver.«

Aber es nutzte den beiden Flüchtenden nichts. Bald klapperten hinter ihnen wieder die Hufe der Verfolger auf dem unebenen Pflaster. Entweder hatten sie den Betrug durchschaut, oder sie hatten sich einfach zur Sicherheit aufgeteilt.

Ventidius erkannte die verwinkelte Färbergasse. Ein alter, gebeugter Mann schloß gerade ein großes Hoftor. Wenn er so spät noch eine Lieferung angenommen oder hinausgeschickt hatte, mußte es wirklich ein wichtiger Auftrag sein. Aber unwichtig für die beiden Römer. Für sie zählte nur das halboffene Tor.

Ventidius hielt den Braunen davor an und sagte, ohne den Alten zu grüßen: »Laß uns in den Hof, es soll nicht dein Schaden sein!«

»Kann ich euch trauen?« fragte der graubärtige Ubier.

»Ich bin Zenturio in der Garde des Imperators«, sagte Ventidius und wies auf den Mann hinter sich. »Und das ist ein Mitglied des römischen Senats.«

Der Alte legte den Kopf schief und lauschte den näher kommenden Pferden. »Auf der Flucht, wie? Ich will nicht gegen die Gesetze verstoßen, indem ich euch helfe.«

»Denk nicht darüber nach, laß uns einfach hinein!« forderte Ventidius und drückte seine Schwertspitze gegen den runzligen Ubierhals.

»Ist ja schon gut«, krähte der Bärtige und stieß das Tor ein Stück weiter auf. »Kommt rein!«

Ventidius ritt in den Hof und sagte leise: »Jetzt verschließ das Tor und halt dich vollkommen still!«

Er selbst sprang vom Pferd und strich dem Tier beruhigend über die Nüstern. Auch der Senator stieg auf sein Verlangen hin ab.

Die Doppelbelastung durch zwei Reiter hatte das Pferd erschöpft. Es atmete mit einem heftigen Rasseln, der erhitzte Körper zitterte leicht.

»Ja, brav, erhol dich nur«, sagte Ventidius kaum hörbar und dachte: *Hauptsache, du schnaubst und wieherst nicht!* Für diesen Fall hielt er sein Schwert bereit.

Dann war das Hufgetrappel der Verfolger ganz nahe. Alle drei Männer starrten gebannt zu dem geschlossenen Tor. Stimmfetzen wehten auf den Hof und wurden dann ebenso schnell leiser wie die Hufgeräusche.

»Wir haben es geschafft!« stieß Ventidius erleichtert hervor. »Wir warten, bis die anderen außer Hörweite sind, dann reiten wir weiter.«

»Und meine Belohnung?« fragte der Alte.

Ventidius grinste. »Du bleibst am Leben!«

»So also halten ein Zenturio der Prätorianergarde und ein römischer Senator ihr Wort!« Es hätte nicht viel gefehlt, und der Ubier hätte vor den Römern ausgespuckt.

»Ich hatte in der Aufregung wirklich Wichtigeres zu tun, als meine Börse einzustecken«, entschuldigte sich der ehrenwerte Senator bei dem einfachen Handwerker.

»Ich auch«, sagte Ventidius und hielt das Schwert hoch, so daß der Ubier das an der Klinge klebende Blut sehen konnte.

Aber das interessierte den Alten weniger als der goldene Ring, den Munatius Plancus als Zeichen seiner Senatorenwürde trug.

»Das wäre eine gute Bezahlung!« meinte der Ubier, erfreut über seine Entdeckung.

Der Patrizier wirkte gar nicht erfreut. »Den Ring darf ich nicht weggeben!«

»Ist er dir wichtiger als dein Leben?« fragte der Graubart.

»Der Mann hat recht«, meinte Ventidius. »Hättest du den Ring nicht gegeben, um das Leben deines Dieners zu retten?«

Plancus dachte nur kurz nach und sagte dann: »Doch, das hätte ich getan.«

»Ist das Leben zweier römischer Bürger nicht wertvoller als das eines Sklaven?« fragte der Zenturio weiter.

Der Senator nickte und seufzte: »So ist es wohl, jedenfalls aus unserer Sicht.«

Er drehte den goldenen Ring vom Finger und hielt ihn dem Ubier hin, dessen bunte Färberklaue schnell zugriff. Mit leuchtenden Augen betrachtete der Alte das Schmuckstück und rechnete wohl nach, wie viele Tage er dafür hätte arbeiten müssen.

»Erst die Toga, jetzt der Ring«, meinte Plancus, als er wieder hinter Ventidius aufs Pferd stieg. »*Sic transit gloria mundi!*«*

Ventidius lenkte den Braunen durch das von dem Färber geöffnete Tor auf die Straße und sagte: »Sei froh, wenn du nur deinen Glanz verlierst, edler Plancus, und nicht deinen Kopf!«

Nur kurzzeitig sah es so aus, als hätte das Untertauchen auf dem Hof des Färbers den Kopf des Senators gerettet. Ventidius und Plancus hatte das Handwerkerviertel noch nicht verlassen, als die Hufgeräusche der Verfolger wieder hinter ihnen erklangen.

»Wir hätten bei dem Ubier bleiben sollen«, bemerkte der Patrizier vorwurfsvoll. »Dort waren wir sicher.«

»Nur solange, bis dem Mann eingefallen wäre, daß er nicht nur von den Verfolgten eine reiche Belohnung verlangen kann, sondern auch von den Verfolgern«, widersprach der Gardeoffizier. »Wir hätten den Mistkerl nicht mit dem Gold deines Ringes, sondern mit dem Eisen meines Gladius belohnen sollen!«

»Du glaubst, der Färber hat uns verraten?«

»Das erklärt zumindest, wie uns die Meuterer so rasch aufgespürt haben. Ihnen scheint wirklich sehr viel an dir zu liegen, Senator.«

»An mir sicher mehr als an dir, Zenturio«, erwiderte Plancus leise und sagte dann lauter: »Halt das Pferd an, ich steige ab! Nach der Mühe, die unsere Verfolger damit hatten, mich zu erwischen, werden sie sich mit meinem Tod Zeit lassen. Zeit genug für dich zu entkommen.«

»Wie sollte ich dem Imperator erklären, daß du dich für mich geopfert hast, hätte die Pflicht es doch umgekehrt verlangt?« Ventidius schüttelte den Kopf. »Nein, Senator, ich möchte mein

---

* So vergeht der Glanz der Welt!

Leben zwar retten, aber nicht um diesen Preis. Entweder wir beide schaffen es oder keiner!«

Es sah immer mehr so aus, als würde letzteres eintreten. Die Verfolger mußten andere Meuterertrupps davon unterrichtet haben, daß sie den Gesandtschaftsführer jagten. Weitere Gruppen von Häschern kamen aus Nebenstraßen und schnitten den Flüchtenden den Weg ab. Wären die meisten Meuterer nicht zu Fuß gewesen, hätte die Jagd ein schnelles Ende gefunden.

»Diese Hunde!« zischte Ventidius, als er und Plancus einem lärmenden Haufen gerade noch einmal entkommen waren. »Jetzt erkenne ich ihren Plan. Sie lassen uns nur einen Fluchtweg, und der führt direkt ins Lager der Legionen.«

»Ins Nest der Meuterer?« fragte Ventidius erschrocken und offenbarte, daß nicht nur sein Glanz, sondern auch seine Tapferkeit ihn verließ.

»Ja.«

»Und was tun wir dagegen?«

»Gar nichts«, antwortete Ventidius mit rauher Stimme. »Wir haben keine Wahl!«

Das mußte auch Plancus erkennen, spätestens, als die Feuer des großen Heerlagers der Legionen I und XX vor ihnen auftauchten. Die Tore standen offen. Schon vor den Wällen lungerten Soldaten herum, die ausgelassen das Ende der Disziplin feierten. Sie tranken, sangen, lachten und liebten die Soldatenbräute und Lagerhuren. Munatius Plancus beobachtete das wilde Treiben mit mißbilligender Miene. Ventidius sah es aus den Augenwinkeln und glaubte sogar, das Zähneknirschen des Patriziers zu hören.

Der Zenturio lenkte den Braunen in das nähere Lager, das der I. Legion, und jagte das Tier zwischen geraden Reihen von Zelten und festen Gebäuden hindurch zur Principia. Hier schien noch Ordnung zu herrschen, bewacht von einer dünnen Kette eidestreuer Legionäre, die den Zenturio der Prätorianer erkannten und durchließen.

Vor dem Prätorium stieg Ventidius ab und half dem Senator vom Pferd. Anfangs schwankte Plancus, wohl weniger durch den scharfen Ritt erschöpft, als über den krassen Verfall von Disziplin und Sitten verzweifelt.

»Wird es gehen?« erkundigte sich der Zenturio.

»Es muß!« Plancus biß die Zähne aufeinander und zwang sich, ruhig zu stehen. Das Zittern, das seine Glieder befallen hatte, klang dank seiner starken Selbstbeherrschung ab.

Ein paar Offiziere kamen aus dem Prätorium gelaufen, angeführt von dem Legionslegaten Gaius Caetronius und dem Lagerpräfekten Gnaeus Equus Foedus. Entsetzt blickten sie den Senator an, und Foedus sprach aus, was die beiden hohen Offiziere dachten: »Du kommst ins Legionslager, edler Munatius Plancus? Weißt du nicht, daß die Meuterer ausgezogen sind, deinen Kopf zu fordern?«

Der adlergesichtige Patrizier hatte sich wieder gefaßt und schnarrte: »Willst du damit sagen, Präfekt, du kannst nicht für meine Sicherheit garantieren?«

»Wie denn?« Foedus blickte zu der Kette der Wachtposten. »Sieh doch, wie gering die Zahl der Getreuen ist, wie gewaltig aber die der Meuternden!«

»Anständige Truppenführer hätten es gar nicht soweit kommen lassen!«

Diese Bemerkung des Senators ließ den Lagerpräfekten erröten. Krampfhaft suchte er nach einer Antwort. Als er endlich die passenden Worte gefunden hatte, wurden sie von dem allgemeinen Aufruhr verschluckt, der plötzlich einsetzte. Die Verfolger des Senators stürmten unter Führung der berittenen Meuterer die Via Prätoria entlang auf den Hauptplatz zu. Die Posten wichen zur Seite, ohne es auf einen Kampf ankommen zu lassen.

»Diese Feiglinge!« zischte Plancus.

Ventidius sah es realistisch und sagte: »Warum sollen sie sich gegen ihre Kameraden stellen, nur um uns hohe Tiere zu schützen?« Der Zenturio blickte sich suchend um und packte die Tunika des ehemaligen Konsuls. »Komm mit, Plancus!«

»Wohin? Die Meuterer sind überall!«

»Vielleicht haben sie noch Respekt vor den Feldzeichen.«

Sie liefen ins Sacellum zu den aufgepflanzten Feldzeichen, die den Legionsadler umgaben. Caetronius, Foedus und ein paar andere Offiziere folgten ihnen. Die Männer ergriffen die Feldzeichen, als könnten diese den Verfolgten Halt und Schutz gewähren. Plancus umklammerte die Stange des vergoldeten Adlers, der seine Flügel über die anderen Zeichen erhob.

Da waren die Reiter auch schon heran, umkreisten den Senator und die wenigen Offiziere unter lautem Gebrüll, als wären sie Barbaren aus den tiefen Wäldern Germaniens, und beleuchteten die Szene mit Fackelschein. Wie böse Nachtgeister tanzten die flackernden Lichter in den Händen der um die Feldzeichen reitenden Meuterer durch die Finsternis.

»Da ist Plancus!« rief einer der Berittenen. »Ich bringe euch seinen Kopf!«

Der Meuterer drängte seinen Rappen durch die Feldzeichen und stieß achtlos einige Zeichen um, was die Gefährten des Mannes mit Schreckensrufen quittierten. Das Umstürzen eines Feldzeichens galt als schlechtes Omen für die betreffende Einheit.

Der vorpreschende Reiter ließ sich davon nicht stören. Er hielt geradewegs auf den Senator zu, dessen purpurgestreifte Tunika vom Licht einer Fackel hervorgehoben wurde. Plancus stand aufrecht neben dem Adler und blickte dem anderen in Erwartung seines Todes entgegen.

Ventidius wollte dem Senator beispringen, aber ein anderer Meuterer ritt den Zenturio nieder. Der Gardeoffizier überschlug sich und konnte den wirbelnden Hufen im letzten Augenblick entgehen. Fast – ein Huf streifte seine Stirn! Es war ein Gefühl, als hätte ein Schwerthieb seinen Kopf getroffen. Die Feldzeichen, die Offiziere, die Meuterer und ihre Pferde, alles drehte sich um Ventidius.

Dann sah er eine hagere Gestalt, die zum Legionsadler sprang, ihn aus dem Boden riß und die Eisenspitze am unteren Ende dem herangaloppierenden Rappen in die Brust stieß. Das Pferd schrie und stürzte. Der Meuterer flog aus dem Sattel und verlor sein Schwert. Das Pferd wälzte sich unter unablässigem Schmerzgeschrei am Boden und riß noch mehr Feldzeichen um. Der Mann mit dem Legionsadler erlöste es mit einem weiteren Stoß von seinen Qualen. Dann hielt er die blutige Eisenspitze über den am Boden liegenden Reiter. Ventidius erkannte an der verzierten Tunika, daß der Adler von seinem Träger, dem Aquilifer der I. Legion, gehalten wurde.

»Verschwinde, Soldat!« bellte der Adlerträger den gestürzten Reiter an. »Entweihe nicht weiter die Zeichen der Legion I Germanica, du erzürnst dadurch die Götter!«

Wie gebannt blickte der Meuterer auf die eiserne Spitze. Erst als sich ein Blutstropfen löste und auf seine Wange fiel, stand der

Mann mühsam auf und humpelte zu den Seinen zurück. Er wirkte wie ein geprügelter Hund.

Der Aquilifer reckte den Adler hoch in die Luft und rief den Meuterern zu: »Verlaßt das Sacellum, Soldaten der Legion I Germanica! Nur so könnt ihr die Schande tilgen und die Götter besänftigen!«

Tatsächlich zogen sich die Meuterer zurück, stellten aber an den Eingängen zum Fahnenheiligtum Wachtposten auf.

Munatius Plancus bedankte sich bei dem Aquilifer mit Worten, die für einen würdevollen Senator geradezu überschwenglich klangen, und fragte; »Wie heißt du, tapferer Legionär?«

»Calpurnius«, antwortete der hagere Mann und rammte den Adlerschaft wieder in den Boden. »Ich bin der Aquilifer der Legion I Germanica und bürge mit meinem Leben für deines, edler Munatius Plancus.«

»Calpurnius«, wiederholte der ehemalige Konsul andächtig und dachte an den hohen Senator Gnaeus Calpurnius Piso. Die Namensgleichheit konnte kein Zufall sein. »Das ist ein gutes Omen«, murmelte Plancus und sah den Aquilifer mit leuchtenden Augen an. »Die Götter haben dich gesandt, Calpurnius!«

Vor dem Sacellum ertönten laut die Stimmen der diskutierenden Meuterer. Ein Teil war dafür, das Fahnenheiligtum zu stürmen, ein anderer Teil wies auf den Zorn der Götter hin, den man sich dadurch zuziehen würde, und hielt die weniger gottesfürchtigen Meuterer zurück.

So vergingen die restlichen Stunden der Nacht, ohne daß einer der Männer im Sacellum es wagte, den Platz zu verlassen. Erschöpfung und Müdigkeit waren nicht so groß wie der Drang, am Leben zu bleiben.

Erst als der dämmernde Morgen das Legionslager schon mit blaßroter Helligkeit überzog, pflanzte sich ein erlösender Aufschrei durch die Reihen der Soldaten bis zu den Männern im Sacellum fort: »Germanicus! Der Imperator kommt!«

Germanicus blickte wie gleichgültig in die Gesichter der Soldaten, während er langsam die Via Prätoria entlangritt. Der Imperator wußte, daß er sich auf ein gewagtes Spiel eingelassen hatte, das er verlieren würde, erkannten die Meuterer bei ihm auch nur das geringste Anzeichen von Angst. Sie würden es als Schwäche auslegen und als Eingeständnis des Betruges, den sie ihm anlasteten.

Die Lage war besonders angespannt, da Germanicus die fünf Senatoren mit sich führte, die sich in der Nacht ins Prätorium geflüchtet hatten. Außerdem gehörten dreißig Gardereiter zu seinem Trupp. Die übrigen Prätorianer sicherten das Prätorium und damit Agrippina und Caligula vor einem neuen Überfall durch die Meuterer.

Rufe wurden laut, Flüche, Verwünschungen und Drohungen. Zum Teil mit geballten Fäusten und erhobenen Schwertern ausgestoßen, galten sie dem Imperator, besonders aber den Senatoren. Germanicus ritt einfach weiter. Vier Gardisten bildeten die Spitze des kleinen Zuges und sorgten mit sanfter Gewalt für einen freien Weg. Germanicus hatte ihnen eingeschärft, unbedingt ein Blutvergießen zu vermeiden.

Noch in der Nacht war ihm gemeldet worden, daß Munatius Plancus sich in das Lager der I. Legion, die den Namen Germanica trug, gerettet hatte. Es hatte bis zum Tagesanbruch gedauert, bis Germanicus sich in der Lage fühlte, ihm zu Hilfe zu kommen. Er mußte erst im Prätorium für Ordnung sorgen, mußte die Garde zusammenziehen und sich ein Bild von der allgemeinen Lage machen. Und die war nicht rosig. Meuterertrupps zogen randalierend durch die Stadt, hielten die Ausfallstraßen und den Hafen besetzt.

Germanicus hatte eine Kriegsregel stets besonders treu befolgt: Ein Feldherr darf erst losschlagen, wenn er über den Feind im Bilde ist und alle Vorkehrungen getroffen hat. Auch jetzt hielt er sich daran, selbst auf die Gefahr, daß die Stunden des Wartens den Tod für Munatius Plancus bedeuteten.

Als der Reitertrupp die Principia erreichte, hielt Germanicus vergeblich Ausschau nach Plancus und den höchsten Offizieren der I. Legion. Ein Zenturio mit verbundenem, blutrotem Arm eilte aus dem Schatten der Kommandantur herbei und sagte: »Der Legat und der Lagerpräfekt haben sich mit dem Senator ins Sacellum zurückgezogen, Imperator.«

Nur zögernd befolgten die Senatoren Germanicus' Anweisung, auf dem großen Hauptplatz zu warten, während er mit einer Handvoll Gardisten zum Sacellum ritt, begleitet von immer lauter werdenden Germanicus-Rufen. Die Rufe klangen nicht mehr nur drohend. Manch einer unter den Legionären schien das Erscheinen des Imperators und die damit erhoffte Wiederherstellung von Disziplin und Ordnung zu begrüßen.

Die Männer, die sich im Schutze der Feldzeichen versammelt hatten, wirkten auf Germanicus wie die letzten Überlebenden einer großen Schlacht: abgekämpft, dem Tode nah, zum Umfallen müde und dennoch viel zu angespannt, um auch nur ein Auge zu schließen oder für einen Moment das Schwert aus der Hand zu legen. Hatte es so ähnlich im Saltus Teutoburgiensis ausgesehen, als die Letzten von Varus' Legionen den tödlichen Ansturm der Germanen erwarteten?

Ein Schatten fiel auf den Imperator, nur für ihn sichtbar. Es war das Gespenst der Niederlage, die Rom, verkörpert durch Publius Quintilius Varus, in den germanischen Wäldern erlebt hatte. Germanicus hatte den Oberbefehl am Rhenus übernommen, um endlich das zu vollenden, was keinem seiner Vorgänger gelungen war, weder fähigen Feldherren wie Drusus und Tiberius, noch diesem krummbeinigen Narren Varus. Der Sohn des Drusus und Adoptivsohn des Tiberius wollte die Schmach der drei vernichteten Legionen tilgen, indem er Arminius schlug und die römische Reichsgrenze vom Rhenus an die Albis ausdehnte. Aber statt gegen die aufständischen Germanen zu Felde zu ziehen, war er dauernd damit beschäftigt, die Meutereien seiner eigenen Soldaten niederzuschlagen. Wenn das Glück sich nicht bald auf seine Seite stellte, würde sein Name in Rom ebenso verächtlich ausgesprochen werden wie der des Quintilius Varus.

Wo war der Adler, von dem die Seherin gesprochen hatte – der Adler, der die Schwierigkeiten vertreiben sollte? War es jener dort, das Zeichen der Legion Germanica, unter dem sich Munatius Plancus und die Offiziere versammelt hatten?

Als Germanicus sein Pferd vor ihnen zügelte, empfing der Senator ihn mit vorwurfsvollen Blicken. »Du kommst spät, Imperator. Brauchte dein Mut das Tageslicht, um sich zu entfalten?«

Germanicus sah den Mann mit dem Raubvogelgesicht erbost an. »Jedem anderen als dir, Plancus, hätte ich diese Frage mit dem Schwert beantwortet!«

Nach kurzem Überlegen erwiderte der Senator: »Du hast recht, ich sollte meine Zunge hüten. Jetzt ist nicht die Zeit für Vorwürfe. Sag mir lieber, ob du die Lage unter Kontrolle hast!«

»Mit deiner Hilfe wird es mir gelingen, Plancus.«

»Was kann ich tun?« Der Patrizier in der verschmutzten Senatorentunika breitete hilflos die Arme aus. »Die Soldaten hören nicht auf mich. Im Gegenteil, mein Anblick reizt sie bis aufs Blut. Sie wollen meinen Kopf!«

In knappen Worten erklärte Germanicus das Mißverständnis, das zum erneuten Ausbrechen der Meuterei geführt hatte. »Dein Erscheinen, Plancus, hat die Männer Disziplin und Recht vergessen lassen. Nur in deinem Angesicht können sie zu beiden zurückfinden.«

»Ein gefährlicher Vorschlag«, befand Ventidius, der daran dachte, mit welcher Zähigkeit die Meuterer den Senator in der vergangenen Nacht gejagt hatten. »Plancus' Anblick könnte auch das Gegenteil auslösen, den vollständigen Abfall der Legionäre von jeder Ordnung.«

Germanicus erwiderte: »Die Entscheidung liegt bei Plancus.«

»In der Treue liegt das Heil«, murmelte der Senator und dachte daran, wie Herondas gestorben war. Lauter fuhr er fort: »Wenn ich schon zu den Vätern gehen soll, möchte ich von ihnen nicht als Feigling begrüßt werden!«

Germanicus unterhielt sich kurz mit den Offizieren und besonders eingehend mit dem Aquilifer Calpurnius. Dann stieg er vom Pferd und verließ an der Seite von Munatius Plancus das Fahnenheiligtum. Die beiden Männer mißachteten das Gejohle, das ihr Erscheinen auf dem Hauptplatz des Lagers auslöste, und erstiegen das Tribunal. Im Sommerlager hatte Germanicus von solch einem Ort aus schon einmal für Ruhe unter den Meuterern gesorgt. Im stillen Gebet bat er die Götter, auch heute mit ihm zu sein.

Dann begann er mit einer Rede, die gewagt erscheinen mochte, weil er das Verhalten der Meuterer in der vergangenen Nacht scharf tadelte und schließlich in die zusammengeströmte Menge rief: »Was im Dunkel der Nacht beinah geschehen wäre, ist selbst unter Roms Feinden eine Schande. Überall ist es Brauch, einen Gesandten, zumal einen des Senates und Volkes von Rom, ehrenvoll zu behandeln und sein Leben zu schützen. Ihr aber hättet ihn fast in einem römischen Lager gemeuchelt und mit seinem Blut die Altäre der römischen Götter befleckt!«

Unter den Zuhörern wurden reuevolle Rufe laut, aber auch die trotzige Verteidigung des frevlerischen Verhaltens. Einer rief: »Plancus und die anderen Senatoren wollten uns um die Zusagen bringen, die du uns gegeben hast, Imperator!«

»Das ist nicht wahr«, entgegnete Germanicus und legte den ungläubig blickenden Legionären die Wahrheit offen. Dann kam er wieder auf die Schande zu sprechen, die durch die Verletzung des Gesandtenrechts auf die Soldaten gefallen war. »Nur durch völlige Treue zu Rom kann diese Schande ausgelöscht werden!«

Wieder entbrannte unter den Soldaten eine heftige Diskussion. Da erschien ein Truppenaufmarsch auf der Via Prätoria. Veteranen zogen ins Legionslager, an ihrer Spitze Quintus Paelignus. Bei dem Anblick dankte Germanicus den Göttern dafür, daß Paelignus sich an die Absprache hielt, die Germanicus mit ihm getroffen hatte, bevor der Imperator zu seinen Legionen aufgebrochen war. Immerhin hatte er den Veteranen dafür eine hübsche Belohnung versprochen: hundertfünfzig Sesterzen pro Mann und das Doppelte für Paelignus.

Die Veteranen hielten vor dem Tribunal an, wo Paelignus verkündete, was sich in der letzten Nacht im Haus des Imperators ereignet hatte. »Gaius Julius Caesar Germanicus selbst überreichte uns das Vexillum und wollte es erst dann zurück haben, wenn alle Veteranen von seiner Aufrichtigkeit überzeugt sind.« Der grauhaarige Veteran betrat die Stufen, die auf die Bühne führten, und hielt die Fahne dem Imperator hin. »Hier hast du das Vexillum, Caesar. Nimm es an und mit ihm die Versicherung unserer Treue!«

In einer feierlichen Geste übernahm Germanicus die Fahne der Veteranen. Kaum war das geschehen, betrat, wie verabredet, der Aquilifer Calpurnius den Platz, den Adler der Legion Germanica hoch erhoben.

»Nimm auch diesen Adler an, Germanicus!« sagte er mit lauter Stimme. »Du hast stets treu zu Rom gehalten und bist darum würdig, im Schatten seiner Schwingen zu stehen.« Der Blick des Adlerträgers glitt über die Versammlung. »Wer sonst noch zur Ehre der Legion Germanica steht, soll dem Aufruhr abschwören und ohne Murren zurück in sein Quartier gehen!«

Während Germanicus auch den Adler entgegennahm, beobachtete er, wie sich die Versammlung allmählich auflöste. Er hatte das Spiel gewonnen!

Aber dann wurde ihm bewußt, daß das Spiel noch nicht vorüber war. Es war nur eine Runde gewesen, wenn auch eine wichtige. Noch hatte er nicht alle Meuterer bekehrt und hatte die Schande nicht von seinen Legionen gewaschen. Die sich friedlich zurückziehenden Männer waren durch das Auftreten von Paelignus und Calpurnius eher verblüfft als beruhigt worden.

Mit zweifelndem Blick betrachtete er den goldenen Adler mit den ausgebreiteten Schwingen und dachte an die mysteriöse Voraussage der Seherin.

Kapitel 12

Die Wodansprobe

Thorag schreckte aus unruhigem Schlaf hoch, als etwas schwer auf seinen Körper fiel. Sein erster Gedanke war, das Schwert gegen den Feind zu ziehen, der ihn angesprungen hatte.

Dann erst wurde er sich bewußt, daß er im Bett lag, unbewaffnet. Und die kleine Gestalt, die auf seiner Brust kauerte, war kein Feind, wie er mit blinzelnden Augen erkannte, sondern sein Sohn Ragnar.

Sunnas Strahlen fielen durch die nicht ganz dicht schließenden Windaugen herein und hatten den Jungen geweckt. Unwirkliches Licht erfüllte die Hütte, ein rötliches Leuchten, das Notts Schwärze in ein ständig heller werdendes Blau verwandelte, während das Rot an Kraft verlor. Die starken Holzpfeiler, die das Dach stützten, wirkten in diesem Licht wie lebende Wesen, Riesen auf Besuch in der Menschenwelt. Die schweren Fellvorhänge, die Dienerschaft und Vieh von dem Donarfürsten und seiner Familie trennten, wurden durch den rötlichen Schimmer lebendig, schienen zu atmen wie die Haut eines überlebensgroßen Tieres, das zu den Riesen gehörte.

Ragnar machte ein ernstes Gesicht, hieb mit der Linken auf den Vater ein und schrie: »Vorwärts, mein starkes Pferd! Wir greifen an und folgen Armin in die Schlacht. Ich, Thorag, Fürst der

Donarsöhne, werde viele Römer töten!« Dabei fuchtelte Ragnars Rechte mit einem Stock über Thorags Kopf herum. Quer zu dem langen Stock war an einem Ende ein kurzer mit Schilfgras gebunden; das Ganze sollte ein Schwert darstellen.

Thorags Hand schoß vor und hielt den rechten Arm des Jungen fest, bevor er mit dem Holzschwert Unheil anrichten konnte. »Paß auf, daß du dein Pferd nicht abstichst«, ermahnte der Donarfürst schmunzelnd seinen Sohn. »Sonst ist der Angriff schneller vorüber, als dir lieb ist. Wer sind denn die Römer, die du töten willst?«

»Die Legionen des Varus. Armin und Thorag werden sie besiegen!«

Thorags Schmunzeln erstarb. »Wie kommst du darauf, die Schlacht gegen Varus nachzuspielen?«

»Gestern habe ich es mit den anderen Kindern gespielt. Sie erzählen alle davon, wie du mit Armin gegen die Römer gezogen bist.« Ein Schatten verfinsterte das von ein paar winzigen Sommersprossen gesprenkelte Kindergesicht. »Und dann haben sie mich gefragt, weshalb du jetzt nicht mehr an Armins Seite kämpfst. Ein Junge aus der Stiersippe sagte, du hättest Angst – da habe ich ihn verprügelt. Ich habe ihnen gesagt, Thorag weiß gar nicht, was Angst ist.« Ragnar legte den Kopf schief, und seine Augen, blau und klar wie die des Vaters, musterten Thorag forschend. »Das stimmt doch, oder?«

»Nein«, antwortete Thorag zu Ragnars Erstaunen. Der Krieger versuchte, dem Sohn den Unterschied zwischen Mut und Dummheit, zwischen Angstüberwindung und Arglosigkeit beizubringen. Doch Ragnar sah den Vater sehr zweifelnd an. Das Ganze erinnerte Thorag an ein Gespräch, das er im Sommerlager des Varus mit dem Römerjungen Primus, dem Sohn der schönen Flaminia, geführt hatte. Auch Primus hatte diesen Unterschied nicht verstanden. »Du wirst es noch lernen, Ragnar«, seufzte Thorag. »Nur wer weiß, was Angst bedeutet, kann ein tapferer Krieger werden.«

Ragnar blickte den Vater eine Weile überlegend an, so daß Thorag schon Hoffnung schöpfte, fragte aber schließlich: »Warum kämpft Armin jetzt gegen die Römer und du nicht?«

»Weil du und ich deinem Vater wichtiger sind als die Römer«, antwortete Auja, von dem Gespräch geweckt.

Sie stützte sich auf einen Ellbogen und blickte ihre beiden Männer an. Thorag erwiderte den Blick lächelnd, glücklich über die Nähe der geliebten Frau. Auja war eine Schönheit, aber an diesem Morgen wirkte sie noch schöner als sonst, wie eine Göttin. Das unwirkliche Licht verlieh dem blonden Haar, das in sanften Wellen auf die Kissen fiel, einen bronzenen Schimmer. Auch die braunen Augen wirkten jetzt leicht rötlich. Auja gähnte und streckte sich, wobei sich ihre üppigen Formen deutlich durch den blauen Wollkittel abzeichneten. Wie begehrenswert Auja doch war! Angesichts seines Sohnes unterdrückte Thorag das in ihm aufsteigende Verlangen.

»Die Römer sind doch unsere schlimmsten Feinde«, ließ Ragnar nicht locker. »Ist es nicht das Wichtigste, gegen sie zu kämpfen?«

Thorag machte ein mißmutiges Gesicht. »Ich habe geahnt, daß die Reise zu Armin uns Schwierigkeiten einbringt. Kaum sind wir hier, höre ich nichts anderes mehr als Gerede über den Kampf gegen die Römer!«

Auja sagte mit gespielter Strenge zu Ragnar: »Wie kann man so früh am Morgen schon so viele schwere Fragen stellen? Wenn du schon munter bist, geh hinaus an die frische Luft!«

Ragnar kratzte unschlüssig die Kopfhaut unter dem hellen Haar. »Was soll ich da?«

»Gegen die Römer kämpfen«, antwortete Auja und unterdrückte die Belustigung, die in ihrer Stimme mitschwang. »Dort findest du eher welche als hier.«

Ragnar nickte einsichtig, krabbelte von seinem Vater, stieg aus dem Bett und lief barfüßig zur Tür. Seine kleinen Hände mußten mehrmals ansetzen, um den Eisenriegel zu lösen. Auf die Ermahnung seiner Mutter zog er die Tür hinter sich wieder zu. Ein kleiner Spalt klaffte noch offen und sorgte für mehr Helligkeit.

Thorag bemerkte, daß der Ernst auf Aujas Zügen jetzt echt war, nicht mehr nur die aufgesetzte Strenge einer in Wahrheit erheiterten Mutter.

»Warum hast du mich nicht geweckt, als du ins Bett gekommen bist, Thorag? Ich hatte dich doch darum gebeten!«

Er beugte sich zu ihr und strich sanft über ihren Leib, der noch nichts von dem in ihm heranwachsenden Kind verriet. Die Wärme, die er spürte, empfand er als wohltuend. Sie war so beruhigend wie der natürliche Duft, den Auja verströmte und der für ihn immer Glück und Geborgenheit bedeutet hatte.

»Unsere Tochter Gesa! Wenn du recht hast, hat dich das alles sehr angestrengt«, erklärte er. »Ich wollte deinen erholsamen Schlaf nicht stören. Hast du dich ein wenig erholt?«

»Im Augenblick spüre ich keine Schmerzen.« Aujas Hand strich sanft über seine kratzige Wange. »Du bist wichtiger als der Schlaf, Thorag. Ich wollte dich in dieser Nacht so gern bei mir spüren.«

Er lächelte. »Wir haben noch viele Nächte.«

»Ich hoffe es sehr«, sagte Auja leise. »Meinst du, Wodan wird dir heute beistehen?«

»Als Gott der Weisheit sollte er es tun. Außerdem hoffe ich, daß auch Donar seinem Abkömmling beisteht.«

»Gerolf und Germar werden ebenfalls ihre Götter anrufen.«

»Wer würde das nicht tun vor solch einer Prüfung.«

»Du sprichst, als ginge dich das alles nichts an.« Aujas Stimme klang verwundert und leicht vorwurfsvoll. »Dabei ... kann es sein, daß dies unser letzter gemeinsamer Morgen ist ...« Ihre Worte wurden leiser und endeten in einem Schluchzen. Auja wollte sich zusammenreißen, aber ein paar Tränen liefen über die Wangen ihres feinen, sinnlichen Gesichtes. »Verzeih«, sagte sie schluckend und zwang sich zu einem Lächeln. »Ich sollte dich wohl lieber aufheitern, nicht wahr?«

»Wenn ich von der Esche geschnitten werde und Germar hängt noch in ihrem Geäst, werde ich heiter genug sein.« Thorag schlug die schwere Wolldecke zur Seite und hielt sie hoch. »Aber etwas anderes könntest du tun.«

Überrascht starrte Auja auf die Erhebung zwischen seinen Oberschenkeln. »Wie kannst du jetzt daran denken, Thorag?« Das klang zwar entrüstet, aber in der gekünstelten Art, in der sie zuvor die Strenge gegenüber ihrem Sohn zur Schau gestellt hatte.

»Das ist die unbezwingbare Kraft Donars.« Thorag grinste breit. »Es ist bestimmt ein gutes Vorzeichen.«

»Dann laß mich prüfen, ob diese Kraft wirklich so unbezwingbar ist«, erwiderte Auja lächelnd und schlüpfte unter seine Decke.

Sunnas Wagen stand noch nicht hoch über den Baumkronen, als Thorag den gewundenen Weg von der Adlerburg hinunterritt. Die gemeinsame Lust mit Auja war nur kurz gewesen. Plötzlicher Schmerz überfiel seine Frau, und er machte sich Sorgen und Vorwürfe, nicht sanft genug zu ihr gewesen zu sein. Aujas alte, heilkundige Dienerin Reglind kümmerte sich um ihre Herrin. Als es Auja ein wenig besserging, brach Thorag auf, gewaschen und rasiert, aber ohne Frühstück, um Kraft in dem Eichenhain zu suchen, den er noch aus Wisars Tagen kannte.

Die Sklaven waren bereits bei der Arbeit und verstärkten unter der Aufsicht von Hirschkriegern die Wälle rund um die Burg. Die meisten waren Römer oder Angehörige ihrer Verbündeten. Viele sahen schlecht aus, erschöpft und ausgemergelt. Doch Thorag empfand kein Mitleid mit ihnen. Die Römer waren ins Land der Cherusker gekommen, nicht umgekehrt. Und wäre damals das Kriegsglück auf der Seite der Römer gewesen, hätten sie ihre Gefangenen kaum anders behandelt. Thorag kannte die Römer gut genug, um das zu wissen. Er hatte in Roms Armee gekämpft, hatte römische Städte und Rom selbst gesehen, und war, wenn auch nur für kurze Zeit, Präfekt einer kleinen Garnison am Rhein gewesen.

Armin hatte das Gelände rings um seine Burg roden lassen. Das Holz verwendete er für die Palisaden. Baumlos war das Gelände übersichtlicher, was einen Überraschungsangriff auf die Adlerburg so gut wie ausschloß. Jenseits des äußersten Walles bemerkte Thorag ein paar frisch zugeschüttete Gruben. Er hielt den Rappen dort an und winkte einen der berittenen Wächter heran. Der Hirschkrieger kannte Thorag und grüßte ihn mit seinem Namen.

»Sag, was haben diese Gruben zu bedeuten?« fragte der Donarsohn. »Fallgruben für mögliche Angreifer können es kaum sein, dann hättet ihr sie nicht wieder verschlossen.«

»Nein, Fallgruben sind es nicht«, antwortete der Hirschkrieger und brach in ein lautes Gelächter aus. »Allerdings liegen hier zu Fall gekommene Römer.« Er zeigte auf die geschäftigen Sklaven. »Je mehr die Verteidigungsanlagen wachsen, desto weniger Sklaven arbeiten hier. So haben die Römer ihr Leben wenigstens für ein gutes Werk gegeben.«

Angewidert starrte Thorag auf das Feld der Gruben – Gräber!

Im Kampf zu sterben war für einen Krieger keine Schande und kein Schrecken. Aber das hier?

Er sagte mit rauher Stimme: »Armin sollte darauf achten, daß sein Kampf gegen die Römer ihn nicht zu einem der Ihren macht.«

Der Hirschkrieger sah ihn verständnislos an.

Grußlos wendete Thorag den Rappen und galoppierte davon. Er fühlte sich bedrückt. Auf seiner Reise zur Adlerburg hatte es Augenblicke gegeben, in denen er sich auf das Wiedersehen mit Armin gefreut hatte. Jetzt aber wollte er die Burg und ihren Herrn so schnell wie möglich hinter sich lassen. Als er in den Wald eintauchte, der noch die Feuchtigkeit und Frische des Morgens in sich trug, fiel ihm das Atmen ein wenig leichter.

Er fand den Eichenhain, an den er sich von früher erinnerte, ohne Schwierigkeiten, als leite ihn der Donnergott zu dem Wald seiner heiligen Bäume. In der Mitte gab es eine kleine Lichtung, deren Mittelpunkt von einer mächtigen, alle anderen Bäume überragenden Eiche gebildet wurde. Sie streckte ihr Astwerk nach allen Seiten weit aus; es wirkte wie ein grüner, sich zum Winter hin allmählich verfärbender Schild.

Thorag stieg ab und ließ den Rappen frei auf der Lichtung grasen. Der Donarsohn trat an den Eichenstamm, der den Durchmesser mehrerer Männer hatte, legte seine Hände gegen das kühle Holz und schloß die Augen. So verharrte er eine ganze Weile, dachte an Donars ruhmvolle Taten und bat den stärksten Gott aus dem Geschlecht der Asen, den Verteidiger der Götter und der Menschen, den Riesentöter und Bezwinger der Midgardschlange, ihm bei der Wodansprobe Kraft zu geben. Dann rief Thorag Wodan an, den Allwissenden, den Gott der Weisheit, und bat ihn, die Speerprobe zugunsten der Wahrheit zu entscheiden.

Geräusche – heftiges Rascheln und Fauchen und dann ein tiefes Knarren – drangen ans Ohr des erfahrenen Kriegers, lösten seine Verbindung zu den Göttern, ließen ihn herumfahren und sein Schwert ziehen.

Schmunzelnd steckte der Donarsohn die Klinge zurück in die fellumspannte Scheide an seiner linken Seite. Sein scharfes Eisen würde keinen Feind auf dieser Lichtung finden. Nur einen Rotfuchs und einen Kolkraben, die sich um die Beute stritten: eine fette, graubraune Maus.

Der Fuchs hatte seine starken Zähne ins Genick des Nagers geschlagen, der Rabe hielt mit seinem langen, kräftigen Schnabel den Mäuseschwanz fest. So zerrten sie die Beute hin und her durch Laub und Gras, der Fuchs unter wütendem Fauchen, der Rabe mit dem drohenden Knarren seiner eigentümlich wandlungsreichen Stimme. Beide Kontrahenten waren ungewöhnlich große Vertreter ihrer Arten, der zumeist rotbraune und an Unterseite und Schwanzspitze weiße Fuchs fast von den Ausmaßen eines kleinen Wolfes und der tiefschwarze Vogel gewaltiger als mancher Bussard. Und keiner der beiden schien zum Aufgeben gewillt.

Die Maus entglitt den verbissenen Gegnern, überschlug sich mehrmals und blieb reglos im Gras liegen. Schon eins der beiden großen Tiere hätte ihr mühelos das Leben genommen, die Wut zweier Jäger hatte ihr nicht die geringste Aussicht auf ein Entkommen gelassen.

Gebannt verfolgte Thorag das Geschehen. Rabe und Fuchs belauerten sich. Jeder schien darauf zu warten, daß der andere sich auf die Maus stürzte, nur damit der Geduldigere sich dann auf den Feind werfen konnte. Mit einem plötzlichen flinken Sprung brachte der Fuchs sich in die Nähe der Maus. Der Rabe änderte mit einem klatschenden Flügelschlag seine Stellung, verharrte aber auf seinem Platz.

Der Fuchs griff ihn mit einem weiteren Sprung an. Beide Tiere waren nur noch ein einziges Knäuel aus braun-weißem Fell und schwarzen Federn, das unter ohrenbetäubendem Knurren und Knarren Laub aufwirbelte. Schließlich lag der Rabe auf dem Rücken, und der Fuchs stürzte sich auf ihn, biß zu, bohrte die Zähne immer wieder in den Körper des Vogels. Dessen Knarren klang jetzt heiser und verzweifelt, das Knurren des braunen Räubers aber siegesgewiß.

Der Fuchs öffnete die spitze Schnauze zum offenbar entscheidenden Biß. Doch das vorschießende Maul wurde von den Krallen des Raben aufgehalten, die den Fuchskopf umklammerten und ihm blutige Furchen zufügten. Mit einem überraschten Aufschrei ließ der Rotfuchs von dem Gegner ab. Das nutzte der Rabe zu einem Gegenangriff und hackte mit dem Schnabel mehrere Wunden in den Körper des Rivalen. Dieser hatte genug und verschwand mit unglaublicher Gewandtheit zwischen ein paar Haselnußsträuchern.

Der Rabe plusterte sich auf und ließ noch einmal sein lautes Geknarre vernehmen, diesmal als stolzes Signal seines Sieges. Dabei drehte er sein Gesicht dem Donarsohn zu. Thorag erschauerte. Er hatte plötzlich das Gefühl, der Vogel würde ihn persönlich meinen, zu ihm sprechen. Da wandte der Rabe sich auch schon ab, stolzierte seelenruhig zu der Maus, packte sie mit festem Schnabelgriff und erhob sich mit seiner Beute in den blauen, von großen, weißen Wolken überzogenen Himmel.

Thorag legte den Kopf in den Nacken und hielt als Schutz gegen Sunnas helle Strahlen die flache Hand über die Augen. Der Rabe hatte seine Neugier geweckt. Der Cherusker wollte sehen, wohin der Vogel sich wandte. Aber das große, schwarze Tier stieg höher und höher, bis es auf einmal verschwunden war. Es sah aus, als hätten die Wolken den Raben verschluckt.

Thorag war verwirrt. Wieso hatten sich Rabe und Fuchs gerade hier gestritten, unbeeindruckt von der Gegenwart des Menschen? Und warum ging der Fuchs, ein Jäger der Nacht, am hellen Tag auf Beutefang? War alles ein Zufall, oder lag darin eine Bedeutung? Der Cherusker hatte sich ein Zeichen der Götter erhofft. Und tatsächlich galten Raben als Wodans Vögel. Die mächtigen Raben Hugin und Munin, der Gedanke und die Erinnerung, waren seine Boten und seine Späher, streiften über die ganze Welt, um ihrem Herrn zu berichten. War dieser Vogel eben einer der beiden Raben Wodans gewesen? Und wenn ja, welches Zeichen hatte der Allwissende dem Cherusker gesandt?

Die Raben waren die Vögel des Schlachtfeldes. Sie hackten den in Feigheit Gestorbenen die Augen aus, geleiteten die im tapferen Kampf Gefallenen aber nach Walhall. War dies die Erklärung? Wollte Wodan dem Donarsohn mitteilen, daß Walhall auf ihn wartete?

Wieder blickte Thorag in den Himmel und sagte mit fester Stimme: »So sei es denn, Gott der Raben und der Toten. Ich werde mein Schicksal annehmen und in der Speerprobe mein Blut vergießen, wenn das dein Wille ist.«

In gedrückter Stimmung kehrte Thorag, der sich von seinem Ritt zum Eichenhain eigentlich Stärkung und Zuversicht versprochen hatte, auf die Adlerburg zurück. In Anbetracht der bevorstehenden Wodansprobe hätte er etwas essen sollen, aber er verspürte nicht den geringsten Hunger.

Kaum war er vom Pferd gestiegen, als ein junger Hirschkrieger auf ihn zulief und sagte: »Edler Thorag, unser Herzog Armin wünscht dich zu sehen, so schnell wie möglich.«

Thorag begleitete ihn zu Armins Haus, nachdem der Donarsohn nach seiner Frau gesehen hatte. Reglind hatte ihr einen schmerzstillenden, beruhigenden Kräutertrank bereitet, und jetzt schlief Auja friedlich.

Armins großes Haus war wieder Ausgangspunkt einer Feier, die sich auf die ganze Burg ausdehnte. Nach der Brautnacht hatte der Bräutigam der Braut die Morgengabe überreicht, die im Fall von Armin und Thusnelda besonders reichlich ausgefallen war. Neben dem traditionellen aufgezäumten Pferd mit Schild, Schwert und Frame hatte Armin seiner Frau ein eigenes Haus, eine Anzahl Schalke sowie eine Rinder- und eine Schafsherde übereignet. Pferd und Waffen sollten zeigen, daß Thusnelda jetzt dem Schutz Armins unterstand. Das Haus, das Vieh und die Schalke unterstrichen, daß Thusnelda ihre Selbständigkeit behielt und sich aus eigener Kraft ernähren konnte, sollte ihr Gemahl dazu eines Tages nicht mehr in der Lage sein. Das Zeremoniell der Morgengabe war bereits vollzogen worden und wurde jetzt ausgiebig gefeiert.

Armin saß neben seiner Frau am Kopfende der langen Tafel in seinem Haus. Er unterhielt sich lachend mit seinem Oheim Inguiomar. Das Lachen gefror, als der Herzog den eintretenden Donarsohn erblickte. Thorag wollte zu ihm gehen, aber Armin kam ihm zuvor, fing ihn auf halbem Weg ab und zog ihn von der Tafel weg in den Gesindetrakt.

Mit ernster Miene sagte der Hirschfürst: »Ich bin sehr enttäuscht von dir, Thorag. Ausgerechnet der Abkömmling Donars, mein Blutsbruder, war bei der Morgengabe nicht zugegen. Man munkelt, das Verhältnis zwischen uns sei getrübt.« Der Vorwurf war nicht zu überhören.

Thorag nickte betrübt. »Dein Tadel trifft mich, und das zu recht. Würdest du mir glauben, daß ich die Zeremonie einfach vergessen habe?«

»Vergessen?« Armins Gesicht wirkte verwundert, ungläubig. »Aber gestern hast du mit Thusnelda und mir Hochzeit gefeiert, hast den Bund mit Miölnir gesegnet. Wie konntest du da die Morgengabe vergessen?«

»Meine Gedanken weilten bei Wodan und der Probe, die ich heute ablegen muß.«

Schlagartig änderte sich der Ausdruck auf Armins Gesicht, das zwar weiterhin ernst wirkte, aber jetzt nicht mehr vorwurfsvoll, sondern mitfühlend. Der Hirschfürst legte seine Hände auf die Schultern des Donarsohnes. »Verzeih mir, Thorag, daran dachte ich schändlicherweise nicht. Natürlich mußt du dich auf die Speerprobe vorbereiten! Haben die Götter dir ein günstiges Zeichen gegeben?«

»Da bin ich mir leider nicht sicher«, antwortete Thorag und berichtete von dem Raben.

»In der Tat ein seltsames Zeichen«, befand Armin. »Wir könnten eine weise Frau fragen, eine Zeichendeuterin.«

Thorag schüttelte den Kopf. »Gleich, was sie sagen würde, ich müßte mich doch dem Kampf stellen. Die Zeit bis dahin wird knapp, und ich habe noch etwas Wichtiges mit dem Herzog der Marser zu regeln.«

»Mit Mallovend?« Armin wirkte besorgt. »Steht etwas zwischen euch?«

»Ja, die Liebe.« Thorag erzählte von Tebbe und Amala. »Ich hoffe, Mallovend ist der Verbindung jetzt eher zugeneigt als gestern abend.« Er seufzte schwer. »Leider glaube ich das nicht.«

»Warte hier, Thorag. Ich werde mit Mallovend sprechen.«

»Du?« Thorag blickte Armin fragend an. »Aber warum willst du ...«

»Laß mich nur machen«, sagte Armin und verließ auch schon den Gesindetrakt. Thorag zog einen Vorhang etwas zur Seite und betrachtete durch den Schlitz die Festgesellschaft. Armin nahm den Marserfürsten zur Seite und redete auf ihn ein. Mallovend machte ein übellauniges Gesicht, aber der Cheruskerherzog ließ sich davon nicht beeindrucken. Dann wandten beide Herzöge dem Donarsohn den Rücken zu, und Thorag konnte nicht verfolgen, welche Richtung die Unterredung nahm.

Er setzte sich auf einen Schemel und schien ein paar Schalken zuzusehen, die sich damit abmühten, einen riesigen Topf mit Hafergrütze vom Herdfeuer zu heben. In Wahrheit blickten die Augen des Fürsten durch die Männer und Frauen aus Armins Gesinde hindurch. Thorag dachte wieder an den großen Raben, der, so hatte es ausgesehen, sich einfach in Luft aufgelöst hatte.

»Gute Nachrichten, Thorag«, schreckte Armins Stimme ihn auf. »Mallovend hat in die Verbindung seiner Tochter mit Tebbe eingewilligt. Allerdings hat er ein paar Bedingungen gestellt.«
»Und die wären?«
»Da Tebbe nicht von fürstlichem Blut ist, bleibt Amala bei ihrem Stamm, und ihr Mann zieht zu ihr.«
»Ich denke, Tebbe wird darin einwilligen.«
»Das würde ich an seiner Stelle auch«, meinte Armin. »Immerhin könnte er so zu einer Art Fürst bei den Marsern werden.« Dann nannte der Herzog die Einzelheiten des Brautpreises, deren Hauptteil sechzig Pferde und achtzig Rinder ausmachten. »Dieser Gierschlund Mallovend wollte erst hundert von jeder Sorte haben. Ich mußte ganz schön mit ihm schachern.«
»Ich stehe dafür ein, denn Tebbe ist für mich wie ein Sohn«, erklärte Thorag. »Wann will Mallovend die Tiere haben?«
»Morgen früh, denn morgen abend soll hier die Hochzeit stattfinden.«
»So schnell? Wessen Einfall war das?«
»Meiner. Je eher Tebbe und Amala verheiratet sind, desto weniger Zeit bleibt dem Marser, sich die Sache noch einmal zu überlegen.«
Thorag musterte den Blutsbruder mit prüfendem Blick. »Was für ein Interesse hast du an dieser Verbindung, Armin, daß du dich so dafür einsetzt?«
»Die Marser sind wichtige Verbündete im Kampf gegen die Römer«, antwortete Armin mit leuchtenden Augen. »Die Vergangenheit hat gezeigt, daß auf Verbündete nicht immer Verlaß ist. Aber unser Einfluß auf Mallovend wird zunehmen, wenn dein Ziehsohn sein Schwiegersohn ist.« Armin faßte Thorag bei den Händen und drückte sie. »Wir sind doch Brüder, Thorag, durch die Vermischung unseres Blutes aneinandergebunden, Gefährten im guten wie im schlechten Schicksal!«
Es klang wie eine Beschwörung, fand Thorag und antwortete kühl: »So gut dein Plan klingt, er wird an der Tatsache scheitern, daß ich bis morgen niemals den Brautpreis aufbringen kann.«
»Ich werde das besorgen, und du mußt mir nur die Hälfte ersetzen.« Als Armin Thorags fragenden Blick bemerkte, erklärte der Herzog lächelnd. »Wir teilen uns den Preis brüderlich.«
»Dann wird wohl alles so geschehen.« Thorag konnte sich ein

Grinsen nicht verkneifen. »Du bist kein Hirsch, Armin, sondern ein Fuchs. Es gelingt dir, alles deinen Zielen unterzuordnen, selbst die Liebe zweier junger Menschen.«

»Das eine ist nützlich und das andere schön. Warum nicht beides miteinander verbinden, wenn es möglich ist!«

»Ja, warum nicht«, meinte Thorag und wurde wieder ernst.

»Erweise mir nur einen letzten Dienst, Armin. Falls ich es nicht mehr kann, wird Thidrik bei der Hochzeit die Stelle von Tebbes Vater einnehmen. Sorge du dann dafür, daß alles ungestört seinen Gang geht.«

»Das würde ich tun, würde es dazu kommen. Aber ich rechne fest damit, daß du die Wodansprobe überstehst. Schließlich hast du einen hochgeborenen Speerträger.«

»Wie meinst du das?«

»Es ist Mallovends letzte Bedingung als Gegenleistung für die Hand seiner Tochter. Er will bei der Probe dein Speerträger sein. Ich habe es ihm zugesagt. Im übrigen dürftest du nicht den Schlechtesten erwischt haben. Nach allem, was Germar den Marsern angetan hat, ist Mallovend im höchsten Maße begierig, ihm den Ger zwischen die Rippen zu jagen.«

Dagrs Zeit war fast vorüber, und Sunnas Wagen fuhr bereits den Baumwipfeln entgegen, als der Klang der Runenhörner Wodans Aufmerksamkeit erflehte, damit die Speerprobe dem Lügner den Tod, dem Wahrsprechenden aber Ehre und Leben brachte. Die Probe fand auf einer großen Lichtung am Fuße der Adlerburg statt. Die beiden Hochzeiten, die gestern erfolgte und die für morgen festgelegte, sollten nicht dadurch entweiht werden, daß Edelinge der Cherusker, die einander der Lüge bezichtigten, auf der Burg ihr Blut vergossen.

Die Zuschauer standen bis weit in den Wald hinein. Aus ihren Reihen lösten sich auf das Zeichen zweier Luren die Gegner, Thorag und Germar, beide völlig nackt und bemalt mit den Farben und Zeichen ihrer Sippe. Germar war bedeckt von schwarzen Ebern, auf seiner Brust prangte ein riesiger Eberkopf. Thorags Kriegsfarbe war Rot. Gezackte Streifen überall auf seinem Körper verkörperten Donars tödliche Blitze. Miölnir schmückte die muskulöse Brust des hünenhaften Kriegers. Seinen Rücken zierten zwei Böcke, die Abbilder Zähneknirschers und Zähneknisterers, die Donars Wagen zogen. Der aus Brombeersaft gewonnenen Farbe hatte Thorag das Blut eines frisch zu Donars Ehren geschlachteten Bockes beigemischt.

Armin, der das weiße Priestergewand angelegt hatte, trat zu Thorag und Germar in den Kreis und sagte: »Die beiden hier, Germar aus der Ebersippe und Thorag von den Donarsöhnen, führen böses, widersprechendes Wort, nicht zu ergründen von der Menschen begrenzter Weisheit. Deshalb rufen wir dich an, Wodan, Allwissender, Trinker der Weisheit aus Mimirs Quelle. Du gabst ein Auge, um die Weisheit zu erlangen. Wir geben dir das Leben eines Edelings. Laß es das Leben dessen sein, der sich an der Wahrheit vergeht, Wodan. Gib uns das Leben dessen zurück, der die Wahrheit und damit den Willen der Götter ehrt!«

Zustimmendes Gemurmel und Waffengeklirr erfüllte die Lichtung und schließlich ein Raunen aus vielen hundert Kehlen, das zu einem Sturmbrausen anschwoll. »Wo-dan, Wo-dan«, schrien die zu einer einzigen Stimme verschmelzenden Zuschauer immer und immer wieder, während Germar und Thorag von Hirschkriegern zu der großen Esche geführt wurden, jeder zu einem dicken Ast. Jeder der beiden Äste wurde von mehreren Männern mit einem kräftigen Strick nach unten gezogen. Man band Thorags Unterschenkel mit einem dieser Stricke zusammen, und gleiches geschah mit Germar. Noch hielten die Männer die Äste mittels der Stricke nach unten.

Armin gab ein Zeichen, die Luren ertönten, und die Hirschkrieger ließen die Stricke los. Die Äste schnellten hoch, und die Welt drehte sich um Thorag. Er nahm nur noch wirbelnde Farben war: das mit Rot, Braun und Gelb vermischte Grün des Waldes, das Blau und Weiß des Himmels, das bunte Gewirr der Zuschauermenge.

Allmählich setzten sich die Farben wieder zu Bildern zusammen, während Thorags hin und her schwankender Körper sich mehr und mehr beruhigte. Die Welt hatte wieder feste Formen, aber für Thorag, der mit den Füßen nach oben am Baum hing, stand sie auf dem Kopf. Sein Blick suchte die Zuschauermenge ab und fand die Seinen.

Auja, die entgegen Thorags Wunsch mitgekommen war. Er wollte ihr in ihrem geschwächten Zustand die Aufregung ersparen. Sie wollte nichts davon hören und hatte mit einer Bestimmtheit, die keinen Widerspruch duldete, gesagt: »Mein Platz ist jetzt bei dir, Thorag!«

Tebbe, der sein Glück kaum fassen konnte, als Thorag ihm die gute Nachricht übermittelte. Natürlich war Tebbe bereit, zu den Marsern zu ziehen. Gute Schreiner waren überall gefragt. Zwar würde Tebbe seinen Bruder Eibe, Thidrik, Thorag und andere vermissen. Zwar war das Land der Donarsöhne seine Heimat, aber letztlich war es nur seine Vergangenheit, Amala und das Marserland hingegen seine Zukunft.

Thorags Blick fiel auf Germar, der ebenfalls kopfüber an der Esche hing und sehr gelöst wirkte. Kein Wunder, wenn er schon mehrere Wodansproben überstanden hatte. Thorag hatte zwar als Jüngling am Baum gehangen, um die Speermerkung zu empfangen, aber dies hier war neu für ihn.

Gerolf und Mallovend standen jetzt bei Armin. Jeder trug in der Rechten einen starken Ger, dessen Eisenspitze mit Widerhaken versehen war. Am stumpfen Speerende war ein Seil befestigt, und dieses war mit dem anderen Ende um den linken Arm des Speerträgers geschlungen. Thorag war nicht verwundert, daß Gerolf den Speer für seinen Bruder trug.

Armins laute Stimme erfüllte die Lichtung erneut: »Wodan, du hast die Kenntnis der Runen empfangen, als du am windigen Baum hingst, verwundet vom Speer. Wodan, der du im Kampf mit dem Speer tötest, sorge nun dafür, daß diese Speere, deren Spitzen die heiligen Runen tragen, dem das Leben rauben, der die Unwahrheit spricht.« Bis jetzt hatte Armin mit dem Gesicht zu der großen Esche gestanden. Jetzt drehte er sich um, so daß er die beiden Speerträger anblickte. »Die Speerprobe möge beginnen!«

Er trat zur Seite, und die Lurenspieler bliesen das Signal zum ersten Wurf. Germar mußte sich zuerst der Probe unterziehen, da er der Gefangene Thorags gewesen war und der Anschein somit gegen den Ebermann sprach.

Der Herzog der Marser ließ sich Zeit, wog die schwere Waffe sorgfältig in der Rechten, befeuchtete den Zeigefinger der Linken und hielt ihn hoch, um den Wind zu prüfen. Alles machte auf Thorag einen guten Eindruck. Dann, mit einer fast beiläufigen Bewegung, ließ Mallovend den Speer fliegen.

Es war ein guter Wurf, der Germar voll in der Brust getroffen hätte, hätte der Ebermann sich nicht mit einer geschickten, schnellen Drehung aus der Flugbahn des Gers gebracht. So flink wie der Rotfuchs, den Thorag heute morgen beim Kampf mit dem Raben beobachtet hatte. Der Speer zerfetzte nur das Blattwerk des wuchtigen Baumes. Mit einem mißmutigen Knurren zog Mallovend die Waffe an dem Seil zurück.

Gerolf wollte Thorag überraschen. Das zweite Lurenzeichen war noch nicht ganz verklungen, da flog der Speer des Eberfürsten auch schon auf die Esche zu. Gerolfs Schnelligkeit ließ Thorag tatsächlich keine Zeit zum Ausweichen. Allerdings machte sich bemerkbar, daß Gerolf nicht genügend Zeit auf das Zielen verwendet hatte. Dicht neben Thorags Kopf zischte der Speer vorbei, und undeutlich sah der Donarsohn die heiligen Runen auf der langen Eisenspitze, die schließlich in den Stamm der Esche schlug. Federnd blieb der Ger dort stecken, bis Gerolf ihn mit einer ruckartigen Bewegung herauszog. Thorag stellte sich vor, wie es war, wenn sich das Eisen in seinen Körper bohrte.

Erneuter Lurenklang, und wieder warf Mallovend den Speer. Der Marserherzog zielte erneut gut. Aber Germar war abermals flink genug, dem Eisen zu entgehen, und Thorag mußte wieder an den Fuchs denken.

Heute morgen hatte der Fuchs den Kampf verloren, aber diesmal schien es anders auszugehen. Gerolfs zweiter Wurf war besser gezielt. Thorag sah den tödlichen Stab auf sich zufliegen und versuchte, seinen Körper durch Pendelbewegungen außer Gefahr zu bringen. Ganz gelang es ihm nicht. Die Eisenspitze streifte seinen rechten Arm und riß das Fleisch oberhalb des Ellbogens auf. Sofort brandete bei den Eberkriegern Jubel auf.

Noch größer war ihre Begeisterung, als der geschickte Germar auch Mallovends drittem Wurf auswich. Diesmal verließ den Marserherzog jede Selbstbeherrschung, und er bedachte die Götter mit einem unanständigen Fluch. Nicht gerade die richtige Art, sie für sich zu gewinnen, dachte Thorag. Aber er konnte Mallovend verstehen. Wäre Amala Thorags Tochter gewesen, hätte er auch alles darangesetzt, ihre Schändung am Anführer der Peiniger zu rächen.

Als Gerolf wieder den Ger schleuderte, machte Thorag eine geschickte Ausweichbewegung, auf die er alle Kräfte konzentrierte. Der Schmerz in seinem blutigen Arm war jetzt unbedeutend, nur das Überleben zählte. Der Gaufürst hatte Germar genau beobachtet und ahmte seine Manöver nach. Mit Erfolg, der gut gezielte Wurf ging fehl. Jetzt jubelten die Donarsöhne.

Mallovends nächster Wurf ging so nah an Germar vorbei wie kein anderer – aber er ging vorbei. Und der Jubel von Thorags Leuten verstummte.

Bei Gerolfs Wurf versuchte Thorag eine ähnliche Ausweichbewegung wie zuvor, indem er zu pendeln begann und gleichzeitig seinen Oberkörper zusammenkrümmte.

Aber dann kam der Schmerz. Ein Gefühl, als würde seine Brust aufgerissen.

Ungläubig blickte der Donarsohn auf die Speerspitze, die tief in seinen Leib gedrungen war. Das Blut rauschte in seinen Ohren, so laut, daß es die Begeisterungsrufe und das Waffengeklirr der Eberleute fast übertönte.

Und Blut strömte aus. Warum floß es nach oben, auf Thorags Kopf zu? Erst als es sein Gesicht erreicht hatte und dann das helle Haar rot färbte, fiel dem Abkömmling des Donnergottes wieder ein, daß er mit dem Kopf nach unten hing.

Dann dachte er, daß die Götter auf der Seite der Ebersippe standen, sonst hätten sie das hier nicht zugelassen. Hatten sie nicht Gerolfs Arm geleitet? Oder hatte der in Wodansproben erfahrene Eberfürst einfach vorausgesehen, welches Ausweichmanöver Thorag durchführen würde?

Es kam aufs selbe heraus. Auf kaum auszuhaltenden Schmerz und auslaufendes Blut, das Thorags Kräfte schwächte. Wie lange würde das Eisen noch in seiner Brust bohren?

Die Antwort waren Schmerzen, die immer unerträglicher wurden. Gerolf hatte das Seil gespannt, und dies allein hatte zu einer Vervielfachung des Schmerzes geführt. Der Eberfürst grinste böse, während er das straffe Seil hielt. Er wußte, daß jeder Augenblick in dieser Haltung neues Stechen und Brennen durch Thorags Körper sandte.

Armin trat mit besorgtem Gesicht vor und redete auf Gerolf ein. Es war die Ermahnung, den Speer endlich herauszuziehen. Unendlich langsam kam der sehnige Mann mit dem Fuchsgesicht dem nach. Die Widerhaken pflügten durch Thorags Fleisch und rissen große Stücke heraus. Als die blutige Spitze endlich vor dem Gesicht des Donarfürsten zu Boden fiel, war es wie eine Erleichterung. Aber jetzt floß das Blut erst richtig. Und jeder verlorene Tropfen bedeutete verlorene Kraft.

Thorag zwang sich, die Wunde zu mustern. Sie war groß, eine böse Verletzung. Ständig spuckte sie rote Flüssigkeit aus. Wie ein Quell, der statt Wasser Blut ausstieß. Wichtige Organe schienen wie durch ein Wunder nicht verletzt zu sein. Oder war Thorag schon so geschwächt, daß er das nicht mehr spürte?

Miölnir auf seiner Brust war nicht mehr zu sehen, war bedeckt von Blut.

O Donar, *mein Ahnherr,* dachte Thorag, *warum hast du mich verlassen?*

Das nächste Lurensignal hatte Mühe, den Jubel der Eberkrieger zu übertönen. Thorag blickte erst gar nicht zu Germar hinüber. Er wußte schon, mit welcher Gewandtheit der andere dem Speer auswich.

Doch auf einen Schlag verstummte der Jubel aus Germars Lager, wich einem Aufstöhnen. Und dann setzte anderer Jubel ein, rief immer wieder einen Namen: »Do-nar, Do-nar, Do-nar!«

Thorag drehte den Kopf zur Seite. Eine Bewegung, die – wie jede Bewegung – Kraft kostete und Schmerzen verursachte. Voller Unglauben betrachtete der Donarsohn die vor Schmerz zuckende Gestalt des Rivalen.

Mallovends Ger saß so tief in Germars linker Seite, daß kaum noch Eisen zu sehen war. Als der Marserherzog das Seil spannte, ebenso langsam wie zuvor der Eberfürst, und dann den Speer aus Gerolfs Körper zog, war es ein ähnliches Bild wie eben bei Thorag. Nur war die Wunde des Ebermannes noch um einiges größer. Unter Gerolf bildete sich eine große, rote Pfütze am Boden, die sich schneller ausbreitete als die unter Thorag.

Jetzt war der Ausgang der Speerprobe wieder offen. Vermutlich würde der nächste Wurf alles entscheiden. Aber Gerolf war an der Reihe! Sobald Thorag tot war, konnte Germar von der Esche geschnitten und versorgt werden. Gerolfs entschlossenes Gesicht zeigte deutlich, daß der Eberfürst genau dies mit seinem nächsten Wurf herbeiführen wollte.

Thorag fühlte in sich nicht mehr die Kraft zu der Verrenkung, die ein erfolgversprechendes Ausweichmanöver erforderte. Er wartete auf den Lurenklang, der sein Todeslied sein würde. Aber er hörte ein anderes Geräusch, tief und knarrend. Es kam von oben.

Auf dem Ast, an dem er hing, hatte sich ein großer Rabe niedergelassen. War es derselbe Vogel, den er heute morgen beobachtet hatte? War es Hugin, der Gedanke, oder Munin, die Erinnerung? War es ein Zeichen oder nur ein Zufall?

Der Schwarzgefiederte öffnete den langen Schnabel. Diesmal klangen seine Laute anders, heller, verständlicher. Thorag glaubte, sie zu verstehen: »Mu-nin, Mu-nin.« Der Vogel blickte den Menschen an, schien ihm direkt in die Augen zu sehen, breitete dann die Flügel aus und erhob sich in den Himmel, verschwand aus Thorags Blickfeld.

Munin – die Erinnerung!

Aber woran sollte sich Thorag erinnern?

Als Gerolf den Speer zum letzten – tödlichen? – Wurf hob, wußte der Donarsohn die Antwort. Nur der Kampf heute morgen konnte gemeint sein.

Gerolf mit dem Fuchsgesicht und Germar mit der Gewandtheit des braun-weißen Räubers, sie waren die Gegner des Raben. Also war Thorag der Rabe!

Er vergegenwärtigte sich, wie der große Vogel, als er schon besiegt schien, den Fuchs am Todesbiß gehindert hatte. Und so versuchte Thorag es, als der kraftvoll geschleuderte Ger die Luft zerschnitt.

Thorag sah sofort, daß die Waffe ihn treffen würde; die von Blut und Schmutz bedeckte Spitze schoß genau auf ihn zu. Und er wußte auch, daß der Blutverlust ihm kein Ausweichen erlaubte.

Der Donarsohn wurde zum Raben und riß die Hände hoch, wie dieser seine Krallen erhoben hatte, um sie in das Fuchsgesicht zu schlagen.

Thorag griff nach dem Speer und bekam ihn zu fassen. Ein schmerzhafter Ruck ging durch seine Arme und ein noch schmerzhafteres Brennen durch seine Hände, die von dem scharfen Eisen zerschnitten wurden.

Aber er ließ nicht los, und der Speer verlor seine Kraft. Zwar durchstieß die Spitze das Fleisch seiner Brust, aber nicht so weit, daß die Widerhaken greifen konnten. Mehr blieb dem Donarsohn nicht zu tun. Seine Kräfte schwanden, und seine Hände waren blutige Brocken nutzlosen Fleisches.

Jubel und Waffengeklirr bei den Donarsöhnen waren lauter als die Rufe des Unglaubens bei den Eberleuten. Aber beides war undeutlich für Thorag.

Er zwang sich zur Aufmerksamkeit und betrachtete Gerolf, dessen Gesicht erst Verblüffung und dann grenzenlose Wut widerspiegelte. Die Speerspitze rutschte sofort aus Thorags Brust, als der Eberfürst endlich das Seil spannte.

Erst hatten die Donarsöhne die Namen ihres Fürsten und seines göttlichen Stammvaters skandiert, jetzt, als die Luren ertönten, riefen sie den des Marserherzogs. Der ließ sich noch mehr Zeit als bei seinem ersten Wurf. Germars großer Blutverlust schwächte den Ebermann von Augenblick zu Augenblick mehr.

Wütend rief Gerolf dem anderen Speerträger etwas zu. Thorag verstand es nicht. Wahrscheinlich war es die Aufforderung, endlich den Ger zu schleudern.

Mallovend grinste unter seinem Bart. Der Marser genoß es, das Leben Germars und die Gefühle Gerolfs im wahrsten Sinne des Wortes in der Hand zu halten.

Plötzlich wurde sein Gesicht ernst, sein Körper straffte und seine Muskeln spannten sich. Er stieß den Speer in Germars Richtung, und der Ebermann am Baum krümmte sich zusammen, versuchte trotz aller Schwäche und Schmerzen, seinen Körper aus der Wurfrichtung zu bewegen.

Doch Mallovend hatte die Waffe gar nicht geschleudert. Er hielt sie mit erhobenem Arm und lachte über Germar, der sich kraftlos und blutüberströmt zurückfallen ließ.

Gerolf schimpfte lauthals.

Dann flog der Ger und bohrte sich in Germars Brust, mitten in sein Herz.

Der Getroffene schrie, stöhnte und verstummte.

Thorag konnte in sein Gesicht sehen, aber Germar erwiderte den Blick nicht. Die kleinen Augen in dem pockennarbigen, jetzt vom Blut besudelten Antlitz wirkten starr und tot.

Trotz Gerolfs Gekeife spannte Mallovend das Seil in aller Ruhe. Langsam zog er die tief eingedrungene Spitze aus Germars linker Brust und mit ihr das Herz des Ebermannes.

Thorag sah sich von seinen Leuten umringt. Mit gebogenen Stangen zogen sie den Ast, an dem er hing, nach unten.

Eine weiße Gestalt hob den Arm mit einem Dolch. Armin! Er durchschnitt das Seil, das Thorag an die Esche band.

»Du hast gesiegt, Thorag!« sagte Armin lächelnd, ließ den Dolch achtlos fallen und fing den Donarsohn in seinen starken Armen auf.

Seltsam, aber bevor Finsternis seinen Geist umhüllte, war Thorags letzter Gedanke, wie gut es doch tat, einen solchen Mann zum Freund, zum Blutsbruder, zum Schicksalsgefährten zu haben.

Kapitel 13

Ein kurzer Wahnsinn

Gaius Julius Caesar Germanicus fühlte sich müde, erschöpft, bedrückt, bar jeder Kraft, die er früher verspürt hatte, wenn er vor seinen Truppen stand. Aber damals war er noch der bewunderte Imperator und Enkel des Marcus Antonius gewesen, dem die Soldaten willig ins Feld und in die Schlacht folgten. Jetzt war er kaum noch der Anführer seiner Männer, eher ihr Widersacher, der immer und immer wieder mit Drohungen, Mahnungen und Versprechungen verhindern mußte, daß Roms Schild und äußerer Stolz – die Armee – sich gegen Rom selbst wandte.

Auch jetzt, drei Tage nach der Rettung des Munatius Plancus vor dem Zorn der Meuterer, stand er wieder auf dem Tribunal im Legionslager der Ubierstadt. Diesmal auf Aufforderung der Männer, die ihn zu sprechen wünschten. Früher hatte der Feldherr seine Truppen antreten lassen und den Apell vom Tribunal aus abgenommen, jetzt ließen die Truppen ihren Imperator kommen!

Alles auf der Welt ist plötzlich verkehrt, als sei die Welt mit dem Tode des Augustus aus den Fugen geraten, dachte der Imperator bitter. *Haben die Götter ihr Haupt verhüllt? Wenn ja, was hat sie so verärgert? Sind sie etwa nicht mit dem Nachfolger des Princeps zufrieden? Wollen sie dasselbe wie ein Teil der Meuterer, wie die republikanisch gesinn-*

ten Senatoren in Rom und wie Agrippina? Wollen sie einen Princeps namens Germanicus?

Einer der Senatoren, Appius Aemilianus Silius, hatte kurz vor der Abreise der Gesandtschaft unter einem Vorwand ein Gespräch unter vier Augen mit dem Imperator gesucht. Er hatte dem Enkel des Marcus Antonius seine republikanische Gesinnung offenbart und sich einen Boten der republikanischen Kräfte im Senat genannt, die es begrüßen würden, Germanicus als Princeps zu sehen. Der Imperator gab sich sehr zurückhaltend. Was, wenn das eine Falle des Munatius Plancus oder gar des Tiberius selbst war, wenn nur die Treue des Imperators zu seinem Adoptivvater auf die Probe gestellt werden sollte? Also antwortete Germanicus dem Aemilianus, er halte Tiberius für einen in jeder Hinsicht wünschenswerten Princeps und sehe seine eigenen Aufgaben in Gallien und Germanien. Die Enttäuschung auf dem Gesicht des Senators war deutlich zu sehen gewesen. Aber galt sie der Einstellung des Imperators oder dem Umstand, daß er sich keine Blöße gegeben hatte?

Germanicus hatte Agrippina gegenüber die Unterredung nicht erwähnt, weil er kein Wasser auf ihre Mühlen gießen wollte. Er war einfach froh gewesen, als die senatorische Gesandtschaft das Legionslager unter der Bedeckung treuer Auxiliarreiter verließ. Da der Hafen in der Ubierstadt noch in der Hand der Meuterer war, sollten die Senatoren weiter flußaufwärts an Bord eines Schiffes gehen. Ihr Bericht, den sie dem Senat zu erstatten hatten, würde gewiß nicht günstig für Germanicus ausfallen.

Dieser Umstand warf ebenso einen Schatten auf den Imperator wie die Trennung von Frau und Sohn. Es war ihm schwergefallen, aber es mußte einfach sein. Das Eindringen der Meuterer in das Cubiculum ihres Imperators hatte deutlich gezeigt, wie wenig Gesetz, Sitte, Treue und hoher Stand galten, wenn die Plebs in Raserei geriet. Deshalb hatte Germanicus Agrippina und den kleinen Gaius gestern unter dem Schutz einer weiteren Abteilung Auxiliarreiter zu den Treverern gesandt, wo Agrippina in Ruhe ihre Niederkunft abwarten sollte. Die Bedeckung hatte Germanicus allerdings erst später zu dem Zug stoßen lassen, da es schon beim Auszug der Senatoren aus dem Lager zu Tumulten gekommen war. So zog Agrippina mit ihrem weiblichen Gefolge und einigen Sklaven vor den Augen der Legionäre scheinbar schutzlos durchs Land. Vielleicht, so hoffte Germanicus, brachte dieser beschämende Anblick die Männer ein wenig zur Einsicht.

Erst hatte er die beiden nach Rom schicken wollen. Aber Agrippina widersprach aus zwei Gründen. Erstens wollte sie nicht so weit und so lange von ihrem Mann getrennt sein. Zweitens hätte es ein schlechtes Licht auf Germanicus geworfen, wäre als Eingeständnis seiner Unfähigkeit, der Meuterei Herr zu werden, gewertet worden.

Vielleicht wäre es das Eingeständnis der Wahrheit gewesen! Dieser düstere Gedanke bemächtigte sich des Imperators, als eine große Abordnung der Truppe unter dem lauten Beifall ihrer Kameraden in lockerer Ordnung – eher war es eine Zusammenwürfelung – quer über den Hauptplatz kam und auf das Tribunal zuhielt. Germanicus zog tief die Luft ein und straffte seine Gestalt. Also auf ein Neues!

Es waren etwa hundert Männer, wahrscheinlich die Abordnungen der einzelnen Truppenteile. Ihnen schlossen sich andere an, Schaulustige, Neugierige, Aufbegehrende. Vor dem Tribunal stand unter dem Kommando des treuen Ventidius nur eine dünne Kette Prätorianer, mehr ein Symbol der hohen Stellung des Imperators als im Ernstfall ein wirklicher Schutz.

Der einsame Mann auf der Erhöhung atmete ein wenig auf, als er den Graukopf an der Spitze des Aufzuges erkannte. Es war der Veteran Quintus Paelignus, der seinem Imperator das Schwert zum Kampf gegen Calusidius gegeben hatte. Paelignus hatte sich als einsichtig und hilfreich erwiesen. Vielleicht bedeutete seine Anwesenheit, daß die Männer, was immer sie auch von Germanicus wollten, mit sich reden ließen. Vielleicht bedeutete es aber auch, daß auch die Einsichtigen unter den Meuterern uneinsichtig geworden waren.

Der Aufzug erreichte das Tribunal und kam dort zum Stehen. Niemand schien so richtig zu wissen, wie es weitergehen sollte. Jeder drängelte den anderen vor, um das Wort an Caesar Germanicus zu richten.

Dieser wartete ab. Sie hatten ihn hierherbestellt, also sollten sie auch den Anfang machen. Er hatte sich schon genug Blößen gegeben und war es leid, immer wieder den Nachgiebigen und Verständnisvollen zu spielen.

Schließlich war es Quintus Paelignus, der zu Germanicus aufsah, sich mehrmals räusperte und mit lauter Stimme sagte: »Imperator, wir danken dir, daß du gekommen bist. Natürlich wäre es angemessen gewesen, wir hätten eine Abordnung ins Prätorium gesandt, um unsere Wünsche vorzutragen. Aber es geht um eine Angelegenheit, die alle Soldaten hier mit Sorge erfüllt. Und deshalb möchten alle aus deinem Munde hören, daß du dich für deine Männer entscheidest.«

Germanicus war nicht wenig verwundert über diese gemäßigten, fast unterwürfigen Worte. Aber er beschloß, vorsichtig zu sein und sich an das Sprichwort zu halten, wonach man schöne Frauen morgens, schöne Tage aber erst abends loben sollte. »Sag mir, Quintus Paelignus, was meine Soldaten so sehr bedrückt!«

Mit betrübtem Gesicht antwortete der Graukopf: »Es ist der Abzug deiner Gattin und deines Sohnes, edler Germanicus. Ohne Schutz römischer Soldaten, ohne einen einzigen Zenturio, ohne das Gefolge, das der Gemahlin des Imperators gebührt, hast du sie zu den Treveren gesandt, die zwar unsere Verbündeten sind, aber keine Römer. Ist das nicht eine Schande für uns, wo hier Tausende römischer Soldaten versammelt sind? Du aber vertraust den Treverern mehr als uns!«

Obwohl dies die Reaktion war, die Germanicus mit dem scheinbar bedeckungslosen Abzug seiner Familie bezweckt hatte, ärgerte ihn der Vorwurf, der aus den Worten des Veteranen und den Blicken seiner Begleiter sprach. Seine Antwort fiel deshalb im barschen Ton aus: »Meine Gemahlin und mein Sohn sind mir nicht wertvoller als der Staat und mein Vater, unser Princeps, daß ich mich so um sie sorge. Aber in dieser Stunde war Handeln geboten. Den Princeps schützt seine Hoheit, das römische Reich werden die übrigen Heere beschirmen. Aber auf euch, Veteranen und Legionäre, kann sich niemand mehr verlassen, wie mir die letzten Ereignisse zeigten, nicht einmal die Familie eures Imperators!«

Germanicus mußte einhalten, so laut schwoll das Geschrei und Gejammer der umstehenden Menge an. Ventidius warf der aufgebrachten Masse, seinen eigenen Männern und dem Imperator besorgte Blicke zu. Der Mann auf dem Tribunal las daraus das Flehen, die Ansprache zu beenden oder wenigstens in einem gemäßigteren Tonfall fortzuführen.

Der Feldherr aber war am Ende seiner Geduld und fuhr zornerfüllt fort: »Ich würde meine Gemahlin, meinen Sohn und auch das Kind, das in Agrippinas Leib heranwächst, mit Freude opfern, ginge es um euren Ruhm und den Roms. Aber die Raserei, in die ihr verfallen seid, zwingt mich, die Meinen in die Ferne zu schicken, damit eure weiteren Verbrechen, mit denen nach eurem bisherigen Verhalten zu rechnen ist, nur mit meinem Blut gesühnt werden. Die Schande, euch durch die Ermordung des Urenkels von Augustus und der Schwiegertochter von Tiberius in noch größere Schuld zu verstricken, will ich euch ersparen!«

Wieder schwollen Jammern und Schimpfen an. Die Soldaten beteuerten, keine weiteren Verbrechen vorzuhaben, und fragten, weshalb ihr Imperator ihnen gegenüber so mißtrauisch sei.

»Die Antworten will ich euch gern geben!« übertönte Germanicus die Menge. »Eure Fragen allerdings erstaunen mich. Wozu habt ihr euch in den letzten Tagen nicht erdreistet? Was habt ihr nicht entweiht? Wie soll ich diese Ansammlung hier zu meinen Füßen bezeichnen, die durch keinen Appell veranlaßt wurde? Ich sehe unrasierte Männer, Betrunkene, aber kaum einen im ordentlichen Schmuck seiner vollständigen Dienstkleidung. Soll ich Männer, die gegen den Sohn ihres Imperators die Waffen erhoben haben, noch Soldaten nennen, wo ihr euch so gegen die Gesandtschaft des Senats versündigt habt? Sogar die unter Feinden heilige Unantastbarkeit einer Gesandtschaft, allgemeines Völkerrecht, habt ihr mißachtet! Der vergöttlichte Julius Caesar erstickte die aufkeimende Meuterei seiner Soldaten mit einem einzigen Wort, indem er sie eidbrüchige Quiriten nannte. Allein der Gesichtsausdruck und der Blick, den der vergöttlichte Augustus auf die Legionen in Actium lenkte, erfüllte diese mit Schrecken. Ich erachte mich nicht als diesen beiden gleichstehend, bin aber doch ihr unmittelbarer Nachfahre und wäre deshalb schon verstimmt und verletzt, würden mich die Soldaten Hispaniens und Syriens schmähen. Ihr aber, Männer der I. Legion, die ihr von Tiberius die Fahnen empfangen habt, und ihr, Männer der XX. Legion, die ihr seine und meine Gefährten in so vielen Schlachten wart und dafür reich belohnt wurdet, ihr dankt eurem Herrn auf wahrhaft herausragende Weise! Soll ich meinem Vater Tiberius, der aus anderen Provinzen stets nur frohe Kunde erhält, mitteilen, seine Legionäre und seine Veteranen seien weder durch Geldgeschenke noch durch Entlassungen zufriedenzustellen, sondern nur durch Blutvergießen und Verbrechen? Daß man hier Zenturionen erschlägt, dort Tribunen verjagt und Legaten einsperrt? Daß Lager und Flüsse rot von Blut sind? Daß euer Imperator sein Leben nur der Gnade seiner Soldaten verdankt, die jetzt wohl seine Feinde zu nennen sind?«

Die Männer beteuerten, daß es niemals so gewesen sei und auch nicht so weit kommen würde, daß sie ihren Imperator Germanicus als ihren Feind betrachteten. Dieses Anzeichen von Reue war einigen anderen zuviel, und sie betonten, es hätte durchaus gerechte Gründe zur Empörung gegeben. Auch Niedriggeborene hätten ihre Rechte und müßten diese notfalls mit Gewalt durchsetzen.

»Also seid ihr noch immer vom Geist der Empörung erfüllt«, stellte Germanicus mit offen zur Schau gestellter Bitterkeit fest. »Wenn ihr mir, eurem Imperator, nicht zutraut, für euch und eure Belange zu sorgen, wäre es wohl besser gewesen, ich hätte mich von Calusidius durchbohren lassen. Mein Tod hätte mich reingewaschen von der Mitschuld an den vielen Schandtaten, die unter den einst stolzen Adlern der Legionen begangen wurden. Vielleicht hättet ihr euch einen neuen Feldherrn gewählt, der zwar meinen Tod ungesühnt gelassen, aber wenigstens Rache für den des Varus und seiner drei Legionen genommen hätte. Denn dieses Ziel, das ich verfolge, werde ich mit Männern, die mir so wenig vertrauen wie ihr, wohl nie erreichen. Vielleicht fällt dieser Ruhm sogar den Belgiern zu, die sich angeboten haben, Rom im Kampf gegen die aufsässigen Germanen zu unterstützen.«

Daß ihr Imperator den Belgiern mehr zutraute als seinen eigenen Leuten, römischen Soldaten, traf die Männer wie ein Schock. Sie sahen sich und den Mann oben auf dem Tribunal betroffen an.

Germanicus tat gleichgültig, als erwarte er nichts mehr von seinen Soldaten. In Wahrheit aber waren seine Nerven bis zum Zerreißen gespannt. Entweder seine Worte erreichten jetzt ihr Ziel und machten den Legionären ihre Schande bewußt, oder sie wandten sich tatsächlich gegen ihn. Im Geiste hörte er sie schon ›Tod dem Germanicus!‹ schreien.

Aber als die Stimmen der Männer ertönten, überwog die Reue bei weitem den Aufruhr. Bitten wurden laut, der Imperator möge ihnen Gelegenheit geben, ihren Mut und ihre Treue zu beweisen.

Er sollte seine Gemahlin und seinen Sohn Caligula wieder in ihre Obhut geben, und sie würden der Familie des Imperators jede nur erdenkliche Ehrbezeugung zukommen lassen.

Nur allmählich setzte sich in Germanicus die Erkenntnis durch, daß er gesiegt hatte. Es war ihm gelungen, das Gewissen der Männer zu wecken, ihre Treue zu Rom und ihrem Imperator über den Geist der Unruhe zu stellen, der in sie gefahren war. Wirklich, der Geist des Aufruhrs schien sie zu verlassen. Er erinnerte sich an ein Wort von Horaz und murmelte leise, für keinen anderen hörbar: »*Ira furor brevis est.*«* Laut und für alle sprach er: »Eure Worte vernehme ich mit dem gleichen Wohlwollen, das sie sicher auch beim Geist des in den Himmel aufgefahrenen Augustus auslösen. Stolz soll er wieder auf seine Legionen sein, wie es auch mein Vater Drusus wäre. Aber nicht durch Ehrbezeugungen sollt ihr eure Reue beweisen, Soldaten, sondern durch den Kampf gegen unsere Feinde. Wenn ihr euch im Felde bewährt habt, sollen auch Agrippina und meine Kinder wieder in eurer Mitte weilen. Außerdem dürften sie schon zu weit sein, um sie zurückzurufen. Gestern morgen brachen sie auf, und heute ist bereits der Abend nah.«

»Du irrst dich, Caesar«, ergriff Quintus Paelignus wieder das Wort, und ihm war deutlich anzusehen, wie unwohl er sich dabei fühlte. »Sie haben ihre Reise noch nicht fortgesetzt, sind noch in ihrem Nachtlager.«

Auf einen Schlag war der Taumel des Sieges, der Germanicus zu ergreifen begonnen hatte, in einen Taumel der Verwirrung verwandelt. Was sollten diese seltsamen Worte bedeuten? Wenn Agrippina und Caligula noch in ihrem Nachtlager weilten, war noch nicht einmal die Bedeckung bei ihnen. Aber wieso waren sie nicht weitergereist? Und was wußten die Männer hier davon? Diese Fragen stellte er dem grauhaarigen Veteran.

»Unser Schmerz über die Abreise deiner Gemahlin und deines Sohnes, Herr, war so groß, daß wir ihnen einen berittenen Trupp nachsandten. Er bewacht deine Familie in ihrem Lager, während wir mit dir verhandeln.«

Der Mann auf dem Tribunal konnte das alles nicht glauben.

---

* Der Zorn ist ein kurzer Wahnsinn.

Plötzlich schien die Erhebung, auf der er stand, zu schwanken wie ein Schiff bei starkem Seegang. Er atmete tief und schnell und bemühte sich um Fassung.

»Ihr bewacht Agrippina und Caligula? Was sind sie, eure Schützlinge oder eure Geiseln?«

»Unsere Schützlinge, Caesar.«

»Stimmt das? Und stimmt es überhaupt, daß sie unter eurem Schutz stehen?«

»Es stimmt«, erwiderte Paelignus und öffnete einen Lederbeutel, der an seinem Gürtel hing. »Diese Zeichen hier gab deine Gemahlin unseren Boten mit, damit du die Wahrheit erkennst.«

Er zog etwas aus dem Beutel, das im Sonnenschein golden flirrte. Schließlich erkannte Germanicus das goldene Haarnetz seiner Gemahlin. Wieder griff der Veteran in den Beutel und zog ein Paar winzige Lederstiefel hervor. Germanicus erkannte auch sie, es waren Caligulas Stiefelchen. Damit stand fest, sie hatten Agrippina und den kleinen Gaius in ihrer Hand, ob die Soldaten Frau und Kind nun Schützlinge nannten oder Geiseln.

Germanicus bezwang die in ihm aufkeimende Unruhe. Hätte er das vorher gewußt, hätte er gewiß nicht solch harte Worte gegen die Männer gerichtet. Jetzt galt es, sich vorsichtig und klug zu verhalten. Zum einen wollte er die zarte Pflanze der Reue nicht abtöten, zum anderen mußte er das Leben seiner Familie schützen.

Er beschloß, es durch gutes Zureden zu versuchen: »Soldaten, ich werde euch Gelegenheit geben, euren Mut und eure Treue zu beweisen, indem ich euch noch vor dem Winter ins Feld führe. Das aber wäre eine zu große Anstrengung für Agrippina, die unser Kind in sich trägt. Gewährt ihr und Caligula darum freies Geleit nach Augusta Treverorum und seid versichert, daß sie wieder zurückkehren werden, sobald unser Feldzug beendet und meine Gemahlin niedergekommen ist!«

Die Soldaten erörterten diesen Vorschlag, und Paelignus verkündete das Ergebnis: »Daß die edle Agrippina der Ruhe bedarf, sehen wir ein, Imperator. Darum soll sie weiterziehen. Aber billige uns die Anwesenheit deines Sohnes Caligula zu. Er hat uns soviel Glück gebracht auf unseren früheren Zügen.«

Germanicus las in den Gesichtern, daß seine Entscheidung in dieser Frage auch die Entscheidung bei der Wahl der Männer zwischen Treue und Aufruhr sein konnte. Würden sie es wirklich als ein Zeichen guten Willens ansehen, wenn er Caligula zurückholte, oder als Nachgiebigkeit und Schwäche?

Ein anderer Punkt beschäftigte ihn: die Freude am Tod, die Germanicus bei der Auseinandersetzung in seinem Cubiculum in den Augen seines Sohnes zu sehen geglaubt hatte. Es hatte den Vater zutiefst erschreckt. Als Sohn des Imperators mußte der kleine Gaius frühzeitig ans Töten und an den Tod gewöhnt sein, aber er sollte beides nicht um ihrer selbst willen genießen. Auch deshalb hatte Germanicus es als gut befunden, Caligula für eine Weile aus der Mitte der Soldaten zu entfernen.

Schließlich gab die Sorge um das Leben seiner Familie den Ausschlag, und Germanicus willigte ein, den Sohn zurückzuholen. Darüber erhob sich lauter Jubel, bis eine Stimme unter den Männern alle anderen niederschrie. Sie gehörte einem untersetzten Legionär in verschwitzter Tunika, der sich nach vorn drängte. In seinen Augen brannte das Feuer des Aufruhrs, das Germanicus auch bei Calusidius gesehen hatte.

»Seid ihr Männer oder Memmen, daß ihr euch von dem da oben beschwatzen laßt?« rief der Legionär zornig. »Was ihr als Zugeständnis feiert, ist in Wahrheit der Triumph des Imperators. Was nutzt uns die Anwesenheit seines Sohnes, wenn wir alle wieder nach seiner Pfeife tanzen.« Er zog das Schwert aus der Scheide und hob die Spitze in Richtung des Feldherrn. »Sein Sieg ist es und unsere Niederlage. Ich werde euch zeigen, wie man mit den hohen Herren umgeht!«

Als er zu den Stufen lief, die aufs Tribunal führten, wollte Ventidius sich ihm mit seinen Männern entgegenstellen. Germanicus hielt den Zenturio durch einen kurzen Ruf davon ab. Genau das war es, was der Mann mit dem Schwert beabsichtigte. Vergoß die Garde des Imperators das Blut eines Legionärs, war der Graben zwischen den Soldaten und ihrem Feldherrn wieder aufgerissen. Es mußte einen anderen Weg geben ...

Der Meuterer erklomm bereits die ersten Stufen, da setzte Quintus Paelignus ihm mit einer Behendigkeit nach, die für einen Mann im Veteranenalter erstaunlich war. Er zog im Laufen sein Schwert und holte den Meuterer ein, als dieser oben auf der Erhebung war. Die Klinge des Veteranen durchbohrte den Legionär von hinten und streckte ihn nieder.

Paelignus drehte sich der Menge zu und hob das blutige

Schwert. »Diese Klinge, die schon Calusidius tötete, hat uns jetzt vom Ungeist der Treulosigkeit befreit.« Er blickte verächtlich auf den Mann, den er gerade getötet hatte. »Die Götter mögen geben, daß dieser hier der letzte aus unseren Reihen war, der sich gegen den Imperator und gegen Rom gewandt hat!«

Die Masse starrte gebannt aufs Tribunal und mußte erst begreifen, was sich da ereignet hatte. Nicht der Imperator, nicht seine Garde hatte einen der ihren gefällt, sondern einer aus ihren eigenen Reihen. Die Männer schienen sich noch nicht klar darüber, wie sie das bewerten und wie sie darauf reagieren sollten.

Germanicus warf einen kurzen Blick auf den Toten mit der blutigen Rückenwunde. Dann trat er neben Paelignus und sagte: »Der Veteran Quintus Paelignus hat den Schritt vollzogen, der nötig ist, sich von der Schande zu befreien. Er wählte die Treue zu Rom und zu seinem Imperator, wofür ihm mein ewiger Dank gebührt. Auch ihr, in deren Gesichtern und Herzen ich den Wandel und den Wunsch zur Wiedergutmachung der Schande erblicke, wendet euch vom Pestherd der Meuterei ab und von denen, die euch zur Untreue verführen! Nur dann wird eure Reue auf sicheren Beinen stehen und eure Treue verbürgt sein!«

Noch einmal kam es unter den Männern zum Disput, aber die Parteigänger des Imperators gewannen die Oberhand. Als einige Unbeirrbare weiterhin der Aufsässigkeit das Wort redeten, setzten die anderen ihrem Widersinn und ihrem Leben mit Waffengewalt ein Ende. Das Blut der Aufrührer wusch die Schande des Aufruhrs von denen, die es vergossen.

So ging es bis spät am Abend. Überall im Lager wurden die Rädelsführer der Meuterei von den Männern, die ihnen vor kurzem noch gefolgt waren, aufgespürt, gefesselt und vor den Legaten Gaius Caetronius geschleppt. Rings um den Legaten standen die Kohorten mit gezogenen Schwertern. Der jeweilige Angeklagte wurde auf eine Erhöhung gebracht und durch einen Tribun nach allen Richtungen gedreht. Riefen die versammelten Männer ›schuldig‹, was häufig geschah, stieß der Tribun den Gefesselten von dem Hügel, und die Klingen der Legionäre fraßen sein Fleisch und tranken sein Blut.

Als dieses Schauspiel kein Ende nehmen wollte, trat der Prätorianertribun Marcus Valerius zu seinem Imperator und sagte mit angewidertem Gesicht: »Wollen wir nicht endlich Einhalt gebieten, Caesar? Wie sollen wir in Rom erklären, daß wir den Tod so vieler Soldaten ohne ordentliches Verfahren zuließen?«

»Ich glaube nicht, daß Rom über den Tod der Meuterer besonders betrübt sein wird«, antwortete Germanicus mit versteinertem Gesicht. »Und wenn, wird die Tötung der Rädelsführer auf die Meuterer zurückfallen. Ich habe nicht den Befehl hierzu gegeben.« Mit grimmigem Lächeln fügte er hinzu: »Daß ich es billige, ist kein Rechtsverstoß.«

»Aber ist es nötig, das Blut so vieler Römer zu vergießen?«

»Es ist nötig, Tribun. Noch viel mehr Blut wird vergossen werden, bevor die Mehrzahl dieser Männer sich aus der Schande befreit fühlt. Wir müssen aus ihnen wieder gehorsame Soldaten machen, Männer, die für Rom marschieren, schwitzen, kämpfen und töten.«

»Die ihre eigenen Kameraden töten?« In Valerius' Stimme schwang deutlicher Zweifel mit.

»Nein, dies ist nur der Beginn«, erwiderte Germanicus und zeigte nach Osten, wo auf der anderen Seite des Rhenus das freie, sich den Römern widersetzende Germanien lag. »Erst wenn das Blut der Germanen die Ströme ihres Landes rot färbt, wenn die Gebeine von mehr Germanen in der Sonne bleichen, als Römer im Saltus Teutoburgiensis gefallen sind, werden die Legionen wieder das sein, was sie einmal waren!«

Kapitel 14

Der Blutadler

Lange Nächte und kurze Tage, erlösender Schlaf und schmerzhaftes Wachsein, daraus bestand Thorags Leben. Und manchmal wurde der Schmerz, der von seiner Brust ausstrahlte, so stark, daß er sich wünschte, dem Schlaf würde kein Erwachen mehr folgen. Dann wieder, in klaren Augenblicken, kämpfte er gegen diesen Wunsch an, weil er erkannte, daß der Schlaf ohne Erwachen die ewige Trennung von Auja und Ragnar bedeutete.

Auja!

Manchmal war es ihr schönes, stupsnäsiges Gesicht, das mal besorgt, mal lächelnd – wenn er ihren Blick erwiderte – auf ihn herabblickte, während seine Verbände gewechselt wurden oder er mühsam ein paar Löffel Suppe hinunterschluckte. Dann wieder waren es die Gesichter anderer Frauen, Heilerinnen und Dienerinnen. Wenn er dann nach Auja fragte, waren die Antworten oft ausweichend, aber für ihn deutlich genug. Er wußte, daß sie sich auf dem Lager krümmte, Opfer des Schmerzes, den ihr die ungeborene Tochter bereitete. Und Thorag rief Donar an, seinen Schutzgott, und Wodan, den Gott der Heilung, nicht für sich, sondern für seine Frau. Auch die Gesichter von Männern sahen nach dem Donarsohn, das bärtige Antlitz Mallovends, die jugendlichen Züge Tebbes, Thidriks verwitterter Bauernkopf, und immer wieder das glattrasierte, gutgeschnittene Gesicht Armins. Irgendwann siegte der Wille zu leben über die Schmerzen, statt ein paar Löffeln Suppe aß Thorag eine kleine Schale Brei und später sogar kleingeschnittenes Fleisch. Mit dieser Mahlzeit, die Reglind ihm reichte, war er noch beschäftigt, als Armin das Haus betrat.

Der Herzog der Cherusker ließ sich neben dem Krankenlager nieder und sagte lächelnd: »Ich hörte, dem tapferen Krieger ist schon wieder nach kräftigendem Fleisch. Dann hoffe ich, wir beide können bald gemeinsam auf die Jagd gehen, Thorag.«

Der Donarsohn konnte nur leise antworten, weil lautes Sprechen zu starken Schmerzen in seiner Brust führte. »Jagen kann ich erst wieder, wenn ich allein essen kann.« Er hob die dick verbundenen Hände und sah dann dankbar die alte Dienerin an, die ihn fütterte. »Und wenn ich erst wieder auf die Jagd gehen kann, werde ich darauf achten, ja keinem Raben etwas anzutun.«

»Warum nicht?« erkundigte sich Armin verwundert.

»Hast du denn nicht den Raben gesehen, der dicht bei mir im Baum der Wahrheit saß? Er muß ein Bote Wodans gewesen sein. Als ich ihn sah, wußte ich, wie ich Gerolfs Todeswurf abwehren konnte.«

»Da war kein Rabe«, erwiderte Armin im Tonfall aufrichtiger Überzeugung. »Ich hätte ihn sehen müssen.«

So wie der Herzog verhielten sich alle, die Thorag später auf den Raben ansprach. Nur der Fürst der Donarsöhne hatte den großen Vogel gesehen.

»Wie auch immer«, meinte Armin. »Hauptsache, du kannst bald wieder reiten und jagen! Und dazu mußt du ordentlich essen.« Er wandte sich der Dienerin zu und nahm ihr die Tonschale aus der Hand. »Ich übernehme das.«

»Wie du wünschst, Herr.« Reglind zog sich zurück.

Armin steckte ein weiteres Fleischstück in Thorags Mund und sagte: »Die Heilerinnen sind sehr zufrieden mit dir. Die Kräuter tun ihre Wirkung, und deine Wunden verheilen gut.«

»Das beruhigt mich.« Thorag schluckte das zerkaute Fleisch hinunter. »Mehr Sorgen als um mich mache ich mir um Auja.«

»Das mußt du nicht. Auch sie ist in guten Händen. Thusnelda sieht mehrmals am Tag nach ihr.«

»Danke«, sagte Thorag, bevor Armin ein weiteres Fleischstück in seinen Mund schob.

»Du mußt mir nicht danken, Thorag. Wir sind doch Blutsbrüder. Es ist Pflicht und Selbstverständlichkeit, einander beizustehen.«

Ein Gefühl von Wärme und Geborgenheit durchströmte den Gaufürst der Donarsöhne, fast so, wie er es in Aujas Armen empfand. Trotz allem, was in den letzten Jahren zwischen den beiden Männern gestanden hatte, war er jetzt froh, sich in Armins Obhut zu befinden. Thorag wußte, daß für die Seinen gesorgt werden würde, selbst wenn er es nicht überlebte. Und das sagte er Armin.

»Du wirst es überleben, mit Sicherheit«, erwiderte dieser. »Bald sitzt du schon wieder auf deinem Rappen, hoffe ich. – Das heißt, wenn du mir einen Gefallen tun willst.«

»Wenn ich kann.«

»Mallovend hat mich gebeten, an den Feiern zu Ehren der Tamfana teilzunehmen. Aber ich möchte das Cheruskerland zur Zeit nicht verlassen. Segestes ist jetzt wieder Herr über seinen Gau, und ich will darüber wachen, daß er seine wiedergefundene Freiheit und Macht nicht dazu benutzt, sich gegen mich zu stellen. Wenn er die Adlerburg verläßt, werde ich eine ganze Horde Kundschafter in den Stiergau senden.«

»Du traust dem Vater deiner Frau nicht, Armin?«

»Nein, nicht solange er in erster Linie ein Freund der Römer und ein Fürst ist, der es noch immer nicht verwunden hat, daß nach meines Vaters Tod nicht er, sondern ich Herzog der Cherusker wurde.«

»Was soll ich dabei tun?«

»Du sollst mich bei den Marsern vertreten, Thorag. Als mein Blutsbruder und – mehr oder weniger – Schwiegervater von Mallovends Tochter Amala bist du der richtige Mann dafür.«

»Ah ja, die Hochzeit.«

»Sie war sehr schön, wenn sie auch im Schatten deines Kampfes gegen die Todesgeister stand. Verzeih, daß wir nicht auf dich warteten. Aber es erschien mir besser, die beiden möglichst schnell zu verheiraten.«

Thorag grinste verstehend. »Bevor Mallovend es sich doch noch anders überlegen konnte, meinst du wohl.«

»Es gibt gewisse Zwänge, denen sich ein Herzog beugen muß«, brummte Armin entschuldigend. »Meinst du, sonst hätte ich es zur Speerprobe zwischen dir und Germar kommen lassen? Dieser Hund hat es nicht verdient, am Baum der Wahrheit zu sterben. Man hätte ihn einfach totschlagen sollen!«

»Wie hat Gerolf den Tod seines Bruders aufgenommen?«

Armins Gesicht wirkte plötzlich, als hätte Nott ihre dunklen Schleier darüber ausgebreitet. »Er zog noch am Abend nach der Wodansprobe von der Adlerburg. Ich glaube, wir haben nichts Gutes von ihm zu erwarten. Aber keine Angst, ich habe bereits Boten ausgesandt, um deinen Gau vor einem möglichen Rachezug des Eberfürsten zu warnen.«

»Warum hegst du diese Befürchtung, Armin?«

»Weil man am nächsten Morgen einen meiner Krieger im Wald fand, in der Richtung, in die Gerolf gezogen ist. Er war tot, zum Blutadler verstümmelt.«

Der Blutadler!

Obwohl Thorag schon manche Schlacht geschlagen und manchen Feind getötet hatte, erschauerte er bei dem Gedanken an diesen alten Rachebrauch. Dem Opfer wurden bei lebendigem Leib die Rippen vom Rückgrat abgetrennt und in der Art von Adlerschwingen auseinandergebreitet; dann wurden die Lungenflügel herausgezogen. So zugerichtet, ließ man den Verstümmelten elendig krepieren.

»Wieso glaubst du, daß der Blutadler ein Rachezeichen Gerolfs gewesen ist?« fragte Thorag.

»Weil man das bei dem Toten gefunden hat, getränkt mit seinem Blut.« Armin zog zwei Gegenstände aus einem der Lederbeutel an seinem Gürtel, grob geschnitzte Holzfiguren von der Größe einer Männerhand. Die rötliche Färbung mußte vom Blut des Ermordeten stammen. Eine Figur hatte eine seltsam geschwollene Hand, und erst beim näheren Hinsehen erkannte Thorag, daß es die Darstellung eines Hammers war. Die andere Figur hatte nicht den Kopf eines Menschen, sondern eines Pferdes. »Das Pferd ist das Schutztier von Mallovends Sippe«, erklärte Armin.

»Das Pferd und der Hammer – Miölnir«, sagte Thorag nachdenklich. »Der Mann von der Pferdesippe und der Donarsohn, das ist allerdings eine deutliche Warnung.«

»Mehr als das, es ist die Ankündigung blutiger Rache. Wie ich Gerolf einschätze, wird er alles versuchen, um dich und Mallovend mit dem Blutadler zu schmücken. Hüte dich vor den Eberleuten, Thorag!«

»Das tu ich schon seit langem«, sagte Thorag, und es sollte gleichgültig klingen. Doch die sorgenzerfurchte Stirn verriet den Schatten, der auf dem Donarsohn lag. Es war der Schatten des Blutadlers.

Blutigrot erstrahlte die tiefe Sonne, die jetzt schon früh sank, über dem Heerlager der Römer. Seit dem frühen Nachmittag war ein Teil der dreißigtausend Mann, die Germanicus auf dieser Expedition befehligte, damit beschäftigt, das Nachtlager zu errichten.

Zufrieden schritt Germanicus mit einem Gefolge hoher Offiziere durch die rasch an Gestalt gewinnenden Lagerstraßen und erwiderte die Jubelrufe der hart arbeitenden Männer mit freundlichen Worten, die seiner guten Stimmung entsprachen. So waren die Soldaten nach seinem Geschmack. Noch vor Sonnenaufgang durch das Trompetensignal geweckt, packten sie im ersten Tagesschimmer die Zelte zusammen, rissen das Lager ab und machten sich ohne Frühstück auf den Marsch, der bis in die Mittagszeit dauerte. Nach kurzer Rast wurde dann das neue Lager aufgebaut. Marschieren und Arbeiten ließen den Männern keine Zeit für dumme Gedanken. Ja, die Legionen waren dabei, sich den Stolz Roms zurückzuerobern! Es war ein harter Weg gewesen. Nachdem mit der Rückkehr Caligulas, der jetzt mit seiner Amme in der Ubierstadt weilte, die Raserei der Legionen I und XX endlich besänftigt gewesen war, mußte Caecina bei den Legionen V und XXI in Vetera ein ähnliches Blutgericht abhalten, wie es über die Rädelsführer und übelsten Meuterer im Oppidum Ubiorum hereingebrochen war. Im Schutze der Nacht schlich Caecina mit getreuen Zenturionen, Signifern und Soldaten in die Unterkünfte der Aufrührer und brachte die größten Schreihälse für immer zum Schweigen. Als Germanicus ins Lager einzog, ritt er zwischen wahren Leichenbergen hindurch. Er ließ die Toten verbrennen und versprach den reumütigen Soldaten die baldige Gelegenheit, sich neuen Ruhm zu erwerben. Diese Gelegenheit kam bald, denn Germanicus führte ausgesuchte Kohorten der Legionen I, V, XX und XXI in der Stärke von zwölftausend Mann, sechsundzwanzig Auxiliarkohorten und acht Alen Reiterei auf einer Schiffsbrücke über den Rhenus und dann ins Germanenland hinein. Das geographische Ziel des Feldzuges stand noch nicht fest, das militärische aber schon. ›Rache für Varus‹ hieß die Parole, doch ›Ruhe bei der Truppe‹ und ›Ruhm für Germanicus‹ hätte es eigentlich heißen müssen. Ein Sieg über die aufständischen Germanen würde den Soldaten neues Selbstvertrauen und ihrem Imperator neues Ansehen in Rom einbringen.

Ein Optio seiner Garde kam im Laufschritt auf Germanicus zu und meldete: »Imperator, wir haben mitten im Lager einen Germanenfürsten aufgegriffen!«

»Einen unserer Verbündeten?«

»Nein, einen unserer Feinde, einen Cherusker.«

»Wie heißt er?«

Der Optio öffnete den Mund, begann dann zu stottern und sagte mit errötendem Kopf: »Ich ... ich konnte mir den Namen nicht merken, Imperator. Die Namen dieser Barbaren klingen alle so ... so ungewöhnlich. Man kann sie kaum aussprechen!«

»Dann sehen wir uns den Kerl einfach mal an«, meinte Germanicus und wandte sich zu seinen Begleitern um. »Daß es uns der Feind so einfach macht und uns hier in der Nähe des Rhenus schon entgegenkommt, hätte ich nicht zu hoffen gewagt. Allerdings müßten die aufständischen Barbaren ein wenig zahlreicher erscheinen, damit unser Sieg über sie ruhmvoll ausfällt.«

Die Offiziere lachten laut und gingen hinter ihrem Imperator her. Der Optio führte sie zu einem Zelt auf dem Hauptplatz. Vier verwegen aussehende Germanen wurden dort von einem Trupp Prätorianer bewacht.

»Das sind ja doch mehr als einer, wenn auch recht wenig im Verhältnis zu unserer Streitmacht und keineswegs ein Anlaß zu einer Siegesfeier«, bemerkte Germanicus zu dem Zenturio Ventidius, der die Prätorianer befehligte.

»Es sind die Begleiter ihres Fürsten, Imperator«, meldete Ventidius. »Er selbst ist dort im Zelt.«

»Ich bin schon gespannt auf diesen Cherusker«, sagte Germanicus lächelnd. »Arminius selbst wird es wohl kaum sein.«

Er kannte Armin – oder Arminius, wie ihn die Römer nannten – recht gut. Beide hatten unter Tiberius in Pannonien gekämpft, bevor der Tod seines Vaters Arminius zurück nach Germanien rief. Der junge Cherusker hatte sich wacker für Rom geschlagen. Um so entsetzter war Germanicus, wie mit ihm so mancher Römer, gewesen, als er erfuhr, daß ausgerechnet Arminius, der neue Herzog der Cherusker, Quintilius Varus in die Falle gelockt und seine Legionen vernichtet hatte. Für die Römer war Arminius, der römischer Ritter und Tribun war, ein Verräter, und Germanicus' Sympathie für den Cherusker war in Haß umgeschlagen.

Nein, der Mann, der im Zelt von ein paar Gardisten bewacht wurde, war ganz gewiß nicht der hünenhafte, blonde Arminius. Aber obwohl Germanicus den hageren Mann nicht kannte, war er unverkennbar ein germanischer Edeling. Denn für einen Barbaren war er vornehm gekleidet, mit guten Lederstiefeln, einer in den Stiefeln steckenden Hose in hellem Grün, einem roten Hemd und einem karierten Umhang in leuchtenden Farben, der über der rechten Schulter von einer großen Goldfibel in Form eines Eberkopfes zusammengehalten wurde. Ein Fürst der Ebersippe, dachte Germanicus, als er sein Wissen über den Cheruskerstamm zusammenkratzte.

Der Fremde deutete eine leichte Verbeugung an und sagte mit einem Lächeln, das berechnet wirkte: »Ich grüße dich, edler und ruhmreicher Caesar Germanicus.«

Das Latein des Germanen war weder richtig noch schön, aber immerhin drückte der Mann sich verständlich aus, was für einen Barbaren beachtlich war. Germanicus glaubte nicht, daß dieser Edeling jemals in Roms Diensten gestanden hatte.

»Du kennst meinen Namen, Germane, aber wie lautet deiner?« fragte der Imperator.

»Ich bin Gerolf, Gaufürst der Eberleute.«

»Der Fürst der Eberleute!« Die Züge des Imperators verhärteten sich. »Und du wagst es, einfach so in mein Lager zu kommen? Die Eberleute gehören zu den unversöhnlichsten Feinden Roms. Sie haben in der Schlacht gegen Varus sogar noch die Flüchtenden niedergemetzelt, auch Frauen und Kinder!«

»Ich habe nicht den Befehl dazu gegeben, Imperator. Damals war Onsaker der Fürst der Eberleute.«

»Und wo ist Onsaker jetzt?«

»Er ist tot.«

»Bist du mit ihm verwandt, Gerolf?«

»Ich bin sein Vetter.«

»Und du warst nicht dabei, als deine Leute über die Legionen des Varus herfielen?«

Gerolf straffte sich und sagte ohne Zögern: »Doch, ich war dabei. Ich habe gegen die Römer gekämpft und sie getötet, und nachher habe ich getanzt und gesungen.«

Germanicus trat näher und unterzog den Cherusker einer eingehenden Prüfung. Eigentlich gefiel ihm der Mann mit dem Fuchsgesicht nicht besonders. Er wirkte verschlagen, nachtragend, gemein. Aber die offenen Worte, die er eben gesprochen hatte, beeindruckten den Imperator. Das bewies Mut. Der Germane weckte die Neugier des Römers.

»Das alles sagst du mir ins Gesicht?« fragte Germanicus. »Befürchtest du nicht, daß du damit dein Todesurteil sprichst?«

»Lieber sterbe ich durch eure Klingen als an den Gebrechen des Alters. Nichts scheut ein Cherusker mehr als den Strohtod. Aber bevor ihr mich tötet, solltet ihr wissen, daß ich nicht länger euer Feind bin. Im Gegenteil, ich bin gekommen, um euch meine Unterstützung und die meiner Krieger anzubieten. Als ich von eurem Zug nach Osten hörte, hatte ich nichts Eiligeres zu tun, als zu euch zu kommen.«

»Warum? Was veranlaßt dich, gegen deine eigenen Leute Stellung zu beziehen?«

»Der Haß!« stieß Gerolf hervor. »Früher habe ich die Römer gehaßt, aber das war falsch. Ihr Römer sagt wenigstens ehrlich, was ihr von uns wollt: Land, Waffendienst und Steuern. Armin jedoch gibt vor, für unsere Freiheit zu kämpfen, in Wahrheit aber strebt er die Macht über alle Stämme an, ein Königtum ähnlich dem des Markomannen Marbod.«

»Du wendest dich also im Haß gegen Armin«, stellte Germanicus zufrieden fest. »Hast du auch einen Plan, wie man ihn schlagen kann?«

»Ja, Imperator. Man muß ihn schwächen, indem man erst seine Verbündeten schlägt.«

»Wen meinst du damit?«

»Die Marser unter Mallovend. Sie haben beim Kampf gegen Varus einen der römischen Adler erobert und seitdem treu an Armins Seite gekämpft. In den kommenden Nächten aber sind sie geschwächt, weil sie sich den Feiern der Göttin Tamfana hingeben. Wenn ihr dann über sie herfallt, werden sie trunken sein vom Met, wehrlos – und alle auf einem Haufen. Außerdem findet ihr, wie mir meine Kundschafter kürzlich meldeten, Armins Blutsbruder bei ihnen, Thorag von den Donarsöhnen.«

»Thorag!« stieß Germanicus hervor. Auch ihn kannte der Römer aus Pannonien. Und er hatte gehört, daß Thorag zeitweilig unter Varus als Präfekt gedient und sich dann genauso verräterisch gegen Rom gestellt hatte wie Arminius. »Das ist wirklich eine hübsche Gesellschaft.«

Gerolf nickte eifrig. »Und ich kenne einen Weg, auf dem niemand römische Legionen erwartet. Der Weg gilt als umständlich und beschwerlich, aber ihr Römer seid arbeitsame Männer, wie ich draußen gesehen habe. Ihr könntet ihn gangbar machen.«

Germanicus lächelte. Der Plan gefiel ihm. Es sah ganz so aus, als hätte er das Angriffsziel seines Feldzuges gefunden.

Auch Gerolf lächelte, als er zwei Stunden später, nach einer ausgiebigen Unterredung mit Germanicus und dessen Stab, wieder ins Freie trat.

Alles war genauso verlaufen, wie er es sich vorgestellt und zusammen mit Segestes geplant hatte. Segestes würde sich um Armin kümmern, während Gerolf die Römer gegen Mallovend und Thorag führte.

Die beiden würden für Germars Tod büßen, und mit ihnen der ganze Marserstamm und bald auch die Donarsippe!

Gerolf und Germanicus waren jetzt Verbündete. Die Römer würden den Eberkriegern ins Land der Marser folgen, und über ihnen würde der Vogel der Rache schweben – der Blutadler!

ZWEITES ZWISCHENSPIEL

Der Reisende von Ostia

Der Weihrauch, der auf dem Altar des Jupiter in einer großen Schale verbrannte, stieg in einer dicken, weißen Fahne in den blauen Himmel, als wolle er sich dort mit den weißen Wolken verbinden. Sein kräftiger Geruch vermischte sich mit dem weniger angenehmen der geschlachteten Tiere zu einer eigenartigen Bittersüße, die so schwer in der Luft hing, daß Tiberius sie auf der Zunge zu schmecken glaubte. Der Princeps, der den silberglänzenden, goldverzierten Muskelpanzer und den mit einer breiten Goldborte gesäumten Purpurmantel des obersten Heerführers trug, war froh, daß die Einwohner Ostias den Opferaltar auf dem freien Platz vor dem Jupitertempel errichtet hatten. Im Innern des großen Gebäudes wäre der Geruch kaum zu ertragen gewesen. Zehn große Stiere und zehn prächtige Hengste, alles blütenweiße und makellose Tiere, verbreiten im Tod einen größeren Gestank als hundert Gefallene auf dem Schlachtfeld.

Endlich war auch der letzte Stier verendet, nachdem erst die Axt eines Opfermetzgers vor seinen Schädel geschlagen und dann das vergoldete Messer des Mannes in den Hals und den Leib des Tieres gefahren war. Die Lederschürze des Opfermetzgers war rot vom Blut der Tiere, die Tiberius dem Jupiter darbrachte. Vergeblich bemühten sich die Opferdiener, alles auslaufende Blut in ihren vergoldeten Schalen aufzufangen, während der Opfermetzger den Stier zerlegte. Blutbefleckt wie die Schürze des Metzgers waren auch der Sockel des Altars aus weißem Marmor und die grauen Steinplatten rundherum.

Sorgsam entnahmen die Priester des Jupiter dem Stier die Innereien und legten sie zu den Eingeweiden auf dem Altar. Während sie die noch körperwarmen Organe eingehend betrachteten und die Ergebnisse ihrer Studien untereinander diskutierten, beobachtete Tiberius amüsiert die Gesichter der Menge. Patrizier und Plebejer, Bürger und Freigelassene waren im Tempelbezirk der Hafenstadt Ostia zusammengeströmt, um ihren Princeps zu sehen und ihn zu verabschieden.

Es verwunderte den Herrscher nicht, daß er viele spöttische Gesichter sah, Gesichter von Menschen, die das Urteil der Priester bereits zu kennen glaubten. Denn schon einmal hatte Tiberius hier gestanden und dem Jupiter geopfert, um zu erfahren, wie die Vorzeichen für seine Reise nach Germanien standen. Und die Priester hatten mit ernsten Mienen verkündet, daß alle Zeichen schlecht ständen. Neptun, der Gott des Meeres, sei erzürnt und würde den Princeps auf immer verschlucken, sobald dieser sich hinaus auf offene See wagte, so laute Jupiters Warnung. Also war Tiberius nach Rom zurückgekehrt, und seine Flotte war wieder entladen worden.

Natürlich hatte er damals die Priester des Jupiter bestochen, so wie er dem Gott des Lichtes und des Himmels, Beschützer Roms und des Staates, auch heute reichlich Gold als Weihegeschenk vermacht hatte. Natürlich ahnten das die Klügeren unter den Zuschauern. Und natürlich ahnten sie auch, daß Tiberius gar nicht daran interessiert war, ins ferne Germanien zu fahren, um seinen Adoptivsohn Drusus bei der Niederschlagung der Meuterei zu unterstützen. Bei seiner ersten scheinbaren Abreise und auch heute beugte sich der Princeps lediglich dem Druck der Öffentlichkeit und der Mehrheit des Senats – und dem Drängen Livias.

Die Mutter des Princeps gab vor, es sei zum Besten ihres Sohnes, wenn dieser sich selbst um die Meuterei kümmere. Es hebe sein Ansehen und mindere die Gefahr, die Rom selbst drohte, sobald die Meuterei sich ausbreitete. Doch Tiberius glaubte zu wissen, was Livia Drusilla, die sich seit dem Tod des Augustus Julia Augusta nennen durfte, wirklich antrieb. Die alte Frau wollte seine Macht beschneiden und ihre Stellung als Mitregentin ausbauen.

Bis jetzt hatte Tiberius das erfolgreich verhindert, was sie wohl kaum angenommen hatte, als sie alles daransetzte, ihn zum Nachfolger des Augustus zu machen. Tiberius hatte nicht vor, die willenlose Puppe seiner Mutter zu sein. Als im Senat Anträge gestellt wurden, Livia mit den Ehrentiteln ›Parens – Erzeugerin‹ und ›Mater Patriae – Mutter des Vaterlandes‹ zu schmücken und Tiberius fortan ›Sohn der Julia‹ zu nennen, war der neue Princeps erstmals scharf gegenüber den Senatoren aufgetreten und hatte nachdrücklich darauf bestanden, bei den Ehrungen von Frauen

Maß zu halten, wie er auch für seine eigene Person bei Titeln und Ehrenbezeugungen Zurückhaltung üben wolle. Tiberius hatte verhindert, daß für seine Mutter ein Altar geweiht wurde zur Erinnerung an ihre Aufnahme in das Julische Haus. Und er hatte vereitelt, daß ihr ein Liktor zugewiesen wurde, womit er ihr jegliche Exekutivgewalt absprach.

Livia wehrte sich wie eine Löwin, aber nicht in der Öffentlichkeit, dazu war sie zu klug. Wie hätte es ausgesehen, hätte sich die Mutter gegen den Sohn, die Augusta gegen den neuen Augustus gestellt. Insgeheim schmiedete sie Ränke, schürte den Aufruhr unter den Patriziern, nährte die Unzufriedenheit mit der zögernden Haltung des Tiberius in der Frage der Heeresmeutereien. Zwar hatte Drusus Minor gemeldet, der Aufruhr im Illyricum sei beigelegt, aber noch war keine Nachricht über die Beendigung der Aufstände am Rhenus nach Rom gelangt, und die Rückkehr der senatorischen Gesandtschaft unter Munatius Plancus war überfällig. Tiberius hatte sich darauf berufen, diese Rückkehr abwarten zu wollen, aber die von Livia aufgestachelten Senatoren hatten ihm das nicht als vernünftige Haltung, sondern als weiteres Zaudern ausgelegt. Und so war der Princeps zum zweitenmal gezwungen gewesen, den Tiber nach Ostia hinunterzufahren, um hier den Reisenden zu spielen.

Der Oberpriester drehte sich um, blickte in die Menge und dann auf den Herrscher. Er war ein mittelgroßer, hagerer Mann mit einem glattrasierten Gesicht. Seine ganze Erscheinung und Haltung strahlte Würde aus, woran auch der Umstand nichts änderte, daß Toga und Tunika von den Eingeweiden der Opfertiere beschmutzt waren.

»Hört, was Jupiter, der Gott der Krieger, über die Reise unseres Imperators Tiberius Julius Casear gesagt hat!« Spannung breitete sich auf vielen Gesichtern aus, doch auf einigen blieb die spöttische Belustigung die vorherrschende Regung. »Alle Zeichen stehen gut. Wenn der Imperator auch Fortuna, der Göttin des Glücks und des Schicksals, die das Ruder des Lebens in den Händen hält, in ihrem nahen Heiligtum noch ein Weihegeschenk darbringt, steht einem günstigen Verlauf der Reise nichts entgegen. Dann werden göttliche Winde unseren Princeps beflügeln!«

»Er trägt ein bißchen dick auf«, bemerkte spitz, aber mit der Angelegenheit angemessen ernster Miene Gnaeus Calpurnius

Piso, der die senatorische Abordnung anführte, die mit dem Princeps nach Ostia gefahren war, um ihn hier zu verabschieden. Livia dagegen hatte es nicht für nötig gehalten, ihren Sohn zum Hafen zu begleiten, was Tiberius ärgerte, auch wenn er es in Anbetracht seines eigenen Verhaltens ihr gegenüber verstehen konnte.

»Ja«, bestätigte der Herrscher und verbarg nur mühsam die Belustigung angesichts der eben noch spöttischen und jetzt überaus erstaunten Gesichter. »Und das Weihegeschenk für Fortuna war auch nicht vereinbart.«

»Die Priester des Jupiter schanzen ihren Kollegen vom Heiligtum der Fortuna etwas zu«, stellte Calpurnius Piso fest. »Vermutlich ist es ein Abkommen auf Gegenseitigkeit.«

Nachdem Tiberius sich bei Jupiter für sein Wohlwollen bedankt hatte, begab sich die Prozession zum nahen Heiligtum Fortunas, das so klein war, daß es kaum die Bezeichnung Tempel verdiente. Nur kurz hielt sich Tiberius mit der Übergabe des Weihegeschenks in Form einiger kostbarer Goldarbeiten auf. Plötzlich ermüdete ihn die Komödie, die er hier spielte. Außerdem juckte seine Haut am ganzen Körper. Es war der Ausschlag, der ihm schon seit seiner Kindheit zu schaffen machte und gegen den kein Arzt etwas tun konnte. Am liebsten hätte er sich überall gekratzt und gescheuert, am Kopf, an den Beinen und auch dazwischen. Nur mühsam beherrschte er sich.

Der Zug formierte sich neu, verließ unter pompösem Trompetengeschmetter den Tempelbezirk im Westen der Stadt und wandte sich dem Hafen an der Tibermündung zu. Der Weg, den Jünglinge mit Rosenblüten bestreuten, war von Schaulustigen gesäumt, die den Princeps in seiner von acht kräftigen Numidern getragenen Prunksänfte betrachten wollten. Die der Sänfte voranschreitenden Liktoren hatten die Rutenbündel links geschultert, doch jeder hielt noch eine schmalere Rute in der Rechten, um zu vorwitzige Zuschauer durch schmerzhafte Streiche auf ihre Plätze zu verweisen.

Im Hafen wartete eine eindrucksvolle Flotte auf den Imperator, insgesamt zwanzig Kriegsschiffe. Einige von ihnen kreuzten jenseits des Hafenbeckens auf See, aus Sicherheits- und auch aus Platzgründen. Schließlich mußten hier auch noch die Handelsschiffe anlegen, die Gold, Zinn und Blei aus Hispanien, Eisen, Wolle und Felle aus Britannien, Töpferwaren und Olivenöl aus

Gallien, Wein und Honig aus Griechenland, Holz und Pferde aus Kleinasien und aus den verschiedensten Gebieten das für Rom so wichtige Getreide brachten. Die geräumige Galeere, die den Princeps beherbergen sollte, war ebenso prunkvoll verziert wie die mit Purpur- und Goldapplikationen versehene Sänfte, aus der er jetzt stieg. Sklaven schleppten eilig die letzten Truhen mit den persönlichen Habseligkeiten des Herrschers an Bord.

Dieser wandte sich an seine Begleitung und an die zusammengeströmte Menge, um sich für das Geleit und die guten Wünsche zu bedanken. Tiberius wies auf die voraussichtlich lange Dauer seiner Abwesenheit und darauf hin, daß in Rom alles seinen rechten Gang gehen werde. Er betonte sein Vertrauen in den durch Calpurnius Piso vertretenen Senat und in seine Mutter und Mitregentin Livia Julia Augusta. Dann ging er unter den Jubelrufen der Menge auf das Schiff.

Der Trierarch ließ den Anker lichten und die Segel setzen. Sie waren im Purpur des Herrschers gehalten, und das große Hauptsegel war mit den Schattenrissen einer Wölfin und zweier kleiner Kinder, Romulus und Remus, verziert. Schon wollten sich die Rojer in die Riemen legen, um das Schiff aus dem Hafen zu bringen, da schoß ein schnittiger, leichter Segler durch die Einfahrt und holte die Segel so spät ein, daß er der bauchigen Galeere des Princeps den Weg versperrte.

Tiberius tat erstaunt, als er die Männer an der Reling des anderen Schiffes erblickte, und rief seinem Schiffsführer zu: »Es ist Munatius Plancus mit den anderen Senatoren. Bring mich zurück an Land, Trierarch, sicher hat die Gesandtschaft Interessantes zu berichten.«

Wenig später begegneten sich Tiberius und die aus Germanien zurückgekehrten Senatoren am Rande des Hafenbeckens, umringt von der neugierigen Zuschauermenge. Der Princeps forderte Munatius Plancus auf, seinen Bericht in knappen Worten gleich hier zu erstatten, denn es ginge alle Bürger Roms etwas an.

»Schlechte See behinderte unsere Rückkehr, edler Tiberius, Sohn des vergöttlichten Augustus«, begann Plancus. »Jetzt aber können wir dir berichten, daß dein Sohn, der Prokonsul Julius Caesar Germanicus, die Meuterei in Germanien niedergeschlagen hat. Die Legionen stehen wieder treu zu Rom, und jegliche Gefahr ist gebannt.«

Tiberius wartete ab, bis das aufgeregte Geschnatter der Menge sich gelegt hatte. Dann sagte er mit einem breiten Lächeln, wie man es selten in seinem ernsten Gesicht sah: »Jupiter sei Dank, daß er dich und deine ehrwürdigen Begleiter noch rechtzeitig zurückkehren ließ, edler Munatius Plancus. Jetzt, wo ich Germanien in guten Händen und die dortigen Legionen treu zu Rom stehend weiß, erübrigt sich meine Reise, und ich kann weiterhin in der Liebe baden, mit der Roms Bürger mich überschütten.«

Die Menge konnte gar nicht anders, als auf diese geschickt gewählten Worte mit Jubel zu reagieren. Tiberius nahm den Beifall für seine gezielte Schmeichelei als solchen für seine Entscheidung, in Rom zu bleiben. Er bedankte sich bei den Bürgern für ihr Einverständnis und stieg dann in seine Sänfte.

Einige der Zuschauer sahen allerdings auch reichlich verprellt aus, so die nicht in den Plan eingeweihten Priester des Jupiter-Tempels. Als der Reisende von Ostia nach Rom zurückkehrte, freute er sich schon auf das bestimmt nicht minder komische Gesicht seiner Mutter.

Livia reagierte in der Tat höchst erstaunt auf die unerwartete Rückkehr ihres Sohnes und konnte ihren Ärger kaum verbergen.

»Sie hat ausgesehen, als sei sie ihrem zu den Göttern gegangenen Gemahl wiederbegegnet«, bemerkte feixend Calpurnius Piso, als er sich abends mit Tiberius in dessen Haus zu einem Essen unter vier Augen traf. »Ich glaube, jetzt hat sie endgültig eingesehen, daß ihr alles Intrigieren nichts nützt, daß sie dir hoffnungslos unterlegen ist.« Der Senator hob seinen Weinbecher und lachte: »*Mulier taceat!** Auf dich, Tiberius, auf den unangefochtenen Herrscher Roms!«

Auch Tiberius hielt seinen goldenen Becher hoch und lächelte Calpurnius Piso an. »Nein, auf dich, mein Freund, der du den genialen Einfall hattest, Munatius Plancus und seine Begleiter so lange zurückzuhalten, bis sich ihr Schiff mit meinem trifft, das war wirklich ein Meisterstück!«

»Nein, nur eine Frage der Überredung und Bestechung. Ich hatte meine Zweifel, daß der ehrbare Plancus sich auf so etwas

---

* Das Weib möge schweigen!

einläßt, aber die schlimmen Erfahrungen in Germanien scheinen seinen Stolz gebrochen zu haben.«

Sie tranken, und dann erkundigte sich Calpurnius Piso nach dem Bericht der Senatoren.

»Er entspricht überhaupt nicht den Äußerungen, die Plancus im Hafen von Ostia gemacht hat. Er wäre von den Meuterern fast ermordet worden und mußte das Oppidum Ubiorum Hals über Kopf verlassen.«

Der Senator wirkte gar nicht mehr belustigt. »Wir sollten die Meuterei nicht auf die leichte Schulter nehmen, Tiberius. Auch wenn du es vor dem Senat abstreitest, Rom könnte tatsächlich bedroht sein.«

Tiberius winkte ab und steckte eine in Honig gebackene Traube in seinen Mund, die er genüßlich zerkaute. »Vor einer Stunde erhielt ich per Eilkurier Nachricht aus Germanien. Die Götter sind mit uns und haben die Lüge, die wir Plancus in den Mund legten, in Wahrheit verwandelt. Germanicus scheint seine Truppen tatsächlich wieder in der Gewalt zu haben. Jedenfalls ist er mit ihnen zu einem Feldzug gegen die Germanen aufgebrochen.«

Calpurnius Piso nahm ebenfalls eine Traube aus der großen Silberschüssel, steckte sie aber noch nicht zwischen die Lippen, sondern fragte zuvor: »Da wir gerade von der Lüge sprechen, hat dir dein spezieller Kundschafter auch schon Bericht erstattet?«

»Du meinst Appius Aemilianus Silius?«

Calpurnius Piso kaute schmatzend und nickte.

»Ja, er war hier.« Tiberius sagte das mit einem tiefen Seufzer, der Unzufriedenheit mit dem Bericht des Senators ausdrückte. »Germanicus hat es rundweg abgelehnt, mich mit Hilfe des Senats zu ersetzen.«

»Das scheint dich zu bekümmern«, stellte Calpurnius Piso verwundert fest. »Wo du über die Treue deines Adoptivsohnes doch sehr erfreut sein solltest!«

»Mein Kummer entspringt der Frage, ob die Treue Germanicus diese Antwort geben ließ oder ...«

»Oder?« fragte der Senator, als der Herrscher schwieg und nachdenklich durch den Freund hindurchsah, mit einem Blick, der bis ins ferne Germanien zu reichen schien.

»Oder der Argwohn, der unvermeidliche Bruder der Herrschsucht«, beendete Tiberius seinen Satz.

DRITTER TEIL

SCHICKSALSSCHLÄGE

Kapitel 15

Die Nächte der Tamfana

In den Nächten der Tamfana wurde der Wechsel des Jahres gefeiert, der Übergang vom Sommer zum Winter, die Einbringung der Ernte und die Aufnahme der Geister der Verstorbenen ins Reich der Toten. Zu diesem bedeutendsten Fest der Marser waren sämtliche Sippen in das Gebiet um den großen Tempel geströmt, so zahlreich, daß sich die Feierlichkeiten über viele Meilen hinzogen, verteilt auf Siedlungen und große Gehöfte rund um Mallovends Burg, die sich ganz in der Nähe des Tempels auf einem Bergrücken erhob.

Fast alle Frilinge wollten die Erdgöttin ehren, so daß auf den entfernteren Höfen nur wenige zurückblieben, meist Frauen und Kinder, Alte und Schwache, die ein Auge auf Halbfreie und Schalke warfen. Angst vor der Schwächung des Stammesgebietes durch den Entzug der Krieger brauchte man nicht zu haben, denn die Waffenruhe während des Tamfana-Festes galt auch den Nachbarstämmen als unantastbar, so wie die Marser die heiligen Riten ihrer Anrainer respektierten.

Wie alle freien Stämme rechts des Rheins hatten auch die Marser kein Verständnis für das, was die Römer unter Pünktlichkeit verstanden. Bei den Germanen galt es als Tugend, sich Zeit zu lassen. Für einen freien Mann gab es keinen Grund, sich dem Zwang zu beugen, zu einem bestimmten Zeitpunkt an einem bestimmten Ort zu sein. Und so kamen auch die Feiernden erst nach und nach zusammen, in jeder Nacht wurden es mehr. Zum Höhepunkt des Festes, den morgen beginnenden drei heiligen Nächten – der Nacht des Krieges, der Nacht des Schutzes sowie der Nacht der Toten und der Fruchtbarkeit – würden aber wohl alle anwesend sein, die Tamfana ehren und opfern wollten.

In dieser Nacht, vor der Nacht des Krieges, wurde noch einmal ungezwungen gefeiert, auch und besonders auf Mallovends Burg. Schon seit fünf Nächten bewirtete der Marserherzog seine Gäste: die zum Tamfana-Fest erschienenen Abordnungen fremder Stämme und die Edelinge der Marsersippen. Über den Feuern drehten sich Rinder, Schweine, Lämmer und frisch erlegtes Wild. In den Kesseln dampften heiße, schmackhafte Suppen. Es flossen Ströme von Bier, das frisch für diese Feier gebraut worden war, und von Met, den die Frauen aus dem Aufguß von Honigwaben gewonnen hatten. Tänze, Spiele und Gesänge gaben einen Vorgeschmack auf das, was in den drei kommenden Nächten noch lauter, vielfältiger und eindringlicher stattfinden würde.

Thorag genoß die Musik, das Tanzen, Lachen, Essen und Trinken. Seitdem Germar mit seinem Mordgesindel im Land der Donarsöhne aufgetaucht war, hatte das Leben des Donarfürsten aus Kämpfen und Gefahren, aus Sorgen und schließlich auch aus Verletzungen bestanden, die einen schwächeren Mann als Thorag nach Walhall geführt hätten. Aber der Donarsohn war ein Krieger, der ebenso gut einstecken wie austeilen konnte. Die Heilkräuter und die sorgsame Pflege, über die Armin persönlich gewacht hatte, zeigten bald ihre Wirkung. Thorag fühlte sich in der Lage, seinem Blutsbruder den Freundschaftsdienst zu erweisen, um den der Cheruskerherzog ihn gebeten hatte. Er brach mit Mallovend ins Marserland auf, auch wenn das lange Reiten ein Stechen in seiner Brust und das Halten der Zügel ein Brennen in den narbigen Händen verursachte. Er verließ die Adlerburg nicht ohne düstere Gedanken, bedingt durch Gerolfs Blutadler und Aujas anhaltende Schwächeanfälle.

Im ersten Fall beruhigte Armin den Freund, er werde den Ebergau durch einen großen Trupp Späher beobachten lassen. Tatsächlich tat sich dort nichts Auffälliges. Die Kundschafter meldeten keine großen Kriegeransammlungen, die auf einen Angriffszug hindeuteten. Lediglich viele kleine Jagdgruppen streiften durch das Eberland, aber das war für diese Jahreszeit nichts Ungewöhnliches; kurz vor Ende des Sommers wurden noch einmal die Vorräte aufgefüllt, bevor die Frostriesen mit ihren kalten, weißen Mänteln alles Leben erstickten. Außerdem war Argast über das Geschehen auf der Adlerburg in Kenntnis gesetzt worden, und Thorags Kriegerführer hatte seinem Fürsten die Nachricht gesandt, er habe die Donarsiedlung auf einen Überraschungsangriff der Eberleute vorbereitet.

Im zweiten Fall war es Thusnelda, die sich aufopfernd um Auja kümmerte. Die jungen Frauen verstanden sich, vielleicht weil beide ein Kind erwarteten, sehr gut und schienen geneigt, der Blutsbrüderschaft ihrer Männer eine enge Freundschaft gegenüberzustellen. Thusnelda kümmerte sich um Auja, wie Armin sich um Thorag kümmerte, und versicherte dem Donarsohn, er brauche sich keine Sorgen um seine Frau zu machen. Aujas Angebot, ihn ins Marserland zu begleiten, wies Thorag, so schwer es ihm auch fiel, zurück. Wie Thusnelda richtig feststellte, brauchte Auja jetzt Schonung, nicht Anstrengung.

Thidrik und und die beiden Söhne des Schreiners Holte befanden sich unter den Donarsöhnen, die Thorag begleiteten. Tebbe natürlich, um bei seiner Gemahlin Amala zu sein und hier ein neues Heim zu gründen. Eibe wollte die Nächte der Tamfana an der Seite seines Bruders feiern, bevor er sich von ihm verabschiedete, auf lange Zeit gewiß, vielleicht für immer. Ähnlich erging es Thidrik, der sich ein wenig fühlen mochte wie in jener Unheilsnacht, als sein Sohn Hasko beim Kampf mit Thorag in sein eigenes Schwert gestürzt war.

Doch falls Thidriks Brust sich bei dem Gedanken an den nahen Abschied von Tebbe zusammenzog, ließ sich der ältere Mann das ebensowenig anmerken wie der junge Eibe. Das ausgelassene Treiben im Herzen des Marserlandes duldete keine Trübsal; ernste Gesichter entkrampften sich rasch unter der Einwirkung von Met und Bier.

Da war es kein Wunder, daß der abgehetzte Reitertrupp, der spät in der Nacht auf der Vendburg erschien, lange Zeit nicht ernst genommen wurde. Der Schaum, der aus den Mündern der Pferde troff, die von Müdigkeit gezeichneten Gesichter der fünfzehn Männer, ihre lauten Schreie, man möge sie schnell zum Herzog der Marser durchlassen, das alles erschien der ausgelassenen, trunkenen Menge nur ein neuer Spaß zu sein, zu dem einer der Fürsten seine Männer veranlaßt hatte. Lachende, kreischende Marser scharten sich immer dichter um die Reiter, wollten ihnen Hörner mit Bier und Met reichen und fragten, welchen Feind es zu besiegen galt. Nur mühsam kämpften sich die Neuankömmlinge zu den Tischen vor, an denen die Fürsten unter freiem Himmel tafelten.

Thorag, der in ein angeregtes Gespräch mit einem Edeling vom Stamm der Usipeter vertieft war, stutzte plötzlich, als er den vordersten Ankömmling sah. Trotz des dicken Verbandes um den Kopf des Reiters, trotz der frischen Narbe, die seine linke Gesichtshälfte verunstaltete, erkannte der Donarsohn das längliche Gesicht mit dem stark vorspringenden Kinn sofort. Es gehörte einem Cherusker aus der Hirschsippe, dem Kriegerführer Ingwin.

Thorag sprang zum allgemeinen Erstaunen von der Bank und unterbrach dadurch den mit schwerer Zunge über die Römer lästernden Usipeter mitten im Wort. Der Donarsohn lief den Reitern entgegen, bahnte sich mit Bewegungen, die denen eines Schwimmers ähnelten, einen Weg durch die Menge, bis er endlich vor Ingwin stand und die Zügel des schwer atmenden Braunen ergriff.

Ingwins Wunden und der ernste, verbissene Ausdruck auf seinem Gesicht verrieten Thorag, daß auf der Adlerburg etwas Schwerwiegendes vorgefallen war. Als sich der Donarsohn danach erkundigte, sagte Ingwin: »Ich spreche am besten zu allen Fürsten. Die Zeit drängt, ich will mich nicht wiederholen.«

Inzwischen hatten auch die Umstehenden erkannt, daß es sich bei dem Auftritt der Reiter nicht um einen Spaß handelte, und machten den Hirschkriegern bereitwillig Platz. Vor der Fürstentafel stiegen die Reiter von den Pferden, tranken dankbar von dem dargebotenen Bier und stopften mit der Gier von Ausgehungerten Fleisch und Brotfladen in ihre Münder.

Mallovend trat neben Thorag und fragte: »Warum schickt Armin uns diese Krieger?«

»Das möchte ich auch gern erfahren«, erwiderte der Donarsohn und wartete angespannt ab, bis Ingwin das Trinkhorn absetzte, das er mit einem langen Zug geleert hatte. Das Herz des jungen Gaufürsten klopfte heftig bei dem Gedanken, Auja und Ragnar könnte etwas zugestoßen sein.

Der Führer der Hirschkrieger stieß laut auf und verbreitete den durchdringenden Geruch von gegorenem Weizen und Schafgarbe. »Armin hat uns nicht ausgesandt. Der Herzog erteilt derzeit niemandem Befehle.« Ingwin war außer Atem, sprach leise und abgehackt. Verbittert biß er die Zähne zusammen und sah durch die umstehenden Männer, zum größten Teil Fürsten, hindurch.

»Was ist mit Armin?« fragte Thorag. »Ist er krank oder verwundet?«

»Schlimmer«, seufzte Ingwin. »Er ist Segestes' Gefangener!«

In den Gesichtern rund um den Kriegerführer zeichneten sich Überraschung und Unglauben ab. Die Männer traten noch näher an Ingwin heran, und Mallovend brummte: »Wenn du dir mit uns einen Spaß erlauben willst, Cherusker, laß dir gesagt sein, daß dies nicht die Art von Späßen ist, über die ich lache!«

»Ein Spaß?« Ingwins Gesicht verzog sich und wurde jetzt von der entstellten linken Hälfte beherrscht: rohes, aufgeworfenes Fleisch. »Ich wäre froh, wenn es ein Spaß wäre! Aber der verfluchte Stierkrieger, der mir das Gesicht zerschnitten hat, hat dies ebensowenig zum Scherz getan, wie der, unter dessen Pferdehufen mein Schädel beinah zertrümmert wurde. Und als ich dem einen mein Schwert in den Wanst und dem anderen den Dolch in die Gurgel stieß, hat auch niemand gelacht!« Der Hirschkrieger redete sich in Wut. Seine Augen traten hervor. Die Hand, die das Rinderhorn hielt, zitterte.

Thorag führte ihn zur Tafel, wo Ingwin sich auf eine Bank setzte. »Berichte der Reihe nach, was sich ereignet hat, Ingwin!« Am liebsten hätte er den Hirschkrieger sofort nach Auja und Ragnar gefragt, aber bei Ingwins aufgewühltem Zustand hätten zu viele Fragen den Bericht nur unnötig in die Länge gezogen.

»Es geschah vor zwei Nächten«, begann der Kriegerführer und sprach jetzt merklich ruhiger. »Alle Fürsten und Gesandtschaften, die zu Armins Hochzeit gekommen waren, hatten die Adlerburg verlassen. Zuletzt zog Armins Oheim Inguiomar mit den Seinen ab. Jetzt weiß ich, daß Segestes nur auf diesen Zeitpunkt gewartet hat. Aber die Klugheit nützt leider dem nichts, der sie zu spät erlangt.«

Er griff nach einem Bierkrug, füllte das Horn zur Hälfte und leerte es sofort wieder.

»Weiter!« drängte Thorag ungeduldig, und Mallovend begleitete die Aufforderung durch ein kräftiges Nicken. »Was hat Segestes getan?«

Achtlos ließ Ingwin das leere Rinderhorn auf den grob gezimmerten Holztisch fallen. »Er hat ein Festmahl gegeben, ähnlich dem diesen. Damit wollte er sich bei Armin für die Gastfreundschaft und den für Thusnelda gezahlten Preis bedanken. Da Armin Herr der Adlerburg ist, fand dieses Festmahl draußen im Wald statt.«

»Eine Falle!« entfuhr es Thorag. »Das war natürlich eine Falle. Wie konnte Armin seinem Schwiegervater nur auf den Leim gehen? Segestes war nicht sein Gast, sondern sein Gefangener, das wußten beide.«

»Ja, es war eine Falle.« Ingwin nickte betrübt, hob dann den Kopf und blickte den Donarfürsten mit funkelnden Augen an. »Aber du solltest Armin nicht zu Unrecht beschuldigen, Thorag. Natürlich ist es einfach, seinen Leichtsinn im Nachhinein zu verurteilen. Aber bedenke, daß der Hirschfürst sich noch in freudiger Stimmung über die gelungene Hochzeit befand. Außerdem schien Segestes völlig verwandelt. Er war freundlich zu jedermann, besonders zu Armin, und betonte, das Vergangene sei vergessen, und jetzt solle Armin für ihn sein wie ein Sohn.«

»Dieser Heuchler!« brummte Mallovend und strich wütend durch seinen Bart.

»Ja, es war geheuchelt«, fuhr Ingwin fort. »Ich selbst machte mir meine Gedanken über dieses Festmahl. Aber auch ich fiel auf Segestes herein. Ich dachte mir, vielleicht täuscht er diese Freundlichkeit nur vor, und die von ihm ausgerichtete Feier entspringt der Berechnung mehr als seinem Herzen. Damit lag ich richtig, doch irrte ich mich über den Grund, dachte ich doch, der Stierfürst wolle nur sein Gesicht wahren.«

»Ja, da ist etwas dran«, meinte Thorag, der sofort verstand, was Ingwin meinte. »Indem Segestes so tat, als bedanke er sich für erwiesene Gastfreundschaft, verschleierte er die Tatsache seiner Gefangenschaft und wahrte nach außen den Schein.«

»Deine Worte waren meine Gedanken, Thorag. Deshalb ließ ich nur wenige Krieger aufziehen, um das Festmahl zu bedecken. Schließlich fand es am Fuße der Adlerburg statt, im Herzen des Hirschlandes. Doch mit der Dunkelheit kamen die Feinde in großer Überzahl, fielen über uns her und machten fast alle meiner Krieger nieder. Es ging sehr schnell. Segestes verschwand mit seinen siegreichen Männern, und sie nahmen Armin mit sich.« Ingwins Züge verhärteten sich wieder, und seine Rechte krallte sich um den Schwertgriff an seiner Hüfte. »Aber diesen Verrat wird der Stierfürst noch bereuen. Für jeden gefallenen Hirschkrieger wird das Blut von zehn Stiermännern fließen!«

»Was ist mit Armins Frau?« fragte Mallovends älterer Sohn Vendar. »Hat Segestes seine Tochter auch mitgenommen?«

»Ich nehme an, dies entsprach seinem Plan«, antwortete der Hirschmann. »Thusnelda sollte an der Feier teilnehmen, es sollte der Abschied von ihrem Vater werden. Aber dann ging es Thorags Frau sehr schlecht, und Thusnelda blieb auf der Adlerburg, weil sie sich selbst um die Kranke kümmern wollte. Das rettete sie vor dem Zorn ihres Vaters.«

»Wie geht es Auja jetzt?« erkundigte sich Thorag erregt. Sein Herz raste schneller, als Wodans achtbeiniger Hengst laufen konnte. »Ist ihr etwas zugestoßen?«

Zu Thorags Erleichterung schüttelte Ingwin den Kopf. »Sie hat sich wieder erholt, Thorag. Deine Frau und dein Sohn befinden sich auf der Adlerburg, in Sicherheit.«

Thorag fühlte sich erleichtert und wischte mit seinem Hirschlederumhang den Schweiß ab, der auf seine Stirn getreten war.

Mallovend legte eine Hand auf Ingwins Schulter und verkündete laut: »Dein Racheschwur soll auch der meine und der meines ganzen Volkes sein, Hirschkrieger. Sobald die Nächte der Tamfana vorüber sind, werde ich ein Heer zusammenstellen, um meinem Waffenbruder Armin zu helfen!«

»Segestes ist nicht unser Feind«, wandte Vendar ein.

Sein Vater zog die buschigen Brauen soweit herunter, daß sie fast mit seinem Bart verschmolzen. »Aber Armin ist unser Freund! Wir wohnten unter seinem Dach, wir tranken sein Bier, wir aßen seine Speise, wir lachten und sangen mit ihm – so wie Segestes! Seine Falschheit und sein Verrat an Armin machen ihn zu unserem Feind!«

Ingwin blickte den Marserherzog zweifelnd an. »Deine Hilfe ist höchst willkommen, edler Mallovend. Aber Armin benötigt sofort Beistand. Ich fürchte, wenn nicht um sein Leben, so doch darum, ihn jemals befreien zu können. Er darf nicht lange der Gefangene des Segestes sein. Der Stierfürst war schon immer ein Freund der Römer. Er hat damals nichts unversucht gelassen, dieses Krummbein Varus von unserem Plan zur Vernichtung seiner Legionen zu unterrichten.«

Mallovends Brauen wanderten wieder nach oben, als der Herzog überrascht die Augen aufriß. »Du meinst, er will Armin den verfluchten Römern übergeben?«

»Auf meinem Ritt hierher hatte ich viel Zeit, mir Gedanken zu machen. Und ich dachte daran, was Segestes mit Armins Gefangennahme bezwecken könnte.«

»Segestes hat sich den Zorn der Römer zugezogen, als wir ihn zwangen, Varus' Niederlage zuzusehen«, sagte Thorag. »Die Römer erwarten von ihren Verbündeten, daß sie ihnen beistehen und notfalls das Leben für sie opfern. Das hat Segestes – fast möchte ich sagen, leider – nicht getan. Im Gegenteil, er mußte sogar hinnehmen, daß sein Neffe Sesithar die Leiche des Varus schändete und den Kopf des Römers aufspießte. Und Segestes' eigener Sohn Segimund, der in der Ubierstadt am römischen Altar die Priesterweihe empfing, zerriß die Priesterbinden und eilte zu den Waffen, um sich Armins Aufstand anzuschließen. Das haben die Römer sicher nicht vergessen. Ja, Ingwin hat recht, wenn Segestes sich bei Tiberius und Germanicus einkaufen will, wird er einen hohen Preis zahlen müssen. Einen Preis wie das Leben des Mannes, der den Aufstand gegen Rom entfacht und angeführt hat!«

»Armins Leben«, bestätigte Mallovend düster. »Ihr Cherusker liegt wohl richtig, euer Herzog schwebt in höchster Gefahr und braucht dringend Hilfe. Ich selbst werde kommen, sobald ich kann. Aber als Herzog der Marser ist meine Anwesenheit beim Fest der Tamfana erforderlich. Andernfalls könnte die Erdgöttin uns zürnen, die Ernte im nächsten Sommer verderben und den Geistern unserer Verstorbenen den Weg ins Totenreich versperren. Ohne Tamfanas Segen könnte uns das Kriegsglück bei Armins Befreiung verlassen. Aber ich kann in der Zwischenzeit eine Streitmacht entsenden, wenn sich ein Anführer findet.«

»Thorag wird uns führen«, sagte Ingwin mit Bestimmtheit. »Der Fürst der Donarsöhne wird Armin befreien!«

»Ein guter Vorschlag«, meinte Mallovend.

»Nein!« Eilard, Mallovends Vetter und Kriegerführer trat vor. Er wirkte erregt. Das Mahl auf seiner rechten Wange schien zu glühen, aber vielleicht lag das an dem roten Schein des nahen Feuers, über dem ein Ferkel briet. »Eine Streitmacht der Marser muß auch von einem Marser geführt werden. Ich biete mich dazu an. Dann kannst du, Mallovend, gemeinsam mit deinen Söhnen Tamfana huldigen.«

»Ich werde aufbrechen, um Armin zu helfen«, sagte Thorag ruhig und wandte sich dem Marserherzog zu. »Aber ich habe nichts dagegen, daß Eilard den Befehl über deine Krieger führt, Mallovend. Wichtig ist nur, daß Armin schnell Hilfe erhält.«

»Es war nicht mein Einfall, daß Thorag die Streitmacht gegen die Stiersippe führt«, erklärte Ingwin. »Als Armin, aus mehreren Wunden blutend, vor meinen Augen von vier kräftigen Stierkriegern verschleppt wurde, hat er mir zugerufen, ich solle zu seinem Blutsbruder reiten. Thorag soll an seine Stelle treten und den Verrat des Segestes rächen.«

»Ich – an Armins Stelle?« fragte der Donarsohn verwundert. »Aber ich gehöre nicht der Hirschsippe an, bin nicht vom Blute Segimars und seines Sohnes Armin.«

»Dein Blut fließt in Armins Adern und das Blut Armins in dir«, sagte Mallovend. »Das bedeutet ebensoviel, wenn nicht noch mehr, denn dies beruht auf eurem freien Entschluß. Armin wußte sehr wohl, was er sagte. An wen hätte er sich wenden sollen, wo doch sein Bruder unter dem Namen Flavus den Römern dient?«

»An seinen Oheim Inguiomar«, schlug Thorag vor.

Mallovend wollte etwas erwidern, schluckte es aber hinunter und wirkte verlegen, wie man ihn sonst nicht kannte.

Ingwin sprach aus, was auch der Marserherzog dachte: »Als Armin gegen Varus aufstand, hat Inguiomar sich nur zögernd beteiligt. Er kämpfte noch nicht einmal gegen die drei Legionen des römischen Statthalters, sondern hielt die nicht besonders gefährliche Stellung im Herzen des Cheruskerlandes. Vielleicht befürchtet Armin, daß sein Oheim sich jetzt ähnlich zögerlich verhält. Du aber, Thorag, hast gegen Varus in vorderster Linie gefochten und hast mit eigener Hand einen der römischen Adler erobert. Das dürfte Erklärung genug sein für Armins Entscheidung.«

Daß Thorag Armin helfen würde, war für den Donarsohn keine Frage. Armin hatte ihn nach seiner Verletzung durch Gerolfs Speer gepflegt und ihm auch früher schon beigestanden, bevor sie sich entzweiten. Thusnelda kümmerte sich wie eine Schwester um Auja. Und dann, da hatte Mallovend recht, war da noch ihr verbundenes Blut. Was hatte doch der alte Fenrisbruder damals im Tal der toten Bäume gesagt, als Armin und Thorag den Bund schlossen: ›Laßt euer Blut sich vereinigen, auf daß des einen Blut das Blut des anderen werde. Und tränkt die Erde, aus der alles erwächst, mit eurem gemeinsamen Blut, damit auch eure Brüderschaft aus ihr erwachse, als wäret ihr Kinder eines Vaters und einer Mutter!‹

Was ihn zweifeln ließ, war die Frage, wie Inguiomar auf eine solche Zurücksetzung reagieren würde. Nachdem Segestes sich als unversöhnlicher Feind seines Schwiegersohnes erwiesen hatte, wollte Thorag dem Cheruskerherzog nicht noch mehr Gegner in der eigenen Familie schaffen.

Aber die Zeit drängte, und Armins Blut, das auch Thorags Blut war, rief.

»Wie ich schon sagte, ich werde so schnell wie möglich aufbrechen«, erklärte Thorag. »Wenn Armin es wünscht, werde ich den Befehl über alle Cherusker und alle sonstigen Krieger übernehmen, die sich uns anschließen wollen. Wenn Eilard die Marser anführt, soll es mir recht sein.« Er blickte Eilard an. »Dann wird es zwei Truppen unter zwei Befehlshabern geben, aber ich bin sicher, daß uns derselbe Kampfgeist einen wird.«

Eilard lächelte dünn, als sei ihm dies nicht genug.

»Mein Vetter wird an der Spitze der Marser in den Kampf gegen Segestes ziehen«, entschied Mallovend. »Aber unter deinem Befehl, Thorag. So wie Armin uns gegen Varus und seine Legionen geführt hast, wird sein Blutsbruder uns gegen den verräterischen Stierfürsten führen!«

Jubel setzte ein. Ingwin und seine Begleiter jubelten, weil ein Cheruskerfürst und noch dazu ein Abkömmling des mächtigen Donnergottes sie anführen würde. Die Marser jubelten, wie sie es aus Gewohnheit taten, wenn ihr Herzog eine Entscheidung fällte, und weil es für einen Krieger stets ein Grund zur Freude war, in ruhmreichen Kampf zu ziehen. Nur einer jubelte nicht: Eilard.

Der untersetzte Kriegerführer verzog die Mundwinkel zu einer Grimasse, ein Lächeln, selbst ein dünnes, brachte er nicht mehr zustande. »Es sei, wie unser Herzog befiehlt«, preßte er mühsam hervor.

Von da an war die Feier für Thorag beendet. Und, was diese Nacht betraf, auch für Mallovend. Der Herzog sandte Boten zu den Siedlungen, Höfen und den eigens für das Tamfana-Fest entstandenen Lagern aus Laubhütten rings um seine Burg, um Freiwillige für den Kriegszug gegen Segestes zu sammeln.

Thidrik, Tebbe und Eibe kamen zu Thorag und teilten ihm

ihren Entschluß mit, an seiner Seite zu reiten. In allen drei Fällen lehnte Thorag ab.

»Tebbe muß bei seiner jungen Frau bleiben«, sagte er. »Nicht nur sie wird es wünschen, sondern auch Mallovend. Denke an deine Verpflichtung als Bindeglied zwischen den Stämmen der Cherusker und der Marser, Tebbe. Und denke an Amala, die bei diesem Fest ihre Weihe als Priesterin empfangen sollte. Glaubst du nicht, mein Sohn, sie wird dich in den kommenden Nächten ganz besonders brauchen?«

Tebbe sah dies ein.

»Dann kämpfe ich für meinen Bruder mit!« rief Eibe forsch. »Ich fürchte, unsere eilig zusammengewürfelte Streitmacht wird sowieso nicht sehr groß werden. Da kannst du einen Mann, der für zwei kämpft, gut gebrauchen, Thorag.«

»Nein.« Der Donarfürst blieb unbeugsam. »Armin hat gewünscht, daß ich ihn in den Nächten der Tamfana vertrete. Nun muß ich fort, da sollen neben Mallovends Schwiegersohn zumindest dessen Bruder und der Mann, der wie ich Tebbe und Eibe ein neuer Vater geworden ist, an den Feierlichkeiten teilnehmen.«

»Danke, daß du einen alten Mann schonst«, sagte Thidrik säuerlich. »Du glaubst wohl, Segestes hört auf Meilen meine morschen Knochen knacken, wenn ich mit dir reite.«

»Manch jüngerer Krieger könnte es nicht mir dir aufnehmen, Thidrik, und das weißt du auch.« Thorag legte die Hände auf die Schultern des Mannes, der einmal sein Todfeind gewesen und zu einem seiner engsten Vertrauten geworden war. »Ich nannte genau die Gründe, die mich bewegen. Ich wäre stolz und froh über jeden von euch an meiner Seite, aber in den Nächten der Tamfana ist hier euer Platz. Danach stoßt mit Mallovends Heer zu mir. Es ist bestimmt nicht verkehrt, wenn ein paar verläßliche Donarsöhne mit den Marsern reiten.«

»Ich verstehe«, grinste Thidrik. »Du kannst dich auf mich verlassen, Thorag.« Er blickte die beiden Jungmänner neben sich an und verbesserte sich: »Auf uns!«

Am nächsten Vormittag verließ Thorag die Vendburg an der Spitze von vierhundert Kriegern. Er hatte auf mehr gehofft, aber die meisten Marser würden erst nach den drei heiligen Nächten bereit für den Krieg sein. Und mancher, der vielleicht kämpfen gewollt hätte, war einfach zu betrunken dazu. Die Mehrzahl der kampfbereiten Marser waren Jungmänner, die ihren ersten Kriegsruhm ernten wollten. Thorag hätte lieber mehr erfahrene Krieger bei sich gehabt.

Außer den Marsern gehörten Ingwin und seine Mannen sowie einige Donarsöhne zu seiner kleinen Streitmacht. Ihre Kampferfahrung mußte die fehlende der jungen Marser ersetzen. Thorag glaubte fest daran, daß sie es schaffen würden, Armin zu befreien. Er machte sich erst gar keine Gedanken über das Ob, sondern beschäftigte sich während des harten Rittes angestrengt mit dem Wie.

Die Zeit des Marschierens wurde immer länger, die der Ruhe immer kürzer. Und trotzdem erreichten die römischen Legionäre und die Auxiliartruppen keine tägliche Marschleistung, die über das Mittelmaß hinausging.

Schuld war der beschwerliche Weg, über den Gerolf die Armee des Germanicus ins Land der Marser führte. Statt der kürzeren und einfacheren Marschrichtung nahm der Heerwurm einen gewaltigen Umweg in Kauf, der noch dazu das Vorwärtskommen durch schroffe Schluchten, dichte Urwälder und reißende Wildbäche erschwerte. Aber es war ein Weg, auf den die Marser sicher kein wachsames Auge warfen, weil er zwar für Germanen gangbar schien, nicht aber für eine schwerfällige römische Armee mit ihren sperrigen Kriegsmaschinen und ihrem langen Troß.

Doch die Römer kamen über diesen Weg! Gerolfs Kundschafter forschten nach den gangbarsten Stellen, und Aulus Severus Caecina mit seiner Vorhut, die aus leichten Auxilien und den Pionierabteilungen der Legionen bestand, baute Brücken über die nicht ganz so breiten Schluchten und Bäche und schlug Schneisen in die weniger dichten Wälder. Ihm folgte Germanicus mit der Hauptstreitmacht, und an der Seite des Imperators ritt stets der Eberfürst.

Mehrmals ersuchte Gerolf den mächtigeren Verbündeten, vorausreiten zu dürfen, da er das Gelände gut kannte und der beste Anführer seiner Späher gewesen wäre. Aber Germanicus lehnte immer wieder ab.

»Hier nutze ich dir doch nichts, Caesar«, versuchte Gerolf es noch einmal und wies mit weitausholender Bewegung über die langen Reihen aus Soldaten und Pferden. Sie zogen unter den beiden Reitern, die auf der Kuppe eines kleinen Hügels verharrten, vorbei. »Du hast genug Männer um dich, auf mich kommt es hier nicht an. Aber da vorn in den Wäldern könnte ich dir an der Spitze meiner Krieger den Weg ins Land der Marser bahnen!«

»Oder du könntest in die Wälder verschwinden und zusammen mit den Marsern wieder aus ihnen hervorbrechen, so wie es Arminius und seine Verbündeten im Saltus Teutoburgiensis getan haben.«

Der Eberfürst richtete sich auf dem Rücken seines Rappschecken auf, versteifte sich und blickte den Römer mit entrüstetem Gesicht an. »Du hältst mich für einen Verräter, Caesar?«

Die für einen Mann sehr hübschen Züge des Imperators verzogen sich zu einem scheinbar gewinnenden Lächeln, das in Wahrheit Ausdruck der Überlegenheit war. »Bist du denn kein Verräter, wenn du mein Heer gegen deine eigenen Leute führst?«

»Ich bin Cherusker, kein Marser!«

»Ich halte diese feinen Unterschiede, die ihr Germanen macht, nicht für so bedeutungsvoll. Cherusker und Marser haben Seite an Seite gegen Varus gefochten, jetzt stellst du dich, der damals dabei war, gegen deine Waffenbrüder. Wie nennst du das, Gerolf, wenn nicht Verrat?«

»Mallovend hat meinen Bruder getötet, das war der Verrat!«

»Der Geschichte nach zu urteilen, die du mir erzählt hast, war es vielleicht einer der barbarischen Akte, die deinem Volk soviel bedeuten, aber kaum ein Verrat. Wärst du schneller gewesen, hätte nicht dein Bruder sterben müssen, sondern Thorag.«

»Thorag ist ein Verräter«, griff Gerolf den Faden rasch auf. »Der Donarfürst genoß das Vertrauen des Varus und mißbrauchte es. Daß Thorag mein Feind ist, müßte dir Beweis genug dafür sein, daß ich auf deiner Seite stehe.«

»Wer weiß das schon so genau, wer kann euch Germanen schon verstehen? Euer Denken ist genauso undurchdringlich wie eure schrecklichen Wälder.«

»Ich kenne diese Wälder und könnte dafür sorgen, daß wir noch schneller vorankommen, Imperator. Du weißt, wie wichtig es ist, das Marserland noch in den Nächten der Tamfana zu erreichen. Wenn du mir erlaubst ...«

Mit einer herrischen Handbewegung, als führe er ein Schwert, schnitt der Römer dem Cherusker das Wort ab. »*Cantilenam eandem canis!*«

Gerolf, der das Lateinische nicht besonders gut beherrschte, sah den anderen fragend an.

Germanicus sprach langsamer, und jetzt verstand der Eberfürst: »Du singst immer dasselbe Lied. Ich bleibe bei meiner Entscheidung und du an meiner Seite. Wenn du mich in eine Falle führst, wird mein Tod ganz gewiß auch der deine sein!«

Der Imperator wendete seinen Schimmel und ritt hinunter zu dem Heerwurm, unter dessen Marschtritt der Hohlweg erbebte und der sich vorn und hinten in die Unendlichkeit zu erstrecken schien. Gerolf folgte ihm mit einigen Pferdelängen Abstand und stieß eine ganze Reihe von Verwünschungen aus, wobei er vorsichtshalber leise und in der Sprache seines eigenen Volkes redete.

Kein Zweifel, er hatte Germanicus unterschätzt. Der Eberfürst hatte gehofft, den Imperator leichter beeinflussen zu können. Aber der römische Feldherr schien nicht gewillt, sich die Zügel von einem ›Barbaren‹ aus der Hand nehmen zu lassen.

Als sie bei der Truppe anlangten, hatte Gerolf sich wieder unter Kontrolle. Er durfte die Gunst des Imperators nicht verspielen, wenn er dabei sein wollte, wie Mallovend und Thorag starben. Zuviel hatte der Eberfürst dafür in Kauf genommen. Als er den Leichnam seines Bruders nach der Rückkehr in den Ebergau im vollen Waffenschmuck auf dem Rücken eines prächtigen Schimmels verbrannte, hatte für Gerolf festgestanden, daß er den Blutadler über alle bringen würde, die schuld an Germars Tod waren.

Wie ein Friedloser hatte Gerolf in der Nacht seine Siedlung verlassen, nur in Begleitung einer kleinen Truppe seiner besten Krieger. Späher der Eberleute hatten gemeldet, daß ihr Gau von Armins Kundschaftern durchstreift wurde. Also ließ Gerolf Vorsicht walten und wartete in einem versteckten Tal am Rande seines Gaues auf seine Männer, die nach und nach eintrafen, als Jagdgruppen getarnt. Immerhin bekam Gerolf knapp achthundert Krieger zusammen, die er jetzt gegen die Marser führte. Achthundert Schwerter und Framen, geführt von Eberhand, um Germar zu rächen. Dazu Tausende und Abertausende der

Römer und ihrer Verbündeten, die Werkzeuge seiner Rache waren.

Diese Vorstellung versöhnte Gerolf, und er lächelte, als er seinen Schecken neben den Schimmel des Imperators lenkte. Es war das Lächeln des Todes, der sich auf reiche Ernte freute.

Kapitel 16

Die Nacht des Todes

Mallovends Familie, Männer wie Frauen, gingen hinter dem Marserherzog, der den feierlichen Zug von der Vendburg hinunter zum Tempel der Tamfana anführte. Danach kamen die Musikanten mit Luren, Rasseln und Klappern und mit den heiligen Hörnern, die immer wieder den Befehl über die übrigen Instrumente übernahmen. Ihr Hall, der über den ganzen Berg floß, war in dieser Nacht der wichtigste Klang, denn die Klänge der heiligen Hörner waren für die Ohren der Tamfana bestimmt, sollten der Göttin gefallen und sie ihren menschlichen Untertanen gewogen stimmen. Es war die letzte der drei heiligen Nächte, die Nacht der Toten und der Fruchtbarkeit.

Zwei Nächte zuvor, in der Nacht des Krieges, waren der Tamfana als Kriegsgöttin Waffen und gefangene Feinde geopfert worden, letzteres zum größten Teil Römer, die seit dem Sieg über Varus als Sklaven bei den Marsern lebten.

In der vergangenen Nacht, der Nacht des Schutzes, hatten die Marser für ihr persönliches Wohlergehen gebetet und der Tamfana als Schutzgöttin gehuldigt. Wer an einem körperlichen Gebrechen litt, brachte der Göttin ein Abbild des schmerzenden oder den Dienst verweigernden Körperteiles dar, einen Fuß oder eine Hand aus Holz, bei Wohlhabenden auch aus Eisen oder Bronze, teilweise sogar mit einem Überzug aus Silber oder Gold.

Die Nacht der Toten und der Fruchtbarkeit war Abschluß und Höhepunkt des großen Festes, sein wichtigster Teil. Denn davon, daß Tamfana auch die Gaben dieser Nacht annahm, hing die Einkehr der Verstorbenen ins Reich der Toten ebenso ab wie die Ernte des kommenden Sommers und damit das Fortbestehen der Lebenden.

Eine ernste Angelegenheit und doch ein Grund zur Freude, wie die Tänze und Gesänge der Menschen bewiesen. Tamfana war eine gnädige Göttin, und dem Stamm der Marser ging es gut. Niemand sah einen Grund, Böses von dieser Nacht zu erwarten.

Thidrik, der sich mit Eibe gleich hinter den Musikanten bei den Edelingen der Marsergaue und der anderen Stämme befand, bemerkte zu dem jungen Schreiner: »Dein Bruder macht sich sehr gut als Mitglied der Herzogsfamilie.«

»Ja«, seufzte Eibe und sagte nichts weiter dazu.

Thidrik ärgerte sich über seine Bemerkung, mit der er den schweigsamen Jungen eigentlich hatte aufmuntern wollen. Doch er hatte nicht richtig überlegt und den falschen Gesprächsgegenstand gewählt, ausgerechnet die Angelegenheit, die Eibe bedrückte. Das Ende des Tamfana-Festes bedeutete auch die Rückkehr ins Cheruskerland und damit die Trennung von Tebbe. Die Brüder hingen sehr aneinander, besonders seit dem Tod ihres Vaters.

»Bleib hier, Eibe«, schlug Thidrik vor.

Eibe starrte ihn fragend an. »Was meinst du, Thidrik?«

»Dich bindet nichts ans Land der Donarsöhne, wohl aber ans Marserland. Dein Bruder bleibt hier, also bleib du auch. Eure Zusammenarbeit hat sich bei uns bewährt und wird es hier auch tun.«

Statt zu antworten, blickte Eibe um sich. Er sah nach vorn, vorbei an den Musikern, zu Mallovend und den Seinen, zu denen jetzt auch Tebbe zählte. Der ältere der beiden Schreinerbrüder ging Hand in Hand mit seiner jungen Frau, beide in prächtige Gewänder gekleidet und mit Blumengirlanden bekränzt. Eibe sah nach hinten, die scheinbar endlose Schlange aus Menschenleibern entlang, die aus der Vendburg hervorquoll, um sich ins Tal zu winden. Hunderte von Fackeln in den Händen der Menschen erhellten das Dunkel und wirkten wie ein Aufzug riesiger Glühwürmchen. Eibe sah nach unten ins Tal, wo noch mehr Glühwürmchen, viele Tausende an der Zahl, warteten: die Feuer in den Lagern rund um die Vendburg und die Fackeln der einzelnen Festzüge, die aus allen Himmelsrichtungen dem großen Tempel zustrebten.

Dann sah Eibe seinen Begleiter an und sagte: »Nein, Thidrik, mich bindet hier nichts. Tebbe ist jetzt ein Marser, ich aber bin ein Cherusker, ein Donarsohn. Der Gau des Donnergottes ist das Land, in dem ich geboren bin, in dem meine Mutter starb und in dem mein Vater sein Leben ließ, um Tebbe und mich zu retten. Hier wäre ich nur der Bruder des Mannes, der Mallovends Tochter geheiratet hat. Im Land der Donarsöhne aber bin ich Eibe, der Sohn des Schreiners Holte, eines Mannes mit gutem Namen. Und vielleicht wird man eines Tages den Namen des Sohnes mit derselben Achtung aussprechen wie den des Vaters.«

Thidrik lächelte. Er fühlte sich nach dieser Antwort erleichtert. Zwar wünschte er Eibe nur das Beste, aber er war froh, daß der Junge in seiner Heimat leben wollte. Für den älteren Mann wäre es schwer gewesen, sich auf einen Schlag von beiden Jünglingen, die ihm wie Söhne geworden waren, verabschieden zu müssen.

»Ich bin froh, daß du mit mir zurückkehren willst, Eibe. Und ich bin sicher, daß man an langen Winterabenden noch viel von Eibe, dem Sohn Holtes, sprechen wird.«

»Dem Sohn Holtes und dem Ziehsohn Thidriks«, sagte Eibe. Diese Worte erfüllten seinen Begleiter mit Glück.

Luren, Rasseln und Klappern verstummten wie auch die Lieder der Menschen, und nur noch der reine Klang der heiligen Hörner erfüllte das Tal zu Füßen der Vendburg, als Mallovends Zug die große Lichtung mit dem Tempel der Tamfana erreichte. Schon in der Nacht des Krieges, als Thidrik den Tempel zum erstenmal sah, hatte er ihn bestaunt. In der Nacht des Schutzes hatten seine Augen wiederum ungläubig an dem seltsamen Mischwerk aus Stein und Holz gehangen. Und auch in dieser Nacht konnte er sich nicht satt sehen an dem Gebilde, das von den züngelnden Flammen der großen Opferfeuer erhellt wurde.

Es schien, als habe der Berg, auf dem die Vendburg stand, sich mit dem Wald vermählt, und beider Kind sei dieser Tempel. Riesige Bäume, uralte Buchen und Eichen, wuchsen in den Stein, und der Stein des Berges grub sich in das Holz der Bäume. So bildeten die Bäume, an ihren in den Himmel ragenden Spitzen zusammengewachsen, einen Dom, eine große Halle aus mächtigem Holz, die sich zu einer noch größeren Felshöhle erweiterte. Die Marser hatten recht, dies konnte nur göttliches Werk sein. Das Werk der Tamfana, Göttin der Erde, aus der Bäume und Berg erwuchsen. Wer sonst konnte Bäumen und Steinen befehlen, sich ineinanderzufügen?

Ein wenig hatten die Menschen allerdings nachgeholfen und zusätzliche Wände und Decken aus großen Steinbrocken errichtet, die sich harmonisch in das Werk der Götter eingliederten. Mit der Zeit war der Tempel gewachsen wie der Stamm der Marser.

Aus dem Baumdom traten die Priester und Priesterinnen des Tamfana-Tempels in ihren weißen Gewändern, um den Herzog der Marser, seine Familie und seine fürstlichen Gäste zu begrüßen. Auch Thidrik und Eibe wurden Obstschalen gereicht, sie mußten an die Opferfeuer treten, der Tamfana für ihre Gunst bei der Ernte dieses Sommers danken und um die Bewahrung ihrer Gunst für die Ernte des kommenden Sommers bitten. Dann leerten sie die Schalen, und Funken stiegen auf, als Äpfel, Birnen, Pflaumen, Beeren und Haselnüsse in die Flammen fielen.

Nicht nur hier am Tempel der Tamfana, sondern im ganzen Landstrich rings um die Vendburg brachten die Marser in dieser Nacht ihre Opfer für die Geister der Toten und die Fruchtbarkeit der Erde. Überall brannten Opferfeuer. Wo es keine Priester gab, riefen die Oberhäupter der Sippen Tamfana an.

Am Tempel der Göttin war es Tradition, daß der Marserherzog selbst das Wort ergriff. Seine Söhne halfen ihm, den Mantel aus fein gegerbtem Dachsfell abzulegen, und zwei Priesterinnen, junge Frauen noch, brachten ihm ein weißes Priestergewand, das er überstreifte. Jetzt war aus dem Herzog Mallovend der Oberpriester Mallovend geworden.

Lauter Hörnerklang begleitete dieses Ereignis und verstummte, als Mallovend zwischen die Opferfeuer trat und sich der vieltausendköpfigen Zuschauerschar zuwandte. Dann sprach er mit einer Stimme, die noch lauter klang als zuvor die heiligen Hörner und das ganze Tal am Fuße der Vendburg auszufüllen schien.

Thidrik erschrak erst, bis er zu begreifen begann, daß der Herzog seine Stellung nicht zufällig gewählt hatte. Wo Mallovend stand, wurde der Hall seiner Stimme durch die Felswände des Bergmassivs verstärkt, ähnlich dem Echo im Dunklen Tal. Nach jedem Satz machte Mallovend eine Pause. Seine Worte wurden erst von dem Echo und dann von den Marsern wiederholt. So war gewiß, daß Tamfana die hörte, die zu ihr sprachen.

»Tamfana, Herrin unseres Lebens und Sterbens, erhöre dein Volk!« begann der Herzog und Oberpriester sein Gebet. »Göttin der Fülle und des Reichtums und des Ackersegens, sei bedankt für das, was du uns gewährt hast, und nimm dafür einen Teil deiner Gaben zurück. Opferempfangende, nimm auch unser Opfer an als Zeichen, daß du mit uns bist in der Zeit der Winterriesen und der Zeit danach, wenn Sunnas Lächeln die Mäntel der Frostriesen zum Schmelzen bringt. Mutter Erde, geleite die Geister unserer Toten sicher durch dein Reich. Nahrungverleihende und Erntespendende, gib, daß unsere Tische gedeckt sind in der Zeit des Winters wie des Sommers. Segnende, wir bringen dir jetzt die heiligen Rösser dar, deren Blut dich tränken, deine neuen Priester weihen und deinem Volk deine Gnade zeigen soll.«

In den dichten Reihen der Marser bildete sich eine Gasse, durch die zwanzig Jünglinge unter bewundernden Rufen der Umstehenden zwanzig Pferde führten, prächtige, makellose Stuten, zehn tiefschwarz und zehn weiß wie der Schnee des nahen Winters. Für einheimische Tiere waren sie sehr groß, erinnerten fast an Römerpferde. Die vielen Menschen und deren Lärm schienen die Opferstuten nicht im mindesten zu stören. Gelassen scheinbar, in Wahrheit durch Beimengungen ins Futter betäubt, schritt jedes Tier hinter seinem Führer her, bis alle zwanzig Pferde im Halbkreis um die Opferfeuer standen.

»Siehe die Rösser, die vor dir stehen, Mutter Tamfana«, fuhr Mallovend fort, und die Menge wiederholte es. »Zehn schwarz wie die Finsternis, die der Winter über unser Land legen wird. Zehn weiß wie das Licht, das mit der zeugenden Wärme des Sommers kommt, geboren aus Finsternis und Kälte. Zwanzig stolze Tiere ohne Fehl, dir zu Ehren, Reichtumgewährende. Nimm unser Opfer an, Gemahlin des flammenden Tiu, zum Zeichen, daß du unserem Stamm am Ende des Winters Licht, Wärme und Leben spenden wirst!«

Das Echo der Felsen und das der Menge verhallten, und die ersten beiden Jünglinge brachten zwei Stuten, eine schwarze und eine weiße, zu den Feuern, zwischen denen Mallovend stand. Neben jedem Feuer erhob sich ein großer, ebenmäßiger Felsblock, dessen glatte Oberfläche die Bearbeitung durch Menschenhand verriet. Je drei Männer und drei Frauen aus der Priesterschaft traten zu einem Feuer, ihrer weißen Gewänder ledig, mit nackten Oberkörpern, nur um die Hüften geschürzt. An jedem Feuer hielt ein Priester eine lange Spatha in der Hand. Die Blicke der beiden Opferschlächter waren auf Mallovend gerichtet. Der Herzog nickte, und die Schlächter stießen die zweischneidigen Klingen in die Leiber der Stuten, um deren Halsschlagadern zu durchtrennen. Die erschrockenen Schreie der Tiere erstarben rasch und wurden kaum gehört, da die Menge wie auf einen geheimen Befehl einen Gesang anstimmte, der die Opfergöttin Tamfana ehrte.

In großen Silberkesseln fingen die halbnackten Priester und Priesterinnen das herausschießende Blut auf, doch nicht alles gelangte in die Kessel. Bald waren die Körper der Priester über und über mit Blut bedeckt. Als die Tiere ausgeblutet hatten, wurden ihre zwar noch warmen, aber leblosen Körper auf die Opfersteine gelegt, und die Opferpriester trennten mit gezielten Axthieben die Köpfe von den Hälsen. Dann wurden die Pferde gekonnt gehäutet und zerlegt. Knochen und Innereien wurden unter dem Anstimmen von Beschwörungsformeln in die Häute gewickelt und den Opferfeuern übergeben. Das Fleisch wurde in Kessel geworfen, die über anderen Feuern hingen. Gekocht und gesotten, sollte es zum Festmahl für die hier Versammelten werden. Das Ritual wiederholte sich, bis alle zwanzig Stuten geschlachtet waren, nur sangen die Marser bei jedem Opfergang eine andere Strophe zu der leiernden Melodie.

Dann sprach Mallovend: »Das Blut der Stuten, die zu dir gegangen sind, Opferempfangende, soll sein wie dein Blut, und dein Blut soll sein wie unser. Nimm es an, wie wir es annehmen!«

Auch diese Sätze wurden von der Menge wiederholt. Anschließend tauchte Mallovend einen Wedel in die Blutkessel und besprengte erst die Erde und dann die vordersten Reihen der Festgesellschaft mit dem Blut.

Tebbe und Amala, die mit Mallovends Söhnen sowie mit Menia, Wihadis und deren Kindern ganz vorn standen, bekamen Blutspritzer ins Gesicht. Amala, die zuvor ganz still gestanden hatte, zuckte zusammen, taumelte und wäre gestürzt, hätte ihr Gemahl sie nicht aufgefangen.

Schon während des ganzen Opferganges hatte Tebbe sich über das Verhalten seiner Frau gewundert. Sie wirkte wie erstarrt, als sei sie zu Fels, Teil des Tamfana-Tempels, geworden. Ihre Augen blickten durch alles hindurch – jetzt aber zuckten unstete Feuer in den beiden Bernsteinen.

Die Umstehenden warfen der Tochter des Herzogs fragende Blicke zu. Sie mochten verwirrt sein, Tebbe aber war besorgt und fragte Amala, was sie habe.

»Nichts«, sagte sie leise, fast tonlos. »Es ... es geht schon wieder.«

Es klang nicht überzeugend, aber der Fortgang der Zeremonie hinderte den jungen Cherusker, weitere Fragen zu stellen.

Mallovend stand wieder zwischen den Feuern und sprach: »Göttin unseres Stammes, der wir diesen Tempel geweiht haben, siehe nun, wie wir dir deine neuen Priester weihen mit deinem Blut.«

»... mit deinem Blut«, wiederholten die Felsen und dann die Marser.

Drei Jünglinge und zwei Mädchen, vollkommen nackt, traten vor und blieben im hellen Schein der Feuer stehen. Ihre Nacktheit störte sie nicht. Sie wirkten gelöst, fast heiter.

Amala begann zu zittern, und jetzt verstand Tebbe. In den vergangenen Tagen hatte er gelernt, daß es Zeit brauchte, bis Amala alles überwunden haben würde, die Schändung und die Schande.

Schon auf dem Brautlager bekam sie einen Anfall, zitterte am ganzen Leib und starrte ihren Bräutigam an wie ein Ungeheuer oder einen bösen Riesen. So teilten sie in dieser Nacht zwar das Lager, aber sie vereinigten nicht ihre Leiber.

Dazu war es erst vor wenigen Nächten gekommen, als Amala danach verlangte. Tebbe verhielt sich so behutsam wie möglich, und das Glück, das er danach in den Augen seiner Frau sah, war dafür der Lohn.

Ja, eines Tages würde Amala hoffentlich alles überwunden haben, wenn sie es auch nie vergessen würde.

Tebbe legte die Arme um seine Frau und drückte sie sanft an sich. Seine Berührung beruhigte sie, und seine Wärme vertrieb die Kälte, die sie beim Anblick derer empfand, mit denen zusammen sie in dieser Nacht die Priesterweihe hätte empfangen sollen. Mallovend tauchte den Wedel immer wieder in die Blutkessel und bestrich die Jungpriester damit vom Gesicht bis zu den Füßen, während die Versammlung Tamfana anflehte, den neuen Priestern ihren Segen zu geben.

Tebbe brachte seinen Mund an Amalas Ohr und flüsterte in den Singsang der Menge: »Bereust du es sehr, nicht bei den Feuern zu stehen?«

»Ich bereue es gar nicht. Stände ich dort, stände ich nicht neben dir. Ich glaube, die Nornen hatten längst bestimmt, daß mein Platz nicht im Tempel der Tamfana ist. Das Glück, das ich mit dir empfinde, füllt mich aus, wie es, die Erdgöttin möge mir verzeihen, das Leben als Priesterin niemals getan hätte.«

»Dann verstehe ich nicht, weshalb du ...«

Sie legte die Hand auf seinen Mund und lächelte ihren Gemahl an. »Du mußt dir keine Sorgen machen, Tebbe. Es ist nur der Abschied, der mich zittern läßt. Der Gedanke, wie ein Leben sich ändert in kurzer Zeit.«

Die fünf neuen Priester, rot am ganzen Leib, beendeten die heiligen Formeln, mit deren Aufsagen sie ihr Leben endgültig in Tamfanas Dienst stellten. Zwei ältere Priester, Mann und Frau, führten sie in den Dom aus Eichen und Buchen, in Tamfanas Reich. Die Jünglinge, die zuvor die Opferstuten gebracht hatten, trugen die Blutkessel weg. Beim anschließenden Gelage würde die Versammlung das mit Met und Bier vermischte Blut der Göttin trinken, um eins zu werden mit der Mutter Erde.

Mallovend wandte sich wieder an die Versammlung: »Wir haben der Göttin geopfert, wir haben der Göttin gehuldigt, wir haben der Göttin die Priester gesandt. Laßt uns jetzt sehen, welche Zeichen die Göttin uns gibt für das Kommende!«

Zwei sehr alte Frauen, das Haar grau und die Gesichter mit Runzeln übersät, traten aus der Reihe der Priester neben die Feuer und beugten sich tief hinunter, um die Spuren des vergossenen und versprengten Blutes in der Erde zu lesen. So hockten sie lange und tuschelten miteinander.

Ungewöhnlich lange, wie Thidrik bemerkte, denn die Versammlung wurde bereits unruhig. Als die Priesterinnen sich endlich erhoben und dem Marserherzog zuwandten, wirkten ihre Gesichter nicht mehr feierlich wie zuvor, sondern erschrocken.

»Sprecht, weise Priesterinnen, was sagt euch das Blut der Tamfana?« fragte Mallovend, und diesmal wiederholte die Menge seine Worte nicht.

»Die Zeichen sind schlecht, sie verkünden großes Unheil für

unser Volk«, antwortete eine der beiden Alten mit bebender Stimme.

Dies schien Mallovend nicht erwartet zu haben, wie das Zucken in seinem Gesicht verriet. Rasch faßte er sich wieder und fuhr mit ruhiger Stimme fort: »Welcher Art ist dieses Unheil, Priesterin?«

»Es besteht aus Blut. Ströme von Blut werden fließen, so wie heute das Blut der Stuten floß. Aber es wird das Blut der Marser sein. Und das Unheil wird schon bald über unseren Stamm kommen!«

Unruhe machte sich in der Menge breit.

Mallovend sprach noch lauter, um sich Gehör zu verschaffen: »Können wir etwas tun, um Tamfana zu besänftigen und das Unheil abzuwenden?«

»Nein«, sagte die Priesterin. »Das Verderben ist schon mitten unter uns.«

»Wo?« fragte der Herzog verwirrt.

Die alte Frau in dem langen, weißen Gewand drehte sich zu der Versammlung um, hob langsam den rechten Arm und sagte: »Von den Seinen kommt das Verderben zu uns!« Dabei ging sie langsam auf die Menschen zu, blieb vor der Familie des Herzogs stehen und zeigte auf Tebbe.

»Nein!« stieß Amala hervor. »Tebbe gehört zu uns! Wie kannst du so etwas sagen, Albruna?«

»Ich sage, was ich im Blut der Göttin las. Wenn du mir nicht glaubst, Amala, so frage Istrud. Sie las im Blut dasselbe wie ...«

Albrunas Worte endeten in einem Gurgeln. Sie fiel vornüber. In ihrem Rücken steckte ein Wurfspeer, und ihr weißes Gewand begann sich rot zu verfärben.

»Tamfana hat gesprochen!« rief jemand aus der Menge. »Die Göttin hat Albrunas Worte bestätigt. Das Unheil bricht bereits über uns herein!«

Der letzte Satz jedenfalls entsprach der Wahrheit. Aus dem Wald brachen sie hervor: schwarze Gestalten, zu Pferd und zu Fuß. Mit lautem Gebrüll, Schwerter, Streitäxte und Lanzen schwingend, Speere schleudernd, brachten sie den Tod über die Marser.

Schreie hallten über die Lichtung, neben den Kriegsrufen und Kommandos der Angreifer die panischen Laute der Überfallenen: »Tamfana schickt ihre Todesboten!« – »Die Waldgeister kommen uns holen!« – »Die Erdgöttin will unser Blut trinken!«

Viele wollten in Panik fliehen, aber es gab keinen Weg. Der Feind hatte die Marser eingekesselt und machte sie nieder: Männer, Frauen und Kinder. Viele warfen sich zu Boden, um Tamfanas Gnade zu erflehen, doch ihr Flehen erstickte an tödlichem Eisen.

»Das sind keine Geister!« rief Thidrik und starrte über die Menge hinweg auf die Angreifer. Weiter hinten sah er glänzende Rüstungen und ihnen voran schwarzbemalte Krieger. Viele hatten sich den Eber und den Eberkopf auf Brust und Schild gemalt. »Das sind die Römer – und die Eberkrieger!«

Jetzt verstand er, was die Priesterin gemeint hatte, als sie auf Tebbe zeigte. Tebbe gehörte, wie auch die Eberleute, zum Stamm der Cherusker, und somit kam aus Tebbes Heimat auch das Unheil über die Marser.

Auch die Marser erkannten, daß ihre Gegner keine Geister waren, sondern Menschen. Die Fürsten und Sippenführer versuchten den Widerstand zu organisieren, doch es gelang kaum. Zu gedrängt standen die Überfallenen, zu ungenügend war die Bewaffnung der auf ein Gelage, aber nicht auf eine Schlacht vorbereiteten Männer, zu schnell und überraschend erfolgte der Angriff. Und immer neue Angreifer brachen aus dem Unterholz ...

Thidrik und Eibe kämpften sich zu Mallovends Familie durch. Sie waren froh, daß sie ihre Schwerter trugen, ebenso Tebbe und die Söhne des Herzogs.

Schon sprengte ein berittener Trupp der Eberkrieger heran und metzelte die ratlose Priesterschaft nieder. Mallovend raffte sein weißes Gewand hoch und zog das darunter verborgene Schwert, mit dem er einen Reiter vom Pferd hieb. Zwei andere Angreifer keilten den Herzog ein, der kaum wußte, wie er sich gegen die doppelte Gefahr wehren sollte.

»Tebbe und Eibe, paßt auf die Frauen und Kinder auf!« rief Thidrik und stürmte auf Mallovend zu.

Vendar und Vendhard folgten ihm mit ein paar Edelingen der Marser. Holtes Söhne geleiteten die Frauen und Kinder der Edelinge in den Schutz der riesigen Bäume am Eingang des Tempels.

Als Thidrik den Marserherzog erreichte, hatte dieser einen Gegner zu Boden gezerrt und wälzte sich dort mit ihm herum.

Der andere Eberkrieger ließ seinen Braunen um die beiden Männer tänzeln und wartete mit erhobener Spatha auf die Gelegenheit zu einem sicheren Schlag. Thidrik stieß ihm das Schwert in die Seite, zog die Klinge sofort wieder heraus und rammte sie in den Rücken von Mallovends anderem Gegner. Dann half er dem Herzog auf. Mallovends weißes Gewand war mit roten Flecken übersät, und es war nicht nur das Blut der Angreifer.

Weitere Eberkrieger, zu Pferd und zu Fuß, näherten sich der Gruppe um Mallovend. Trotz der schwarzen Bemalung erkannte Thidrik im hellen Sternenlicht der wolkenlosen Nacht den hageren, sehnigen Mann auf dem Rappschecken, der den anderen pausenlos Befehle zurief. Unter Hunderten, Tausenden von bemalten Ebermännern hätte er den Krieger mit dem spitzen Gesicht eines Fuchses herausgefunden.

»Es ist Gerolf!« brüllte Thidrik. »Der Eberfürst verrät sein Volk und macht mit den Römern gemeinsame Sache!«

Hinter den Eberkriegern drangen immer mehr Römer, Reiterei und Fußvolk, auf die Lichtung, um alles zu töten und zu zerstören, was die Schwarzbemalten unversehrt gelassen hatten. Thidrik hätte nicht zu sagen vermocht, wessen Raserei größer war, die der angeblichen Barbaren oder die der zivilisierten Menschen, als die die Römer sich betrachteten.

Und er hatte keine Zeit, darüber nachzudenken. Tebbe und Eibe hatten mit den Frauen und Kindern den hölzernen Dom noch nicht ganz erreicht, da schnitt ihnen ein berittener Trupp der Eberkrieger den Weg ab. Thidrik, Vendhard und Vendar eilten ihnen zu Hilfe, gefolgt von dem aufgrund seiner Verletzungen hinkenden Mallovend.

Die Eberkrieger kamen von allen Seiten. So wirkte es auf Tebbe und Eibe, als sie sich nur noch von schwarzen Berittenen bedrängt sahen. Ein anderer Trupp Ebermänner kreiste die Schutzbefohlenen der Schreinersöhne ein. Die Schreie der Frauen und Kindern veranlaßten Tebbe und Eibe, ihre Klingen wie Berserker zu führen und eigene Verwundungen zu mißachten.

Mehrere Ebermänner fielen unter ihren Schlägen, aber dann sackte auch Eibe in die Knie. Er ließ das Schwert fallen und umklammerte mit beiden Händen die Frame, die seinen Leib durchstoßen hatte. Der Lanzenreiter aus dem Ebergau versuchte vergeblich, seine Waffe wieder herauszuziehen.

Wie damals bei Onsakers Angriff auf die Donarsiedlung! schoß es durch Tebbes Kopf. *So ähnlich muß Vater gestorben sein, durchbohrt vom Eisen der Schwarzbemalten. Er starb, um Eibe und mich zu retten. Ist sein Opfer vergeblich gewesen?*

Mit einem wütenden, haßerfüllten Aufschrei stürzte sich Tebbe auf den Lanzenreiter und zog ebenfalls an dessen Waffe. Der Ebermann verlor das Gleichgewicht und fiel zu Boden. Er lag auf dem Rücken und strampelte, um Tebbe abzuwehren, mit Armen und Beinen wie ein umgestürzter Käfer. Panik erfaßte ihn, als der Donarsohn seine Spatha hob. Der Schwarzbemalte wollte einen Fuß gegen Tebbe rammen, aber vorher trennte Tebbes Klinge den Fuß ab. Das schmerzgeborene Aufheulen des Eberkriegers wurde übergangslos zu seinem Todesschrei, als Tebbes Eisen in seine nackte Brust fuhr. Tebbe wandte sich zu seinem Bruder um. Eibe kniete am Boden und blutete entsetzlich. Noch immer umklammerte er den Schaft der in seinem Leib steckenden Lanze.

»Ich bringe dich in Sicherheit, Eibe!«

»Nein ... zu spät ...« röchelte der erst fünfzehn Winter zählende Jungmann, und Blut floß aus einem Mundwinkel. »Rette ... Amala ...«

Eibe kippte mit gebrochenem Blick zur Seite, und noch im Tode umfaßten seine Hände die Frame.

Gewaltsam riß sich Tebbe von dem Anblick des toten Bruders los, wischte die Tränen aus seinen Augen und blickte sich um. Thidrik und Mallovends Söhne waren heran und kreuzten ihre Klingen mit denen der Schwarzbemalten.

Aber wo waren Amala und die anderen Frauen mit ihren Kindern? Tebbe sah nur die Ebermänner, von denen seine Schutzbefohlenen abgedrängt worden waren. Und er hörte wieder Schreie aus Frauen- und Kindermündern – Schreie des Entsetzens, des Schmerzes und des Todes.

Er packte die Zügel des Pferdes, auf dem der Lanzenreiter gesessen hatte. Es war ein Fuchs wie Fauho. Der junge Cherusker schwang sich auf den Pferderücken.

Thidrik kam an seine Seite und fragte nach Eibe.

»Dort.« Mit blutigem Schwert zeigte Tebbe auf den gefallenen Bruder.

»Wie ...«, stammelte der ältere Mann und konnte noch nicht fassen, daß er zu spät gekommen war.

»Ein Ehrenplatz in Walhall ist ihm sicher«, sagte Tebbe. »Wir müssen uns um die Lebenden kümmern!«

Er trieb den kleinen Fuchs an, und Thidrik lief dem Reiter nach. Wieder schlug Tebbe wie ein Berserker um sich, kämpfte sich zu den Frauen und Kindern durch und schaffte eine Lücke für Thidrik, Vendar und Vendhard. Aber nicht mehr viele der Schutzbefohlenen waren am Leben. Die meisten waren so schrecklich verstümmelt, daß der Kopf hier, die Arme da und die Beine dort lagen. Die Erde war aufgeweicht vom Blut der Gemordeten.

Mallovend hinkte herbei und fiel auf die Knie, als er vor sich den Kopf seiner Frau Menia verloren im blutigen Schlamm liegen sah.

Ein spitzer Schrei, der in ein Röcheln überging, zog die Aufmerksamkeit Tebbes und seiner Begleiter auf sich. Wihadis hatte ihn ausgestoßen.

Drei Eberkrieger hatten ihr die Kleider vom Körper gerissen und Vendars Frau mißbraucht – zum zweitenmal innerhalb kurzer Zeit. Die Schänder krönten ihr Vergnügen, indem sie Wihadis bei lebendigem Leib zerstückelten.

»Wiiihaaadiiis!«

Vendar schrie den Namen mit gellender Stimme und stürmte auf die lachenden Männer los. Einer der schwarzen Schädel grinste noch, als er längst, vom Körper getrennt, über den Boden rollte. Die Schwerter der beiden anderen brachten Mallovends ältesten Sohn zu Fall, und er starb neben seiner Frau. Tebbe und Vendhard waren gleichzeitig heran, um Vendars Mörder zu töten.

»Wo ist Amala?« fragte Tebbe und veranlaßte den Fuchs, sich im Kreis zu drehen.

»Ich weiß nicht.« Vendhard sprach leise und starrte auf die Leichen von Vendar und Wihardis.

»Tebbe!«

Der Schrei kam vom Eingang des Tamfana-Tempels. Dort kniete Amala und winkte. Sie schien nicht richtig laufen zu können.

»Amala!« erwiderte Tebbe und trieb den Fuchs an, um zu seiner jungen Frau zu gelangen.

Zwei berittene Eberkrieger schnitten ihm den Weg ab. Tebbes

Spatha fraß sich in die Schulter des einen, doch die Streitaxt des anderen spaltete den Schädel des Donarsohnes. Tebbe stürzte vom Pferd und blieb reglos am Boden liegen.

Wieder erklang Tebbes Name in einem doppelten Schrei, gleichzeitig ausgestoßen von Amala und Thidrik. Beide liefen auf Tebbe zu, aber Amala fiel immer wieder hin.

Der Ebermann mit der Streitaxt ritt Thidrik über den Haufen und wollte sein Pferd wenden, um auf Amala zuzuhalten. Vendhard rettete seine Schwester, indem er den Feind von hinten ansprang und ihm das Schwert in den Rücken bohrte.

Thidriks Körper schmerzte überall. Aber der Schmerz bedeutete auch Leben!

Der Cherusker kam auf die Knie, fühlte sich aber nicht stark genug, um aufzustehen. Er kroch zu der Stelle, wo Tebbe gefallen war. Der Jüngling rührte sich nicht. Kein Wunder, der Axthieb hatte seinen halben Kopf weggerissen. Als Thidrik sich über den Ziehsohn beugte, konnte er weder Atem noch Herzschlag spüren. Tränen verwischten Thidriks Blick.

»Steh auf, Thidrik!« Vendhard riß den Cherusker auf. »Lauf in den Tempel!«

»Und du?«

»Ich muß mich um Vater kümmern.«

Dann lief Vendhard auch schon los, um Mallovend zu holen. Der Herzog stolperte mit verstörtem Gesicht zwischen den Leichen der Seinen herum, Trauer und Unverständnis im seltsam leeren Blick.

Thidrik verbiß seinen Schmerz und wankte zum Tempel. Amala kam ihm entgegen. Er sah, daß sie aus einer bösen Wunde am linken Bein blutete. Aber sie achtete nicht auf ihre Verletzung, wollte nur zu ihrem Mann.

Thidrik hielt sie fest und sagte: »Tebbe ist tot. Du kannst nichts mehr für ihn tun.«

»Laß mich!« kreischte die junge Frau. »Ich muß zu ihm. Laß mich zu Tebbe!«

»Er ist tot!« Tebbe schrie es in ihr Ohr.

»Tot?« Amala blickte den älteren Mann an, als habe er ihr verkündet, daß auf den Winter nicht mehr der Sommer folge.

»Ja, tot«, antwortete Thidrik und zog Mallovends Tochter mit sich zum Eingang des Tempels.

Kurz hinter ihnen erreichten Vendhard und sein Vater die Höhle aus Holz und Stein.

Sie wurden von Eberkriegern bedrängt, unter denen Thidrik auch den Fürsten Gerolf erblickte. Dieser spornte seine Krieger an, schien unbedingt zu Mallovend durchdringen zu wollen. Doch inzwischen hatte sich eine Gruppe von Marserkriegern formiert und stellte sich zwischen ihren Herzog und den Feind. Die Marser waren deutlich in der Minderzahl und viel schlechter bewaffnet, die meisten zudem verwundet. Ihre Niederlage und damit ihr Tod war nur eine Frage der Zeit. Aber diese Zeit verschaffte den Menschen im Tempeleingang Luft.

Wütend schrie Gerolf einen Befehl. Eine Gruppe seiner Krieger hielt ihre Speere in die Opferfeuer. Als die Speere brannten, wurden sie gegen das Holz der uralten Bäume geschleudert, die sich zum Tempeleingang vereinigten. Die Bäume brannten schnell, und bald waren die Menschen im Tempel durch einen Flammenvorhang von denen draußen getrennt.

Brennendes Holz und gelockertes Gestein fielen im Tempeleingang herunter.

»Wir müssen tiefer hinein!« erkannte Vendhard.

Die Flüchtlinge liefen in das Labyrinth aus Holz und Gestein und stießen hier auf ein paar Priester und deren Helfer. Auch die blutbeschmierten Jungpriester hielten sich hier auf.

Eins der nackten, mit Blut bestrichenen Mädchen fiel vor Mallovend auf die Knie und stammelte: »Herzog, was ... was ist mit uns geschehen? Weshalb zürnt ... Tamfana uns?«

Mallovend antwortete ihr nicht, schien sie gar nicht wahrzunehmen. Er blickte auf den brennenden Tempeleingang und flüsterte: »Menia ... Vendar ...«

Dann hatte das Feuer zuviel von dem stützenden Holz gefressen, und die steinerne Decke des Tempels brach über den Menschen zusammen, begrub unter sich Angst, Hoffnung und Leben.

Die Feuer verloschen allmählich, nur der große Brandherd, der Tamfana-Tempel, schwelte noch. Die Eberkrieger sangen, tanzten, lachten, tranken und aßen. Auch die römischen Soldaten ließen es sich schmecken. Die Vorräte der Marser für die Nacht der Toten und der Fruchtbarkeit wurden zum Mahl der Sieger.

Gerolf saß schon seit geraumer Zeit auf dem Rücken seines Schecken und starrte auf den eingestürzten Tempel. Er hatte Mallovend darin verschwinden sehen und diesen Verräter Thidrik. War auch Thorag unter den Trümmern? Vergeblich hatte der Eberfürst nach dem Donarfürsten Ausschau gehalten. Aber wo Thidrik steckte, war meist auch Thorag nicht weit. Jetzt wartete Gerolf darauf, daß die Trümmer des Tempels sich abkühlten. Er wollte sich davon überzeugen, ob die beiden Männer, denen er die Schuld an Germars Ende gab, Mallovend und Thorag, in dieser Nacht wirklich den Tod gefunden hatten.

Ringsum war alles verwüstet, der Festplatz, die Siedlungen, die Gehöfte und die Burg oben auf dem Berg. Die siegreichen Eberkrieger trieben ihren Spaß mit den Leichen der Marser, nagelten sie an Bäume oder zerstückelten sie, um mit den Teilen zu spielen.

Plötzlich lief ein Schauer über Gerolfs Rücken, und er fragte sich, ob Tamfana die Schändung ihres Tempels, die Entweihung der heiligen Nacht und den Mord an ihrem Volk einfach so hinnehmen würde. Aber andererseits, beruhigte er sich, wäre die Erdgöttin so mächtig, hätte sie kaum zugelassen, daß aus der Nacht der Toten und der Fruchtbarkeit die Nacht des Todes für ihr Volk wurde.

Germanicus ritt mit seinem Stab auf den Eberfürsten zu. Trotz des Sieges war der Imperator unzufrieden. Er hatte den Blutdurst seiner Legionen löschen und ihnen ihre Ehre zurückgeben wollen. Ersteres war ihm vielleicht gelungen, doch das zweite Ziel schien noch nicht erreicht, wie er an den Gesichtern seiner Männer sah. Abscheu über den eigenen Blutrausch sprach aus vielen Mienen. Sie hatten keine Schlacht gegen einen kampfbereiten Feind geschlagen, sondern unvorbereitete Menschen niedergemetzelt, ohne Unterschied auf Alter und Geschlecht.

»Warum so bedrückt, edler Caesar?« rief Gerolf ihm entgegen. »Ist unser Sieg nicht vollkommen? Hast du nicht gesehen, daß du mir vertrauen kannst?«

»Ja, das kann ich wohl«, erwiderte Germanicus, ohne daß seine Stimme ein Gefühl verriet. »Der Tod der Marser beweist es.«

»So ist es«, sagte Gerolf, und ein Lächeln huschte über sein Fuchsgesicht. »Und sobald der Tag anbricht, werden wir nach den Leichen von Mallovend und Thorag suchen. Wenn wir sie zur Schau stellen, wird jeder wissen, daß du, Germanicus, ein Gegner bist, den man fürchten muß.«

»Man wird es wohl wissen«, sagte der Imperator fast gleichgültig. »Aber wir werden nicht nach Leichen suchen. Dazu ist keine Zeit. Ruf deine Männer zusammen, Cherusker. Im Morgengrauen marschieren wir!«

»Was?« Gerolf starrte den Imperator entgeistert an. »Aber erst das Tageslicht wird unseren Sieg vollkommen machen. Dann werden wir alle Marser aufspüren, die sich im Schutz der Nacht verkrochen haben. Und wir müssen zu den entlegenen Siedlungen ziehen, um auch sie dem Erdboden gleichzumachen.«

»Ich habe vier Legionen, auf vier Angriffskeile verteilt, gegen die Marser geführt«, entgegnete Germanicus kühl. »Auf einer Länge von fünfzig Meilen haben wir alles verwüstet und getötet. Das soll genügen.«

»Aber warum, wenn unser Sieg doch ein noch vollkommenerer sein könnte?«

»Es gibt keine Steigerung der Vollkommenheit.« Germanicus lächelte ein wenig überheblich, wurde dann aber wieder ernst. »In dieser Nacht haben wir die Marser überrascht, aber jetzt sind sie gewarnt. Sie werden Boten ausschicken zu den benachbarten Stämmen. Wenn wir unseren Rückmarsch zum Rhenus nicht so schnell wie möglich unternehmen, versperren uns Brukterer, Tenkterer, Usipeter, Tubanten und Chatten den Weg.«

»Du kennst die Stämme gut, Caesar. Ich frage mich warum, doch nicht etwa aus Furcht?«

»Auch ein einfacher Geist sollte Furcht nicht mit Vorsicht verwechseln, Germane. Vergiß nicht, daß die Marser das Ende des Sommers und den Anfang des Winters gefeiert haben. Wenn das Wetter umschlägt, mögen sich die Germanen noch ungehindert bewegen können, aber meine Legionen mit dem schweren Troß bleiben stecken. Dann geht es mir wie Varus, der nicht nur gegen die Horden des Arminius, sondern auch gegen den Regen kämpfen mußte. Nein, dieser Sieg soll einstweilen genügen. Und wenn die Frühlingssonne hervorbricht, werden wir zu neuen Triumphen aufbrechen!«

»Wie du befiehlst, Imperator«, sagte Gerolf zerknirscht. »Zieh nur mit deinen Legionen ab. Ich werde mit meinen Männern später folgen und deinen Rückzug decken.«

»Später?« fragte Germanicus. »Nachdem du den eingestürzten Tempel nach Mallovend und Thorag durchsucht hast?«

»Ja, Caesar.«

»Hast du keine Sorge, Tamfana könnte dich strafen, wenn du in ihren Tempel eindringst?«

»Ich erschrecke weder vor Menschen noch vor Göttinnen!«

»*Impavidum ferient ruinae.*«* Als Germanicus erkannte, daß das Horaz-Zitat dem Barbaren nichts sagte, fuhr er fort: »Du wirst mit deinen Kriegern nicht meinen Rückzug decken, sondern vorausreiten, um den Weg zu erkunden. Dafür sind deine Männer am besten geeignet. Wir alle brechen in wenigen Stunden auf. Das ist ein Befehl!«

Die letzten Worte des Imperators klangen scharf, duldeten keinen Widerspruch. Gerolf war wütend über die herrische Art des Römers und fragte sich, ob es die richtige Entscheidung gewesen war, sich auf seine Seite zu schlagen.

Die Nacht war nicht das Ende. Das erkannte Thidrik, als er die Schmerzen spürte. Überall tat es weh. Er wollte sich bewegen, aber er konnte es nicht. Etwas lastete auf ihm, so schwer, als wolle es ihn jeden Augenblick zerquetschen. Er riß die Augen auf, um etwas zu sehen, aber es gab nur Finsternis. War dies das Totenreich der Hel?

Wenn er schon nichts sah, konnte er vielleicht etwas hören. Als er den Mund öffnete, um zu rufen, brachte er nur ein heiseres Krächzen zustande, das in einem heftigen Hustenanfall erstarb. Sein Mund bestand nicht mehr aus menschlichem Fleisch, sondern nur noch aus Stein und Staub.

Als er ein Geräusch hörte, glaubte er erst an ein Echo seines Hustens. Aber es war ein regelmäßiges Klopfen.

Und dann fragte eine leise Stimme: »Ist dort jemand?«

War Thidrik tot und hörte die Geister der Verstorbenen? Oder hatte nicht nur er den Einsturz des Tempels überlebt? Er mußte es herausfinden!

---

* Die Trümmer werden einen Unerschrockenen treffen.

Wieder öffnete er den Mund, wollte ihn und seine Kehle befeuchten. Aber er schluckte nur Staub und mußte würgen.

»Bei den Göttern, was ist das?« fragte die leise Stimme. »Wenn du ein Mensch bist, warum antwortest du nicht?«

Thidrik bezwang den Würgereiz und krächzte: »... bin ein Mensch ... Thidrik ...«

»Thidrik? Hier spricht Vendhard! Ist noch jemand bei dir?«

»... weiß nicht ... überall Dunkelheit ...« Thidrik konnte nur bruchstückhaft sprechen, mußte immer wieder husten.

»Wir holen dich heraus!« versprach Vendhard. »Kannst du von deiner Seite aus die Steine wegräumen?«

»Nein ... mich nicht bewegen ...«

Thidrik hörte das Arbeiten seiner Retter, ihre Stimmen, das Scharren und Poltern der weggeräumten Steine. Es dauerte so lange, daß er fast das Bewußtsein verloren hätte. Irgendwann waren sie da, hoben mit Macht eine große Steinplatte hoch, die auf den Cherusker gestürzt war, und zogen ihn darunter hervor.

Auch seine Retter waren Gefangene, aber sie hatten Platz zum Bewegen und Luft zum Atmen. Ganz oben im Fels gab es ein kleines Loch mit einem Stück Himmel, dessen rötliche Färbung den beginnenden Tag verriet. Dadurch strömte Luft ein, aber das Loch war zu klein, um es als Weg in die Freiheit zu benutzen. Außerdem schien es für einen Menschen unmöglich, dort hinaufzuklettern.

So blieb Vendhard, den Priestern und den Tempeldienern nur ein Weg: Sie mußten die Steine in Richtung Tempelausgang beiseiteräumen, ganz gleich, wie viele es sein mochten. Thidrik war nicht in der Lage, ihnen zu helfen, er konnte kaum seine Glieder bewegen. Irgendwann – es war in der Welt draußen schon hellichter Tag, in der Höhle aber nur so hell, daß die Gefangenen gerade ihre eigenen Umrisse wahrnehmen konnten – hörten sie Stimmen von draußen.

»Still!« zischte Vendhard den anderen zu. »Ich glaube, jemand kommt uns zu Hilfe!«

Sie lauschten und hörten die Stimmen und das Klopfen der anderen. Aber der trennende Schutt war zu dick, um die fremden Stimmen zu verstehen.

»Wir müssen antworten, uns bemerkbar machen!« sagte Vendhard.

»Und wenn es die Römer sind?« fragte Thidrik mit schwacher Stimme. »Oder, noch schlimmer, Cherusker – die Ebermänner?«

»Dann werden wir sterben«, entgegnete Mallovends Sohn kühl. »Das müssen wir auch, wenn wir hier drin bleiben.«

»Stimmt«, meinte Thidrik, nahm unter größter Anstrengung einen Stein auf und klopfte damit laut gegen die Felswand.

Die meisten anderen taten es ihm nach, in der Hoffnung, von denen da draußen gehört zu werden.

Sie wurden gehört und befreit, nicht von Römern oder Eberkriegern, sondern von Marsern, wenigen Glücklichen, die das Gemetzel überlebt hatten. Die Gefangenen taumelten ans Tageslicht oder wurden, wenn sie nicht mehr gehen konnten, getragen. Drei Männer hoben Thidrik auf und brachten ihn hinaus. Anfangs konnte er draußen nichts sehen, Sunnas Strahlen blendeten seine daran nicht mehr gewöhnten Augen.

»Wo sind die Römer und die Eberkrieger?« fragte er.

»Abgezogen«, antwortete eine fremde Stimme. »Die Feiglinge ziehen es vor, in der Nacht zu morden, wenn niemand sie erwartet.«

Thidrik dachte an Tebbe und Eibe und knurrte: »Irgendwann, zu einem hoffentlich nicht fernen Zeitpunkt, werden wir ihnen bei Tag gegenüberstehen. Und dann zahlen wir es ihnen heim!«

Langsam schälten sich die Gestalten der Menschen aus dem blendenden Licht, und Thidrik erkannte Mallovends kräftige Gestalt.

»Sammle all deine verbliebenen Krieger, Herzog, um gegen die Römer zu ziehen!«

»Nein.« Mallovends Stimme klang schwach, brüchig. »Wozu noch kämpfen? Es sind doch alle tot ...«

Als Thidrik wieder klar sehen konnte, erschrak er. Der dort an einer Felswand lehnte, war Mallovend und war es doch auch nicht. Sein schulterlanges, braunes Haar und der üppige, dunkle Bart waren schlohweiß, die Gestalt war gebeugt und das Gesicht runzlig. Über Nacht war aus dem mächtigen Marserherzog ein alter, gebrochener Mann geworden, zerstört wie das Land ringsum, aus dem überall dunkle Rauchsäulen in den Himmel stiegen.

Kapitel 17

Der Gefangene der Eisenburg

Das Eisen machte Segestes reich und mächtig, das Eisen sollte jetzt sein Verhängnis werden. Das hoffte der breitschultrige Hüne, der seinen Rappen im Schutz einer großen Buche hielt und beobachtete, wie rechts und links von ihm ausgesuchte Krieger der Cherusker ihre Stellungen am Waldrand bezogen. Vor ihnen lag ihr Angriffsziel, das Eisendorf, so benannt, weil hier Schmiede, Arbeiter und Sklaven lebten, die das Eisen aus dem Berg gewannen, an den sich ihre Siedlung lehnte. Die Erhebung wurde deshalb Eisenberg genannt und die gut befestigte Siedlung auf ihrer Kuppe Eisenburg. Die Burg, in der Segestes vermutlich seinen Schwiegersohn Armin gefangenhielt.

Sunnas Strahlen verwandelten das Dunkelblau der beginnenden Morgendämmerung in ein kräftiges Rot. Es wirkte wie ein Vorgeschmack des Blutes, das heute vergossen werden sollte. Die Umrisse des Berges und der Eisenburg traten deutlicher hervor. Thorag beobachtete das Gelände genau, prägte sich alles ein und war bereit, bei der ersten verdächtigen Bewegung im scheinbar noch schlaftrunkenen Eisendorf das Zeichen zum Angriff zu geben.

Während der Donarsohn wartete, dachte er an die letzten drei Tage, die mit hektischer Betriebsamkeit angefüllt gewesen waren. Auf der Adlerburg hatte er aufgeatmet, als er Auja und Ragnar in seine Arme schloß. Auja beteuerte, daß es ihr wieder bessergehe. Thorag beschloß, seine Familie einstweilen auf Armins Burg zu lassen. Bis er Klarheit über Segestes' Absichten gewonnen hatte, schien ihm eine Reise durchs Cheruskerland nicht sicher. Leider blieb ihm nicht viel Zeit für seine Familie. Die Vorbereitungen zum Angriff auf die Eisenburg mußten getroffen werden.

Zu den vierhundert Marsern unter seinem Befehl waren noch etwa sechshundert Hirschkrieger gekommen. Hätte er länger gewartet, hätte er eine größere Streitmacht aufstellen können. Boten eilten durchs Cheruskerland, um Krieger zum Kampf gegen den Verräter Segestes zusammenzurufen. Doch Thorag wollte Armin so schnell wie möglich befreien – bevor Segestes ihn tötete oder an die Römer auslieferte. Thorag vermochte nicht zu sagen, welche Möglichkeit er für die schlimmere hielt.

Also ließ er die Adlerburg unter dem Schutz von zweihundert Hirschkriegern zurück. Er gab sich nicht der Hoffnung hin, mit seinen achthundert Männern die Eisenburg zu stürmen. Segestes würde darauf vorbereitet sein. Deshalb wollte er Armin durch eine Kriegslist befreien, auf die ihn der Eisenschmied Isbert gebracht hatte. Isbert war im Hirschgau geboren und lebte auf der Adlerburg, aber die Schmiedekunst hatte er bei dem weit über das Cheruskerland hinaus bekannten Schmied Frowin gelernt. Isbert kannte die Verhältnisse am Eisenberg genau und hatte Thorag vorgeschlagen, durch den Berg in die Burg einzudringen.

»Durch den Berg?« wiederholte ungläubig Thorag an jenem Abend auf der Adlerburg. »Du redest Unsinn, Schmied. Hältst du uns für Geister, die durch Steine schlüpfen können?«

Der stämmige Schmied schüttelte das breite, pausbäckige Gesicht, und seine kleinen Augen funkelten listig. »Auch Menschen können durch Berge gehen, wenn es Wege durch den Stein gibt, Fürst. Und in den Eisenberg führen viele Wege hinein, Stollen, die im Laufe der Zeit gegraben wurden, um das Eisen zu gewinnen.«

»Und die führen bis zur Burg hinauf?«

»Nein, das nicht. Aber Frowin selbst erzählte mir von einem geheimen Gang, den Segestes für Notzeiten graben ließ. Dieser Gang führt von der Burg bis in einen der alten Erzstollen.«

»Das hört sich an wie eine Geschichte, die man den Kindern zum Einschlafen erzählt.«

»Vielleicht, Fürst Thorag, aber es ist eine wahre Geschichte!«

»Woher weißt du das, Isbert? Hast du diesen Gang gesehen?«

Isbert preßte die aufgeworfenen Lippen zusammen, zögerte und antwortete endlich: »Nicht mit eigenen Augen, Fürst.«

Thorag stieß ein Lachen aus und fragte: »Mit wessen Augen siehst du denn noch, wenn nicht mit deinen, Schmied?«

»Mit denen Frowins, wenn du so willst. Er hat den Gang zufällig entdeckt, als er noch jung war und in den Minen gearbeitet hat.«

»Und?« Plötzlich war Thorag gespannt, hielt Isberts Bericht nicht mehr bloß für ein Ammenmärchen. »Ist Frowin diesem Gang bis hinauf zur Burg gefolgt?«

»Nein, nur bis zur Hälfte. Dann kehrte er um. Er hatte wohl Angst, entdeckt zu werden. Es heißt, Segestes behält seine Geheimnisse gern für sich.«

»Täte er das nicht, hätte er bald keine mehr«, seufzte Thorag und blickte überlegend in Isberts rundliches Antlitz. Trotz des fröhlichen, lebenslustigen Eindrucks, den der Schmied machte, hielt der Donarsohn ihn nicht für einen Einfaltspinsel oder Wichtigtuer. Zur Kunst des Eisenschmiedes gehörte nicht nur Kraft, sondern auch Geschick. »Gehen wir einmal davon aus, Frowin hat dir die Wahrheit erzählt und sich nicht nur wichtig gemacht. Dann wissen wir nur, daß es irgendwelche Stollen tief im Berg gibt. Wir haben aber keine Gewähr, daß es auch diesen geheimnisvollen Gang gibt und daß Frowin ihn gefunden hat. Soll ich aufgrund dieser unklaren Angaben meinen Kriegszug planen?«

Isbert hob langsam die breiten Schultern und ließ sie ebenso langsam wieder sinken. »Ich wollte nur helfen, Armin zu befreien. Vielleicht war es kein guter Einfall, vielleicht hast du einen besseren.«

Aber Thorag hatte keinen besseren Einfall. Deshalb befand sich Isbert an diesem Morgen an seiner Seite, für den Kampf gerüstet wie alle Männer aus dem fünfzigköpfigen Stoßtrupp. Der kräftige Ayko aus Thorags Kriegergefolgschaft gehörte ebenso dazu wie Armins pannonischer Leibwächter Pal. Der seinem Herrn treu ergebene Sklave brannte darauf, die Schmach wiedergutzumachen, Armin nicht vor den Stierkriegern beschützt zu haben. Wie verzweifelt der Pannonier gekämpft hatte, verrieten seine zahlreichen Wunden, darunter eine dicke Narbe auf der Stirn, eine längliche quer über die linke Wange und ein fehlender Finger an der linken Hand.

Auch Ingwin hatte sich dem Stoßtrupp anschließen wollen, aber Thorag übertrug ihm das Kommando über die Hauptstreitmacht der Hirschkrieger. Ein nicht minder gefährlicher Posten. Da keine Zeit gewesen war, die Eisenburg und das umliegende Gelände auszukundschaften, kannten Thorag und seine Männer weder die Zahlenstärke des Feindes noch die genaue Beschaffenheit der Verteidigungsanlagen. Auch wenn der Angriff, den Ingwin und Eilard auf die Burg führen sollten, nur zur Ablenkung erfolgte, würde er gleichwohl seinen Blutzoll fordern.

Das Röhren eines Hirsches ertönte aus den Wäldern im Norden, tief und langanhaltend, einmal, zweimal und nach einer kurzen Pause ein drittesmal.

»Ingwin ist bereit zum Angriff«, stellte Isbert fest.

Thorag nickte nur, denn schon ertönte von Süden ein ähnliches Röhren, wieder zweimal kurz hintereinander und dann nach kurzem Abstand ein weiteres Mal.

»Eilards Männer sind auch in Angriffsstellung«, sagte Thorag und sah Ayko an. »Gib das Zeichen zum Angriff!«

Ayko hob sein langes Horn, das einmal den Schädel eines mächtigen Urs geschmückt hatte, setzte es mit dem schmalen Ende an die Lippen und ließ ein ähnliches Röhren erklingen, wie es Thorags Männer zuvor vernommen hatten. Nur erfolgte dieser Ton dreimal schnell hintereinander und nach einer kurzen Pause noch zweimal.

»Vorwärts!« rief Thorag den Seinen zu. »Für Armin, unseren Herzog!«

»Für Armin, unseren Herzog!« wiederholten die fünfzig berittenen Krieger, die in langgezogener Reihe aus dem Wald stürmten.

Sunnas leuchtender Wagen wurde noch vom Eisenberg verdeckt, da galoppierten die Angreifer auch schon zwischen den Häusern, Hütten und Ställen der Siedlung hindurch. Aufgeschreckt von dem unerwarteten Ansturm, begannen mehrere Hähne zu krähen.

»Holt die Leute aus den Häusern und treibt sie zusammen!« rief Thorag seinen Männern zu und wandte sich dann an Isbert: »Wo ist das Haus deines Lehrmeisters?«

»Dort drüben, Fürst.« Isbert zeigte mit der Spitze seiner Frame auf ein großes Haus, das mit rötlichem Lehm verputzt war. Mehrere andere Gebäude schlossen sich daran an oder standen in der Nähe, einige davon Vorratshäuser, die vom Reichtum des Eisenschmiedes zeugten. Der große Schornstein, der sich durch das Dach eines Gebäudes schob, verriet die Schmiede.

Thorag sprengte mit Isbert, Ayko und zehn weiteren Kriegern auf den Hof. Aus dem Wohnhaus trat ein barfüßiger Jüngling hervor und schaute den Reitern in einer Mischung aus Neugier und Schlaftrunkenheit entgegen. Dann schluckte er, als er die Spitze von Isberts Frame an seiner Kehle spürte.

»Kennst du den Kerl, Isbert?« fragte Thorag.

»Nein, aber er kennt sicher Frowin, wenn er in seinem Haus wohnt.« Der stämmige Schmied erhöhte den Druck mit der Framenspitze, bis ein dünner Blutfaden über den Hals des Jünglings rann. »Sprich schon, ist Frowin im Haus?«

Ängstlich starrte der Jungmann zu dem Reiter mit der Frame hinauf. »J-ja, Herr.«

»Und wer bist du?«

»I-ich bin Nantwin, der Mann Wibertas und Frowins Lehrling.«

»Frowin ist also zugleich dein Schwiegervater und dein Lehrmeister.« Isbert grinste. »Wie zweckmäßig. Wurde auch Zeit, daß Wiberta heiratet. Schließlich ist sie bei genügend Lehrlingen unter die Decke geschlüpft, um ihre Erfahrungen zu machen.« Der Reiter beugte sich vertraulich vor. »Sag, Nantwin, quiekt sie immer noch wie eine in die Enge getriebene Maus, wenn man ihre Brüste knetet?«

Nantwin starrte den anderen empört an, sagte aber nichts. Inzwischen stiegen Thorag, Ayko und andere Krieger von den Pferden und liefen an Nantwin vorbei ins Haus. Dunkelheit umfing sie, denn dicke Matten hingen noch vor den rechteckigen Wandöffnungen.

»Öffnet die Windaugen!« befahl Thorag. »Hier drin ist es so finster wie in Segestes' Herz.«

Einige seiner Männer lachten über die Bemerkung, als sie den Befehl ausführten. Das einfallende Licht enthüllte die helle Aufregung im Haus des Eisenschmiedes. Männer, Frauen und Kinder wickelten sich überrascht aus den Decken oder lagen still und ängstlich auf den Bänken. Würziger Geruch erfüllte das Innere des Wohnhauses, ein Gemisch aus den Ausdünstungen der Menschen und dem Duft des großen Schinkens, der im Rauchabzug hing.

Ein mittelgroßer, kräftiger Mann mit ergrauendem Bart sprang von seiner Schlafbank und griff nach dem großen Schwert, das über ihm an der Wand befestigt war. Als er es in Händen hielt, war Thorag auch schon bei ihm und hielt ebenfalls sein Schwert in der Rechten.

»Deine Waffe mag besser sein als meine, Eisenschmied, aber ich stoße bestimmt eher zu!«

Thorag kannte Frowin nicht und war gleichwohl sicher, den Hausherrn vor sich zu haben. Der mit dicken Fellen ausgelegte Schlafplatz des Mannes nahe der Feuerstelle, wohl der beste im ganzen Haus, und sein muskulöser Körper, ähnlich dem Isberts, wiesen darauf hin.

»Du bist Thorag, der Fürst der Donarsöhne!« stieß der bärtige Mann überrascht hervor und legte das Schwert auf die Schlafbank. »Ich kenne dich von den Stammesthingen.«

»Kennst du mich auch noch, Frowin?«

Isbert fragte das. Er hatte das Haus betreten, die Frame noch in den Händen. Die Eisenspitze drückte gegen Nantwins Rücken.

»Isbert!«

Der Schmied aus dem Hirschgau lachte. »Ja, Frowin, ein Morgen der Überraschungen.«

»Was wollt ihr hier?« fragte Frowin.

»Wir suchen Armin, unseren und auch deinen Herzog«, erwiderte Thorag. »Ist er auf der Eisenburg?«

»Woher soll ich das wissen?«

Frowin hatte noch nicht ausgesprochen, da hatte Thorag ihm schon einen Hieb mit der flachen Klinge versetzt. Frowin taumelte gegen die Wand und betastete seinen Kopf. Er blutete aus einer Platzwunde.

»Wir haben keine Zeit für Spielchen!« sagte Thorag hart. »Sei also ehrlich zu uns, Schmied!«

»Vater!« rief erschrocken ein dralles, rotblondes Mädchen und wollte zu Frowin laufen.

Eine schnelle Bewegung Isberts, und seine Frame versperrte ihr den Weg.

»Willst du nicht einen alten Freund begrüßen, Wiberta?« fragte Isbert. »Ich erinnere mich gut an deine stürmischen Umarmungen.«

Wiberta umarmte Isbert nicht, sondern starrte ihn böse an.

Thorag sagte zu Frowin: »Ich drohe nicht gern damit, Schmied, aber das Leben deiner Tochter ist das Pfand deiner Ehrlichkeit! Also, was ist mit Armin?«

»Ja, er ist auf der Burg«, preßte Frowin hervor. »Das ist wohl kein Geheimnis.«

»Schön.« Thorag nickte. »Dann führ uns zu ihm!«
»Ich? Wie denn?«
»Durch den Geheimgang, den du entdeckt hast«, erklärte Isbert. Als Frowin ihm einen fragenden Blick zuwarf, fuhr sein ehemaliger Schüler fort: »Du hast mir selbst davon erzählt, Frowin. Wie du vor vielen Wintern auf den Gang gestoßen bist, den Segestes als Fluchtweg aus seiner Burg anlegen ließ.«
»Das ist doch nur eine alte Geschichte.« Frowin lächelte entschuldigend. »Ich wollte dich damit nur verkohlen, Isbert. Du bist tatsächlich ein leichtgläubiger Bursche.«
Thorag wirbelte herum und stieß sein Schwert in Wibertas Richtung. Nur die Schwertspitze berührte ihre Haut und riß sie auf der rechten Gesichtshälfte auf, vom Auge bis zum Kinn. Wibertas Schrei entsprang mehr dem Schreck als dem Schmerz.
»Du Hund!« brüllte Frowin und wollte nach seinem Schwert auf der Bank greifen.
Thorag war wieder schneller und spaltete mit einem kräftigen Hieb das Holz. Die Bank zerbrach, und Frowins Waffe fiel auf den Boden.
Thorag setzte einen Fuß auf die Klinge. »Ich habe dir doch gesagt, daß deine Tochter unser Pfand ist. Noch ist sie nur leicht verletzt und ihre Schönheit kaum beeinträchtigt. Sie wird darüber hinwegkommen, zumal sie schon einen Mann hat. Wenn du sie vor Schlimmerem bewahren willst, solltest du jetzt aufrichtig zu uns sein!«
Frowin starrte den Donarsohn eine ganze Weile haßerfüllt an. Das Zittern, das den Schmied am ganzen Körper befiel, verriet seinen inneren Kampf. Das Feuer in seinen Augen erlosch nicht, als er endlich sagte: »Ich kenne den Gang zur Burg und werde ihn euch zeigen – vorausgesetzt, ich finde ihn wieder.«
»Du solltest ihn wiederfinden und zwar schnell«, mahnte Thorag. »Meine Geduld ist nicht groß!«
»Das habe ich gemerkt«, sagte Frowin bitter und blickte seine Tochter an.
Eine ältere Frau bemühte sich um Wiberta und versuchte, die Blutung der Wunde durch das Aufdrücken von Kräutern zu stillen.
»Wir nehmen das Mädchen mit«, entschied Thorag und fuhr, zu Frowin gewandt, fort: »Um dich in jedem Augenblick daran

zu erinnern, daß ein Verrat deine Tochter das Leben kostet. Isbert wird auf Wiberta aufpassen.«

Frowin sagte nichts, aber das Zucken in seinem Gesicht und ein wütendes Grunzen verrieten seinen Unmut.

»Gräm dich nicht zu sehr, Schmied«, meinte Thorag und hielt sein Schwert hoch. »Der Krieg fordert von allen Opfer. Sieh her, das Eisen meiner Klinge hat sich verbogen, als ich deine Bank zerschlug.« Thorag bückte sich und hob Frowins Schwert auf. »Ah, guter, harter Stahl, wie ich es mir dachte. Ein Eisenschmied führt stets nur eine erstklassige Waffe. Überläßt du sie mir als Entschädigung für die Zerstörung meiner Spatha?«

»Mir bleibt wohl kaum etwas anderes übrig.«

»Danke«, sagte Thorag lächelnd und warf sein eigenes Schwert achtlos beiseite. »Und jetzt los!«

Nantwin zeigte Mut und wollte bei seiner Gemahlin bleiben, aber Thorag lehnte das ab. Als sie nach draußen traten, war der Hof angefüllt mit Menschen. Thorags Männer hatten die Bewohner der Siedlung hier zusammengetrieben, wo sie unter der Bewachung von fünfzehn Kriegern bleiben sollten. Mit den restlichen Männern ritt Thorag zu dem alten Erzstollen, der nach Frowins Aussage mit dem Geheimgang verbunden war.

Man sah sofort, daß das Erzvorkommen in diesem Stollen schon seit vielen Wintern erschöpft war. Die Öffnungen der steinernen Schmelzöfen, die an die Außenseite des Berges gebaut waren, gähnten leer, und ihr Lehmverputz zeigte große Risse. Im Eingang des Stollens lag umgestürzt eine große Lore; zwei Räder fehlten, das Holz war morsch und brüchig.

Die Männer stiegen von den Pferden. Ayko benannte drei Wächter für die Tiere. Ein junger Hirschkrieger streckte die brennende Fackel aus, die er die ganze Zeit gehalten hatte. Andere Männer entzündeten ihre Fackeln an der Flamme.

»Seid sparsam damit«, sagte Thorag. »Denkt daran, daß wir auch Licht für den Rückweg brauchen!« Dann befahl er: »Laßt die Stoßlanzen und die Schilde zurück! Sie sind zu unhandlich für das, was vor uns liegt. Schwerter, Streitäxte und Wurfspieße müssen genügen.«

Die Männer legten die Framen und Schilde ab. Als sie damit fertig waren, stand Thorag für einen Augenblick still und lauschte. Er hörte Kampflärm, den der auffrischende Wind von

Norden herantrug. Von dort, wo Ingwin mit seinen Kriegern die Burg berannte, um Segestes von Thorags Stoßtrupp abzulenken. Schreie, Hufgetrappel und Waffengeklirr. Sehen konnte man nichts, Berg und Wald versperrten die Sicht.

»Beeilen wir uns!« sagte Thorag und ging als erster in den Berg. »Jede Verzögerung kostet das Leben tapferer Krieger.«

Die ganze Gruppe trat in den Stollen, von dem bald mehrere Nebenstollen abwichen. Frowin übernahm die Führung und zögerte nur selten, wenn es eine von zwei Abzweigungen zu wählen galt. Ayko markierte auf Thorags Anweisung jede Abzweigung mit heller Kreide, die beim geringsten Lichteinfall leuchtete.

»Wozu das?« erkundigte sich Frowin.

»Nur für den Fall, daß du uns in die Irre zu führen versuchst«, antwortete Thorag.

»Das werde ich nicht tun«, versprach der bärtige Schmied. »Meine Tochter ist doch bei uns.«

»Es wird gut für Wiberta sein, wenn du das nicht vergißt!«

Sunnas Licht war längst verschwunden, und die Gänge wurden enger. Bald paßten kaum noch zwei Männer nebeneinander. Immer wieder stießen die Krieger gegen die hölzernen Stützpfeiler. Einer rutschte dabei ein Stück zur Seite, und faustgroße Steinklumpen fielen herab.

»Seid vorsichtig!« warnte Frowin. »Das Holz ist alt und morsch. Wenn ihr nicht aufpaßt, bricht der halbe Berg ein, und wir können auf ewig den Höhlenzwergen Gesellschaft leisten.«

Sie gingen weiter, bis Frowin so plötzlich anhielt, daß Thorag gegen ihn prallte.

»Was ist?« fragte der Donarsohn.

Frowin beleuchtete mit seiner Fackel einen schmalen, schrägen Aufgang, mit großen, in den Stein gehauenen Stufen. »Hier ist es, ich erkenne es wieder. Das ist die Steintreppe, über die ich mich damals wunderte.«

»Und die dich hinauf zur Burg geführt hat«, sagte Thorag.

»Nicht ganz. Du weißt doch, Donarfürst, auf halbem Weg bin ich umgekehrt. Ich kann mich also nicht dafür verbürgen, daß dieser Weg tatsächlich auf die Kuppe des Berges führt.«

»Das brauchst du auch nicht«, versetzte Thorag kühl. »Deine Tochter bürgt schon dafür – mit ihrem Leben!«

Frowins Gesicht verhärtete sich. Der Schmied drehte sich ruckartig um und stieg die Stufen hinauf. Thorag folgte ihm, dann Ayko und andere Krieger. Mitten in der Gruppe gingen Isbert und Wiberta.

Der Weg endete nach einer Biegung. Die Stufen hörten einfach auf, wurden zu einer glatten Schräge, deren Durchmesser der Länge zweier ausgewachsener Männer entsprach. Dahinter reckten sich viele dünne Felsen aus dem Boden wie ein natürlicher Wall.

»Was soll das, Frowin?« fragte Thorag. »Bedeutet dir das Leben deiner Tochter so wenig, daß du uns in eine Sackgasse führst?«

»Damals, als ich aus Neugier diesen Stufen folgte, dachte ich auch, daß es eine Sackgasse ist. Aber dann kam eine Fledermaus zwischen den Felsen da oben hervor, zog einen Kreis über meinem Kopf und verschwand wieder. Als ich ihr folgte, stellte ich fest, daß die Felsspitzen nur von hier unten wie ein undurchdringlicher Wall aussehen. Aber ist man erst einmal da oben, kommt man ganz gut hindurch.«

Während der Eisenschmied sprach, machte sich Unruhe unter den Kriegern breit. Immer wieder fielen die Worte ›Fledermaus‹ und ›Mahr‹. Thorag wußte, was die Männer ängstigte. In Fledermäusen ließen sich nach altem Glauben die ruhelosen Seelen der Toten nieder, um nachts mit den Tieren auszufliegen und die Menschen heimzusuchen.

»Eine tapfere Kriegerschar hast du da versammelt, edler Thorag«, kicherte Frowin. »Und mit denen willst du gegen unseren Fürsten Segestes kämpfen?«

»Er hat recht!« sagte Thorag laut. »Seid ihr nun Krieger oder Feiglinge, daß ihr vor ein paar Tieren zittert? Was soll Armin denken, wenn er das hört?«

»Armin braucht es nicht zu hören, denn wir fürchten uns nicht«, antwortete eine Stimme. Den Sprecher konnte Thorag nicht erkennen.

»Dann ist es ja gut«, sagte der Gaufürst. »Gehen wir weiter!«

»Das ist nicht so leicht«, meinte Frowin und zeigte auf die glatte Fläche. »Du mußt meine Fackel halten und mir Hilfe geben, damit ich raufkomme.«

»Warst du denn damals nicht allein?« fragte Thorag.

»Doch, das war ich, aber auch jünger und beweglicher.«

»Was soll das überhaupt?« meinte Ayko. »Warum hat man die Stufen nicht bis ganz nach oben geschlagen?«

»Damit jeder denkt, dieser Weg führt ins Nichts«, erklärte Thorag. »Ein blinder Stollen. Für jemanden, der aus der Burg flieht, ist es nicht weiter hinderlich. Er braucht die Schräge nur hinunterzurutschen.«

»Rauf ist es leider nicht so einfach«, stöhnte Frowin, als er sich Stück für Stück nach oben schob. Thorag hielt in einer Hand die Fackel und stützte mit der anderen die lederbeschuhten Füße des Schmiedes. Der erreichte endlich die Felsnadeln und zog sich daran ganz nach oben.

»Fang!« rief Thorag und warf ihm die Fackel zu.

Er kletterte, unterstützt von Ayko, nach oben. So folgte einer dem anderen. Voller Sorge dachte Thorag an die Zeit, die das kostete, und an die Menschen draußen, die währenddessen ihr Leben ließen.

Endlich ging es weiter durch eine große, dunkle Höhle. Überall wuchsen Felsnadeln aus dem Stein, mal am Boden, mal an der Decke. Und dort oben hingen auch, mit den spitzen Köpfen nach unten, die Fledermäuse, nicht nur ›ein paar Tiere‹, wie Thorag eben gesagt hatte, sondern Hunderte und Aberhunderte. Die Kolonne geriet ins Stocken, als der Fackelschein auf die häßlichen Tiere fiel und das unstete Licht ihre schlafenden Körper tanzen ließ.

»Die Marhe!« stieß einer der Krieger aus. »Sie werden in uns fahren und uns mit Flüchen und Krankheiten belegen!«

Frowin grinste.

»Mit Flüchen kann ich euch auch belegen«, stieß Thorag ärgerlich hervor. »Mit Krankheiten zwar nicht, aber dafür mit ein paar Hieben, falls jemand es nötig hat, daß man ihm Mut einprügelt!«

Das wirkte. Langsam setzte sich die Schar wieder in Bewegung. Die Männer atmeten auf, als sie die große Höhle über eine gewundene, in den Fels gehauene Treppe verließen.

»Hier bin ich damals umgekehrt«, sagte Frowin am Ende der Treppe und blieb stehen.

»Heute wirst du das nicht tun«, erwiderte Thorag.

Durch einen schräg nach oben führenden Tunnel ging es weiter. Dann kam wieder eine Treppe, erneut ein Tunnel und schließlich eine Art Leiter, aber nicht aus Holz, sondern aus ebenfalls in den Stein geschlagenen Sprossen.

Darüber gelangten Frowin und Thorag in eine seltsame Höhle, die eindeutig Menschenwerk war. Der Boden und der untere Teil der Mauern waren zwar aus Felsgestein, aber dann setzten sich die Mauern aus Lehm fort, und die Decke war eine Art Dach aus festen Flechtmatten. Sie war so niedrig, daß Frowin sie mit dem Haupthaar berührte und Thorag gebückt stehen mußte.

»Eine Vorratsgrube«, stellte Thorag fest.

»Ja«, nickte Frowin und schwenkte die Fackel, um die Grube auszuleuchten. »Allerdings eine, in der keine Vorräte lagern. Alles leer.«

»Natürlich. Segestes will doch nicht, daß sein geheimer Gang entdeckt wird. Eine nicht mehr genutzte Vorratsgrube eignet sich bestens für den Eingang zum Fluchtweg.«

Thorag stemmte seine Hände gegen die Decke und versuchte, die Matten beiseite zu schieben. Der einzige Erfolg war herunterrieselndes Erdreich.

»Ich glaube nicht, daß überhaupt viele von dieser Grube wissen«, meinte er. »Vermutlich ist die Decke mit fester Erde bedeckt.«

Seine Vermutung bestätigte sich, als er unter Mithilfe von Ayko und ein paar anderen erst mit Schwertklingen die Decke durchstieß und dann, von Ayko gestützt, den Kopf hindurchsteckte. Sunnas Licht blendete ihn, und er schmeckte etwas Bitteres, Scharfes in seinem Mund. Dann sah er die Hühner, die ihn erstaunt anblickten.

Er spuckte den Hühnermist aus und sagte nach unten: »Hebt mich rauf!«

»Wo sind wir?« fragte Ayko, während er und Pal Thorag hochhoben.

»Im Hühnerhof.« Thorag zwängte sich durch das Loch und kletterte aus der Grube. »Kein Wunder, daß Segestes sein Geheimversteck sicher glaubt.«

Die Hühner machten erschrocken Platz, als mehr und mehr Menschen an die Oberfläche kamen. Neben Thorag, Ayko und Pal waren es schließlich acht weitere.

»Der Rest bleibt einstweilen in der Grube«, ordnete Thorag an. »Wenige Männer fallen weniger auf.«

»Aber mehr Männer sind besser im Kampf«, widersprach Isbert von unten.

»Wenn ich euch brauche, rufe ich. So lange bleibt ihr hier!« Thorag blickte den neben Isbert und Wiberta stehenden Frowin an. »He, Schmied, du kannst uns wohl nicht sagen, wo Armin festgehalten wird?«

»Nein, wirklich nicht. Ich war seit etlichen Tagen nicht auf der Burg.«

»Deine Tochter hat Glück, daß ich dir glaube.«

Der Hühnerhof wurde von den Rückwänden einiger Ställe begrenzt. Mit Ausnahme der Eindringlinge gab es hier keine Menschen. Aber sonst schien sich die Eisenburg in hellem Aufruhr zu befinden. Von überall erschollen Schreie: Befehle und Warnrufe.

»Ingwin und Eilard scheinen Segestes gut zu beschäftigen«, stellte Thorag zufrieden fest.

An der Spitze seines kleinen Trupps schlich er an den Ställen entlang und sah dann, wie Männer und Frauen hin und her liefen. Steine wurden auf die Wälle geschleppt, um sie auf die Angreifer zu werfen oder zu rollen. Brandpfeile flogen über die Mauern. Viele blieben im Erdreich stecken und richteten keinen Schaden ab, aber andere trafen die mit Stroh gedeckten Hausdächer. Die Menschen bildeten Ketten von den Brunnen bis zu den Brandherden, füllten alle nur erdenklichen Gefäße mit Wasser und reichten sie schnell von Hand zu Hand.

»Ein ordentliches Durcheinander«, meinte Thorag. »Genau das brauchen wir. Allerdings sehe ich wenig Krieger hier. Ich hätte gedacht, daß Segestes nach seinem Überfall auf Armin mehr Männer auf der Eisenburg versammelt.«

»Um so besser für uns«, brummte Ayko und hielt seine Waffe hoch. »Allerdings schlecht für mein Eisen, das ich gern in möglichst viele Verräterbäuche gerammt hätte.«

»Wie ich die Verhältnisse zwischen Armin und Segestes einschätze, wirst du früher oder später dazu noch genügend Gelegenheit haben, Ayko. Warte hier mit den anderen, bis ich zurückkomme.«

»Wo willst du hin, Fürst?«

»Wir brauchen jemanden, der uns Armins Gefängnis verrät.«

Ohne Aykos Wunsch, ihn zu begleiten, abzuwarten, ging Thorag los. Er versteckte sich nicht, hielt sich aufrecht und hoffte, daß keiner in der Aufregung den Donarsohn erkannte. Wohlweislich hatte er keine Kriegsfarben aufgetragen und auch den Männern seines Stoßtrupps untersagt, sich als Donarsöhne oder Hirschkrieger kenntlich zu machen.

Ein Reiter bog im scharfen Galopp um die Ecke eines großen Hauses und riß seinen Rappen zurück, weil er Thorag sonst über den Haufen geritten hätte. Die guten Waffen und die goldglänzende Fibel, die den dunklen Umhang zusammenhielt, wiesen den schnauzbärtigen Mann als hochrangigen Krieger aus.

»Was stehst du hier herum?« fuhr der Reiter Thorag an. »Zu welchem Trupp gehörst du?«

»Ich habe dich gesucht, um dir eine Meldung zu überbringen«, log Thorag.

»Was für eine Meldung?«

Neugierig beugte sich der Schnauzbärtige vor. Thorags Faust landete an seiner Schläfe und ließ ihn taumeln. Der Donarsohn zerrte den Stierkrieger vom Pferd und versetzte ihm noch einen Hieb. Der Rappe scheute, wieherte aufgeregt und lief davon.

Thorag drückte die scharfe Klinge seines Dolches gegen den Hals des anderen. »Sei hübsch still und wehr dich nicht, Stiermann, sonst stirbst du!«

Thorag brachte seinen Gefangenen zu den wartenden Gefährten und fragte ihn dann nach dem Namen.

»Utger«, keuchte der Stiermann.

»Welches ist dein Rang, Utger?«

»Ich bin ein Kriegerführer.«

»Dachte ich mir.«

Das Gesicht des Schnauzbärtigen verzog sich zu einer Grimasse, und Utger stammelte: »J-jetzt erkenne ich d-dich. Du bist Thorag!«

»Ganz recht, und ich suche Armin. Wo finde ich den Herzog?«

»Ich bin kein Verräter!« stieß Utger hervor und preßte die Lippen fest zusammen.

Pal hob sein Schwert und schlug zu. Utger schrie auf und faßte an die rechte Seite seines Kopfes. Als er die Hand zurückzog, war sie blutüberströmt, und in ihr lag ein Ohr. Utger stöhnte gequält.

»Unser Freund Pal ist ein Pannonier und sehr heißblütig«, erklärte Thorag. »Außerdem ist er ziemlich wütend, weil ihr

Armin, seinen Herrn, entführt habt. Falls du nicht schnell redest, wird er dich nach Walhall schicken, aber in vielen kleinen Teilen!«

Utger schluckte. Thorag erkannte am ängstlichen Blick des Stiermannes, daß sein Widerstand gebrochen war.

»Armin wird ganz in der Nähe festgehalten«, sagte Utger. »In einer kleinen Vorratshütte.«

»Führ uns hin!« befahl der Donarfürst.

Niemandem fiel in dem allgemeinen Durcheinander auf, daß die Krieger unter Führung des verletzten Utger nicht zu den Stiermännern gehörten. Armins Gefängnis war eine kleine, fensterlose Holzhütte, die auf Pfeilern eine halbe Manneshöhe über dem Boden stand, zum Schutz der üblicherweise hier gelagerten Vorräte gegen Schädlinge. Zwei Krieger mit Framen, aber ohne Schilde hielten vor der Hütte Wache. Verwundert blickten sie Utger und seinen Begleitern entgegen.

»Vorsicht!« brüllte der Kriegerführer auf einmal. »Sie wollen Armin befrei …«

Der Rest ging in einem würgenden Laut unter, als Pals Schwert Utgers Brust durchstieß. Der Pannonier zog die blutige Klinge gleich wieder heraus, sprang über den zu Boden sinkenden Stiermann und rannte auf die beiden Wächter zu. Thorag, Ayko und die anderen folgten ihm.

Dem Framenstoß des ersten Wächters wich Pal mit einem Sprung zur Seite aus. Bevor der Stiermann die Lanze wieder zurückziehen konnte, war Pal bei ihm und stach ihn nieder.

Der andere Wachtposten bohrte seine Frame in Pals Rücken. Der Pannonier schrie auf, hob sein Schwert und wollte sich zu dem neuen Gegner umdrehen. Aber die Kraft verließ den Mann aus dem Illyricum, und er brach über dem Stierkrieger zusammen, den seine Spatha gefällt hatte.

Der Wächter, dessen Frame noch in Pals Leib steckte, zog sein Schwert. Aber er konnte es nicht mehr zum Schlag erheben, denn Thorags neue Waffe, der von Frowin geschmiedete Stahl, fuhr zwischen seine Rippen und löschte sein Leben aus.

Thorag kniete sich neben Pal, doch auch Armins treuen Sklaven hatte das Leben verlassen.

Ayko zog den schweren Eisenriegel zurück, der den Eingang des Vorratshauses verschloß, und zog die Tür auf. Sunnas Licht fiel auf den Cheruskerfürsten, der, an Armen und Beinen mit dicken Stricken gebunden, auf dem hölzernen Boden lag. Seine Kleidung war zerrissen, sein Körper zerschunden und von verkrustetem Blut verklebt. Seine Wangen waren eingefallen und von einem Stoppelbart bedeckt. Die Augen blinzelten geblendet, konnten nichts Genaues erkennen.

»Wer ist da?« fragte er undeutlich und mit rauher, kratziger Stimme, als Ayko und Thorag in die Hütte kletterten.

Thorag nannte seinen Namen und begann, Armins Fesseln durchzuschneiden.

»Thor-ag«, wiederholte der Hirschfürst gedehnt. »Mein Bruder! Ich habe gewußt, daß ich mich auf dich verlassen kann.«

»Was hat Segestes mit dir angestellt, Armin?«

»Gar nichts, das ist es ja. Ich lag hier gefesselt, und niemand hat sich um mich gekümmert. Sie brachten mir nichts zu essen und nur zweimal eine Schale Wasser. Segestes habe ich nicht gesehen, seit ich eingesperrt wurde.«

Thorag massierte Armins Beine, damit das durch die Fesseln abgeschnürte Blut wieder richtig floß. Trotzdem mußte Armin von Thorag und Ayko gestützt werden, als sie die Hütte verließen. Draußen blieben sie stehen, und Armin sah auf die drei Leichen. Er flüsterte Pals Namen.

»Er gab sein Leben für dich, Armin«, sagte Thorag. »Wie sein Bruder damals auf Thidriks Hof.«

Der junge Herzog nickte. »Am liebsten würde ich den Leichnam mitnehmen, um ihm ein Feuergrab zu geben, wie es einem großen Krieger gebührt.«

»Vergiß das«, sagte Thorag. »Die Zeit drängt. Wir können uns nicht um Tote kümmern!«

»Vielleicht doch«, meinte Armin und lauschte dem Kampfgetümmel jenseits der Mauern. »Wenn unsere Krieger die Burg erobern!«

»Das werden sie nicht, weil sie nicht zahlreich genug sind«, entgegnete Thorag. »Sobald wir draußen sind, wird der Angriff abgebrochen.«

»Wer sagt das?« fragte Armin ein wenig verärgert.

»Ich. Du selbst hast doch gewollt, daß ich an deine Stelle trete!«

Armin lächelte plötzlich. »Ja, das stimmt. Wie seid ihr überhaupt in die Burg gekommen?«

Thorag berichtete in knappen Sätzen, und Armin kicherte. »Durch Segestes' eigenen Geheimgang, das ist wirklich gut. Wenn er davon hört, wird er einen Tobsuchtsanfall kriegen.« Das Gesicht des Herzogs wurde wieder ernst. »Was ist mit Thusnelda?«

»Sie ist mit Auja auf der Adlerburg«, beruhigte Thorag den Herzog.

»Wir sollten gehen!« drängte Ayko, und er hatte recht.

Nur zu sehr, wie sich bald zeigte. Auf halbem Weg zum Hühnerhof begegneten sie einer fünfköpfigen Gruppe von Stierkriegern. Thorags Männer töteten drei Feinde und verloren selbst einen Mann. Aber die beiden anderen Stiermänner flohen und schrien immer wieder, daß Armin entsprungen sei.

So schnell es mit dem Cheruskerherzog ging, der noch nicht wieder richtig laufen konnte, eilte Thorags Trupp zum Hühnerhof. Dann stiegen Armin, seine Retter und die beiden Gefangenen hinunter in die Höhlenwelt, nachdem sie das Dach der Grube notdürftig verschlossen hatten.

»Vielleicht hält der Hühnermist die Stierkrieger davon ab, hier zu suchen«, hoffte Isbert.

Die Hoffnung zerschlug sich kurz vor der Fledermaushöhle. Sie hörten die Schritte und die Stimmen der Verfolger hinter sich. Thorag trieb die Seinen zu noch größerer Eile an, als sie die unheimliche Höhle durchquerten. Er selbst blieb etwas zurück, nahm einem Mann die Fackel ab, schwenkte sie wild hin und her und schrie aus Leibeskräften wie ein Irrsinniger. Die Fledermäuse erwachten aus ihrer Starre und flatterten, spitze Schreie ausstoßend, durch die Höhle.

»Was sollte das?« fragte Armin, als Thorag die Gruppe jenseits der Schräge eingeholt hatte.

»Ich habe die Mahre aufgescheucht«, grinste Thorag. »Vielleicht hält das unsere Verfolger ein wenig zurück.«

So schien es wirklich zu sein. Unbehelligt gelangten Thorags Männer in den alten Erzstollen und dann ins Freie. Als sie auf die Pferde stiegen, ließen sie Frowin und Wiberta zurück.

»Du trägst noch immer mein Schwert, Thorag«, sagte Frowin.

»Ja, und es hat mir schon gute Dienste geleistet. Ich werde es behalten.«

»Ich habe lange daran gearbeitet!«

»Segestes wird sicher zu schätzen wissen, welche Opfer du für ihn bringst.«

Thorag lachte und riß seinen Rappen herum, um das Bergwerk zu verlassen.

»Lacht ihr nur!« schrie Frowin ihnen nach. »Ihr werdet noch merken, wer zuletzt lacht!«

In der Siedlung sammelte Thorag die übrigen Männer seines Stoßtrupps ein und schickte Boten aus, um Ingwin und Eilard den Befehl zum Abbrechen des Angriffs zu übermitteln; in dem Kampfgetümmel konnten weit entfernte Hornsignale überhört werden. Thorag, Armin und ihre Begleiter verließen die Siedlung.

»Wohin reiten wir?« fragte Armin.

»Zu einer Lichtung ganz in der Nähe«, antwortete Thorag. »Dort treffen wir uns mit den anderen.«

Die kamen bald, und ihre Reihen waren arg gelichtet. Von den vierhundert Hirschkriegern, die Ingwin in den Kampf geführt hatte, kehrte nur etwas mehr als die Hälfte zurück. Noch schlimmer hatte es die Marser getroffen, was vielleicht an der Unerfahrenheit der vielen jungen Krieger lag: Von ihnen waren keine zweihundert übrig.

»Zwar eine tapfere, aber keine beeindruckende Streitmacht«, seufzte Armin, dem es schon besserging, nachdem er etwas gegessen und getrunken hatte. »Es scheint wirklich geraten, daß wir uns zurückziehen. Auch wenn die Gelegenheit zum Sturm auf die Eisenburg nach dem Abzug der vielen Krieger günstig gewesen wäre.«

»Ein Abzug?« fragte Thorag. »Was meinst du damit?«

»Vor einiger Zeit hörte ich, wie eine große Zahl von Kriegern die Burg verließ. Ich hörte das Schnauben und die Hufe der Pferde, ich hörte Leder knarren und Waffen klirren, und ich hörte die Stimmen der Krieger und ihrer Frauen, als sie sich verabschiedeten.«

»Wohin zogen sie?«

»Das weiß ich nicht.«

»Weißt du wenigstens, wann das war?« fragte Thorag erregt.

»Leider auch nicht. In der dunklen Vorratshütte hat mein Zeitgefühl mich rasch verlassen. Es gab dort weder Nacht noch Tag. Aber warum regst du dich so auf, mein Freund?«

»Ich mußte an Frowins Abschiedsworte denken. Vielleicht war das keine leere Drohung. Vielleicht wußte der Schmied etwas, das wir nicht wissen. Es ist doch seltsam, daß Segestes die Verteidigung seiner Burg durch den Abzug so vieler Männer schwächt, gerade jetzt, wo er nach deiner Entführung einen Gegenschlag erwarten mußte.«

»Ja, in der Tat.« Armin starrte Thorag an. »Was befürchtest du?«

»Das Schlimmste«, sagte Thorag düster. »Wir sollten so schnell wie möglich zur Adlerburg zurückkehren!«

Kapitel 18

Folgt dem Adler!

Der Weg wurde beschwerlicher, Hügel mußten erklommen und dunkle Urwälder durchquert oder umgangen werden. Die Enge der Waldtäler zwang die Marschkolonnen, sich aufzuteilen. Der große Troß war ohne Bedeckung, als die auf der linken Flanke marschierenden Legionäre der XXI. Legion hinter einem langen Streifen hoher Kiefern und Tannen verschwanden und die Kohorten der V. Legion noch weiter nach rechts abbogen, um einen spitzen Felshügel zu umgehen.

Ganz ähnlich muß es damals im Saltus Teutoburgiensis zugegangen sein, dachte Germanicus, der unermüdlich mit seinem Stab zwischen den Marschkolonnen hin und her ritt, um die Männer zur Eile anzutreiben, trotz aller Widrigkeiten: unübersichtliches Gelände und schlechtes Wetter; Marschkolonnen, die so lang auseinandergezogen waren, daß es Stunden dauern würde, sie in Schlachtordnung zu formieren; Regen, der die Sicht raubte, und Schlamm, der sich gierig an den Stiefeln der Legionäre und den Hufen der Reiterei festsog. Seit etwa einer Stunde hatte der Regen zum Glück nachgelassen. Aber als Germanicus in den bewölkten, düsteren Himmel hinaufsah, fiel ihm wie zum Hohn ein schwerer Tropfen direkt ins Auge.

Aber ich bin nicht so ahnungslos und unvorbereitet wie Varus! sagte er sich immer wieder. Seine germanischen Kundschafter hatten dem Feldherrn gemeldet, daß sich mehrere Stämme im Aufruhr befanden. Die Nachricht von dem Überfall auf den Marsertempel ging fast schneller um, als die Boten der Marser reiten konnten. Germanicus rechnete mit einem Überfall und trieb seine müden Soldaten erbarmungslos an, um diesen unübersichtlichen Abschnitt des großen Cäsischen Waldes möglichst schnell hinter sich zu bringen. Trotz des beschwerlichen Weges durften die Legionäre ihre schweren Schilde nicht auf Karren verladen, sondern mußten sie am Mann tragen. Die geländekundigen Eberkrieger bildeten zusammen mit einem Teil der Reiterei und leichten Fußtruppen der Auxilien die Vorhut. Sollte der Feind den Römern auflauern, würde er zuerst auf diese beweglichen Einheiten treffen, was den nachfolgenden Kohorten der I. Legion Gelegenheit geben würde, sich zur Schlacht aufzustellen und den hinter der Legion I marschierenden Troß zu decken. Dieser stand zudem unter dem besonderen Schutz der Prätorianergarde. Nach dem Troß kam die Legion XX und hinter dieser die restlichen Auxilien.

Warum bin ich nur so unruhig? fragte sich Germanicus, hatte er doch alles Erdenkliche zur Abwehr eines möglichen Angriffs unternommen. Vielleicht ließen die Müdigkeit und die Unlust in den Augen der Legionäre ihren Feldherrn an seiner Armee zweifeln. Vor fünf Nächten, als die Römer das Marserland verheerten, hatte Germanicus geglaubt, die Soldaten hätten ihren alten Kampfgeist zurückgewonnen. Aber die Siegestrunkenheit war schnell verschwunden und hatte der gedrückten Stimmung Platz gemacht, die einen am Morgen nach einer durchzechten Nacht befällt. Es war die Erkenntnis der eigenen Schwäche, die Erkenntnis, nur Wehrlose niedergemetzelt zu haben. Das war nicht zu vergleichen mit dem Blut, das man in offener Schlacht vergoß!

Germanicus war ehrlich zu sich selbst. Nicht das allein beunruhigte ihn, sondern auch der Traum der letzten Nacht. Wieder war er der riesenhaften Frau begegnet, die ihn vor dem weiteren Eindringen ins Land der Germanen warnte. Dabei zog er sich doch zum Rhenus zurück! Dann griffen im Traum die Barbaren sein Heer von allen Seiten an. Ja, diesmal hatte der Feldherr ganz deutlich die Züge von Gaius Julius Caesar Germanicus getragen. Und das Gesicht der Riesin war zu dem der Frau geworden, die dem Imperator und Agrippina bei ihrer Rückkehr aus Gallien geweissagt hatte. Wieder hörte er ihre Worte: ›Alle Schwierigkeiten, die jetzt vor dem Imperator liegen, wird er überwinden, wenn der Adler sich über seinem Haupt erhebt.‹ Und dann: ›Der Adler, dem du folgst, führt dich ins Verderben.‹

Germanicus war erwacht und hatte festgestellt, daß er im Schlaf laut geschrien hatte. Die Wachen waren in sein Zelt gestürmt und hatten besorgt gefragt, was geschehen sei. Den Rest der Nacht hatte er nicht geschlafen, sondern nur gegrübelt und Agrippina vermißt, die ihn in ihre weichen Arme genommen und getröstet hätte. Der Traum hatte ihn beunruhigt. Die Unruhe verließ ihn auch am Tag nicht, sondern steigerte sich von Stunde zu Stunde.

Es wirkte auf ihn fast wie eine Erlösung, als er Kampfeslärm hörte. Sehen konnte er nichts, zu weit hatten sich die Einheiten in dem unübersichtlichen Gelände auseinandergezogen. Aber dann galoppierten schon die Kuriere heran und brachten Nachricht, daß die Eberkrieger und die Auxilien an der Spitze sowie die Legionen V und XXI an den Flanken angegriffen wurden. Auf sein Nachfragen erfuhr der Imperator, daß die Angreifer die Armee zwar am Weitermarsch hinderten, aber nicht stark genug schienen, um die Römer ernstlich zu gefährden. Die Eberkrieger und die Auxilien waren auf Krieger der Tubanten gestoßen, die Legion V auf Tenkterer und die Legion XXI auf Usipeter, wie neue Kuriere meldeten.

»Dann ist es kein Wunder, daß die Angreifer auf den Flanken nicht besonders stark sind«, meinte der Prätorianertribun Marcus Valerius und lachte. »Die Tenkterer und die Usipeter wurden vom vergöttlichten Julius Caesar derart dezimiert, daß sich damals nur ihre Reiterei ins Gebiet rechts des Rhenus retten konnte. Es können nicht mehr viele von ihnen übrig sein.«

»Vielleicht gleicht ihr Haß die fehlende Stärke aus«, sagte Germanicus ernst.

Er dachte nicht gern an die Tat Caesars, erinnerte sie ihn doch an das, was während des Senatorenbesuches in der Ubierstadt geschehen war. Doch damals war es der glorreiche Caesar höchstselbst gewesen, der das Gesandtenrecht unter einem Vorwand mißachtete und die Stammesführer der Tenkterer und Usipeter gefangennahm. Danach überfiel er die überraschten und führungslosen Germanen und machte sie nieder, ehe sie noch begriffen, wie ihnen geschah.

Unwillkürlich mußte Germanicus an die letzte Nacht des Tamfana-Festes denken. Vielleicht hatte sein Angriff auf die feiernden Marser die Tenkterer und die Usipeter an ihr eigenes Schicksal erinnert und sie deshalb zum schnellen Angriff auf die Römer angestachelt.

Gerolf, dem der vorsichtige Imperator erneut verwehrt hatte, mit seinen Kriegern zu reiten, sagte: »Wir müssen sofort alle verfügbaren Kräfte nach vorn werfen, Caesar. Nur wenn uns der Durchbruch gelingt, können wir dieses für deine Legionen ungünstige Gelände verlassen. Und ich muß zu meinen Kriegern!«

Germanicus dachte nur kurz nach und erwiderte: »Weder noch, Cherusker. Deine Männer schlagen sich auch ohne dich. Die Vorhut wird allein durch die I. Legion verstärkt. Die XX. Legion und die Auxilien der Nachhut bleiben in Bereitschaft.«

»Aber warum?« rief Gerolf. »Der Feind ist vorn und an den Seiten.«

»Dort greift er an«, korrigierte der Imperator den Eberfürsten. »Und das mit schwachen Kräften. Was aber ist, wenn er hier auch stärkere Kräfte versammelt hat?« Germanicus sandte Caecina Severus nach vorn, um mit der I. Legion die feindlichen Linien zu durchbrechen, wandte sich dann wieder Gerolf zu und sagte ruhig: »Wir warten ab.«

Sie brauchten nicht lange zu warten, und von der Nachhut kam ebenfalls die Nachricht, daß man überfallen werde. Und die Vermutung des Imperators bestätigte sich: Hier waren die Stoßkeile der angreifenden Barbaren so stark, daß die Reihen der Auxiliarverbände auseinanderzubrechen drohten. Sie verlangten dringend nach Unterstützung.

»Wer sind die Angreifer?« fragte Germanicus den Kurier, einen verschwitzten Optio mit einer frischen, blutigen Schramme im Gesicht.

»Brukterer, Chatten und Marser, soweit wir es feststellen konnten, Imperator.«

»Das habe ich mir gedacht«, nickte Germanicus. »Die anderen

Angriffe waren Ablenkungsmanöver. Wir sollten unsere Kräfte nach vorn und auf die Flanken werfen und dann von hinten aufgerollt werden.« Er sah Gerolf an. »Komm mit, Eberfürst, jetzt erhältst du Gelegenheit zum Kämpfen!«

Germanicus ließ den Troß unter der Bedeckung der Fußgarde zurück und sprengte an der Spitze seiner Gardereiter den Weg zurück, den sie vor kurzem erst gekommen waren. Nach der Überwindung einer bewaldeten Höhe lag das Schlachtfeld vor ihnen, eine von waldreichen Hügeln begrenzte Ebene, die mit einigen Bäumen und viel Buschwerk bewachsen war. Was der Imperator sah, ließ ihn innerlich zusammenfahren. Daß die Lage derart heikel war, hatte er nicht geglaubt.

Überall stürmten die Angriffskeile der Germanen von den Hängen, häufig in der von ihnen bevorzugten Taktik: Jeweils zwei Fußkämpfer hielten sich an einem Reiter fest, ließen sich von seinem Schwung mitreißen und lösten sich erst, als die Linien der Verteidiger erreicht waren. Diese Linien waren schon an vielen Stellen durchbrochen, nicht nur die der Auxilien, sondern auch die zurückweichenden Reihen der Legionäre. Der gefürchtete Barditus, das wilde Kriegsgeschrei der Barbaren, brandete auf, als die Römer zurückwichen. Der durch Mark und Bein gehende Singsang übertönte sogar die unablässigen Signale der römischen Hornisten.

Auch die erste Kohorte, das aus ausgesuchten Soldaten bestehende Rückgrat jeder Legion, befand sich in Gefahr. Die hinter ihre Reihen getragenen Schwerverwundeten, die dort von Ärzten und Sanitätern versorgt wurden, mußten um ihr Leben bangen. Der Aquilifer, dessen Platz bei der ersten Kohorte war, hatte den goldenen Adler neben sich ins Erdreich gestoßen und sein Schwert gezogen.

Der Adler!

Dieser Anblick löste Germanicus aus der Starre, die ihn angesichts seiner zurückweichenden Truppen befallen hatte. Der Legionsadler durfte unter keinen Umständen in die Hände der Germanen fallen!

Varus hatte seine Adler verloren und mit ihnen seine Legionen und sein Leben. Wenn die Soldaten sahen, daß das Ehrenzeichen ihrer Legion verloren war, würde der Mut sie verlassen. Der Adler trieb sie an, die Ehre der Legion und damit die Ehre Roms zu verteidigen. Andererseits fühlten sie sich ohne ihn schwach und hilflos, allein gelassen wie Waisenkinder.

»Mir nach!« schrie Germanicus, zog sein Schwert und trieb den Schimmel den Abhang hinunter in Richtung der ersten Kohorte. Die Gardereiter folgten ihm in breiter Linie.

Es regnete, aber nicht so stark, daß die Feuer verloschen. Schon von weitem hatten die heimkehrenden Krieger die dunklen Rauchsäulen über der Adlerburg gesehen und sofort gewußt, daß sie nichts Gutes bedeuteten. Armin, Thorag und ein paar andere Berittene lösten sich von der erschöpften Kolonne und sprengten voran durch den letzten Waldgürtel, der sie von der Anhöhe mit der Adlerburg trennte.

Für Thorags Gefühl hatte ihre Rückkehr von der Eisenburg zu lange gedauert, viel zu lange. Aber die Männer waren durch den Eilmarsch zur Befreiung Armins und den anschließenden Kampf erschöpft gewesen, viele zudem verwundet, so daß sie einfach längere Pausen einlegen mußten. Auch wenn Thorags Beklemmung und seine Sorge wuchsen.

Segestes schien sie nicht zu verfolgen, was den Donarsohn aber nicht beruhigte – im Gegenteil.

»Wir haben noch keine Kundschafter getroffen«, rief Thorag dem Cheruskerfürsten zu, der neben ihm ritt. »So dicht bei der Burg sollten sich welche aufhalten!«

»Vielleicht haben sie sich auf die Burg zurückgezogen, um die Kräfte der schwachen Besatzung nicht zu zersplittern.«

Thorag schüttelte den Kopf. »Ich habe den Befehl gegeben, äußerst wachsam zu sein und Kundschafter auszusenden!«

Der Wald lichtete sich, vor ihnen lag die gerodete Ebene am Fuße der Anhöhe. Was die Cherusker bisher nur befürchtet hatten, wurde jetzt zur Gewißheit: Ein Kampf hatte hier stattgefunden. Der Boden war aufgewühlt von den Hufen der Pferde. Sie stießen auf zerbrochene Waffen, dann auf Pferdekadaver und schließlich auch auf tote Menschen – Hirschkrieger.

»Die Späher!« stieß Thorag hervor. »Sie haben es nicht mehr bis zur Adlerburg geschafft.« Voll dunkler Ahnung blickte er nach vorn, wo der Rauch in vielen dünnen Säulen von der Burg aufstieg.

»Totenfeuer«, sagte Armin düster und sprach das aus, was auch Thorag dachte.

Sie erreichten die untersten Wälle und trafen weder auf Wachen noch auf die Sklaven, die hier zuvor gearbeitet hatten. Jetzt verfluchte Armin die vielen Wälle und engen Durchlässe, die er hatte anlegen lassen, um den Zugang zu seiner Burg zu erschweren, denn es kostete die Reiter Zeit. Überall stießen sie auf Kampfspuren: zerbrochene Waffen, blutige Kleiderfetzen, Leichen von Mensch und Tier.

Auf der Anhöhe bot sich ihnen ein schreckliches Bild. Die meisten Gebäude, Häuser wie Stallungen, waren zerstört – eingerissen, niedergebrannt oder beides. Männer und Frauen mit leeren Gesichtern verbrannten die Gefallenen auf aufgeschichteten Holzstapeln. In den scharfen Brandgeruch mischte sich süßliche Verwesung. Immer wieder traten die Überlebenden auf Framen und Schwerter, zerbrachen die Waffen und warfen ihre Überreste ins Feuer. Tote Waffen für tote Krieger.

»Laßt die Waffen heil!« rief Armin laut und dachte wie stets ans Nützliche. »Wer immer das hier angerichtet hat, wir werden es ihm heimzahlen. Wir sollten unsere Schwerter und Framen besser ins Blut der Feinde tauchen als in die Flammen der Totenfeuer!«

Jetzt erst wandten die Menschen, die das nächste Feuer umstanden, ihre Aufmerksamkeit den Reitern zu. Doch obwohl sie ihren Herzog sahen, zeigte sich auf den Gesichtern keine Freude. Der erlittene Schmerz war zu groß.

Eine ältere Frau mit zerrissenem Kleid und verschrammtem, rußgeschwärztem Gesicht kam schlurfend und gebeugt auf die Reiter zu. Erst beim zweiten Hinsehen erkannte Thorag Armins Mutter Adina.

Armin rutschte vom Pferd, schlang die Arme um Adina und drückte seine Mutter an sich. Dann sah er sie an und fragte: »Was ist hier geschehen?«

»Das, was du siehst, mein Sohn«, antwortete Adina schleppend. »Wir wurden überfallen, und trotz aller Gegenwehr wurde die Burg geschleift. Wir waren einfach zu wenige.«

»Überfallen? Von wem?«

»Von Segestes. Gestern im Morgengrauen fiel er mit seinen Horden über uns her.«

»Segestes!« Armin sprach den Namen voller Haß aus.

Sein Blick kreuzte den des Donarfürsten, und beide Männer dachten dasselbe: Der Überfall auf die Adlerburg war die Erklärung dafür, daß die Eisenburg nur schwach bemannt gewesen war und daß Armins Retter nicht von den Stierkriegern verfolgt wurden.

»Frowin hat es gewußt«, sagte Thorag. »Jetzt wird seine Drohung klar.«

»Wir müssen Segestes und seinen Kriegern unterwegs fast begegnet sein«, meinte Armin wütend. »Du vielleicht sogar zweimal.«

Thorag antwortete nicht, ließ Armin einfach stehen und trieb den Rappen zwischen den stinkenden Feuern hindurch über die Anhöhe, so schnell es nur ging. Er ritt zu den Gästehäusern, während sein Herz vor Sorge um Auja und Ragnar bersten wollte.

Er sprang aus dem Sattel, noch bevor der Rappe ganz angehalten hatte. Auch die Gästehäuser waren nur noch Trümmer. Unter ihnen lagen und kauerten Menschen, einige verwundet und stöhnend. Vergebens suchte Thorag nach seiner Frau und seinem Sohn.

»Sie sind fort, Fürst.«

Thorag drehte sich um und blickte in das runzlige Gesicht der alten Reglind.

»Wohin?«

»Die Stiermänner haben Auja und Ragnar verschleppt. Segestes selbst war dabei. Er sagte, wenn du deine Familie wiedersehen willst, müßtest du nach Rom reisen.«

Hufgetrappel schreckte Thorag auf. Es war Armin, der absaß und zu ihm trat. Sein Gesicht drückte Mitgefühl aus.

»Ich weiß, was geschehen ist, Thorag. Adina erzählte es mir. Thusnelda wurde auch entführt. Ihretwegen war Segestes hier. Er hätte wohl auch meine Mutter verschleppt, wäre sie nicht unter den Trümmern ihres eingestürzten Hauses begraben gewesen, so daß man sie für tot hielt. Es war Aujas Pech, daß sie sich auf der Adlerburg aufhielt.«

»Es war unser Pech, daß wir zu deiner Hochzeit kamen!« erwiderte Thorag bitter.

Er dachte an das friedliche Leben, das er in den vergangenen Wintern und Sommern mit Auja und Ragnar geführt hatte.

Nach all den Kämpfen, die er erst für und dann gegen die Römer ausgetragen hatte, nach den Ränken, in die ihn Varus und auch Armin verwickelt hatten, hatte er den Frieden und die Liebe seiner Familie genossen wie nie etwas zuvor. Das Wiedersehen mit dem Cheruskerherzog schien all das mit einem Schlag zerstört zu haben. Wieder bestimmten Streit und Krieg das Leben des Donarsohnes, und wieder war dieses Leben von Verlust geprägt.

Segestes war nicht hier, deshalb gab Thorag Armin alle Schuld. Hätte Armin den Stierfürsten nicht hier festgesetzt und dadurch gezwungen, die Einwilligung zur Hochzeit mit Thusnelda zu geben, wäre dieser Überfall nie geschehen.

Thorag wandte sich ohne weitere Worte von Armin ab, stieg auf sein Pferd und verließ die Adlerburg.

Mit wuchtigem Aufprall trafen die Gardereiter die Flanke der Germanen, von denen die erste Kohorte der Legion XX bedrängt wurde. Das brach die Angriffswut der Barbaren, zersplitterte ihre Kräfte und gab den Legionären Gelegenheit, ihre Reihen wieder zu schließen.

Germanicus wußte, daß es um alles ging, und kämpfte in vorderster Reihe. Mehrmals entging er nur knapp feindlichem Eisen, aber sein eigenes Schwert fällte mehrere Gegner. Immer dicht bei ihm focht Gerolf und hieb unablässig auf die Angehörigen seines eigenen Volkes ein. Wenn Gerolfs Krieger bei der Vorhut so kämpften wie ihr Fürst, brauchte sich Germanicus keine Sorgen über den Angriff der Tubanten zu machen.

»Vendhard!« schrie der Eberfürst auf einmal und zeigte über die Reihen des Feindes. »Dort hinten ist Mallovends Sohn!«

Germanicus sah mit Sorge, daß die angreifenden Germanen Verstärkung erhielten, aber er kannte den Sohn des Marserherzogs nicht und konnte ihn folglich nicht in dem Menschenhaufen entdecken.

Gerolf schlug um sich wie ein Besessener und wollte sich unbedingt zu Vendhard durchkämpfen. Jetzt beherrschte ihn nur ein Gedanke: Er wollte den Sohn des Mannes töten, der seinen Bruder Germar umgebracht hatte!

Aber die Verstärkung trieb den Angriff der Germanen wieder

voran. Immer weiter wichen die römischen Legionäre zurück. Schon mußte sich der Aquilifer seiner Haut wehren.

Germanicus führte einen kleinen Reitertrupp auf den Hügel, auf dem der Legionsadler stand. Ein zusammengeschmolzenes Häuflein Legionäre, von denen kaum einer unverletzt war, verteidigte das Ehrenzeichen der Legion.

Germanicus sah, wie der Schwerthieb eines halbnackten Reiters den Aquilifer fällte. Der Germane streckte die Hand nach dem Adler aus. Der Imperator preschte frontal auf ihn zu und stieß seine Klinge in den nackten, mit Tierzeichnungen bemalten Oberkörper. Der Germane fiel mit einem Aufschrei zu Boden und geriet unter die Hufe seines eigenen Pferdes.

Der Feldherr steckte das blutige Schwert in die Scheide und riß die Holzstange mit dem Legionsadler aus dem Boden. Als er den Adler hochhielt, ging ein Aufschrei durch die Reihen der Römer. Sie deuteten es als gutes Omen, daß ihr Imperator persönlich den Adler gerettet hatte. Neuer Kampfgeist erfaßte sie, und sie drängten die Feinde zurück.

Germanicus ritt den Seinen voran, den Adler immer in der Hand. »Vorwärts, Legionäre!« brüllte er. »Jetzt könnt ihr euch von der Schande des Aufruhrs befreien. Greift an und verwandelt eure Schuld in Ehre. Folgt dem Adler, der euch zum Sieg führt!«

»Ich dachte mir, daß ich dich hier finde, Thorag«, sagte Armin, der langsam auf die Lichtung im Eichenhain geritten kam und aus dem Sattel stieg. Sein Pferd gesellte sich zu Thorags Rappen, der, friedlich und von den Sorgen der Menschen unbelastet, am Rande des Platzes graste.

Thorag saß auf einer der dicken Wurzeln, die zu der einsamen, alten Eiche in der Mitte der Lichtung gehörten. Das war ein guter Platz. Zwar hatten die Stürme, die Vorboten des Winters, den heiligen Baum schon vieler Blätter beraubt, doch allein das weitverzweigte Astwerk genügte, um den meisten Regen abzuhalten.

Der Donarsohn war hergekommen, um in Ruhe seine Gedanken zu ordnen. Jetzt blickte er dem Cheruskerherzog mit unbewegtem Gesicht entgegen.

Armin ließ sich neben ihm nieder. »Schicksalsschläge schweißen Brüder zusammen, trennen sie aber nicht. Das gilt für Waffenbrüder und erst recht für Blutsbrüder. Wenn wir Seite an Seite stehen, werden wir Segestes und die Römer besiegen, Thorag!« Der Herzog sprach mit feurigen Worten, als wolle er die Versammlung auf einem Stammesthing auf seine Seite ziehen.

»Die Römer?« fragte Thorag. »Was haben sie damit zu tun?«

»Segestes ist ein Verräter. Er will sich auf die Seite der Römer schlagen, wollte mich und Thusnelda ihnen ausliefern, seinen Schwiegersohn und seine Tochter – sein eigen Fleisch und Blut! Jetzt drohte auch den Deinen dieses Schicksal, Thorag. Es ist der Preis, mit dem Segestes sich das Wohlwollen Roms zurückkaufen will.«

»Manchmal denke ich, wir sollten die Römer gewähren lassen«, seufzte Thorag. »Sie haben ein großes Reich aufgebaut. Was ist so schlecht daran, wenn alle Völker und Stämme von einer Hand regiert werden, wenn alle eine Sprache sprechen? Selbst unsere Stämme treiben Handel mit den Römern, weil es uns Vorteile bringt. Wir erhalten Waren, die uns sonst noch fremd wären.«

»Dafür zahlen wir einen hohen Preis: Abgaben, Steuern, Kriegsdienst, Sklaverei. Wenn alle die Sprache der Römer sprechen, fällt es den Römern um so leichter, allen zu befehlen. Ja, die Römer machen alles gleich, aber nur zu dem Zweck, es möglichst leicht zu beherrschen. Wenn ein großes Reich von einer Stadt aus beherrscht wird, dient das vor allem dem Wohle der Stadt und dann erst dem Reich. Viele müssen bluten, damit es wenigen gut geht.«

»Wir sollten nicht so große Worte führen, solange wir uns untereinander bekriegen.«

»Das ist nicht meine Schuld«, verteidigte sich Armin. »Segestes ist der Verräter. Und auch sein Verrat fällt auf die Römer zurück. Sie gaben ihm den Anreiz. Um ihnen zu gefallen, hat er die römischen Sklaven befreit, die seit dem Sieg über Varus auf der Adlerburg lebten. Meine Leute haben mir berichtet, wie nach den Stierkriegern die Römer über sie hergefallen sind, selbst noch auf Schwerverwundete eingeschlagen und so gut wie jede Frau, ob Greisin oder Kleinkind, geschändet haben.«

Thorag erinnerte sich an die großen Gräber, die er auf dem Feld vor der Adlerburg gesehen hatte, und sagte vorwurfsvoll:

»Du hast die römischen Sklaven nicht gerade so behandelt, wie wir es mit den Schalken unserer Stämme üblicherweise tun.«

Auch unter Thorags Herrschaft standen Schalke, aber sie lebten kaum schlechter als Frilinge, bewirtschafteten oft sogar einen kleinen Hof, und ihre Kinder spielten mit den Kindern von Freien und Halbfreien wie mit ihresgleichen.

»Die Römer kamen in unser Land, um uns zu unterdrücken und, wenn wir uns wehrten, zu töten. Ist das ein Grund, sie zu schonen?«

»Irgendwann muß man damit anfangen«, antwortete Thorag müde. »Haß erzeugt Haß und Krieg neuen Krieg. Soll das ewig so weitergehen?«

»Ich will auch den Frieden, aber ich will ihn als freier Mann genießen, und ich will meine Kinder als Frilinge aufwachsen sehen, nicht als Untertanen Roms. Wenn du des Kampfes müde bist, Thorag, trennen sich hier wohl unsere Wege!«

Armin stand auf und wollte zu seinem Pferd gehen. Da sprang Thorag hoch, stellte sich vor ihn und zog sein Schwert. Die von Frowin geschmiedete Klinge schwebte dicht vor Armins Gesicht.

Erstarrt stand der Hirschfürst vor dem Donarsohn, äußerlich ruhig, aber innerlich angespannt, wie das Zittern seiner Stimme verriet. »Was soll das bedeuten, Thorag? Was willst du von mir?«

»Dein Blut, Armin!«

Der scharfe Stahl ritzte Armins linken Arm, und Blut quoll heraus. Dasselbe machte Thorag mit seinem eigenen Arm und preßte ihn dann auf den Armins.

»Ich bin Cherusker, kein Römer«, sagte der Donarsohn. »Segestes hat meine Familie geraubt, nicht du. Und du hast recht, Armin, die Römer sind in unser Land eingedrungen, nicht wir in ihres. Weißt du noch, was wir uns auf der Versammlung der Fenrisbrüder geschworen haben?«

»Ja, natürlich.« Armin lächelte. »Wir wollten sein wie Kinder eines Vaters und einer Mutter.«

»Dieser Schwur soll jetzt erneuert werden«, sagte Thorag und blickte tief in Armins Augen. »Und noch einen Schwur will ich tun: nicht eher zu ruhen, bis Auja, Ragnar und Thusnelda wieder in Freiheit sind!«

»So sei es«, bekräftigte Armin.

Ein Windstoß erfaßte die alte Eiche und ließ die Äste schwingen, doch die Bäume am Rande der Lichtung bewegten sich seltsamerweise nicht.

Thorag sah zu der gewaltigen Krone der Eiche auf. »Der Schwurgott Donar hat unseren Eid bekräftigt!«

Der goldene Adler flog über die Köpfe der Germanen. Die Legionäre, die ihm folgten, schlugen die Barbaren in die Flucht. Aus dem Ausfall der bedrängten ersten Kohorte wurde ein Gegenangriff, dem sich andere Kohorten der XX. Legion, die Legionsreiterei sowie Fußtruppen und Reiter der Auxilien anschlossen. Und natürlich die Gardereiter, die sich immer dicht bei Germanicus hielten, der jetzt nicht nur der Imperator, sondern auch der Aquilifer war.

Erst einmal zurückgeworfen, wußten die Germanen kaum, wohin sie sich wenden sollten. Hier wartete eine von neuem Mut beseelte Kohorte der Legion XX auf sie und dort Auxiliarreiterei aus syrischen Bogenschützen und numidischen Speerwerfern. Aus dem Rückzug der Germanen wurde eine ungeordnete Flucht.

Gerolf zwängte seinen Rappschecken neben den Fliegenschimmel des Imperators und rief: »Gib mir ein paar Reiter, Caesar!«

»Wozu?«

»Um Mallovends Sohn zu fangen.«

»Einverstanden«, antwortete Germanicus und teilte ihm eine Turme zu.

Gerolf führte die Reiter zu einem berittenen Marsertrupp, der sich gezwungenermaßen zurückzog, obwohl sich ihr Anführer dagegen sträubte und seine Männer immer wieder zum Angriff antrieb. Dieser Anführer war Mallovends Sohn Vendhard. Und Gerolf wollte ihn nicht fangen, sondern töten.

Es gelang Gerolf, den Marsern den Weg abzuschneiden. Der Kampf war ungleich, vierzig Römer gegen nur zwanzig Germanen. Bald waren die meisten Marser getötet, nur wenige kämpften noch am Boden, und ein einziger hielt sich auf dem Pferd: Vendhard!

Gerolf und drei Gardereiter schlossen ihn ein. Die Gardisten bedrohten Mallovends Sohn mit ihren Speeren. Gerolf ritt mit gezücktem Schwert langsam auf den Marser zu.

»Gleich wirst du deinem Vater folgen!« schrie der Eberfürst.

»Was meinst du, Verräter?« fragte Vendhard, der eingesehen hatte, daß es für ihn keinen Ausweg gab.

»Ich meine den Weg nach Walhall. Dort kannst du Mallovend und Thorag Gesellschaft leisten!«

»Du hältst meinen Vater und Thorag für tot?« Vendhard grinste plötzlich, was für Gerolf völlig unverständlich war. »Da irrst du dich, Verräter. Mallovend hat den heimtückischen Überfall überlebt, und Thorag war längst unterwegs, um Armin zu befreien.«

Gerolf stieß einen Fluch aus. Die Marser mußten sehr schnell von Armins Entführung erfahren haben. Damit hatten er und Segestes nicht gerechnet.

Dem Fluch folgte ein wütender Schrei, und der Eberfürst galoppierte auf den jungen Marserfürsten zu. Wenn er schon Mallovend nicht nach Walhall geschickt hatte, dann sollte jedenfalls sein Sohn sterben!

Und Vendhard starb, aber von seiner eigenen Klinge, die er so tief in seinen Leib rammte, daß die blutige Spitze am Rücken wieder austrat.

Enttäuscht verfolgte Gerolf, wie Mallovends Sohn vom Pferd stürzte. Er fühlte sich einmal mehr um seine Rache betrogen, auch wenn Vendhard tot war. Doch es hätte den Eberfürsten weit mehr befriedigt, hätte er ihm den Tod von eigener Hand gebracht.

»Meinem Schwert magst du entgangen sein, Marser,« schrie er den Toten an und sprang vom Pferd. »Aber dem Blutadler wirst du nicht entkommen!«

Die Gardereiter sahen entsetzt zu, wie der Eberkrieger das Schwert aus Vendhard zog, dem gefallenen Feind die Kleider vom Leib riß und ihm dann mit dem Dolch die Haut aufschnitt ...

Auf der Adlerburg wartete eine böse Überraschung auf Thorag und Armin. Thidrik war aus dem Marserland gekommen und berichtete von dem Überfall in der letzten der drei heiligen Nächte.

Als Thorag hörte, wie Eibe und Tebbe gestorben waren, drehte sich alles um ihn herum. Er schrie laut auf und fragte Donar, weshalb der Donnergott seine Söhne verlassen habe.

Armin war ruhiger und bewies einmal mehr sein Geschick, auch in größter Not seine Gefühle zu unterdrücken und nur an das zu denken, was hilfreich war. »Du sagst, Gerolf hat die Römer zu den Marsern geführt, Thidrik«, sprach der Herzog. »Wie stark waren die Römer?«

»Eine ganze Armee, und Germanicus selbst soll sie angeführt haben. Das berichten jedenfalls Männer, die diese römische Ratte erkannt haben wollen.« Thidriks Stimme zitterte, und seine Augen funkelten. Der Zorn hatte über die Trauer gesiegt.

»Und du sagst, die Römer ziehen sich schon wieder zurück?«

»Ja, Herzog. Aber Vendhard verfolgt sie mit einigen Kriegern. Die Stämme, mit denen die Marser befreundet sind, wurden benachrichtigt. Germanicus und Gerolf sollen nicht ungeschoren davonkommen.«

»Das ist gut«, sagte Armin nickend. »Denn ich brauche meine Cherusker, um es mit Segestes aufzunehmen. Warum führt nicht Mallovend die Rächer an?«

»Weil er nicht mehr der Mann ist, den du kennst«, antwortete Thidrik und berichtete, wie aus dem starken Herzog über Nacht ein Greis geworden war. »Das Unglück seines Stammes, der Tod seiner Frau und seiner Kinder, er hat das alles nicht verkraftet.«

»Seiner Kinder?« fragte Eilard. »Eben erzähltest du nur von Vendars Tod.«

»Amala konnte sich mit uns in den Tempel der Tamfana retten. Doch als man sie am nächsten Tag aus den Trümmern zog, war sie tot, erschlagen oder erstickt.«

Eilard sprang auf. »Ich werde mit meinen Kriegern sofort zurückkehren!« Er blickte Armin an. »Meine Aufgabe hier ist beendet, Herzog. Mallovend braucht mich jetzt dringender.«

»So würde ich das nicht sagen«, erwiderte der Hirschfürst und dachte an den bevorstehenden Kampf gegen Segestes. »Aber dein Platz ist jetzt im Marserland, das stimmt. Doch solltest du den nächsten Morgen abwarten. Mit Männern, die vor Erschöpfung zusammenbrechen, kannst du Mallovend nicht helfen.«

»Das stimmt«, sagte Mallovends Kriegerführer mit ruhiger Stimme, doch die Feuernarbe auf der Wange zitterte vor Erregung. »Eine Nacht werden wir ruhen. Dann aber werden die

Schwerter der Marser nicht eher in die Scheiden zurückkehren, bevor nicht an jeder Klinge das Blut von zwanzig Feinden klebt, gleich ob Römer oder Eberkrieger!«

Die Ebene war freigekämpft, die Germanen in den Wäldern verschwunden. Germanicus schickte ihnen die Reiterei nach, um die Barbaren am Laufen zu halten.

Ein von Kopf bis Fuß mit Vendhards Blut besudelter Gerolf kehrte zurück und berichtete, daß Mallovends Sohn durch das eigene Schwert gestorben war.

»Er hat es gemacht wie Quintilius Varus«, meinte Germanicus. »Hoffen wir, daß es bald allen Germanen so geht wie den Legionen des Varus!«

Gerolf warf ihm einen finsteren Blick zu.

»Ich meine natürlich nur die Germanen, die sich gegen Rom stellen«, sagte der Imperator.

Kuriere trafen in schneller Folge ein und meldeten, daß sich auch die Tenkterer und die Usipeter zurückgezogen hatten. Und schließlich kam Nachricht von Caecina: Er hatte die Tubanten geschlagen, die Legion I aus dem Waldgelände herausgeführt und begonnen, ein befestigtes Lager aufzubauen, in dem die Armee die Nacht ruhig und in Sicherheit verbringen konnte.

»Sieg auf der ganzen Linie«, rief Germanicus und hielt den goldenen Adler hoch. Die Legionäre brachen in Jubel aus und skandierten den Namen ihres Imperators.

Der stellte zufrieden fest, daß seine Soldaten jetzt wirklich wieder vom alten Kampfgeist beseelt waren. Der Schandfleck, der die germanischen Legionen bedeckte, würde schnell verblassen.

Die Seherin hatte recht behalten: Mit dem Adler über seinem Haupt hatte Germanicus alle Schwierigkeiten überwunden und die Germanen besiegt.

Aber ins Verderben hatte der goldene Vogel ihn nicht geführt. Nun, auch Seherinnen konnten nicht alles wissen.

Germanicus lachte erleichtert, dann laut und hysterisch. Die fragenden Blicke seiner Offiziere und des Eberfürsten störten ihn nicht. Er lachte die ganze Beklemmung und Furcht, hervorgerufen durch seine Alpträume und die Weissagung der Seherin, aus sich hinaus.

Als Sunnas Licht langsam erlosch, standen Armin und Thorag auf den zerstörten Wällen der Adlerburg und blickten auf das Cheruskerland.

Es regnete nicht mehr, dafür frischte der Wind auf und verwehte die dünner gewordenen Rauchfahnen der Totenfeuer, die die gefallenen Hirschkrieger nach Walhall trugen.

»Deine Krieger sitzen jetzt an Wodans Tafel«, sagte Thorag zu Armin.

»Ja«, antwortete der Cheruskerherzog leise. »Sie bereiten sich auf den letzten, großen Kampf am Ende der Zeiten vor.«

Sie schwiegen lange, denn fast alles war zwischen ihnen gesagt. Der Blutschwur war erneuert, und des einen Fühlen und Denken war nun auch das des anderen.

Nur einen Satz sprach Armin, nachdem er erst auf die nur noch schwach glimmenden Totenfeuer und dann nach Süden geblickt hatte, wo jenseits bewaldeter Berge unter dunklen Wolken das Land der Marser lag: »Das ist es, was die Römer uns bringen!«

Kapitel 19

Das Land der Frostriesen

Die Frostriesen brachten einen kalten Winter, und ihre Mäntel, die das Land bedeckten, waren so dick wie schon lange nicht mehr. Die Riesin Hulda, die jeden Morgen die mit Eisfedern gepolsterten Betten der Ihren ausschüttelte, sorgte dafür, daß Löcher in der weißen Decke, die sich über das Land der Germanen zog, gestopft wurden. Dicht und groß fielen die Eisfedern zur Erde, und oft dauerte es bis tief in die Nacht. Das Leben fror ein und mit ihm der Krieg. Viermal hatte Mani den Mond zu- und wieder abnehmen lassen. Die Tage wurden allmählich länger, aber sie wurden nicht wärmer, und das Land lag weiß und still. Es gehörte nicht mehr den Menschen, sondern den Frostriesen.

Die Suppe, die Thidrik mit einer Holzkelle aus dem Bronzekessel über dem Feuer in der Mitte der kleinen Hütte schöpfte, floß dünn wie Wasser in Thorags tönerne Schale. Dann füllte Thidrik die Schalen der anderen Krieger, achtzehn an der Zahl, die in dieser Hütte eng beieinander schliefen und wachten, um sich gegenseitig mit ihrer Wärme vor dem Erfrieren zu bewahren. An ihren mißmutigen Gesichtern erkannte der Donarfürst, daß auch in ihrer Suppe kaum ein Kraut und kaum ein Fettauge schwamm. Einige warfen Thidrik, der das Essen an diesem Morgen bereitet hatte, böse Blicke zu.

»Schaut mich nicht an, als sei ich Loki, der euch einen schlimmen Streich spielen will!« brummte der bejahrte Cherusker. »Meine Suppe ist auch nicht reichhaltiger als eure. Ihr wißt, daß die Vorräte zur Neige gehen. Wir können froh sein, daß wir noch Holz fürs Feuer haben.«

»Wer kämpfen soll, muß auch essen!« grunzte Ayko und starrte voller Abscheu in seine Suppenschale. »Das hier kann man kein Essen nennen, allenfalls ein Getränk, aber eins, dem ich auch das bitterste Bier vorziehen würde.«

»Kämpfen?« Der Kriegerführer Argast lachte abgehackt, und es klang gequält. »Wenn dieser Verräter sich doch nur zum Kampf stellen würde, ich würde ihm zeigen, wie ein Donarsohn die Klinge führt! Aber der Feigling Segestes verschanzt sich hinter den Wällen seiner Burg und vertraut darauf, daß Eis und Schnee eine Erstürmung unmöglich machen.« Die Züge in Argasts spitzem Gesicht verhärteten sich, die Lippen wurden dünn, und unregelmäßige Zähne, die scharf wie die eines Raubtieres wirkten, traten hervor. »Irgendwann schmelzen die Mäntel der Frostriesen, und dann wird der Sommer das Blut der Stiermänner trinken!«

»Aber nur, wenn wir erfolgreicher sind als vor dem großen Schneefall«, maulte Ayko und schlürfte mit angewiderte Miene seine Suppe.

Mehrere Donarsöhne warfen ihrem Fürsten vorwurfsvolle Blicke zu. Thorag verstand es und nahm es ihnen auch nicht übel. Er führte sie in den Kampf, also trug er auch die Verantwortung über Sieg oder Niederlage. Jeder Fürst und Kriegerführer war nur so viel wert wie sein Kampfheil. Verwandelte es sich nicht in ein Siegheil, würde er über kurz oder lang sein Ansehen und seine Gefolgschaft verlieren.

Cherusker waren keine Römer, die an jedem Neujahrstag

ihren Diensteid bekräftigten und verpflichtet waren, ihr halbes Leben lang dem Legionsadler zu folgen, gleich unter wessen Befehl und mit welchem Kriegsglück. Cherusker waren freie Männer, sie dachten und fühlten jeder für sich, nicht als Teil einer riesigen Kriegsmaschine. Sie zogen mit dem in den Kampf, dessen Heil stark genug war, um auf sie überzugehen. Wen das Heil aber verließ, der wurde auch von seinen Männern verlassen, mochte es ein Kriegerführer, ein Gaufürst oder ein Herzog sein. Alle Anführer übten letztlich nur die Macht aus, die ihnen von den Frilingen gewährt wurde. Das war der Hauptgrund, weshalb es unter den germanischen Stämmen kaum Kuninge gab, denen eine ähnliche Machtbefugnis wie Augustus oder seinem Nachfolger Tiberius zukam. Marbod im Südosten war eine der wenigen Ausnahmen, und es hieß, er gehe nicht zimperlich mit seinen eigenen Männern um.

Thorag wurde schon seit damals, als sie gegen Varus kämpften, das Gefühl nicht los, daß Armin eine ähnliche Stellung anstrebte. Es paßte zu dem Cheruskerherzog und seinem brennenden Ehrgeiz. Wohl wollte Segimars Sohn das Beste für sein Volk, wie Thorag ihn kannte und einschätzte, aber der Hirschfürst scheute sich nicht, daraus auch das Beste für sich zu machen. Thorag bezweifelte, daß sein Blutsbruder dieses Ziel jemals erreichen würde. Der Verrat Gerolfs und der des Segestes hatten gezeigt, wie groß die Zwietracht schon im Stamm der Cherusker war. Wenn Armin nicht unter seinen eigenen Leuten für Einigkeit sorgte, würde ihm dies niemals bei allen freien Stämmen gelingen.

Thorag wußte nicht, ob er Armins Machtbestrebungen gutheißen sollte oder nicht. Gewiß vertrug es sich nicht mit der Ungebundenheit, die jeder freie Germane genoß. Aber vielleicht war eine starke, einende Faust nötig in Zeiten wie diesen, wo die Heimat von einem mächtigen Gegner bedroht wurde, dessen Herrschaft sich fast auf alle bekannten Länder erstreckte. Thorag hatte den Blutsbund mit Armin erneuert, weil die Ziele des Herzogs jetzt auch die des Donarsohnes waren. Segestes' Überfall auf die Adlerburg und der tausendfache Mord an den Marsern, der auch Eibe, Tebbe und Amala das Leben gekostet hatte, ließen gar nichts anderes zu.

Noch immer spürte Thorag die Blicke seiner Männer auf sich.

Sie erwarteten, daß ihr Fürst zu ihnen sprach, ihnen Mut machte und einen baldigen Sieg zusicherte. Ja, bestimmt hofften sie auf ermunternde Worte vom Abkömmling des mächtigen Donnergottes.

Aber wie sollte Thorag so etwas versprechen, waren doch alle Angriffe auf die Eisenburg von Segestes, der sich dort mit starken Kräften verschanzt hatte, blutig zurückgeschlagen worden! Nach jedem Angriff waren die Rauchsäulen vieler Totenfeuer in den Himmel gestiegen, auf der Burg und mehr noch in den umliegenden Tälern, wo Armins und Thorags Krieger lagerten.

Auch Thorags Versuch, erneut durch den Geheimgang in die Burg einzudringen, war gescheitert. Segestes hatte den Gang verschütten lassen, der ihm jetzt, wo er bekannt geworden war, nichts mehr nutzte.

Dann kamen die Frostriesen und unterbanden jeden Kampf. Hirschkrieger und Donarsöhne zogen sich in die Lager zurück, die sie rings um den Eisenberg errichtet hatten. Sie wollten von hier aus einen Durchbruch der Stiermänner verhindern und mögliche Boten des Stierfürsten abfangen.

Immer wieder dachte Thorag daran, daß der doppelte Verrat durch Gerolf und Segestes kein Zufall sein mochte. Sein Verdacht verdichtete sich, daß Gerolf und Germar von Anfang an, schon als Germar Armins Hochzeitsboten abgefangen hatte, mit dem Stierfürsten im Bunde gestanden hatten. Jetzt ritt Gerolf mit den Römern, und Segestes wollte ihnen Thusnelda und Auja zum Geschenk machen. Wenn beide mit den Römern paktierten, lag der Schluß nahe, daß Gerolf und Segestes auch ein Bündnis untereinander hatten.

Armin hatte den Eisenberg schon vor zwei Monden verlassen, um ebenfalls Bündnisse zu schließen. Er wollte die anderen Gaufürsten der Cherusker dafür gewinnen, sich dem Kampf gegen den Verräter Segestes anzuschließen. Mit ihrer geballten Macht mußte die Erstürmung der Eisenburg einfach gelingen, sobald die Sommerwärme die Mäntel der Frostriesen schmelzen ließ. Befehlen konnte Armin den anderen Fürsten nichts, denn seine Macht als Herzog, den Cheruskerstamm gegen den Feind in die Schlacht zu führen, erstreckte sich nicht auf Zwistigkeiten innerhalb des Stammes, schon gar nicht auf solche, in die der Herzog selbst verwickelt war.

Armin hatte einen Teil der Hirschkrieger zur Adlerburg zurück geführt. So viele Männer, wie rund um die Eisenburg gelegen hatten, ließen sich nicht den ganzen Winter über versorgen.

Obwohl die Belagerer die umliegenden Siedlungen, deren Bewohner auf die Burg geflohen waren, bis auf den hintersten Winkel nach Nahrungsmitteln durchsucht hatten, gingen die Vorräte der Hiergebliebenen allmählich zur Neige, wie die dünne Suppe an diesem Morgen belegte. Die Jagdtrupps, die Thorag regelmäßig ausschickte, brachten kaum genug Beute für sich selbst mit. Das wußte der Donarfürst, aber er wollte seine Männer beschäftigen. Von den Römern hatte er gelernt, daß Müßiggang eine Armee ebenso besiegen konnte wie ein übermächtiger Feind. Germanicus hatte diese Erfahrung bereits gemacht. Die Kunde von der Meuterei, die der Caesar nur mit Mühe niedergeschlagen hatte, war rechts des Rheins begierig aufgenommen worden.

Nach Armins Abmarsch befehligte Thorag die Donarsöhne und Hirschkrieger rund um die Eisenburg, insgesamt etwa zweitausend Mann. Segestes hielt ungefähr ebenso viele Krieger unter Waffen, hatte aber den Vorteil der Hügelfestung und wahrscheinlich auch den gefüllter Vorratshütten auf seiner Seite. Jetzt sah es so aus, als würde Thorag nicht mehr lange an der Spitze einer kampffähigen Truppe stehen.

Er blickte in die Runde und sagte: »Die Nächte sind kalt ohne den wärmenden Leib einer Frau. Ich weiß, wie hart es für euch ist, so lange von euren Weibern getrennt zu sein. Für mich ist es fast noch härter, denn Auja und Ragnar sind dort oben auf der Eisenburg stets vor meinen Augen – und doch unerreichbar. Ich weiß auch, wie wenig unser Essen eines Kriegers würdig ist und ihn sättigt, denn ich teile es jeden Morgen und jeden Abend mit euch. Meine Familie wird von Segestes ebenso festgehalten wie Thusnelda, die Frau unseres Herzogs und meines Blutsbruders Armin. Deshalb ist mein Platz hier und wird es bleiben, an der Spitze tapferer Krieger oder ganz allein. Ihr alle habt euren Mut bewiesen und mehr. Ich danke euch und entbinde jeden, der zu den Seinen zurückkehren will, von der Gefolgschaftstreue.« Thorag zeigte dann auf die dicke Matte aus Flechtwerk, die den Hütteneingang verschloß und die Männer davor bewahrte, im Eisatem der Frostriesen zu erfrieren. »Jeder, den es auf seinen Hof oder in seine Siedlung zieht, ist frei darin, diesen Ort zu verlassen. Geht, wann es euch beliebt, und niemand wird Übles darüber sagen!«

Der Wind, der schon seit geraumer Weile mit dunklem, an- und abschwellendem Brausen über das Land des Frostriesen strich und die hölzernen Hütten erzittern ließ, blies in diesem Augenblick mit gesammelter Kraft, riß die Matte aus den Haken und wirbelte sie durch die Hütte ins Feuer. Funken stiegen auf, um sich in Kleidung und Haut der Männer zu fressen. Heiß brannte das Feuer und kalt das Eis, das vom tosenden Wind in winzigen Körnern hereingepeitscht wurde. Wenn die Eiskörner die ungeschützte Haut trafen, waren sie fast noch schmerzhafter als die Glut. Die Männer sprangen auf oder warfen sich nach hinten und zur Seite, bedeckten ihre Gesichter mit den Armen oder ihren Umhängen. Thorag, Thidrik und Ayko schafften es unter einiger Anstrengung, die Matte wieder fest zu verhaken.

Argast stand auf und mußte sich bücken, weil die Hütte so niedrig war. »Das war ein deutliches Zeichen. Unser Schutzgott Donar, der Beherrscher des Wetters, hat zu uns gesprochen. Jetzt weiß jeder, was Donar davon hält, wenn wir unseren Fürsten, den Abkömmling des Gottes, verlassen. Feuer und Eis werden den verbrennen, der Thorag allein vor der Eisenburg läßt. Ich kann nur für mich sprechen und deshalb sagen, daß wenigstens zwei Krieger hierbleiben, um den Verrat der Stiersippe zu bestrafen und die Ehre der Cherusker wiederherzustellen!«

»Du irrst, Argast«, sagte Thidrik. »Es sind drei.«

»Nein, vier«, meldete sich Ayko.

Einer nach dem anderen bekräftigten die Donarsöhne ihren Entschluß, nicht von der Seite ihres Fürsten zu weichen.

Argast nickte zufrieden. »Das sind die Donarsöhne, wie ich sie kenne. Du kannst es dir sparen, Fürst, von Hütte zu Hütte zu gehen. Überall wird die Entscheidung gleich ausfallen.«

Thorag fühlte sich erleichtert, die unverbrüchliche Treue seiner Krieger tat ihm gut. Er dankte Argast und den anderen.

Dann verließ er die Hütte, wie er es jeden Morgen tat, um zur Burg hinaufzuschauen. Er stellte sich vor, daß Auja und Ragnar auf den Wällen standen und zu ihm herabblickten. Natürlich standen sie dort nicht, aber allein der Gedanke half Thorag beim Kampf gegen den Schmerz in seiner Seele. Mit jeder Nacht, die verstrich, vermißte er seine Frau und seinen Sohn mehr, und mit jedem anbrechenden Tag wuchs die Sorge um die Seinen.

An diesem Morgen konnte Thorag die Burg nicht sehen. Hulda schickte mehr Eisfedern zur Menschenwelt hinab als jemals zuvor. Der wild tobende Sturm riß die bereits zu Boden gefallenen Federn wieder hoch und wirbelte sie im wilden Tanz durch die Luft, so dicht, daß der Donarsohn selbst die Umrisse des nahen Berges nur schemenhaft wahrnahm, wie einen Schatten, der nicht am hellen Tag von Sunnas Strahlen, sondern nächtens vom bleichen Licht des Mondes erzeugt wurde. Auch die entfernteren Hütten des Wehrdorfes und die wintertoten Bäume mit den dicken, armlangen Eiszapfen, waren nur undeutlich zu sehen.

Thorag fror. Der Wind drang durch seinen Mantel aus Bärenfell und durch die Hosen aus dicker Wolle. Eine Kappe, ebenfalls aus dem Fell des Bären, saß auf seinem hellen Haar, und er hatte ein Tuch so vor das Gesicht gebunden, daß nur ein schmaler Schlitz für die Augen frei blieb. Ohne das Tuch hätte der Eissturm ihm den Atem verschlagen.

»O Donar«, flüsterte er. »Ahnherr meines Geschlechtes, Schutzgott meiner Sippe, du gabst meinen Kriegern Mut und Vertrauen, und dafür danke ich dir. Gib mir nun ein Zeichen, wie lange ich noch von Auja und Ragnar getrennt sein muß!«

Doch Donar schwieg, war genug damit beschäftigt, den Stiergau mit Sturmwinden zu überziehen. Als Thorag fühlte, daß seine Glieder steif wurden, wandte er sich enttäuscht ab und wollte in die Hütte zurückkehren.

Da sah er etwas, noch undeutlicher als den Eisenberg, einen vorbeihuschenden Schatten mit dem Aussehen eines Mannes. Es mußte ein Geist sein, eine ruhelose Seele. Sie verschmolz fast mit dem weißen Land und bewegte sich seltsam gleitend und vollkommen lautlos. Der Schauer, der Thorag bei diesem Anblick überlief, rührte nicht von der Eiseskälte.

Die dünnen Zweige, viel zu wenige, verbrannten mit leisem Knacken. Das Herdfeuer, die einzige Lichtquelle in der kleinen Erdhütte, war so dürftig, daß der Haferbrei in dem Topf nicht richtig warm wurde, obwohl die Menge nicht groß war. Nicht groß genug, um die Mägen zweier Frauen und eines Kindes zu füllen.

Dreier Kinder, berichtigte sich die große, blonde Frau, die vor dem steinernen Herd kniete und sich durch das Verschieben der Kieferzweige bemühte, das Feuer irgendwie zu schüren. Der einzige Erfolg war aufsteigender Rauch, der in Thusneldas Augen biß und sie husten ließ.

Die Bäuche der beiden schwangeren Frauen wuchsen mächtig. Thusnelda war froh, daß sie kaum Übelkeit und Schmerzen spürte, Auja dagegen litt mindestens für zwei.

Als Thusnelda das Klappern der Steingewichte hörte, wandte sie den Kopf um und sah Auja am Webstuhl. Thorags Gemahlin wollte der Schicksalsgefährtin zulächeln, aber der kaum zu unterdrückende Schmerz ließ diesen Versuch kläglich scheitern.

Ragnar hockte auf der Erdbank, die sich über drei Seiten der Hütte erstreckte und spielte mit den Holzstücken, aus denen er mit einem scharfen Steinsplitter die Umrisse von Kriegern geschnitzt hatte. »Ich habe Hunger!« jammerte der Junge, als er Thusneldas Blick bemerkte.

»Der Haferbrei ist gleich fertig«, beschied Thusnelda.

»Schon wieder Haferbrei?« Der Unwille über das Essen verzog Ragnars Gesicht, so daß die Sommersprossen tanzten. »Warum gibt's nicht mal was anderes?«

»Weil wir nichts anderes haben«, wiederholte Thusnelda den schon oft gesagten Satz.

Auja warf ihrem Sohn einen strengen Blick zu. »Du weißt doch, wie es um uns steht, Ragnar. Du bist doch schon fast ein Krieger. Also benimm dich auch danach und sei vernünftig!«

»Ein guter Rat«, meinte Thusnelda und füllte eine Holzschale fast bis zum Rand mit dem Brei; sie bemühte sich, alles aus dem Eisentopf herauszukratzen. »Du solltest ihn auch beherzigen und dich wieder hinlegen, Auja. Du siehst schlecht aus.«

Auja bückte sich mit verbissenem Gesicht, hob das eiserne Webschwert auf und erwiderte trotzig: »Beim Arbeiten vergesse ich den Schmerz ein wenig – und auch den Kummer. Außerdem friere ich nicht so sehr, wenn ich mich bewege.«

Thusnelda steckte zwei eiserne Löffel in den Brei und stellte die Schale auf die mit Fellen bedeckte Erdbank. »Eßt erst einmal. Der Brei wird euch wärmen, wenn er euch schon nicht sättigt.«

Auja blickte auf die Schale hinab und runzelte die Stirn. »Warum nur zwei Löffel?«

»Ich habe schon aus dem Topf gegessen«, erklärte Thusnelda.

»Wir haben keine Freunde hier, nur uns«, sagte Auja ernst. »Da sollten wir uns nicht anlügen!«

»Und wenn ich dir sagte, daß ich keinen Hunger habe?«

»Das würde ich auch für eine Lüge halten. Bei der kargen Nahrung, die dein Vater uns gewährt, mußt du einfach Hunger haben. Manchmal denke ich, Segestes will uns in dieser zugigen Hütte eingehen lassen, am Hunger oder an der Kälte. Er hätte uns besser gleich ...«

Aujas Gesicht wurde schlagartig bleich. Mit einem Röcheln sank sie auf die Knie. Das Webschwert durchtrennte ein paar Kettfäden, bevor es aus ihrer Hand glitt. Auja klammerte sich an einen der beiden dicken Holzständer, in deren gegabelten oberen Enden der Tuchbaum lag.

Thusnelda sprang an ihre Seite und half ihr, sich auf die Erdbank zu legen. »Was ist mit dir?«

Auja konnte nicht antworten. Ein heftiges Zittern hatte ihren Körper überfallen, und ihre Zähne schlugen unentwegt aufeinander. Ragnar starrte die Mutter erschrocken an, dann Thusnelda, und sein Blick wurde flehend. »Hilf Mutter doch!«

»Das werde ich!«

Thusnelda legte alle greifbaren Felle und Decken über die zitternde Frau, ging dann die vier Stufen aus festgestampftem Lehm hoch und rüttelte an der verschlossenen Holzbohlentür. Sie wußte, daß zwei junge Stierkrieger dort draußen Wache hielten. Jedesmal, wenn die Tür geöffnet wurde, um den Gefangenen Nahrung und Feuerholz zu bringen und den Fortgang ihrer Webarbeit zu überprüfen und um die Eimer mit ihren Ausscheidungen zu entleeren, sah sie zwei Jungmänner vor dem Eingang stehen und neugierig zu den gefangenen Frauen hereinlinsen, von denen eine die Tochter ihres Fürsten war.

»Macht auf!« schrie Thusnelda wütend, als sich nichts tat. »Öffnet endlich! Ich, Thusnelda, befehle es euch!«

Sie rief noch mehrmals und belegte die Wachtposten mit üblen Verwünschungen, bis endlich eine junge, kratzige Stimme antwortete: »Schrei nicht weiter, es hat keinen Sinn! Du weißt, daß wir dir nicht öffnen und auch nicht mit dir sprechen dürfen.«

Thusnelda rief weiter und riß an der Tür, bis ihre Finger blutig und mit Holzsplittern gespickt waren. Aber die Tür hielt, und die Wächter schwiegen. Sie fühlte sich plötzlich kraftlos und sank auf der Türschwelle zu Boden. Aus ihrem Schreien wurde ein Schluchzen, ganz leise: »Vater, warum tust du mir das an?«

Ihr Blick kreuzte den Ragnars. Eben noch hatte Hoffnung in dem Kindergesicht gelegen. Jetzt wurden die klaren Augen trüb und feucht, aber der Fürstensohn unterdrückte die Tränen.

»Du hast recht«, sagte Thusnelda leise und zog sich an der Tür hoch. »Armins Frau weint nicht, genausowenig wie Thorags Sohn.«

Sie blickte sich suchend um, ging dann zum Webstuhl und hob das Webschwert auf. Wie vieles auf der Burg war es aus dem Eisen, das es hier so reichlich gab. Vielleicht hatte der für seine Kunst berühmte Frowin es selbst geschmiedet. Es lag schwer in der Hand, aber doch nicht zu schwer für eine Frau. Außerdem war Thusnelda, wie alle Mitglieder ihrer Familie, groß und stark; ihre hohe Gestalt überragte so manchen Krieger.

Mit dem Schwert in der Rechten kehrte sie zum Eingang zurück, faßte den hölzernen Griff mit beiden Händen und hieb auf die Tür ein, immer und immer wieder. Die Bohlen erzitterten. Das Eisenblatt des Webschwertes verbog sich zwar allmählich, aber mit jedem Schlag fielen dicke Holzspäne von der Tür.

»He, was soll das?« fragte erschrocken der stimmbrüchige Jungkrieger, der eben schon mit Thusnelda gesprochen hatte. »Hör auf damit!«

Die junge Frau antwortete nicht und hörte nicht auf, die Tür mit dem Webschwert zu bearbeiten, dessen Blatt nicht mehr gerade, sondern wellenförmig verlief. Thusnelda hielt erst inne, als sie von draußen das Schaben des schweren Eisenriegels hörte.

Die Tür wurde aufgezogen. Starker Wind trieb kleine, beißende Eisfedern herein. Unwillkürlich schloß Thusnelda die Augen. Als sie sie wieder öffnete, sah sie die schmächtige Gestalt eines jungen, dick vermummten Mannes, der sie mit seiner Frame bedrohte.

»Leg das Schwert weg!« krähte er. »Geh wieder nach unten und sei endlich still!«

Sein Gesicht war mit wollenen Tüchern verhüllt, nur die Oberlippe, die Nase und die Augen blieben frei. Die Lider flatterten über unruhigen Augen, in denen Thusnelda Unsicherheit las. Unsicherheit war eine Schwäche, und eine Schwäche mußte sie ausnutzen.

»Ich will mit meinem Vater sprechen!« sagte sie mit fester Stimme und versenkte ihren Blick in den Augen des Jünglings.

Der junge Stiermann hielt dem Blick nicht lange stand und erwiderte stockend: »Ich ... ich kann dich nicht zu ihm lassen. Du weißt doch, Thusnelda, daß du die Hütte nicht verlassen darfst!«

»Dann hole Segestes her!«

»Das darf ich auch nicht.«

»Wenn du nicht tust, was ich will, tu ich auch nicht, was du verlangst!«

Als Thusnelda das verbogene Webschwert hob, stieß die Framenklinge in ihre Richtung.

Die Frau wich keinen Schritt zurück, sondern fragte: »Hat mein Vater dich ermächtigt, mich zu töten?«

»Wenn du fliehen willst, ja!«

»Aber ich will doch gar nicht fliehen.« Bewußt legte Thusnelda leichten Spott in ihre Stimme und in ihren Blick. »Oder hast du gesehen, daß ich auch nur einen Fuß über die Schwelle gesetzt habe?«

»N-nein ... aber du hast auf die Tür eingeschlagen!«

»Ich habe nicht versucht, die Hütte zu verlassen. Ich will nur mit meinem Vater sprechen.«

Thusnelda sah dem Jüngling an, wie schwer es ihm fiel, eine Entscheidung zu treffen. Schließlich senkte er die Frame und sagte zu dem anderen Wächter, der sich zum Schutz gegen den Eissturm so dicht an die Hütte gestellt hatte, daß die Frau nur den Arm mit der Frame sah: »Hol Segestes!«

»Aber ...«, versuchte der andere, dessen Stimme noch heller war, zu widersprechen.

»Geh ihn holen, Ibbo! Eher haben wir keine Ruhe.«

Mit einem unzufriedenen Grunzen löste sich Ibbo von der Hütte und tauchte, ehe Thusnelda ihn richtig sehen konnte, in das Schneegestöber ein.

»Du solltest froh sein, daß du in der Hütte bist und nicht hier draußen stehen mußt!« sagte der Stimmbrüchige. »Ich wäre lieber da drin.«

»Dann laß uns tauschen«, sagte Thusnelda mit einem verschwörerischen Augenaufschlag, während sie das Frösteln unterdrückte, daß sie angesichts des eisigen Windes befallen wollte.

»Das geht doch nicht«, antwortete der Jungkrieger in einem Tonfall, als habe Thusnelda es ernst gemeint.

»Wenn euch beiden da draußen zu kalt ist, dürft ihr jederzeit hereinkommen«, fuhr Thusnelda in unbefangenem Plauderton fort. »Wir freuen uns immer über ein wenig Abwechslung. Wie heißt du eigentlich?«

»Eilmar.«

»Hast du dir schon eine Frau erkoren, Eilmar?«

Für einen Augenblick nahm das glatte Jünglingsgesicht einen verträumten Ausdruck an. Dann trat Argwohn in seinen Blick. »Warum fragst du mich das?«

»Ich möchte mich nur ein wenig mit dir unterhalten. Es ist so einsam in der Hütte.«

Und ich will ein wenig mehr über meine Bewacher erfahren, dachte Thusnelda. *Es kann Auja und mir nur nützen.*

Eilmar schüttelte den dick eingewickelten Kopf. »Ich darf mich nicht mit dir unterhalten, Thusnelda. Segestes hat es verboten.«

»Aber du tust es doch schon die ganze Zeit.«

Der Jungkrieger wirkte erschrocken. »Wirst du es Segestes verraten?«

»Nicht, wenn du mir einen Gefallen tust.«

»Welchen?«

»Sag mir den Namen des Mädchens, dem dein Herz gehört!«

»Es ... es ist Wilka, die Tochter des Bauern Wilko. Warum willst du das wissen?«

»Wenn du das nächstemal nicht auf unser Bitten hörst, Eilmar, denke an deine Wilka und daran, wie sie sich hier drinnen fühlen würde!«

Eilmars Züge offenbarten Betroffenheit, die sich in Erschrecken verwandelte, als ein großer Schatten über den Jüngling fiel. Der Schatten gehörte dem hünenhaften Stierfürsten, den Ibbo herbeigeführt hatte. Das Schneegestöber hatte die beiden verborgen, und das Brausen des Windes hatte ihre Schritte verschluckt.

Ein Bärenfell lag um die Schultern des Fürsten, doch trotz des

Eissturms trug er keine Kopfbedeckung. Sein langes Blondhaar wehte wie ein römisches Feldzeichen im Wind, und glitzernde Kristalle klebten in den dünnen Strähnen. Mit eisiger Mine trat er er in den Eingang der Webhütte und fragte: »Du wolltest mich sprechen, warum?«

»Ich möchte dich fragen, was du mit uns vorhast, Vater. Seit vielen Monden hältst du uns hier gefangen.« Thusnelda zeigte auf die Frau, die sich stöhnend auf der Erdbank hin und her wälzte. »Auja geht es sehr schlecht. Wir haben kaum genug Holz für das Feuer und viel zu wenig Nahrung.« Ihr Blick fiel auf den Webstuhl. »Und für dieses wenige müssen wir auch noch schuften, als wären wir Schalke und nicht Tochter und Frauen von Fürsten.«

»Das seid ihr auch nicht.« Die Stimme des Stierfürsten war kalt und unbeschwert, nur das Feuer in den dunklen Augen verriet seine Erregung. »Armin und Thorag sind Frauenräuber und Verräter, ich betrachte sie nicht mehr als Fürsten der Cherusker. Und dich betrachte ich nicht länger als meine Tochter!«

»Wie kannst du so etwas sagen?«

»Du hast geduldet, daß Armin mich gefangenhielt. Du hast an seiner Seite gelebt, ohne mit ihm verheiratet zu sein. Du hast gewußt, daß das gegen meinen Willen geschieht und daß du dadurch die Stiersippe entehrst. Brauchst du noch mehr Antworten?« Seine erst ruhige Stimme war immer lauter geworden, zuletzt klang sie wie Donnerhall.

»Nicht, was das betrifft. Aber sag mir wenigstens, welches Schicksal du uns zugedacht hast.«

Die aufgewühlten Züge des Fürsten gefroren wieder. »Nicht ich werde über euer Schicksal entscheiden, sondern die Römer. Gibt es sonst noch was?«

»Ja, die Nahrung und das Feuerholz.«

»Armin und Thorag belagern die Eisenburg. Wir wissen nicht, wann die Frostriesen das Cheruskerland verlassen, und müssen mit den Vorräten haushalten. Überall knurren die Mägen und brennen die Feuer niedrig. Das Vieh frißt schon getrocknetes Laub. Ihr werdet genug erhalten, um zu überleben, solange genug für alle da ist. Und wie alle anderen werdet ihr dafür arbeiten.«

Thusnelda verbarg ihre Enttäuschung und hob das zerbogene

Eisen. »Dann sorg dafür, daß wir ein neues Webschwert erhalten. Dies hier war von schlechter Güte.«

Segestes wandte sich an Eilmar und Ibbo: »Besorgt ein neues Schwert!« Der Fürst blickte auf die beschädigte Tür. »Und haltet Frieden in der Hütte!«

Eilmar seufzte: »Aber wie sollen wir das machen?«

»Ihr wollt doch Krieger sein und gegen unsere Feinde kämpfen«, polterte Segestes. »Da werdet ihr doch wohl mit zwei Frauen und einem Kind fertigwerden. Ich habe jetzt wirklich Wichtigeres zu tun!«

Er wandte sich ab und stapfte davon. Die kleine Erdhütte verschwand bald hinter einem wirbelnden Vorhang aus Eis und Schnee. Der Stierfürst stemmte sich gegen den Wind und ging zu den westlichen Wällen, wo die anderen schon auf ihn warteten. Alle waren dick vermummt.

Frowin und der Schreiner Ender knieten im Schnee und überprüften, ob die seltsamen Bretter, die sie zusammen angefertigt hatten, richtig an den Füßen der Boten befestigt waren. Die schmalen Schneebretter, wie Frowin sie nannte, waren länger als der Körper eines großen Mannes. Nach oben und dann wieder nach vorn gebogen, wirkten die Spitzen wie Schlangenköpfe auf der Suche nach Beute. Lederriemen hielten die Bretter an den Füßen der fünfzehn Männer.

Segimer blickte seinem älteren Bruder Segestes mißmutig entgegen und brummte: »Dies ist kein Wetter, um sein Haus zu verlassen, wenn man es überhaupt ein Wetter nennen kann.«

»Eben deshalb haben wir uns hier versammelt«, versetzte Segestes. »Jeder unserer Boten wurde von den Belagerern abgefangen. Aber der Sturm behindert die Sicht so stark, daß Segimund und die Seinen gute Aussichten haben. Du solltest dich nicht beklagen, Bruder, kannst du doch bald wieder an dein wärmendes Feuer gehen. Diese fünfzehn hier aber werden viele Nächte und Tage dem Wind und der Kälte ausgesetzt sein. Freu dich lieber, daß ich meinen Sohn für diesen wichtigen Auftrag ausgewählt habe und nicht meinen Bruder oder seinen Sohn!« Segestes warf einen strengen Blick auf Segimer und den neben ihm stehenden Sesithar. »Ihr beide habt ebenfalls allen Grund, bei den Römern Verzeihung für euer Verhalten gegen Varus zu erflehen!«

Segimer und Sesithar hatten damals mit Armin gekämpft. Und auch Segestes' eigener Sohn Segimund hatte die Priesterbinden zerrissen und den Ubieraltar verlassen, um zu den Waffen zu eilen. Ganz bewußt sandte Segestes seinen Sohn als Boten zu den Römern. Indem er Segimunds Leben in die Hände von Caesar Germanicus legte, wollte Segestes dem Imperator beweisen, wie aufrichtig er das Geschehen im Teutoburger Wald bedauerte.

Segimund war wenig begeistert über diese Entscheidung und versuchte ein letztes Mal, sie abzuwenden. Ernst blickte er seinen Vater an und brüllte gegen den heulenden Wind: »Bei diesem Wetter werden wir es schwer haben durchzukommen. Wir konnten mit den Schneebrettern nur auf der Burg üben. Aber die Hänge hinunter ist es etwas ganz anderes, und dann noch dieser Sturm! Wer steht dafür ein, daß die Bretter uns wirklich so tragen, wie es Frowin sagt? Wären einfache Schneeschuhe nicht besser?« Segimund wies auf die geflochtenen Schneeschuhe, die er, wie jeder seiner Männer, zusammen mit Verpflegung und Waffen auf den Rücken geschnallt hatte.

»Die Schneeschuhe sind für den Notfall gedacht«, erwiderte Segestes. »Die Bretter tragen euch viel schneller. Würdet ihr auf Schneeschuhen gehen, wäret ihr erfroren, eher ihr überhaupt in die Nähe des Rheins kommt.«

Segimund schluckte, enttäuscht über die Unnachgiebigkeit des Vaters. »Aber sind diese Bretter so gut, wie Frowin sagt? Wieso kennt sich ein Eisenschmied mit hölzernen Schneebrettern aus?«

Segestes blickte den graubärtigen Schmied an, und Frowin erklärte: »Als ich die Schmiedekunst erlernte, führte mich die Wanderschaft zu den Stämmen des Nordens, deren Land noch viel länger unter den Mänteln der Frostriesen begraben liegt als unseres. Die Nordmänner benutzen diese Schneebretter, um sich während des Winters rasch fortzubewegen. Nach meinen Angaben fertigte Ender die Bretter an, ich selbst habe mir die Stahlkanten ausgedacht, damit die Bretter nicht so leicht ihre Spur verlassen.«

Segimund schüttelte seinen Kopf. »Ich weiß nicht recht. Hätten die Götter gewollt, daß wir uns auf Brettern fortbewegen, hätten sie uns welche wachsen lassen.«

Segestes lachte hart, ohne wirkliche Erheiterung. »Und hätten sie gewollt, daß wir reiten, hätten sie jedem Mann vier Hufe gegeben, was? Vergiß nicht, Segimund, daß der Wintergott Uller selbst auf Schneebrettern zur Jagd geht.« Der Fürst trat an seinen Sohn heran und fügte leise hinzu: »Winde dich nicht länger wie die Schlange in der Astgabel! Oder soll man den Sohn des Fürsten Segestes der Feigheit zeihen?«

Segimund sah ein, daß er den Vater nicht von seinen Plänen abbringen konnte. Er mußte es wagen und hoffen, daß er es überlebte.

»Es ist alles bereit«, verkündete Frowin, nachdem er auch die letzte Lederbindung überprüft hatte. Zu Segimunds Männern sagte er: »Vergeßt nicht, den roten Fahnen zu folgen. Wenn ihr zwischen ihnen hindurchfahrt, kommt ihr auf einen gut befahrbaren Hang und vor allem auf einen Weg, der zwischen Armins Wehrdörfern hindurchführt, so daß die Belagerer euch nicht sehen können, falls sie sich bei diesem Sturm nicht sowieso alle in die Hütten verkrochen haben.«

Segestes legte die Hände auf Segimunds Schultern. »Ich wünsche dir Glück, Sohn. Du wirst es schaffen und die Römer herbringen. Die Befragung der Runen ist günstig für das Unternehmen ausgefallen.« Der Fürst reckte die ausgebreiteten Arme in den Wind und rief: »Uller, Gott des Winters, Sohn der goldhaarigen Sippia und Stiefsohn des Wettergottes Donar, führe Segimund und die Seinen sicher zu ihrem Ziel!«

Die kleine Versammlung rief immer wieder Ullers Namen, während die fünfzehn auserwählten Männer aufbrachen. Jeder stieß sich mit seiner langen, unten rechtwinklig gebogenen Eisenstange ab und nahm langsam Geschwindigkeit auf. Segimund war der erste, der zwischen den Wällen hindurchglitt und dann auf die tief in den Schnee gerammten Holzstangen mit den großen Tüchern zusteuerte. Die Tücher flatterten heftig im Wind, und das kräftige Rot des Himbeersaftes, mit dem sie gefärbt waren, leuchtete sogar im dichten Schneegestöber.

Segestes wandte sich an Frowin und raunte: »Du solltest ganz besonders hoffen, daß Uller mit Segimund ist. Ich hätte nicht wenig Lust, den Mann, der die Befreier Armins auf die Eisenburg geführt hat, den Göttern zu opfern, um sie dem Gelingen dieses Unternehmens gnädig zu stimmen!«

»Du weißt, ich konnte nicht anders, Fürst. Thorag hatte Wiberta in seiner Gewa...«

»Du hast Wiberta gerettet und uns dafür dieser Belagerung ausgesetzt«, schnarrte Segestes. »Wäre Armin noch in unserer Gewalt, hätten seine Leute längst jeden Mut verloren. Glück für dich, daß du ein so guter Schmied bist und daß die Stiermänner jetzt besonders viele Waffen benötigen!«

Frowin hielt es für besser zu schweigen. Er tauschte einen kurzen Blick mit dem jungen Mann, der sich gerade vom Wall abstieß, leicht in die Hocke ging und auf seinen beiden Brettern den roten Fahnen entgegenglitt. Es war Nantwin, sein Schwiegersohn. Segestes hatte angeordnet, daß Nantwin den Trupp begleitete. Um die Schneebretter auszubessern, wenn sie Schaden nehmen sollten, wie der Fürst gesagt hatte. Aber sicher war es auch eine Art Rache an Frowin.

Auch Segestes schwieg jetzt und blickte den Männern auf den Schneebrettern nach. Er konnte Segimund nur noch umrißhaft sehen, dann verschmolz die Gestalt seines Sohnes mit dem Schneetreiben.

Als die Stöcke mit den roten Fahnen verschwanden, wußte Segimund, daß der Nordhang erreicht war. Nun mußte er die Richtung einhalten, um zwischen Armins Wehrdörfern hindurchzufahren. Aber das war nicht leicht, denn der dichte Schneefall machte jede Orientierung unmöglich. Der Sohn des Stierfürsten hatte schon genug damit zu tun, plötzlich auftauchenden Felsen und Bäumen auszuweichen. Dann ging es um wenige Augenblicke, die über Leben oder Tod entschieden. Er verlagerte sein Gewicht und gebrauchte die Schneestange, um den Brettern eine andere Richtung zu geben.

Nicht alle Männer waren so geschickt wie der Anführer. Einmal hörte er ein Geräusch zur Linken, flüchtig nur, wie ein Schrei im Wind. Er konnte nur einen kurzen Blick nach links werfen, sonst hätte er selbst sein Gleichgewicht verloren. Aber es genügte. Einer seiner Gefährten war in voller Fahrt, auf einen hüfthohen Felsen geprallt. Jetzt wirbelte der Unglückliche durch den Schnee.

Segimund konnte dem anderen nicht helfen, niemand konnte es. Die Geschwindigkeit hier auf dem Hang war zu hoch zum Anhalten. Es würde lange dauern, bis er die Fahrt beendet hätte, bis er den anderen gefunden hatte. Sein Auftrag war Segimund wichtiger – und sein eigenes Leben auch. Wer immer von seinen

Gefährten es war, es gab nur zwei Möglichkeiten: Entweder hatte er sich bei dem Sturz das Genick gebrochen und war schnell gestorben, oder er würde elendig erfrieren.

Mehr als einmal wünschte Segimund sich auf dieser Fahrt, damals nicht die Ubierstadt mit ihren festen, windgeschützten Häusern und den warmen Bädern verlassen zu haben. Schuld daran war nur dieser verfluchte Armin, der alle Männer der freien Stämme zu den Waffen gerufen hatte, um für die Freiheit zu kämpfen. Zu spät hatte Segimund gemerkt, daß der Kampf mindestens ebenso der Machtvergrößerung des Cheruskerherzogs diente wie dem Erhalt der Freiheit.

Segimund schlug sich auf die Seite seines Vaters, denn wenn schon eine Cheruskersippe über die anderen Sippen herrschte, sollten es die Stiermänner sein. Und Segimund, der eines Tages, wie er hoffte, an seines Vaters Stelle trat.

Falls er dies hier überlebte!

Plötzlich begriff er, warum er vor sich weder Bäume noch Felsen sah ...

Ein Abhang!

Er beugte das rechte Bein und streckte das linke aus, wie Frowin es ihm beigebracht hatte. Gleichzeitig stieß er die Stange links in den harten Schnee. Gerade noch rechtzeitig fuhr er einen engen Bogen, der ihn am Rand des Abgrunds vorbeiführte.

Einer seiner Begleiter schaffte es nicht mehr. Kurz sah es so aus, als fliege er durch die Luft wie einer von Wodans Raben. Aber all sein Rudern und Strampeln half ihm nichts. Die Gestalt verschwand im Abgrund, und das Schneetreiben bedeckte sie gnädig.

War noch mehr Männern etwas zugestoßen? Unten am Hang versammelten sich nur noch acht um Segimund.

»Vielleicht haben einige bloß die Richtung verloren und treffen noch auf uns«, schlug der junge Nantwin vor.

»Mag sein«, erwiderte Segimund. »Aber darauf können wir nicht warten. Weiter!«

Die Stangen stießen in den Schnee und trieben die Männer voran. Es war weniger gefährlich als auf dem Hang, aber auch weitaus mühsamer. Trotz der Kälte gerieten die Stiermänner bald in Schweiß.

Immer wieder warf Segimund einen Blick über die Schulter,

wo sich der Eisenberg jedesmal undeutlicher abzeichnete. Und jedesmal fiel es dem Fürstensohn schwerer, die Richtung zu bestimmen. Das Schneetreiben wurde noch dichter, und der Eisenberg verschwand fast darin.

Daß er vom geplanten Weg abgekommen war, merkte Segimund zu spät. Rings um ihn und seine Männer erhoben sich die Hütten eines Wehrdorfes. Segimund stieß einen Fluch aus und trieb seine Männer zur Eile an. Sie konnten nur hoffen, daß Armins Männer sie nicht bemerkten.

Der Donarsohn sah nicht nur eine geisterhafte Gestalt, sondern mehrere! Links und rechts von Thorag durcheilten sie lautlos das Wehrdorf und kamen trotz des heftigen Sturmes rasch voran. War es Wodans wilde Schar?

Aber es waren keine Reiter. Sie schienen nicht einmal zu laufen. Sie standen einfach im Schnee, und der Wind trieb sie voran. Also doch Geister, Mahre?

Thorag überwand die Beklemmung, die ihn befallen wollte. Er zog das Schwert aus der Scheide und stapfte nach rechts, wo er einen der Schatten herankommen sah.

Es war ein Mensch!

Er stand auf Brettern und bewegte sich auf seltsame Art vorwärts, ohne seine Beine zu benutzen, indem er mit einer langen Stange in den Schnee stieß.

Als er den Donarsohn erblickte, wollte der Fremde die Richtung ändern. Zu hastig, er geriet ins Taumeln und wäre fast gestürzt. Die Zeit genügte Thorag, um mit den längsten Sätzen, die der hohe Schnee erlaubte, zu dem dick Vermummten zu kommen.

Dabei bemerkte Thorag das große Gepäck auf dem Rücken des anderen. Schneeschuhe und ein Schwertgriff lugten hervor. Was der Donarsohn nur geahnt hatte, wurde jetzt gewiß: Die Stiermänner wollten durchbrechen!

Der Fremde, dessen Gesicht zum Schutz gegen den Eiswind verhüllt war, floh zu einer eisverkrusteten Baumgruppe, um im Schutz der großen Eichen und Buchen zu verschwinden.

Thorag setzte ihm nach, zog im Laufen den Dolch und warf ihn. Die Klinge bohrte sich in ein Bein des anderen und brachte ihn unter den ersten Bäumen zu Fall.

Der Donarsohn näherte sich ihm in ungelenken Sprüngen und wunderte sich, daß der andere nicht wieder auf die Beine kam. So schlimm konnte die Dolchwunde doch nicht sein. Dann wurde ihm klar, daß die Füße des Fremden derart mit den langen Brettern verbunden waren, daß er sie nicht herausziehen und nicht einfach aufstehen konnte. Ein Brett war zerbrochen, das andere zeigte mit der gebogenen Spitze in den Himmel.

Die Tücher waren vom Gesicht des Verwundeten gerutscht. Es war ein junges Gesicht, und Thorag kannte es. Seine Gedanken wanderten zurück zu dem Morgen, an dem er Armin von der Eisenburg geholt hatte.

»Nantwin!«

Der Schwiegersohn des Eisenschmiedes Frowin starrte Thorag voller Haß an und schlug mit der Eisenstange nach ihm.

Thorag sprang zur Seite und griff sofort wieder an, indem er den von Frowin geschmiedeten Stahl gegen Nantwin führte. Vielleicht hatte der junge Stiermann sogar bei der Herstellung des Schwertes mitgeholfen.

Nantwin riß mit beiden Händen die Eisenstange hoch und fing den Schlag ab. Funken sprühten. Die Stange verbog sich, das Schwert blieb heil.

»Elender Donarsohn!« keuchte Nantwin und warf das verbogene Eisen.

Thorag duckte sich. Das Eisen flog über seinen Kopf hinweg und schlug gegen den mächtigen Eichenstamm in seinem Rücken.

Als er das Knistern und Knacken hörte, lief Thorag sofort von den Eiche fort.

Nantwin sah ihm verwundert nach. Die Verwunderung verwandelte sich in Erschrecken, als die gewaltigen Eiszapfen, die sich von der Eiche gelöst hatten, rings um ihn einschlugen.

Thorag hörte einen gellenden Schrei, aber Schnee und Eis verschleierten das Geschehen. Als wieder Ruhe eingekehrt war, lag Nantwin mit dem Rücken im Schnee. Einer der größten Eiszapfen hatte seinen Bauch durchschlagen. Nantwins Blut färbte den weißen Mantel des Frostriesen rot.

Thorag trat heran und stellte fest, daß der Stiermann noch lebte. Aber sein Atem ging flach, und die Wunde war groß, tödlich groß.

Das Zucken um Nantwins Mundwinkel sollte wohl eine Art Lächeln sein. Er wollte etwas sagen, konnte aber nur noch röcheln: »Uller ... nicht mit mir ... du ... zu spät ... Segimund ... vor mir ...« Sein Blick wurde starr, und sein Kopf fiel zur Seite.

Thorag ließ ihn liegen und hastete zurück zu den Hütten. Er hatte genug gehört.

Segimund!

Wenn Segestes das Leben seines Sohnes aufs Spiel setzte, mußte es sich um etwas Wichtiges handeln. Natürlich, in der Richtung, die die Männer auf den Brettern eingeschlagen hatten, lag der Rhein, und am Rhein saßen die Römer!

Thorag eilte von Hütte zu Hütte und rief die Männer heraus. Sie scharten sich um ihn und hörten sich staunend an, was geschehen war.

»Wir müssen ihnen nach und sie daran hindern, von den Römern Verstärkung zu holen!« erklärte Thorag. »Die Spuren der Bretter sind im Schnee deutlich zu sehen. Auf die Pferde!«

»Unsere Tiere werden in dem hohen Schnee nicht weit kommen«, wandte Thidrik ein.

»Du hast recht«, nickte Thorag. »Wir nehmen die Schneeschuhe!«

Aber auf Schneeschuhen waren die Donarsöhne bei weitem nicht so schnell wie Segimunds Männer auf ihren Brettern. Als Nott nahte und der frische Schnee die Spuren der Stiermänner verdeckt hatte, kehrten die Suchtrupps ermattet und enttäuscht in ihre Wehrdörfer zurück.

Thorag fühlte sich wie nach einer blutigen, verlorenen Schlacht. Er wußte, daß alles jetzt noch schwerer werden würde. Auja und Ragnar waren noch weiter von ihm entfernt als zuvor.

Der eisige Atem der Frostriesen blies über das Land, und Thorags Herz fror.

Kapitel 20

Trojanische Pferde

Der Weg den Rhenus entlang zum Oppidum Ubiorum war ruhig gewesen, gemessen an den letzten Wochen voller Marschtritt und Kampflärm, dem Hufgetrommel und Gewieher von vielen tausend Pferden, dem Klirren der Waffen und den Schreien der Verletzten und Sterbenden. Die siegreichen Legionen und Auxilien des oberen Heeres waren in ihre Lager zurückgekehrt, und Mogontiacum hallte wieder vom Lärm ihrer Siegesfeiern.

Diesmal hatte Germanicus das untere Heer mit den Legionen I, V, XX und XXI Caecina überlassen und hatte sich selbst an die Spitze der Legionen II, XII, XIV und XVI gesetzt, um auch ihnen die Gelegenheit zu geben, die Schande des Aufruhrs mit dem Blut der Feinde auszulöschen. Der ungewöhnlich trockene Frühling hatte Germanicus, der sich eigentlich auf einen großen Sommerfeldzug vorbereitete, zu einem überraschenden Einfall ins Land der Chatten verleitet. Gerolf hatte ihn auf die Idee gebracht, das gute Wetter für einen Überfall auf die Chatten zu nutzen, der dem auf die Marser ähnelte. Denn die Chatten veranstalteten gerade ein großes Fest, um das Ende des Winters zu feiern und Mutter Erde um fruchtbare Ernte zu bitten.

Und es war gelungen! Während Caecina durch geschickte Bewegungsmanöver Arminius und seine Cherusker in Atem hielt und die Reste der Marser unter ihrem Kriegerführer Eilard in verbissener Schlacht schlug, fuhr Germanicus wie ein Rachegott unter die feiernden Chatten und bestrafte sie für ihr Verhalten im letzten Herbst, als sie das römische Heer auf seinem Rückzug aus dem Marserland angegriffen hatten. Die Römer töteten viele der Feiernden und nahmen fast ebenso viele gefangen – Sklaven für Rom.

Zwar konnte sich eine stattliche Zahl chattischer Krieger schwimmend über die Adrana retten und wagte sogar Gegenangriffe, aber Germanicus schlug die Gegner immer wieder mit seiner geballten Macht, trieb sie aus ihren Höfen in die Wälder, brannte die große Siedlung Mattium nieder und brachte einige

Sippen zu solcher Verzweiflung, daß sie zu ihm überliefen. Die übrigen Chatten zogen sich mit ihrem Herzog Arpo in die Wälder zurück und griffen die Römer auf ihrem Rückmarsch zum Rhenus nicht ein einziges Mal an.

Germanicus atmete tief durch, als er die weißen Häuser der Ubierstadt im milden Nachmittagslicht der Frühlingssonne vor sich liegen sah. Er freute sich auf das Wiedersehen mit Agrippina und hoffte, daß es ihr und dem Kind in ihrem Bauch gutging. Er hatte Agrippina auf ihren Wunsch zurückkehren lassen, als der Schnee schmolz. Es war auch sein Wunsch gewesen, denn jede kalte Winternacht ohne seine Frau steigerte die Sehnsucht. Und Gefahr von den eigenen Truppen war nicht mehr zu befürchten. Seit der Schlacht im Cäsischen Wald, in der Germanicus die Legionäre mit dem Adler in der Hand zum Sieg geführt hatte, war das untere Heer Rom, dem Princeps und seinem Adoptivsohn Germanicus wieder treu ergeben. Nach dem erfolgreichen Feldzug im Chattenland galt gleiches für die vier Legionen des oberen Heeres. Germanicus hatte die Ubierstadt verlassen, bevor Agrippina eintraf. Die Trennung war lang gewesen, und so war sein Verlangen nach ihrer Umarmung besonders groß.

Die Siegeskunde war durch die hier stationierten Legionen I und XX schon bis zu den Ubiern gelangt. Die Bevölkerung lief ihrem Statthalter jubelnd entgegen und bestreute seinen Weg mit den Blüten der Frühlingsblumen. Sie mochten überwiegend Germanen sein, lebten aber schon so lange und vor allem so gut unter römischer Herrschaft und römischem Schutz, daß sie Roms Macht und Größe nicht mehr gegen das freie, aber auch unzivilisierte und gefährliche Leben früherer Zeiten eintauschen mochten. Wie sie dachten die meisten Germanen auf der linken Seite des Rhenus, so daß es leichtgefallen war, unter ihnen zusätzliche Hilfstruppen auszuheben, die mit Caecina gegen Cherusker und Marser gezogen waren.

Immer mehr Volk strömte zusammen und verengte die Straße, über die Germanicus mit seiner Garde und einigen Auxilien zog. Zu den Hilfstruppen gehörten auch Gerolfs Eberkrieger, denen Germanicus die Bewachung der Gefangenen aufgetragen hatte. Der bedeutendste Gefangene war der chattische Oberpriester Libes, den die Römer fingen, als er der Mutter Erde huldigte.

Der Marsch verlangsamte sich, weil immer wieder Menschen

auf der Straße tanzten. Germanicus, der beim Volk sehr beliebt war und dies sonst auch genoß, wurde ungeduldig. Vielleicht war die Freude auf das Wiedersehen mit Agrippina daran schuld, vielleicht aber auch eine Unruhe, die er schon seit dem Morgen in sich spürte, die Vorahnung, daß heute noch etwas Wichtiges geschehen würde. Er winkte Marcus Valerius zu sich und befahl dem Prätorianertribun, die Straße durch ein paar Reiter zu räumen.

Endlich erreichten sie die Stadt. Aus den Fenstern und von den Balkonen regneten Jubel und Blüten auf die Heimkehrer und den jungen Imperator an ihrer Spitze. Als das Prätorium vor ihm lag, konnte Germanicus seine Ungeduld kaum noch bezähmen. Er erreichte den großen Innenhof, der ebenfalls mit begeisterten Menschen angefüllt war. Beamte und Diener des Statthalters ließen besonders laute Hochrufe ertönen, in die sich pompöser Hörnerklang mischte. Germanicus lächelte und nickte freundlich nach allen Seiten, ohne auch nur eins der vielen Gesichter wirklich anzusehen.

Doch, ein Gesicht zog ihn in seinen Bann! Ein sanft lächelndes Gesicht, umrahmt von braunen Locken, die ihre Form einem goldenen Haarnetz verdankten. Agrippina stand zwischen hohen Beamten im Schatten der großen Kolonnade und blickte ihrem Gemahl entgegen. Der kleine Gaius wurde von ihrer Hand gehalten und daran gehindert, durch sein unruhiges Gezappel den festlichen Aufzug in Unordnung zu bringen.

Wie schön sie doch war, selbst jetzt, wo sich ihr Bauch stark wölbte! Agrippina hatte sich keine Mühe gemacht, die fortgeschrittene Schwangerschaft durch ein besonders weites Kleid zu kaschieren. Sie trug das Kind ihre Gemahls mit Würde und Stolz.

Germanicus hielt seinen Schimmel vor der Kolonnade an, ließ die Begrüßungsreden der römischen Beamten und der ubischen Bürgervertreter über sich ergehen, erwiderte ein paar Höflichkeiten und durfte dann endlich vom Pferd steigen und Agrippina in seine Arme schließen. Sie übergab Caligula der Amme Eurykleia und schmiegte sich an ihren Mann. Am liebsten hätte er sie fest an sich gedrückt, so sehr berauschten ihn ihre Wärme und ihr süßer Duft, aber der Gedanke an das Kind in ihrem Bauch ließ ihn vorsichtig sein.

Jeder flüsterte dem anderen Zärtlichkeiten ins Ohr, und dann raunte Agrippina: »Halt dich zurück, wenn gleich die Senatoren zu dir sprechen. Laß dich auf nichts ein, schon gar nicht auf eine Rückkehr nach Rom!«

»Die Senatoren?« wiederholte er verständnislos. »Was ...«

Aber dann sah er sie aus dem Schatten einiger Säulen hervortreten: Sechs Männer in blütenweißen Togen, rote Schuhe an den Füßen und goldene Ringe an den Fingern. Der große, hagere Mann an ihrer Spitze, der durch seine vorgeneigte Körperhaltung und durch die vorspringende Nase wie ein auf Beute lauernder Raubvogel wirkte, war kein anderer als Munatius Plancus.

Überrascht flüsterte Germanicus seinen Namen und fügte ebenso leise hinzu: »Daß er sich so schnell wieder hierherwagt!«

»Laß dich auf nichts ein, Gaius«, wiederholte Agrippina eindringlich ihre Warnung und blickte ihren Mann beschwörend an. »Sprich erst mit mir, bevor du den Senatoren antwortest!«

Agrippinas seltsame Ermahnung verwirrte Germanicus fast noch mehr als die Anwesenheit der senatorischen Gesandtschaft. Nur zu gern hätte er seiner Frau ein paar Fragen gestellt, aber die sechs Männer in den weißen Togen traten schon heran. Germanicus blickte ihnen mit gemischten Gefühlen entgegen. Agrippinas seltsame Warnung verhieß nichts Gutes.

»Ich grüße dich, Caesar Germanicus.« Munatius Plancus beugte leicht sein nur spärlich bewachsenes Haupt und lächelte, aber es war ein Lächeln ohne echte Freundlichkeit. »Und ich beglückwünsche dich zu den Erfolgen, die du in letzter Zeit über die aufständischen Germanen wie auch über deine eigenen aufständischen Truppen errungen hast.«

Plancus hatte die Meuterei nicht vergessen! Dieser Stich saß wie ein Hieb mit dem Gladius. Germanicus spürte ein flaues Gefühl in seiner Magengegend. Hatte er die Chatten nur bezwungen, um jetzt von Tiberius und seinen Senatoren auf eine perfide Weise um den Lohn seiner Anstrengungen gebracht zu werden?

Er spürte Agrippina an seiner Seite. Ihre Hand umfaßte seine und gab ihm Mut und Sicherheit.

Auch Germanicus lächelte jetzt, wenn man das Zähneblecken, das er dem Gesandtschaftsführer zuwarf, so bezeichnen konnte. »Ich danke dir für deine freundlichen und offenen Worte, edler Munatius Plancus. Wenn du den weiten Weg von Rom an den

Rhenus gemacht hast, nur um mir deine persönlichen Glückwünsche auszurichten, so ist dir mein ewiger Dank gewiß.«

Der Schatten, der über das Adlergesicht huschte, verriet Plancus' Ärger über diese spöttische Bemerkung. Doch der Senator beherrschte sich und erklärte mit einer Stimme, die ebenso kühl war wie seine Miene: »Nicht nur meine Grüße bringe ich dir, Imperator, sondern auch die des Senats und des ganzen römischen Volkes und gleichzeitig einen Beschluß, den ich dir im Auftrags des Senats und des Princeps Tiberius Julius Caesar zu verkünden habe.«

Als der Senator nach dem Zerbrechen des senatorischen Siegels einen Papyrus entrollte, den ihm ein Sekretär reichte, drückte Germanicus die Hand seiner Gemahlin fester. Er spürte das zärtliche, beruhigende Streicheln ihrer Fingerspitzen auf seinem Handballen.

Und tatsächlich war die Botschaft alles andere als beunruhigend: Der Senat hatte Germanicus für seinen Sieg über die Marser den Triumph gewährt! Da es ein bedeutender Beitrag für die Wiederherstellung der Sicherheit an der Grenze des römischen Reiches sei, so der von Plancus verlesene Brief, und da mehr als fünftausend Feinde gefallen waren, sah der Senat die Bedingungen für einen Triumph als erfüllt an.

Plancus war fertig und reichte den Papyrus wieder dem Sekretär, den dieser mit geschickten Bewegungen zusammenrollte. Germanicus bedankte sich und geriet dabei ins Stottern. Er hatte eine besonders schlechte Nachricht erwartet und eine besonders gute erhalten. Schließlich war es eine Auszeichnung, im Triumph durch Rom zu ziehen. Ohne die Fürsprache des Tiberius wäre ihm diese Ehre gewiß nicht zuteil geworden. Sein Onkel und Adoptivvater stand hinter Germanicus, der Senatsbeschluß war der Beweis.

Was aber hatte Agrippinas seltsame Warnung zu bedeuten? Er warf seiner Frau einen fragenden Blick zu.

Die Antwort bestand in einer zweiten Papyrusrolle, die der Sekretär dem Gesandtschaftsführer reichte. Das Siegel, das Plancus zerbrach, war ein anderes als eben das des Tiberius.

»Eine persönliche Grußbotschaft deines Vaters an dich, Germanicus«, verkündete der Senator mit einem selbstgefälligen Lächeln, das nichts Gutes verhieß. »Du hast doch nichts dagegen, daß ich sie öffentlich verlese?«

»Nein, natürlich nicht«, erwiderte Germanicus, dem nach dieser Fragestellung gar keine andere Wahl blieb. Sollte er sich etwa als Mann darstellen, dem die Worte seines Adoptivvaters und Herrschers unangenehm waren?

Verfluchter Plancus! dachte er. *Gleich schlägt der Adler seine Krallen in mein Fleisch. Ich sehe dir die Vorfreude an.*

»An meinen lieben Sohn und Vertreter an der germanischen Grenze des Reiches«, begann Plancus ein Schreiben, das sich nur lobend und ohne dunkle Zwischentöne über Germanicus' Erfolg gegen die Marser ausließ. So viele gute Worte wie in diesem Brief hatte Tiberius nie zuvor über seinen Adoptivsohn verlauten lassen. Verwundert lauschte Germanicus dem Senator, der mit folgenden Worten schloß: »Ich denke, dein militärisches Genie, Imperator Germanicus, hat den Barbaren Roms Macht bewiesen und wird sie auch künftig in den Schranken halten. Ich freue mich darauf, dich bald in meine Arme zu schließen und den großen Triumph mitzuerleben, der deinen Erfolg verewigen soll. Auf die Nachricht deines Kommens wartet sehnsüchtig dein Vater Tiberius.«

Germanicus war derart verwirrt über so viel geraspeltes Süßholz, daß er die Frage des Senators überhörte. Plancus wiederholte sie, als sein Sekretär den Brief schon wieder zusammengerollt und in der hartledernen Kapsel verstaut hatte: »Welche Antwort darf ich dem Princeps überbringen, Imperator? Wann wirst du nach Rom zurückkehren?«

Germanicus dachte an Agrippinas Warnung und antwortete: »Eine solche Entscheidung will gut bedacht sein, edler Plancus. Heute bin ich erschöpft von der Reise. Erweise mir mit deinen Begleitern die Ehre, am Abend Gast zu sein bei der Feier meiner glücklichen Heimkehr. Und morgen will ich dir dann meinen Entschluß mitteilen.«

Auf dem Raubvogelgesicht zeichnete sich Enttäuschung ab. »Aber ...«, begann Plancus

Weiter kam er nicht, denn Germanicus hob schulmeisterlich den Finger und sagte mit einem kaum verhohlenen Grinsen: »*Tempus ipsum affert consilium.*«*

Agrippina trat vor und sagte: »Lieber Plancus, erlaube mei-

---

* Die Zeit selbst bringt klugen Rat.

nem Gatten jetzt ein paar Stunden der Ruhe und mir selbst seine Gesellschaft. Die Trennung war lang.«

»Natürlich, Großtochter des vergöttlichten Augustus«, erwiderte Plancus mit einem gezwungenen, maskenhaften Lächeln und zog sich zurück.

»Komm!« preßte Agrippina leise hervor, und es klang fast wie ein Befehl. Sie zog ihren Mann in ihre Privatgemächer.

Vor dem Prätorium und in den Straßen der Stadt hielt der Jubel der Menge an.

Ein paar Diener halfen dem Imperator beim Ablegen des Panzers und des Wehrgehänges mit Schwert und Dolch, dann verscheuchte Agrippina die Helfer und goß ihrem Mann eigenhändig Wein in einen Becher aus ubischem Glas.

»Und du?« fragte Germanicus, als er dankbar den Becher mit der rubinroten Flüssigkeit annahm.

Agrippina streichelte ihren Bauch. »Mein Arzt sagt, der Wein ist nicht gut für unser Kind.«

»Das habe ich noch nie gehört. Vielleicht solltest du dich nach einem anderen Arzt umsehen«, brummte Germanicus und nahm einen großen Schluck. »Was sollte die seltsame Ermahnung, Plancus nicht zu antworten? Zwar macht es mir Spaß, den alten Geier vor den Kopf zu stoßen, aber es ist höchst unpassend, das öffentlich zu tun. Man könnte mir vorwerfen, Tiberius selbst beleidigt zu haben, indem ich seine Einladung nicht gleich annahm. Es ist, als hätte ich ein Geschenk meines Adoptivvaters zurückgewiesen.«

Agrippina sah ihren Gemahl ernst an. »Man sollte die Griechen auch dann fürchten, wenn sie Geschenke bringen.«

»Ich kenne diesen Spruch«, meinte Germanicus nach einem weiteren Schluck Wein. »Er ist von Vergil.«

»Nicht wörtlich, Gaius. Aber er paßt jedenfalls in unsere Lage.«

»Und Tiberius' Gruß an mich, seine Einladung nach Rom, sind das Trojanische Pferd?«

»Ja!«

»Warum denkst du das?«

»Weil ich deinen Sieg über die Marser zwar achte, Gaius, mich aber nicht von ihm blenden lasse. Du wirst zugeben müssen, daß die Vernichtung der Marser die Lage rechts des Rhenus nicht entscheidend verändert hat. Noch immer ist das Land in den Händen der Barbaren.«

»Ja, das stimmt«, murmelte Germanicus.

»Andere Feldherrn haben bedeutendere Siege errungen und sind nicht mit dem Triumph belohnt worden, manche nicht mal mit der Ovation.«

»Andere Feldherrn sind auch nicht die Adoptivsöhne des Princeps!«

Agrippinas Zeigefinger bohrte sich in die Brust ihres Gatten. »Eben das sollte dir zu denken geben, Gaius. Ich jedenfalls habe nachgedacht, während die Gesandtschaft hier auf deine Rückkehr gewartet hat. Was für Beweggründe, außer seinen Adoptivsohn zu ehren, könnte Tiberius noch haben, dich nach Rom zurückzuholen?«

Germanicus lächelte schwach. »Vielleicht wird er langsam gefühlsduselig und hat ganz einfach Sehnsucht nach mir.«

»Das glaubst du doch selbst nicht.« Agrippina lachte schrill. »Hätte mein Großvater Augustus es nicht befohlen, hätte Tiberius dich nicht einmal adoptiert. Falls er für seinen Bruder, deinen Vater Drusus, so etwas wie Liebe empfunden hat, auf dich hat Tiberius das sicher nicht übertragen!«

Germanicus leerte den Becher, stellte ihn mit leisem Klirren auf einen Bronzetisch, ließ sich auf eine gepolsterte Liege fallen und seufzte: »Du hast also das finstere Ränkespiel des Princeps durchschaut?«

»Ich habe mir meine Gedanken gemacht und mich unter den Sekretären und Dienern der senatorischen Gesandtschaft umgehört. Du weißt, daß die Ohren der Dienerschaft oft mehr hören, als ihre Zungen erzählen.«

Der Imperator nickte und fragte ungeduldig: »Und dir haben sie mehr erzählt? Warum?«

»Weil guter Wein und gutes Gold die Zungen lösten.«

»Was sagten die losen Zungen also?«

»Daß Tiberius in Rom nicht so gut über dich spricht wie in seinem Brief. Er ist eifersüchtig auf dich. Und er fürchtet deine Macht und dein Ansehen, das durch den Sieg über die Marser noch gewachsen ist. Deshalb dieser Brief, der dich nach Rom locken soll. Dort ist er der Herrscher, und du mußt dich ihm fügen.«

»Und was noch?«

»Daß Munatius Plancus ein treuer Gefolgsmann von Tiberius ist.«

»Unsinn!« fauchte Germanicus. »Jedermann weiß, daß Plancus aus altem Adel kommt und stolz ist auf seine Unabhängigkeit und seine eigene Meinung.«

»Das war wohl einmal so, hat sich aber geändert, seit Plancus von hier nach Rom zurückkehrte. Er hat sich dazu hergegeben, mit Tiberius eine schäbige Komödie zu spielen.« Agrippina erzählte das, was ihr ein griechischer Freigelassener, der als Schreiber für die Gesandtschaft arbeitete, über das Geschehen im Hafen von Ostia berichtet hatte.

»Warum sollte Plancus so etwas tun? Verrat mir das, Agrippina!«

»Was weiß ich?« Sie zuckte ein wenig hilflos mit den Schultern. »Du hast eine viel zu gute Meinung von deinem Onkel Tiberius. Vielleicht hat er sich Plancus durch Bestechung gefügig gemacht oder durch Zwang, vielleicht durch beides.«

»Also nicht mehr als Dienstbotengeschwätz und haltlose Vermutungen?« Das schallende Lachen des Imperators erfüllte den Raum. »Und daraufhin soll ich meinen Adoptivvater verdächtigen? Ich glaube eher, du willst mich gegen ihn aufhetzen, um endlich deine Machtgelüste zu befriedigen.« Er hob die Arme in einer theatralischen Geste. »*Nulla fere causa est, in qua non femina lite moverit!*«*

Agrippinas Züge verhärteten sich, der Ausdruck wechselte von Wut zu Enttäuschung. Feuchtigkeit trat in ihre Augen und verwischte das dunkle Antimonpuder, das sie sparsam um die Augen verteilt hatte. Sie drehte sich abrupt um, ging zu dem großen Fenster aus makellosem Ubierglas und sah hinunter auf den Rhenus.

»Besteige ein Schiff und fahre auf dem Fluß nach Süden, Gaius. Kehre heim nach Rom und feiere deinen Triumph. Falls du danach zurückkehrst und wieder Herr wirst über die germanischen Legionen, will ich nie wieder ein Wort gegen Tiberius sagen!«

---

* Es gibt wohl keinen Streit, den nicht ein Weib begonnen hätte!

Das Zittern ihrer Stimme machte Germanicus nachdenklich. Er hatte eben harte Worte gebraucht, weil er sich von Agrippina um seinen Ruhm betrogen fühlte. Aber je länger er über ihre Argumente nachdachte, desto weniger schienen sie ihm aus der Luft gegriffen. Der Sieg über die Marser hatte ihm selbst zwar viel bedeutet, weil er dadurch seine Armee wieder in den Griff bekam, aber es war keine Schlacht gewesen, die Rom irgendeinen Gewinn gebracht hatte. Und bislang war Tiberius tatsächlich nicht vor Liebe zu seinem Adoptivsohn übergeflossen. Agrippinas Enttäuschung und ihre Tränen dagegen schienen echt zu sein – wenn man das bei einer Frau auch niemals genau wissen konnte.

Mit einem schlechten Gewissen stand er auf, trat hinter seine Gemahlin und schlang vorsichtig die Arme um sie. Er küßte ihr Haar und ihre Wangen und flüsterte: »Verzeih mir, Agrippina. Die lange Reise und die unerwartete Begegnung mit Plancus haben mich reizbar gemacht. Vergibst du mir?«

Sie vergab ihm nicht nur mit Worten, sondern auch mit Taten, als sie ihn wie ein kleines Kind an der Hand nahm und zurück zu der großen Liege führte. Trotz ihres angeschwollenen Leibes bereitete es ihr keine Mühe, seine lange aufgestaute Begierde zu befriedigen. Agrippina legte sich auf die Seite. Germanicus schob ihre Gewänder bis über die Hüften nach oben und preßte sich dann von hinten gegen sie. Vielleicht steigerte die lange Trennung die Empfindsamkeit, aber niemals zuvor hatte ihm die Vereinigung mit seiner Frau solche Lust bereitet.

Als sie danach beisammen auf den feuchten Polstern lagen, trank auch Agrippina ein paar Schlucke Wein.

»Recht so«, lachte ihr Mann und streichelte ihren nackten Bauch. »Unser Kind sollte sich beizeiten an die Genüsse des Lebens gewöhnen.« Er nahm den Becher aus Agrippinas Hand und leerte ihn in einem Zug. »Aah, hinterher tut es besonders gut. Ich fülle den Becher auf.«

Er wollte aufstehen, aber Agrippina hielt ihn zurück. »Du solltest dir für heute abend einen klaren Kopf bewahren, Gaius! Sonst sagst du Plancus etwas zu, das du später bereust.« Ihr Blick wurde unsicher. »Oder willst du Tiberius' Einladung annehmen?«

»Nein, du hast wohl recht. Ich sollte Germanien erst befrieden, bevor ich nach Rom gehe. Dann kann auch Tiberius mir meinen Rang nicht streitig machen. Aber wie soll ich das gegenüber den Senatoren begründen?«

»Mit einer guten Gelegenheit zu einem großen Sieg über diesen Aufrührer Arminius.«

»Was für eine Gelegenheit meinst du?«

»Nicht nur die Senatoren haben hier auf deine Rückkehr gewartet, sondern auch eine germanische Gesandtschaft. Es sind Cherusker, um genau zu sein, angeführt von dem Fürstensohn Segimundus.«

»Der Sohn des Segestes?«

»Genau der.«

»Fein!« Der Imperator lächelte grimmig. »Er ist einer der Verräter, die ich schon lange in die Hände bekommen wollte. Da er hier am Altar Priester war, bevor er für Arminius zu den Waffen griff, wirkt sein Verrat um so schwerer. Wenn ich seinen Kopf den Senatoren als Geschenk für Tiberius überreiche, wird mir niemand mein Verweilen in Germanien übelnehmen!«

»Das ist bestimmt ein guter Plan«, sagte Agrippina ohne echte Überzeugung. »Aber vielleicht gibt es noch einen besseren.«

Ihr Mann verzog sein Gesicht, nicht wirklich empört, sondern in spielerischer Art. »Wie ich dich kenne, hast du diesen Plan längst ausgeheckt, Weib!«

»In der Tat. Dazu aber benötigten wir den ganzen Segimundus, nicht nur seinen Kopf.«

»Ich soll den Verräter verschonen?«

»Roms Macht besteht auch in der Gnade, die es denen erweist, die sich reumütig zeigen, Gaius. Und das gibt Segimundus zumindest vor. Er kommt nicht als Bote des Arminius, sondern des Segestes.« Agrippina berichtete Germanicus von dem Überfall auf die Burg des Arminius und von der im Gegenzug erfolgten Belagerung der Eisenburg.

»Verwickelte Verhältnisse«, meinte der Imperator.

»Die wir für uns ausnutzen sollten, Gaius! Befreie Segestes aus der Umklammerung seiner Feinde, und du spaltest die Cherusker in zwei Lager. Wenn wir die Germanen nicht von außen besiegen können, müssen wir es von innen versuchen. Indem wir den Cheruskerstamm spalten, zerreißen wir dem Aufstand gegen Rom das Herz. Und dafür muß Rom dir dankbar sein, Gaius, sehr dankbar!«

Keine Stunde später saß Germanicus in seinem Arbeitszimmer dem Sohn und Gesandten des Segestes gegenüber. Segimund sah entkräftet aus und wirkte unsicher. Wahrscheinlich rechnete er mit einer Strafe für seine Beteiligung am Aufstand.

Mehrmals verhaspelte er sich, als er von der seltsamen Flucht auf Schneebrettern berichtete. »Fünfzehn von uns verließen die Eisenburg, aber außer mir erreichten nur fünf den Rhein. Und dann warst du nicht hier, Imperator. Inzwischen ist der Schnee geschmolzen und wertvolle Zeit verstrichen. Zeit, die Armin nutzen wird, um die Eisenburg zu erstürmen.«

»So schnell wird das nicht gehen«, erwiderte Germanicus. »Caecina hat euren Arminius ganz schön auf Trab gehalten. Germanische Krieger sind schnell, wenn sie zu den Waffen gerufen werden, aber sie sind auch schnell vom Kampf erschöpft. Bis Arminius die Seinen für einen neuen Feldzug gewonnen hat, haben wir den Gau deines Vaters längst in Eilmärschen erreicht. Denn Roms Legionen muß man nicht für den Kampf gewinnen, man befiehlt ihn einfach!«

Allerdings klappt das nicht immer! dachte Germanicus, von der Erinnerung an die Meuterei geplagt.

»Du kommst uns also zu Hilfe, Caesar?« fragte der junge Cherusker hoffnungsvoll.

»Das habe ich noch nicht entschieden. Woran soll ich erkennen, daß ihr es ehrlich meint?«

»Mein Vater sendet dir dies, Imperator.« Segimund öffnete ein Päckchen, das wertvollen Schmuck enthielt, ausnahmslos Gold, das mit seltenen Edelsteinen besetzt war.

»Will Segestes meine Hilfe erkaufen?«

»Nein, er will dir seinen guten Willen beweisen. Dies hier ist nur ein kleiner Teil aus der Beute, die beim Kampf gegen Varus gemacht wurde. Noch mehr lagert auf der Eisenburg, wo mein Vater die Schätze vor Armins Zugriff bewahrt hat.«

Germanicus lächelte wissend. »Vor Arminius bewahrt oder für sich selbst gehortet?«

»Die Schätze gehören dir, Imperator«, fuhr Segimund fort.

»Und außerdem wertvolle Geiseln, die Frauen des Herzogs Armin und des Fürsten Thorag, zudem Thorags Sohn.«

»Die Frau des Arminius ist die Tochter des Segestes, deine Schwester, habe ich gehört.«

»Du hast richtig gehört, Caesar.«

»Dein Vater will sein eigenes Kind ausliefern?«

»Es soll dir zeigen, wie sehr sein Herz für Rom schlägt.«

»Nun«, sagte Germanicus nachdenklich und spielte mit dem Schmuck auf seinem Schreibtisch. »Vielleicht ist dies wirklich kein Trojanisches Pferd.«

Ein Optio der Garde trat ein und meldete, daß der Germane Gerolf den Imperator dringend sprechen wollte.

»Ich habe bereits Besuch«, erwiderte Germanicus barsch.

Der Optio warf dem germanischen Fürstensohn einen kurzen Blick zu. »Gerolf sagte, es handle sich um den Sohn des Segestes.«

»Gerolf weiß von seiner Anwesenheit?« brauste der Imperator auf. »Woher?«

»Ein Cherusker hört schnell, was im Cheruskerland geschieht«, antwortete Gerolf. Der Eberfürst hatte sich an den Wachen vorbeigedrängt und trat ungebeten ein. »Verzeih, wenn ich mich aufdränge, Imperator. Aber ich habe dir etwas Wichtiges zu sagen.«

Germanicus schickte den Optio nach draußen und forderte Gerolf zum Sprechen auf.

»Es geht um Segimund und Segestes, Imperator. Du kannst ihnen trauen. Segestes und ich sind Verbündete im Kampf gegen Armin, schon seit geraumer Zeit. Ich wußte von seinem Plan, die Adlerburg zu überfallen. Leider ging nicht alles glatt. Auch Armin wollten wir dir als Versöhnungsgeschenk überreichen.«

Die Faust des Caesars ließ die Tischplatte erzittern, und er brüllte: »Das sagst du mir jetzt erst, Gerolf? Monatelang reitest du an meiner Seite und schweigst dich aus?«

»Wäre unser Plan fehlgeschlagen, wärst du enttäuscht gewesen. Wir wollten dich nicht gegen uns aufbringen, sondern für uns gewinnen.«

»Verzeih Gerolf sein Schweigen, Caesar, und laß auch Milde gegenüber den Stierkriegern walten«, bat Segimund. »Wir alle bereuen, was im Saltus Teutoburgiensis geschehen ist.«

Germanicus sah auf seinen Tisch und dachte an die Schätze,

die in Segestes' Burg lagerten. Er dachte an die hochstehenden Geiseln und an das, was er mit Agrippina besprochen hatte.

Er bedachte Segimund mit einem gnädigen Blick und sagte: »Also gut, ich werde Segestes helfen. Roms Macht besteht auch in der Gnade, die es denen erweist, die sich reumütig zeigen.«

Musik und Gelächter, Weindunst und Essensgerüche erfüllten den großen Festsaal. Geschäftig eilten junge Sklaven beiderlei Geschlechtes, viele davon Germanen mit blonden und rötlichen Haaren, hin und her, um neue Weinkrüge und neue Platten mit erlesenen Köstlichkeiten herbeizuschaffen.

Ein paar griechiche Hetären in fast durchsichtigen Gewändern aus koischer Seide spielten die Doppelflöte ihrer Heimat und sangen dazu griechische Weisen, während sie mit aufreizenden Bewegungen tanzten. Die Gewebe von der Insel Kos waren so dünn, daß jede verführerische Rundung deutlich sichtbar war und auch die Scham einer jeden Griechin, nach alter Hetärensitte rasiert. Ein griechischer Schriftsteller hatte einmal gesagt, daß die koischen Gewänder den Farben einer blumenübersäten Wiese glichen und daß kein Spinnengewebe sich mit ihnen an Dünnheit messen könne. Der Mann hatte nicht übertrieben!

Germanicus hatte diesen Auftritt, der den konservativen Munatius Plancus vor den Kopf stoßen mußte, ganz bewußt angeordnet. Der Vernichtung des Gegners ging seine Verwirrung voran, wie der jetzige Imperator einst als junger Offizier gelernt hatte.

Das Gelage war bereits in vollem Gange, als Germanicus in Begleitung des römisch gewandeten Segimund erschien und auf den Tisch zusteuerte, an dem Agrippina in der Gesellschaft einiger Senatoren lag. Auch daß die Senatoren so lange auf den Imperator warten mußten, gehörte zu seinem Plan: die Zermürbung des Gegners. Außerdem hatte Germanicus tatsächlich einiges zu tun gehabt, um die nötigen Vorbereitungen für den Marsch ins Cheruskerland zu treffen.

»Du kommst spät, Imperator«, bemerkte Munatius Plancus mit unüberhörbarem Vorwurf. »Es ist ungewöhnlich, daß der Gastgeber sein eigenes Festmahl versäumt.«

»Wichtige Geschäfte hielten mich zurück.« Germanicus

sprach in einem entschuldigenden Tonfall – übertrieben entschuldigend. »Ich hoffe, du fandest Agrippinas Gesellschaft nicht ermüdend, Freund Plancus.«

»Nein, das habe ich nicht gesagt«, antwortete der Senator schnell. »Darf ich mich nach deinen wichtigen Geschäften erkundigen?«

»Du darfst«, sagte Germanicus lächelnd. Er stellte den Sohn des Cheruskerfürsten Segestes vor und berichtete von Segimunds Mission. »Ich habe bereits Kuriere zu den Legionsstandorten geschickt. In zwei Tagen breche ich zum Feldzug gegen Arminius auf. Zur Ehre Roms und des Princeps werde ich den Feind bezwingen. Du siehst hoffentlich ein, edler Plancus, daß ich eine solche Gelegenheit nicht ungenutzt lassen darf. Tiberius wird sich bestimmt noch mehr über meine Rückkehr freuen, wenn ich ihm den Aufrührer Arminius im Gefolge meines Triumphzuges präsentiere. Meinst du nicht auch?«

»Sicher, so wird es sein«, sagte Plancus zerknirscht.

»Schön«, meinte Germanicus und ließ sich mit Segimund an der reich gedeckten Tafel nieder. »Dann werde ich meinem Vater schreiben, daß wir beide, Plancus und Germanicus, einmütig den Entschluß gefaßt haben, meine Rückkehr nach Rom zu verschieben.«

Plancus, der gerade einen Silberkelch mit Wein zum Mund führen wollte, erstarrte in der Bewegung.

Germanicus wechselte bedeutungsvolle Blicke mit Agrippina. Sie hatten den alten Fuchs ausgetrickst, und Plancus wußte es. Der Brief, von dem Germanicus eben gesprochen hatte, war ein Trojanisches Pferd, wie er es sich besser nicht vorstellen konnte. Plancus kannte den wahren Inhalt und mußte das ›Pferd‹ trotzdem nach Rom bringen.

Die Beute ist den Klauen des Adlers entwischt und hat den Raubvogel überlistet! dachte Germanicus zufrieden und ließ es sich ordentlich schmecken.

Plancus aber aß nichts mehr und zog sich schon bald unter dem Vorwand der Müdigkeit zurück.

Kapitel 21

Auja und Thusnelda

Wie ein Wolf, der nicht an seine Beute herankam, umkreiste Thorag die Eisenburg. Und wie ein alter Wolf, der von seinem Rudel zurückgelassen wurde, kam Thorag sich auch vor. Einsam und zahnlos, unfähig, die Beute zu reißen, die doch zum Greifen nah war. Wenn Thorag der alte Wolf war, war Armin der Leitwolf, und das Heer der Cheruskerkrieger war sein Rudel.

Vergeblich wartete Thorag darauf, daß Armin mit starken Kräften zur Eisenburg zurückkehrte. Der Schnee war geschmolzen und der beginnende Sommer, den die Römer Frühling nannten, ungewöhnlich trocken. Ein Angriff auf die Eisenburg bot sich für Thorag und Armin geradezu an – oder ein Ausfall für Segestes.

Aber der Stierfürst verhielt sich merkwürdig ruhig. Auf was wartete er? Auf die Römer?

So mußte es sein. Denn wenn Segestes keine Verstärkung erwartete, hätte er längst angegriffen, solange Thorag ohne Verstärkung war. Belagerte und Belagerer mochten gleich stark sein, aber die Belagerten konnten ihre Kräfte auf einen Punkt bündeln, während Thorags Männer rund um den Eisenberg verteilt waren. Thorag dagegen konnte die Burg allein nicht nehmen. Bei gleicher Kampfstärke waren die Verteidiger dank der Befestigungen und Fallen, die ihre Burg schützten, im Vorteil.

Außerdem verließ Thorags Männer allmählich der Kampfesmut. Den ganzen Winter über hatte der Donarfürst sie mit der Aussicht auf besseres Wetter vertröstet. Jetzt war der Sommer da, und nichts geschah! Er konnte verstehen, daß immer mehr Krieger von der Rückkehr zu ihren Familien sprachen. Er verstand es, aber er kämpfte dagegen an. Wegen Auja und Ragnar und auch wegen Thusnelda. Also ritt er jeden Tag von Wehrdorf zu Wehrdorf und sprach den Männern Mut zu, erzählte ihnen immer dieselbe Geschichte von Armin und seinen Kriegern, die bald kommen mußten. Doch Armin kam nicht, obwohl Thorag ihm schon mehrere Boten gesandt hatte.

Wieder einmal ritt der Donarsohn um den Berg, und seine Gedanken kreisten um Auja und Ragnar. Er wußte nicht, ob es ihnen gutging, nicht einmal, ob sie noch lebten. Hatte Auja sich von ihren Schwächeanfällen erholt? Wie stand es um das ungeborene Kind in ihrem Leib, das bald auf die Welt kommen mußte? Thorag konnte nur hoffen, auf ein baldiges Wiedersehen mit den Seinen und darauf, daß Thusnelda noch genug Einfluß auf ihren Vater besaß, diesen zu einer guten Behandlung seiner Gefangenen zu bewegen.

Er ritt durch einen lichten Ulmenhain, als er ein Geräusch hörte, daß nicht von den Tieren des Waldes stammte. Er zügelte den Rappen und hörte jetzt deutlich den Hufschlag eines fremden Pferdes. Eines schnell laufenden Pferdes, das in seine Richtung kam!

»Bis wir wissen, wer das ist, sollten wir uns verstecken, Schwarzer«, flüsterte Thorag und lenkte den Hengst zwischen ein paar Bäume mit tiefhängendem Blattwerk. Dort stieg er aus dem Sattel, band die Zügel des Rappen an einen dicken Ast und griff nach Schild und Frame.

Der Hufschlag wurde langsamer und lauter. Thorag starrte zwischen Bündeln kleiner, lilabrauner Ulmenblüten nach dem Fremden, den er bis jetzt nur in Umrissen erkennen konnte.

Der Mann hielt sein kleines, geschecktes Pferd an und rief einen Namen: »Thorag!«

Der Rufer ließ sein Pferd tänzeln. Thorag erkannte den Rundschild mit dem Hirschgeweih. Es war einer der Hirschkrieger, die zu Thorags Streitmacht gehörten, vermutlich ein Kundschafter oder Jäger.

Wieder rief der Hirschmann nach dem Donarsohn. Dieser antwortete und führte den Rappen hinaus ins Freie.

»Verzeih mir das Versteckspiel, Mann aus dem Hirschgau«, sagte Thorag. »Aber deine Eile ließ mich vorsichtig werden. Ich dachte erst, du seist ein weiterer Bote, den Segestes durch unsere Linien schicken will.«

»Nicht die Stiermänner reiten, sondern die Hirschkrieger, Fürst. Die Verstärkung rückt an! Ich sah es auf meinem Kundschafterritt und kam, es dir zu berichten.«

»Führe mich hin!« rief Thorag und saß einen Augenaufschlag später im Sattel.

An der Seite des Hirschkriegers verließ er den Ulmenwald und galoppierte über hügeliges Gelände. Bald sahen sie die Ankömmlinge. Aber was Thorag erblickte, verwirrte und enttäuschte ihn. Es waren höchstens hundert Männer, die mit einem Zug aus Ochsenkarren und Packtieren über blumenreiche Wiesen zogen. Peitschen knallten, Räder knarrten, Männer riefen laut, Ochsen ächzten im Joch, Pferde und Maultiere wieherten.

Thorag hielt eine Hand flach über seine Stirn, um Sunnas Strahlen abzuschirmen, und erkannte einen der vorn reitenden Männer. Es war eindeutig das längliche Gesicht Ingwins, das seit dem feigen Überfall auf Armin verunstaltet war. Thorag und der Kundschafter ritten zu ihm, und der Zug hielt an.

»Wenn der Nachschub nicht zu den Kriegern kommt, kommen die Krieger zum Nachschub, wie?« lachte Ingwin und begrüßte den Donarfürsten.

»Nachschub?« fragte Thorag.

Ingwin drehte sich auf seinem Braunen um und zeigte auf die Wagen und Packtiere. »Ja, Armin sendet dir seine Grüße und frische Verpflegung. Er meint, nach dem harten Winter könntest du das gut gebrauchen, Thorag.«

»Seine Grüße?«

»Armin meinte wohl eher die Verpflegung.«

Wieder lachte Ingwin, aber Thorag blieb ernst und sagte: »Frische Verpflegung ist gut und uns jederzeit willkommen. Die Vorräte aus den Siedlungen rund um den Eisenberg sind aufgebraucht, und der Wald war schon vor dem Einfall der Frostriesen so gut wie leergejagt. Aber mehr noch als Verpflegung benötigen wir Verstärkung. Wann kommt Armin mit seinem Heer?«

Schlagartig verdunkelte sich Ingwins Miene. »Ich fürchte, darauf wirst du lange warten müssen, Donarsohn.«

»Wie lange?«

»Bis Armin wieder ein Heer zur Verfügung hat.«

»Sprich nicht in Räseln zu mir!« herrschte Thorag den narbengesichtigen Hirschmann an. »Ich bin dazu verdammt nicht aufgelegt. Was ist geschehen?«

Ingwin berichtete von dem Kriegszug der Römer ins Land der Chatten. »Armin sammelte die ihm treuen Cherusker um sich und Eilard die Reste der kampffähigen Marser.«

»Warum nicht Mallovend?« fragte Thorag.

»Der Marserherzog hat sich noch immer nicht erholt. Viele sagen, Mallovend wird niemals mehr der alte sein«, erklärte Ingwin und fuhr fort: »Armin und Eilard hielten es für eine gute Gelegenheit, Germanicus zwischen sich aufzureiben. Aber der Römer war schlau und schickte seinen Feldherrn Caecina mit einer eigenen Armee aus. Caecina hatte eine starke Streitmacht linksrheinischer Krieger bei sich, und die narrten die Cherusker immer wieder und lockten sie von einer Falle in die andere. So konnte Caecina eine Vereinigung von Cheruskern und Marsern verhindern und die Marser in einer erbitterten Schlacht schlagen. Eilard hat viele Krieger verloren. Ich glaube nicht, daß mit den Marsern in nächster Zeit zu rechnen ist.«

»Und mit den Cheruskern?« erkundigte sich der Donarfürst ungeduldig.

»Eher als mit den Marsern. Aber nach deren Niederlage verließ auch die Cherusker der Kampfmut, die einzelnen Sippen zogen sich in ihre Gebiete zurück. Armin eilt von Gau zu Gau, um das Feuer der Kampflust erneut zu entfachen.«

Thorag sagte bitter: »Ich kann nur hoffen, daß dieses Feuer brennt, bevor Segestes einen Ausfall wagt oder Hilfe erhält.«

»Hilfe?« fragte Ingwin. »Von wem?«

»Von den Römern«, antwortete Thorag und erzählte von Segimunds Durchbruch. »Der Eissturm störte die Männer auf den Schneebrettern nicht, schien sie nur noch schneller voranzutreiben. Wir konnten die nicht einholen, die mit den Frostriesen im Bunde waren.«

Thorag versuchte, die volle Wahrheit vor seinen Männern zu verbergen und die Sache so darzustellen, als sei ein baldiger Entsatz durch Armin und seine Krieger zugesagt. Die Männer glaubten ihm oder taten möglichen Unglauben zumindest nicht kund. Die Freude über die frische Verpflegung machte ihre Herzen etwas leichter, und Thorag ließ großzügig Met und Bier austeilen, um sich das Wohlwollen der Donarsöhne und Hirschkrieger zu erhalten. Er hob das Trinkhorn und bat die Götter um einen baldigen Sieg, doch tief in seinem Herzen ahnte er, daß ein Verhängnis nahte. Die Wahrheit ließ sich nicht mit Honigwein und dem gegorenen Saft der Süßgräser wegspülen.

Vier Nächte waren seit Ingwins Ankunft vergangen, als Thorags düstere Ahnung an einem wolkenverhangenen Morgen bestätigt wurde. Ein junger Donarsohn namens Jorit kehrte unerwartet früh von seinem Kundschafterritt am Westhang des Eisenberges zurück, sprang vor Thorags Hütte von seinem Falben und meldete keuchend: »Die Römer sind da!«

Thorag nahm das sehr gelassen hin, weil er insgeheim damit gerechnet hatte. Ruhig blickte er den jungen Krieger an und fragte nur: »Wie viele Römer? Und wo sind sie?«

»Sie sind überall ... im Westen«, stammelte Jorit erregt. »Durch jedes Tal kommen die Marschkolonnen, länger, als mein Blick reichte.«

»Argast, Ayko und Thidrik kommen mit Jorit und mir«, entschied der Donarfürst. »Wir sehen uns das aus der Nähe an. Die anderen reiten zu den Wehrdörfern und holen die Krieger zusammen. Sie sollen sich für den Kampf bereit halten, aber noch nichts unternehmen. Wir treffen uns am Schlangenstein.«

Kurz darauf verließen Thorags berittene Boten das Wehrdorf in verschiedene Richtungen, während der kleine Trupp des Donarfürsten unter Jorits Führung den Römern entgegenjagte. Sie hingen tief über die Hälse der Pferde gebeugt, um schneller zu sein. Wenn die Römer bereits so nah waren, zählte jeder Augenblick.

Vielleicht hat Jorit in seiner Erregung übertrieben, dachte Thorag. *Vielleicht ist es nur ein kleiner Trupp Römer, der das Gebiet erkunden soll. Vielleicht wollen sie gar nicht zur Eisenburg, und nur der Zufall hat sie in diese Gegend geführt.*

Doch dies war eine Selbsttäuschung, wie er sich tief in seinem Innern eingestand. Die Sorge um Auja und Ragnar führte zu solchen Gedanken, die keiner vernünftigen Überprüfung standhielten. Die Römer waren nicht so dumm, mit kleinen Einheiten tief ins feindliche Cheruskerland vorzustoßen. Wenn sie kamen, dann mit einem großen Heer. Und wenn sich dieses Heer auf die Burg des Stierfürsten zubewegte, geschah das keinesfalls aus Zufall. Nein, Thorag war so gut wie sicher, wem er den Aufmarsch zu verdanken hatte: Segimund!

Der kieferbestandene Hügel, auf den Jorit seine Begleiter führte, war ein guter Aussichtspunkt in die angrenzenden Täler. Der Ausblick zerstörte Thorags letzte, unvernünftige Hoffnungen. Jorit hatte nicht übertrieben. Die fünf Cherusker sahen in jedem Tal Marschkolonnen, die sich auf den Eisenberg zubewegten: römische Legionäre und Reiterei sowie gallische, germanische und andere Auxilien. Die Hänge hallten unter Stiefeltritt und Hufgeklapper wider, Offiziere ritten an den Marschkolonnen entlang und riefen Befehle.

»Etwas fehlt«, sagte Argast und kniff überlegend die Lippen zusammen. Er beugte sich auf seinem struppigen, mausgrauen Hengst vor und hob den Kopf, lauschte in das Tal hinein, wo unter den Spähern gallische Auxiliarinfanterie vorüberzog. »Keine Hornsignale!« sagte er dann. »Die Einheiten verständigen sich nur durch Boten, Feldzeichen und die Befehle der Offiziere.«

Thorag nickte verstehend. »Sie wissen, daß wir in der Nähe sind, und wollen uns nicht warnen. Die Legionäre haben ihre Helme aufgesetzt und tragen sie nicht, wie auf dem Marsch üblich, vor der Brust. Jeder hat seinen Schild am Mann und von der Hülle befreit. Der große Armeetroß wurde zurückgelassen, und der kleine Gefechtstroß befindet sich mitten zwischen den Legionen. Kein Zweifel, Germanicus ist zum Kampf bereit!«

»Germanicus?« Argasts Augen leuchteten. »Du meinst, Fürst Thorag, der Imperator selbst führt dieses Heer?«

Thorag streckte einen Arm in südwestlicher Richtung aus, wo Sunnas kurz die dicke Wolkendecke durchbrechende Strahlen ein vielhundertfaches metallisches Glitzern hervorriefen. »Das da dürfte die Garde des Imperators sein. Es sind ihre Feldzeichen und ihre Uniformen. Und auch wenn ich das Gesicht des Mannes auf dem Schimmel ganz vorn nur verschwommen sehe, glaube ich Germanicus zu erkennen.«

»Du kennst den Caesar?« fragte Ayko erstaunt.

»Ja. Als ich mit Armin für die Römer in Pannonien kämpfte, stand auch Caesar Germanicus unter dem Befehl seines Onkels Tiberius. Damals hatte Germanicus einen guten Ruf unter den Soldaten, wie auch Tiberius.«

»Pah!« Argast spie aus. »Wie kann ein Römer einen guten Ruf haben?«

»Unter Römern schon«, erwiderte Thorag. »Vergiß nicht, Argast, daß ich selbst vor einigen Wintern für sie kämpfte und daß viele Stämme auf dieser Seite des Rheins mit ihnen Verträge geschlossen hatten.«

»Verträge, die die Römer ausnutzten, um uns auszubeuten und zu versklaven«, sagte Argast unversöhnlich. »Wir haben es Varus heimgezahlt, und heute wird auch Germanicus ...«

Er brach ab, riß gleichzeitig den Grauen herum und galoppierte auf ein dichtes Gebüsch aus Adlerfarn zu, der mehr als mannshoch gewachsen war. Noch bevor er es ganz erreicht hatte, schleuderte er die Frame zwischen das grüne Blattwerk.

Die großen, dreieckigen Farnwedel schwangen hin und her. Gequältes Röcheln vermischte sich mit heftigem Rascheln, und eine Gestalt taumelte aus dem Farn hervor. Ein Krieger mit klettenverklebten Haaren und nackter Brust, in die Argasts Waffe gedrungen war. Der Fremde umklammerte mit beiden Händen den hölzernen Lanzenschaft und bemühte sich vergeblich, die Frame aus seinem Körper zu ziehen. Sie war so tief eingedrungen, daß die blutige Eisenspitze am Rücken wieder hervortrat. Der Verwundete stürzte und zuckte in heftigen Krämpfen, die plötzlich erstarben. Er rührte sich nicht mehr. Das Blut, das aus der häßlichen Wunde lief, bedeckte die schwarze Farbe, mit der ein Eberkopf auf die Brust gemalt war.

»Ein verfluchter Spion der Eberkrieger!« sagte Argast, sprang vom Pferd, kniete sich neben den halbnackten Ebermann und zog die Frame aus seinem Körper. »Ein guter Wurf, er ist tot.«

»Ein Toter kann uns nichts mehr verraten«, sagte Thidrik ein wenig vorwurfsvoll.

»Wenigstens kann er jetzt nicht mehr uns an andere verraten.« Grinsend stieg Argast wieder auf sein Pferd. Er zeigte mit der blutigen Framenspitze hinunter ins Tal. »Nur ein Warnruf von dem Ebermann, und die Gallier dort unten wären wie ein Schwarm aufgescheuchter Bienen über uns hergefallen.«

»Wir wissen auch so, was los ist«, sagte Thorag. »Wo dieser Ebermann ist, werden auch andere nicht weit sein. Germanicus setzt sie als Späher ein, um das Gelände zu erkunden.« Er wandte den Rappen vom Abhang ab. »Wir sollten schleunigst zum Schlangenstein reiten!«

Unterwegs dachte Thorag angestrengt nach. Ihm blieb nicht viel Zeit für seine Entscheidung, von der so viel abhing, auch das Schicksal Aujas und Ragnars. Lieber hätte er allein einer ganzen Zenturie römischer Legionäre gegenübergestanden, als diesen Entschluß zu treffen. Aber Thorag war der Donarfürst und der

Befehlshaber aller Krieger, die die Eisenburg belagerten. Er war der letzte, der sich aus der Verantwortung stehlen durfte.

Der Schlangenstein war ein hoher Felsen, der sich in einem steinigen Tal am Nordhang des Eisenbergs erhob und den Namen seiner vielfach gewundenen Form verdankte. Wie eine Schlange, die ihren gekrümmten Leib in den Himmel reckte, fünfmal so hoch wie ein Mann. Am oberen Ende saß eine Verdickung mit einem dünnen Zacken, die aussah wie ein Schlangenkopf mit hervorstoßender Zunge. Man erzählte sich, hier sei ein Kind der Midgardschlange aus dem Ei geschlüpft. Bevor das Schlangenkind zur Größe seiner Mutter und zu einer weiteren Bedrohung für das Göttergeschlecht der Asen heranwuchs, hatte Donars Zauber das Tier versteinern lassen.

Als Thorag in das mit seinen Kriegern angefüllte Tal ritt, wünschte er sich, Segestes, Gerolf und Germanicus ebenso einfach besiegen zu können, wie es seinem Ahnherrn bei der Tochter der Midgardschlange gelungen war. Aber auch wenn Thorags Familie ihre Abkunft auf den Donnergott zurückführte, Thorag war nur ein Mensch, ohne Zauberkraft und göttliche Macht. Und der beeindruckende Anblick zweitausend entschlossener Krieger war gar nicht mehr so beeindruckend, wenn er an die Marschkolonnen der Römer dachte, lang wie die Midgardschlange.

Ingwin ritt ihm entgegen und rief: »Wir sind bereit zum Kampf, Thorag. Führe uns gegen die Römer in die Schlacht!«

Der Donarfürst zügelte den Rappen und schüttelte den Kopf. Er berichtete von dem römischen Heer und sagte: »Die Übermacht ist mindestens zehn-, wenn nicht zwanzigfach. Ohne Verstärkung durch Armin sind wir zu schwach, sie zu besiegen. Außerdem sind die verräterischen Ebermänner bei den Römern. Gerolfs Krieger kennen dieses Land und seine Tücken. Sie werden zu verhindern wissen, daß wir die Römer in eine Falle locken.«

»Du willst kneifen?« schrie Ingwin aufgebracht. Seine Erregung übertrug sich auf sein Pferd. Der Braune wieherte laut und begann zu tänzeln. Mühsam brachte Armins Kriegerführer das Tier wieder in seine Gewalt und zeigte dann zum nahen Berg, auf dem sich die Wälle und Häuser der Eisenburg in das Schwarzgrau des verhangenen Himmels erhoben. »Thusnelda, die Frau unseres Herzogs Armin, wird dort festgehalten. Armin hat uns damit beauftragt, sie zu schützen. Und du willst Thusnelda im Stich lassen, Thorag?«

»Ich will es nicht, aber uns bleibt keine Wahl. Vergiß nicht, daß auch mein Weib und mein Sohn auf der Burg sind. Meinst du wirklich, Ingwin, ich würde sie leichten Herzens aufgeben? Aber wenn wir jetzt kämpfen, werden wir ihnen nicht helfen, sondern alle sterben!«

»Im Kampf zu sterben ist eine Ehre!« rief der narbengesichtige Hirschkrieger. »Walhalls Tore werden für uns offenstehen!«

»Auch wenn der Tod ehrenhaft ist, kann er unklug sein«, bellte Thorag. »Du selbst warst Optio der Auxilien und solltest etwas von Taktik verstehen, Ingwin. Bedenke, daß die Männer, die du in den Tod schicken willst, genau die sein können, die Armin fehlen werden, um Germanicus zu schlagen! Hast du mir nicht selbst berichtet, welche Mühe unser Herzog hat, ein neues Heer aufzustellen?«

Während Ingwin noch überlegte, reckte Argast seine Frame hoch und rief: »Seht meine Lanze, an der das frische Blut des Feindes klebt. Ein Donarsohn zögert nicht, in den Kampf zu reiten. Aber ein Donarsohn stirbt lieber für etwas, das sich lohnt. Deshalb sage ich, wir sollten uns mit Armin vereinen und gemeinsam den Feind schlagen!«

Rufe und das Klirren gegeneinandergeschlagener Waffen und Schilde wurden laut, beides Zeichen der Zustimmung.

»Also gut«, sagte Ingwin. »Wir ziehen uns zurück. Ich hoffe nur, Armin billigt diese Entscheidung.«

Und ich hoffe, mein Entschluß stürzt Auja und Ragnar nicht ins Unglück! dachte Thorag, als er schweren Herzens an der Spitze seiner Krieger den Eisenberg verließ.

Die Wolken öffneten sich, und heftiger Regen fiel auf die abrückenden Cherusker. Es war, als würden die Götter weinen.

Thusnelda hatte den Webstuhl verlassen und war die vier Stufen hinauf zu der dicken Holzbohlentür geeilt. Plötzlich aufbrandendes Geschrei und hektischer Lärm, der die einschläfernde Ruhe auf der Eisenburg durchbrach, hatten sie angelockt.

Der Schreiner Ender hatte die Schäden an der Tür, die sie mit dem Webschwert angerichtet hatte, ausgebessert. Und seitdem hatte Thusnelda keine Gewalt gebraucht, um auf sich aufmerksam zu machen. Es wäre auch nicht mehr so einfach gegangen, denn das neue Webschwert war aus Holz.

Immerhin waren seit diesem Vorfall, bei dem Thusnelda ihren Vater zum letztenmal gesehen hatte, die Zuteilungen für die Gefangenen etwas reichlicher geworden. Dies allerdings führte Thusnelda weniger auf eine Anordnung von Segestes als auf das Einwirken Eilmars zurück. Denn der junge Stiermann stand stets dann vor der Webhütte Wache, wenn die Lieferung von Nahrung und Feuerholz besonders üppig ausfiel.

Es war genug gewesen, um die beiden Frauen und den kleinen Jungen über den Winter zu bringen. Jetzt war es wärmer geworden. Und wenn, selten genug, die Tür geöffnet wurde, sah Thusnelda, daß die Mäntel der Frostriesen nicht länger das Land bedeckten. Bäume, Büsche und Gräser erwachten zu neuem Grün, so stellte sie es sich vor. Sehen konnte sie nichts davon. Das Rechteck des Eingangs gab nur den Blick auf die Wände einiger Ställe frei.

Die letzte Zeit war ereignislos verlaufen. Auja ging es noch nicht besser. Ragnar wurde immer mürrischer. Er aß wenig, schlief schlecht und saß oft den halben Tag auf der Erdbank, ohne sich zu rühren und ohne etwas zu sagen. Kein Wunder, ein Junge seines Alters gehörte nach draußen, um mit anderen Kindern und mit den Tieren des Hofes und des Waldes zu spielen. Ragnar mußte sich fühlen wie ein wildes Tier, das man gefangen hatte und seitdem in einem Verschlag hielt. Seine Sinne stumpften ab, seine Lebenslust verkümmerte. Thusnelda selbst fühlte sich oft so, aber sie konnte sich wenigstens durch die Webarbeit und durch Gespräche mit Auja ablenken. Die beiden Frauen versuchten, Ragnar durch das Erzählen spannender Geschichten aufzuheitern. Eine Weile ging das ganz gut, aber bald kannte der Junge die Geschichten von Göttern, Riesen, Ungeheuern und Helden besser als die Frauen. Also dachten sie sich neue Geschichten um Asen und Wanen, um Wodan, Donar und Loki aus. Aber Ragnar brachte nicht mehr viel Begeisterung auf.

Auch jetzt saß er reglos neben seiner Mutter auf der mit Fellen bedeckten Bank und zeigte wenig Anteilnahme für das Geschehen draußen, das Thusnelda zu erlauschen versuchte, da die

Webhütte über kein einziges Windauge verfügte. Es war eine schwierige Aufgabe, weil eben starker Regen eingesetzt hatte und laut auf das mit Grassoden gedeckte Dach der Hütte prasselte.

Auja saß neben ihrem Sohn, hielt ihn mit einem Arm umschlungen und fragte: »Was geschieht dort draußen? Was hörst du, Thusnelda?«

»Undeutliche Schreie. Ich verstehe es nicht genau, aber es klingt wie Jubel. Die Menschen scheinen aufgeregt hin und her zu laufen.«

»Welche Menschen? Die Männer deines Vaters – oder unsere Retter?«

Erst hatte Auja ›Thorag und Armin‹ statt ›unsere Retter‹ sagen wollen. Aber in letzter Zeit hatte sie diese Namen nicht mehr in den Mund genommen. Sie versuchte sogar, so wenig wie möglich an Thorag zu denken. Es tat ihr weh, von ihrem Gemahl getrennt zu sein, ohne zu wissen, ob sie ihn jemals wiedersehen würde. Außerdem fragte Ragnar, sobald er den Namen seines Vaters hörte, wann Thorag endlich käme, um sie zu befreien und Segestes zu bestrafen; Auja fielen keine Ausreden, keine Vertröstungen mehr ein. Sie fühlte sich schwach und müde, ausgebrannt, mit jeder Nacht mehr, auch wenn sie es gegenüber Ragnar und Thusnelda zu verheimlichen versuchte. Es war, als sperrten die dicken Wände aus Erdreich und Holz die Lebenskraft aus.

»Schritte kommen näher!« rief Thusnelda erregt. »Jemand spricht mit den Wachen!«

Dann hörten die Gefangenen auch schon das Schaben des Riegels, und die Tür wurde geöffnet. Thusnelda trat einen Schritt zurück, als könne sie den Strahlen des Tageslichtes, die so selten in die Webhütte fielen, nicht standhalten. Dabei war Sunnas Kraft, gebrochen durch Donars Wolkendecke, nicht sonderlich groß.

Eine große Gestalt füllte den Eingang aus: Segestes!

Thusnelda spürte keine Freude über das Wiedersehen mit ihrem Vater. Schon damals, als er sich gegen ihre Verbindung mit Armin gestellt hatte und sie unbedingt mit einem Fürsten der Semnonen verheiraten wollte, mit dem er ein Bündnis gegen Armin anstrebte, hatte sie sich innerlich von ihm losgesagt.

Seit dem Tod der Mutter, die vor zwölf Wintern mit der Tochter starb, die sie gebären wollte, hatte Thusnelda keine richtige Familie mehr gehabt. Von diesem Zeitpunkt an hatte Segestes mehr Sinn für Machtkämpfe als für seine Kinder gezeigt.

Und dann wurde Thusnelda auch von ihrem Bruder Segimund getrennt, als dieser, wie auch Armin und Thorag, zu den Römern geschickt wurde, als Faustpfand für die Bündnistreue der Cherusker und als Bindeglied zwischen beiden Mächten. Segimund wurde als Priester am neuen Altar in der Ubierstadt ausgebildet. Segestes, der für seine Verdienste um die Bündnisverträge zwischen Römern und Germanen das römische Bürgerrecht erhielt, erwarb ein Anwesen in der Ubierstadt. Oft verbrachte er dort mit Thusnelda den Winter, wo sie sich in den Sitten und der Sprache der Römer übten, und dann wenigstens sah sie Segimund. Doch jedesmal war ihr der Bruder fremder geworden.

Seit dem Aufstand gegen Varus hielt sich Segimund zwar wieder im Cheruskerland auf, aber sein Familiensinn war ebenso abgestorben wie der seines Vaters. Der Krieg fraß Zuneigung und Liebe.

Die Raubehe mit Armin und Segestes' Gefangenschaft auf der Adlerburg hatten die Kluft zwischen Vater und Tochter noch vertieft. Kurzzeitig, als Segestes in die Heirat mit Armin einwilligte, hatte Thusnelda gehofft, ihr ungeborenes Kind würde einen Großvater haben. Aber was dann folgte, erst die Verschleppung Armins und dann der Überfall auf die Adlerburg, hatten ihr klargemacht, daß es keine Gemeinsamkeiten zwischen ihr und Segestes gab und keine gemeinsame Zukunft für Vater und Tochter. Und schließlich hatte Segestes ihr ins Gesicht gesagt, daß er keine Tochter mehr habe. Also konnte sein plötzliches Erscheinen in der Webhütte kaum etwas Gutes bedeuten.

Thusnelda blickte forschend in das bartlose Gesicht des Stierfürsten. Tiefe Falten hatten sich dort im Laufe von über fünfzig Wintern eingegraben und bildeten ein Muster des Lebens mit all seinen Sorgen und Widrigkeiten. Daran war Segestes nach Thusneldas Ansicht nicht unschuldig. Ein Mann, der sich gegen die eigene Tochter, gegen den eigenen Herzog und damit gegen den eigenen Stamm stellte, durfte nicht mit einem leichten Leben rechnen.

Aber jetzt waren die Mundwinkel nach oben gezogen, wie zu einem stillen Lächeln. Große Befriedigung lag in den Zügen des Fürsten, und das ängstigte Thusnelda.

»Komm heraus!« befahl er barsch.

Als Thusnelda zögerte, trat er vor, umfaßte ihren Oberarm mit festem, schmerzendem Griff und zerrte sie ins Freie, wo der Regen ihr wollenes Kleid durchweichte. Ein paar Stiermänner stiegen in die Erdhütte hinab und holten die beiden anderen Gefangenen heraus. So unsanft, daß Auja auf der Treppe stolperte und gestürzt wäre, hätte der junge Eilmar nicht geistesgegenwärtig seine helfende Hand ausgestreckt.

»Paßt doch auf!« fuhr Thusnelda die Männer ihres Vaters an. »Auja ist schwanger, so wie ich. Und ihr geht es nicht gut. Sie hat ...«

Der Rest des Satzes blieb ihr im Halse stecken, als sie die Männer erblickte, die über die ganze Burg ausschwärmten. Reiter mit Kettenhemden und mit Helmen, die dank Wangenklappen und Nackenschutz den ganzen Kopf umschlossen und nur Augen, Nase und Mund frei ließen.

Römische Reiter!

Thusnelda begriff, drehte sich zu ihrem Vater um und schrie: »Du Verräter hast die Römer in unser Land geholt!«

»Ich bin nicht der Verräter, sondern dein Armin ist es, begreif es endlich!« Segestes' Stimme bebte. »Die Römer waren längst hier und hatten Verträge mit uns, an deren Zustandekommen ich maßgeblich beteiligt war. Sie glaubten an unsere Treue, die von Armin schändlich verraten wurde. Jetzt werdet ihr mir helfen, diesen Schandfleck auszulöschen.« Er wandte sich an seine Männer und schnarrte: »Bringt die Gefangenen mit!«

Durch den strömenden Regen gingen Segestes, sein Bruder Segimer, dessen Sohn Sesithar und andere Edelinge der Stiersippe samt den Frauen und Kindern. Frilinge, Halbfreie und Schalke folgten ihnen. Thusnelda, Auja und Ragnar mußten sich dem Gefolge des Stierfürsten anschließen. Rauhe Hände stießen sie voran und ließen ihnen keine andere Wahl. Mit jedem Schritt spürte Thusnelda mehr, daß sie einem Verhängnis entgegenging.

Unter dem Vordach von Segestes' Pferdestall, das den Regen abhielt, warteten mehrere Männer auf sie, Römer und Germanen. Thusnelda erkannte nur letztere, ihren Bruder Segimund und den fuchsgesichtigen Gerolf, den sie noch nie gemocht hatte. Mehr noch als Segestes erweckte der Eberfürst stets den Eindruck, daß er dunkle Pläne schmiedete.

Segestes blieb vor dem Stalldach stehen und nahm es in Kauf, daß der Regen ihn durchnäßte. Sein langes Haar klebte an seinem Gesicht, und der Umhang, das Hemd und die Hose klebten an seinem Körper. Mit ruhiger Stimme sagte er: »Ich, Segestes, Gaufürst der Stiersippe, grüße dich, Caesar Germanicus, Sohn des Princeps, unseren Befreier. Sei willkommen auf meiner Burg und fühle dich, als wäre sie die deine!«

Germanicus!

Thusnelda zuckte zusammen, als sie den Namen hörte. Ihr Vater machte seine Drohung also wahr und lieferte seine Tochter dem römischen Feldherrn aus. Ihr Blick richtete sich auf den Mann im blitzenden Brustpanzer, den sie als Germanicus erkannt zu haben glaubte. Ein großer Mann von kräftigem, gutem Wuchs mit einem fast hübsch zu nennenden Gesicht. Das Haar, das unter dem mit Roßhaar besetzten Helm hervorlugte, war heller als das der meisten Römer.

Und tatsächlich war es dieser Mann, der Segestes antwortete: »Es ist einfach für mich, diese Burg als die meine anzusehen, Fürst Segestes, denn sie befindet sich in den Händen meiner Männer. Was ihnen übrigens nicht sonderlich schwerfiel, stießen sie doch nicht auf nennenswerten Widerstand. Es waren nur ein paar versprengte Häufchen, vor denen du dich hier oben versteckt hast.«

Weder ließ sich Segestes von dem unüberhörbaren Spott des Feldherrn beirren, noch unternahm er eine Anstrengung, sich unter das vor dem Regen schützende Dach zu drängen. Scheinbar unbeeindruckt sagte er: »Die wenigen Krieger, auf die deine Legionen stießen, waren tatsächlich nur Versprengte, Caesar. Sie verpaßten den Anschluß oder suchten absichtlich den Kampf. Die Hauptmacht der Belagerer zog ab, kurz bevor deine Truppen die Burg erreichten. Wir konnten es von hier oben beobachten.«

»Wie auch immer, jetzt ist diese Burg in Römerhand«, meinte Germanicus mit fester Stimme. »Bald wird noch viel mehr hier in unserer Hand sein, und unsere Feinde werden für das Massaker büßen, das sie im Saltus Teutoburgiensis angerichtet haben!«

Als der Imperator von den Feinden sprach, machte er eine kleine Pause und sah Segestes durchdringend an.

Dieser erwiderte: »Kämpfe gegen die Feinde Roms, edler Germanicus! Ich bin ein Freund der Römer und werde an eurer Seite stehen!«

»Unser Freund, wirklich?« fragte Germanicus mit ungläubigem Augenaufschlag. »Seit wann? Seit wir auf deiner Burg sind?«

Segestes schüttelte den Kopf. »Nicht erst seit diesem Tag bezeuge ich meine unverbrüchliche Treue gegenüber dem römischen Volk. Seit ich von dem vergöttlichten Augustus mit dem römischen Bürgerrecht geehrt worden bin, habe ich Freunde und Feinde zum Wohle Roms erwählt.«

»Warum tatest du das, Segestes?« Germanicus klang streng, wie ein Lehrer, der das schlechte Gewissen eines Schülers wegen eines Streiches oder einer unterlassenen Hausarbeit ausforschen wollte. »Warum lag das Wohl des römischen Volkes dir mehr am Herzen als das deines eigenen?«

»Ich handelte nicht aus Haß gegen mein Vaterland, wie ich auch kein Verräter an meinem Volk bin.« Der Blick des Stierfürsten streifte kurz seine Tochter, dann fuhr er fort. »Verräter sind allen verhaßt, den Verratenen und denen, auf deren Seite sie sich stellen. Ich aber verriet niemanden, sondern handelte zum Nutzen aller, war und bin ich doch der festen Überzeugung, daß der Vorteil der Römer auch der Nutzen der Germanen und daß Frieden stets besser als Krieg ist. Deshalb klagte ich den vertragsbrüchigen Hirschfürsten Armin, den Räuber meiner Tochter, damals bei Quintilius Varus an. Der Statthalter glaubte mir nicht. Hätte er es getan, wäre ihm der Tod und seinen Legionen der Untergang erspart geblieben.«

»Aber seitdem lebst du bei den Aufständischen«, entgegnete Germanicus mit einem kalten Lächeln.

»Ich versuchte, die Cherusker und die anderen Stämme wieder für die Sache Roms zu gewinnen. Außerdem war ich für einige Zeit Armins Gefangener, so wie er der meine war. Aber jetzt bin ich froh, daß sich die römischen Adler wieder über das Cheruskerland erheben. Ich will dir und Rom nach allen Kräften dienen, Germanicus, nicht des Lohnes wegen, sondern um mich von dem Vorwurf der Treulosigkeit zu befreien und um denjenigen Germanen ein weiser Vermittler zu sein, die ebenfalls die Reue dem Verderben vorziehen.«

Eine lange Reihe von Schalken näherte sich, bewacht von ein paar Stierkriegern. Sie trugen schwer an großen Kisten, die sie auf Geheiß des Segestes vor Germanicus abstellten. Gold, Silber und Edelsteine funkelten in den hölzernen Kisten.

»Das ist die Beute aus der Schlacht gegen Varus, die ich sicherstellen konnte«, erklärte der Stierfürst. »Nimm sie als Beweis meiner Aufrichtigkeit entgegen, Germancius.«

»Das werde ich im Namen des römischen Volkes«, sagte der Imperator. »Deine Worte klingen ehrlich, und deine Tat unterstützt diesen Eindruck, Segestes. Aber gilt das auch für deine Angehörigen, die erbittert gegen mein Volk kämpften?«

»Ja, Caesar. Mein Bruder, mein Sohn und mein Neffe waren verblendet, teils durch Armins aufstachelnde Worte, teils durch die Ungestümheit ihrer Jugend. Sie bereuen ihre Taten und bitten dich um Vergebung.«

»Gilt das auch für deine Tochter? Ich hörte, du hältst sie gefangen, weshalb Armin und Thorag dich belagerten.«

»Ich bekenne freimütig, daß nur der Zwang Thusnelda zurück auf meine Burg führte.« Segestes trat neben seine Tochter. »Du selbst, Imperator, magst entscheiden, was das größere Gewicht hat, daß sie das Kind Armins in sich trägt oder daß sie mein Kind ist. Ich gebe sie in deine Hände.«

Er führte Thusnelda unter das Dach. Sie ging widerstandslos mit und gab sich gefaßt. Obwohl sie fühlte, daß sie jetzt weiter von Armin entfernt war als jemals zuvor. Aber niemand sollte ihren Kummer sehen, weder Segestes noch Germanicus. Zum Glück verwischte der Regen ihre Tränen.

»Auch meine beiden anderen Gefangenen, Frau und Sohn des Gaufürsten Thorag, übergebe ich dir, Caesar. Thorag war maßgeblich daran beteiligt, Varus in die Falle zu locken. Entscheide du, wie seine Familie dafür büßen soll!«

Als die Stierkrieger Auja und Ragnar unter das Dach brachten, trat Gerolf vor. Seine Augen leuchteten bei dem Anblick der beiden, aber es war ein böses Leuchten, voller Haß und Rachsucht.

»Übergib diese beiden mir, Imperator«, bat der Eberfürst. »Ich werde für eine Strafe sorgen, die diesen Namen wirklich verdient.«

»Dein persönlicher Streit mit Thorag hat hier nichts zu suchen, Gerolf«, ermahnte Germanicus den Ebermann. »Die beiden Frauen und das Kind stehen unter meiner Obhut, nicht unter deiner. Also halte dich zurück!«

»Wie du befiehlst, Caesar«, sagte Gerolf unterwürfig, aber der finstere Blick, den er Auja und Ragnar zuwarf, sprach eine andere Sprache.

Auja erzitterte unter diesem Blick. Oder war es die Kälte des Regens, der sie bis auf die Haut durchnäßt hatte?

Thusnelda trat zu ihr und umschlang die Leidensgenossin mit beiden Armen, um ihr Sicherheit und Wärme zu geben. »Nur Mut«, flüsterte sie in Aujas Ohr. »Noch ist nichts verloren!«

Thusnelda sagte es zwar, aber sie selbst konnte nicht recht daran glauben.

Kapitel 22

Böse Träume

Notts Schleier legten sich allmählich auf die Kuppen der hochaufragenden Felsen, die seit alter Zeit eine Brücke zwischen der Welt der Menschen und dem Reich der Götter waren. Hier, bei den Heiligen Steinen, lebten die angesehensten Priester, Seherinnen und Heilerinnen. Hier hielten die Cherusker ihre großen Stammesthinge ab. Hier wurden die wichtigsten Entscheidungen für den Hirschstamm getroffen, Herzöge gewählt und Kriegszüge ausgerufen. Und auch die Angehörigen anderer Stämme kamen oft hierher, auf der Suche nach Rat oder Heilung.

Das Thing der Stammesfürsten und Edelinge, zu dem Armins Boten nicht nur die Edelinge der Cherusker, sondern auch die der benachbarten Stämme zusammengerufen hatten, war zahlenmäßig klein im Vergleich zu den Versammlungen aller Frilinge. Aber die meisten Krieger mußten in den Gauen bleiben, jetzt, wo wieder römische Heerwürmer mordend und plündernd durch das Land zogen. Auch wenn Germanicus mit Gerolf und Segestes an den Rhein zurückgekehrt war, dieser Sommer hatte sicher nicht den letzten Einfall der Römer gesehen. Um einem neuen Kriegszug des Imperators begegnen zu können, hatte Armin die Edelinge hier versammelt.

Die Entscheidung würde morgen fallen, und Thorag verdrängte den Gedanken daran, als aus der Dämmerung die Hütte auftauchte, mit der er alte Erinnerungen verband. Erinnerungen an die Zeit vor dem Kampf gegen Varus. Erinnerungen an eine junge Frau, für die Thorag sehr viel empfunden hatte, als er Auja für immer verloren glaubte. Vielleicht noch in einem stärkeren Maße verloren als jetzt, denn damals war Auja die Frau eines anderen gewesen, rechtmäßig mit Asker vermählt.

Doch die Frau, die ihn nach seinem Kampf gegen den wilden Eber gepflegt hatte, entschied sich für ein Leben als Priesterin, für ein Leben ohne Gemahl. Astrid! Vor der kleinen Hütte, auf die Thorag den Rappen zuhielt, sah er ihr sanftes Gesicht, umrahmt von dem langen Haar, das schwarz war wie selten bei den mehrheitlich hellhaarigen Germanen.

Es war keine Einbildung, kein Traum aus alter Zeit. Astrid stand tatsächlich im Eingang ihrer Hütte und sah ihm entgegen, als erwarte sie ihn. Ein kurzes Lächeln auf ihrem Gesicht drückte Freude über das Wiedersehen aus. Dann wurden ihre Gesichtszüge wieder ernst. Menschen wie Astrid, denen die Nornen Träume sandten, konnten wohl niemals ganz gelöst sein, zu schwer wog das Wissen um das Schicksal.

Thorag konnte das gut nachempfinden, denn früher hatte er selbst häufig vorausschauende Träume gehabt, wenn auch nicht in der Deutlichkeit wie bei Astrid. Nach seiner Heirat mit Auja waren diese Träume kaum noch aufgetaucht. Die Ruhe und das Glück, die das friedliche Leben ihm nach so vielen Kämpfen bescherte, schienen ihn mit seinem Schicksal ausgesöhnt zu haben.

»Steig ab und komm herein, Thorag«, sagte die junge Frau, deren zierliche Gestalt in einem einfachen, erdfarbenen Kleid steckte, das über der rechten Schulter von einer silbernen Wodansfibel gehalten wurde. »Das Abendessen steht schon bereit.« Sie drehte sich um und ging hinein.

Diese Art der Begrüßung nach so langer Zeit war vielleicht ungewöhnlich, aber Thorag nicht unwillkommen. Plötzlich spürte er, wie sich sein leerer Magen vor Hunger zusammenzog. Außer einer Schale Gerstenbrei und ein paar Schlucken Ziegenmilch am Morgen hatte er heute noch nichts zu sich genommen. Zu sehr hatten ihn die Gespräche mit anderen Edelingen beansprucht, die er und Armin führten, um sie auf ihre Seite – die Seite des Krieges – zu ziehen.

Thorag stieg ab, band sein Pferd an einer dünnen Birke in der Nähe der Hütte fest und betrat die kleine Behausung, in der Astrid allein lebte, seit ihr Bruder Eiliko in der Ubierstadt von dem Bären Ater getötet worden war. Das flackernde Herdfeuer verbreitete Wärme und Licht. Astrid nahm einen Topf vom Feuer und stellte ihn auf den kleinen Holztisch vor einer Eckbank, auf dem bereits einige Schalen, zwei Becher und ein großer Tonkrug standen. Aus dem Krug stieg der süße Duft des Honigweines und aus dem großen Topf ein herzhafter, doch ebenso verführerischer Geruch.

»Was hast du gekocht?« fragte Thorag, als er sich auf die Eckbank setzte. Er fühlte sich hier sofort heimisch, obwohl es sieben Winter her war, seit Astrid ihn gepflegt hatte, und sechs Winter waren seit seinem letzten Besuch in dieser Hütte vergangen. Doch Astrids Herzlichkeit, mit der sie ihn begrüßte wie eine verheiratete Frau den vom Tagwerk heimkehrenden Gemahl, ließ keine Fremdheit aufkommen.

»Lammfleisch und Gemüse in einer Brühe aus speziellen Kräutern, die nur den Priestern der Heiligen Steine bekannt sind.«

»Zauberkräuter?«

»Kräuter, die gut für Körper und Geist sind. Es wird dir schmecken, hoffe ich. Füllst du die Becher mit Met?«

Thorag nickte und ergriff den Tonkrug, während Astrid mit einer Holzkelle dampfendes Essen in zwei Schalen tat. »Der Met riecht so gut wie deine Kräuterbrühe, Astrid. Leider werde ich mich beim Trinken zurückhalten müssen. Morgen auf dem Thing benötige ich einen klaren Kopf. Alles hängt davon ab, wie die Fürsten der Stämme entscheiden.«

In Gedanken fügte er hinzu: *Alles für Auja und Ragnar!*

»Ich weiß. Deshalb enthält der Met viel Honig und auch viele gute Kräuter, aber er wird deine Sinne nicht betäuben.«

»Wenn du solch einen Met herstellen kannst, bist du doch eine

Zauberin«, lachte Thorag und hob den einfachen Tonbecher, um Wodan und die Priester der Heiligen Steine zu preisen.

Astrid schloß sich dem an. Dann schüttete sie ein wenig Met und etwas von ihrem Essen in das Herdfeuer, ihr Opfer für die Götter.

Sie aßen und tranken, und Thorag schmeckte es so gut wie schon seit vielen Monden nicht mehr. Selbst wenn ihn der Hunger plagte, aß er sonst nicht mit Lust. Die Verschleppung seiner Familie erst auf die Eisenburg und dann zu den Römern hinter den Rhein hatten jegliche Freude in ihm betäubt.

»Ich fühle mit dir, Thorag«, sagte Astrid plötzlich, als habe sie seine Gedanken gelesen. »Ich habe zu den Göttern um ein günstiges Schicksal für dich und die Deinen gebetet, viele Male schon, seit ich von Segestes' Schandtat hörte.«

»Und?« fragte Thorag gespannt. »Haben die Götter dir geantwortet?«

»In der letzten Nacht hatte ich einen Traum.« Astrid sprach langsam, zögernd, und das ängstigte Thorag.

»War es eins deiner Gesichter?« fragte er, während seine Beklemmung wuchs.

»Ja. Ich träumte von einem Hirten, dessen Stab fast die Form eines Hammers aufwies. Er suchte seine verstreuten Ziegen, zwei erst, dann drei, nachdem eine ein Junges geboren hatte.«

»War ich der Hirte?«

»Ich glaube es. Der hammerförmige Stab weist auf Donar hin, ebenso die Ziegen, denn Donars Wagen wird von zwei Böcken gezogen. Und du bist Donars Abkömmling.«

»Die Ziegen waren dann Auja, Ragnar und ...«

»Und das Kind, das in Aujas Bauch heranwächst, ja, Thorag.«

»Dann habe ich zumindest die Gewißheit, daß meine Familie lebt und daß Auja das Kind gebiert!«

Astrid sah traurig aus. Sie legte eine Hand auf Thorags Arm und streichelte ihn sanft. »Die junge Ziege, die in meinem Traum aus dem Leib des Muttertiers kam, war tot.«

»Aber ...« Thorag brach ab, wußte gar nicht, was er sagen sollte. »Unsere Gesa ... ein totes Kind? Warum?«

»Ich weiß es nicht«, antwortete Astrid leise.

»Was ist mit Auja und Ragnar? Werden sie leben? Werde ich sie wiedersehen?«

»Der Hirte in meinem Traum führte eine Ziege nach Hause, konnte aber die andere nicht erreichen. Zu weit hatte sie sich von ihm entfernt.«

»Wen ... wen werde ich wiedersehen? Meine Frau oder meinen Sohn?«

»Das konnte ich nicht erkennen.«

»Aber nur einen von ihnen ... Und den anderen ... niemals?«

»Auch das weiß ich nicht. Der Hirte führte eine Ziege nach Hause und begab sich dann auf die Suche nach der anderen. Dunkle Wolken hüllten den Mann und die weit entfernte Ziege ein, und mein Gesicht endete.«

»Was bedeutet das?« fragte Thorag.

»Ich denke, die Nornen haben noch nicht alle Schicksalsfäden gesponnen, die dich und deine Familie betreffen. Es liegt im dunkeln, und an dir selbst ist es, Licht in das Dunkel zu bringen.«

»Nur einer kehrt zu mir zurück«, sagte Thorag leise. »Und unsere Tochter sieht niemals diese Welt. Vielleicht ist es besser so, bei all dem, was die Menschen sich antun!«

Seine Stimme wurde hart wie sein Gesicht. Der flammende Blick, der durch Astrid hindurchging, gefiel der jungen Priesterin nicht.

»Verzweifle nicht, Thorag. Denke lieber daran, daß die Götter noch nicht über alles entschieden haben.«

»Die Götter!« Thorag sprach zornig und wischte mit einer fahrigen Bewegung seinen Metbecher vom Tisch. »Vielleicht sollten wir uns nicht um die Götter kümmern, sondern mehr um uns selbst!«

»Sei nicht ungerecht«, bat Astrid. »Die Götter senden uns Träume, Zeichen, Warnungen. Es liegt an uns, ob wir sie beachten oder nicht.«

Thorag glaubte, einen Vorwurf aus Astrids Worten herauszuhören, und fragte: »Was willst du damit sagen?«

»Als du nach Eilikos Tod zu mir kamst und ich dich mitnahm auf einen der Heiligen Steine, warnte ich dich vor Haß und Krieg. Du aber bist trotzdem mit Armin gezogen.«

»Wir haben die Römer geschlagen und den Cheruskern die Freiheit gebracht. Den Cheruskern und den anderen Stämmen.«

»Die Freiheit, aber auch neue Kämpfe und neues Sterben.«

Erst wollte Thorag aufbrausen und erwidern, daß die Freiheit stets ihren Preis hatte. Dann dachte er an die Freunde, die er im Kampf gegen Varus verloren hatte, an den jungen Edeling Brokk und den Schmied Radulf, der ihm ein väterlicher Freund gewesen war. Dem Krieg war eine friedliche Zeit gefolgt, aber jetzt herrschte wieder der Tod. Der Tod hatte Tebbe und Eibe zu sich genommen, auch Mallovends Kinder und würde sich, wenn Astrids Traum sich erfüllte, auch Thorags ungeborene Tochter holen, hatte es vielleicht schon getan.

»Du magst recht haben, Astrid. Vielleicht hätte ich in meiner Siedlung bleiben sollen, mit Auja und Ragnar. Seit ich Armins Ruf folgte, schlägt das Schicksal die Meinen mit aller Macht.«

»Dann kehre um, verlasse den düsteren Pfad!«

»Es ist zu spät«, sagte Thorag traurig und stand auf. »Es gibt keine Umkehr für Armin und für mich. Zuviel Blut ist geflossen. Wir haben unser eigenes Blut erneut vermengt, um den Schwur zu besiegeln, der uns auf einen gemeinsamen Pfad zwingt.«

Er bedankte sich für das Mahl, das er so plötzlich unterbrochen hatte, und verließ Astrids Behausung. Langsam ritt er zu dem Hüttendorf zurück, das Donarsöhne und Hirschkrieger im Schatten der Heiligen Steine errichtet hatten. Notts Schleier lagen so dicht über den schroffen Felsen, das kaum ein Lichtstrahl der Gestirne die Welt der Menschen erreichte.

Der Himmel über der Ubierstadt war in dieser Nacht von Wolken verhangen und besonders dunkel, aber in den Straßen und Höfen brannten Fackeln und Lampen, und die ganze Bevölkerung feierte. Denn Agrippina, die Gemahlin des Statthalters, hatte eine Tochter zur Welt gebracht, Julia Agrippina. Zur Unterscheidung von ihrer Mutter, Agrippina Maior, nannte man das kleine Mädchen auch Agrippina Minor.

Germanicus, der schon Vater einiger Söhne war, zeigte sich angesichts der Geburt seiner ersten Tochter erfreut und spendabel. Nur flüchtig dachte er an die germanische Seherin und daran, daß sie die Geburt einer Tochter vorausgesagt hatte; die Vettel hatte wohl nur geraten und darauf vertraut, daß sie längst weit vom Imperator entfernt sein würde, wenn sich der Wahrheitsgehalt ihrer Prophezeiung herausstellte. Die erfolgreichen Feldzüge hatten alle düsteren Gedanken verblassen lassen. Froh über die ohne Komplikationen verlaufene Entbindung, ließ er Gold an seine Soldaten und sogar an die ubischen Bürger verteilen und lud die ganze Stadt für diesen Abend zu einem großen Festschmaus ein. Damit feierte er zugleich seinen erfolgreichen Feldzug ins Cheruskerland.

Im Festsaal des Prätoriums floß der Wein in Strömen, sorgten Musikanten und Gaukler für die Unterhaltung der erlauchten Gäste. Zuletzt hatte Germanicus ein so großes Fest gefeiert, als er Munatius Plancus und seine Gesandtschaft bewirtete.

Inzwischen hatte der Imperator einen weiteren Brief von Tiberius erhalten, in dem der Princeps dem Adoptivsohn Lob für seinen Sieg über die Chatten aussprach und ihn wiederum eindringlich bat, bald in Rom seinen Triumph zu feiern. Fraglos würde Tiberius einen ähnlichen Brief absenden, wenn er erfuhr, daß Germanicus die Gattin des Aufrührers Arminius in seiner Gewalt hatte.

Aber der Imperator hatte nicht vor, der drängenden Einladung des Onkels zu folgen – noch nicht. Gerade jetzt, wo Segestes auf seiner Seite stand und Thusnelda in seinen Händen war, bot sich ihm die schon lange gesuchte Möglichkeit für den endgültigen Sieg über die Germanen. Arminius war in Zugzwang, und ein ungeduldiger Cheruskerherzog würde Fehler machen. Der listige Gerolf hatte den Imperator auf eine Idee gebracht, der Germanicus nicht widerstehen konnte.

Noch ahnten Thusnelda und Auja nichts davon. Gezwungenermaßen nahmen die beiden hochschwangeren Frauen und auch Thorags kleiner Sohn an der Feier teil. Germanicus hatte darauf bestanden. Wenn er hier zugleich mit der Geburt seiner Tochter auch seinen Sieg über Arminius feierte, mußten die erbeuteten Geiseln anwesend sein. Sonst wäre es wie ein Triumphzug ohne Gefangene gewesen. Also lagen die Geiseln mit Segestes und den Seinen zusammen, ganz wie geladene Gäste, nicht wie Gefangene. Doch in Wahrheit standen Auja und Thusnelda ständig unter Bewachung. Zudem warf Gerolf, der auch jetzt in ihrer Nähe lag, finstere Blicke auf Auja und Ragnar, wann immer er konnte.

Auch Segestes und seine anderen Verwandten durften die Ubierstadt nicht verlassen. Germanicus hatte dem Stierfürsten sein altes Anwesen zugewiesen. Dort hielt sich ständig ein Trupp

Prätorianer auf, als Ehrenzeichen und Schutz, wie der Imperator versicherte, doch in Wahrheit als Wächter.

Ragnar war seit dem Verlassen der Eisenburg aufgeblüht. Zwar waren er, seine Mutter und Thusnelda noch immer Gefangene, aber mit viel größeren Freiheiten, als Segestes sie ihnen zugestanden hatte. Jetzt tollte der Junge zwischen den Tischen und Liegen herum und machte sich einen Spaß daraus, zwischen den Beinen der Sklaven durchzukrabbeln und sie dadurch zu Fall zu bringen. Mehr als eine Platte mit köstlichen Speisen endete auf dem Boden statt auf den Tischen, und mehr als ein Weinkrug zersprang. Aber niemand schalt den Jungen, im Gegenteil, Gelächter und Beifall der vom Wein Berauschten trieb ihn zu weiteren Taten an. Und der kleine Gaius eiferte ihm nach.

Immer weitere Kreise zogen die beiden Kinder bei ihren Streichen. Auja hatte Mühe, ihren Sohn im Blickfeld zu behalten. Und dann waren sie plötzlich verschwunden. Eben noch hatten sie sich an den Beinen eines unglückliche Gesichter schneidenden Sklaven festgeklammert, der mit immer größerer Anstrengung eine ovale Silberplatte zu halten versuchte, auf der die in Heringe eingerollten harten Eier bereits verdächtig wackelten. Der Sklave, ein rothaariger, stämmiger Germane, atmete erleichtert auf, als die Rabauken fort waren, und wollte endlich weitergehen. Aber Auja stand von der Liege auf, die sie sich mit Thusnelda teilte, und stellte sich ihm in den Weg, um nach Ragnar zu fragen.

»Dein Sohn ist mit Caligula hinaus ins Peristylium, Herrin.« Er zeigte auf den durch einen bunten Vorhang verdeckten Durchgang und ging weiter.

Herrin!

Auja hätte bei dieser Bezeichnung fast aufgelacht. Sie mochte hier speisen wie eine Herrin, aber sie genoß weniger Rechte als der Sklave, der sie so genannt hatte.

Sie schlug den Vorhang beiseite und ging hinaus in den großen, weitgehend dunklen Garten. Immerhin fiel genug Licht durch die Glasfenster, um wenigstes umrißhaft zu sehen. Sie blieb stehen, genoß die frische Nachtluft, die nach dem verbrauchten Dunst im Festsaal guttat, und versuchte sich an das schummrige Licht zu gewöhnen. Zwar war der Garten nach römischem Ordnungssinn übersichtlich angelegt, mit geraden, parallel verlaufenden Hecken und weißen Marmorstatuen, die sich in regelmäßigen Abständen aus dem Grün erhoben, aber für zwei kleine Kinder gab es genug Verstecke, sowohl draußen im Garten als auch in dem Säulengang, der das Peristylium umschloß. Jede einzelne Säule konnte Ragnar und Caligula verbergen.

Auja rief den Namen ihres Sohnes, mehrmals und jedesmal lauter. Zwischendurch lauschte sie nach einer Antwort. Niemand rief zurück, aber sie glaubte ein unterdrücktes Kichern zu hören. Es kam aus der Mitte des Gartens, die ein großer Springbrunnen zierte. In einer hohen Fontäne schoß das Wasser aus dem Maul eines Fisches.

Mit entschlossenen, forschen Schritten ging Auja zwischen Hecken und den Statuen von Satyrn und Nymphen zu dem Brunnen. Ein schmerzendes Stechen in ihrem stark gewölbten Bauch ließ sie anhalten. Ihre Tochter, deren Geburt ebenso nah bevorstand wie die von Thusneldas Sohn, beschwerte sich über Aujas schnelle Bewegungen.

»Bald haben wir es geschafft, kleine Gesa«, sagte Auja und streichelte über ihren Leib.

Langsamer ging sie weiter und hörte wieder das Kichern. Es kam von einer Hecke, die am Springbrunnen endete. Auja schlenderte, die Ahnungslose spielend, zu dieser Hecke und gelangte mit einem raschen Schritt auf die andere Seite. Zwei kleine Gesichter sahen erschrocken zu ihr auf und begannen laut zu schreien, mehr aus Freude über den Streich als vor Schreck.

Als sie Ragnar und Caligula so einträchtig nebeneinander sah, wünschte sie sich, daß diese Freundschaft anhielt, auch wenn die beiden längst erwachsen waren. Vielleicht würde mit einer solchen Freundschaft auch das Verständnis zwischen Germanen und Römern wachsen. Segestes hatte möglicherweise gar nicht so unrecht damit, daß es Vermittler zwischen beiden Völkern geben mußte. Auja war sich nur nicht sicher, ob es das wirklich war, was den Stierfürsten antrieb.

»Was machst du hier mit dem Sohn des Imperators?« fragte eine barsche Stimme, und ein Mann trat um die Hecke.

Er hatte nicht die Sprache der Römer gesprochen, sondern die der Germanen, den Dialekt der Cherusker. Und er trug nicht Tunika und Toga, sondern Umhang und Fibel eines cheruskischen Edelings. Die Fibel war aus Gold, das Abbild eines Eberkopfes. Als der Mann auf Auja zutrat, fiel ein Lichtschimmer auf sein spitzes Gesicht und bestätigte Aujas Verdacht: Es war Gerolf.

Sein entschlossener Gesichtsausdruck versetzte Auja in Angst. Entschlüsse, die ein Mann wie Gerolf faßte, bedeuteten für andere Menschen selten etwas Gutes.

»Was willst du hier?« Auja gab ihrer Frage einen strengen Ton, weniger um den Eberfürsten zu beeindrucken, als um sich selbst Mut zu machen.

»Ich will verhindern, daß du Caligula etwas antust, du Hexe aus der Donarsippe!«

»Aber ich habe das Kind gar nicht angerührt ...«

»Lüg nicht, ich hab' es doch selbst gesehen!«

Gerolfs flache Hand schlug hart in Aujas Gesicht. Sie verlor das Gleichgewicht und stürzte zu Boden. Im Fallen warf sie sich geistesgegenwärtig zur Seite, um das ungeborene Kind zu schützen.

Ragnar sprang hinzu, baute sich zwischen Gerolf und Auja auf und rief wütend: »Laß meine Mutter in Ruhe, du Verräter!«

Gerolf schlug wieder zu. Ragnar schrie vor Schmerz auf, ging ebenfalls zu Boden und überschlug sich. Vor dem Springbrunnen blieb er liegen und rührte sich nicht mehr.

Der kleine Gaius blieb neben der Hecke hocken und beobachtete das Schauspiel aus weit aufgerissenen, glänzenden Augen.

Auja schrie Ragnars Namen und wollte aufstehen, um ihrem Sohn zu helfen. Aber Gerolfs Fuß trat gegen ihre Brust und warf sie zurück.

Die Brust und der Bauch stachen, als hätte der Eberfürst viele kleine Dolche in Aujas Leib gebohrt. Vor ihren Augen flimmerte es, und alles drohte zu verschmelzen: die Hecke, der Springbrunnen, Ragnar, Caligula und das grinsende Fuchsgesicht, das sich zu ihr herunterbeugte.

Gerolf ließ sich einfach auf die schwer atmende Frau fallen. Auja spürte einen kaum auszuhaltenden Druck auf ihrem Bauch und wollte vor Schmerz schreien, doch die Hand des Mannes verschloß ihren Mund.

»Niemand wird dich hören, Donarhure!« zischte Gerolf und blies ihr einen unangenehmen Geruch ins Gesicht, eine strenge

Mischung aus Wein, Fisch und Gewürzen. »Also wehr dich nicht, dann geht es schneller!«

Er lockerte den Druck der Hand ein wenig, genug, damit sie stammeln konnte: »Du willst doch nicht etwa ... Bei Donar, ich bekomme bald ein Kind!«

Zu ihrer Überraschung lachte Gerolf und schüttelte dabei den Kopf. Er wirkte wie ein wieherndes Pferd. »Du wärst die letzte, von der ich *das* wollte, Hündin! Was soll ich mit der Tochter eines versoffenen Bauern, die schon vom Sohn meines Vetters und von meinem ärgsten Feind besprungen wurde?« Er lachte wieder.

»Was ... willst du dann von mir?«

»Was wohl? Dein Leben natürlich und das deines Sohns. Das ist der Preis, den Thorag für den Tod meines Bruders zahlen muß!«

Während er noch sprach, preßte er seine Knie hart in ihren Leib, dorthin, wo das Ungeborene lag.

Auja glaubte, vor Schmerzen den Verstand zu verlieren. Sie konnte nicht schreien, nicht einmal mehr atmen.

Wieder verschwamm alles. Bestand hatten nur das grinsende Fuchsgesicht dicht vor ihr und die Schmerzen, die Auja einhüllten wie ein Mantel aus scharfen Klingen. Auja dachte an Thorag und wünschte sich, bei ihm zu sein.

Thorag lief über eine Wiese, die von Sunna in hellem Licht gebadet wurde. Das Gras zeigte sich in frischem, saftigem Grün, und überall blühten Blumen in leuchtenden Farben.

Zufrieden blickte er auf die friedlich grasenden Ziegen seiner Herde. Er fühlte sich mit diesen Tieren verbunden wie mit keinen anderen Wesen, auch nicht mit Menschen.

Seltsam, aber die Ziegen schienen für ihn wie eine Familie zu sein. Eine Familie, deren Wohl und Wehe von ihm abhing, von seinem Schutz. Doch was sollte den Tieren schon geschehen, alles war doch friedlich.

Kaum hatte Thorag das gedacht, verschwand Sunnas goldener Wagen hinter schwarzen Wolken, die binnen kurzem den ganzen Himmel ausfüllten.

Und mit den Wolken kamen die Eber, wilde, schwarze Tiere. Von allen Seiten stürmten sie auf die Wiese, fuhren mitten unter die Ziegen, die in Panik flohen. Wer nicht schnell genug war, wurde von den wütenden Keilern durch die Luft gewirbelt oder von den mächtigen Hauern aufgeschlitzt. Statt bunter Blütenpracht wurde die Wiese bald von toten Ziegen bedeckt, von ihrem Blut und ihren Gedärmen.

Wohin Thorag sich auch wandte, immer kam er zu spät. Es waren einfach zu viele Eber, und sie waren wütend und schnell.

Schließlich war nur noch eine Ziege übrig, ein schönes, weißes Tier. Verängstigt stand es auf einem Hügel, eingekreist von Ebern. Es blickte Thorag aus traurigen Augen an, als wisse es, daß der Hirte ihm nicht helfen konnte.

Thorag rannte los, lief so schnell wie noch niemals zuvor. Seine Füße berührten kaum den Boden.

Wie um ihn zu verhöhnen, warteten die Eber, bis er den Fuß des Hügels erreicht hatte. Dann rannte der größte und schwärzeste Keiler los, direkt auf die weiße Ziege zu. Sie verschwand unter seinen Hufen. Nur ihr Kopf sah noch hervor, ihr Maul öffnete sich und schrie – schrie mit der Stimme eines Menschen nach Thorag.

Doch Thorag konnte ihr nicht helfen, die anderen Keiler behinderten ihn. Er schlug und trat um sich wie ein Rasender, bis seine Arme und Beine von den Männern festgehalten wurden.

Männer?

Ja, es waren keine Keiler mehr, sondern Männer. Die Gesichter von Thidrik, Argast und Ayko erschienen im schwachen Licht des glimmenden Herdfeuers.

»Es ist nur ein Traum gewesen, Thorag«, redete Thidrik beruhigend auf ihn ein. »Was immer es war, du hast es nur geträumt!«

»Ja, natürlich«, sagte Thorag stockend. Er war kein Ziegenhirte, sondern ein Gaufürst. Und er befand sich nicht am lichten Sommertag auf einer Weide, sondern es war Nacht, und er hatte in einer der Hütten geschlafen, die seine Männer als vorübergehende Unterkunft bei den Heiligen Steinen errichtet hatten. »Habe ich mich wild gebärdet?«

»Wild ist gar kein Ausdruck«, meinte Thidrik. »Es war fast, als wolltest du allein die römischen Legionen besiegen. Was hast du nur geträumt?«

»Unsinn, es war nur Unsinn«, sagte Thorag und schälte sich aus der dicken Wolldecke. Er schwitzte am ganzen Körper. Die schlechte Luft in der Hütte, die von den Ausdünstungen der

Männer herrührte, ließ ihn kaum atmen. »Ich gehe etwas hinaus.«

Draußen atmete er tief durch, ohne sich erleichtert zu fühlen. Er ahnte, daß es kein Unsinn war. Zu ähnlich war sein Traum dem, den Astrid gehabt hatte.

Er blickte zu den steinernen Riesen, die sich vor ihm in den Nachthimmel reckten, als könnten sie ihm eine Antwort geben. Aber sie schwiegen.

Die weiße Ziege! Er konnte den Anblick nicht vergessen und nicht den Hilfeschrei. Er kannte die Stimme nur zu gut – Aujas Stimme!

Je länger er nachdachte, desto sicherer war er sich, daß seiner Frau etwas zugestoßen war. Sie hatte nach ihm gerufen, aber er konnte hier nicht helfen.

Thorag wußte, daß er keinen Schlaf mehr finden würde. Er lief zwischen den Felsen herum wie ein Wanderer, der sich in dunkler Nacht verirrt hatte.

Kräftige Hände packten den Mann und rissen ihn von der Frau. Jetzt verlor Gerolf selbst das Gleichgewicht und landete in einem Blumenbeet.

Wütend blickte er zu dem Römer auf, der ihn von Auja gerissen hatte. Es war ein Zenturio der Prätorianer: Ventidius.

»Was störst du mich, Soldat?« keuchte Gerolf in seinem schlechten Latein und erhob sich schwankend. »Wer hat dich gerufen?«

»Meine Wachsamkeit«, antwortete der Zenturio. »Erst sah ich die Germanin hinausgehen. Als auch du so schnell ins Perystilium verschwandest, hielt ich es für besser, nach dem Rechten zu sehen. Und wie es aussieht, war es wirklich an der Zeit!« Dabei blickte er auf Auja, die sich in Krämpfen auf dem Boden wand.

»Das müßte ich eher sagen«, schnaubte der Eberfürst. »Wäre ich nicht rechtzeitig gekommen, hätte diese Hexe den Sohn des Imperators ermordet. Sie ... sie wollte ihn ertränken!« Er zeigte auf das Wasser im Becken des Springbrunnens.

»Wirklich?« fragte Ventidius ungerührt. »Ich sehe kein verspritztes Wasser, und der Sohn des Imperators scheint sich ganz wohl zu fühlen. Was sagst du dazu, Caligula?«

Der kleine Junge antwortete nicht. Er griente nur breit und zeigte Ventidius mit beiden Händen eine Nase.

»Er ist noch zu klein, um zu verstehen, was passiert ist«, sagte Gerolf.

»Aber ich bin nicht zu klein, Cherusker«, erwiderte der Zenturio. »Ich habe gesehen, wie du über eine schwangere Frau hergefallen bist.« Dann zeigte er auf Ragnar, der sich zu bewegen begann und immer wieder leise stöhnte. »Und was geschah mit dem Jungen?«

»Er kam mir in die Quere.« Angriffslustig reckte Gerolf seinen Kopf vor. »Willst du mich, einen Verbündeten des Imperators, etwa einer Untat beschuldigen, Zenturio?«

»Ich täte es nicht ungern. Aber Germanicus würde es sicher nicht schätzen, wenn dieses Fest mit einem Skandal endete. Also geh zurück in den Festsaal, und ich will vergessen, was ich gesehen habe!«

Der Römer und der Germane standen sich gegenüber wie zwei wilde Tiere, die jeden Augenblick aufeinander losgehen wollten.

Ventidius wirkte äußerlich ruhig, war aber bereit, im Notfall den Gladius zu ziehen.

Gerolf war nur mit dem Dolch bewaffnet. Seine Hand krampfte sich über dem Griff der Waffe zusammen, während der Eberfürst Vor- und Nachteile eines Kampfes mit dem Zenturio abwägte.

Die Nachteile überwogen. Der Zenturio war ein kräftiger und sicher auch kampferfahrener Mann, womit ein Sieg Gerolfs sehr fraglich war. Und wenn er Ventidius besiegte, mußte er den Kampf immer noch dem Imperator erklären. Nein, für diese Nacht war Auja noch einmal davongekommen.

Wortlos ging Gerolf davon. Seine Niederlage wurde von dem Gedanken versüßt, daß der Blutadler weiterhin über Thorags Familie schwebte.

Ventidius nahm Caligula trotz dessen Protestes auf den Arm und trug ihn in den Festsaal zurück, wo die Amme Eurykleia ihn schon verzweifelt suchte.

»Achte sorgfältiger auf ihn!« riet ihr der Zenturio und ging weiter zu den Tischen der Germanen.

Gerolf hatte dort wieder Platz genommen und warf dem Prätorianer wütende Blicke entgegen.

Ventidius kümmerte sich nicht darum, beugte sich zu Thusnelda hinab und flüsterte: »Begleite mich rasch, Herrin! Deiner Freundin geht es nicht gut.«

Thusnelda erschrak und wollte fragen, was los sei, aber der Zenturio war schneller und sagte leise: »Nicht hier, draußen!«

Segestes warf seiner Tochter einen fragenden Blick zu, als sie sich erhob.

»Ich fühle mich erschöpft«, erklärte die Cheruskerin und hielt ihren schwangeren Leib. »Erlaube, daß ich mein Cubiculum aufsuche, Vater. Der Zenturio wird mich begleiten.«

Der Stierfürst nickte nur und wandte sich dann wieder seinem Bruder zu, mit dem er in ein erregtes Gespräch über beider Zukunft vertieft war. Segimer befürchtete, auf der linken Rheinseite zu versauern. Er fühlte sich hier nicht wohl, spürte zu sehr, daß er mehr ein Gefangener als ein Gast war. Deshalb wollte er so schnell wie möglich zurück ins Cheruskerland. Segestes versuchte ihn zu beschwichtigen.

Im Gegensatz zu Segestes wohnten Thusnelda und Auja im Prätorium. Da sie nur nach außen Gäste des Imperators waren, in Wahrheit aber seine Geiseln, war die Begleitung durch den Zenturio normal. Niemandem fiel es auf, daß Thusneldas Cubiculum nicht an dem Peristylium lag, das der Zenturio und die Germanin betraten.

Draußen berichtete Ventidius, was sich ereignet und was Gerolf dazu gesagt hatte.

»Daß der Eberfürst lügt, ist doch offensichtlich!« brauste Thusnelda auf. »Du hättest ihn festnehmen sollen!«

»Dann wäre es zu einer Untersuchung gekommen. Auch wenn Gerolf der Schuldige ist, würde der Imperator das nur schwerlich anerkennen. Immerhin hat sich der Eberfürst als wichtiger Verbündeter im Kampf gegen die aufständischen Germanen erwiesen.«

»Ich verstehe«, sagte Thusnelda und erschrak, als sie Auja und Ragnar erblickte.

Auja lag noch rücklings neben der Hecke und wälzte sich keuchend auf dem Boden hin und her, die Hände um den Leib geklammert. Ragnar kniete neben der Mutter und schaute Thusnelda hilfesuchend an. Blut und Tränen verschmierten sein kleines Gesicht.

»Was für Schmerzen hast du, Auja?« fragte Thusnelda, erhielt aber keine Antwort. Thorags Frau schien zu nichts anderem in der Lage zu sein, als schnell und hastig zu keuchen.

»Wir brauchen eine Sänfte, um Auja zu ihrem Cubiculum zu bringen«, meinte Thusnelda.

Ventidius nickte und eilte davon. Wenig später kehrte er im Laufschritt zurück, in seiner Begleitung vier kräftige Numider, die eine kleine, offene Sänfte trugen.

Auf Umwegen, um nicht von den Gästen des Festes gesehen zu werden, brachten die Sklaven Auja zu ihrem Cubiculum, wo Thusnelda sich um sie kümmerte. Ragnar wurde in die Obhut eines griechischen Sklaven gegeben. Ventidius wollte einen Arzt herbeischaffen.

Während Thusnelda noch auf den Arzt wartete, wurden Aujas Schmerzen schlimmer. Sie schrie und wimmerte abwechselnd und krallte die Hände in ihren Leib. Dann floß das Blut aus ihr heraus, viel Blut, und mit ihm kam das Kind.

Es war ein Mädchen.

Und es war tot.

Kapitel 23

Zu den Waffen!

Es war schon Tag, als Thorag zu dem Hüttendorf am See zurückkehrte. Seine Stimmung war düster und trüb wie der Himmel, der Sunnas Strahlen hinter einem dichten Gespinst grauschwarzer Wolken verbarg. Vergeblich hatte er gehofft, zwischen den Heiligen Steinen, die er einsam durchwandert hatte, Ruhe und Trost zu finden.

Einmal hatte er geglaubt, Armin in der Nähe der Priestersiedlung zu sehen. Aber es war zu finster gewesen, und Thorag nahm den hünenhaften Mann nur umrißhaft wahr. Auf Thorags Ruf hatte der andere nicht geantwortet, sondern war plötzlich hinter einem Felsen verschwunden.

Fast alle Männer, die sich zum Thing versammelt hatten, waren schon aufgestanden, wuschen sich im Wasser des Sees und rasierten sich. Andere bereiteten ein einfaches Frühstück. So wie hier sah es überall an dem See aus, der zum Mittelpunkt mehrerer Hüttensiedlungen geworden war. Aber es war nur ein schwacher Abglanz des Gewimmels, das anläßlich der großen Stammesthinge bei den Heiligen Steinen stattfand.

Armin eilte dem Donarsohn mit besorgtem Blick entgegen und rief: »Bei Wodan, wie siehst du bloß aus, Thorag? Als hättest du kaum geschlafen!«

»Das habe ich auch nicht«, seufzte Thorag und erzählte Armin von seinem Traum.

Der Hirschfürst machte ein ernstes Gesicht. »Ich verstehe dich gut. Aber vielleicht war es nur ein böser Traum, den ein Nachtmahr dir gebracht hat, ohne weitere Bedeutung.«

»Das war es nicht«, erwiderte der Donarsohn mit einer Bestimmtheit, die den Herzog überraschte. Und Thorag erzählte ihm von seinem Besuch bei Astrid. »Astrids Gesichter haben sie noch nie getäuscht. Ich bin sicher, daß Auja etwas Schlimmes zugestoßen ist oder noch zustoßen wird.«

»Dann müssen wir alles unternehmen, um Auja, Ragnar und Thusnelda rasch zu befreien! Ich habe mit den meisten der anwesenden Fürsten gesprochen. Auch die, die noch zögern, ihre Krieger zu den Waffen zu rufen, sind empört über Segestes' Verrat und die Verschleppung unserer Frauen. Wenn man es so nimmt, hat das alles sogar ein Gutes. Hätte Segestes Thusnelda und Auja nicht an Germanicus ausgeliefert, hätten die Fürsten sich niemals so schnell versammelt, um über einen neuen Kriegszug gegen die Römer zu beraten.«

Thorag blickte Armin empört an. »Ich verstehe dich nicht, Armin! Wie kannst du den Raub von Auja und Thusnelda nur gutheißen, die Verschleppung deiner eigenen Frau, die dein Kind in sich trägt? Man könnte fast glauben, du hast mich bei der Eisenburg absichtlich nicht entsetzt, um mit Thusneldas Geiselhaft einen guten Kriegsgrund zu haben!«

»Du verstehst mich wirklich nicht!« entgegnete der Herzog schroff. »Wie kannst du nur so etwas von mir denken, du, mein Blutsbruder?«

Thorag las Enttäuschung in Armins Gesicht und murmelte:

»Entschuldige, ich hätte das nicht sagen sollen. Die Sorge um Auja und Ragnar verwirrt allmählich meinen Geist.«

Armin nickte verständnisvoll. »Ich heiße das Geschehen auf der Eisenburg natürlich nicht gut. Meinst du etwa, ich sehne mich weniger nach Thusnelda als du nach Auja?« Als Thorag darauf nicht antwortete, fuhr Armin fort: »Aber als Herzog der Cherusker ist es meine Pflicht, aus jeder Lage das Beste für meinen Stamm zu machen, auch aus dieser!«

»Vorteile ziehen aus dem Leid der eigenen Familie«, sagte Thorag leise und schüttelte den Kopf. »Ich bin froh, daß ich kein Herzog bin.«

»Das kannst du auch, denn es ist gewiß nicht einfach.«

Thorag blickte den Hirschfürsten zweifelnd an. Er erinnerte sich noch gut an das große Thing, auf dem Armin alles darangesetzt hatte, Herzog zu werden. Nur durch ein Gottesurteil hatte er Segestes damals geschlagen.

Armins düstere Miene hellte sich plötzlich auf, und er schlug Thorag kameradschaftlich auf die Schulter. »Deine Übernächtigung und deine Verzweiflung betrüben deinen Geist, mein Bruder. Wasch dich, rasier dich, trink und iß, und es wird dir schon bessergehen!«

Als würde das die Verschleppten zurückbringen! dachte Thorag bitter, als er zum Seeufer ging.

Aber er konnte nicht umhin, Armin in gewisser Hinsicht zu bewundern. Der Herzog bewahrte stets Haltung, und man konnte nie wissen, ob seine Worte seinen Gefühlen entsprachen. Das war nicht unbedingt eine liebenswerte Eigenschaft, aber für einen Mann in seiner Stellung wohl unerläßlich.

Thorag konnte Armins Verwunderung über sein Aussehen verstehen, als er sein Spiegelbild im klaren Wasser des Sees betrachtete. Sein Gesicht wirkte eingefallen, tiefe Ringe saßen unter den Augen. Die Bartstoppeln taten ein übriges. Er wusch und rasierte sich und nahm dann von Thidrik einen Becher Milch entgegen. Hunger verspürte er nicht, aber vielleicht half die Milch, seine Lebensgeister zu wecken. Also setzte er den hölzernen Becher an die Lippen und trank in großen Schlucken. Er schmeckte sofort, daß es Ziegenmilch war, und spie sie im hohen Bogen aus.

»Was ist denn?« fragte ein verblüffter Thidrik. »Die Milch ist frisch. Ich habe selbst von ihr getrunken.«

»Es ist Ziegenmilch«, antwortete Thorag und stellte den Becher weg.

Deutlich sah er die weiße Ziege aus dem Traum vor sich, die von dem großen Keiler überrannt wurde und verzweifelt nach Thorag schrie, mit Aujas Stimme!

»Na und? Seit ich dich kenne, trinkst du gern Ziegenmilch.«

Thorag zuckte nur mit den Schultern. Er wollte nicht schon wieder über seinen Traum sprechen, nicht erneut daran denken. Aber unentwegt sah er vor sich die Wiese, die erst von leuchtenden Blumen und dann von Blut und Gedärmen übersät gewesen war.

Die durchdringenden Klänge der Luren riefen die Fürsten und Edelinge zum Thing zusammen. Thorag nahm die vertraute Zeremonie, die der Eröffnung der Versammlung voranging, kaum wahr, so sehr beschäftigten ihn die bösen Träume, die Astrid und ihn heimgesucht hatten. Als die Haselnußpfähle rund um den Versammlungsplatz in den Boden geschlagen und mit Seilen aus den Schweifen geweihter Schimmel miteinander verbunden waren, überhörte Thorag Gandulfs Ruf nach dem Abkömmling des Donnergottes. Der alte Oberpriester mit dem langen, grauen Bart mußte den Ruf zweimal wiederholen, dann erst ging Thorag als Vertreter Donars zu ihm, nahm den goldüberzogenen Hammer aus den Händen eines anderen Priesters und schlug den letzten Pfahl ein, der aus dem Holz der Donar heiligen Eiche geschnitzt war. Damit stand die Versammlung unter dem Schutz des stärksten Asengottes.

Gandulf nahm Miölnir von Thorag in Empfang, hielt den Hammer sichtbar hoch und stellte die rituellen Fragen nach dem rechten Ort und der rechten Zeit für das Thing. Die Fragen wurden von den versammelten Edelingen bejaht, und Gandulf erklärte das Thing für eröffnet. Erleichtert ließ er den schweren Hammer sinken und rief die Sippenältesten zur Opferung.

Thorag als Nachfahre des Schutzgottes Donar mußte beginnen und eigenhändig die sechs schneeweißen Böcke schlachten. Aber er zögerte, als er das Opfermesser an die Kehle des ersten Tieres hielt. Der weiße Bock auf dem steinernen Altar und die weiße Ziege auf der Blumenwiese seines Traumes verschmolzen vor seinem geistigen Auge. Die anderen Edelinge tuschelten schon miteinander, da trat Gandulf vor und erinnerte Thorag an seine

Pflicht. Widerwillig stieß der Donarsohn die lange Klinge in den Hals des Bockes, und zum erstenmal ekelte er sich vor dem Blut eines Opfertieres.

Und noch einmal empfand er Abscheu, als nach Abschluß der Opferungen die Priester herumgingen und die Edelinge mit dem aufgefangenen und in einem großen Silberkessel gesammelten Blut der Opfertiere besprengten. Als einer der Priester die Silberkelle vorschnellen ließ und das Blut wie ein warmer Sprühregen über die Donarsöhne niederging, hätte sich Thorag am liebsten übergeben.

Mit der Einhegung des Thingplatzes und den Opferungen war der Morgen vergangen. Doch es war kaum heller geworden, noch immer verbargen die Wolken Sunna.

Gandulf trat in die Mitte des Platzes, erläuterte kurz den Zweck der Zusammenkunft und rief dann Wodan an, um die Weisheit des Gottes für den Ratschluß der Edelinge zu erbitten. Dann gab der Oberpriester das Wort an Armin ab, dem nicht nur als Cheruskerherzog, sondern auch als Einberufer dieser Versammlung das Recht der ersten Rede zustand.

Armin trat in die Mitte des eingehegten Versammlungsplatzes, der deutlich kleiner war als bei den Stammesthingen. Er blickte in die Runde, zog langsam seinen Dolch und ritzte damit die linke Hand. Blut tropfte aus der hoch erhobenen Hand, für alle deutlich sichtbar, und versickerte im Boden vor Armins Füßen.

»Blut ist vergossen worden, viel Blut«, sagte Armin mit weithallender, aber ruhiger Stimme. »Das Blut meiner Sippe, das Blut der Donarsippe und auch das Blut anderer Stämme, der Marser, Chatten, Brukterer, Tenkterer, Tubanten und Usipeter. Vergossen haben es unsere Feinde, die Römer, aber auch Verräter aus meinem eigenen Stamm, Segestes und seine Stiermänner sowie Gerolf mit den Eberkriegern.«

Einzelne Rufer forderten Bestrafung für diesen Verrat, und ein vielstimmiges Murren äußerte die allgemeine Mißbilligung.

Nur kurz verriet Armins Gesicht einen befriedigten Ausdruck. Schon war es wieder versteinert, und der Herzog fuhr in seiner Rede fort. Je länger er sprach, desto aufwühlender wurde seine Stimme. Und immer wieder schlugen die Zuhörer Waffen und Schilde gegeneinander, um dem Redner ihre Zustimmung zu zeigen.

Armin verspottete Germanicus, der ein gewaltiges Heer benötige, um zwei schwangere Frauen und ein kleines Kind zu verschleppen. Er erwähnte den siegreichen Kampf gegen Varus, wo er drei Legionen besiegt hatte, nicht mit Verrat und nicht unter Gewaltanwendung gegen schwangere Frauen, sondern in offener Schlacht.

Thorag dachte daran, daß die Falle, in die sie Varus gelockt hatten, von den Römern sehr wohl als Verrat angesehen wurde, und das vermutlich mit Recht. Und er dachte an die vielen Frauen und Kinder, die zum Troß gehört hatten und der Wut der Angreifer zum Opfer gefallen waren. Wie die schöne Flaminia, die ihren Sohn Primus und dann sich selbst mit eigener Hand getötet hatte, um nicht von den Eberkriegern gequält und geschändet zu werden.

Aber Thorag verstand auch, warum Armin so sprach. Ihm blieb keine andere Wahl, wollten er und sein Blutsbruder Thorag ihre Frauen und Kinder den Römern entreißen.

Armin sprach von den drei Adlern der vernichteten und nicht wieder aufgestellten Legionen und von den anderen erbeuteten Feldzeichen, die jetzt die heiligen Haine der freien Stämme schmückten. Er zählte die Nachteile römischer Herrschaft auf: Abgaben und Steuern, Versklavung, römische Gerichtsbarkeit und römische Götter, denen sogar der Sohn des Segestes als Priester gedient hatte. Aber die Germanen hatten die Römer samt ihren Göttern aus dem rechtsrheinischen Gebiet vertrieben, hatten den zum Gott erhobenen Augustus besiegt und seinem Nachfolger Tiberius widerstanden. Da würden sie doch wohl dem jungen, unerfahrenen Germanicus die Stirn bieten können, der Mühe hätte, seine Legionen an der Meuterei zu hindern.

Das Waffengeklirr verschluckte Armins Stimme. Der Herzog legte eine Pause ein und konnte die Befriedigung über die große Zustimmung nicht verhehlen.

Als der Lärm abklang, rief der Hirschfürst mit aufpeitschenden Worten: »Wem das Vaterland, der Stolz der Ahnen und die Bewahrung unserer Lebensart mehr bedeutet als fremde Herrscher und gewaltsame Umsiedlungen, möge mir zu Ruhm und Freiheit folgen und nicht Segestes in schändliche Knechtschaft!« Während das Waffengeklirr wieder anschwoll, hob er die Hände und schrie: »Zu den Waffen!«

Der Ruf wurde von der Menge aufgenommen und vielfach wiederholt. Aber Thorag fiel auf, daß einige Gruppen ruhig blieben.

Das änderte sich auch nicht, als Eilard von dem Überfall in der letzten der drei heiligen Nächte berichtete. Eilard vertrat Mallovend, der sich noch immer nicht von dem Schrecken erholt hatte, und rief ebenfalls zu den Waffen. »Armin hat uns schon einmal zum Sieg geführt, jetzt soll er es wieder tun! Zu den Waffen!«

Zu denen, die den Ruf nicht begeistert aufnahmen, zählten zu Thorags Überraschung die drei anderen Gaufürsten der Cherusker: Inguiomar, der doch Armins Onkel war, sowie Balder und Bror, die beide Grund zum Haß auf die Römer hatten. Balders Sohn Klef war bei einem Überfall der Römer auf eine Cheruskersiedlung getötet worden, und Brors Sohn Brokk war in der Schlacht gegen Varus gefallen.

Als nach den Ansprachen der anderen Vertreter fremder Stämme, die sich größtenteils für den Kampf gegen die Römer stark machten, Balder das Wort ergriff und sich gegen einen neuen Kriegszug erklärte, der nur weiteres Leid über die Cherusker bringen würde, suchte Thorag den Blutsbruder auf und sprach ihn darauf an.

Armin hatte seine Selbstbeherrschung verloren und fauchte: »Inguiomar hat Blut geleckt, fürchte ich! Er hat gestern lange mit Bror und Balder zusammengesessen. Jetzt weiß ich, was er ihnen eingeflüstert hat.«

»Aber warum?« fragte Thorag.

»Schon damals, als ich mich nach Segimars Tod um die Stellung des Herzogs bewarb, hat es mich einige Überredung und einen guten Teil meiner Kriegsbeute aus dem pannonischen Feldzug gekostet, Inguiomar auf meine Seite zu ziehen. Er wäre gern selbst an die Stelle seines Bruders gerückt. Jetzt sieht er seine Stunde anscheinend gekommen.«

»Aber daß Balder und Bror ihn unterstützen...« Thorag schluckte. »Sie standen immer auf unserer Seite!«

»Die beiden sind alt und kriegsmüde«, sagte Armin verächtlich, während Bror das Wort ergriff und fast genau dasselbe sagte wie sein Vorredner. Armin schnaubte: »Das hat Inguiomar ihnen schön eingeflüstert. Sieh zu, daß du die Scharte auswetzt, Bruder!«

Als Thorag vor die Versammlung trat, schloß er sich Armin und Eilard an und wies besonders auf die Verschleppung seiner Familie hin. Aber er war wohl kein besonders guter Redner, jedenfalls nicht an diesem Morgen, der ihn mit den Traumbildern der vergangenen Nacht bedrückte. Die Begeisterung unter den Zuhörern war nur mäßig.

Inguiomar war der letzte der anwesenden Gaufürsten aus dem Cheruskerstamm, der zu der Versammlung sprach. Der hünenhafte Fürst der Ingsippe lobte die Erfahrenheit und Weisheit Balders und Brors.

Thorag bewunderte seine Redegewandtheit. In ihr und in seinem beeindruckenden Aussehen ähnelte Inguiomar seinem Brudersohn Armin.

Imguiomar machte eine Pause und blickte in den wolkigen Himmel, bevor er sagte: »Auch ich glaubte gestern noch, mich gegen einen Krieg aussprechen zu müssen, stehen die Römer doch mit einer Macht am Rhein, die viel stärker ist als zu Zeiten des Varus. Aber in dieser Nacht erschienen mir Ing, mein Ahnherr, und Wodan selbst. Sie zeigten mir siegreiche Krieger, die unter doppeltem Heil standen, dem des Hirschfürsten und dem des Gottes Ing.«

Seine Stimme war lauter geworden. Plötzlich riß die Wolkendecke auf, und Sunnas Strahlen brachen hervor. Wie geschleuderte Speere aus Licht trafen sie den Redner und hüllten ihn ein, badeten ihn in ihrem Glanz. Erstaunte Ausrufe der Versammlung erschollen, und alle nahmen es als ein Zeichen der Götter.

»Seht her, Wodan und Ing, der Gott des Lichtes und der Sonne, bestätigen es«, schrie Inguiomar. »Zwei Herzöge sollen euch in die Schlacht führen, Armin und Inguiomar!«

»Armin und Ingiomar!« wiederholte die begeisterte Versammlung laut, immer und immer wieder.

»Geschickt gemacht«, knurrte Armin zu Thorag. »Er läßt sich zum Herzog küren, ohne den Stamm zu spalten. Niemand kann jetzt sagen, er sei gegen mich. Balder und Bror hat er für seine Zwecke eingespannt, ohne daß die beiden es ahnten. Ich glaube nicht, daß sie mit dieser Wendung gerechnet haben. Ich frage mich nur, wie er das mit Sunnas Wolkendurchbruch hinbekommen hat.«

»Heißt es nicht, die Priester der Heiligen Steine können das

Wetter vorhersagen?« fragte Thorag. Als Armin das bejahte, erzählte der Donarfürst ihm von dem hünenhaften Mann, dem er in der Nacht begegnet war. »Ich dachte erst, daß du es bist, Armin. Jetzt wissen wir, wer es war.«

»Ja«, preßte Armin wütend hervor.

»Was wirst du jetzt tun?«

»Das einzige, was mir übrigbleibt.« Ein strahlendes Lächeln überzog plötzlich Armins Antlitz, als er neben seinen Onkel in den sich ausbreitenden Sonnenschein trat und sagte: »Dem Ratschluß der Götter wollen wir uns beugen. Zwei Herzöge werden den Cheruskern und allen verbündeten Stämmen zweifaches Siegheil bringen. Folgt Inguiomar und mir in den Kampf! Zu den Waffen!«

»Zu den Waffen!« brüllten die Krieger ohne Unterlaß und jedesmal lauter.

Nur Thorag, Balder und Bror hielten sich zurück. Die beiden älteren Fürsten erkannten, daß Inguiomar sie nur benutzt hatte. Thorag fragte sich, ob Armins Onkel sich damit zufriedengeben würde, nur einer von zwei Herzögen zu sein.

Kapitel 24

Die Drachensümpfe

Tausende Pferdehufe ließen den Boden erzittern, und ihr Klang war wie das Gebrüll des Donnergottes. Er gab Thorag Zuversicht und Kraft für das, was bevorstand.

Denn seine berittene Schar befand sich keineswegs auf der Flucht, mochten die nachsetzenden Auxiliarreiter der Römer dies auch denken. Sie sollten es sogar glauben, das war Armins Plan. Je eifriger die germanischen, gallischen, spanischen, syrischen, numidischen und die anderen Reiter, die in Roms Diensten standen, Thorags Männer verfolgten, desto weiter entfernten sie sich von der römischen Hauptmacht, von Caesar Germanicus und seinen acht Legionen.

Auf offenem Gelände hatte Thorags Reiterei sich zur Schlacht gestellt und diese schon nach kurzer Zeit abgebrochen, scheinbar geschlagen von der römischen Übermacht. Armins Taktik war es, die Römer genau dies glauben zu lassen. Den römischen Reitern folgten die leichten Fußtruppen der Auxilien, mitgerissen vom Erfolg der Reiterei, was den starken römischen Verband noch weiter in die Länge zog, ihn angreifbarer, verwundbarer machte.

Thorags scheinbare Flucht führte nach Norden, auf ein bewaldetes Hügelgebiet zu. Im Osten lag ein noch größeres Waldgebirge.

Im Westen erstreckten sich auf breiter Fläche Sümpfe, die für den Unkundigen undurchdringlich waren, tödlich. Wegen der heißen Wasser, die dort oft in Fontänen hervorschossen, nannte man sie die Drachensümpfe. Es hieß, der Drache Fafner schlafe unter der Erde, und sein feuriger Atem erhitze die Sümpfe.

Von Süden folgte die Hauptmacht der Römer und marschierte geradewegs in die von Armin vorbereitete Falle.

»Reitet langsamer!« schrie Thorag den Männern rechts und links von sich zu, und diese gaben den Ruf weiter. »Wenn die Römer glauben, daß sie uns gleich einholen, werden sie unaufmerksam.«

Ja, für Thorag waren es Römer, mochten sie in Wahrheit auch anderen Völkern entstammen. Sie kämpften für Rom. Und überlebten sie alle Kämpfe, würden sie am Ende ihrer Dienstzeit das römische Bürgerrecht erhalten.

Auch Thorag war einst für Rom in den Krieg gezogen, aber diese Zeiten waren vorbei. Jetzt brannte der Donarsohn darauf, seine Männer gegen die Feinde zu führen, die noch immer Auja und Ragnar in ihren Händen hielten – so nah! Vielleicht würde er seine Frau und seinen Sohn heute abend schon in die Arme schließen können, wenn der Sieggott Wodan mit seinen Stämmen war.

Wie Thorag sich danach sehnte!

Er wußte, daß Auja ihre ungeborene Tochter verloren hatte. Spione, die als Händler verkleidet zu den Römern gingen, hatten es ihm berichtet; römische Kriegsgefangene bestätigten es. Und er wußte auch, daß Germanicus seine Geiseln mit auf den Kriegszug genommen hatte, damit Armin und Thorag sich auch ja zum Kampf stellten.

Nun, das konnte der Imperator haben!

Auch Armin, der dort rechts in den Wäldern lauerte, wollte sein Schwert lieber früher als später in die Leiber der Römer stoßen. Nur so konnte er endlich den Sohn sehen, den Thusnelda ihm geboren hatte. Thumelikar hatte sie ihn genannt, wie Armin es sich gewünscht hatte. Ein Bruder des Hirschfürsten, der noch vor Armins Geburt gestorben war, hatte diesen Namen getragen. Die Römer, die Schwierigkeiten mit der Aussprache germanischer Namen hatten, machten daraus Thumelicus.

»Teilt euch!« befahl Thorag, als der Wald vor ihm keine zwanzig Pferdelängen mehr entfernt war.

Er selbst sprengte nach rechts, und die Hälfte der fünftausendköpfigen Schar folgte ihm. Der Hirschkrieger Ingwin führte die andere Hälfte nach links.

Die römische Reiterei geriet ins Stocken, weil ihre Anführer sich erst über dieses Manöver klarwerden mußten. Doch die Bedeutung offenbarte sich von selbst, als aus den bewaldeten Hügeln vor den Römern im wilden Sturm weitere fünftausend berittene Germanen hervorbrachen. Argast führte sie an und gab den Schlachtruf ›Donar, Donar!‹ aus, der begeistert von allen aufgenommen wurde.

Die vordersten Linien trafen aufeinander, und die Wucht des germanischen Angriffs erschütterte die zum Halten gekommenen Römer. Noch schien nicht alles verloren, da fielen Thorag und Ingwin mit ihren Reitern, die rasch kehrtgemacht hatten, in die Flanken der römischen Reiterei.

Thorag kämpfte ganz vorn und hieb immer wieder mit dem von Frowin geschmiedeten Schwert auf die Gegner ein, deren Blut bald sein Gesicht und seinen nackten Oberkörper bedeckte. Aber er empfand keinen Ekel, wie damals bei der Opferung auf dem Thing der Edelinge, vor diesem Blut. Im Gegenteil, mit jedem Schwerthieb sehnte er sich danach, mehr Blut zu vergießen. Jeder Tropfen brachte ihn Auja und Ragnar näher und war Rache für das, was die Römer seiner Familie angetan hatten.

Er wußte nicht genau, weshalb Auja das Kind verloren hatte. Erst hatte er geglaubt, die starken Schmerzen während der Schwangerschaft seien die Vorboten eines vorherbestimmten Schicksals gewesen, das Gesa nicht auf die Welt der Menschen lassen wollte. Aber aus den Berichten der Späher und der gefangenen Römer hörte er heraus, daß nicht die Nornen für das Unglück verantwortlich waren, sondern Menschenhand. Aber er erfuhr nicht mehr als das Gerücht, daß in der Nacht, als Germanicus die Geburt seiner Tochter Julia Agrippina feierte, im Haus des Imperators etwas Schreckliches geschehen sei. Nur von Auja würde er wohl die Wahrheit erfahren.

So schlug Thorag zu, immer und immer wieder, um endlich zu seiner Auja zu gelangen. Und tatsächlich wichen die Römer zurück, erst noch planmäßig, doch bald schon in heilloser Flucht. Jetzt waren sie die Verfolgten und die Germanen die Verfolger.

Die Kohorten der Auxiliarinfanterie, die über die ganze Ebene zwischen westlichem Sumpf und östlichem Waldgebirge Aufstellung nahmen, boten den Fliehenden Hoffnung. Diese Auffangstellung sollte die Wucht des germanischen Reiterangriffs brechen.

Aber dann ertönten Hornsignale aus dem Waldgebirge, und die drei riesigen Angriffskeile der germanischen Hauptmacht, geführt von Armin, Inguiomar und Eilard, rollten die Auxilien von Osten nach Westen auf. Trotz der Niederlage gegen Caecina hatten die Marser eine neue Streitmacht aufgestellt und beteiligten sich mit mehreren tausend Kriegern unter Eilards Führung an der Schlacht.

Die Auxilien wurden in die Sümpfe gedrängt, wo ganze Turmen und Zenturien einen jämmerlichen Tod fanden. Wer sich dagegen wehrte, wurde zwischen Thorags Reiterei und den drei Keilen germanischer Fußtruppen zerrieben.

Was für die Römer erst ausgesehen hatte wie ein leichter Sieg, drohte jetzt zu einem Massaker zu werden.

Ein leichter Sieg würde es werden! Da war Germanicus sich sicher, als er seine Auxilien aussandte, die fliehende Horde des Arminius zu verfolgen.

Überhaupt, Arminius! Offenbar hatten alle den Cherusker überschätzt. Varus mußte sich sehr dumm angestellt haben, daß er ihm damals in die Falle ging.

Seitdem Germanicus den Rhenus überschritten und zum großen Sommerfeldzug ins Land der aufständischen Stämme aufgebrochen war, stand der Kriegsgott Mars auf seiner Seite.

Caecina hatte mit den vier Legionen des unteren Heeres das Land der Brukterer durchquert und diesen Stamm hart dafür bestraft, daß er Germanicus beim Marsch durch den Cäsischen Wald in den Rücken gefallen war. Der Präfekt Pedo zog derweil mit seiner Reiterei durch die Gebiete der Friesen und Chauken und zwang diese Stämme, ihm weitere germanische Hilfstruppen zur Verfügung zu stellen.

Nachdem Germanicus mit den vier Legionen des oberen Heeres auf den Schiffen der Rhenus-Flotte den Fluß hinunter und über das Meer gefahren war, hatte er sich mit den anderen Armeen am Fluß Amisia vereinigt, um gegen Arminius zu ziehen. Dabei eroberten die Römer von den Brukterern einen der drei goldenen Adler von Varus' Legionen zurück.

Welch gutes Omen für diesen Feldzug!

Und dann fanden sie das Schlachtfeld, auf dem Varus mit den Seinen gestorben war. Germanicus ordnete eine Totenfeier an und ließ alle Gebeine nach römischer Sitte bestatten, denn niemand konnte nach sechs Jahren sagen, ob hier die Knochen und Schädel von Römern oder von Germanen in der Sonne bleichten.

Für Germanicus war es ein erhebendes Ereignis gewesen, den gefallenen Legionen ihr letztes Ruhebett zu errichten. Und das unter einem der Adler, der ihnen gehört hatte. Einmal mehr fühlte er sich als Rächer dieser Gefallenen und seines Vaters Drusus, dem auch das Land der Germanen den Tod gebracht hatte. Er glaubte sich seinem Vater so nah wie noch nie seit dessen Tod.

Germanicus selbst legte das erste Rasenstück zur Aufschichtung des Totenhügels. Im Angesicht der frischen Gräber schwor der Imperator, nicht eher zu ruhen, bis er Arminius bestraft und alle drei Adler zurückgeholt hatte.

Immer öfter kam es zu kriegerischen Zusammenstößen mit den Cheruskern, die sich nach kleinen Scharmützeln stets zurückzogen. Offenbar fand Arminius keine richtige Taktik, war er nicht stark genug, sich dem riesigen Römerheer zu stellen, das, den großen Troß nicht eingerechnet, mitsamt allen Hilfstruppen auf eine Kampfstärke von hunderttausend Mann kam.

Vielleicht war Arminius auch verwirrt und wagte den Angriff nicht, weil er seine Frau und seinen kleinen Sohn nicht gefährden wollte. Dieser Gerolf sah nicht nur aus wie ein Fuchs, er war auch einer. Germanicus war froh, daß er auf seinen Rat gehört hatte,

Auja, Thusnelda und deren Kinder als Lockvögel mitzunehmen.

Und so trieb Varus den Cheruskerfürsten vor sich her, quer durch dessen Heimat, um Rache zu nehmen für Drusus und Varus.

Aber dann hörte Germanicus von vorn, aus nördlicher Richtung, die Rückzugssignale. Kurz darauf trafen Kuriere ein, abgehetzte, vor Schweiß, Dreck und Blut starrende Männer. Und ihre Nachrichten waren erschreckend: Die germanische Reiterei war plötzlich auf das Doppelte ihrer Stärke angewachsen. Von den bewaldeten Höhen im Osten rannten germanische Angriffskeile an, so breit und tief, daß die Zahl der Krieger kaum zu bestimmen war. Jeder Kurier nannte eine andere Schätzung, aber alle waren sich darin einig, daß Arminius über zahlenmäßig fast genauso starke Truppen verfügte wie Germanicus, falls die Germanen überhaupt in der Minderzahl waren.

Panik erfaßte den Imperator, als er erkannte, daß Arminius mit ihm gespielt hatte, die ganze Zeit. Während der Römer glaubte, das Heft fest in der Hand zu halten, hatte der Cherusker die Falle aufgebaut – und jetzt ließ er sie zuschnappen!

So ähnlich wie Germanicus jetzt mußte sich Varus damals gefühlt haben.

Ich bin genauso dumm gewesen wie er! durchzuckte den Feldherrn die bittere Erkenntnis.

Er spürte die forschenden, drängenden Blicke seiner Stabsoffiziere auf sich. Sie erwarteten seine Befehle. Er mußte handeln, entscheiden!

Aber was tun?

Sich zurückziehen, um sich neu zu formieren?

Nein, bloß nicht. Das war es, was diese Barbaren beabsichtigten. Zwischen die ungeordneten Rückzugshaufen fahren und dort noch mehr Unordnung stiften, Verwirrung, Panik und dann den Tod – das war doch ihre Spezialität.

Nein, er mußte das tun, was Varus nicht gelungen war: standhalten!

»Befehl an die Auxilien!« rief Varus einem Kuriertrupp zu. »Die Kohorten der Fußtruppen sollen sich in zwei versetzten Treffen formieren, so daß auch nicht die kleinste Lücke entsteht. Pedo soll seine Reiterei dahinter sammeln und jeden einzelnen verdammten Germanen, der die beiden Treffen doch durchdringt, niedermachen. Die Barbaren müssen aufgehalten werden, bis die Legionen in Stellung sind!«

Dann wandte er sich an seinen Stab und die kommandierenden Offiziere: »Die Legionen müssen schnellstmöglich in Gefechtsstellung gehen, und zwar in drei Treffen. Drei Legionen bilden das erste Treffen, zwei das zweite und die letzten drei das dritte. Die Lücken zwischen den Treffen werden durch unsere Geschütze gesichert.« Germanicus lächelte zuversichtlich. »Das wird Arminius auf jeden Fall aufhalten. Die Germanen sind nur dann angriffslustig, wenn sie erfolgreich sind. Aber wenn sie auf erbitterten Widerstand stoßen und sehen, daß es kein leichtes Beutemachen gibt, verläßt sie schnell der Mut.«

Doch diesmal war es anders, und allmählich erkannte Germanicus, daß die Mitnahme der Geiseln vielleicht ein Fehler gewesen war. So wie die Verschleppung Thusneldas und Aujas die Germanen geeint und auch den früher römerfreundlichen Inguiomar auf die Seite seines Neffen Arminius gebracht hatte, schien die Nähe der Entführten jetzt den Kampfgeist der Barbaren zu beflügeln. Obwohl ihre Verluste hoch in die Tausende gingen, stürmten sie immer wieder gegen die Legionen an. Und auch dort klafften bald Lücken, die kaum noch zu schließen waren.

Mehrmals mußte Germanicus persönlich das Schlachtenglück zu Gunsten der Römer wenden, indem er, sich an den Sieg im Cäsischen Wald erinnernd, den von den Brukterern zurückeroberten Legionsadler führte und mit dem Ruf ›Rache für Varus!‹ die zaudernden Truppen mit neuem Mut beseelte.

Doch am Nachmittag mußte er erkennen, daß ein Sieg nicht zu erzwingen, allenfalls eine Niederlage zu vermeiden war. Und er gab den Befehl, daß sich aus den Legionen des zweiten und dritten Treffens Kohorten lösten, um ein stark befestigtes Lager zu bauen.

Dort, hinter Wällen und Palisaden, konnten die Soldaten sich erholen und neuen Mut schöpfen. Und wenn sie Glück hatten, waren die Barbaren über Nacht verschwunden, um ihre Wunden zu lecken und ihre Beute zu zählen.

Glück? dachte Germanicus niedergeschlagen, als sich im verlöschenden Licht der Abenddämmerung immer mehr Kohorten vom Feind lösten, um in das Lager einzurücken. Was für ein jämmerliches Glück erhoffte er, das nicht im Sieg über den Feind bestand, sondern nur im Vermeiden eines Kampfes?

Konnte es tatsächlich sein, hatte dieser verfluchte Arminius schon wieder eine römische Armee bezwungen? Jedenfalls hatte Germanicus ihn nicht, wie es sein Plan gewesen war, für das Massaker an den Legionen des Varus bestraft.

Je länger der Imperator darüber nachdachte, desto mehr verdichtete sich das Gefühl, daß er die Schlacht bei den Drachensümpfen verloren hatte.

»Angreifen!« sagte Inguiomar nachdrücklich. »Wir müssen das römische Lager in der Nacht angreifen. Die Römer rechnen nicht damit. Wir werden sie überrennen!«

Die germanischen Fürsten hatten ihre Pferde auf einer bewaldeten Hügelkuppe gezügelt und schauten hinunter auf das Schlachtfeld. So viele waren hier gefallen, auf beiden Seiten, daß man die Toten nicht hatte wegräumen können. Nott zeigte sich gnädig und breitete einen tiefdunklen Schleier über das Leichenfeld aus, das sich bis zu den Drachensümpfen erstreckte. Es war ein harter Kampf gewesen, und nach alter Sitte hatten sich die Anführer der Germanen in vorderster Reihe geschlagen. Kaum einer war ohne Verletzungen oder wenigstens Schrammen davongekommen.

»Nein!« versetzte Armin ebenso entschieden, wie sein Onkel gesprochen hatte. »Die Römer rechnen wohl nicht mit einem Angriff auf ihr Lager, weil so etwas kaum einem Feind gelungen ist. Aber sie werden trotzdem darauf vorbereitet sein. Hinter den Wällen kann eine geringe Zahl Legionäre eine Übermacht an Feinden mit Erfolg abwehren. Wir würden uns nur blutige Nasen holen. Außerdem sind auch unsere Krieger erschöpft und brauchen Ruhe. Und die vielen Verwundeten müssen versorgt werden.«

Inguiomar hob seinen linken Arm, dessen unterer Teil mit einem Verband aus Kräutern und Gräsern umwickelt war. »Ein Römerschwert hat meine Knochen bloßgelegt. Trotzdem bin ich bereit, sofort wieder in den Kampf zu ziehen!«

»Andere haben den ganzen Arm oder mehr verloren«, gab Armin zu bedenken, der selbst einen dicken Kopfverband trug.

Der Fürst der Ingsippe kniff die Augen zusammen und musterte seinen Brudersohn eingehend. »Warum zögerst du so, Armin? Man könnte fast glauben, der Gedanke an deine Frau, die nur eine Meile von dir entfernt ist, läßt dich kalt.«

»Ganz im Gegenteil, es macht mich rasend! Aber ein rasender Herzog ist ein schlechter Taktiker. Auf dem Marsch sind die Römer angreifbar, nicht in ihrem Lager. Auf dem Marsch haben wir damals Varus bezwungen, nachdem wir ihn aus seinem Sommerlager gelockt hatten. Auf dem Marsch werden wir auch Germanicus bezwingen. Die Männer, die wir beim Angriff auf das Lager verlieren würden, könnten uns dann fehlen.«

Inguiomar fragte Eilard nach seiner Meinung.

Der Marser legte die Hand auf den Schwertknauf. »Ich bin immer für den Kampf, sobald ein Feind in Sicht ist. Auch jetzt würde ich am liebsten sofort vor das Lager der Römer reiten und Vergeltung üben für das Massaker in der heiligen Nacht. Aber wenn Armin etwas anderes sagt, wird er gute Gründe haben. Er selbst hat für die Römer gekämpft und weiß daher gut, wie ihnen beizukommen ist.«

»Thorag hat auch für die Römer gekämpft«, sagte Balder. »Was sagst du dazu, Donarsohn?«

Thorag hatte dem Streit zwischen Armin und Inguiomar nur mit halbem Ohr zugehört. Er kannte das schon. Seit die Cherusker zwei Herzöge hatten, schienen die beiden grundsätzlich unterschiedlicher Meinung zu sein, als wollten sie ihren Machtkampf auf diesem Weg austragen. Es war ein kleines Wunder, daß es während der Schlacht nicht zu widersprüchlichen Befehlen gekommen war. Aber – noch? – sahen die meisten Armin als den Mann an, der die Entscheidungen traf. Vielleicht war gerade das der Grund, weshalb Inguiomar dem Neffen auch in Kleinigkeiten widersprach.

Dies hier war keine Kleinigkeit. Ein falscher Befehl, und viele tausend Krieger würden sich zu den heute Gefallenen gesellen. Und was Inguiomar vorschlug, war gewiß ein falscher Befehl. Das sagte Thorags kampferfahrener Verstand. Sein Herz, das vor Schmerz um Auja und Ragnar fast zerriß, sagte etwas anderes.

»Nun?« erkundigte sich Inguiomar. »Warum antwortest du nicht auf Balders Frage, Thorag?«

»Weil ich an meine Frau und an meinen Sohn gedacht habe.

Und daran, daß ich sie so schnell wie möglich wiedersehen möchte.«

Das Gesicht des Ingfürsten hellte sich auf. »Also bist du für den nächtlichen Angriff?«

»Ja, ich bin dafür, aber ich entscheide mich dagegen – gerade weil ich Frau und Kind wiedersehen möchte!«

Inguiomar gab sich geschlagen, aber es fiel ihm schwer.

Wohl noch schwerer fiel es Thorag, sich die ganze Nacht so nah bei Auja und Ragnar zu wissen, ohne etwas unternehmen zu können. Obwohl der Tag anstrengend gewesen war wie lange keiner mehr, obwohl Geist und Körper erschöpft waren, obwohl seine Arme vom Führen des Schwertes und Halten des Schildes so schwer waren, daß er sie kaum noch bewegen konnte, machte er kein Auge zu. Ruhelos streifte er am Waldrand umher und dachte an die glücklichen Zeiten.

Kapitel 25

Die Langen Brücken

Während Germanicus sich zurückzog, versuchte er sich immer wieder einzureden, daß dies nur eine geschickte Taktik war, die seine Armee in eine gute Ausgangslage für einen Gegenangriff bringen sollte. Aber weder der Imperator noch sein Heer erhielten dazu Gelegenheit.

Die Germanen folgten ihnen auf dem Fuße und griffen von Hügeln und Wäldern heraus die Marschkolonnen an, stifteten Tod und Verwirrung und tauchten dann schnell wieder ins Dunkel der Urwälder ein. Wie Mücken, die heranschwirrten, zustachen, sich schnell mit Blut vollsaugten und sich dann gesättigt wieder davonmachten. Nur mit dem Unterschied, daß die Germanen niemals satt zu sein schienen. Germanicus, der zuvor geglaubt hatte, Arminius vor sich herzutreiben, wurde jetzt von dem Cherusker durch das fremde Land getrieben. Der Germane hatte seine Art der Kriegsführung dem Römer aufgezwungen.

Und es war keine Taktik, die Römern lag. Von der Rastlosigkeit und den fortwährenden Angriffen zermürbt, redeten immer mehr Legionäre und auch Offiziere offen von einem Rückzug hinter den Rhenus oder auch davon, den Germanen die Geiseln auszuliefern, um endlich Ruhe zu haben.

Germanicus hatte die Meuterei im letzten Jahr noch in guter Erinnerung und wollte etwas Ähnliches nicht schon wieder erleben. Deshalb rief er an einem Abend, an dem sich die Legionen nach langem Marsch und harten Schanzarbeiten ins Lager zurückgezogen hatten, seine kommandierenden Offiziere ins Feldherrnzelt. Es war keine Lagebesprechung, wie sie vermuteten, sondern der Imperator wollte ihnen einen wichtigen Entschluß mitteilen.

Die Offiziere waren nicht minder erschöpft als die einfachen Soldaten, vielleicht sogar noch mehr, da sie ihren schwindenden Mut verhehlen und nach außen hin vorgeben mußten, sie glaubten noch an einen baldigen Sieg über Arminius. Aber Germanicus konnte in ihren Mienen das lesen, was er selbst längst erkannt hatte, ohne es sich einzugestehen oder gar anderen gegenüber auszusprechen: Dieser Feldzug war gescheitert! Einen Sieg über die Barbaren würde es frühestens im nächsten Jahr geben.

Jetzt sprach er es zum erstenmal aus und las in den Gesichtern der anderen Erleichterung, offen über die verfahrene Lage reden zu können. »Wir müssen uns absetzen«, schloß der Imperator die Rede, die zu halten ihn viel Überwindung gekostet hatte.

»Wie soll uns das gelingen, wenn die Barbaren uns fortwährend überfallen?« fragte Caetronius, der Legat der I. Legion. »Sobald sie merken, daß unser Ziel der endgültige Rückzug ist, werden sie die Angriffe noch verstärken.«

»Wir werden uns aufteilen«, antwortete Germanicus. »Ich ziehe mit den vier Legionen des oberen Heeres und dem größten Teil der Auxilien zum Fluß Amisia, wo unsere Flotte liegt. Während Pedos Reiterei uns schützt, schiffen wir uns ein. Caecina wird derweil mit den vier Legionen des unteren Heeres die Germanen beschäftigen.«

Für einen langen Augenblick herrschte Schweigen in dem großen Zelt. Die vielfältigen Geräusche des Lagers – Hufgetrappel und Hammerschläge, gebellte Befehle und Hornsignale – drangen um so deutlicher zu den Präfekten und Tribunen durch, aber niemand achtete darauf. Caecina und die Offiziere des unteren Heeres blickten sich betroffen an. Dieser Auftrag kam einem Todesurteil gleich. Ihre Blicke sagten es deutlich, wenn auch ihre Münder schwiegen: Germanicus warf vier Legionen den blutdürstigen Barbaren zum Fraß vor, um sich selbst zu retten.

»Ein ehrenvoller Auftrag«, sagte Aulus Caecina Severus, als sich die Blicke auf ihn konzentrierten. »Viele Soldaten werden ihr Leben lassen, um ihn zu erfüllen.«

»Wer gegen Rom gemeutert hat, sollte sich nicht zu schade sein, für Rom zu sterben«, versetzte Germanicus hart. »Wer aber überlebt, wird bar jeder Schande sein. Das gilt nicht nur für die Legionäre, sondern auch für ihre Offiziere.«

Caecina schluckte und ballte die großen Hände zu Fäusten. Er erkannte, daß Germanicus mit den Offizieren nicht zuletzt den grauköpfigen Legaten gemeint hatte, dem es nicht gelungen war, die Meuterei zu bekämpfen. Alle wußten es, und der Ausdruck ihrer Gesichter schwankte zwischen Mitleid und Schadenfreude.

Gnaeus Equus Foedus, der als Lagerpräfekt der I. Legion zu denen gehörte, die ihr Leben für den Rückzug des Imperators einsetzen sollten, sprach aus, was alle anderen nicht zu sagen wagten: »Wie aber, Caesar, sollen wir uns selbst von den Barbaren lösen?«

Germanicus sagte nur zwei Wörter: »*Pontes Longi!* – Die Langen Brücken!«

»Die Langen Brücken?« wiederholte Foedus. »Was ist das?«

»Jetzt verstehe ich«, brummte Caecina. »Die Langen Brücken wurden vor fünfzehn Jahren von Lucius Domitius Ahenobarbus angelegt, als dieser Statthalter in Germanien war. Auf einer Strecke von etwa zehn Meilen hat er Sumpfland durch einen Bohlenweg aus Baumstämmen trockengelegt, um Truppen und Nachschub hindurchführen zu können. Dieses Gebiet liegt etwa vier bis fünf Tagesmärsche von hier entfernt.«

»So ist es.« Germanicus rollte lächelnd eine Karte auf dem Tisch vor seinem Klappstuhl aus und beschwerte sie mit Tintenfässern und einem silbernen Weinbecher. Sein Finger zeigte auf das bewußte Sumpfland, ein großes Gebiet. »Caecina wird die Germanen dorthin locken, dann über die Langen Brücken gehen und den Weg hinter sich zerstören. Damit sind wir die Barbaren los!«

Einige Offiziere äußerten sich zustimmend, aber Foedus fragte: »Warum bleibt die Armee nicht zusammen und geht geschlossen über die Langen Brücken.«

Weil ich nicht weiß, ob die Brücken überhaupt noch begehbar sind, dachte Germanicus und sagte: »Das würde zu lange dauern. Alle acht Legionen und die Auxilien sind zu schwerfällig, um sich von dem beweglichen Feind zu lösen. Außerdem könnte es Schwierigkeiten geben, den großen Troß durch die Sümpfe zu führen.« Er sah Foedus genervt an. »Hast du sonst noch Fragen, Präfekt?«

»Ja, eine. Was macht dich so sicher, Imperator, daß die Germanen uns folgen werden und nicht dir?«

»Die Geiseln werden bei euch sein. Heute nacht lassen wir ein paar der germanischen Kriegsgefangenen entkommen. Sie werden dafür sorgen, daß Arminius erfährt, wo seine geliebte Frau und sein kleiner Sohn sich aufhalten. Er wird sich die Gelegenheit nicht entgehen lassen, sie zu befreien. Die Aussicht, es statt mit acht nur mit vier Legionen aufnehmen zu müssen, wird zu verlockend sein.«

»In der Tat«, sagte Caecina. »Arminius wird alles versuchen, uns vor den Langen Brücken aufzuhalten. Wir werden uns beeilen müssen.«

»Gerolf und seine Eberkrieger werden euch führen«, erklärte Germanicus. »Sie kennen einige Abkürzungen.«

Caecina, der seit vierzig Jahren im Felde stand, hatte sich seinen Ruhm mehr durch aufrechten Kampf erworben als durch List und Tücke. Das entsprach seinem gradlinigen Charakter. Der Eberfürst, der stets wirkte, als schmiede er mindestens zwei Komplotte gleichzeitig, war ihm zuwider. Aber jetzt war der Legat froh, daß Germanicus ihm Gerolf und seine Kriegerschar, die bei der Schlacht an den Drachensümpfen auf vierhundert Mann zusammengeschmolzen war, mitgegeben hatte. Sie ritten als Sicherungstrupps an den Flanken der Marschkolonne und als Späher voraus. Und sie fanden immer wieder Abkürzungen, die den geländeunkundigen Römern verborgen geblieben wären.

Der Weg war beschwerlich, und doch ließ Caecina jeden Tag zwei, drei Stunden länger marschieren als üblich. Er wußte, daß alles davon abhing, vor Arminius an den Langen Brücken zu sein. Und er war froh, als am vierten Marschtag gegen Mittag ein zurückkehrender Voraustrupp der Ebermänner meldete, der Beginn des Bohlenweges liege nur noch zwei Marschstunden entfernt.

Aber dann kam die schlechte Nachricht: Die Feuchtigkeit des Bodens und die vielen Jahre, die seit dem Bau der Langen Brücken verstrichen waren, hatten den hölzernen Damm so stark verrotten lassen, daß vor dem Überqueren umfangreiche – und zeitaufwendige – Ausbesserungen nötig waren.

Caecina ließ die Legionen weitermarschieren durch das zunehmend morastige Gebiet. Schon seit zwei Tagen erstreckten sich zur Rechten große Moor-, Sumpf- und Morastflächen, während das Gelände zur Linken anfangs sanft, dann immer steiler anstieg. Aber an diesem Tag wurde auch der Weg, den die Legionen zu den Langen Brücken nehmen mußten, von Stunde zu Stunde schwerer begehbar. Wagenräder, Pferdehufe und die Stiefel der Legionäre sackten in den Morast ein oder blieben im schweren Lehmboden stecken. Wildbäche sprudelten von den Hängen herunter und mußten durch rasch gebaute Brücken überwunden werde. Und jede Brücke kostete Zeit!

Während Caecina auf seinem kräftigen Braunen langsam durch das unwirtliche Land ritt, blickte er immer wieder in den Himmel, wo schon seit Tagen Wolkenfelder entlangzogen. Aber zum Glück öffneten sie ihre Schleusen nicht. Der Legat des Germanicus dachte lieber gar nicht daran, was im Falle eines Wolkenbruches mit diesem Gelände geschehen würde.

Hinter ihm entstand Unruhe. Pferde wieherten laut, und aufgeregte Menschenstimmen hatten Mühe, sie zu übertönen. Ein Karren, der mit leichten Feldgeschützen beladen war, drohte in einem großen Morastloch zu versinken. Er hing halb auf der Seite, und die beiden Zugpferde hatten immer größere Mühe, sich gegen das braune, sich schmatzend an ihren Leibern festsaugende Verhängnis anzustemmen. Sie schrien ihre Todesangst hinaus und machten die anderen Pferde in ihrer Nähe scheu. Nur mit Mühe konnten Reiter und Gespannführer die Tiere im Zaum halten. Das geschah nicht zuletzt zum Besten der Tiere; brachen sie aus, liefen auch sie Gefahr, im Morast zu versinken.

Caecina wendete sein Pferd, trieb es zwischen den Marschrei-

413

hen hindurch bis zur Unglücksstelle und rief schon von weitem: »Nehmt die Tiere aus dem Joch!«

Der junge Tribun, unter dessen Kommando die Soldaten sich vergeblich um die Bergung des Wagens bemühten, erwiderte: »Aber dann versinkt der Wagen im Morast und mit ihm die Skorpione!«

»Wir retten wenigstens die Pferde und verhindern eine Panik!«

Der hagere Tribun nickte, und seine Männer wollten die beiden starken Zugpferde aus dem Joch lösen, das sie unbarmherzig immer tiefer in den Morast zog. Die Pferde wehrten sich in ihrer Todesangst gegen jede Berührung. Eins biß kräftig zu und verletzte einen Legionär am Arm. Die beiden Tiere schrien noch lauter, die allgemeine Panik wurde größer.

»Stecht die Pferde ab!« befahl Caecina.

»Wir brauchen jedes Pferd«, widersprach der Tribun. »Wir haben in diesem unebenen Gelände schon zu viele verloren.«

»Wenn weitere Tiere in Panik geraten und vom Weg abkommen, kostet uns das mehr als zwei Pferde«, rief Caecina, und seine wulstigen Lippen bebten vor Wut über die Widerspenstigkeit des jungen Ritters. »Tötet sie endlich!«

»Ich wasche meine Hände in Unschuld«, murmelte der Tribun und wies zwei Legionäre an, ihre Schwerter zu gebrauchen.

Die Schreie der Tiere erstarben mit dem Erlahmen ihrer Kraft. Der Morast verschluckte sie mit befriedigtem Gurgeln, und mit ihnen versanken der Karren und die sechs Skorpione dieser Kohorte.

Ein paar germanische Reiter drängten sich heran, Eberkrieger mit ihrem Fürsten. Gerolfs Blick streifte den kleinen sichtbaren Rest des versinkenden Wagens und sagte: »So etwas wird bald öfter geschehen. Meine Männer melden, daß wir kurz vor den Langen Brücken sind.«

Caecina war wütend darüber, daß der spitzgesichtige Germane ihm die Nachricht ausgerechnet in diesem Augenblick überbringen mußte. Das Versinken des Wagens im Morast erinnerte Caecina daran, wie vor kurzem viele römische Soldaten in den Drachensümpfen den Tod gefunden hatten. Auch Gerolf mochte daran denken und es als einen Beweis für die Schwäche der Römer nehmen. Aber Caecina durfte sich keine Schwäche leisten, nicht, wenn er das hier überleben wollte!

»Haben deine Männer auch ihre zweite Aufgabe erfüllt und einen geeigneten Platz für das Nachtlager gefunden?« fragte der Legat schroff.

»Das haben sie«, antwortete Gerolf ruhig. »Ein kurzes Stück voraus verbreitert sich das begehbare Gelände zu einem kleinen Föhrenwald.«

»Den Wald werden wir fällen und mit dem Holz das Lager befestigen«, entschied Caecina und teilte seine Legionen in drei Gruppen ein.

Die erste Gruppe sollte weiter bis zum Anfang der Langen Brücken marschieren und dort mit den Ausbesserungsarbeiten beginnen, damit das Heer am nächsten Morgen seinen Weg fortsetzen konnte. Die Aufgabe der zweiten Gruppe war die Errichtung des Nachtlagers, während die dritte Gruppe das Gelände sichern sollte.

»Meine Männer halten doch Wache«, meinte Gerolf großspurig. »Sie werden jeden Feind rechtzeitig melden. Du solltest deine sämtlichen Legionäre lieber für die Bau- und Schanzarbeiten einsetzen, Legat.«

»Das mag eure Art sein, die unsrige ist es nicht«, schnaubte Caecina. »Und da dies hier ein römisches Heer ist, gelten immer noch römische Regeln und römische Befehle!«

Wie recht er damit hatte, zeigte sich keine zwei Stunden später, als plötzlich ein leises Grollen über das Land rollte und schnell zu einem lauten Donnern anwuchs. Caecina dachte mit Erschrecken an ein Unwetter, das sich durch ein Gewitter ankündigte, doch ein Blick in den Himmel zeigte ihm, daß die Wetterlage sich nicht verschlechtert hatte.

Von den Posten auf den Hängen ertönte ein Schrei: »*Periculum in mora!*«*

Da sah Caecina diese Gefahr auch schon. Soweit das Auge reichte, liefen Germanen mit Schilden und blanken Waffen die Hänge herab. Das Donnergrollen war ihr anschwellendes Kampfgeschrei.

»Diese Barbaren dort sind von deinen Männern wohl überse-

---

* Gefahr im Verzug!

hen worden!« fauchte der Legat den Eberfürsten an. »Kann ja schon mal geschehen, es sind ja nur einige Tausende!«

»Das verstehe ich nicht«, stammelte Gerolf. »Sie ... sie müssen meine Späher überrumpelt haben.«

Caecina hörte schon nicht mehr hin, sondern sandte Kuriere los. Die Männer im Föhrenhain sollten schneller arbeiten und die von den Langen Brücken der bedrängten Nachhut zu Hilfe kommen. Dann ritt der Legat zu den Kohorten, die sich formierten, um der bedrängen Postenkette beizustehen. Er selbst würde sie in den Kampf führen.

»Donar, Donar!« brüllten die Männer rings um Thorag in ihre Schilde, was den lauter werdenden Schreien einen besonders schaurigen Hall verlieh.

Mit nacktem, rotbemaltem Oberkörper und erhobenem Schwert lief der Gaufürst der Donarsöhne seinen Männern in weiten Sätzen voran. Sein langes Blondhaar wehte wie eine Fahne hinter ihm her.

Nicht nur Donarsöhne folgten ihm, auch Krieger aus anderen Gauen der Cherusker und anderen Stämmen standen unter seinem Befehl. Aber die Donarsöhne, die sich um ihren Anführer scharten, bildeten den Stoßkeil seiner Angriffswelle.

Es waren gerade mal fünftausend Mann, viel zu wenig, um die Römer zu besiegen. Aber vielleicht genug, um sie aufzuhalten, bis Armin, Inguiomar und Eilard mit der Hauptmacht heran waren. Das war Thorags Aufgabe, deshalb hatte Armin ihn mit den schnellsten Reitern vorausgeschickt.

Die römischen Posten rückten näher. Obwohl sie ihre Reihen schlossen, blickte Thorag durch sie hindurch. Dort unten bei den Wagen hielten sie sich vielleicht auf – Auja und Ragnar, Thusnelda und Thumelikar. Der Gedanke, ihnen so nah zu sein, versetzte ihn in noch größere Erregung. Es war wie ein Rausch nach dem Genuß von starkem Met, und in diesem Rausch traf er auf den Feind, keine schwere Legionsinfanterie, sondern gallische Lanzenträger, die in der Schlacht als Plänkler eingesetzt wurden: Caecinas erste Abwehrkette.

Thorag schlug und stach sich zwischen den Lanzenträgern hindurch. Einer wollte seine Waffe in den Bauch des Gaufürsten rammen. Der riß den linken Arm mit dem Schild hoch und wehrte den Stoß ab, die Lanze zerbrach. Der untersetzte Gallier starrte noch entsetzt auf den zerbrochenen Schaft in seinen Händen, als Thorags Schwertklinge durch seinen Hals fuhr.

Das erste Blut dieser Schlacht für Auja und Ragnar! dachte der Cherusker und rannte weiter. *Ich werde nicht eher ruhen, bis ihr wieder bei mir seid!*

Er stieß einem Gegner den spitzen Bronzebuckel seines Eichenschildes ins Gesicht und trennte einem anderen mit einem Schwertstreich fast den Unterarm ab. Dann war er auch schon durch die Kette der Lanzenträger hindurch und mit ihm die meisten seiner Männer.

Aber eine böse Überraschung erwartete die Angreifer: Schleuderer aus Rhodos und von den Balearen überschütteten sie mit einem Hagelsturm aus Bleigeschossen, die mit ungeheurer Wucht einschlugen, so schnell, daß man die kleinen Bleistücke nicht einmal kommen sah. Zerschmetterte Schädel, ausgeschlagene Augen, gebrochene Rippen und schwere Blutergüsse waren die Folge. Rechts und links von Thorag fielen seine Männer. Der Gaufürst war unverletzt geblieben und führte alle, die noch kampffähig waren, weiter den Hang hinab.

Caecina gönnte den Germanen keine Pause. Schützen aus Syrien und Kreta ließen dem Bleigeschoßhagel einen aus Pfeilen folgen. Diese Geschosse konnte man wenigstens kommen sehen – wenn man Glück hatte. Thorag hatte Glück und riß zweimal rechtzeitig den Schild hoch, um die gefiederten Holzgeschosse mit den gefährlichen eisernen Dreikantspitzen abzuwehren.

Die nachrückenden Germanen schlossen die Lücken, die Bleistücke und Pfeile in den Angriffskeil gerissen hatten. Aber schon mußten die Angreifer wieder ihre Schilde hochreißen. Die römischen Legionäre, hinter deren Treffen die Schleuderer und Schützen sich zurückgezogen hatten, warfen ihre Pilen.

Trafen die Wurfspeere auf die Schilde oder den Boden zwischen den anstürmenden Männern, verbogen sich die langen Eisenspitzen, und die Römer mußten nicht befürchten, von ihren eigenen zurückgeworfenen Waffen getroffen zu werden. Und doch war das Eisen stark genug, um tief in den Körper einzudringen und schreckliche Wunden zu reißen. In vielen Fällen brachte es auch den Tod.

Thorag entging diesem Schicksal nur knapp. Ein Pilum flog zwischen seinem rechten Arm und dem Körper hindurch und riß die Haut an seiner rechten Seite auf. Sein Oberkörper war so stark mit den roten Kriegszeichen der Donarsöhne bemalt, daß das austretende Blut kaum auffiel.

Germanen und Legionäre trafen aufeinander. Römische Kurzschwerter schlugen auf das Holz germanischer Schilde. Germanische Speere mit Spitzen aus Eisen oder feuergehärtetem Holz versuchten, die Kettenpanzer der Legionäre zu durchdringen. Der Kampf wogte hin und her. Thorag stand mitten im Gewühl und teilte einen Schlag nach dem anderen aus. Er dachte an Tebbe und Eibe und immer wieder an Auja und Ragnar, während die Feinde unter seinen Schlägen fielen.

Die von den Hügeln nachdrängenden Germanen erhöhten den Druck auf die römischen Verteidigungslinien, in die immer größere Lücken gerissen wurden. Zurückweichende Legionäre blieben im Morast stecken, konnten kaum noch vor und zurück und starben unter den Waffen der Germanen.

Thorag scharte einen achthundertköpfigen Trupp um sich, der hauptsächlich aus Donarsöhnen bestand. Mit diesen Kriegern drang er weiter in Richtung der Langen Brücken vor, und sie erreichten einen Föhrenwald, der schon zum größten Teil von den Römern abgeholzt worden war. Als ehemaliger Auxiliaroffizier in römischen Diensten erkannte der Donarfürst sofort, daß Caecina hier ein großes Lager errichten ließ.

Warum zog der römische Feldherr sich nicht über die Langen Brücken zurück? Der Bohlenweg wäre einfach zu verteidigen gewesen. Es gab nur eine Antwort: Der Knüppeldamm war nicht begehbar und mußte erst ausgebessert werden. Also konnten auch die Römer ihre Geiseln noch nicht weggeschafft haben!

Mit neuem Schwung griff Thorag an. Die Germanen sprangen über die halb ausgehobenen Gräben und die noch nicht vollendeten Wälle hinweg.

Die Legionäre griffen nach ihren Waffen oder, wenn das nicht schnell genug ging, verteidigten sich mit dem Schanzzeug, das sie gerade in der Hand hielten: Axtpickel, Spaten, Rasenstecher, hölzerne Schanzpfähle und eiserne Zeltpflöcke.

Sobald er sich für ein, zwei Augenblicke vom Feind lösen

konnte, blickte sich Thorag nach allen Seiten um. Er suchte nach den Geiseln, aber er fand sie nicht.

Dafür entdeckte er neue Kohorten, die von Westen im Laufschritt anrückten. Es mußten die Männer sein, die Caecina zum Ausbessern des Bohlenweges ausgeschickt hatte. Jetzt kamen sie ihren Kameraden im Föhrenwald zu Hilfe. Die Übermacht war so groß, daß sie Thorags Trupp, kaum stärker als eine Kohorte, gnadenlos aufreiben würde. Aber tot würden er und seine Männer Auja, Thusnelda und die Kinder niemals befreien können. Also suchte er sich die nächsten Hornisten und gab den Befehl zum Rückzug.

Auch weiter hinten mußten die Germanen auf die Hügel zurückweichen. Die gesamte Streitmacht der Angreifer war nicht einmal so stark wie eine römische Legion, stand aber vier Legionen und zusätzlichen Hilfstruppen gegenüber. Und so sah die einbrechende Dämmerung die Germanen wieder in den Wäldern verschwinden, aus denen sie gekommen waren.

Die Römer setzten ihre Schanzarbeiten fort, angetrieben von den Befehlen der Tribunen und Zenturionen. Die römischen Kommandos und die Arbeitsgeräusche drangen bis zu Thorag und seinen Unterführern, die am Rand eines bewaldeten Hügels standen und ihre Machtlosigkeit verwünschten.

»Wenn doch nur Armin mit unserer Hauptmacht endlich käme!« knurrte Argast, den, wie auch Thorag, zahlreiche frische Wunden schmückten.

»Ja, dann würden wir die Römerhunde hinwegspülen«, sagte Thidrik. Er saß an einem sprudelnden Bach und wusch eine große Wunde am Oberschenkel aus. »So wie das Wasser die herabfallenden Blätter wegspült.«

Thorag, der in Gedanken versunken gewesen war und nur halb zugehört hatte, fuhr herum und starrte den massigen Mann am Wildbach an. »Was hast du eben gesagt, Thidrik?«

Thidrik wiederholte seine Worte.

»Die Römer hinwegspülen – das ist es!« rief der Donarfürst. »Wenn wir nicht stark genug sind, die Römer zu besiegen, müssen wir sie mit ihren eigenen Waffen schlagen!«

»Mit ihren eigenen Waffen?« fragte Argast stirnrunzelnd. »Wir haben zwar einige erbeutet, aber ich verstehe nicht, wie das unsere zahlenmäßige Unterlegenheit ausgleichen soll.«

»So meine ich das nicht«, entgegnete Thorag. »Kennt ihr nicht das Sprichwort, daß die Römer mit Spaten und Pickel ebenso viele Schlachten gewinnen wie mit Speer und Schwert?« Sie kannten es nicht, und Thorag fuhr fort: »Während wir uns ausruhen und unsere Wunden lecken, arbeiten die Römer, obwohl sie vom Kampf nicht weniger erschöpft sind, und bauen sich ein Lager, das sie für die Nacht unangreifbar macht. Diese Disziplin macht sie stark. Wir müssen es machen wie sie!«

»Ein Lager bauen?« Argast schien noch verwirrter als zuvor. »Wozu? Sie wollen über die Langen Brücken, da werden sie ihre Zeit nicht damit verschwenden, uns hier oben anzugreifen.«

»Nein, wir bauen kein Lager.« Thorag zeigte auf den Bach, dessen Wasser Thidriks Wunde kühlte. »Hier oben gibt es viele Wildbäche. Wir werden alle umleiten, dorthin!« Sein ausgestreckter Arm fuhr herum und deutete nun zu den Römern. »Die Wasser werden den morastigen Boden zusätzlich aufweichen. Das wird die Römer bei der Arbeit behindern und morgen ihren Weitermarsch erschweren. Wenn Donar mit uns ist, hält es sie lange genug auf, bis Armin kommt!«

Als Sunna ihre Tagesbahn zog und ihr Licht auf das teilweise überflutete Tal warf, kam Armin noch immer nicht. Aber die Römer griffen an!

Sie wagten es tatsächlich, Argasts Zweifel zum Trotz, die Hänge heraufzustürmen. Die erschöpften Germanen, die während der ganzen Nacht Flüsse und Bäche aufgestaut und umgeleitet hatten, konnten sich nur mit Mühe wehren.

Während auf den Hügeln der Kampf tobte, ließ Caecina das Gelände trockenlegen und den Bohlenweg ausbessern. Der Lärm der Schlacht vermischte sich mit dem der Arbeit, und beides erstarb erst bei nächtlicher Finsternis.

Von Thorags fünftausend Kriegern lebte nicht einmal mehr die Hälfte, und keiner war darunter, der nicht mehrere Wunden aufzeigen konnte. In dieser Nacht ließ Thorag seine Männer ruhen, bis auf Wachen und Späher. Und bis auf ein paar Krieger, die Thorag in die Nähe des Römerlagers schickte, um laut die Götter anzurufen. Thorag hoffte, die Römer durch diese Gesänge zu zermürben. Er selbst lauschte ihnen, denn er fand keinen Schlaf.

Bevor es noch hell wurde, brachen die Römer ihr Lager ab und zogen über den ausgebesserten Teil des Bohlenweges. Hilflos blickte Thorag ihnen nach und glaubte seine Familie verloren.

Aber als Sunna am höchsten stand, kam Armin, wenn auch nicht mit der gesamten Streitmacht. Er war mit einer Vorhut vorausgeeilt. Genug Männer, um die feindliche Marschkolonne an schwachen Punkten anzugreifen. Er selbst ritt den Kriegern voran und rief: »Jetzt werden wir Varus und seine Legionen zum zweitenmal vernichten!«

So sah es tatsächlich aus. Der unerwartet heftige Angriff und das schwierige Gelände versetzten die Römer in Panik.

Auf Armins Befehl töteten die Germanen bevorzugt die Pferde der Römer. Die Tierkadaver versperrten den Weg. Auf dem vergossenen Blut und dem schlammigen Boden rutschten die römischen Soldaten und ihre Pferde aus. Bald verfielen die Tiere in Panik, warfen ihre Reiter ab, stoben durch die Marschkolonnen und zerstampften unter sich Soldaten, die nicht rechtzeitig beiseite springen konnten. Ganze Kohorten verloren so den Anschluß an die römische Hauptmacht.

Caecina selbst fand sich mitten im Getümmel wieder und stürzte in den Morast, als sein kräftiger Brauner von mehreren Speeren getroffen wurde. Seine Männer scharten sich um ihn und verteidigten ihn, bis eilig herbeistürmende Kohorten der I. Legion die Angreifer zurückschlugen.

Armin befahl, die abgespaltenen Kohorten in die Sümpfe abzudrängen und die Angriffe auf Caecina fortzusetzen. Aber hier zeigte sich der Unterschied zwischen ungezügelter germanischer Kampflust und römischer Disziplin. Armins und Thorags Krieger ließen nicht von den abgetrennten Kohorten ab, bis diese vollständig vernichtet waren. Und selbst dann verloren die Germanen noch Zeit mit dem Beutemachen.

Zeit genug für Caecina, sich abzusetzen und ein neues befestigtes Lager zu errichten.

Obwohl die Römer eine Ebene mit festem Boden erreicht hatten, war der Bau des Nachtlagers keine leichte Arbeit. Ein Großteil des Trosses war in den Sümpfen steckengeblieben und von den Germanen geplündert worden. Es fehlte an Schanzwerkzeug und an Zelten, und für die vielen Verwundeten war kaum genug Verbandszeug vorhanden. Die geretteten Nahrungsmittel mußten streng eingeteilt werden. Das wenige, das es zu essen gab, war durch Schmutz und Blut verunreinigt. Die Stimmung im römischen Heer schwankte noch zwischen Trotz und Verzweiflung, neigte sich aber immer stärker der Verzweiflung zu.

Caecina selbst aß nur eine halbe Schale Gerstenbrei und beschwerte sich nicht über die Lehmklumpen, die er darin fand. Jetzt galt es, den Soldaten ein Vorbild zu sein. Obwohl er nach dem Sturz vom Pferd jeden Knochen in seinem Leib spürte, legte er sich erst nach Mitternacht zur Ruhe, als er Gewißheit hatte, daß sein Lager nach allen Seiten gut befestigt war. Und nachdem er von Feuer zu Feuer gegangen war, um mit seinen Männern zu sprechen und ihnen zu zeigen, daß ihr Feldherr guten Mutes war.

In Wahrheit war er das gar nicht. Ihm war aufgefallen, daß Arminius nur mit schwachen Kräften angegriffen hatte. Jetzt aber hallte die Nacht vom Lärm neu eintreffender Germanenhorden wider. Morgen würde der Feind vielfach stärker sein, und heute war es schon schwer genug gewesen, ihm zu widerstehen. Caecina glaubte, während er sich unruhig auf seinem Feldbett hin und her wälzte, den Schlachtruf des Cheruskerherzogs zu hören: ›Jetzt werden wir Varus und seine Legionen zum zweitenmal vernichten!‹

Varus!

Plötzlich stand er vor Caecina, er, der doch vor sechs Jahren von Arminius besiegt worden war. Dessen abgetrennter Kopf von Marbod nach Rom geschickt worden war, weil der Markomannenkönig dieses ›Geschenk‹ des Arminius ebensowenig wollte wie ein Bündnis mit dem Cherusker.

Quintilius Varus erhob sich aus den Sümpfen. Morast und Blut tropfte von seinem halbverwesten Körper. Sein Gesicht, einem Totenschädel ähnlicher als einem menschlichen Antlitz, verzog sich zu einer grinsenden Fratze. Er streckte einen Arm aus, formte die Hand zur lockenden Klaue und rief Caecina zu, ihm zu folgen.

Die Fratze veränderte sich und nahm Caecinas eigene Züge an. Mit Erschrecken erkannte der Legat, wie nah sein Schicksal an dem des Varus war.

»Geh weg, Varus!« schrie er und stieß den Toten zurück in den Sumpf.

»Ich bin nicht Varus!« rief der pferdegesichtige Mann empört und hielt sich, von Caecinas Stoß aus dem Gleichgewicht gebracht, an einem Stützpfosten des Feldherrnzeltes fest.

Caecina wischte mit dem kurzen Ärmel seiner Tunika den dicken Schweißfilm aus dem Gesicht, und die Schleier des Alptraums zerrissen. Nicht Quintilius Varus stand vor ihm, sondern der Lagerpräfekt Foedus.

»Ich glaube, wir werden angegriffen«, stammelte Foedus, und seine breiten Nasenflügel zitterten vor Erregung. »Du mußt die Verteidigung organisieren, Caecina!«

Der Legat kam schnell auf die Füße, aber seine Bewegungen waren fahrig, so sehr hatte ihn der Traum erschüttert. Ein Sklave half ihm beim Anlegen der Stiefel. Auf Panzer und Umhang verzichtete er, weil die Zeit drängte.

Als er mit Foedus vor das Zelt trat, befand sich das Lager in allgemeiner Unruhe. Signale ertönten, befehlende und erschrockene Stimmen riefen durcheinander, Soldaten liefen kreuz und quer, reiterlose Pferde jagten durch die Gassen.

Gaius Caetronius galoppierte zum Feldherrnzelt, und Caecina rief ihm entgegen: »Wie ist die Lage, wo steht der Feind?«

»Es gibt keinen Feind, jedenfalls keinen, der angreift«, antwortete der Legat der I. Legion und sprang vor dem Feldherrn aus dem Sattel. »Ausbrechende Pferde haben die Männer in Panik versetzt.«

»Wie konnte es dazu kommen?«

»Eine der Geiseln, diese Germanin Auja, wollte fliehen. Als sie sich ein Pferd aus dem Verschlag holen wollte, brach die ganze Herde aus.«

»Und die Frau?«

»Sie stürzte im Aufruhr vom Pferd und hat sich am Bein verletzt. Wir haben sie zurück in ihr Zelt gebracht.«

»Hoffentlich diesmal unter besserer Bewachung!« schnaubte Caecina und beäugte erbost den allgemeinen Aufruhr, den eine einzige Frau entfacht hatte.

»Einer der Wächter hatte seinen Platz verlassen, um etwas Eßbares zu suchen. Er sagte, er sei vor Hunger fast gestorben.«

»So geht es uns allen«, sagte Caecina hart. »Laß ihn zur Warnung für alle anderen hinrichten!«

»Ich glaube nicht, daß das klug wäre«, widersprach Caetronius. »Die Bedrohung durch die Germanen hat unsere Soldaten schon genug in Aufregung versetzt. Wenn sie in dieser Lage fürchten müssen, für jede kleine Unachtsamkeit hingerichtet zu werden, könnte jeder Kampfwille sie verlassen.«

»Wenn eine Wache in einem vom Feind bedrohten Lager ihren Platz verläßt, ist das keine kleine Unachtsamkeit!« Caecina schrie es fast und riß vor Erregung die Augen so weit auf, daß die zahlreichen Fältchen sich glätteten. »Wenn wir nicht hart durchgreifen, haben wir es bald mit der nächsten Meuterei ...«

Ein Zenturio ritt heran und fiel seinem Feldherrn einfach ins Wort: »Caecina, du mußt sofort zum Westtor kommen! Die Männer wollen aus dem Lager fliehen!«

»Dazu besteht kein Grund«, erwiderte Caetronius. »Kein einziger Germane ist ins Lager eingedrungen.«

»Aber die Männer glauben, das halbe Lager sei schon in der Hand der Barbaren«, keuchte der Zenturio und blickte den Feldherrn flehend an. »Nur du kannst sie beruhigen!«

»Nimm mein Pferd«, sagte Caetronius und hielt Caecina die Zügel seines Fuchses hin. »Du mußt dich beeilen!«

Caecina ritt mit dem Zenturio zum Westtor, wo die Wächter Mühe hatten, die immer stärker anwachsende Schar verängstigter Soldaten zurückzuhalten. Obwohl der Feldherr rief, daß kein Grund zur Panik bestehe, beruhigten sich die Männer nicht. Im Gegenteil, die Raserei steigerte sich noch. Offenbar glaubten die Soldaten, ihr Anführer sei zur dem Feind abgewandten Seite des Lagers geritten, um sich selbst in Sicherheit zu bringen.

Der Feldherr trieb sein Pferd in die Menge, um die Rasenden zurückzudrängen, aber um ihn herum wälzte sich die Flut aus Menschenleibern weiter auf das Tor zu. Schon rüttelten sie an den schweren Torflügeln.

Caecina sprang vom Pferd und ließ sich flach auf die Torschwelle fallen. Wenn es zur haltlosen Flucht kam, war er sowieso erledigt. Dann konnte er sich auch von den nagelbesetzten Sohlen der Soldatenstiefel zertrampeln lassen.

Doch die Männer hielten an und starrten verwundert auf ihren sich so seltsam gebärdenden Anführer. Der kam langsam auf die

Beine und versuchte, das Zittern zu verbergen, das sämtliche Glieder befallen hatte. Er blickte den Männern der vordersten Reihe in die Augen, einem nach dem anderen, und sprach mit fester Stimme zu ihnen. Das brachte die Wende. Die Männer kehrten ins Lager zurück und klärten ihre Kameraden darüber auf, daß keine Gefahr bestand.

Caecina ließ die Truppe auf dem Hauptplatz antreten, um mit beruhigenden und ermunternden Worten Ruhe und Kampfgeist wiederherzustellen. Er sprach von seinem Traum und betonte, daß er durch das Zurückstoßen des Varus dessen Schicksal von sich selbst und seinen Legionen abgewendet habe. Dann beschwor er die Legionäre, auf ihre Kampferfahrung und die Überlegenheit römischer Waffen zu vertrauen. »Das Lager gibt uns Schutz und Sicherheit. Wir müssen nur den rechten Zeitpunkt abwarten, dann wird uns ein Ausfall gelingen. Die Germanen sind unruhig wegen der Geiseln. Sie werden uns angreifen. Und wenn ihre Kräfte zersplittert sind, um das Lager zu nehmen, wird uns durch einen gezielten Gegenstoß der Sieg gehören!«

Hoffentlich wird es so kommen! dachte der nach außen so selbstsichere Feldherr voller Zweifel. *Falls nicht, sind wir alle verloren!*

»Das Lager angreifen?« rief Armin empört. »Das ist verrückt! Wir müssen warten, bis die Römer wieder auf dem Marsch sind. Noch haben sie den Sumpf nicht hinter sich gebracht. Unterwegs sind sie viel verwundbarer.«

Noch lagen Notts Schleier über dem Sumpfland. Überall in den Wäldern flackerten die Lagerfeuer der Cherusker und der verbündeten Stämme. Auch auf der großen Lichtung, auf der sich alle Edelinge versammelt hatten. Jetzt, wo alle Krieger hier waren, galt es, das weitere Vorgehen zu besprechen. Und das schien ungewiß, denn Armin und sein Onkel Inguiomar waren sich wieder einmal uneinig.

»Die Überfälle auf die Marschkolonnen haben uns doch nicht weitergebracht«, erwiderte der Fürst der Ingsippe. »Gestern nicht und vorgestern auch nicht!«

»Weil wir da noch nicht stark genug waren«, erklärte Armin. »Jetzt aber sind wir es.«

»Das sage ich doch«, erwiderte Inguiomar mit einem überlegenen Lächeln. »Wir sind so stark, daß wir das Lager erstürmen können. Und wir werden viel Beute machen. Nicht so wie gestern, wo du den Römern zwar ihren Troß abgejagt hast, das meiste aber vom Sumpf verschluckt wurde. Nein, wenn wir die Römer in ihrem Lager töten, haben wir alles auf einem Haufen und brauchen es nur einzusammeln. Außerdem wird die Gegenwehr nur gering sein. Unsere Späher haben vorhin eine Panik in ihrem Lager gemeldet. Die Römer haben keinen Kampfesmut mehr. Beim ersten Ansturm werden sie die Waffen strecken. Stimmen wir darüber ab! Wer ist für einen Angriff auf das Lager?«

Fast zwei Drittel der Edelingen schlugen ihre Waffen gegeneinander.

»Der Gedanke an die reiche Beute schaltet jede vernünftige Überlegung aus«, sagte Armin düster zu Thorag. »Das hat Inguiomar gewußt.«

Thorag nickte. »Er setzt unseren Sieg aufs Spiel, nur um mehr Beute zu machen.«

»Nein, um sich selbst an die Macht zu bringen! Wenn sein Plan gelingt, werden die meisten Edelinge fortan auf ihn hören, und Inguiomar wird endlich Herzog aller Cherusker sein.«

»Du bist ebenfalls Herzog, Armin. Niemand kann es dir verwehren, wenn du den Angriff nicht mitmachst.«

»Ohne die Krieger, die zu uns stehen, wäre der Sturm auf das Lager auf jeden Fall zum Scheitern verurteilt – aber auch unser Sieg über die Römer. Nein, wir alle müssen Seite an Seite kämpfen, bis zum Ende, wie auch immer es aussehen mag!«

Im Morgengrauen standen Armin und Thorag an der Spitze ihrer Männer, als schriller Hörnerklang über die Höhen schrie. Ihm folgten Kriegsgeschrei und Hufgetrappel. Die Krieger griffen an!

Hunderte von Männern hatten Flechtwerk zusammengesucht und warfen es in die Gräben, die die Römer rings um ihr Lager gezogen hatten. Die Germanen überwanden sie binnen kurzem und erstürmten die Wälle dahinter. Nur wenige Römer zeigten sich dort und wurden augenblicklich niedergemacht. Alles verlief ganz so, wie Inguiomar vorhergesagt hatte.

Aber dann mischten sich die Signale römischer Hörner und Trompeten in das Kriegsgeschrei der Germanen. Armin und Thorag erstarrten. Sie kannten die römischen Kommandos gut. Und jetzt bliesen die Hornisten und Trompeter nicht zur Flucht oder zur Aufgabe, sondern zum Angriff.

Da wurden auch schon alle Tore aufgerissen. Reiter galoppierten heraus, preschten mitten unter die Germanen und hieben dabei erbarmungslos um sich. Ihnen folgten römische Legionäre im Laufschritt, bis sie jenseits der äußeren Wälle waren.

Dann erschollen in rascher Folge die Kommandos der Tribunen und Zenturionen:

»*Consistite!*«
»*Retro!*«
»*Tollite pila!*«
»*Mittite!*«
»*Gladios stringite!*«
»*Cursim!*«*

Während die Pilen auf die Germanen niedergingen und große Lücken in ihre dichten Reihen rissen, griffen die Legionäre auch schon mit gezückten Schwertern an. Die Anführer der Germanen schrien ihren Männern zu, sich gegen die Legionäre in ihrem Rücken zu wenden. Nicht alle Befehle drangen zu den Kriegern durch. Mancher Ruf wurde von den Schreien der vielen Sterbenden und Verwundeten verschluckt.

»*Mittite!*«** ertönte es plötzlich auf den inneren Wällen des Lagers, und nach den Speeren kamen Pfeile und Bleigeschosse. Wie Geister der Morgendämmerung tauchten Schützen und Schleuderer auf den inneren Wällen auf und säten neue Verwirrung und neuen Tod unter den Germanen.

Auch die Donarsöhne gerieten allmählich außer sich. Vergeblich bemühte sich Thorag um eine Kampfordnung, die seinen Männern eine Verteidigung nach zwei entgegengesetzten Richtungen ermöglichte.

Ja, aus den Angreifern waren mit einem Schlag Verteidiger geworden! Sie saßen fest zwischen den von Bogenschützen und Schleuderern besetzten inneren Wällen und den anstürmenden Legionären.

---

* Halt! Kehrt! Hebt die Speere zum Wurf! Werft! Zieht blank! Im Laufschritt!
** Schießt!

Ein Bleigeschoß traf den bulligen Ayko am Kopf und riß ihm das linke Ohr ab. Blut schoß hervor und färbte die ganze linke Seite des Kriegers rot, aber Ayko hielt sich, wenn auch schwankend, auf seinem Pferd. Erst als sich die scharfkantigen Eisenspitzen zweier Pfeile fast gleichzeitig in seinen Rücken bohrten, fiel er, und sein Gesicht grub sich ins aufgewühlte Erdreich.

Thidrik sprang vom Pferd, sah nach ihm, nur kurz, und blickte dann zu Thorag auf: »Er ist tot.«

»Verfluchter Inguiomar!« rief der Donarfürst. »Das also ist die *geringe Gegenwehr* der Römer!«

Thidrik wollte etwas erwidern, aber daraus wurde ein Aufschrei, als ein Pfeil in seine Schulter fuhr. Mit einem Fluch brach er den Schaft ab und stieg mit Thorags Hilfe wieder auf seinen Rappschecken.

»Willst du die Wunde nicht verbinden?« fragte Thorag.

»Nach dem Kampf.«

Thidrik hatte recht, die Römer waren schon zu nah.

Thorag zog sein Schwert und brüllte: »Mir nach, Donarsöhne!«

Und er ritt den Legionären entgegen. Jetzt gab es nur ein Ziel: Die Germanen mußten der Umklammerung entkommen, bevor sie zwischen Legionären auf der einen und Schützen und Schleuderern auf der anderen Seite zerrieben wurden.

Nicht mehr um die Eroberung des Lagers ging es, sondern um die Rettung der eigenen Streitmacht. Inguiomars Schlachtplan war gescheitert.

»*Pergite!*«*

Dieser Befehl galt allen, die im Lager zurückgeblieben waren. Caecina selbst konnte noch nicht ganz glauben, daß sein Plan gelungen war. Aber die langsam höhersteigende Sonne zeigte es deutlich: Die eben noch siegesgewissen Germanen starben in großer Zahl. Und wer nicht starb, war vollauf damit beschäftigt, der tödlichen Falle zu entkommen.

Als erstes ließ Caecina die Verwundeten über den Bohlenweg nach Westen bringen. Wer nicht laufen konnte, wurde auf Bahren

* Marsch!

getragen. Transportwagen und -pferde standen nicht mehr zur Verfügung. Jedes Pferd, auch die Tiere der hohen Offiziere, war den Reitern für ihren Ausfall zur Verfügung gestellt worden.

Zusammen mit den Verwundeten verließ ein Pioniertrupp das Lager. Er hatte eine doppelte Aufgabe: Der letzte Teil der Langen Brücken sollte so weit ausgebessert werden, daß der Rückzug der Römer reibungslos ablief. Aber gleichzeitig sollten die Männer Vorkehrungen treffen, um die Brücken völlig unbegehbar zu machen, sobald der letzte Römer sie überquert hatte.

Die Schlacht tobte den ganzen Tag. Als die Abenddämmerung einsetzte, hielt sich nur noch ein Teil der kämpfenden Truppe diesseits der Brücken auf. Zusammen mit ihrem Feldherrn und den Geiseln. Diese hatte Caecina für den Fall bei sich behalten, daß den Germanen ein Durchbruch gelang. Dann konnte er sein Leben und das seiner Männer mit den Geiseln schützen. Aber als die Germanen sich immer weiter zurückziehen mußten, schickte Caecina die Cheruskerinnen und ihre Söhne mit den nächsten beiden Kohorten durch die Sümpfe.

Das Lager war längst hinter den beiden Kohorten verschwunden, als die Germanen aus dem Gestrüpp brachen. Einige waren beritten, doch die meisten hatten ihre Pferde in den Kämpfen der letzten Tage verloren. Die Zenturionen riefen ihre Männer zu den Waffen, da erkannten sie die schwarzen Kriegsfarben der Ebermänner.

»Unsere Verbündeten«, seufzte erleichtert der junge Tribun, der die hintere Kohorte befehligte. »*Gladios condite!*«*

Gerolf, einer der wenigen Berittenen, trabte vorsichtig auf ihn zu. Für Menschen wie für Tiere war jeder Schritt gefährlich, die Nähe des Sumpfes machte sich durch große Morastlöcher bemerkbar.

»Hat Caecina euch uns nachgesandt?« fragte der hagere Tribun.

»Nein«, sagte Gerolf, und sein Blick wanderte von dem Tribun zu dem Befehlshaber der anderen Kohorte, der eilig angelaufen kam; es war der pferdegesichtige Lagerpräfekt Foedus. Gerolf zeigte auf die Geiseln und sagte: »Ich will die da!«

»Ich verstehe nicht …«, meinte der Tribun verwirrt.

---

* Schwerter in die Scheide!

»Ich werde nicht vor Armin und Thorag fliehen!« schrie der Eberfürst. »Ich will meine Rache jetzt!«

Er trieb sein Pferd an, und seine berittenen Begleiter taten es ihm nach. Sie bahnten sich einen Weg zu den Gefangenen.

Thusnelda drückte ihr erst wenige Wochen altes Kind an sich, und Auja verstärkte den Griff, mit dem sie Ragnars kleine Hand hielt.

»Thorags Frau und Kind, endlich!« rief Gerolf und wollte Auja packen.

Ragnar riß sich los, ballte seine Kinderhände zu Fäusten und schlug auf den Reiter ein. Der war nur für wenige Augenblicke erstaunt, dann lachte er und zog Ragnar einfach zu sich aufs Pferd.

»Ergreift die anderen!« befahl der Eberfürst seinen Männern.

Doch die Römer waren schnell und stellten sich auf Befehl des jungen Tribuns mit gezogenen Schwertern und erhobenen Schilden vor die beiden Frauen.

»Gib das Kind heraus, Germane!« forderte der Tribun.

Gerolf aber riß sein Pferd herum und sprengte davon, gefolgt von seinen Männern.

»Nein!« schrie Auja. »Ragnar!«

Sie wollte den Ebermännern nachlaufen, aber ihr beim nächtlichen Fluchtversuch verletztes Bein versagte ihr den Dienst, und sie stürzte zu Boden.

Der Tribun wandte sich an Foedus: »Wir müssen den Ebermännern nach und das Kind zurückholen.«

»Wie denn, ohne Pferde?« fragte der Präfekt. »Außerdem haben wir Befehl, die Langen Brücken so schnell wie möglich zu überqueren. Wenn wir uns hier noch länger aufhalten, bringen wir Caecinas ganzen Plan durcheinander.«

»Meinst du wirklich?« erkundigte sich zweifelnd der Tribun.

»Aber sicher doch«, antwortete Foedus und verbarg nur mit Mühe seine Zufriedenheit über Gerolfs Tat. Seit der Zeit, als Thorag Foedus' Vorgesetzter am Rhenus gewesen war, haßte er den Donarsohn. Sollte Gerolf ruhig Rache an Thorags Sohn nehmen, es würde auch Foedus' Rache sein!

Der Tribun sagte leise: »Du hast wohl recht, Foedus. Wir können nichts weiter tun.« Er wischte mit den Händen über seine Tunika, als könne er das Geschehene dadurch von sich abstreifen. »Ich wasche meine Hände in Unschuld.«

»Aber natürlich, Pilatus«, meinte Foedus mit einem dünnen Lächeln und sah den Germanen nach, die mit Ragnar in dem Gestrüpp verschwanden, aus dem sie so überraschend aufgetaucht waren. »Das ehrbare Geschlecht der Pontier wird durch keine Schande befleckt werden.«

Kapitel 26

Der Adler der Rache

»Wie geht es Inguiomar?« fragte einer aus der Schar der Edelinge, als Armin aus der Laubhütte auf die Lichtung trat.

»Er wird es überleben.« Armin sagte es in einem unbeteiligten Tonfall, der nicht verriet, ob diese Nachricht ihn mit Freude oder mit Ärger erfüllte. »Allerdings wird es lange dauern, bis er wieder Krieger in die Schlacht führen kann.«

Und in den sinnlosen Tod! dachte Thorag voller Bitterkeit und sah seine Krieger vor sich, wie sie gestern beim Angriff auf Caecinas Lager einer nach dem anderen gestorben waren. Ein neuer Tag war angebrochen, und noch immer brannten die Totenfeuer.

Fast bedauerte Thorag, daß Inguiomar seine schwere Verwundung überstehen sollte. Ein Pilum war in die Brust des Ingfürsten gefahren und hatte üble Verletzungen angerichtet, als die Eisenspitze sich verbog.

Nicht alle Anführer waren aus der Schlacht zurückgekehrt. Der Marserführer Eilard gehörte zu den Gefallenen. Die Marser waren sich noch nicht schlüssig, ob sie bei Armin und Inguiomar bleiben oder zu ihrem gebrochenen Herzog Mallovend zurückkehren sollten.

Sie hatten viel Zeit, um ihre Entscheidung zu treffen. Zum einen waren die Germanen zu geschwächt, um gleich wieder in den Kampf zu ziehen. Zum anderen gab es vorerst keinen Gegner mehr. Caecina hatte sich über die Langen Brücken abgesetzt und den Weg durch den Sumpf hinter sich zerstört.

Sicher, die Germanen konnten den Bohlenweg ausbessern.

Aber diese Zeit würde Caecina einen so großen Vorsprung einbringen, daß er unbehelligt zum Rhein gelangen konnte. Das war eine harte Niederlage.

Aber schlimmer als das empfand Thorag den Verlust von Auja und Ragnar. So nahe war er ihnen gewesen, so sehr hatte er für sie gekämpft – vergebens! Caecina hatte die Geiseln mit sich genommen.

Fast wünschte Thorag, er wäre gestern gefallen. Doch er hatte, wie Armin, nur leichte Verletzungen abbekommen. Hielt Donar seine schützende Hand über Thorag? Aber wenn ja, warum dann nicht auch über Thorags Familie?

Über solchen Fragen brütete der Donarsohn, während noch immer Trupps vom Schlachtfeld zurückkehrten. Es waren Verwundete, die sich mühsam aus den Sümpfen geschleppt hatten. Oder Männer, die ihre toten Brüder, Söhne und Väter geborgen hatten, um sie mit dem Totenfeuer zu ehren. Und auch solche, die das Schlachtfeld nach der von Inguiomar versprochenen reichen Beute abgesucht hatten. Einige hatten sogar aus Holz und Flechtwerk flache, leichte Kähne gebaut, mit denen sie die Sümpfe nach den versunkenen Schätzen des römischen Trosses absuchten. Thorag kümmerte sich nicht weiter darum, und so entging ihm die Unruhe, die ein kleiner Reitertrupp auf der Lichtung auslöste.

Thidrik, um dessen verletzte Schulter heilende Gräser gewickelt waren, lief eilig heran und rief: »Die Späher haben einen Gefangenen gemacht!«

»Es ist nicht der erste Gefangene und wird nicht der letzte bleiben«, sagte Thorag gleichgültig. »Warum erzählst du mir das?«

»Weil es einer von Gerolfs Eberkriegern ist. Und weil er sagt, er will mit dir sprechen.«

Jetzt wurde Thorag neugierig. »Was heißt das? Ist Gerolf etwa nicht mit den Römern über die Langen Brücken gezogen?«

»Keine Ahnung.« Thidrik zuckte mit den Schultern und verzog das Gesicht, als die verwundete Schulter mit heftigem Schmerz auf dieses Gebaren antwortete. »Sprich doch mit ihm!«

»Das werde ich.«

Thorag ging mit Thidrik zu den Männern, die sich um den Reitertrupp scharten. Auch Armin befand sich darunter. Der Eberkrieger war nicht gefesselt, aber die Späher hatten ihn entwaffnet. Es war ein gedrungener Mann, der passenderweise auf einem gedrungenen Falben saß. Mehrere kleine Wunden und eine arg zerfetzte Kleidung verrieten seine Teilnahme an der Schlacht bei den Langen Brücken.

»Wie heißt du?« fragte Armin den Ebermann.

»Grifo.«

»Was willst du hier?«

»Ich suche Thorag.«

»Ich bin Armin, mir kannst du auch antworten.«

»Meine Botschaft ist für Thorag bestimmt!«

Ingwin packte Grifos Umhang und zog ihn vom Pferd. Mit einem Schmerzenschrei landete der Ebermann vor den Füßen der anderen.

»Antworte, wenn der Herzog dich etwas fragt!« fauchte Ingwin.

Grifo rappelte sich hoch. Seine Miene verriet Haß, aber er beherrschte sich und fragte nur: »Ist das die Art, wie die Hirschkrieger das Gesandtenrecht achten?«

»Seit wann haben gemeine Verräter und Mörder Rechte?« grollte Ingwin und ballte eine Hand zur Faust, die er vor Grifos Gesicht schüttelte. »Eure ganze Ebersippschaft gehört behandelt wie Friedlose!«

Thorag schob sich durch die schnell anwachsende Menge zu Armin und Ingwin durch. »Laßt den Mann endlich reden!« forderte der Donarfürst und blickte Grifo an. »Ich bin Thorag.«

»Ich weiß. Mein Fürst läßt dir ausrichten, daß er dich an den Langen Brücken erwartet – nur dich allein!«

»Mich, warum?«

»Um dich dem Adler der Rache vorzuwerfen.«

»Du sprichst vom Blutadler?«

Grifo nickte.

»Warum sollte ich mich den Ebermännern ausliefern?«

»Du sollst dich nicht ausliefern. Es wird ein gerechter Kampf, Mann gegen Mann. Gewinnst du, bist du frei. Aber das glaubt Gerolf nicht.«

»Immerhin, Gerolf ist nicht mit den Römern gegangen«, stellte Ingwin fest. »Das ist die Gelegenheit, ihn zu ergreifen.« Seine Hand krallte sich in Grifos schmutzigem, löchrigem Umhang fest. »Und du wirst uns zu ihm führen!«

»Nein, nur Thorag allein!«

»Warum sollte sich Thorag darauf einlassen?« fragte Armin.

»Deshalb«, sagte Grifo und öffnete den Knoten einer dünnen Schnur, die einen der Lederbeutel an seinem Gürtel verschloß. Er zog einen kleinen, golden im Sonnenlicht blinkenden Gegenstand heraus und zeigte ihn den anderen. Es war eine fein gearbeitete Fibel, die einen Mann mit einem großen Hammer darstellte.

»Die Fibel gehört Ragnar!« stieß Thorag erregt hervor und entriß Grifo das Schmuckstück. »Ich habe sie für ihn anfertigen lassen und sie ihm zu seinem dritten Geburtstag geschenkt.« Sein Blick brannte sich in Grifos unregelmäßiges Gesicht, und seine Stimme wurde hart: »Woher hast du das?«

»Dein Sohn ist bei Gerolf, Donarfürst. Wenn du dein Leben nicht wagst, verliert Ragnar seines!«

»Das kann eine Falle sein«, warnte Ingwin. »Gerolf war lange genug in Ragnars Nähe, um ihm die Fibel abzunehmen. Sie beweist gar nichts. Ich kann mir nicht vorstellen, daß Caecina ihm den Jungen einfach so überlassen hat.«

»Es geschah seitens der Römer nicht ganz freiwillig«, grinste Grifo. »Und Caecina war gerade nicht in der Nähe.«

»So etwas paßt zu Gerolf«, meinte Thidrik. »Er ist genauso unberechenbar wie sein Vetter Onsaker. Solche Männer verraten jeden, wenn es ihren Zwecken dient.«

»Aber es ist kein Beweis!« beharrte Ingwin.

»Gerolf hat mit einer solchen Auffassung gerechnet«, sagte Grifo. »Wenn ihr mir nicht glaubt, sollt ihr mich allein zurückschicken. Ich werde euch dann einen Beweis bringen, der euch überzeugt. Ihr dürft euch aussuchen, was es sein soll: Ragnars Nase, ein Ohr oder vielleicht eine Hand?«

Grifo hatte noch nicht ganz ausgesprochen, da landete Thorags Faust mitten in seinem Gesicht und schickte ihn erneut zu Boden. »Ich sollte dich totprügeln, verdammter Hundesohn!« schrie der Donarfürst.

Grifo rieb sein Kinn und die Wange, grinste dann herausfordernd und erwiderte seltsam ruhig: »Tu das, Thorag, und du wirst nie erfahren, wo dein Sohn steckt.«

Armin wandte sich an Ingwin: »Paß auf die Ratte auf. Ich werde mich mit Thorag beraten.«

Die beiden Blutsbrüder traten in den Schatten einer einsam stehenden Kiefer, und Armin sagte: »Das ist ganz sicher eine Falle, Thorag. Wie Gerolf durch seinen Verrat an Caecina bewiesen hat, kann er gar nicht ehrlich sein.«

»Falls es ein Verrat an Caecina war.«

Armin sah Thorag erstaunt an. »Daran habe ich noch gar nicht gedacht. Aber natürlich, vielleicht wollen die Römer dich so in ihre Hände kriegen.«

Thorag schüttelte den Kopf. »Nein, ich glaube es nicht. Du bist viel wichtiger als ich, dann hätten sie es mit dir versucht und Thusnelda als Lockvogel genommen. Wie auch immer, bald werde ich es wissen.«

»Du willst mit Grifo gehen?«

»Bleibt mir etwas anderes übrig?«

Als sie zu dem Ebermann zurückkehrten und ihm die Entscheidung mitteilten, war Grifo sichtlich erleichtert. Er stieg auf seinen Falben und sagte: »Gebt mir meine Waffen zurück!«

Thorag erwiderte: »Du behältst dein Leben, aber wir behalten deine Waffen.«

Erst ritten die beiden Cherusker im Galopp, aber jetzt ging es nur noch im langsamen Schritt vorwärts. Sie hatten die Sümpfe erreicht, und der Streifen festen Landes, auf dem sie sich fortbewegten, wurde zusehends schmaler.

Nicht immer gab sich der Sumpf zu erkennen. Oft sah er aus wie harter, trittfester Boden, war sogar mit Moos und Blumen bewachsen. Und doch gab er unter der geringsten Belastung nach, verwandelte sich in eine tückische Falle, zog Mensch und Tier mit Macht in die Tiefe.

Die dichten Wolken, die Sunnas Strahlen fast gänzlich auffraßen, paßten zu dem öden Anblick niederen Buschwerks und weniger Bäume, die fast sämtlich verkrüppelt waren. Die Geister des Waldes und die Himmelsgötter schienen sich darin einig zu sein, diese traurige Landschaft zu meiden.

Sie waren schon über zwei Stunden römischer Rechnung unterwegs, doch obwohl Thorag sich hier nicht auskannte, glaubte er, den Weg auch in einer Stunde zurücklegen zu können – falls er ihn wiederfand. Grifo schlug absichtlich Haken, vielleicht auch um dem Donarfürst die Orientierung zu erschweren, sicher aber um festzustellen, ob sie von Hirschkriegern oder Donarsöhnen verfolgt wurden.

Auf einmal waren sie da! Wie aus dem Sumpf gewachsen, traten sechs Ebermänner den Reitern entgegen, mit Framen, Geren und Schwertern bewaffnet. Thorag bemerkte auch an ihnen deutliche Spuren der Kämpfe. Caecina hatte seine Verbündeten aus dem Ebergau nicht geschont. Die Reiter hielten an, und zwei Framenspitzen schwebten dicht vor Thorags Leib.

»Ich dachte, Gerolf wollte mir allein gegenübertreten«, sagte Thorag mit nur geringer Empörung. Natürlich hatte er mit solch einem Empfang gerechnet.

»Das wird sich zeigen.« Grifo brach plötzlich in ein heftiges Kichern aus, das dem Donarsohn gar nicht gefiel. »Jedenfalls wirst du ihm nicht bewaffnet gegenübertreten, Thorag. Meine Waffen mußte ich abgeben, also werde ich mir jetzt deine nehmen!«

Thorag blieb keine Wahl, als ihm Frame, Spatha, Dolch und Schild auszuhändigen.

»Ist er wirklich allein gekommen?« fragte ein vollbärtiger Ebermann und wies mit seiner Schwertspitze auf Thorag.

»Ich konnte keine Verfolger feststellen«, antwortete Grifo, ohne den Bärtigen anzublicken, so eifrig und begeistert prüfte er den harten Stahl von Thorags Schwertklinge.

»Hören wir, was die Posten sagen«, meinte der Bärtige und vertauschte das Schwert mit dem gebogenen Horn eines Urs, das in seinem Gürtel steckte. Er setzte das dünne Hornende an die bartumwucherten Lippen und blies kräftig hinein, ließ drei Töne über die Sumpflandschaft hallen, den ersten lang, den zweiten kurz und den dritten wieder lang.

Kurz darauf erklang eine leise Antwort, ebenfalls lang, kurz, lang, dann noch einmal aus anderer Richtung.

»Der dritte Posten meldet sich nicht!« stellte der Bärtige fest, während er die beiden Reiter in einer Mischung aus Beunruhigung und Vorwurf ansah.

Grifo wollte etwas erwidern, da ertönte das dritte Signal, und der Bärtige war beruhigt. »Gut, reitet weiter! Gerolf wird schon ungeduldig sein.«

Grifo und Thorag ließen die sechs Eberkrieger hinter sich zurück und tauchten wieder in die Einsamkeit der Sümpfe ein.

Mehrmals hallte es hölzern unter den Pferdehufen, wenn sie über Reste des zerstörten Bohlenweges ritten.

»Gerolf hat sich ein sehr unzugängliches Gebiet ausgesucht«, bemerkte Thorag.

Grifo nickte lächelnd. »Und rundherum stehen die Eberkrieger auf Wache. Wenn Armin oder deine Donarsöhne dir zu Hilfe kommen wollen, werden die Posten ein bestimmtes Signal blasen – und dein Sohn stirbt!«

»Das wird nicht geschehen«, sagte Thorag und kämpfte gegen das Frösteln an, das seinen Körper bei dem Gedanken daran überfiel, was ein Mann wie Gerolf seinem Sohn alles antun konnte.

Kurz darauf wußte er es. Ein Baum schälte sich aus dem graubraunen Einerlei heraus, groß, aber auch verkrüppelt und längst abgestorben. Seine Farbe hatte sich dem schmutzigen Braun des Sumpfes angeglichen, seine verwachsenen Äste trugen kein einziges Blatt mehr.

Aber etwas hing doch an dem Baum. Es sah aus wie ein rohes Stück Fleisch. Wie ein Lamm oder ein Kalb, das man gehäutet hatte. Aber es war ein Mensch, ein Kind, Ragnar, seiner Kleider beraubt und an den Füßen aufgehängt – wie zur Wodansprobe! Ragnar rührte sich nicht, seine Augen waren geschlossen.

Wieder überlief ein kalter Schauer Thorag und verwandelte sich übergangslos in eine Hitzewelle. Das Atmen fiel ihm schwer, sein Herz klopfte wie wild. Am liebsten hätte er seinen Rappen zu dem Baum gejagt und Ragnar sofort losgeschnitten. Aber er besaß nicht mal einen Dolch. Und außerdem umstanden etwa zehn bewaffnete Ebermänner den Baum, unter ihnen Gerolf.

»Was hast du mit meinem Sohn gemacht?« schrie Thorag, der kaum noch an sich halten konnte.

»Er ist nur bewußtlos.« Gerolfs Stimme verriet sowenig Gefühl wie sein Gesicht. »Ihm ist wohl das Blut zu Kopf gestiegen. Du hast ihn auch ganz schön lange warten lassen.«

»Du hast den Weg doch ausgewählt!«

Gerolf zeigte sich von diesem Vorwurf unbeeindruckt und ließ sich von Grifo Bericht erstatten.

Thorags Blick hing an seinem Sohn. Erleichtert stellte der Donarfürst fest, daß Ragnars Brustkorb sich hob und senkte. Ragnar lebte wirklich noch! Und er schien unverletzt zu sein.

Als Grifo geendet hatte, sagte Gerolf zu Thorag: »Wie es aussieht, hast du dich an die Bedingungen gehalten.«

»Aber du nicht!« erwiderte der Donarfürst und zeigte auf die Krieger. »Du wolltest allein gegen mich kämpfen.«

»Nun, ich bin nicht allein, und ich werde auch nicht gegen dich kämpfen. Du sollst so sterben wie Germar, hängend am Baum!«

»Ich habe gewußt, daß man dir nicht trauen kann, Gerolf. Erst hast du deinen eigenen Stamm verraten und dann auch die Römer, die dir Zuflucht gewährt haben.«

»Mach dir um mich keine Sorgen. Die Römer werden mir schon verzeihen.« Gerolf lächelte und deutete auf Ragnar. »Was zählt der Verlust eines Kindes, wenn ich ihnen dafür den Kopf des Gaufürsten Thorag bringen kann! Und wer weiß, vielleicht fällt mir auch noch Armins Kopf in die Hände.«

»Und was dann?«

»Alles wird so kommen, wie Segestes und ich es von Anfang an geplant haben!«

»Du meinst, ihr helft den Römern im Kampf gegen Armin. Und sobald der Widerstand der freien Stämme gebrochen ist, werdet ihr beide Herrscher von Roms Gnaden sein.«

»Ganz richtig. Ist das nicht der Wahlspruch der Römer, teile und herrsche?«

»Ich sage es nicht gern, aber dein Vetter Onsaker war mir angenehmer als du, Gerolf. Auch er war ein Verräter, der Mörder an seinem eigenen Sohn, aber er hat wenigstens mit aufrechtem Haß gegen die Römer gekämpft. Du würdest dich jedem andienen, der dir die Macht verspricht. Daß Segestes dies mitmacht, verwundert mich eher.«

»Segestes!« Gerolf sprach mit überraschender Verachtung von seinem Verbündeten. »In gewissem Sinn ist er ein Träumer. Er glaubt tatsächlich, daß er etwas für sein Volk erreichen kann. Was nicht heißt, daß er die Macht nicht schätzt. Ich denke, sobald das rechtsrheinische Gebiet in römischer Hand ist, werde ich auf ihn verzichten können.«

»Ich kann nur hoffen, daß es niemals dazu kommt!« sagte Thorag voller Abscheu. »Dann würden mehr Menschen an den Bäumen hängen als Blätter.«

Gerolf lachte. »Du bringst es auf den Punkt, Donarsohn. Steig vom Pferd und zieh dich aus! Der Baum wartet schon auf dich.«

»Laß erst Ragnar frei und gib ihm ein Pferd. Ich werde ihn bis zum Rand der Sümpfe begleiten und dann zu dir zurückkehren.«

»Wozu die Umstände? Warum soll ich auf die Gelegenheit verzichten, die Donarbrut vollständig auszulöschen? Es war übrigens ein Vergnügen, deine Auja um ihr Kind zu bringen!«

Diese Worte ließen Thorag jede Beherrschung verlieren. Er schnellte von seinem Rappen und riß den Eberfürst mit sich zu Boden. Dort packte er Gerolfs Kopf und schlug ihn gegen eine der aus dem Erdreich ragenden Baumwurzeln, einmal, zweimal. Dann griffen Gerolfs Krieger ein, zogen Thorag weg und prügelten ihn, bis er halb bewußtlos am Boden lag.

Als er wieder zu sich kam, war er nackt und an den Füßen gefesselt. Die Ebermänner warfen das Seil über einen starken Ast und zogen Thorag hoch. Alles drehte sich wie damals bei der Wodansprobe.

»Dafür werden du und dein Sohn noch mehr leiden!« sagte Gerolf.

Sein Kopf wies eine frische Platzwunde auf. Blut rann an seinem Gesicht herunter. Er tauchte seine Hand in das Blut und malte damit etwas auf Ragnars Brust und Bauch, einen unförmigen Vogel. Gerolf wiederholte das bei Thorag.

»Der Blutadler!« sagte der Eberfürst befriedigt. »Wie ich es Germar versprochen habe. Entgegen deiner Meinung, Thorag, kennt ein Ebermann durchaus Treue.«

»Die Treue unter Verrätern und Mördern«, sagte Thorag verächtlich.

»Es hat wohl keinen Sinn, daß wir uns länger darüber unterhalten.« Gerolf ließ sich von Grifo Thorags Frame geben. »Sieh jetzt zu, Eberfürst, wie dein Sohn von deiner eigenen Frame durchbohrt wird!«

Gerolf trat ein paar Schritte zurück und hob die Lanze zum Wurf.

Thorag wollte etwas sagen, ihn aufhalten, aber seine Kehle war plötzlich ausgetrocknet, fest verschnürt. Wenn Gerolf die Frame warf, konnte Thorag nur hoffen, daß Ragnar nicht leiden mußte.

In Gerolfs Augen blitzte es auf, die Muskeln seines rechten Arms zuckten, und die Frame durchschnitt die Luft.

Sie verfehlte Ragnar nur knapp und blieb in einer Baumwurzel stecken.

Ungläubig starrte Gerolf auf den Baum. Seine Augen schienen aus ihren Höhlen hervorzuquellen. Dann stürzte er vornüber. Zwischen seinen Schulterblättern steckte ein Wurfspeer.

Erregung und Furcht ergriff die Eberkrieger – und Tod. Einer nach dem anderen brach getroffen zusammen, als die Angreifer ihre Gere schleuderten. Es kam zum Kampf Mann gegen Mann. Grifo wendete sein Pferd und wollte fliehen.

»Hierbleiben, du dreckiger Eber!« schrie Ingwin, sprang ihn an und stieß sein Schwert in die Seite des Falben. Das Tier stürzte, und Grifo rollte vor Ingwins Füße. Mit einem weiteren Schwerthieb trennte Ingwin den Kopf des Ebermannes von dem gedrungenen Leib.

Thidrik, der trotz seiner verletzten Schulter mitgekommen war, lief neben Armin auf den Baum zu. Zwei Ebermänner stellten sich ihnen in den Weg. Thidriks Verletzung machte ihm arg zu schaffen. Nur mit Mühe konnte er seinen Schild halten. Armin erledigte sein Gegenüber mit ein paar schnellen, kräftigen Schwerthieben und stieß die Klinge dann tief in die Seite von Thidriks Gegner.

Der Hirschfürst und der Donarsohn erreichten den Baum. Armin schnitt Thorag los und Thidrik den bewußtlosen Ragnar, während um sie herum die letzten Eberkrieger starben oder die Waffen streckten.

»Ihr habt euch aber Zeit gelassen«, seufzte Thorag, als er wieder auf die Füße kam.

»Wir durften den Eberkriegern nicht auffallen, die überall am Rand des Sumpfes stehen«, sagte Armin. »Außerdem ist es nicht ganz leicht, sich mit diesen Sumpfkähnen fortzubewegen. Mehr als eine der Stangen, die wir zum Staken benutzten, hat der Sumpf verschluckt. Wir haben dann unsere Framen genommen. Und bei alledem mußten wir dich und diesen Grifo im Auge behalten, durften euch aber nicht zu nahe kommen.«

Ingwin kam herbei und sagte: »Hier ist alles in unserer Hand. Soll ich das Signal geben?«

Armin nickte.

Ingwin blies in ein Horn, ähnlich dem, das vorhin der bärtige Ebermann benutzt hatte. Aber es war ein anderes Zeichen, ein kurzer Ton, zwei lange und dann wieder ein kurzer.

»Das Zeichen zum Angriff«, erklärte Armin. »Unsere Krieger werden die Ebermänner erledigen.«

Thorag dachte daran, daß jetzt überall am Rand der Sümpfe Hirschkrieger und Donarsöhne über die Ebermänner herfielen. Wie er es mit Armin besprochen hatte, bevor er mit Grifo zu den Langen Brücken ritt. Es war ein gewagter Plan gewesen, und fast wären die Retter zu spät gekommen. Aber es war die einzige Möglichkeit gewesen, Ragnar zu retten. Thorag hatte nicht für einen Augenblick geglaubt, daß Gerolf es ehrlich meinte.

»Neeeiiin!«

Der langgezogene Schrei riß Thorag aus den Gedanken.

Thidrik hatte ihn ausgestoßen – mit gutem Grund: Gerolf war nicht tot!

Schwankend stand der Eberfürst einige Schritte entfernt und hielt einen Ger mit blutiger Spitze in der erhobenen Rechten. Es war der Speer, der zwischen seine Schultern gefahren war.

»Du wirst dein Kind nicht retten, Thorag!« schrie er und schleuderte die Waffe. Nach dieser Kraftanstrengung sank der Verwundete auf die Knie.

Thidrik sprang vor, um den am Boden liegenden Ragnar zu schützen. Der Speer bohrte sich durch den Leib des Mannes.

Als Thorag den Freund stürzen sah, sprang er zu Gerolf, legte seine Hände um den Hals des Eberfürsten und drückte fest zu, bis Gerolfs Kopf kraftlos zur Seite fiel. Nicht nur die Kraft hatte den Ebermann verlassen, sondern auch das Leben.

Thorag zerbrach Thidriks Waffen und warf sie in das Totenfeuer, in dem der Körper des Freundes verbrannte.

Die Donarsöhne hatten sich auf der Lichtung versammelt, in deren Mitte das Feuer brannte. Ihre Gesänge begleiteten Thidriks Geist, der mit dem Rauch zu den Göttern aufstieg.

Gerolf wurde nicht auf diese Art geehrt. Seine Leiche hing an dem toten Baum in den Sümpfen. Mochten die Geier ihn sich holen.

Viele Eberkrieger waren gestorben oder gefangengenommen worden. Sicher hatten Armins Männer nicht alle erwischt, aber der klägliche Rest konnte keinen Schaden mehr anrichten.

»Behalte Thidrik stets in guter Erinnerung, mein Sohn«, sagte

Thorag zu Ragnar, der mit seinem Vater nah am Feuer stand. »Zweimal setzte er sein Leben ein für Donars Abkömmlinge. Mich rettete er vor Onsaker, wie er dich vor Gerolf rettete. Sei so tapfer wie Thidrik, und ich werde immer stolz auf dich sein!«

»Ich will so tapfer sein wie Thidrik«, versprach Ragnar und sah zu seinem Vater auf. »Zusammen mit dir werde ich Mutter zurückholen! Das werden wir doch tun, nicht wahr?«

Ehe Thorag antworten konnte, bildeten die Donarsöhne eine Gasse, durch die Armin kam. Er hatte die Trauerfeier verlassen, weil Boten mit wichtigen Neuigkeiten das Lager erreicht hatten.

Armin lächelte und wirkte seltsam gelöst. Er blieb vor Thorag und Ragnar stehen und sagte: »Die Boten brachten gute Nachricht. Segimer und sein Sohn Sesithar sind aus der Ubierstadt geflohen. Offenbar hatten sie es satt, von den Römern mehr als Gefangene denn als Verbündete behandelt zu werden. Segimund, der sich gut in der Ubierstadt auskennt, soll ihnen geholfen haben, wurde aber erwischt. Es heißt, Segestes habe seine eigene Familie verraten, wieder einmal. Segimer und Sesithar entkamen über den Rhein, so wie du einst mit Thidrik, Thorag.«

Ragnar fragte: »Warum ist das eine gute Nachricht?«

Armin ging vor ihm in die Hocke und erklärte: »Segimer ist so aufgebracht über die Behandlung durch die Römer, daß er sich uns anschließen will. Da Segestes in der Ubierstadt ist, werden die Stiermänner Segimer als ihren neuen Fürsten anerkennen. Dann ist der Stiergau auf unserer Seite. Und mit dem Ebergau werden wir auch leichtes Spiel haben. Der Cheruskerstamm ist geeint, und das wird andere Stämme zu den Waffen locken. So werden wir die Römer besiegen!«

»Und dann holen wir Mutter zurück?« wollte Ragnar wissen.

Armin nickte. »Ja, deine Mutter Auja und meine Gemahlin Thusnelda. Und meinen kleinen Sohn Thumelikar, den ich niemals sah, nie in meinem Armen hielt.« Armin legte seine Hände auf Ragnars Schultern. »Sag, Ragnar, hat Thumelikar Ähnlichkeit mit seinem Vater?«

»Ich ... ich weiß nicht«, stammelte der Junge. »Er ist ganz klein und hat keine Haare auf dem Kopf.«

»Das kommt alles noch«, lachte Armin. Er erhob sich und sah Thorag an. »Du siehst so ernst aus, Bruder.«

»Ich denke daran, wie nah wir Auja und Thusnelda schon

waren, erst bei der Eisenburg, dann bei den Drachensümpfen und jetzt hier bei den Langen Brücken. Doch nie ist es uns gelungen, sie zu befreien!«

»Du hast deinen Sohn wieder, Thorag. Ich wäre glücklich, wenn ich das von mir sagen könnte. Sei zuversichtlich! Wenn wir beide Seite an Seite stehen, sind die Götter mit uns. Der heutige Tag hat es gezeigt. Über kurz oder lang werden Auja und Thusnelda wieder bei uns sein!«

»Ja«, sagte Thorag leise und hoffte, daß Armin die Wahrheit sprach.

Er nahm Ragnar auf den Arm und starrte auf den Rauch des Totenfeuers. Vielleicht überbrachte Thidrik den Göttern Thorags Gebete.

NACHSPIEL

Der Triumphator von Rom

»*Respice post te, homine te esse memento!*«*

Es hätte nicht dieser mahnenden Worte bedurft, die der Staatssklave, der hinter Germanicus auf der Quadriga stand und den goldenen, mit Edelsteinen besetzten Lorbeerkranz über das Haupt des Triumphators hielt, ebenso eintönig wie in regelmäßiger Wiederkehr aussprach, um dem Enkel des Marcus Antonius bewußt zu machen, daß er nicht der Träger göttlicher Glückseligkeit war und kein Nachfolger des Romulus, der vor mehr als siebeneinhalb Jahrhunderten den ersten Triumph in der Geschichte Roms gefeiert hatte.

Germanicus fühlte sich wie sein Großvater, der einst an Kleopatras Seite über Ägypten geherrscht hatte und dann so tief gefallen war. Nein, Gaius Julius Caesar Germanicus war kein Glückskind der Götter, kein Träger magischer Kräfte, auch wenn er so aussah in den goldbestickten Purpurgewändern, mit dem grünen Lorbeerkranz in seinem Haar, mit dem goldenen Amulett um seinen Hals, mit dem Lorbeerzweig in der rechten und dem Adlerzepter aus Elfenbein und Gold in der linken Hand. Das alles waren nur Äußerlichkeiten wie sein mit Mennig zinnoberrot gefärbtes Gesicht, dazu bestimmt, den Schein zu wahren und das einfache Volk zu täuschen.

Und die zu Hunderttausenden zusammengeströmten Menschen ließen sich täuschen. Sie jubelten dem vermeintlich siegreichen Imperator zu, als sich der Triumphzug auf dem südlichen Marsfeld formiert hatte und seinen Weg zwischen den hölzernen Tribünen hindurch nahm, die man eigens für dieses Fest errichtet hatte. Aber nicht nur sie, jeder freie Fleck dazwischen war mit Menschentrauben besetzt, aus jedem Fenster schauten mehrere neugierige Köpfe. Und fast alle priesen den siegreichen Feldherrn, den Rächer des Varus und Bezwinger des Arminius. Seine Kinder, darunter Caligula und die kleine Julia Agrippina, die bei

---

* Schau hinter dich, erinnere dich, daß du nur ein Mensch bist!

Germanicus auf dem hohen, mit Gold und Edelseinen geschmückten, von vier prächtigen Schimmeln gezogenen Triumphwagen standen, sonnten sich in den Rufen, als gelten sie ihnen. Und tatsächlich hörte Germanicus nicht nur seinen Namen, sondern immer wieder begeisterte ›Caligula‹-Rufe, wahrscheinlich von alten Soldaten ausgestoßen. Der kleine Gaius griente und reckte stolz das Kinn nach oben, obwohl er kaum über die Umfassung des Wagens kam, ganz so, als feiere er seinen eigenen Triumph.

Der Feldherr nahm die mahnenden Worte des Sklaven wörtlich und blickte über seine Schulter. Auf dem nachfolgenden Wagen, dessen Zierat gegen den überreichen Schmuck des Currus Triumphalis geradezu ärmlich wirkte, stand Agrippina zusammen mit den engsten Angehörigen des Triumphators: seine Mutter Antonia, seine Schwester Livilla und sein schwachsinniger Bruder Claudius. Agrippina hielt die jüngste Tochter im Arm, die im letzten Jahr zur Welt gekommene Julia Drusilla. Agrippinas Gesicht wirkte ernst, dem hohen Fest angemessen, doch in Wahrheit verbarg es ihre Bitterkeit. Sie ließ sich von dem allgemeinen Trubel ebensowenig täuschen wie ihr Mann.

Germanicus war nicht der eigentliche Triumphator, auch wenn das Volk seinen Namen in lauten Sprechchören rief, als der Zug den vollbesetzten Circus Maximus durchquerte. Der Jubel war nicht geringer als bei den großen Wagenrennen. Die Menge bestaunte die Kriegsbeute, die Gefangenen und die Triumphalgemälde, die zusammen mit den Feldzeichen der am Rhenus stationierten Legionen den vorderen Teil des Zuges bildeten. Da die Kriegsbeute in einem ärmlichen Land wie Germanien naturgemäß bescheiden ausfiel – der zurückgebrachte Teil von Varus' Kostbarkeiten war noch das Wertvollste –, hatte man sich mit den Gefangenen und den Gemälden besondere Mühe gegeben.

Die großen Gemälde, die von kräftigen, manchmal von mehreren Männern getragen wurden, waren erst in den letzten Tagen angefertigt worden, damit ihre Farben beim Triumphzug noch frisch leuchteten. Sie zeigten Germaniens Berge und Flüsse und die Schlachten, die Roms Legionen mit den Barbaren ausgetragen hatten: den Überfall in den Nächten der Tamfana, den Sieg im Cäsischen Wald, die Vernichtung Mattiums, die Kämpfe bei den Drachensümpfen und bei den Langen Brücken. Auf den

Gemälden waren es immer die Römer, die den Sieg davontrugen, wenn es in Wahrheit auch anders ausgesehen hatte.

Die Erinnerung an die schlimmen Tage kehrte zurück. Schon bei den Drachensümpfen hatte Germanicus gespürt, daß ihn das Glück verließ. Was dann geschah, war eine Flucht, und Caecinas Überleben wohl nur ein Zufall. Links des Rhenus entstand eine Panik, als die Nachrichten von dem unglücklichen Verlauf des Feldzuges bekannt wurden. Jeden Tag erwartete man einen Angriff der Germanen auf die andere Seite des Flusses und wollte deshalb die Brücken abbrechen. Die heimkehrenden Soldaten wären von Nachschub und Entsatz abgeschnitten gewesen.

Agrippina bewies, daß sie die würdige Gattin eines Imperators war. Sie verhinderte den Abbruch der Brücken und organisierte die Versorgung der Heimkehrer mit Nahrung und Verbandszeug.

Das hatte Tiberius gar nicht gefallen. Auch wenn der Princeps weiter in lobenden Briefen die baldige Rückkehr seines Adoptivsohnes nach Rom erflehte, seine mündlichen Äußerungen über Germanicus klangen ganz anders, wie man dem Feldherrn zugetragen hatte. Im Senat sollte Tiberius gesagt haben: ›Einem Imperator bleibt ja kaum noch etwas übrig, wenn seine Frau die Manipel mustert und die Parade der Feldzeichen abnimmt. Demnächst läßt sie nicht nur ihren kleinen Sohn in Soldatentracht herumtragen, sondern zieht selbst eisenbeschlagene Stiefel und einen Muskelpanzer an!‹

Der Winter linderte die Wunden, und im nächsten Jahr rückte Germanicus mit seinem Heer erneut gegen Arminius vor. Der Imperator hatte eine Flotte von tausend Schiffen, darunter viele flachrumpfige Landungsboote, bauen lassen, um nicht Heer und Nachschub dem langen Landweg anzuvertrauen, der die Germanen immer wieder zu Überfällen einlud. Nein, nur in offener Feldschlacht war der Feind zu besiegen, das hatte Germanicus erkannt. Nur so konnten die römischen Legionen ihre Stärken ausspielen.

Und endlich, endlich war es zu der ersehnten Schlacht auf der Ebene von Idisiaviso gekommen, von den Barbaren die Wiese der Elfen genannt. Es sollte sich zeigen, daß Arminius sich nicht unbedacht auf seine erste Feldschlacht mit den Römern einließ.

Er hatte seinen Kriegern einiges von der Disziplin und der Kampfweise der Römer beigebracht. Doch ohne den persönlichen Einsatz des Cheruskerherzogs wären die Barbaren trotzdem verloren gewesen. Arminius wurde schwer verwundet und wäre fast gefangen worden, entkam aber mit Hilfe seines Freundes Thorag. Die Edelinge beschmierten ihre Gesichter mit Blut und schlüpften unerkannt durch die römischen Linien.

Schon kurze Zeit später stießen Römer und Germanen wieder zusammen, am Angrivarierwall, jenem gewaltigen Damm, mit dem der Stamm der Angrivarier sein Siedlungsgebiet von den Cheruskern abgrenzte. Erneut führte Arminius sein Heer mit solchem Geschick, daß Germanicus der ersehnte Sieg versagt blieb. Beide Armeen ließen auf dem Schlachtfeld Tausende von Toten zurück und waren zu geschwächt, den Kampf fortzusetzen. Als auf dem Rückweg zum Rhenus ein Sturm die römische Flotte heimsuchte, schob Germanicus einen Teil seiner gewaltigen Verluste auf den Untergang vieler Schiffe.

Das Volk mochte dies glauben, Tiberius tat es nicht. Er bat nicht mehr, sondern verlangte jetzt die Rückkehr des glücklosen Imperators nach Rom.

Noch einmal kam Munatius Plancus in die Ubierstadt und machte Germanicus deutlich, er würde bei einer sofortigen Rückkehr als glänzender Feldherr und vom Glück begünstigter Triumphator empfangen, bei einer Weigerung aber unter Schimpf und Schande gewaltsam zurückgeholt werden.

Germanicus ersuchte, bat, bettelte und flehte um noch ein einziges Jahr. Um die Germanen zu unterwerfen. Um Varus und Drusus zu rächen.

Aber Tiberius blieb hart. Er wollte den möglichen Rivalen endlich unter seiner Kontrolle haben, hier in Rom. Germanicus mußte sich fügen.

Zwei Jahre zuvor hätten seine Legionen Tiberius gestürzt, um Germanicus zum Herrscher auszurufen. Aber Germanicus selbst hatte die Soldaten auf seinen Adoptivvater eingeschworen, und außerdem waren sie nach den vielen Kämpfen kriegsmüde.

Und so war der Princeps an diesem sonnigen Frühlingstag der eigentliche Triumphator.

Nur die größten und kräftigsten der Kriegsgefangenen waren für den Triumphzug ausgewählt worden. Manche waren nackten

Oberkörpers und stellten gezwungenermaßen ihre beeindruckenden Muskeln zur Schau. Andere trugen ihre Umhänge und sogar ihre Fibeln und anderen Schmuck, um von den Wunden der Mißhandlungen abzulenken, die den Germanen in der Gefangenschaft beigebracht worden waren.

Die einfachen Krieger gingen, in großen Gruppen zusammengekettet, zu Fuß. Die Edelinge und Fürsten aber wurden, wie auch die Kriegsbeute, auf oft mehrstöckigen, sänftenähnlichen Gestellen von purpurgewandeten Sklaven getragen. Während die gefesselten Edelinge auf den unteren Ebenen hockten, lagen und hingen über ihnen ihre Waffen und Schilde. Unter den so besonders zur Schau gestellten Gefangenen befanden sich viele, deren Namen beim römischen Volk bekannt waren, wie der Chattenpriester Libes und der Sugambrerfürst Deudorix.

Zwei Gestelle mit Gefangenen erregten noch größeres Aufsehen als die anderen. Auf dem einen waren der Cheruskerfürst Segimerus, sein Sohn Sesithacus, dessen Weib Rhamis, die eine Tochter des Chattenfürsten Ucromirus war, und Segimundus angekettet, der Sohn des Segestes. Gleich danach folgte ein Gestell mit zwei Frauen und einem kleinen Kind: Thusnelda, die Gattin des Arminius, mit dessen Sohn Thumelicus, und Auja, die Gemahlin des Fürsten Thorag.

Segimerus und Sesithacus hatten sich nach ihrer Flucht aus der Ubierstadt nicht lange in Freiheit befunden. Noch im selben Jahr hatten sie sich den Truppen des Stertinius ergeben müssen.

Zwei Dinge erregten das Volk besonders. Einmal die Anwesenheit der Familie des Arminius, dessen Name seit dem Sieg über Varus wie ein Schreckgespenst über Rom hing. Zum anderen der Umstand, daß Segestes, dessen Familie ebenfalls zur Schau gestellt wurde, als Gast des Tiberius auf dessen Tribüne saß. Darüber konnten sich Plebejer wie Patrizier gar nicht genug die Mäuler zerreißen.

Alle zogen an der kostbar geschmückten Tribüne des Herrschers vorbei: die Feldzeichen, die große Statue des Gottes Jupiter, die Triumphalgemälde, die Beutestücke, die Gefangenen und ihre Wächter, die Flötenspieler und der Bläserchor, die Opferhelfer mit den mehr als hundert weißen Stieren, die Liktoren mit den geschulterten Rutenbündeln, direkt dahinter der Triumphwagen mit Germanicus, der Wagen mit Agrippina, hohe Beamte und

Senatoren und dann die Abordnungen der germanischen Legionen, nicht in Rüstung und Waffenschmuck, sondern in kostbaren Seidengewändern und auf den Köpfen Lorbeerkränze statt blitzender Helme.

Natürlich hatte man keine in der Schlacht entstellten oder verkrüppelten Legionäre nach Rom geschickt, sondern nur kräftige, gesunde Soldaten. Schließlich sollte das hier ein Siegeszug sein, keine Trauerfeier. Und damit die Legionäre nicht nach alter Sitte Spottlieder auf ihren Imperator sagen und dadurch den Schein des Sieges zerstörten, waren sie mit reichen Geldgeschenken bedacht worden.

Als Tiberius den Triumphator anlächelte, wirkte es auf Germanicus wie das Grinsen einer Schlange. Der Imperator auf dem im Sonnenlicht funkelnden Wagen konnte dem durchdringenden Blick nicht lange standhalten, der ihn aus den tiefliegenden Augen des Princeps traf. Germanicus wandte den Kopf ab und tat so, als betrachte er die anderen Menschen auf der Tribüne: Segestes und die hohen Senatoren, darunter Gnaeus Calpurnius Piso und Munatius Plancus.

Diesen Blick hatte Germanicus schon in der vergangenen Nacht gespürt, als er zum erstenmal seit langer Zeit wieder von dem alten Alptraum gequält worden war. Der Traum, in dem die Barbaren das römische Heer überfielen und die Riesin dem Feldherrn entgegentrat. Der Feldherr war Germanicus gewesen, doch aus der Riesin wurde plötzlich Tiberius.

Noch immer sah Germanicus auf die Tribüne des Princeps. Tiberius saß neben seiner Mutter in einer Eintracht, die nur noch nach außen hin bestand. Der Machtkampf, der zwischen beiden entbrannt war, wurde zwar offiziell totgeschwiegen, aber das Geheimnis war ein offenes.

Livia Drusilla, die Augusta, hatte Germanicus wissen lassen, sie stehe auf seiner Seite. War das ein Hoffnungsschimmer? Germanicus zweifelte daran, denn bisher hatte sich seine Großmutter ihm gegenüber stets sehr zurückhaltend gezeigt. Er hatte ihr in unverbindlichen Worten seinen Dank ausgesprochen. Auch wenn die Augusta ihrem Titel nach die Mitregentin war, in Wahrheit hatte Tiberius sie ausgespielt, wie er es auch mit seinem Adoptivsohn getan hatte. Es war zu gefährlich, sich offen gegen den Princeps zu stellen.

Aber wer tat schon etwas offen im Rom dieser Tage! So wie Germanicus den glorreichen Feldherrn und ergebenen Adoptivsohn des Tiberius spielte, spielte Tiberius den liebenden Adoptivvater und auf seinen Imperator stolzen Princeps. Tiberius hatte zu Ehren des Triumphators Tempel, Standbilder und einen Triumphbogen errichten lassen, hatte dem Volk im Namen des Germanicus dreihundert Sesterzen pro Kopf versprochen und dafür gesorgt, daß der heimkehrende Imperator das Konsulat erhielt. Sich selbst bestimmte Tiberius für dieses Konsulat zum Amtsgenossen, was vom Volk als eine besondere Ehrung des Germanicus empfunden wurde, was aber gleichzeitig für Tiberius die beste Möglichkeit war, seinen Brudersohn zu kontrollieren.

Am Fuße des Capitols hielt der Triumphzug an. Die gefangenen Feinde, die dem Tod geweiht waren, wurden abgeführt, um im Carcer erdrosselt zu werden. Auch einige Fürsten befanden sich darunter, aber nicht die Verwandten des Segestes. Er hatte um Schonung für die Seinen gebeten, worunter auch Thusnelda und Thumelicus fielen. Außerdem war Tiberius der Meinung, daß Frau und Sohn des Arminius ihm noch von Nutzen sein könnten.

Ein Tumult entstand plötzlich, und ob dieses unerwarteten Ereignisses ging ein Aufschrei durch die Menge. Thusnelda stellte sich den Männern von den Stadtkohorten entgegen, die Auja zum Carcer bringen wollten.

»Auja und ich gehören zusammen!« schrie die Gemahlin des Arminius. »Unser Schicksal läßt sich sowenig trennen wie das unserer Männer!«

Auja lächelte die Freundin müde an. »Laß nur, Thusnelda. Sei froh, daß dein Leben geschont wird. Setz es nicht aufs Spiel. Dein Sohn braucht dich.«

»Deiner braucht dich auch!«

»Ragnar?« Ein Schatten legte sich auf Aujas Gesicht. »Ich weiß nicht einmal, ob er noch lebt.«

»Wir haben Gerüchte gehört, daß Thorag und Armin Gerolf getötet und Ragnar befreit haben.«

»Wie du sagst, es sind nur Gerüchte. Und außerdem – selbst wenn sie stimmen, sehe ich meinen Sohn wohl niemals wieder. Und auch nicht meinen Mann.«

»Fertig?« schnarrte ungeduldig der Zenturio der Stadtkohorten, der dem in germanischer Sprache geführten Gespräch der beiden Frauen verständnislos zugehört hatte. »Dann komm jetzt mit!« Er ergriff Auja und zog sie fort, was ihm leichtfiel, da sie sich nicht wehrte.

Thusnelda kämpfte sich durch Wachen und Gefangene und lief zum Triumphwagen. Sofort sprangen ein paar in rotleuchtende Paradeuniform gekleidete Prätorianer vor und bedrohten die Germanin mit ihren Schwertern.

»Laßt sie durch!« befahl Germanicus.

Die Soldaten senkten die Schwerter und beobachteten mißtrauisch, wie die Frau des gefürchteten Arminius an den Triumphwagen trat und zu Germanicus aufschaute.

»Du bist an diesem Tag die Verkörperung göttlichen Glücks für dein Volk«, sagte sie auf lateinisch. »Du stehst dem Jupiter gleich, und jeder Wunsch wird dir gern erfüllt. Nutze deine Macht, um mir, der soviel Leid zugefügt wurde, einen Wunsch zu erfüllen. Und wenn es nur aus der Erinnerung an alte Zeiten geschieht, als du, mein Gemahl Armin und Aujas Gemahl Thorag Waffenbrüder in Pannonien wart. Ich bitte nicht für mich selbst ...«

»Für deine Freundin, nicht wahr?« fragte Germanicus.

Thusnelda nickte.

Germanicus überlegte nur kurz. Tiberius hatte ihn aus Germanien abberufen. Warum sollte er noch Krieg führen gegen eine einzelne Frau?

»Die Germanin namens Auja wird nicht geopfert!« befahl er.

Thusnelda bedankte sich und schloß ihre Freundin glücklich in die Arme. »Was immer sie mit uns vorhaben, Auja, ich werde froh sein, wenn du an meiner Seite bist!«

»Du hast doch deinen Vater, deinen Onkel und deinen Bruder«, erwiderte Auja.

»Alle zusammen bedeuten mir nicht soviel wie du. Sie verachten mich, du bist meine Freundin, die einzige. Wir müssen zusammenhalten und fest daran glauben, daß Armin und Thorag uns eines Tages befreien. Ein freier Cherusker duldet es nicht, wenn man ihm die Frau raubt.« Thusnelda wandte sich um und nahm Thumelikar auf ihren Arm. »Nicht wahr, mein Sohn?«

Der Junge sah sie verständnislos an und kaute an einem Zipfel seiner kleinen Tunika. Wie sollte er, der in Gefangenschaft geboren war und nichts anderes als die Gefangenschaft kannte, auch verstehen, wie ein freier Cherusker fühlte!

Seufzend blickte Thusnelda der Prozession des Princeps entgegen, während ihre Gedanken sich mit der ungewissen Zukunft beschäftigten.

Als Tiberius mit seinem Gefolge kam, begleitete Germanicus ihn auf den Capitolshügel vor den Tempel des Jupiter. Germanicus zog die mit goldenen Sternen bestickte Purpurtoga kapuzenartig über den Kopf und opferte an einem transportablen Feuerherd Wein und Weihrauch, während er die rituellen Gebete aufsagte. Die Opferhelfer führten die weißen Stiere in langer Reihe herauf. Germanicus besprengte das erste Tier mit Wein und strich mit dem goldenen Opfermesser vom Scheitel bis zum Schwanz. Dann schwang der Opferschlächter das Beil. Der Stier ging zu Boden, und seine Halsschlagader wurde aufgetrennt, um es ausbluten zu lassen. Sein Leib wurde geöffnet und die Innereien herausgenommen, anhand derer erforscht wurde, ob die Götter das Opfer annahmen. Nicht bei allen Tieren war das der Fall. Das Schlachten nahm erst ein Ende, als hundert Stiere von den Göttern angenommen worden waren.

Germanicus betrat mit dem Princeps, den angesehensten Senatoren und den Priestern des Jupiter den prächtigen Tempel, den der erste Konsul der römischen Republik erbaut hatte und der trotz mehrmaliger Zerstörung immer wieder aufgebaut worden war, jedesmal noch größer und schmuckvoller. Hier legte der Triumphator den goldenen Lorbeerkranz in den Schoß der übermenschengroßen, sitzenden Jupiterstatue.

Dann legte er die beiden Adler des Varus nieder, die er nach Rom zurückgeführt hatte. Den einen, den man bei den Brukterern gefunden hatte, und den anderen, den der greise Marserherzog Mallovendus den Römern als Zeichen seines Friedenswillens überreicht hatte.

Er wandte sich an Tiberius, den wahren Triumphator dieses Tages. »Nur ein weiteres Jahr, und ich bringe dir auch den dritten Adler!«

»Hörst du nicht den Jubel des Volkes, mein Sohn?« fragt Tiberius und lächelte väterlich. »Rom ist auch mit zwei Adlern glücklich, wenn nur Caesar Germanicus wieder in der Heimat weilt. Außerdem üben wir beide das nächste Konsulat aus, und die Konsuln gehören nach Rom.«

»Du würdest schon einen Stellvertreter für mich finden, Vater.«

In väterlicher Geste legte Tiberius einen Arm um Germanicus. Das Gesicht des Princeps war dem Feldherrn so nah, daß dieser deutlich die vielen kleinen Geschwüre sah, die von einer dicken Schicht Schminke nur notdürftig verdeckt wurden. »Ich bin sehr glücklich, den Sohn meines Bruders Drusus, der auch mein Sohn ist, endlich wieder bei mir zu haben. Was für ein Vater wäre ich, ließe ich dich so schnell wieder ziehen?«

»Aber was ist mit den Germanen? Wer soll sie besiegen?«

»Niemand. Oder sagen wir besser, sie sich selbst. Hast du nicht berichtet, wie zerstritten sie untereinander sind? Segestes lebt bei uns, und Mallovendus kämpft nicht mehr. Arminius hat Schwierigkeiten mit seinem Oheim Inguiomerus. Überlassen wir sie ihrer eigenen Zwietracht!«

Es hatte keinen Sinn. Tiberius war wie eine Spinne, in deren Netz Germanicus sich verfangen hatte.

Jetzt bereute der Feldherr, daß er damals die Möglichkeit nicht genutzt hatte, sich von den germanischen Legionen zum Herrscher ausrufen zu lassen. Agrippina hatte recht gehabt: Tiberius ging es nur um die Macht.

Germanicus hatte seiner Macht gedient, als er die Meuterei niederschlug. Aber Tiberius lag nichts daran, dies Germanicus zu vergelten. Seine Freundlichkeit und seine väterliche Liebe waren nur Täuschung wie die Schminke auf den Gesichtern der beiden Männer und wie dieser ganze Triumphzug.

Germanicus fühlte sich nicht wie ein Glückskind der Götter, sondern wie ein Gefangener.

Mutlos wandte er sich von Tiberius ab, um in der Zeremonie fortzufahren. Er wollte das Adlerszepter, das er nach alter Sitte während des Triumphes in der Hand gehalten hatte, an seinen Platz im Tempel zurücklegen.

Doch er zögerte und betrachtete den langen Elfenbeinstab mit der goldenen Adlerfigur. Dann wanderte sein Blick zu den beiden Legionsadlern, die er nach Rom gebracht hatte.

Germanicus war plötzlich wieder in Germanien, befand sich auf dem Rückmarsch aus Gallien zum Rhenus, sah die Seherin vor sich und hörte ihre rätselhaften Worte: ›Der Adler, dem du folgst, führt dich ins Verderben.‹

Jetzt verstand er den Sinn.

ANHANG

Nachwort des Autors

Habent sua fata libelli – Bücher haben ihre Schicksale, wie schon die alten Römer wußten. Manche werden schnell vergessen, andere erleben Neuauflagen oder gar Fortsetzungen. Das vorliegende Buch führt die Geschichte des Cheruskers Thorag weiter, die ich in meinem Roman *Thorag oder Die Rückkehr des Germanen* (Bastei-Lübbe-Taschenbuch Band 13 717) bis zur Schlacht im Teutoburger Wald erzählt habe. Was ich dort über Dichtung und Wahrheit, über historische Überlieferung und deren dichterisch zu schließende Lücken schrieb, gilt auch hier.

Neben einigen anderen antiken Autoren diente mir auch diesmal wieder in besonderer Weise Publius Cornelius Tacitus als Quelle, der in den ersten beiden Büchern seiner *Annalen* über die Feldzüge des Germanicus und seinen zweifelhaften Triumph berichtet hat. Wichtige Charakterbilder römischer Herrscher und ihrer Anverwandten lieferte Suetonis Tranquillus, den wir heute als Sueton kennen; für den Historiker mag er umstritten sein, für den Romancier ist er ein Schatz.

Einmal mehr schulde ich meinem Lektor, Dr. Edgar Bracht, Dank für Anregungen, Arbeit und Vertrauen. Und meiner Frau Corinna, die mich mit Rat, Tat und Geduld unterstützt hat. Mein journalistisch schreibender Kollege Klaus Gosmann steuerte Material über die Schlacht an den Langen Brücken bei.

Personenverzeichnis, Glossar und Zeittafel sollen dem interessierten Leser bei der Unterscheidung von Dichtung und Wahrheit weiterhelfen und ihm die Welt der Römer und Germanen etwas näherbringen. Für das Glossar gilt, was ich schon bei *Thorag* sagte: Bei den lateinischen Wörtern wurde – wie auch bei den Namen im Roman – mal die Ursprungs-, mal die eingedeutschte Form gewählt. Hier entschieden der Klang oder die Gewohnheit. Auch wird der Kundige noch weitere Bedeutungen des einen oder anderen Begriffs anführen können; ich zählte die auf, die für den Roman bedeutsam sind. Bei den germanischen Gottheiten und ihrer Mythologie mußte ich oft auf die nordischen Begriffe und Namen zurückgreifen, ganz einfach weil keine aus dem uns interessierenden Zeit- und Sprachraum überliefert sind. Um Verwirrungen zu vermeiden, borgte ich lieber dort aus, als hier zu erfinden.

Die Personen

Hier findet der Leser zur besseren Orientierung alle wichtigen Personen alphabetisch aufgelistet. Historisch belegte Personen sind mit einem (H) gekennzeichnet.

Die Germanen

Donarsippe
Argast: Kriegerführer.
Auja: Thorags Gemahlin.
Ayko: Krieger.
Eibe: junger Schreiner, Tebbes Bruder.
Jorit: junger Krieger.
Komar: Odomars jüngerer Sohn.
Odomar: Bauer.
Ragnar: Thorags Sohn.
Raimar: Odomars älterer Sohn.
Reglind: Aujas Dienerin.
Tebbe: junger Schreiner, Eibes Bruder.
Thidrik: Bauer.
Thorag: Fürst des Donargaues.

Ebersippe
Germar: Gerolfs Bruder.
Gerolf: Fürst des Ebergaues.
Grifo: Eberkrieger.
Guntram: Eberkrieger.

Hirschsippe
Adina: Armins Mutter.
Armin (H): Fürst des Hirschgaues, Herzog der Cherusker.
Ingwin: Kriegerführer.
Isbert: Eisenschmied auf der Adlerburg.
Thumelikar/Thumelicus (H): Armins Sohn.
Thusnelda (H): Segestes' Tochter und Armins Gemahlin.

Stiersippe
Eilmar: junger Krieger.
Ender: Schreiner.
Frowin: Eisenschmied.
Ibbo: junger Krieger.
Nantwin: Frowins Gehilfe und Schwiegersohn.
Segestes (H): Fürst des Stiergaues.
Segimer (H): Segestes' Bruder und Sesithars Vater.
Segimund (H): Segestes' Sohn.
Sesithar (H): Segestes' Neffe (als Sesithacus überliefert).
Utger: Kriegerführer.
Wiberta: Frowins Tochter, Nantwins Frau.

Weitere Cherusker
Astrid: Priesterin der Heiligen Steine.
Balder: Fürst des Baldergaues.
Bror: Fürst des Dachsgaues.
Gandulf: Führer der Priesterschaft bei den Heiligen Steinen.
Inguiomar (H): Armins Onkel, Fürst des Inggaues.

Marser
Albruna: Priesterin der Tamfana.
Amala: Mallovends Tochter.
Eilard: Mallovends Vetter und Kriegerführer.
Istrud: Priesterin der Tamfana.
Mallovend (H): Herzog der Marser.
Menia: Mallovends Gemahlin.
Vendar: Mallovends älterer Sohn.
Vendhard: Mallovends jüngerer Sohn.
Wihadis: Vendars Gemahlin.

Die Römer
Aemilianus Silus, Appius: Senatsmitglied.
Agrippina (H): Gemahlin des Germanicus.
Augustus (H): sterbender Caesar.
Caecina Severus, Aulus (H): Legat des unteren Germaniens.
Caetronius, Gaius (H): Legat der I. Legion.
Caligula (H): Sohn des Germanicus.
Calpurnius (H): Aquilifer der I. Legion.

Calpurnius Piso, Gnaeus (H): hohes Senatsmitglied.
Calusidius (H): meuternder Legionär.
Cassius Chaerea (H): junger Zenturio der XXI. Legion.
Foedus, Gnaeus Equus: Lagerpräfekt der I. Legion.
Germanicus (H): Adoptivsohn des Tiberius, Imperator am Rhein.
Julia Agrippina (H): Tochter des Germanicus.
Livia Drusilla (H): Witwe des Augustus, Mutter des Tiberius.
Marcus Valerius: Tribun der Prätorianergarde.
Munatius Plancus (H): angesehenes Senatsmitglied.
Pedo (H): Präfekt der römischen Reiterei.
Pilatus, Pontius (H): junger Tribun.
Quintilius Varus, Publius (H): toter Statthalter.
Quintus Paelignus: meuternder Veteran.
Tiberius (H): Stiefsohn und Nachfolger des Augustus.
Ventidius: Zenturio der Prätorianergarde.

Griechen und Pannonier
Eurykleia: griechische Sklavin, Caligulas Amme.
Herondas: griechischer Sklave des Munatius Plancus.
Hippias: griechischer Freigelassener des Augustus.
Pal: pannonischer Leibeigener und Leibwächter Armins.

Glossar I

Ethnographische und geographische Bezeichnungen

Volksstämme der Germanen und Kelten

Angrivarier: beiderseits der mittleren Weser lebender Stamm, von den Cheruskern durch einen Grenzwall getrennt.

Brukterer: zwischen mittlerer Ems und oberer Lippe siedelnder Stamm, im Jahr 4 n. Chr. von den Römern unterworfen; bei ihm fand sich einer der im Teutoburger Wald eroberten Legionsadler.

Chatten: an Fulda und Eder siedelnder Stamm, der mit Zustimmung der Römer das Gebiet der auf die linke Rheinseite übergesiedelten Ubier in Besitz nimmt.

Chauken: ursprünglich zwischen der unteren Ems und der Unterelbe lebender Stamm, der im Jahr 5 v. Chr. einen Bündnisvertrag mit den Römern schließt.

Cherusker: an der mittleren Weser siedelnder Stamm, dessen Name vermutlich vom germanischen Wort ›herut‹ (=Hirsch) herrührt; er führt den Aufstand gegen Quintilius Varus im Jahre 9 n. Chr. an.

Friesen: aus Jütland kommendes Volk, das um 200 v. Chr. die Marschen und den Seestrand von der Ems bis zur Rhein- und Scheldemündung besiedelt und später einen Bündnisvertrag mit Rom schließt.

Langobarden: an der unteren Elbe lebender Stamm.

Markomannen: ursprünglich in Nordbayern, dann in Böhmen lebender Stamm, der zusammen mit anderen Stämmen das von Marbod gegründete Markomannenreich bildet.

Marser: zwischen Ruhr und Lippe lebender Stamm, der im Teutoburger Wald einen der drei Legionsadler erbeutet.

Semnonen: zwischen mittlerer Elbe und Oder lebender Stamm des Suebenvolks.

Sueben: mächtiges Volk, das unter seinem König Ariovist Caesar schwer zu schaffen machte; manche sehen die Sueben als Stammvolk auch der Markomannen an; zur Zeit unserer Geschichte siedeln sie zwischen Elbe und Oder.

Tenkterer: kleiner Stamm, der auf dem rechten Rheinufer zwischen Mainz und Köln lebt und eng mit den Usipetern verbunden ist.
Treverer: Stamm im Gebiet von Trier mit germanischer Herkunft, aber von keltischer Kultur geprägt.
Tubanten: im westlichen Westfalen lebender Stamm.
Ubier: ursprünglich zwischen Rhein, Main und Westerwald lebender Stamm, der sich nach Überfällen der Sueben unter den Schutz der Römer stellt und von ihnen links des Rheins angesiedelt wird.
Usipeter: 58 v. Chr. von Oberhessen an den Niederrhein vertriebener Stamm.

Geographische Bezeichnungen der Römer
Actium: Vorgebirge am Golf von Ambrakia an der griechischen Westküste, wo Octavian 31 v. Chr. Marcus Antonius besiegte.
Adrana: Eder.
Albis: Elbe.
Amisia: Ems.
Ara Ubiorum: andere Bezeichnung für *Oppidum Ubiorum*.
Argentoratum: Straßburg.
Augusta Treverorum: Trier.
Brundisium: Brindisi.
Capitol: einer der sieben Hügel Roms, der zum öffentlichen und religiösen Zentrum der Stadt wurde.
Castra Vetera: Xanten.
Forum Romanum: ältester öffentlicher Versammlungsplatz Roms zwischen dem Capitol, dem Palatin und dem Quirinal.
Idisiaviso: Idisenwiese (Elfenwiese) nördlich des Wesergebirges, auf dem Gebiet der zur Stadt Porta Westfalica gehörenden Ortschaften Lerbeck und Neesen; auch Idistaviso geschrieben.
Illyricum: ungefähres Gebiet Albaniens und des ehemaligen Jugoslawiens; später Aufteilung in die Provinzen Dalmatien und Pannonien.
Marsfeld (Campus Martius): Ebene zwischen Tiber, Pincius, Capitol und Quirinal, die als Exerzier-, Sport- und Versammlungsplatz diente und seit dem Ende der römischen Republik allmählich bebaut wurde.

Mattium: vermutlich Metze bei Gudensberg.
Mogontiacum: Mainz.
Nola: Stadt in Kampanien, 455 n. Chr. von Geiserich zerstört.
Noviomagus: Nimwegen.
Nuceria: Ort in Kampanien, heute Nocera.
Oppidum Ubiorum: Köln.
Ostia: Hafenstadt, etwa 26 Kilometer von Rom entfernt.
Palatin (Palatium): einer der sieben Hügel Roms, der sich im 2. Jahrhundert v. Chr. zum Aristokraten- und seit Augustus zum kaiserlichen Wohnviertel entwickelte.
Pandateria: vor der kampanischen Küste, nordwestlich vom Golf von Neapel gelegene Insel.
Pannonien (Pannonia): nördlicher Teil des Illyricums, zwischen den östlichen Alpen und der mittleren Donau gelegen.
Saltus Teutoburgiensis: Teutoburger Wald.
Rhegium: Reggio di Calabria, an der Meerenge von Messina.
Rhenus: Rhein.
Samnium: Land der Samniten in Mittelitalien.
Vetera: s. *Castra Vetera*.
Vindonissa: Windisch bei Zürich.
Volaterrae: Volterra.

Glossar II

Germanische Begriffe

Asen: in Asgard heimisches Göttergeschlecht, dem Wodan und Donar angehören. Die Asen konkurrieren mit den Wanen, bis sie mit ihnen ewigen Frieden schließen.

Berserker: ein in Bärenfelle gekleideter Krieger; die ihm zugeschriebenen übermenschlichen Kräfte resultierten aus der Einnahme einer aus dem Fliegenpilz gewonnenen Droge, die einen LSD-artigen Rausch hervorrief.

Burg: Die Fliehburgen der Germanen waren keine festgemauerten Anlagen mittelalterlicher Prägung, sondern auf Bergkuppen gelegene Siedlungen, deren natürliche Verteidigungsmöglichkeiten durch die Errichtung von Erdwällen und Palisaden verstärkt wurden.

Dagr: der Tag, der als Sohn der Nacht mit seinem goldenen Wagen über den Himmel zieht.

Donar: in der nordischen Mythologie Thor genannter Gott des Wetters und der Landbestellung, Sohn Wodans. Wenn er mit seinem von den Böcken ›Zähneknirscher‹ und ›Zähneknisterer‹ gezogenen Wagen durch den Himmel fährt, donnert es. Mit seinem Hammer Miölnir, seinem Kraftgürtel und seinem Eisenhandschuh beschützt der stärkste Gott des Asengeschlechts die Menschen vor Riesen und Ungeheuern. Die Eiche ist sein heiliger Baum.

Edeling: Adliger, der sich in der Regel als Abkömmling einer Gottheit ansah und daher seinen Adel ableitete.

Fafner: auch Fafnir. Sohn des Zwergenkönigs Hreidmar. Weil Loki seinen Bruder Otr tötete, mußte er Fafner mit Gold überhäufen. Darüber entstand Streit zwischen Fafner und seinem anderen Bruder Regin. Fafner verwandelte sich in einen Drachen, um das Gold zu bewachen.

Fenriswolf: s. *Loki*.

Fibel: kunstvoll gearbeitete Spange, die den Umhang des Mannes oder das Kleid der Frau zusammenhielt.

Frame: Stoßlanze.

Friedloser: für schwere Vergehen für vogelfrei Erklärter. Er wurde von seiner Sippe ausgestoßen und verlor damit jeden Schutz ebenso wie seinen Besitz. Jeder durfte ihn töten.
Friling: Freier. Abgesehen vom Adel höchster Stand der Germanen, in den man, wie in jeden anderen, hineingeboren wurde. Beim Kriegszug leistete der Friling seinem Fürsten Heeresdienste; er mochte ihm auch Entgelt für seinen Schutz schulden, war sonst aber frei von Abgaben. Unter ihm standen die Halbfreien und die Leibeigenen.
Gau: von einem Gaufürst geführter Stammesbezirk.
Ger: Speer, Wurfspieß.
Heilige Steine: unschwer als unsere heutigen Externsteine zu erkennen. Ob diese in vorchristlicher Zeit bereits ein Kultzentrum waren, ist umstritten, aber aufgrund ihrer im wahrsten Wortsinne herausragenden Erscheinung gut denkbar.
Hel: Die halb schwarz- und halb menschenhäutige Tochter Lokis und Angurbodas herrscht über das Totenreich, das Niflheim oder auch Hel genannt wird. Hierher kommt, wer den unrühmlichen Strohtod erlitten hat. Unser Begriff ›Hölle‹ stammt von ›Hel‹.
Herzog: auf dem Thing gewählter Kriegsführer.
Hulda: Winterbringerin, Vorbild unserer ›Frau Holle‹.
Ing: Fruchtbarkeitsgott.
Kebse: Nebenfrau, die mit Mann und Frau in einem Haus lebte. Ein Germane konnte auch mehrere Kebsen haben, während der Frau andere Männer untersagt waren.
Kriegerführer: Anführer einer Kriegergefolgschaft; Unterführer eines Fürsten im Krieg.
Kriegergefolgschaft: Diese ständig unter Waffen stehende Mannschaft eines germanischen Fürsten bestand häufig auch aus Angehörigen fremder Gaue oder Stämme, die in den Diensten eines Fürsten Kriegsruhm erringen wollten. Der Fürst übernahm die Herrschafts- und Schutzmacht über sein Gefolge und schuldete ihm Lebensunterhalt, Ausrüstung und Anteile an der Kriegsbeute. Das Gefolge war dafür zum Waffendienst verpflichtet.
Kuning: König. Zur Zeit unserer Geschichte bei den ihre Freiheit und Unabhängigkeit schätzenden Germanen unüblich und unerwünscht. Der Markomannenkönig Marbod oder vor ihm

der Suebenkönig Ariovist, der gegen Caesar kämpfte, waren Ausnahmen. Eher gab es den Heerkönig, der mit dem Herzog gleichzusetzen ist. Aus solchem konnte sich ein richtiges Königtum – siehe wiederum Ariovist und Marbod – entwickeln. Auch Armin schien dem nicht abgeneigt.

Loki: Sohn einer Riesin und Gott des Feuers. Weil Loki in den uralten Zeiten mit Wodan durchs Land wanderte und mit ihm Brüderschaft schloß, zählt er zum Göttergeschlecht der Asen. Hinterlistig, streitsüchtig und boshaft, steht er mal auf der Seite der Götter, mal gegen sie. Er setzt durch die Zeugung der Ungeheuer Fenriswolf, Hel und Midgardschlange das Böse in die Welt. Seine Intrigen und die von ihm geschaffenen Ungeheuer sind für den Untergang des Göttergeschlechts am Zeitenende, der Götterdämmerung (›Ragnarök‹, eigentlich ›Göttergeschick‹), verantwortlich.

Lure: bis zu zweieinhalb Meter lange Bronzetrompete. Die Luren wurden paarweise geblasen und erzeugten einen zweistimmigen, harmonischen, weit hallenden Klang.

Mani: Sunnas Bruder, der den Mondwagen lenkt.

Midgardschlange: s. *Loki*.

Mimir: Hüter der Weisheitsquelle an der Wurzel der Weltesche Yggdrasil. Für einen Trunk aus dieser Quelle opferte Wodan ein Auge.

Munt: personenrechtliches Gewaltverhältnis im Gegensatz zum Sachenrecht. Der Munt des Mannes unterfielen die Ehefrau und die Kinder. Der Sohn wurde mit Bestehen der Mannbarkeitsprobe aus der Munt entlassen; die Tochter wurde von ihrem Vater als Muntwalt bei der Heirat in die Munt ihres Mannes übergeben. In der streng patriarchalischen Gesellschaftsordnung konnte nur die Frau Ehebruch begehen und dafür von ihrem Mann verstoßen oder sogar getötet werden.

Nornen: Die drei Schicksalsgöttinnen sitzen unter der Weltesche und spinnen die Schicksalsfäden.

Nott: Die Nacht, die von schwarzen Schleiern umhüllte Tochter eines Riesen, erhielt von Wodan einen schwarzen Wagen, mit dem sie in der Dunkelheit durch den Himmel fährt. Die Germanen teilten die Zeit nicht nach Tagen, sondern nach Nächten ein, wie sie die Jahre nach Wintern zählten.

Raubehe: gegen den Willen der Brautsippe nur gültig, wenn die

Sippe des Bräutigams zustimmte; aber selbst dann blieb die Sippe der Braut in ihrer Ehre verletzt und hatte Anspruch auf eine Sühneleistung.

Römling: Schimpfwort für einen Römerfreund.

Runen: älteste Schriftzeichen der Germanen, die auch kultisch-magische Bedeutung hatten.

Schalk: Leibeigener, Sklave. Als Schalk wurde man geboren, aber auch als Gefangener und Verschuldeter wurde man ein Schalk, also so gut wie rechtlos. Ein Schalk unterlag bezeichnenderweise nicht dem Personen-, sondern dem Sachenrecht. Gleichwohl führten viele Schalke als Hausbedienstete oder als eine Art Landpächter ein relativ freies Leben. Ein von seinem Herrn freigelassener Schalk war ein Halbfreier und konnte als solcher auf einem Thing durch Volksabstimmung zum Vollfreien, zum Friling, werden.

Sippia: die schöne Gemahlin Donars.

Strohtod: Tod im Bett, für einen germanischen Krieger unehrenhaft.

Sunna: auch Sol genannte Jungfrau, die den Sonnenwagen zieht.

Surtur: mit dem Flammenschwert bewaffneter Herrscher der Feuerriesen und Muspelheims, Reich des Urfeuers.

Thing: auch Ding genannte Ratsversammlung der Frilinge, die von allen Vollfreien zu feststehenden Zeiten (ungebotenes Thing) oder von einem Kreis Geladener zu einem besonderen Anlaß (gebotenes Thing) besucht wurde. Ein Thing konnte einen ganzen Stamm betreffen oder nur einen Gau. Aufgaben des Things waren die Freisprechung der Halbfreien, die Rechtsprechung bei schweren Verstößen, die Erhebung der Jungmänner in den Kriegerstand, die Wahl eines Herzogs, die Beschlußfassung über einen Kriegszug usw. Während des Things herrschte ein besonderer, von allen zu achtender Thingfriede.

Tiu: auch Teiwaz, Tyr, Ziu, Saxnot, Eru, Irmin. Kriegsgott, dem das Schwert geweiht war, der Saxnot oder Sax. Verlor bei der Fesselung des Fenriswolfes den rechten Arm und kämpfte fortan mit der Linken. War Schutzgott des Things und vor Ausbreitung des Wodankults vermutlich Hauptgott der Germanen, wurde dann als Sohn Wodans angesehen.

Uller: Stiefsohn Donars und Gott des Winters, der auf Skiern zur Jagd ging.

Walhall: Wer nicht den unwürdigen Strohtod, sondern den würdigen Tod im Kampf stirbt, wird von den Walküren (›wala‹ ist das germanische Wort für ›tot‹), den göttlichen Jungfrauen, ins Reich der Götter nach Walhall geholt, der großen Halle von Wodans Palast. Dort zecht er mit den Göttern und übt sich im täglichen Kampf als Einherier (hervorragender Streiter, Einzelkämpfer), um bei der Götterdämmerung am Zeitenende mit den Göttern gegen die Ungeheuer zu kämpfen.

Wanen: altes Göttergeschlecht, das im Streit mit den Asen liegt.

Wara: Göttin der Wahrhaftigkeit, die Eidbrüchige bestraft, insbesondere bei Verträgen zwischen Männern und Frauen.

Weltesche: Die immergrüne Weltesche war der heiligste Baum der Germanen. Ihr Welken sollte die Götterdämmerung, das Ende der Zeit ankündigen.

Wiedergänger: zu den Lebenden aus Unruhe zurückkehrender Toter.

Wilde Schar: Das nächtens und bei Sturm von Wodan, nach anderer Vorstellung auch von Hulda durch den Himmel geführte Heer der Einherier (s. *Walhall*). Auch ›wilde Jagd‹ und ›wildes Heer‹ genannt.

Wodan: auch Odin genannter oberster Gott, der seit dem Trunk aus Mimirs Quelle, für den er ein Auge hingab, der Weiseste aller Asen ist. Er ist der oberste Schlachtenlenker und weist schamanistische Züge auf.

Glossar III

Römische Begriffe

Ale: 500 bis 1000 Mann starke Reitereinheit.
Aquilifer: Träger des Legionsadlers.
Ara: Altar.
Auxilien: Hilfstruppen aus Nichtbürgern. Neben den aus römischen Bürgern bestehenden Legionen zweiter wichtiger Bestandteil der römischen Armee, dem in der Kaiserzeit wegen der geringeren Besoldung immer mehr Gewicht zukam.
Caesar: ursprünglich Namensbestandteil der Julier; wurde unter den Nachfolgern des Gaius Julius Caesar als Bestandteil der Titulatur geführt.
Carcer: Gefängnis, Kerker.
Carruca Dormitoria: Reisewagen mit Schlafgemach.
Cubiculum: Schlafzimmer.
Curia: Versammlungshaus des Senats am Forum Romanum.
Currus Triumphalis: Triumphwagen.
Dekurio: Führer einer Reitereinheit.
Elektron: Legierung aus drei bis vier Teilen Gold und einem Teil Silber.
Fucus: rote Schminke.
Genius: Schutzgeist. An sich Symbol der männlichen Zeugungskraft; Verkörperung dessen, was am Menschen unsterblich ist.
Gladius: Schwert des Legionärs mit mittellanger, breiter Klinge.
Imperator: Inhaber der größten Machtfülle; später Bezeichnung der Soldaten für ihren siegreichen Feldherrn, was, um offiziell zu werden, der Bestätigung durch den Senat bedurfte.
Jupiter: vielgestaltiger Gott, der als ›Jupiter Optimus Maximus‹ Hauptgott der Römer war und in einem Tempel auf dem Capitol verehrt wurde.
Kohorte: s. Legion.
Konsul: Seit 449 v. Chr. wurden in Rom alljährlich zwei Konsuln als oberste zivile und militärische Beamte gewählt, seit Augustus auf Vorschlag des Princeps vom Senat. In der Kaiserzeit

verloren die Konsuln Aufgaben und Macht, bis die Wahl zu einer bloßen Auszeichnung verkam.

Laren: Hausgeister.

Legat: Gesandter; bei der Armee Unterfeldherr (Führer einer Legion oder einer größeren Heeresgruppe); Statthalter einer Provinz.

Legion: größter Truppenverband, der sich in zehn Kohorten zu drei Manipeln gliederte; jedes Manipel bestand aus zwei Zenturien. Da eine Zenturie aus 80 Mann bestand, kam eine Legion auf 4000 bis 6000 Legionäre. Hinzu kamen noch 120 Reiter (vorwiegend für Aufklärungs- und Kurierdienste) sowie 400 Veteranen, die vom Kasernendrill weitgehend verschont wurden und nur für die Feldzüge einberufen wurden, außerdem über 2000 Knechte für ebenso viele Lasttiere sowie eine Artillerieeinheit (Speerschleudern und Katapulte).

Liktor: hoher Beamter, der zum Zeichen der Macht über Leben und Tod ein Beil in einem Rutenbündel trug (innerhalb der Stadtgrenzen Roms nur das Rutenbündel). Die Zahl der Liktoren, die einem römischen Amtsträger als Zeichen seiner Exekutivgewalt zustanden, bemaß sich nach dessen Bedeutung.

Liquamen: salzige Fischsoße.

Manipel: s. *Legion*.

Meile: entspricht etwa 1,5 Kilometern.

Optio: Stellvertreter eines Zenturios; mit selbständigen Aufgaben betrauter Offizier.

Ovation: eine Art kleiner Triumphzug außerhalb Roms für einen Feldherrn, dem der offizielle Triumph versagt wurde.

Pater Patriae: ›Landesvater‹ war ein Ehrentitel, den u. a. Augustus trug.

Patrizier: adlige römische Oberschicht, die ihre Abstammung auf die Ahnen (patres) zurückführt.

Penaten: Familiengeister.

Peristylium: von einem Säulengang umgebener Garten des römischen Hauses.

Pilum: schwerer Wurfspeer der Legionäre mit langer Eisenspitze.

Plebejer: im Gegensatz zu den Patriziern die unedle Masse (plebs) römischer Kleinbauern, Handwerker und Kaufleute.

Pontifex Maximus: Herr der Priesterschaft und damit geistiges Oberhaupt Roms.

Porta Prätoria: vorderes (Haupt-)Tor eines Armeelagers.
Präfekt: hoher Militärbefehlshaber oder Zivilbeamter.
Prätor: oberster Beamter, Feldherr, Richter, Statthalter.
Prätorianer: Garde der römischen Herrscher.
Prätorium: Amtswohnnung des Prätors, oft zugleich Kommandantur.
Priapus: Gott der Fruchtbarkeit.
Princeps: Wörtlich ›der Erste‹, bezeichnet es einen führenden Römer. ›Princeps Senatus‹ hieß der Senator, der in der Senatorenliste an erster Stelle stand. Da Augustus die negative Besetzung der Titel ›Rex‹ und ›Dictator‹ scheute, bezeichnete er sich als Princeps, was Tiberius übernahm.
Prokonsulat über das Imperium: Der Inhaber des prokonsularischen Imperiums übte konsularische Gewalt aus, ohne Konsul zu sein.
Pugio: Dolch.
Quadriga: vierspänniger Wagen.
Quiriten: Bezeichnung für die Römer als friedliebende Bürger als Gegensatz zum Militär.
Sacellum: Fahnenheiligtum, in dem die Feldzeichen eines Heerlagers aufbewahrt wurden.
Sacrosanctitas: Unantastbarkeit.
Senat: Der Senat (lateinisch ›Rat der Alten‹) hatte in der Zeit der Republik offiziell nur eine Aufsichts- und Bestätigungsfunktion, entschied in Wahrheit aber über alle wichtigen politischen Fragen. Seit Augustus verlagerte sich die politische Bedeutung auf die Kaiser.
Sesterz: Messingmünze. Mit 2 Sesterzen befriedigte ein Römer seine Lebensgrundbedürfnisse für einen Tag. Der Monatssold eines Legionärs betrug 25 Denare, was 100 Sesterzen entsprach.
Signifer: Feldzeichenträger.
Skorpion: leichtes Torsionsgeschütz für Pfeile und Geschosse.
Spatha: Langschwert, zur Zeitenwende nur von der Reiterei verwendet, ab dem 3. Jahrhundert n. Chr. beim ganzen Heer.
SPQR: ›Senatus Populusque Romanus‹ – ›Senat und Volk von Rom‹.
Stadtkohorten: in Rom stationierte paramilitärische Einheit, heutiger Bereitschaftspolizei vergleichbar.
Ständekämpfe: Machtkämpfe zwischen Patriziern und Plebejern.

Stola: eine von der Frau über der Tunika getragene zweite Tunika, weiter geschnitten und reicher gefältelt.

Stunde: Die Römer zählten die Stunden nicht von Mitternacht an, sondern teilten den Tag von Sonnenauf- bis Sonnenuntergang sowie die Nacht von Sonnenunter- bis Sonnenaufgang in jeweils zwölf Stunden ein. Daher schwankte die Länge einer Stunde je nach Jahreszeit zwischen 44 und 75 Minuten. Eine genauere Einteilung nach Minuten und Sekunden gab es in der Antike nicht.

Therme: großes öffentliches Bad, Erholungs- und Freizeitzentrum.

Toga: großes Tuch, das als Kleidungsstück für bessere Gelegenheiten so über die Tunika geschlungen wurde, daß diese ganz verdeckt war.

Tribun: hoher Offizier oder Zivilbeamter.

Tribunizische Gewalt: Augustus ließ sich die *tribunicia potestas* verleihen und begründete, wie auch seine Nachfolger, darauf seine Machtstellung.

Trierarch: Kapitän.

Tunika: gegürteter, bis etwa ans Knie reichender, meist kurzärmliger Hemdkittel aus Wolle, Baumwolle oder Leinen; typisches Kleidungsstück, das der Römer zu Hause, auf der Straße und bei der Arbeit trug.

Turme: etwa 40 Mann starke taktische Grundeinheit der Reiterei.

Vesta: Göttin des Herdes.

Vestalis Maxima: Vorsteherin der Vesta-Priesterinnen.

Vestibulum: Vorhalle.

Vexillarier: Angehöriger einer Veteraneneinheit; Feldzeichenträger eines Vexillums.

Vexillum: Veteraneneinheit; fahnenartiges Feldzeichen.

Via: Straße.

Via Prätoria: eine der beiden Hauptstraßen des Armeelagers, die vom vorderen Haupttor zum Hintertor führt.

Zensus: Volksschätzung zur Feststellung der Steuerpflichtigkeit.

Zenturie: s. *Legion*.

Zenturio: aus Sicht der Befehlsgewalt einem heutigen Hauptmann vergleichbarer Kommandeur einer Zenturie, der allerdings nicht als echter Offizier, sondern als Bindeglied zwischen Offiziers- und Mannschaftsstand betrachtet wurde.

Zeittafel

63 v. Chr.
Geburt des Gaius Octavius, genannt Octavian, der später Caesars Adoptivsohn und als Augustus Beherrscher des römischen Weltreiches wird.

42 v. Chr.
Der römische Senat ernennt Caesar zum Gott, und Octavian nennt sich ›Sohn des göttlichen Caesar‹. – Geburt des Tiberius Claudius Nero.

38 v. Chr.
Octavian heiratet Livia, die Mutter seiner Stiefsöhne Drusus und Tiberius.

19 – 16 v. Chr.
Armin wird als Sohn des Cheruskerfürsten Segimar geboren (genauer Zeitpunkt ungewiß).

15 v. Chr.
Geburt des Gaius Julius Caesar Germanicus.

12 – 9 v. Chr.
Feldzug des Tiberius in Pannonien. – Drusus beginnt seine Germanienfeldzüge zur Unterwerfung des Gebiets zwischen Rhein und Elbe.

9 v. Chr.
Nach Kämpfen mit Cheruskern und Chatten stürzt Drusus auf dem Rückmarsch von der Elbe zum Rhein vom Pferd und erliegt seinen Verletzungen. Tiberius eilt zu dem sterbenden Bruder.

8 – 6 v. Chr.
Tiberius übernimmt als Nachfolger seines Bruders Drusus den Oberbefehl über Germanien und dringt ebenfalls bis zur Elbe vor.

6 v. Chr. – 2 n. Chr.
Tiberius lebt erst als Freiwilliger, dann als Verbannter auf der Insel Rhodos.

2 – 1 n. Chr.
Germanien-Feldzüge der Legaten M. Vincius und L. Domitius Ahenobarbus. Ahenobarbus baut die Langen Brücken (1 v. Chr.).

4 n. Chr.
Augustus adoptiert seinen Stiefsohn Tiberius und bestimmt ihn zu seinem Nachfolger. – Tiberius adoptiert Germanicus und übernimmt wieder den Oberbefehl in Germanien, stößt zur Weser vor, unterwirft die Brukterer und schließt einen Bündnisvertrag mit den Cheruskern.

5 n. Chr.
Auf seinem Feldzug zur Elbe unterwirft Tiberius Chauken und Langobarden. Obwohl noch längst nicht befriedet, sondern nur durch vereinzelte Stützpunkte gesichert, wird das germanische Gebiet zur Provinz erklärt. – Germanicus heiratet Agrippina.

6 n. Chr.
Geburt von Germanicus' Sohn Nero Caesar.

8 n. Chr.
Geburt von Germanicus' Sohn Drusus Caesar.

5 – 9 n. Chr.
In der Ubierstadt Einweihung der ›Ara Ubiorum‹, eines Staatsaltars, an dem für das Wohl Roms und des Kaisers geopfert wird. Segimund, Sohn des Cheruskerfürsten Segestes, wird hier Priester.

6 – 9 n. Chr.
Tiberius und Germanicus schlagen einen Aufstand in Pannonien nieder.

9 n. Chr.
Schlacht im Teutoburger Wald (vermutlich vom 9.-11. September). Armin vernichtet das aus drei Legionen und zusätzlichen Hilfstruppen bestehende Heer des Publius Quintilius Varus. Die Stützpunkte zwischen Rhein und Weser werden von den Germanen erobert bzw. von den Römern aufgegeben. – Tiberius kehrt aus Pannonien nach Rom zurück und hebt neue Truppen aus.

10 – 11 n. Chr.
Germanien-Feldzüge des Tiberius und Germanicus.

12 n. Chr.
Germanicus als Konsul in Rom. – Geburt seines Sohnes Gaius Caesar, genannt Caligula.

13 n. Chr.
Germanicus übernimmt den Oberfehl am Rhein.

14 n. Chr.
Augustus stirbt in Nola (19.8.). Tiberius wird sein Nachfolger. – Meuterei der Legionen am Rhein. Feldzug gegen die Marser.

15 n. Chr.
Germanicus zieht gegen die Chatten, befreit Segestes und bringt Armins schwangere Frau Thusnelda in seine Gewalt. – Geburt von Germanicus' Tochter Julia Agrippina und von Armins Sohn Thumelicus. – Germanicus besucht das Varus-Schlachtfeld. Armin und Inguiomar kämpfen gegen Germanicus und dann bei den Langen Brücken gegen Caecina.

16 n. Chr.
Germanicus geht mit einer Flotte aus tausend Schiffen gegen die Germanen vor. Schlachten gegen Armin und Inguiomar bei Idisiaviso und am Angrivarierwall. – Geburt von Germanicus' Tochter Julia Drusilla.

17 n. Chr.
Triumphzug des Germanicus (17.5.).

Band 13 717

Jörg Kastner

**Thorag oder
Die Rückkehr
des Germanen**

Deutsche
Erstveröffentlichung

An der Seite des germanischen Fürstensohnes Armin hat Thorag im Osten für das römische Imperium gekämpft. Jetzt begleitet er den großen Krieger auf dem Weg zurück in das Land, das die Römer Germania nennen.
Die drückende Abgabenlast hat viele Cherusker und andere Stämme zu Rom-Feinden gemacht. Als sogenannter »Römling«, der lange Zeit für Augustus gekämpft hat, stößt Thorag überall auf Mißtrauen im eigenen Land und flüchtet nach dem Tod seines Vaters in eine römische Siedlung am Rhein. Aber auch hier muß er bald feststellen, daß er als Germane zwischen allen Fronten sitzt und zum Spielball der Intrigen neiderfüllter Römer wird.

Ein spannungsgeladener historischer Roman, zugleich ein breites Sittengemälde römischer und germanischer Kultur, reich an faszinierenden Einblicken in alle Bräuche und Lebensformen.

**Sie erhalten diesen Band
im Buchhandel, bei Ihrem
Zeitschriftenhändler sowie
im Bahnhofsbuchhandel.**

Band 13 743
Georg Ebers
Eine ägyptische Königstochter
Historischer Roman
Deutsche Erstveröffentlichung

Ägypten, im sechsten Jahrhundert vor unserer Zeit: Der Pharao Amasis verwaltet umsichtig das Reich am Nil. Um den Frieden mit den immer mächtiger werdenden Persern zu besiegeln, will Amasis seine hübsche Tochter Nitetis dem persischen Thronfolger zur Frau geben. Aber sein Sohn, der Wachs in den Händen der fremdenfeindlichen Priester ist, arbeitet diesem Plan mit aller Macht entgegen. Und er verfügt auch über die Mittel, seinen Vater zu erpressen: Weiß er doch, daß die hübsche Nitetis in Wahrheit gar nicht die Tochter des Amasis ist ...

Sie erhalten diesen Band im Buchhandel, bei Ihrem Zeitschriftenhändler sowie im Bahnhofsbuchhandel.

Band 13 741
Honoré de Balzac
Die Chouans
Deutsche
Erstveröffentlichung

Marie de Verneuil ist eine selbstbewußte und hübsche Frau – und eine entschiedene Anhängerin der Französischen Revolution. Als im Westen der Republik die Aufstände unter der weißen Fahne der Chouans die neue Ordnung gefährden, wird Marie de Verneuil von Paris in die Bretagne ausgesandt. Als Spionin soll sie vor allem auskundschaften, welchen Anteil der geheimnisvolle Marquis de Montauran an diesen Aufständen hat. Der Auftrag scheint der Marie de Verneuil auf den Leib geschrieben zu sein – aber sie weiß bald nicht mehr, wo ihre Rolle aufhört und wo ihre Gefühle anfangen.

Sie erhalten diesen Band
im Buchhandel, bei Ihrem
Zeitschriftenhändler sowie
im Bahnhofsbuchhandel.

Band 13 799
Domini Highsmith
Der schwarze Wächter
Deutsche Erstveröffentlichung

England im September 1190. Bei einem gewaltigen Feuer wird das Städtchen Beverley, gelegen im Erzbistum York, nahezu vollständig niedergebrannt.
Der junge Priester Simeon will nun alles daransetzen, den einstigen Glanz der zerstörten Klosterkirche wiederherzustellen. Dabei gerät er schon bald in die Fänge mehrerer skrupelloser Kirchenmänner, die es auf den kostbaren Kirchenschatz abgesehen haben und vor nichts zurückschrecken, um an ihr Ziel zu gelangen.
Und noch jemand ist Simeon alles andere als wohlgesinnt: Cyrus de Figham, der machtbesessene Kanonikus, dem der beliebte junge Priester seit langem ein Dorn im Auge ist. Fighams Haß steigert sich schließlich ins Unermeßliche, als er herausfindet, daß die schöne Elvira, die er begehrt, nur Simeon liebt. Rasend vor Wut schmiedet er einen teuflischen Plan...

Eine fesselnde Chronik um Liebe, Verrat und Mord!

Sie erhalten diesen Band im Buchhandel, bei Ihrem Zeitschriftenhändler sowie im Bahnhofsbuchhandel.

Band 13 661
Alan Savage
Die Söhne des Sahib
Deutsche Erstveröffentlichung

Ein Auftrag des englischen Königs führt Sir Thomas Blunt im Jahre 1523 nach Indien: Zusammen mit seinem Vetter Richard soll er das sagenhafte Reich des Prester John ausfindig machen, von dem man glaubt, es sei vor langer Zeit in den endlosen Weiten jenseits von Goa errichtet worden – eine Insel des Christentums auf dem Boden der Moslems und Hindus.
Doch schon im arabischen Meer werden die britischen Schiffe attackiert. An Land warten nicht nur Reichtum und Luxus, wunderschöne Frauen und riesige Paläste auf die Blunts, sondern auch die kriegerischen Marathen. Noch ahnen die beiden Engländer nicht, daß diese Expedition ein neues Kapitel ihrer Familiengeschichte einleitet, die von nun an untrennbar mit den Kämpfen der Herrscher dieses märchenhaften Landes verwoben sein wird.
Ein atemberaubendes, abenteuergesättigtes historisches Epos und zugleich eine Familien-Saga, deren Bogen vom Beginn des 16. Jahrhunderts bis zur Blüte der Ostindischen Handelskompanie und dem Bau des Taj Mahal reicht.

Sie erhalten diesen Band im Buchhandel, bei Ihrem Zeitschriftenhändler sowie im Bahnhofsbuchhandel.